Stadtbücherei
Mattighofen
5230

D1728778

publication PN° 1
Bibliothek der Provinz

»Jetzt sind wir hier.
Was jetzt geschieht,
geschieht uns.«

Anna Seghers

Franz Kain AUF DEM TAUBENMARKT – DAMASUS

herausgegeben von Richard Pils

A-3970 WEITRA 02856/3794

ISBN 3 900878 38 2

gedruckt mit Strom aus Windkraft
printed in Austria by Plöchl A-4240 Freistadt

Franz Kain

AUF DEM TAUBENMARKT

DAMASUS

Roman

Der kleine Platz heißt seit altersher Taubenmarkt, obwohl sich kein Mensch mehr daran erinnert, daß hier tatsächlich Tauben feilgeboten worden wären. Aber ältere Menschen und Kinder füttern hier die Stadttauben wie vor hundert Jahren.

Der Platz ist begrenzt von allerlei Geschäftigkeit, einem kleinen Café, einer Buchhandlung, einer Bank, der kräftigsten und vornehmsten des Landes, einem Modegeschäft, einem Blumen- und einem großen Würstelstand. In der kälteren Jahreszeit haben sich auf dem Taubenmarkt auch noch ein Maronibrater und ein Glühmoststand niedergelassen.

Der Platz ist kommunikationsfreudig. Das macht ihn zu einer Art Hyde-Park. Ständig gibt es Informationsstände und wer für irgendetwas auf halbwegs originelle Art zu werben hat, der meldet bei der Polizeidirektion einen Informationsstand auf dem Taubenmarkt an. Große Parteien verschmähen allerdings diese Möglichkeit. Sie wollen sich mit ihrer Ware »nicht hinstellen«, wie die Seifentandler, wie sie hochmütig sagen. Nur wenn Wahlen vor der Tür stehen, dann kommen auch sie auf den Taubenmarkt geschritten, leutselig mit Most und Schmalzbrot, weil das bodenständig ist. Ihre Anhänger, die sich auch sonst auf dem Platz aufhalten, sind meist kleinere Funktionäre, richtige Räsoneure, aber noch im Raunzen treu und ergeben. Die Altnazi und die Konservativen stehen am Rand, aber sie mengen sich eifrig in die Auseinandersetzungen ein.

Auf dem Taubenmarkt wird nicht nur über das gesprochen, was gerade anzupreisen ist, es kommen auch Gespräche zustande wie unter ganz gewöhnlichen Leuten über das Wetter, über die Arbeit, über Ärger in der Familie, über gemeinsame Bekannte und über Reiseziele. Diese Passanten sind manchmal naiv neugierig, oft aber stellen sie auch regelrechte Verhöre an. Weil er immerzu sagt, er habe nichts zu verbergen und er drücke sich auch um keine Antwort auf unangenehme Fragen, nehmen sie ihn spöttisch beim Wort. Manchmal kommt es ihm vor, als sei er schon zu Lebzeiten ein Typ, nämlich der Geschichtenerzähler vom Taubenmarkt geworden. Oft hat er Schwierigkeiten, den Wust der Fragen zu ordnen. Chronologisch auffädeln kann er sie und sich nicht, dazu purzeln sie zu sehr durcheinander.

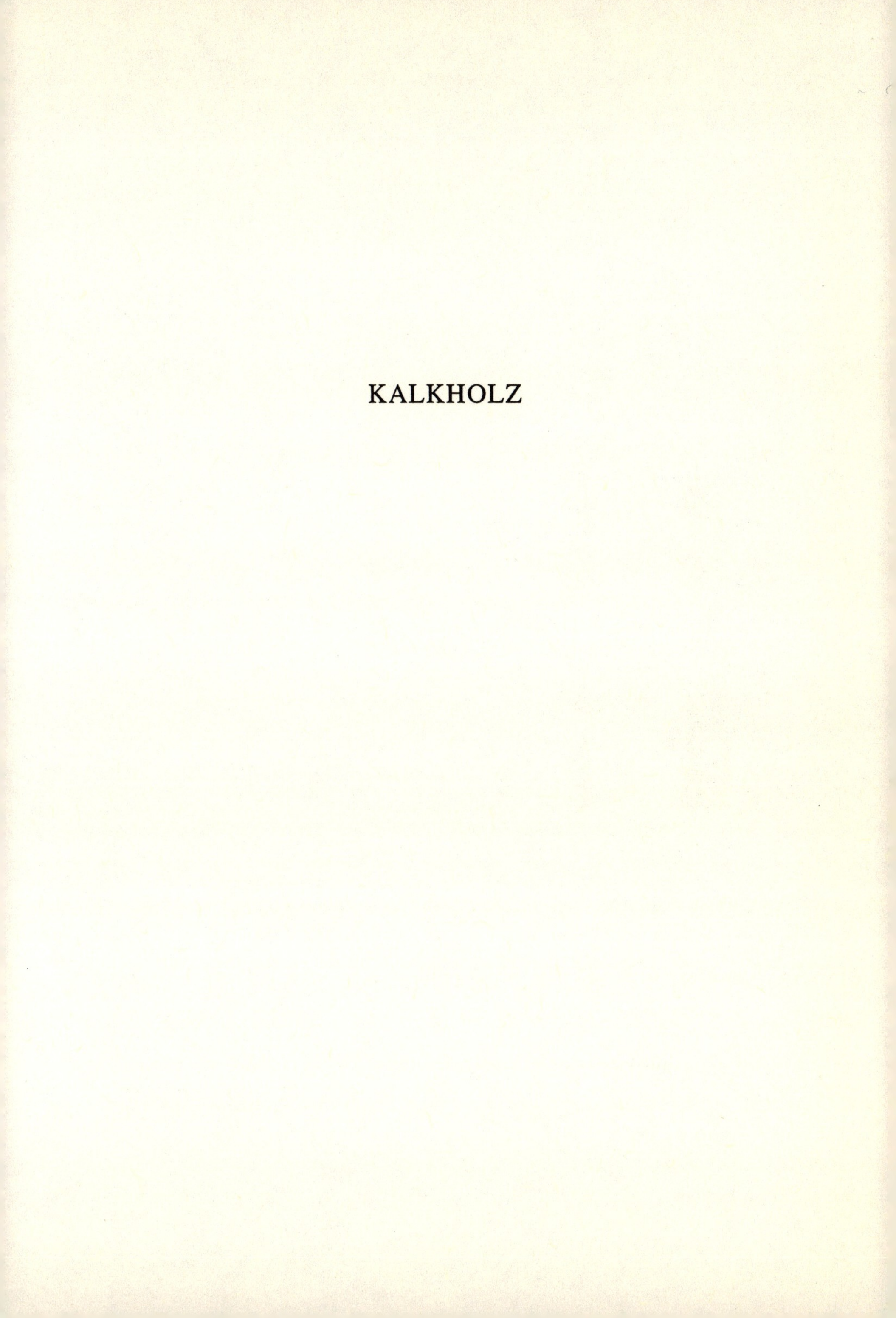

KALKHOLZ

1

Seine erste Erinnerung ist, daß er vor einem riesigen Teller einer süßen Speise sitzt, eine alte Frau mit einem Kopftuch, aus dem Büschel weißen Haares heraushängen, sich zu ihm herniederneigt und warm tropfende Tränen auf seinen Nacken fallen. Als er nur noch dies eine von dem Vorgang wußte, klärte ihn seine Mutter über die Begleitumstände auf. Sie hatte ihn zu der Bäuerin mitgenommen, bei der sie seit dem Krieg hin und wieder einige Tage arbeitete, vor allem für Butter, Topfen, Rahm und Schotten. Er war als Kind überall dabei, machte Ohren und Augen auf und es war eine Welt voll tiefer Geheimnisse.

Der Teller, der vor ihm stand, war Grießschmarrn mit viel Zucker drauf. Aber es war kein gewöhnlicher Grießschmarrn, es war vielmehr die hochzeitliche Variante dieser Speise, die deshalb auch Hochzeitskoch genannt wurde. Statt Milch wurde dem Grieß in der Pfanne süßer Rahm aufgegossen und als Fett durfte nur reine Butter genommen werden. Dadurch wurde der Grieß flaumig und weich. Damit das Gericht eine goldgelbe Farbe bekam, wurden einige Fädchen Safran darüber gestreut. Diese Speise, die am Hochzeitsmorgen zum Frühstück gegessen wird, braucht soviel Butter, daß sie wie Grundwasser unter dem Löffelstich liegt. Diese überreichliche Fettzugabe wurde auch deshalb praktiziert, damit die vielen Gäste nicht gleich einen ganzen Weidling voll fressen können.

Er hatte von der Bäuerin das Hochzeitskoch als Belohnung bekommen, weil er das lange Gedicht »dö heilig' Nocht« aufgesagt hatte, ohne auch nur ein einzigesmal stecken zu bleiben. Als er den Satz rezitierte

»Und waun i stoanold wia,
Dö Nocht vagis i mei Löbtag nia!«

war es auf einmal ganz still in der Bauernstube. Die Bäuerin schluchzte vor Rührung laut auf und die Mutter hatte vor Stolz auf das Gedächtnis des Knaben nasse Augen.

Die Bäuerin war eine bekannte »Zauberin«. Sie murmelte oft unverständliche Sätze und dabei wurde ihr verschmitztes Gesicht böse und drohend. Obwohl evangelisch, hatte sie stets Sehnsucht nach dem Mystischen der Katholiken und Weihwasser hielt sie für ein wirkliches Zaubermittel. Ständig mußte die Mutter Weihbrunn beschaffen, wobei der Vater ganz einfach beim Brunnen eine Bierflasche vollaufen ließ. Wenn die Mutter gegen diesen Betrug aufbegehrte, sagte der Vater nur: Hier gilt das Wort, Weib, dein Glaube hat dir geholfen.

Wenn im Dorf von dem kleinen Anwesen, das etwa tausend Meter hoch lag, mit dem Blick auf den Dachsteingletscher und den schwarzen Hallstättersee, die Rede war, wurde stets nur der Name der Bäuerin, nie der ihres Mannes genannt. Der saß meist in der Stube und spaltete aus eingeweichtem Fichtenholz Späne. Der Knabe schaute ihm dabei genau zu, ein wenig ängstlich, denn der alte Mann hatte ein »ausgeronnenes« Auge mit einem weißen Augapfel. Der uralte Mann sprach stets von noch älteren Zeiten.

Am Hohen Stein, hoch über dem Rettenbachtal sei die Milch auf der Alm so edel gewesen, daß man ein Ei über sie habe wälzen können, ohne daß es eingesunken sei. Die Mutter schmunzelte zu der Übertreibung und meinte, hier müsse es sich wohl um ein Taubenei gehandelt haben.

Damasus oder seine Eltern waren nie Bauern gewesen, aber er wuchs als Kind bei Bauernarbeit, Bauernkost und Bauernsprüchen auf. Er trägt buchstäblich noch die Narben aus dieser Zeit. Oft wurde er später gefragt, ob seine Schulter von einem Granatsplitter aufgerissen worden sei. Aber nein, er hatte sich lediglich, hoch auf dem Heuwagen sitzend, bei einer Balgerei versehentlich den Schorf der Pockenimpfung heruntergerissen. Auf das rohe Fleisch unter dem Schorf war Heustaub gefallen und die halbe Schulter begann zu eitern.

Auf dem Fuß trägt er eine große Narbe, von einer gezähnten Getreidesichel herrührend, die zwischen den Balken einer Tenne gesteckt war. Dann war er als Kind von einer Schaukel gefallen und hatte dabei einen eisernen Kochlöffel, einen sogenannten Nockerlöffel in der Hand, fiel mit dem Gesicht drauf und zerschnitt sich die Oberlippe. »Narbe an der linken Oberlippe« heißt es seither in amtlichen Papieren, in Kripo-, Militär-, Gestapo- und anderen »Kader« Akten. Später hat er sich aus List einen Bart über die Narbe wachsen lassen, aber bei jedem Grenzübergang fürchtet er, daß ihm ein strenger Wächter mit einer Schere den »Schnauz« stutzt, um des eingetragenen »besonderen Kennzeichens« ansichtig zu werden.

Aber eine kuriose Erinnerung ist mit dieser Narbe auch verbunden. Als er zum Arzt gebracht wurde, der vorher die klaffende Wunde vernäht hatte, wurde er nackt ausgezogen und auf den Operationstisch gelegt, damit die Wundfäden entfernt werden konnten. Der jähe Schmerz bewirkte, daß er dem Arzt mit kräftigem Strahl ins Gesicht brunzte. Auf den Brillengläsern des Arztes habe es nur so »gepratschlt«, hat seine Mutter später verlegen aber nicht ohne Stolz berichtet.

Er wuchs auf mit dem Spruch, daß man vor der Hollerstaude den Hut abnehmen muß, weil sie so heilkräftig sei: Gegen Fieber, bei Halsschmerzen, Bast und Schwamm auf offene Wunden und zum Essen als gebackenen Holler und Hollerröster. In Ansehen stand auch der gute Hollerschnaps, den seine Mutter noch mit 90 Jahren ansetzte für Enkel und Urenkel.

Er lernte schon als Kind, wie man Hühner köpft, Schafe sticht und Katzen erwürgt. Aber immer hat er ein ungutes Gefühl, wenn er Kalbfleisch oder Kitzlfleisch ißt, denn er war schon als Kind bei solchen Geburten dabeigewesen und hatte die große Freude der Kuh- und Ziegenmutter über den Nachwuchs beobachtet. Eine Katze hatte einmal, während er schlief, in sein Kinderbett vier kleine Kätzchen hineingeboren.

Wenn er später solche Erinnerungen erzählte, wurde er von »linken« Leuten belächelt und sie verdächtigten ihn, er hänge der »Idylle« nach wie ein richtiger Heimattümler.

Wir sind alle aus irgendwelchen »lieblichen« Details hervorgekrochen. Es kommt »nur« darauf an, die Einzelheiten und Kuriositäten in einen größeren Zusammenhang zu stellen.

Er kann sich nicht erinnern, daß er als Kind im Jahr öfter als dreimal Braten gegessen hatte: Weihnachten, Ostern und Pfingsten. Speck war für sie ein schier unerreichbarer Leckerbissen. Da hatte ein Nachbarbub seiner Kleinbauern-Großmutter zwei Schilling von ihrem Milchgeld gestohlen. Sie kauften dafür beim Fleischhauer Speck. Weil sie sich nicht auskannten, bekamen sie weißen Speck zum Auslassen. Sie konnten ihn natürlich nicht essen und gruben ihn heimlich ein, niedergeschlagen darüber, daß sie nun die Sünde des Diebstahls auf sich genommen hatten, für nichts und wieder nichts.

Weil das Fleisch so knapp war, aßen sie manchmal auch Hunde und Katzen, die jungen Idylliker. Bei einem Hund kam noch hinzu, daß das Schmalz als Heilmittel gegen Lungenkrankheit galt und die war recht häufig. Er erinnert sich Zeit seines Lebens an das grießige Fett, das er essen mußte, wenn er hartnäckigen Husten hatte.

Von der Zauber-Bäuerin holten sie in einem schneereichen Winter eine große weiße Katze. Sie wurde in einen Sack gesteckt und dieser in einen Rucksack. Sie waren mit zwei Rodeln ausgerückt, der ältere Bruder fuhr voran, weil er schwerer war und daher besser Bahn machen konnte.

Der Kleinere hatte den Rucksack mit der Katze getragen, sie wärmte seinen Rücken. In einer Schneewächte blieb der ältere Bruder stecken und der jüngere mit der Katze mußte sich in dem Graben auf die Seite fallen lassen, damit er nicht auf den vorderen Schlitten auffuhr. Er fiel dabei auf den Rucksack. Im Schnee entstand eine große Mulde und darin war noch eine kleinere runde Einbuchtung zu sehen, die von der Katze. Die Katze gab keinen Laut von sich, aber sie kratzte verzweifelt an ihrem Gefängnis-Sack.

Das Katzenfleisch wurde im Schnee gebeizt und es schmeckte ähnlich wie Hasenfleisch, nur etwas süßlich.

Wenn er sich später spöttisch und um Intellektuelle zu ärgern, einen »Gebirgsbauern« nannte, so hängt es mit den Erinnerungen der frühen Kindheit zusammen.

Er war noch so klein, daß er wirklich nicht mithelfen konnte bei der Holzarbeit, aber er roch die Sägespäne, die aus der Schnittlinie herauspurzelten. Er hat einen scharf ausgebildeten Holzverstand, für den damals schon der Grundstein gelegt wurde. Noch am kleinen Scheit und am winzigen Brett erkannte er die Holzart und wurde oft wegen dieses überflüssigen Wissens ausgelacht.

Er ging schon in die Schule, als er bei einem Ausflug zum ersten Mal auf das flache Land hinaus kam. Er staunte über die großen Getreidefelder, aber sie waren ihm vollkommen fremd. Er kannte nur das bläuliche und fahlgelbe Haferfeld und Wiesen mit viel Blumen darauf.

Kürzlich wurde die Enkelin der Zauber-Bäuerin zu Grabe getragen. Sie war, nachdem sie sechs Kinder geboren und großgezogen hatte, an Leukämie gestorben.

Als er am offenen Grab stand, war eines schmerzhaft deutlich: der Geschmack der Hochzeitsspeise, die das erste Honorar in seinem Leben gewesen war und dem kein süßeres jemals gefolgt ist.

DER SOZIALDEMOKRAT: Also, san ma ehrlich, allmählich ist es die Steinzeit, über die wir reden. Die Leut hören uns kaum noch zu bei unserem Pallaver. San ma ehrlich.

DER KOMMUNIST: Ohne Vergangenheit keine Zukunft. Nicht weil wir so klug sind, nein weil die Brutalität immer mehr zunimmt, haben wir weiterhin Chancen.

DER TROTZKIST: Chancen hat nur, wer sich nicht ans Kleinbürgertum anbiedert.

DER ZEUGE JEHOVAS: Die Schrift ist der einizge Ausweg.

DER WERBE-KEILER: Wer wendig ist, hat immer Chancen.

DER ALT-NAZI: Schaut nur zurück auf eure Rosthaufen. Ich zeig euch edlere Patina.

Auf drei Seiten ist der See von hohen Bergen umgeben, die steil ins Wasser abfallen. Dadurch gleicht der acht Kilometer lange See einem Fjord, der das Dachstein-Massiv in einer tiefen Schlucht vom Norden her anschneidet.

Am tiefsten ist der See am Ostufer. Ist er im ganzen schon dunkel, hier ist er schwarz, weil aus der Tiefe kein Widerschein mehr kommt. Im Herbst, wenn die Gipfel rundum schon schneebedeckt sind, die Bannwälder an den Hängen aber noch in bunter Pracht stehen, spiegeln sich die Farben im Wasser wie Bündel von Licht. Am Ostufer reichen Wacholderbüsche bis nahe an den See heran, im Frühling wachsen Narzissen, zum Ärger der Bauern, denn die weißen Blumen mit dem betäubenden Duft sind giftig. Über den See gleiten lautlos einige Plätten, Boote in einer Form, die schon Jahrtausende alt ist. Es liegt einiger Stolz in diesem Blick auf die Tiefe der Zeit, aber auch viel Ratlosigkeit und viele offene Fragen.

Hallstatt und der Hallstätter-See verdanken ihren Namen dem Salz, das hier schon tausend Jahre vor unserer Zeitrechnung bergmännisch abgebaut wurde. Man kennt die Arbeitsstätten der illyrischen und keltischen Bergleute, man kennt auch ihre Gräber, ihre Wohnstätten aber kennt man nicht. Vor hundertfünfzig Jahren wurden die großen Gräberfelder entdeckt, die sich trotz des hemmungslosen Raubes in der damaligen Zeit bis zum heutigen Tag Kostbarkeiten entreißen lassen.

Die größte Kostbarkeit wurde freilich auf dem katholischen Friedhof vergraben. Am 1. April 1734 wurde nämlich beim Vortrieb eines neuen Stollens ein »Mann im Salz« gefunden. Der Vortrieb war auf einen prähistorischen Abbau gestoßen, der schon wieder halb mit Salz zugewachsen war. Der rätselhafte Fremde lag am Boden des Stollens und war ganz in durchsichtiges Salz eingehüllt, das wie Kristallglas seinen Körper umgab. Der Bergmann von ehedem trug einen schwarzen Vollbart und sein Körper war in ein Fellkleid gehüllt. Der kaiserlichen Bergwerksverwaltung mußte der lästige Fund höchst unheimlich gewesen sein, legte er doch augenscheinlich Zeugnis davon ab, daß lange vor der christlichen Hofkammer schon eine heidnische Obrigkeit den Salzabbau betrieben haben mußte. Der ungewöhnliche und unerwünschte Vorfahr mußte so rasch als möglich wieder verschwinden. Weil er offenkundig ein Heide war, sollte wenigstens im Nachhinein seine Seele gerettet werden. So wurde der prähistorische Bergmann bereits am 3. April 1734 in einem Winkel des Friedhofs verscharrt. Weil er keine Verwandten hatte, erhielt er nur ein Armenbegräbnis, das jedoch der Pfarrer als eine gute Tat getreulich aufgezeichnet hat.

Keine drei Monate nach dem Begräbnis des Salzmenschen, am 24. Juni 1734 begann die Deportation der Protestanten. Bis zum Jahr 1780 herauf wurden sie in fünf großen Schüben mit ihren Familien nach Siebenbürgen verbannt. Ihre Namen wären wohl verschollen, hätte die Ärarbürokratie in Hermannstadt nicht pedantisch Buch geführt und genaue Verpflegungslisten für und über die Ketzer aus dem Salzkammergut angelegt. Aus diesen

Listen erfährt man, daß bei den Vertreibungen sogar Familien mit zehn Kindern der Deportation verfielen.

Die »Abschaffung« nach Siebenbürgen war noch in so frischer Erinnerung, daß das Toleranzpatent unter Josef II. im Jahre 1781 zunächst nur mit tiefem Mißtrauen aufgenommen wurde.

Später wurde berichtet, daß sich in Gosau, einer Nachbargemeinde von Hallstatt, im Jahre 1781 alle Einwohner bis auf den letzten Greis zum evangelischen Glauben bekannt hätten. Im Ergebnis mag das richtig sein, aber die Zwischenstufe wird dabei gerne zugedeckt.

Als nämlich vor den angetretenen Dorfbewohnern die Toleranz ausgetrommelt und verlesen wurde, meldete sich zunächst niemand. Da sei wohl noch immer ein großer Bedarf an Arbeitskräften in den südkarpatischen Wäldern, mochten viele erbittert gedacht haben und sie schwiegen trotzig zu der ganzen Toleranz.

Da trat eine ältere Frau vor und erklärte, ihr sei ohnehin alles »ein Ding«, weil sie schon zweimal abgeschoben worden sei. Aller guter Dinge sind drei.

Die Frau trat vor und die anderen warteten. Erst als niemand Hand an sie legte, kamen auch die anderen langsam aus dem Haufen heraus. Einer nach dem anderen. Die es schon zu etwas gebracht hatten, waren, immer noch zögernd, die letzten.

Die Geschichtsschreibung hat uns nur das Ergebnis überliefert. Weil es eine männliche Geschichtsschreibung ist, hat sie die Rolle der Frau bei diesem Vorgang verschwiegen. Eine Tafel in der evangelischen Kirche in Gosau gibt von dem Ereignis nur höchst unzulänglich Nachricht.

In seiner Kindheit war ein herabsetzender Spruch im Schwange. Auf die Frage, woher man komme, wurde dem Bewohner von Hallstatt in den Mund gelegt: »vo da Hoidohl oha, wo die Deppertn sand«. Der Spruch spielte darauf an, daß Hallstatt angeblich mehr debile Gemeindekinder hatte, als andere Orte. Sie fielen allerdings besonders auf, weil sie infolge der Zusammenballung der Häuser, die sich hier den Berg hinauf förmlich übereinander türmen, ständig sichtbar waren. Einige Forscher führten das Phänomen auf die jahrhundertealte Inzucht zurück, die wieder dadurch entstand, daß der kaiserliche Ärar aus Verpflegungsgründen den Zuzug nach Hallstatt unterbunden hat. Andere wieder vertreten die Auffassung, daß die Frauen und Mädchen von Hallstatt jahrhundertelang den Salzkern auf dem Kopf vom Salzberg heruntertragen mußten und sich diese schwere Arbeit auf den Nachwuchs schlimm ausgewirkt habe.

Er war mit einem Hallstätter in die Schule gegangen, der sich durch ein unheimliches Gedächtnis auszeichnete. Er kannte wortreiche katholische Legenden nach zweimaligem Anhören auswendig und verblüffte damit die ehrwürdigen Brüder des Johann Baptist de Lassalle immer aufs neue.

Als er sich viele Jahre später nach ihm erkundigte, wurden die Leute verlegen und sagten nur, sein alter Schulfreund sei krank. Erst nach hartnäcki-

gem Fragen erfuhr er, daß der einstige Wunderknabe an Gedächtniskraft in einer Anstalt für Geisteskranke untergebracht war.

Die mühselige Zufuhr von Getreide und Schmalz in der Vergangenheit führte dazu, daß auch eine bestimmte Verteilung organisiert werden mußte. Dadurch gelangten Ausdrücke des Militär-Ärars in die lebendige Volkssprache. Nicht nur die Bergleute hatten sich ein Salz- und Holzdeputat erobert, auch die Kleinbauern der ganzen Umgebung bekamen ein Quantum Salz, auch als Anreiz zur Viehhaltung. Dieses Salz mußte man jährlich »schreiben« lassen und im Winter, wenn man das Deputat auf Ochsenschlitten abtransportieren konnte, ging die Fahrt nach Hallstatt, um das Salz zu »fassen«.

Einmal nahm ihn ein salzfassender Ochsenbauer mit auf diesen Weg. Es war bitterkalt, sie waren auf dem Schlitten mit wollenen Decken eingehüllt, aber die Kälte drang durch die Beine ein. Stellenweise stiegen sie ab und stapften hinter dem Ochsen her, der gleichsam aus Bosheit gegen die kälteempfindlichen Schlittengäste ganz besonders langsam dahintrottete.

Sie saßen wieder auf und zottelten über dem dämmrigen See dahin, denn im Winter ist er oft in Nebel gehüllt und macht sich unsichtbar. Hallstatt hat in dieser Zeit überhaupt wenig Sonne und das Tageslicht ist verwandt mit der nördlichen Nacht. Trotzdem sind die Hallstätter heute noch böse auf die Dichter und Maler, die Hallstatt und den See »düster« genannt haben. Sie sind böse auf Adalbert Stifter, Wilhelm Raabe und Ferdinand Waldmüller, weil sie ihnen dieses verleumderische Etikett angehängt hätten. Düster, so sagen sie, seien Straßenschluchten in der Stadt, aber nicht ein See, in dem sich - auch im Winter, bitte sehr - die hellen Berge spiegeln.

Sie faßten beim »Salinen Ärar« ihr Fuder Salz für Vieh und Mensch. Über dem lebhaften Treiben schwebte ein Dunst von Schnaps, Tabak und die scharfe, heimelige Ausdünstung der Ochsen. Sie kehrten ins Gasthaus des Konsumvereines ein und aßen eine Rindsuppe, auf der in dunklen Klumpen das Mark schwamm. Die Suppe war mit Muskat gewürzt und der Knabe hat auch diesen Geschmack nie wieder vergessen.

Auf dem Heimweg war der Bauer gesprächiger, denn er hatte einige Krügel Bier getrunken.

»Wenn du einmal groß bist«, sagte er, »mußt du mir die Fläche des Sees ausrechnen bis auf den Quadratmeter. Wir haben nämlich damals nur eine grobe Karte bei der Hand gehabt«.

Er erzählte, daß er im Krieg an der Dolomitenfront mit einem Bauern aus Gosau zusammengewesen war. In einer Kaverne am Monte Cimone haben sie wochenlang hin und her gerechnet, welche Fläche es ergäbe, würde der Hallstättersee zugesprengt. Die Unmassen von Pulver und anderen Sprengmitteln, die an der Bergfront zum Köpfen von Gipfeln eingesetzt wurden, könne daheim viel besser verwendet werden, dachten sie.

»Stell dir vor, ein Feld von Steeg bis Obertraun«, schwärmte der Bauer, »dort, wo der See breit ist, gäbe es in der sonnigen Mitte sogar Weizenfelder, wo er schmal ist, würde noch Hafer gedeihen und an den Rändern überall Wiesen. Es wären an die 18.000 Joch, die man nutzen könnte und es wären ebene Wiesen und Felder!«

Er spuckte einen kräftigen Tabakstrahl aus.

In Hallstatt sollte eine breite See-Uferstraße gebaut werden, um den Markt verkehrsmäßig zu entlasten. Aber die Hallstätter wollten direkt am See keine breite Uferstraße. Da sich aber die Projektverfasser und die umfangreiche Lobby für den Großbau recht sicher wähnten, steuerten sie auf eine Volksbefragung zu. Man wird es euch schon zeigen, ihr Hinterwäldler. Die Mehrheit der Bevölkerung aber sagte nein zu dem Projekt. Den Ausschlag gaben die »gewöhnlichen« Leute. Seit Jahrhunderten ist es üblich, daß die Hallstätter ihr Brennholz auf dem »Seeweg« zu ihren Häusern bringen. Eine breite Uferstraße hätte die zahlreichen Seezugänge abgeschnitten und die Heranbringung des Brennmaterials für den langen Winter noch teurer und mühsamer gemacht.

Schließlich wurde eine Tunnelumfahrung errichtet und bei der Eröffnung wurde dann so getan, als seien es ohnehin schon immer die amtlichen Ambitionen gewesen, Hallstatt unberührt zu lassen, denn, so wurde in Erinnerung an Napoleon erklärt, hier in Hallstatt sähen stets die Jahrtausende auf uns herab.

Eine Cousine war in Hallstatt mit einem Briefträger verheiratet. Der war mit einem Kopfschuß aus dem ersten Krieg heimgekehrt. Er hatte aber auch noch ein anderes Leiden mitgebracht, er war zum Rumtrinker geworden, von der Sturmkompanie her und weil er ständig Kopfschmerzen hatte. Er zitterte wie im Schüttelfrost, bevor er das erste Sechzehntel getrunken hatte. Die Bevölkerung anerkannte seine Sucht als Folge seines Kopfschusses. Wenn er bei seinen Briefträgergängen über hunderte Stufen hinauf und herunter müde und abgehetzt zurückkam und beim Konsumverein auftauchte, reichte ihm die Verkäuferin, ohne nach seinen Wünschen zu fragen, ein kleines Zementl Rum herüber. Er trank den Stiegenscheißer in zwei Zügen aus, die Leute waren freundlich zu ihm und er zu ihnen.

Die hohe Postverwaltung dachte freilich über den Fall anders. Schließlich hatte der Rumtrinker (nicht der Kopfschüßler) ja auch Geldsendungen zu betreuen. Es war zwar nie etwas vorgefallen, denn an den Tagen der Pensionsauszahlungen begleitete ihn seine Frau, unbezahlt und unbedankt, in stiller und etwas verzweifelter Solidarität.

Der Briefträger wurde dann frühzeitig pensioniert. Jetzt, da das strenge Korsett des Dienstes weg war, kam sein ganzes Leben in Unordnung. Jetzt war er kein Invalide mehr, der trinkt, sondern nur noch ein Trinker, der auch noch invalide war. Man sah ihn oft bei der Schiffsanlegestelle, wenn die Leute und Postsäcke ankamen. Er fragte Ankömmlinge aus anderen Ge-

meinden verloren, was aus dem und jenem geworden sei, mit dem er im Krieg gewesen war. Er hatte vergessen, daß sie gefallen waren.

Er ging oft am Ufer des dunklen Sees hin und her und einmal, nach einem nebeligen Wintertag, kam er nicht mehr heim.

Er sei in den See gegangen, sagten die Leute. Seine Leiche wurde nie gefunden, obwohl der See nach sieben Tagen, wenn das Gas den Körper aufgebläht hat, die Leiche noch einmal - allerdings nur für ganz kurze Zeit - emportreibt. Es gab keine Leichenfeier, nur eine stille Messe.

Seine Witwe mußte einen langwierigen Kampf führen, bis sie von der spärlichen Pension des Briefträgers ihren mageren Teil bekam. Schließlich war ja keine Leiche da und wie oft sei es schon vorgekommen, daß einer untergetaucht ist, um sich ein gutes Leben zu machen?

Die Frau wurde später von der Post übernommen, wie aus einem schlechten Gewissen heraus. Der ertrunkene Briefträger hatte auch einen Enkel, den er freilich nicht mehr erlebt hatte. Dieser Enkel starb, knapp zwanzig Jahre alt, an einem heimtückischen Leiden. Er war schon ein bekannter Alpinist, aber bei den gefährlichsten Dachstein-Fahrten war nie etwas passiert. Der Gesangsverein sang am offenen Grab das Lied »Von meinen Bergen muß ich scheiden«. Er, der sich da erinnert, hörte das Lied noch auf vielen Friedhöfen.

Und da war eine Schöne aus Hallstatt, die in der Schule schon mit dreizehn Jahren voll entwickelt war. Sie zeigte gern ihre Brust unter dem Pullover. Ein Mitschüler behauptete, er habe die Brust schon ganz genau gesehen, sie habe sie ihm gezeigt auf einer Bank an der Soleleitung hoch über dem See. Die Brust sei ganz weiß, an der linken habe sie ein dünnes blaues Äderchen. Das Mädchen war sich seines Eindruckes durchaus bewußt, den es auf die Knaben machte, insbesondere auf die von der katholischen Schule, die da gänzlich ausgehungert waren. Ihm begegnete das Mädchen besonders aufreizend. Es lockte ihn hinter die Büsche und lachte ihn aus. Manchmal ließ sie sich von ihm zum Bahnhof begleiten. Dabei hängte sich das Hallstätterkind in seinen Arm, sodaß er ganz verlegen wurde. Am Bahnhof aber lauerte der ganze Trupp der »fahrenden Schüler« auf sie. Sie johlten, nahmen das Mädchen aus seinem Arm und in ihre Mitte. Ein sommersprossiger Rothaariger rief ihm zu, daß die Hallstätter ihre Hennen selber bucken. Er war böse auf ganz Hallstatt, erinnerte sich an das See-Zusprengen und wünschte glühend eine große Steinlawine herbei, auf daß sie den ganzen Markt unter sich begrabe für immerwährende Zeiten.

Nach dem Krieg sah er die Angebetete seiner Jugend wieder. Sie arbeitete in einem Gasthaus und war Witwe geworden. Sie erkannten sich sofort und lächelten verlegen. Kommst du einmal? fragte sie, als er ging. Er nickte, aber er ist nicht wieder gekommen.

Und da war noch ein Mädchen anfangs der Dreißiger Jahre, von dem noch heute die alten Linken schwärmen. Das Mädchen war Gegenstand zarter und streng korrekter Huldigungen auf vielen Jugendtreffen, denn die Arbeiterjugend war damals mindestens so streng wie Trappisten und Dominikaner. Das Mädchen wurde von einem jungen Mann aus Linz weggeholt und ging mit ihm 1934 nach Rußland. Erst 1945 kehrte die Jugendliche von ehedem zurück und besucht gelegentlich Hallstatt und den Hallstättersee. Dann geht sie versonnen über den alten Marktplatz.

Die Idylle am Fuße des firngekrönten Dachsteins (so heißt es in der Fremdenverkehrswerbung), ist gewiß nicht der Nabel der Welt und doch haben hier weltgeschichtliche Entwicklungen kräftigen Niederschlag gefunden. Um das Salz wurden Kriege geführt, die Salzbergarbeiter mußten im Laufe der Jahrhunderte, um ihre einfachsten Bedürfnisse durchzusetzen, immer wieder die Arbeit niederlegen und hier, nicht etwa in den großen Städten, wurde auch der erste Arbeiter-Konsumverein gegründet.

Der Bauernphilosoph Konrad Deubler, der Freund Ludwig Feuerbachs, der 1853 wegen »Religionsstörung« und weil er die Verfassung der USA propagiert hatte, zu schwerer Festungshaft und Internierung verurteilt wurde, hatte in Hallstatt eine Mühle betrieben.

Aus Hallstatt stammte der Bergarbeiter Matthias Roth, der als Pfeifendeckel des Militär-Akzessisten und Lyrikers Georg Trakl im November 1914 in einer knappen und ungelenken Nachricht vom Tod Trakls im Krakauer Militärspital erschütternde Kunde gegeben hat.

Anfang der Zwanzigerjahre arbeitete der Vater als Maurer bei der Erweiterung der Simonyhütte am Fuße des Hallstätter Gletschers. In der Familie wird noch ein Bild dieser Arbeitsstelle aufbewahrt. Da ist eine Gruppe von Maurern und Zimmerleuten zu sehen und die meisten tragen k.u.k. Militärmützen. Diese Kopfbedeckung war, so weit sie noch aus der Friedenszeit stammte, aus bestem Loden und hielt die Nässe ab. Man konnte sie waschen, wenn sie einmal schon ganz mit Mörtelspritzern bedeckt war. Dieses Uniformstück hat den Untergang der Monarchie lange überlebt. Indem die Männer die Mütze zur Arbeit aufsetzten, zeigten sie eine boshafte Anhänglichkeit an die alte Armee: sie parodierten sie.

Es war die Zeit, da die Inflation gerade in ihr galoppierendes Stadium kam. Die Arbeiter bezahlten brav jedes Krügel Bier, aber die Wirtin, wenn sie ins Tal kam, konnte für das Geld nicht einmal eine Schachtel Streichhölzer einkaufen.

Schließlich bildete sich ein urtümlicher Zustand heraus. Die Hüttenwirtin gab Getränke nur gegen Arbeitsleistungen ab. Die Arbeiter schafften Holz herbei, zerkleinerten es, sie bauten aus alten Beständen einen neuen Ofen, der im Bauauftrag nicht vorgesehen war. Dem Meister paßte natürlich diese Art der Wertschöpfung gar nicht, denn er vermutete nicht ganz zu Unrecht, daß sich die Grenzen der Tätigkeit bei solchen Geschäften verwischen müssen, denn wann arbeitet der Mann für das Unternehmen und wann nur für sein Bier? Aber er konnte es nicht verhindern, daß hier auf der untersten Ebene des Warenaustausches versucht wurde, ein System höherer Gerechtigkeit zu praktizieren.

Nach dem ersten Weltkrieg hätte in Steeg ein Chemiewerk errichtet werden sollen. Es kam zu einer großen Demonstration mit Transparenten »Nieder mit der Gifthütte!«. Ein hoher Beamter wurde »tätlich« angegriffen und der Rädelsführer des »Aufruhrs« vor Gericht gestellt. Ein Chronist gab ihm Jahrzehnte später in einem Zeitungsbericht den seltsamen Namen »Grünspeis«. Er ist einem Hausnamen aufgesessen, denn der »Aufrührer« heißt schlicht Matthias Haslauer, vulgo »Greanspeisler«, weil seine Eltern Gemüse verkauften.

Eine Plätte auf dem Hallstättersee war 1938 und 1939 auch Schauplatz mancher illegaler Zusammenkünfte zum Wiederaufbau verbotener Organisationen. Einer der »Wühler« hatte eine Lizenz für das Schrazen-Fischen. Er ruderte mit seinen »Mitfischern« weit in den See hinaus, damit niemand ihre hochverräterischen Gespräche belauschen konnte. Die Erinnerung an diese Fahrten auf dem spiegelglatten See begleitete die Verfolgten bis in die Kerker hinein.

Einen besonderen Warenaustausch gab es Ende des zweiten Weltkrieges. In Steeg am Hallstättersee war in einer ehemaligen Fabrikshalle ein riesiges Lager von Leinwand aufgestapelt worden. Als der Krieg zu Ende ging, ergriff die Wehrmacht-Verwaltung des Lagers die Flucht. Ein Soldat und ein Zivilist begannen dann mit der Ausgabe des Linnens an die Bevölkerung. Alte Plätten wurden so überladen, daß sie im See versanken, Wagen, vor denen Kühe gespannt waren, konnten nicht auf die Straßen, weil die von zurückflutenden Truppen verstopft waren, die sich noch tiefer in die »Alpenfestung« zurückziehen wollten, obwohl in Trieben in der Steiermark schon die Russen standen und am Wolfgangsee die Amerikaner. Die Wagen mit der Leinwand blieben auf den Wiesen stecken.

Der Vater hatte sich beim Leinendepot einen großen Ballen aufgeladen und schlug den Weg links von der Traun ein, damit er nicht in den Sog des letzten Rückzuges hineingerate. Er schleppte seinen Ballen auf der Terrasse der Traun dahin, als plötzlich die amerikanische Luftwaffe zu einem Tieffliegerangriff ansetzte. In erster Linie nahm sie die Kolonnen auf der Straße unter Feuer, aber die Jäger verwendeten Brandgeschoße und in St. Agatha brannte ein Haus lichterloh. Der Vater ergriff unter dem Knattern der Maschinengewehre und Bordgeschütze die Flucht und wälzte sich samt seinem Leinenballen in einen Stall hinein. Es war ein Ziegenstall und das Leinen wurde dabei arg verschmutzt. Der Vater blieb eine Stunde lang in dem Ziegenstall und erst als es sicher schien, daß die Tiefflieger nicht wiederkommen würden, machte er sich erneut auf den Weg, der ein beträchtlicher Umweg war, und kam ganz erschöpft, nach Ziegenbock stinkend, nach Hause. Als man ihn fragte, warum er denn ausgerechnet in einem Ziegenstall Zuflucht gesucht habe, sagte er stets ernsthaft, er habe als Maurer so-

fort erkannt, daß dieser Stall ein Gewölbe habe und daß so ein Gewölbe auch eine mittlere Kanonenkugel aushalte.

Der Segen des Reichs-Leinens war groß. Die ganze Bevölkerung ging weißgekleidet in die ersten Monate des Friedens.

Sein ganzes Leben ist begleitet von Nachrichten, daß wieder jemand in den See gegangen sei, infolge eines Unglücksfalles, wie etwa, wenn das Eis auf der Nordseite zu früh gebrochen ist, zum Fasching im betrunkenen Zustand oder wenn im Sommer draußen auf dem offenen See plötzlich der »obere Wind« vom Dachstein herunterbraust und der stille See zu einem brodelnden Chaos wird.

Im Jahre 1822 ist dieser »obere Wind« auf Boote niedergestürzt, die vollbesetzt von einem Begräbnis nach Hause unterwegs waren. 48 Personen sind dabei auf der kurzen Strecke nach Obertraun ertrunken.

Immer wieder kam es vor, daß Lebensmüde im See den Tod suchten. Die grüne Tiefe lockt den Verzweifelten an und verspricht ihm Stille und Geborgenheit. Von einem wird berichtet, er sei eine ganze Stunde lang in der Plätte gestanden, habe sich von der sanften Strömung treiben lassen und habe immer nur in den See geschaut, bevor er sich über die Bordwand in die Tiefe fallen ließ.

Gegen Ende des Krieges kam der evangelische Pfarrer von Hallstatt in größte Not. Seine Frau, die eine Jüdin war, sollte abgeholt werden, nachdem er sie bis jetzt hatte über die Zeit der Verfolgung bringen können. Er bekam einen Wink, weil der Draht, auf dem solche Befehle einliefen, nicht mehr ganz dicht war. Er konnte seine Frau noch schnell nach Passau in ein Diakonissenheim bringen. In Hallstatt aber verbreitete er die Nachricht, sein Eheweib sei in Sinnesverwirrung in den See gegangen. Er hatte keinen anderen Ausweg gewußt, seine Frau, die mit ihm so lange Freud und Leid geteilt hatte, vor dem sicheren Tod zu bewahren. Um das Unglück möglichst echt erscheinen zu lassen, sprach er auch in der Kirche über den schweren Verlust, den er erlitten habe und forderte die Gemeinde zum Gebet für die Unglückliche auf.

Nach dem Krieg waren ihm Gläubige böse über sein Vorgehen. Daß er einen Selbstmord seiner Frau vorgetäuscht hat, wurde ihm verziehen, nicht aber, daß er für sie hatte beten lassen.

Allen Besuchern aus fremden Ländern schärft er ein, ja nicht den Besuch des uralten Salinenmarktes zu versäumen. Er hört in vielen Sprachen die Schönheit dieser Gegend rühmen. Nur einem kann er nicht beipflichten, obwohl er höflich zu den Rufen des fröhlichen Entzückens schweigt, wenn Bewunderung geschmeichelt wird, wie lieblich und idyllisch doch diese Landschaft um den Hallstättersee sei. Da wird er immer recht nachdenklich.

Nein, lieblich ist sie nicht. Er weiß zu viel von ihr.

Hochzeitsbild der Eltern Josefa und Rudolf Kain, Februar 1914, Goisern

Franz Kain, 1927, Goisern

Franz Kain (links) mit seinen Brüdern
Gottfried, Rudolf und Johann, 1929 Goisern

Im Stephaneum, 1931/32, Goisern

Goiserer KJÖ-Jugendgruppe: Alois Strauhinger, Hans Putz, Kirchmayer, Franz Kain, Willi Putz, ca. 1938/39, Goisern

Eine Almpartie: Kain Franz, Kain Hilda, Straubinger Lois, Kogler Herbert, Kirchmayr, Holzmann Frida, Putz,Hans, Fam. Strauß, A.?, 1939, Goisern

Franz Kain als Holzknecht bei einer »Kreuzigung«.
(Ein derber Brauch, bei dem der Bräutigam vor der Hochzeit gekreuzigt wird.)
1939/40

2

Bei der Taufe, die in einem sehr kalten Jänner vorgenommen wurde, erhielt er als zweiten Namen den kuriosen »Damasus« aufgesetzt. Offenbar war es eine Verbeugung vor dem Vater seiner Mutter, der wirklich und zwar mit dem ersten Vornamen Damasus hieß.

Er verbarg diesen Damasus stets vorsichtig hinter dem ersten Namen, aber bei allen Haupt- und Staatsaktionen drängt er sich vor wie die Narbe an der linken Oberlippe. Beim Einschreiben in die Schule, bei den Schulzeugnissen, bei Gerichts- und Strafakten, bei Militärpapieren, in Pässen, auf Ausweisen, beim Standesamt und auf Entlassungsscheinen. Bei der Bescheinigung seines Todes wird er auch da sein.

Er wurde ein Leben lang gehänselt wegen dieses kuriosen Vornamens. Dann hat sich über diesen Dauerspott ein starker Trotz entwickelt. Später hat er den Vornamen, nur ganz leicht abgewandelt, als Pseudonym benützt.

Großvater Damasus war im kurmäßigen Badebetrieb beschäftigt. Boshaft hat es später manchmal geheißen, des Gebirgsbauern »Beziehung« zu Habsburg rühre daher, daß sein Großvater die Erzherzoginnen gebadet habe. Aber die »Beziehungen« zu Habsburg sind anderer Art.

Der erste Arbeitsplatz seiner Mutter war im Alter von 14 Jahren der Posten eines Hühnermädchens in der alten Rettenbachmühle gewesen. Dort erfuhr sie von anderen Bediensteten, daß zu Lebzeiten von Kaiserin Elisabeth ständig ganz frische, noch warme Eier in die Kaiservilla gebracht werden mußten, die für die Haarpflege der Kaiserin verwendet wurden. Im Laufschritt hätten diese Eier, in Watte verpackt, transportiert werden müssen. Sie könne froh sein, daß diese Arbeit nach der Genfer Bluttat des Luigi Luccheni nicht mehr notwendig sei. Aber für die Mutter gab es, was die Kaiservilla betrifft, eine andere »Spezialität«. Sie mußte jeden zweiten Tag Milch in die Küche der Villa bringen. Diese Milch mußte eineinhalb Kilometer weit auf dem Kopf getragen werden, damit die Rahmschicht darauf nicht zerstört wurde. Am Anfang habe sie einen ganz steifen Nacken bekommen bei dieser Arbeit, erzählte sie im hohen Alter.

Erst gegen ihr Ende zu gab sie noch ein anderes Detail dieser »Verbindung« zur Kaiservilla preis. Die Köche und Zuckerbäcker seien, wenn sie die Milch abgeliefert hatte, ungemein zudringlich gewesen und hätten alle »Liefermädchen« bedrängt und ihnen unter den Kittel gegriffen. Die hätten es ganz schön ausgenützt, daß sich ein Hühnermädchen nicht beschweren konnte über unverschämte Männer in der Kaiservilla.

Der Großvater väterlicherseits brachte eine andere Variante der Habsburg-Erfahrung in die Familie. Aus einer kinderreichen Bergbauernfamilie stammend, der Vater war zudem »Strähn-Knecht« bei der Saline, hatte er das Maurerhandwerk erlernt und war dann acht Jahre lang Soldat. Den Krieg

1866 gegen Preußen machte er als Korporal bei der Genietruppe mit, wie man damals die Pioniere nannte.

Nachdem er abgerüstet und geheiratet hatte, baute er sich ein kleines Haus. Er konnte nur ein winziges, steiniges Grundstück an der Grenze zu den kaiserlichen Forsten erwerben und mußte daher mit dem Platz äußerst sparsam umgehen. So ergab es sich, daß der Firstvorsprung über dem Eingang zum Haus einen halben Meter in den Luftraum über dem Forstärar hineinragte. Er meinte, daß man ihm als altgedienten und »in Ehren entlassenen« Soldaten bei einer solchen Kleinigkeit doch entgegenkommen werde. Aber die Forstverwaltung war für ein solches Entgegenkommen nicht zu haben und der Großvater hätte für den Dachvorsprung Pacht zahlen müssen. Da schnitt er den Firstbaum genau an der Grundgrenze ab und damit die Stirnwand auf der Nordseite nicht gänzlich der Witterung ausgesetzt sei, bedeckte er die ganze Seite bis zum First hinauf mit Schindeln, wie bei einer Almhütte im Hochgebirge. So steht die Seite des Hauses bis zum heutigen Tag. Wenn fremde Touristen oder geschäftige Heimatforscher an dem Haus vorbeikamen und über den eigenartigen »Stil« rätselten und wohl auch von einer »urtümlichen Wärmedämmung« sprachen, mußte der Enkel des Korporals jedesmal lachen, denn er wußte, daß dieser »Stil« nur das Ergebnis eines erbitterten Ringens mit der kaiserlichen Forstverwaltung war.

Von dieser Dachkalamität ging ein jahrzehntelanger Kleinkrieg des altgedienten Soldaten mit den Forstbehörden aus, der von beiden Seiten mit großer Erbitterung geführt wurde. Der Großvater verkehrte mit den Forstbeamten nur mit der Axt in der Hand, beschwerte sich in vielen Eingaben über Wildschäden, obwohl er nur einen kleinen Apfelbaum und einige Ribiselstauden besaß. Traten nach langem Regen Quellen aus, leitete er sie »ins Ärar« ab, wo sie beträchtlichen Schaden anrichteten und tiefe Gräben aufrissen. Die Forstbehörde verfolgte den »Querulanten« beim Vogelfang, wenn er zum Ofenkehren ein Bündel Reisig aus dem Wald holte und auch die Hauskatze wurde wegen Verdacht des Wilderns in die Verfolgung einbezogen und meist, beim Streunen, »auf frischer Tat ertappt«, erschossen. Während den Nachbarn ein Recht auf das Wasser einer ergiebigen Quelle eingeräumt wurde, mußte der Korporal eine symbolische Pacht von einigen Hellern zahlen, »damit kein Recht draus wird«.

In seinen alten Tagen, als er den Beruf des Maurers und Ofensetzers nicht mehr ausüben konnte, verlegte er sich auf das Wurzelgraben. Er belieferte die Apotheke mit Enzianwurzen, mit Nieß- und Kalmuswurzeln, die er im Blindboden unter dem Dach gelagert hatte. Die Wurzeln schmeckten ungemein bitter und der kleine Damasus schluckte tapfer den Saft hinunter, der gesund sei. Aber auch beim Wurzelgraben kam der streitbare Großvater ständig mit den Forstbehörden in Konflikt und er ist als ein naher Verwandter des Michael Kohlhaas gestorben.

Damasus wuchs in einer evangelischen Umgebung auf, wurde aber selbst von der Mutter katholisch erzogen. Da seine beiden älteren Brüder in der öffentlichen Schule, die vorwiegend evangelisch war, große Schwierigkeiten hatten, kam er in eine katholische Privatschule. Der Vater, der in Glaubensdingen lax war, hatte wohl nachgeben müssen, denn die Mutter war hartnäckig und wer vor ihr halbwegs Ruhe haben wollte, tat gut daran, ihr nachzugeben.

Weil Damasus in die katholische Schule, alle seine Freunde aber in die öffentliche Schule gingen, geriet er schon als Kind in konfessionelle Auseinandersetzungen hinein, die noch mit einiger Heftigkeit geführt wurden. In der katholischen Schule wurden die Schulbrüder, ein ursprünglich französischer Orden, immer wieder mit der Frage in Verlegenheit gebracht, ob nun Martin Luther in der Hölle sei oder nicht. Die Religionslehrer wanden sich und meinten, so dürfe man das nicht sehen, man wisse nicht, ob Luther nicht im letzten Augenblick seines Lebens »bereut« habe.

Es war eine Schule mit Öffentlichkeitsrecht, aber vorwiegend war es ein Internat. Genau genommen verdankte die Schule ihre Existenz der Tatsache, daß die Söhne bürgerlicher und großbäuerlicher Eltern oft die Hürden der Gymnasien nicht nehmen konnten, nach einigen Jahren stecken blieben und aussteigen mußten. Das Internat vermittelte nun eine Bildung, mit der es leichter möglich war, in berufsbildende Fachschulen umzusteigen und von dort doch noch, wenn auch merklich eingeengt, zum Universitätsstudium zu gelangen. Auf diese Weise wimmelte die Schule von Kindern vermögender Eltern. Sie waren oft faul und bequem, hatten aber doch schon mehr lernen müssen als die Kinder der Hauptschule. Daher setzte die Schule etwas höher an als bei den »gewöhnlichen« Pflichtschulen. Es gab mehr Unterricht in Fremdsprachen und es gab auch mehr lateinische Sprüche. Dieses Streben nach dem Ausgangsspunkt für eine mittlere Lehranstalt veranlaßte auch immer wieder protestantische Eltern, ihre Kinder auf diese Schule zu schicken. Auch mit Rücksicht auf diese Kinder und auf deren Eltern mochten die Schulbrüder bei so heiklen Diskussionen wie um die Höllenfahrt Martin Luthers nicht so dogmatisch argumentieren, wie es der strengen katholischen Auffassung wohl entsprochen hätte.

Mit den evangelischen Freunden drang Damasus in die biblische Sprache ein, kannte die Paulusbriefe weit besser als die katholischen Kameraden, verleitete aber zugleich die evangelischen Kinder zum Spott über Formulierungen wie »sintemal« und »Tulipan« in Christenlehre und Gesangsbuch. Die evangelischen Kinder spotteten über die Ohrenbeichte der Katholiken, die katholischen Kinder lachten über solche Bekenntnisse wie bei der Christenlehre: wer bist du denn? Ich bin ein Christ! Dieses »Christ« klang nämlich genau so, wie im Dialekt das Wort »Gerüst«.

Aber soviel auch die Evangelischen spotteten, was war ihre trockene Pedanterie gegenüber der sinnlichen Frische der Beichte? Da mußte auf einem Marienaltar die Buße abgebetet werden, auf der einen Seite die Knaben, auf der anderen Seite die Mädchen. Was war das für ein Prickeln, die Mädchen zu beobachten, wenn sie ganz besonders lange knieen blieben, als hätten sie eine Riesenlast von Sünden abzutragen.

Was war die trockene Unterweisung der Christenlehre gegen eine katholische Maiandacht? Da war draußen Frühling und die Kinder durften länger ausbleiben, denn der Heimweg am Abend ließ sich nicht so genau reglementieren. Die fröhliche Inbrunst, mit der gesungen wurde, galt nicht einmal so sehr der unbefleckten Jungfrau, sondern sehr stark schon den Geheimnissen, die nach der Maiandacht sich auftaten, von der sich wölbenden Brust bis zum Haarflaum zwischen den Beinen.

In späteren Jahren wurde diesen aufgeweckten Kinderlein manchmal die Frage gestellt, wann sie denn zum erstenmal mit dem anderen Geschlecht in Berührung gekommen seien. Und sie lächelten versonnen, denn natürlich war es nach der Maiandacht gewesen.

Wenn bei den großen Messen die Orgel brauste bei den lateinischen Gesängen, bei der Maiandacht klang sie wie zum Tanz. Sie schluchzte und jubilierte zart und rührte ans Herz wie ein Volkslied. Das evangelische Kirchenlied war wie ein Hammer, wuchtig, einstimmig und militärisch, das katholische hingegen war innig verschlungen wie ein fröhlicher Kanon. Ein Organist, den Damasus Jahrzehnte später kennenlernte, berichtete, wie er 1945 in Friesland in Gefangenschaft zur Erbauung der Kameraden in einigen Kirchen Orgelkonzerte geben konnte. Zuerst habe er natürlich eine Verbeugung vor Johann Sebastian Bach und Buxtehude gemacht, aber dann habe er »katholisch« begonnen mit Mozart, Schubert und Bruckner und das habe dann die Nordländer förmlich von den harten Bänken gerissen. Der Organist hatte sarkastisch hinzugefügt: Wer wird denn seinen Bach nicht loben? Aber muß man deshalb vor jeder Fingerübung des Meisters auf den Knieen liegen?

Jahrzehnte später war Damasus in Berlin, als dort das Jahr zum 125. Todestag Franz Schuberts gefeiert wurde. Dabei wurde in der Marienkirche hinter dem Marx-Engelsplatz die Deutsche Messe von Schubert aufgeführt. Der Gebirgsbauer war mit dem Musikwissenschaftler Georg Knepler und einigen Freunden in die Kirche gegangen und beide waren sofort »daheim«: Knepler sang leise mit. Damasus dachte an die Maiandacht seiner Kindheit.

Der Vater hatte sich seit jeher den Glaubensbekenntnissen gegenüber spöttisch verhalten. Über die katholischen Pfarrer wußte er zum Ärger der Mutter viele schlüpfrige Witze. Bei den evangelischen steckte er voll boshafter Parodien. So soll ein Pastor (der übrigens wegen einer Mädchengeschichte später umgesattelt hatte und Rechtsanwalt geworden war) am Grabe eines jungen Menschen stets gesagt haben: Der Mensch ist ein Blümelein, ein Hauch genügt und er isset nicht mehr.

Bei der ersten Kommunion brach der katholische Pfarrer aus dem liturgischen Korsett aus und sprach auf den Stufen des Altars zur Kirchengemeinde. Den Knaben rief er zu: »Und ein Sturm wird euch die Locken zerzausen!« Damasus hörte, wie die Mütter hinter ihm aufschluchzten, wie von schweren Ahnungen bedrückt.

Sein erstes Schuljahr war gekennzeichnet durch eine klirrende Jahrhundertkälte. Alle Bäche und Teiche, natürlich der Hallstättersee, waren zugefroren und in den großen Kachelöfen krachten die Wurzelstöcke.

Die Gemeinde hatte als Notstandsarbeit den Bau eines Weges in eine hochgelegene Ortschaft in Angriff genommen. Der Vater arbeitete dabei an einer großen Steinmauer. Damasus mußte ihm, da Kälteferien eingeführt wurden, am Vormittag immer heißen Tee bringen. Den Tee trug er in einem emaillierten Gefäß zur Baustelle hinunter. Da war bei einem Hausvorsprung ein toter Winkel, in dem ihn die Mutter nicht mehr sehen, wenn sie ihm nachschaute, und die Bauleute ihn noch nicht wahrnehmen konnten. Diesen toten Winkel benützte er stets, von dem Tee einen Schluck zu nehmen. Das Getränk war heiß und der Rand des »Haferls« war auch heiß, sodaß er sich jedesmal die Lippen verbrannte. Aber das Getränk war stark, denn es enthielt viel Rum.

Der Vater zog die Fäustlinge aus und wärmte sich an dem heißen Gefäß die Hände, bevor er trank. Er machte große Schlucke, bei denen sich die Eisspitzen des Schnurrbartes in den heißen Tee senkten.

Wie in Sibirien, sagten dann die Arbeitskollegen und der kleine Damasus ahnte, daß der Vater dieses Kunststück mit dem siedendheißen Tee seinem sibirischen Ruf schuldete.

Der Knabe kam von diesem Tee-Zubringerdienst immer ganz aufgekratzt nach Hause und die Mutter wunderte sich darüber. Sie wäre jedoch nie auf den Gedanken gekommen, daß diese hektische Fröhlichkeit von dem heißen Rumtee herrührte, den er dem Vater heimlich abzweigte.

Die Barfüßler, wie sich die externen Schüler mit grimmigem Stolz nannten, hatten für die Mittagspause nur ein Stück Butterbrot oder einen weißen Wecken, wenn sie nicht das Geld dafür schon für Zigaretten der Marke »Film« ausgegeben hatten, das Stück zu einem Groschen. Die Schulverwaltung zeigte sich jedoch entgegenkommend und ermöglichte auch den Barfüßlern für wenig Geld eine warme Suppe zu Mittag. Sie trafen sich in einem Gewölbe vor der Küche der Anstalt und der Bruder Koch schöpfte ihnen Suppe in den bereitgehaltenen Teller und dazu gab es noch ein Stück Brot.

Das Gewölbe lag zwischen Küche und Speisesaal der Internatszöglinge. Daher sahen die Barfüßler stets genau, was die anderen zu essen bekamen. Die Suppe war gut und das Brot war frisch und weich. Aber das eigentliche Erlebnis im Gewölbe waren stets die Speisen der anderen. Da wurden an ihren Nasen Fischgerichte vorbeigetragen, Fleisch mit allerlei Soßen, Braten und Geflügel mit Nudeln, Reis und Knödeln. Zum Schluß gab es oft Apfelstrudel, Krapfen oder Kuchen, Palatschinken oder verschiedene Aufläufe.

Da saßen die Barfüßler bei ihrer Suppe und trödelten mit dem Essen so lange herum, bis sie wußten, was die anderen bekamen. Auf einmal schmeckte die eigene Suppe nicht mehr. Sie wichen nicht von der Stelle in selbstquälerischer Verbissenheit. Auch nur annähernd so gutes Essen kannten sie zuhause nur an hohen Feiertagen.

Er nannte diese Erinnerung später die Urerfahrung des Klassenbewußtseins, wenn er auch in das Gelächter einstimmte, denn ein sattes Zeitalter versteht diese Übertreibung nicht mehr.

In der Hauptschule wurden die klassenmäßigen Erfahrungen schärfer. Da hatten es die Barfüßler schon mit jenen Mitschülern zu tun, die nach der ersten oder zweiten Klasse eines Gymnasiums ausgeschieden und in die Pflichtschule zurückgekehrt waren, um sich hier auf die »Staatsgewerbeschule«, wie damals die höhere technische Lehranstalt hieß, oder auf die »Akademie« vorzubereiten, womit die Handelsakademie gemeint war.

Der Werkunterricht wurde im ausgebauten Dachgeschoß der Schule erteilt. Das waren zugleich die Räume, in denen sich an Regentagen die Internatszöglinge in ihrer Freizeit aufhielten. In den Schubladen der Werktische fanden die Barfüßler Speck, halbe Mohn- und Nußstrudel, oft vergammelt und verschimmelt. Daß man Speck, der in dem armen Tal zu den ganz großen Kostbarkeiten gehörte, so verkommen lassen konnte, war in den Augen der ewig hungrigen »Eingeborenen« völlig unfaßbar.

Der Zusammenstoß erfolgte auch auf andere Weise. Da saß Damasus mit dem Sohn eines Großbauern aus der Welser Heide in der gleichen Bank. Der Großbauernsohn, der über besonders ausgiebige Speckvorräte verfügte, machte mit ihm ein »Geschäft«. Er versprach ein gutes Stück, wenn Damasus ein weibliches Geschlechtsorgan zeichne. Der war ein leidlicher Zeichner und strichelte auf einen kleinen Karton eine Vagina, wie er sie sich vorstellte. Er benützte, damit die Zeichnung auch grell genug ausfalle, rote und blaue Stifte. Aus dem Speckhonorar wurde jedoch nichts, weil der Großbauern-Sprößling das Kartonblatt just vor dem Katheder fallen ließ, sodaß der Mönch es sehen mußte. Es setzte für Damasus kräftige Ohrfeigen und schließlich auch noch eine Sittennote, weil er hartnäckig leugnete, der Zeichner der »obszönen« Darstellung zu sein. Der andere aber hatte, den Verführten spielend, sofort auf ihn gezeigt.

Der Anstifter lachte zu dem ganzen Vorfall nur herablassend und meinte, er habe lediglich den Mönch-Lehrer »reizen« wollen und die Zeichnung sei ja dazu wirklich gut geeignet gewesen.

Diese erste Erfahrung mit dem Phänomen arm und reich hatte er später in einem Buch niedergelegt. Der Roman war auch seinen ehemaligen Lehrern in die Hand gekommen. Einer lud ihn zu einem Besuch der inzwischen erweiterten Schule ein.

Es war ein merkwürdiger Rundgang und erinnerte an eine Betriebsbesichtigung, denn alle Neuerungen wurden ihm eifrig vorgeführt: neue Klosettanlagen, neue Kulissen auf der Bühne des Festsaales und einige Geräte für den Werkunterricht.

Im Zimmer des Direktors kam dann von Bruder Cyrill die Frage: »Sag, diese Meditationen über arme und reiche 'Klassen' beim Essen, sind sie nicht von späteren Jahren gespeist und weniger von damaligen?«

»Von damaligen«, antwortete Damasus.

Jedenfalls hatten die Schulbrüder die Hinweise ernst genommen. Sie hatten, so erklärte Bruder Cyrill jetzt, »umgruppiert«. In den Ferien verbringen stets Schüler aus anderen Ländern einige Wochen in dem Internat. Die Gebühren für diesen Urlaub sind verschieden. Reiche Länder wie Belgien zahlen mehr, arme wie Spanien weniger. Wer mehr zahlt, der soll auch besser essen, nicht wahr, das werde ja gerne vergessen beim groben Vergleich von Hafersuppe und Gänsebraten.

»Wir haben die Situation so geändert, gleichsam salomonisch: eine Gruppe sieht nicht mehr, was die andere ißt. Der direkte Vergleich ist nicht mehr möglich«.

Der Lehrer zeigte ihm schließlich das Klassenbuch jener verschollenen Jahre.

Es müsse wahrhaftig seine Wirkung gehabt haben, dieses Suppenerlebnis und die Gespräche darüber, sagte er trocken, denn just in dieser Zeit sei über ihn ins heilige Buch eingetragen worden: treibt bolschewistisch anmutende Propaganda.

3

Wie lange müssen wohl die Eltern tot sein, daß man über sie unbefangen reden kann? Wenn es zu lange her ist, dann wird vieles verklärt und es kommen Grabreden heraus, bei denen nur gelobt wird und nicht mehr abgewogen.

Sie haben keine Lebensläufe hinterlassen, wie die Bewerber um ein öffentliches Amt. Es gibt über sie auch keine Aktennotizen, die bekannt geworden wären.

Der Sohn des Korporals wurde, wie der Vater, Maurer. Aber der Beruf war damals breiter angelegt, als der Beton erst aufkam. Der Maurer lernte nebenbei meist auch Ofensetzen. Er konnte mit Ziegel und mit Stein umgehen und ein halber Zimmermann war er auch, weil die einzelnen Arbeitsgänge noch weit mehr ineinander verzahnt waren.

Da er der einzige Sohn war, mußte er beim k.u.k. Militär (IR. 59) nur die Grundausbildung machen und wurde dann jeweils zu Waffenübungen einberufen. Seine Jugend war ein richtiges Zigeunerleben. Die Baustellen lagen weit auseinander. Die Waffenübungen befahlen ihn zudem in weit entfernte Kronländer.

Er war stolz auf seine Arbeit und noch im hohen Alter pflegte er von »seinen« Steinmauern zu sagen: »So ein dreihundertjähriges Hochwasser kann uns nichts anhaben, da tun wir keinen Zitterer!«

In den ersten Jahren des neuen Jahrhunderts hatte er den Auftrag auszuführen, in sämtlichen Bahnwärterhäuschen zwischen Selzthal und Micheldorf Sparherde zu setzen, wozu er sich ein »Mörtelweib« suchen mußte. Im hohen Alter besuchte er den Sohn in der Stadt und wählte dazu mit der Bahn einen großen Umweg. Er unterbrach die Fahrt, um in einem Bahnwärterhaus nachzusehen, ob »sein« Ofen noch stünde. Er stand und wärmte noch sechzig Jahre nach seiner Errichtung.

Das jahrelange Zigeunerleben hatte für sein weiteres Leben schwerwiegende Folgen. Es kam in mehreren Dörfern zu heftigen Liebschaften, die nicht ohne Folgen blieben. Im Alter von fünfundzwanzig Jahren war er bereits derart eingedeckt mit Alimentationszahlungen, daß er sich kaum noch eine Halbe Bier leisten konnte. Er mußte jede Gelegenheit ausnützen, um irgendwo »schwarz« einen Ofen zu setzen und auszubessern, damit ein kleines Biergeld anfiele.

Einige von diesen frühen Kindern lernte Damasus noch kennen. Ein Halbbruder arbeitete einige Jahre als »Schafler«, er hielt für die Bauern auf den gemeinsamen Gebirgswiesen die Schafe zusammen. Als Damasus im Heranwachsen war, beherbergte dieser Halbbruder ihn und seine Jugendfreunde in der Almhütte unter dem Sandling, dem Altausseer Salzberg, von dem 1920 ein gewaltiger Felssturz niedergegangen war, dessen Trümmer die Alm teilweise verschütteten. Der Bruder ist im Krieg gefallen.

Einen anderen Halbbruder hatte Damasus auch noch gesehen.

An einem schönen Frühlingstag machten sie sich auf den Weg. Auf den Bergwiesen blühten bereits die Schlüsselblumen und von den Haselbüschen wehte in feinen Schwaden der Pollenstaub. Der Bruder saß an der Holzbalkenwand eines alten Bauernhauses in der Sonne und weil Sonntag war, hatte er sich auch sonntäglich angezogen: einen grauen Rock mit grünen Aufschlägen, ein weißes Hemd mit roter Krawatte, eine neue Lederhose, die er wohl kaum getragen hatte, weil der Velour des Sämisch-Hirschleders noch ganz schwarz war. Dazu trug er grüne Strümpfe und hohe schwarze Schuhe. Die Knie waren schneeweiß.

Auch sein Gesicht war weiß wie eine Narzisse und das Wangenrot war scharf abgezeichnet, wie künstlich gefärbt. Er hüstelte und seine Stimme war von einer merkwürdigen Heiserkeit. Er dankte für den Besuch, der so schönes Wetter gebracht habe, daß er, nachdem er fast den ganzen Winter habe liegen müssen, endlich an die Luft herauskönne. Nur in den Knieen, sagte er leise, in den Knieen spüre er noch immer die Müdigkeit von dem langen marod sein.

Sie redeten ihm zu, er solle sich nur halten und nicht glauben, daß er schon wieder Bäume ausreißen könne. Er solle Honig und Eier essen, das helfe ihm wieder auf die Beine.

Nein, widersprach er sanft, er habe jetzt schon genug von all diesem Milch- und Auflaufzeug. Nein, jetzt wolle er endlich wieder einmal Schmalzkost essen, eine ganze Pfanne voll.

Damasus streichelte begeistert das weich gegerbte Wildleder der Hose. Der kranke Bruder lächelte und meinte, Damasus werde auch einmal eine solche Hose bekommen, wenn er groß sei.

Schon nach einer Stunde begannen sich seine Wangen noch mehr zu röten und er brachte zwischen leisen Hustenanfällen hervor, daß er nun wohl wieder hinein müsse in die Stube, das Wetter sei doch noch zu unsicher. Sie sollten nur bald wieder kommen, ein andermal werde schon alles leichter sein, denn ab jetzt gehe es wieder aufwärts, er spüre es genau.

Vater und Mutter sprachen auf dem langen Heimweg kein Wort.

Wenige Tage später ist der Bruder an Tuberkulose gestorben. Die Zeit ihres Besuches war das letzte Aufbäumen seines kurzen Lebens gewesen. Er trug den Namen des Vaters und ist nur 20 Jahre alt geworden.

Das Haus, in dem Damasus zum erstenmal dem nahen Tod begegnet war und noch dazu dem seines Bruders, wurde später abgebrochen, weil es nach dem Verkauf an die Forstverwaltung der Skitrasse im Wege gewesen war. Die sausende Fahrt geht genau über die Stelle, an welcher der Bruder, dem Tod schon ganz nahe, in der Frühlingssonne auf der Bank gesessen war.

Während seine Altersgenossen sich auf Schützenfesten tummelten, zum Fasching lustig das Geld verstreuten, mußte der Vater zuhause sitzen. Dadurch wurde er ein Leser. Er hat, so erzählte er später mit grimmigem Stolz, in der Zeit, da ihm die Gerichte den letzten Heller wegpfändeten, die ganze Bibliothek des Arbeiter-Bildungsvereines ausgelesen.

Diese Zeit machte ihn zu einem Weisen, der skeptisch und spöttisch die Welt um sich betrachtete. Im ganz hohen Alter nahm er dann manchmal ein Buch verkehrt in die Hand, sodaß die Buchstaben auf dem Kopf standen. Da wußte die Familie, daß er bald sterben werde.

Im Jahre 1910 lernte er die Mutter kennen, 1914 heirateten sie. Sechs Wochen nach der Geburt des ersten Sohnes mußte er einrücken und kam mit der Ersatzreserve I des Infanterieregimentes 59 nach Galizien und im November 1914 bei Krakau in russische Gefangenschaft, aus der er erst im Juli 1918 heimkehrte. 1916 bekam die Mutter die erste Nachricht von ihm.

Der Vater trug den Spitznamen »Rustan«. Man weiß nicht, wo er hergekommen ist. War es nur eine Verballhornung des Namens Rudolf, oder kannten diejenigen, die den Namen aufbrachten, die persische Sagenwelt und dank der Bibliothek des Arbeiter-Bildungsvereines vielleicht das Grillparzer-Stück »Der Traum ein Leben«, dessen Hauptheld ebenfalls Rustan hieß?

Jedenfalls erregte es im Dorf einiges Aufsehen, als bekannt wurde, daß Rustan nach Sibirien gebracht wurde. Er verbrachte den größten Teil der russischen Gefangenschaft in Sretensk bei Tschita im östlichen Sibirien. Er machte die üblichen Erfahrungen mit: Hunger, Kälte und Typhus, lernte leidlich russisch und von den Kameraden sämtliche, bis dahin im Schwang gewesenen Wiener Lieder und eine gründliche Abneigung gegen den deutschen Waffenbruder, der auch in der Gefangenschaft noch militärischen Drill vorexerzierte. Er arbeitete bei der Holzschlägerung und wurde beinahe berühmt, als er die Lüge verbreitete, er habe am 28. Juni 1914 in der Kaiservilla in Bad Ischl den Empfangsraum geweißt, als gerade die Nachricht von der Ermordung des Thronfolgers Franz Ferdinand kam und der alte Kaiser auch noch diesen Schicksalschlag hinzunehmen hatte.

Zeitweilig mußte das Lagerleben etwas locker gewesen sein, denn Rustan kam zu den kleinen sibirischen Bauern (und Bäuerinnen, deren Männer im Krieg waren) und besserte dort die Öfen aus. Manchmal sangen die Gefangenen Parodien auf Kirchenlieder und die Leute beschenkten sie mit Osterkuchen, weil sie glaubten, die Awstrizi sängen heilige Lieder.

In einem kleinen Tagebuch, das nach seinem Tod wieder aufgestöbert wurde, war eine bezeichnende Begebenheit festgehalten. Auf dem Wege nach Sibirien hatte er in Samara seinen Transport versäumt, weil er sich bei einer Rast zulange auf dem Bahnhofsgelände aufgehalten hatte. Er irrte in abgewetzter Uniform einen ganzen Tag in der Stadt herum, unbeachtet und unbehelligt. Dann ging er Soldaten nach bis in ihre Kaserne und dort meldete er sich. Die Soldaten nahmen »ihren« Gefangenen freudig und fürsorglich auf. Sie verpflegten ihn vierzehn Tage lang mit Brot, Fisch und Buchweizengrütze, bis ein neuer Gefangenentransport kam. Dadurch sei er in ein besseres Lager gekommen, der erste Transport habe es viel schlechter getroffen.

Rustan war kein historisierender Erzähler, er war ein erzählender Berichter.

So entfiel ihm wohl manches Datum, haften blieben aber merkwürdige und kuriose Begebenheiten. Auf dem Weg in die Gefangenschaft waren bis zu den Eisenbahnverladungen weite Strecken im Marsch zurückzulegen. Die Gefangenen wurden aus russischen Feldküchen verpflegt und es war üblich, daß verschiedenartigste Gefäße benutzt wurden. Die wenigsten Gefangenen hatten noch ihre Menageschalen, sie waren ja nicht in voller Adjustierung gefangen worden. Rustan war noch dazu geschwächt, weil er eine schwere Ruhr hinter sich hatte, die er mit Opium und trockenem Kaffee-Ersatz kuriert hatte. In den Häusern, in denen die Gefangenen und ihre Bewachung Rast machten, fand Rustan dann ein großes Nachtgeschirr, reinigte es, so gut es ging, und trat damit beim Essenfassen an. Die russische Mannschaft lachte, aber der Koch schöpfte das verrufene Geschirr voll bis zum Rand und es war guter Gerstenbrei.

Freilich, bei den feineren Leuten unter den Kameraden war er gebrandmarkt, als ein disziplinloser Fechter, der die Würde der k.u.k. Armee gröblichst verletzte.

Ein anderes und geradezu lebensrettendes Eßgeschirr eroberte Rustan in Sibirien, als er mit einem schweren Typhus im Lazarett lag. Er spürte, wie die Lethargie allmählich abnahm und der Hunger zurückkam. Auch hier gab es nur Konservendosen als Eßgeschirr. Da sah er, daß im Nebenbett ein bosnischer Kamerad gestorben war. Unter seinem Bett stand ein Spucknapf und daneben ein Säckchen Sand, den der Kranke ins Spital mitgenommen hatte, weil Mohamedaner, wenn sie kein Wasser zur Verfügung haben, ihre rituellen Waschungen mit Sand durchführen.

Der Vater zog mühsam den Spucknapf hervor, schüttete Sand hinein und rieb damit den Napf aus. Ein Sanitäter spülte ihm dann den Sand aus dem Gefäß und fertig war das neue Eßgeschirr. Er sei, so erzählte er dann immer, von diesem Tag an schnell wieder zu Kräften gekommen, weil er ein größeres Eßgeschirr hatte als die Kameraden.

Rustan meldete sich als Kriegsgefangener freiwillig zur eben gegründeten Roten Armee und machte einige Scharmützel mit, offenbar mit bandenartigen Verbänden. Er war auch einige Wochen als Hilfsgeometer eingeteilt, weil die Revolution von einem Maurer internationalen Zuschnittes erwartete, daß er Pläne lesen und die einfachsten Landmesser-Utensilien bedienen konnte. Dies wurde zum Ereignis seines Lebens, denn er war aufgewachsen im erbitterten Ringen um jeden Quadratmeter Boden. Und nun wurden Pflöcke in das weite Land geschlagen, damit der Bodenhunger der Bauern nach Jahrhunderten endlich gestillt werde. Markpflöcke zu schlagen, wo es nie welche gegeben hatte, das hieß förmlich ein Vollstrecker der Weltgeschichte zu sein.

Der Vater gehörte, weil er schon den älteren Jahrgängen angehörte, zu den Austauschgefangenen nach dem Vertrag von Brest Litowsk. Er kam nach vierjähriger Abwesenheit heim und mußte im September noch einmal einrücken. Dazwischen lag ein »Quarantäne«-Lager in Galizien, in welchem ein schneidiger Oberst die Heimkehrer mit den Worten begrüßte: »Ihr kommt aus einem Land, in dem es keine Ordnung gibt, jetzt seid ihr wieder in einem Land, in dem Ordnung herrscht. Gewöhnt euch dran! Wegtreten!«

Die Heimkehrer wurden vierzehn Tage festgehalten und belehrt, wie sie sich im fünften Kriegsjahr zu verhalten hätten. Daß man von ihnen einiges zu befürchten hatte, zeigte sich in da und dort aufflackernden Unruhen, wenn Einheiten aus solchen Heimkehrern wieder an die Front mußten. In Kragujevac in Serbien wurden nach einer solchen Meuterei 44 Soldaten erschossen. Eine dieser Heimkehrer-Einheiten wurde im September 1918 als »Bautrupp« wieder eingezogen. »Möcht wissen, wozu Leute vom Bautrupp ein Gewehr brauchen«, sagte die Mutter empört, die zur Einwaggonierung wieder nach Salzburg gefahren war, wie im September 1914.

Der Vater geriet noch einmal in Gefangenschaft, diesmal in italienische, wurde in ein Lager bei Genua gebracht und kehrte erst im August 1919 heim. Von Italien hatte der Vater auch die Malaria heimgebracht, die ihn dann alle paar Jahre niederwarf und der er mit großen Häfen Kräutertee, jeden Tag einen anders gemischten, zu begegnen versuchte.

An Kriegsrelikten hatte er eine russische Schirmmütze heimgebracht, und nach dem zweiten Einsatz einen Mantel aus Brennesselstoff, der fürchterlich kratzte und nicht wärmte. Beide Stücke sind dann dem Spiel der Kinder zum Opfer gefallen. Eine Militärmütze aus der Friedenszeit hatte die Monarchie lange überdauert. Er setzte sie zur Arbeit am Bau auf bis in die Zeit des zweiten Weltkrieges hinein.

Als Bauarbeiter war der Vater ein handfester Trinker. Da gab es den Eck-Wein, da gab es den First-Wein und dazu noch viele andere Anlässe zum Trinken.

Kam er nach Hause, so wußte man sogleich, woran man war mit ihm, weil er eine ganz eigene Methode entwickelte, die Luft durch die Nase auszustoßen. Es klang wie »bhm« oder bei geöffneten Lippen »dhn« und diese Laute konnten sowohl stimmhaft als auch stimmlos ausgesprochen werden, wobei die stimmhafte Variante die freundlichere war. Damasus erinnerte sich später, wie die Sprüche des Vaters zu solchen Zeiten klangen, etwa wenn die Mutter sich beschwert und den Vater aufgefordert hatte, erzieherisch auf die Kinder einzuwirken. Das klang dann so: »Du mußt wissen, bhm, ich bin nicht dein Richter, dhn, ich bin dein Freund, bhm«. Das reizte zum inneren Kichern.

Kam er aber sehr spät nach Hause, dann war die Mutter sehr unruhig und öfter verließ sie das Haus, um bei ihren Schwestern in Bad Ischl zu nächtigen. Dazu mußte sie acht Kilometer hin und acht Kilometer wieder zurück marschieren.

Da war auch Eifersucht am Werk. Der Vater hatte die Gewohnheit, im Schlaf zu lachen und zwar so übermütig, daß er lange Schreie ausstieß. Die Mutter hatte dabei den Verdacht, daß er sich im Traum daran erinnere, wie ausgelassen es heute wieder zugegangen sei. Es kam vor, daß eine Kellnerin, sie war klein und dick, man nannte sie den »Doppelliter«, Damasus auftrug, dem Vater Grüße zu bestellen. Er tat dies dann aus Bosheit in Gegenwart der Mutter und schadenfreudig beobachtete er, wie sie nach solchen Grüßen mit dem Vater eine ganze Woche lang kein Wort sprach, obwohl er versuchte, mit gutmütiger Selbstkritik einzulenken.

Hatte er auch gelegentlich seine Trinksträhne, nie ließ er sich bei der Arbeit etwas nachsagen.

Der Vater arbeitete am Bau, oft in Bad Ischl und mußte jeden Tag fünfzehn, manchmal zwanzig Kilometer zu Fuß zurücklegen. Dann kam das erste Fahrrad ins Haus, es war ein altes Steyrer Waffenrad, auf das man von hinten, auf einer Verlängerung der Freilauf-Achse aufsteigen konnte. Allerdings empfahl es sich, einen Straßen-Begrenzungsstein als Aufstiegshilfe zu benützen.

Über die Arbeit des Vaters gab es die verschiedensten Auslegungen. Ein Arbeitskollege berichtete nach seinem Tod, daß er es verstanden habe, bei großen Renovierungsarbeiten mit einem einzigen Mörtel-Küberl den ganzen Tag auszukommen. Allerdings räumte er auch ein, daß die Frau Baronin Spiegel, die eine geborene Rothschild war und in der Villa Rothstein bei Bad Ischl residierte, die in jahrelanger Arbeit modernisiert wurde, immer gesagt habe, der »Herr Rustan« sei ein »genauer und verläßlicher Arbeiter«.

Von allen Baustellen schleppte er irgend etwas nach Hause, von der Villa Rothstein eine Gipsbüste der Kaiserin Elisabeth, vom Dachboden eines alten Schulhauses Bücher, bei der Traunverbauung fielen Fische ab, darunter die herrlich schmeckende Rute, die einen Bart wie eine Kaulquappe hatte, von den Arbeitsstellen der Wildbachverbauung brachte er versteinerte Schnekken und allerlei Muschelgestein. Und selbstverständlich Holz: für Stiele von Werkzeugen Ahorn und Buche, für Hörner von Schlitten Ahorn oder Esche und für kleine Tischlerarbeiten Ulmen, die zu Brettern und Pfosten verarbeitet wurden und für Leitern lange und astfreie Fichtenstangen.

Er war gesellig und diskutierfreudig. So kam es auch vor, daß er als ein typischer »Zieher« nicht nur in vielen Wirtshäusern auftauchte, sondern gelegentlich auch bei einer Versammlung der katholischen oder evangelischen Männer. Da er ungemein belesen war, fiel es ihm nicht schwer, die jeweiligen Referenten mit boshaften Fragen in Verwirrung zu bringen. Die Mutter war jedesmal entsetzt, wenn sie von solchen Eskapaden erfuhr, und natürlich erfuhr sie davon, weil sie auf dem Weg zur Kirche Leute traf, die es ihr hämisch hinterbrachten.

Nein, einen Kasperl habe er keineswegs abgegeben, entgegnete der Vater halb schuldbewußt, er habe den Predigern nur ernsthafte Fragen gestellt.

Er lernte gelegentlich ein kompliziertes Rezept auswendig und verblüffte damit deutsche Sommergäste, denen er im Wirtshaus erzählte, er sei Koch im Hotel Sacher in Wien gewesen und gegenwärtig »auf Reisen«. Die deutschen Gäste sprachen dann davon, wenn der »Koch« schon das Wirtshaus verlassen hatte, welch interessanten Käuzen man doch hier in den Bergen begegne.

Er war arbeitsam bis in sein hohes Alter und fertigte für Wildbach- und Traunverbauung noch immer Werkzeugstiele an. Jetzt machte er mit der Mutter zusammen kleine Reisen nach Salzburg oder nach Schladming hinter dem Dachstein. In Wien ist er nie gewesen, er war nur zweimal durchgefahren auf dem Weg zur russischen Front 1914 und auf dem Heimweg von der Revolution im Jahre 1918.

Bald nach der goldenen Hochzeit machten sich an den Beinen Durchblutungsstörungen bemerkbar. Zuerst wurde ihm ein Bein, später auch das zweite amputiert. Man erzählte, daß er vor der ersten Operation zu seinem Bettnachbarn, einem Fleischhauer, sagte: »Morgen kannst du einmal eine schön durchwachsene Stelze sehen, zart marmoriert«.

Er kurbelte dann mit seinem Rollstuhl in erstaunlicher Behendigkeit herum und die Mutter mußte ihn zu den großen Baustellen führen, damit er auf dem Laufenden sei und mit den Bauleuten von heute plauschen konnte. Im Winter aber litt er sehr darunter, daß er in der Stube nicht Tabak kauen konnte.

In dem Jahr, in dem er starb, war ein schneereicher Winter. Er bat die Mutter, sie möge ihn hinausschieben ins Freie. Sie zeigte hinaus ins Schneetreiben und meinte, er soll doch noch warten, bis sich der zänkische Wind gelegt habe. Er aber beharrte auf seinem Wunsch. Dann saß er draußen im Schneetreiben, stopfte sich schnell eine Handvoll Tabak in den Mund und begann sogleich zu spucken, obwohl dies gegen die Regel des Tabakkauens ist, bei dem man die Gottesgabe nur ganz langsam im Mund auslaugen lassen soll. Aber er kaute hastig, als ahnte er, daß er nicht mehr viel Zeit habe. Als ihn die Mutter wieder hereinholte, war er über und über von Schnee bestäubt. Wo er gestanden war mit dem Rollstuhl, war der Schnee im weiten Umkreis von Tabaksaft braun.

Er starb im Alter von 87 Jahren. Bei der Beerdigung goß es in Strömen und die Trauergäste meinten schmunzelnd, das komme daher, daß Rustan auch immer gerne naß gefüttert habe.

An seinem Grabe wurde das Gedicht von Bert Brecht »Fragen des lesenden Arbeiters« rezitiert. Als die Zeile »wer baute das siebentorige Theben?« kam, senkten die vielen Maurer und Zimmerleute das Haupt, denn mit Rustan war ein ausgeprägter Vertreter ihrer Zunft in die Grube gelegt worden.

Als der Vater starb, war die Mutter 81 Jahre alt. Nun hätte eigentlich das Leben für sie etwas leichter werden können, denn die letzten Jahre mit dem Vater waren eine gewaltige Last gewesen. Aber die Eigenschaften ihres Lebens kamen jetzt erst recht zum Tragen, weil anderes »Beiwerk« weggefallen war. Diese Eigenschaften waren Fleiß und eine Ordnungsliebe, die bis zur Spitze der Pedanterie entwickelt war.

Als Hühnermädchen in der Rettenbachmühle hatte sie das Kopftragen gelernt. Sie beförderte auf diese Weise große Lasten vom Tal herauf. Das war in der Zeit, da Damasus allein zuhause war und sich fürchtete. Später trippelte er neben ihr her und bei der Rastbank bekam er sein »Zugaheendl«, ein Kipfel mit Zucker bestreut. Diese Rastbank hatte es überhaupt in sich. Zwei starke Pfosten waren in zwei Tannen eingezapft worden und mit den Jahren waren sie fest mit den Bäumen verwachsen. Das untere Brett war zum Sitzen und das obere zum Abstellen der Last. Es ist nämlich so gut wie unmöglich, eine schwere Last auf den Kopf zu bringen, wenn man sie zuerst vom Boden aufheben muß. Beim Konsumverein halfen stets die Frauen einander, um den Binkel in die richtige Lage zu bringen. Erst bei der Rastbank im Perzelwald, der seinen Namen wohl von »Perchten«, von einer Art Waldgeistern hatte, konnte dann verschnauft werden.

Diese Rastbank war allen Kindern wohlbekannt, weil sich hier zeigte, was die Mütter »mitgebracht« hatten. Die Bank übte aber auch auf die Halbwüchsigen eine große Anziehungskraft aus. Sie stand mitten im Hochwald, umgeben von hundertjährigen Tannen, die in der Nacht ächzten und stöhnten im Wind. Da kuschelten sich dann die kommenden Liebespaare aneinander, eine Furcht vor der Nacht vortäuschend, damit sie einander spüren konnten.

Die Mutter sang sehr gern und die später nostalgisch gepflegten Küchenlieder lernte Damasus schon kennen, als sie noch ganz ernst genommen wurden.

Aber neben den Schlagern aus der Jugend der Mutter gab es auch seltsam rebellische Lieder, die gar nicht zu der holden Gärtnersfrau passen wollten. So etwa das Lied des eingefangenen Deserteurs »Und am Abend taten sie ihn fragen, Franz wo hast Du Deine Kameraden? Meine Herrn, ich sag es ganz gemein, ich war zu jeder Stund allein«. Auch ein anderes, das aus den Anfängen der Arbeiterbewegung stammen dürfte, hat ihn als Kind tief beeindruckt. Es ist da die Rede von Arbeitsunfällen, von Tücke und Mühsal des Arbeitslebens. Der Refrain hieß dann immer: »Bis hinterm Zaun er stirbt als wie ein Hund, so geht ein Arbeitsmann zugrund«.

Und da gab es noch ein Lied, das die Weisheit von hoch und niedrig, von arm und reich untermauert. Ein holzklaubendes Weib wird wegen »Diebstahls« bestraft, »aber der was ganze Klafter stühlt, wird nicht einmal bestroft«. Ein Soldat, der vor Hunger und Erschöpfung auf Wache einschläft, wird erschossen, »aber der was a ganze Armee verkauft, wird nicht einmal bestroft«.

Er müsse bekennen, so hat er später oft erklärt, daß diese verschollenen Lieder und die Erschütterung, die für die kindliche Seele davon ausging, ebenso entscheidend waren für seine politische Bildung wie das Studium der theoretischen Literatur.

Seine Kinderjahre standen stets im Zeichen drückender Not und der Hunger hat ihn begleitet bis in die Mannesjahre hinein.

In der Mutter verkörperte sich die Erfahrung vieler Generationen, die karg leben mußten. Da es nur selten Fleisch gab, wurde Mehl zum Mittelpunkt aller Genüsse und es ist unglaublich, was man alles aus Mehl, Wasser, Schmalz und Zwiebeln zubereiten kann.

Jahrzehnte später, als sich Damasus in Berlin aufhielt, bereitete er sich auf eine Reise nach Mecklenburg vor. Ein Österreicher, der schon lange Jahre in der Berliner »Verbannung« lebte, gab ihm den Rat, durch vorsichtiges Herumfragen dahinterzukommen, was in der Gegend die einfachen Leute essen. Das sei nämlich das köstlichste, etwa Kartoffeln mit Specksoße. Dann brauche er sich nicht mit Gerichten herumplagen, zu denen man Heidelbeeren mit saurem Rahm essen muß.

Damasus hat von seiner Mutter die schönsten Kochkünste gelernt. Oft hatte er dadurch bei den Frauen einen Stein im Brett, oft bereitete er auch Verdruß, weil er alles besser wußte, und immer mit Ratschlägen bei der Hand war, um die er nicht gebeten worden war. In Paris bei einem Fest der »Humanité« kostete er sich durch ein Dutzend verschiedener Zwiebelsuppen durch und merkte sich alle Rezepte.

Durch ihre Geschwister hatte die Mutter herausgefunden, daß es in Bad Ischl eine Meinl-Filiale gab, in der es besonders preiswerten Reis gab.

Natürlich erkannten die Verkäufer an seiner gehemmten und ungeschlachten Art sofort, daß er aus den »wilden Bergen« kam. Sie richteten ihm ein kleines blaues Paket zusammen und als besondere Feinheit bastelten sie aus Spagat eine Tragschlinge mit einem kleinen runden Querholz, damit er den Reis auch richtig nach Hause bringe.

Damasus benützte meist den Weg von etwa acht Kilometern auf der linken Traunseite, der Engleiten, weil dort die schönsten Haselnüsse wuchsen und im Spätherbst die Eichhörnchen ihre Männchen bauten. Dazu war es unter den Kronen der Laubbäume dämmerig und unter der Ruine Wildenstein führte eine alte Römerstraße ins Salzburgische hinüber. Er rastete stets vor dem Denkmal Kaiser Franz Josephs, der hier auf einem Felsen dargestellt ist, wie er auf einen riesenhaften bronzenen Hirschen herunterblickt.

In den Vierzigern hatte eine schwere Frauenkrankheit die Mutter niedergeworfen und sie mußte ins Spital nach Linz. Nach einer komplizierten Operation ging es ihr so schlecht, daß man für ihr Leben fürchtete. Ein glücklicher Zufall wollte es, daß der Primarius des Spitals ein Landsmann war, der die Familie gut kannte. Sie wurde »sein« Fall und er sorgte sich um sie Tag und Nacht.

Nach dem Krieg besuchte Damasus den Arzt, der gerade im Begriff war, sich zur Ruhe zu setzen. Er traf ihn beim Umstechen eines Gartens an und wunderte sich über die ungewöhnlich großen Hände des Mediziners. Und doch hat der Primarius der Frauenklinik trotz seiner Pranken zu den beliebtesten Frauenärzten seiner Zeit gehört.

Der Arzt kam zum Zaun des Gartens und als der Gebirgsbauer sich vorgestellt hatte, nannte der Arzt sofort die Mutter beim Tauf- und Hausnamen. Als Damasus Grüße der Mutter ausrichtete und berichtete, wie sie stets mit größter Hochachtung von ihrem Lebensretter spreche, winkte der Arzt ab.

»Nein, nicht ich«, sagte er, »ihr habt sie gerettet. Ich habe meine Pflicht getan. Als es mir gelungen ist, ihre Gedanken auf euch zu orientieren, ist es aufwärts gegangen«.

Als für die Söhne die Gefängniszeit anbrach, war sie eine von den eisernen Müttern, die mit Richtern, Staatsanwälten und Polizeidirektoren gerungen haben mit nie erlahmender Energie. In der Kreisstadt am Sitz des Landgerichtes während der faschistischen Zeit war sie in einem Gasthaus bald bekannt geworden, weil sie regelmäßig immer zu den Besuchstagen kam. Als Wirtin und Kellnerin dies auffiel, sagte sie ihnen, daß sie einen Sohn im Gefängnis besuche. Mit stets wachem Instinkt bekam sie heraus, daß die Kellnerin einen Freund unter den Gefängniswachtmeistern hatte und sie überredete das Mädchen, diese Verbindung fruchtbar werden zu lassen für heimliche Lebensmittel und Zigaretten.

Als die Mutter im Kurhotel beschäftigt war, strich Damasus häufig um die Küche herum. Es fiel immer etwas ab. Damasus wußte, daß er im Kurhotel von der Geschäftsführerin, einer Frau von Poszana, nicht gerne gesehen war. Er war frech und machte sich über die Leute lustig, die eine Kur machten, weil sie nicht scheißen konnten, während er, vom unreifen Obst meist das gegenteilige Leiden hatte. Aber das Haus war voller Geheimnisse, es roch nach Medizin, aber auch nach Zigarrenrauch und Parfüm. Frau von Poszana roch stets nach Reitern und Pferden. Er hielt sich oft in einem Winkel der Abwasch auf. Wenn Teller und Tassen mit dem Aufzug vom Speisesaal herunterschwebten, sah er sofort, ob da was Brauchbares stehen geblieben war. Einmal war es ein halbes Butterbrot, einmal eine Scheibe Speck und manchmal sogar ein Stück von einem Schnitzel, das er zuhause nur einmal im Jahr bekam.

An einem Vormittag ereignete sich bei diesem Abstauber-Fassen ein besonderer Glücksfall. Herunter schwebten volle Kännchen mit Milch und Obers. Er stürzte sich gleich darüber und trank die Gefäße laut schlürfend aus. Dann aber stellte sich heraus, daß diese Kostbarkeiten nur durch ein

Versehen der Serviererinnen unberührt den Weg in die Tiefe genommen hatten. Die Untat kam bald als Tageslicht.

Da verlangte Frau von Poszana von der Mutter, daß sie ihren Sohn für den Frevel züchtigen solle. Die Mutter wischte sich zunächst einmal umständlich die Hände ab, als wollte sie abwarten, bis die Chefin weggegangen war. »Nein«, sagte diese, »tun Sie's und tun Sie's sofort, damit er sichs merkt, der Dieb.« Da beugte die Mutter seinen Kopf nieder und schlug ihn mit der flachen Hand auf den Hintern. Aber Frau von Poszana war nicht zufrieden. »Tun Sie nur nicht so«, sagte sie, »er braucht keine Magie, er braucht tüchtige Prügel«. Da wurden die Schläge der Mutter widerwillig härter.

Nach seinem Vergehen hatte er von Frau von Poszana Hausverbot bekommen. »Lokalverbot«, wie sie es nannte. Er hat sich dann dadurch gerächt, daß er in einen Hundezwinger ständig Steine warf, um die schönen Schäferhunde böse und hinterlistig zu machen.

Als er schon lange erwachsen war, ist ihm Frau von Poszana einmal auf der Straße begegnet. Sie ging auf einen Stock gestützt und sah recht hinfällig aus. Sie sah ihn an und öffnete schon halb den Mund, um ihn anzusprechen. Er drehte sich zur Seite und ging an ihr vorbei.

In ihrem Alter verteidigte die Mutter höchst parteiisch immer die Söhne gegen die Schwiegertöchter. Der Vater war in ihrer Erinnerung ein strahlender Held geworden. Ihr Ordnungssinn gedieh zur beleidigenden Pedanterie. Als ihr eine Enkelin die Wäsche wusch, warf sie die gebügelten Stücke in einen Kessel mit heißem Wasser, denn, so sagte sie, sie lasse sich ihre Wäsche nicht von dem »chemischen Glumpert« ruinieren.

Die Mutter hatte in Bad Ischl eine illustre Verwandtschaft. Ein Schwager war der letzte Postillion des Erzherzogs Franz Ferdinand gewesen, sein Sohn war der spätere Komponist Joseph Ramsauer, ein anderer Neffe war der päpstliche Kämmerer und Kanonikus Damasus Sunkler, also der »wirkliche« Damasus.

Ein anderer Verwandter war der Zimmermann und Wilderer Franz Klackl, der im Jahre 1891 bei einer heimlichen Pirsch hinterrücks erschossen wurde. Der oder die Täter wurden nie gefaßt. Die Mutter erzählte in ihrem Alter, daß ein Förster damals nach Amerika ausgewandert und ein anderer »auseinander gekommen« sei und in geistiger Umnachtung gestorben war. Klackl war bei seinem Tod schon 64 Jahre alt, er war also zweifellos der Senior unter den Wilderern gewesen.

Die Besuche in Bad Ischl waren fast immer »zweckgebundene« Besuche. Die Taufpaten mußte man ohnehin drei, viermal im Jahr abklappern, auf jeden Fall vor Weihnachten und vor Ostern. Sie schnitten aus dem Wald der Bundesforste schöne Tannenbäume und brachten sie Onkeln und Tanten.

Die Großmutter war eine fromme Agitatorin und eine monarchistische dazu. Die erste Frage war immer, ob sie denn auch immer brav in die Kirche gingen. Mit dieser Frage setzte sie auch dem Vater gern zu. Die Großmutter war in ihrer Jugendzeit Sennerin im Gebiet der Hohen Schrott gewesen. Dabei hatte es sich zugetragen, daß manchmal auch eine Jagdgesellschaft bei ihrer Almhütte vorbei kam. Einmal fragte sie einer aus dieser Gesellschaft, wie denn das Wetter werde. Sie machte ein besorgtes Gesicht und sagte, es ginge wieder der bayerische Wind und da heißt es: »D'Leit nix wecht, s'Wöda nix wecht!« Der Herr schmunzelte und die Gesellschaft schwieg erschrocken. Der sie gefragt hatte, war Kaiser Franz Joseph gewesen und der war doch mit einer Prinzessin aus Bayern verheiratet. Es war wie ein lebenslanger Akt der Wiedergutmachung, daß sie dann eine feste Anhänglichkeit an das Kaiserhaus bewahrte bis zu ihrem Tod. Sogar als sie ihr Sohn, Onkel Hans, als sie schon in den Neunzigern war, damit aufzog, daß sie als junge Sennerin wohl auch die Wildschützen beherbergt habe, widersprach sie ihm entrüstet: »Du Daschl, das war doch dem Kaiser sein Revier!«

Mit der Anhänglichkeit an das Haus Habsburg ging eine große Feindseligkeit gegen Preußen und den deutschen Kaiser Wilhelm einher. Unser Kaiser, so lamentierte sie, hat in Madeira jung und arm sterben müssen. Der Wilhelm aber hat sogar noch einmal geheiratet und ihm ist nie etwas abgegangen, obwohl er uns den Krieg verspielt hat.

Die Großmutter wurde 94 Jahre alt. Bei ihrem Begräbnis wurde im Sterbehaus Schnaps ausgeschenkt, den sie jahrzehntelang für diesen Tag aufgehoben hatte.

Der Mannesstamm der Familie des Großvaters mütterlicherseits ist in einer recht kläglichen und skandalösen Weise ausgestorben. Auf dem Bauernhaus über dem Rettenbach saß der Letzte des Namens. In einer Sommernacht in der Forellenzeit ging er mit seinem Onkel zum Rettenbach fischen. Sie hielten sich bei der alten Roß-Schwemme auf, weil sie wußten, daß dort die schönsten Forellen standen. Der Onkel hatte ein Holzbein und war dadurch bewegungsbehindert. Natürlich war es ein Schwarzfischen, ein Fischdiebstahl im Schutze der Nacht. Es muß ein regelrechter Raubzug gewesen sein, denn man fand an dem Platz an die fünfzig Forellen, die sie bereits in Plastiksäckchen verpackt hatten, wie für eine Lieferung an ein Restaurant.

Die beiden sind bei ihrem Abenteuer ertrunken. Sie hatten elektrisch gefischt und waren offenbar in den Stromkreis geraten. Es war dann ein Begräbnis, bei dem man nicht recht weiß, ob man lachen oder weinen sollte.

Ein anderer Verwandter dieses Astes ist betrunken in einem sonst gar nicht gefährlichen Bach ums Leben gekommen.

Als Damasus ein halbwüchsiger Stierler war, stieß er in einem alten Kasten auf ein Paket Briefe. Es waren die Liebesbriefe, die Mutter und Vater einige Jahre vor ihrer Hochzeit gewechselt hatten. Die Briefe lüfteten das Geheimnis des Halbbruders. Es waren traurige und bedrückende Briefe. Die beiden hatten sich 1910 kennengelernt. Dann war die Mutter als Köchin in den Haushalt eines Grafen nach Graz gekommen. Offenbar war schon vom Heiraten die Rede gewesen, aber doch erst für die Zukunft, weil der Vater dann in einem dieser Briefe schrieb, er habe eben geglaubt, nicht gleich »das süße Joch der Ehe« auf sich zu nehmen.

Die Mutter teilte mit, daß sie schon mehreremale an ihn schreiben wollte, aber die Briefe dann immer wieder zerrissen habe. Nun aber, da er »alles weiß«, habe sie sich doch getraut, ihm zu schreiben. Der Vater war schon von einer Schwester der Mutter informiert worden, daß die Mutter an ihrem neuen Dienstplatz schwanger geworden war.

In ihren Briefen teilte sie nun mit, daß sie in Graz ganz allein gewesen sei und nur der Kammerdiener sich ihrer angenommen hatte. Und da sei sie dann »in Versuchung gefallen«, obwohl sie immer an ihn gedacht habe, er aber auch nur selten von sich habe hören lassen. Sie schäme sich sehr und wisse nicht aus noch ein. Dem Antwortbrief des Vaters war anzumerken, daß es ihm schwer fiel, die richtigen Worte zu finden, weil die Sätze ungelenk und zerfahren waren. Er müsse sich jetzt nach all dem, schweren Herzens, wohl von ihr trennen, hieß es in dem Brief, aber sie möge ihm schreiben, besonders dann, »wenn es dir schlecht geht«. Sie betrat vorsichtig diese Brücke, die er da gebaut hatte und im letzten Brief schrieb sie, daß sie jetzt bald nach Hause fahren und »die Mutter bitten« werde, sie »noch einmal aufzunehmen«, nachdem schon ein Mädchen von der Großmutter aufgezogen wurde. Dabei dürften sie sich getroffen und ausgesprochen haben. Das Kind der Versuchung wurde dann in die Ehe mitgenommen und nie ist auch nur ein Wort darüber gefallen, daß der Bruder einen anderen Vater hat.

Wie den Briefen deutlich anzumerken war, benützten beide einen Briefsteller, was an den Einleitungssätzen - indem ich die Feder ergreife - zu erkennen war. Erst dann folgten die kargen Mitteilungen und kleine schamhafte Zärtlichkeiten. Die Mutter schrieb eine gestochene Kurrentschrift, die sie bis ins hohe Alter beibehielt. Die letzte Rechtschreibreform in ihrer Jugend hatte sie nicht mehr zur Kenntnis genommen, sie blieb bei der Schreibweise »Brod« und »Thee«. Der Vater, der ein Linkshänder war, aber gezwungen worden war, mit der »schönen« rechten Hand zu schreiben, verwendete die Lateinschrift, weil sie für die ungelenke Hand besser fließe, wie er sagte.

Damasus hatte, als die Mutter schon alt war, öfter versucht, das Gespräch auf ihre Grazer Jahre zu bringen. Sie schaute ihn aber jedesmal mißtrauisch an und gab nur ganz vage Auskünfte. Ja sie, die sonst ein ausgezeichnetes Gedächtnis hatte, konnte sich plötzlich nicht mehr an Einzelheiten erinnern. Als sie wenige Tage vor dem 96er starb, erzählte Damasus seinem Bruder, der das Elternhaus übernommen hatte, von diesen Briefen und wo sie verborgen gewesen waren. Aber sie waren nicht mehr aufzufinden.

Sie wurde an einem 24. Dezember bei bitterer Kälte begraben. Damasus hielt mit seinem jüngeren Bruder in der Leichenhalle die Totenwache. Ganz zum Schluß kam ein Nachbar mit einer Flasche frischgebranntem Zieberlschnaps. Da sie keine Gläser hatten, tranken sie aus der Flasche und sprachen über das schwere und reiche Leben der Verstorbenen. Nur einige Schritte von der Halle entfernt stand das ehemalige Wirtshaus, in dem sie zum erstenmal mit dem Vater zusammengetroffen war.

DER SOZIALDEMOKRAT: Also, politisch bin ich schon seit den Kinderfreunden, mein lieber Herr. Aber schon dort haben wir gelernt: der Unverstand der Massen! Das ist es, was uns zu schaffen macht, san ma ehrlich.

DER KOMMUNIST: Der Unverstand der Massen ist unser eigener Unverstand. Viel zu weit vorpreschen und dann wieder weit zurückbleiben, das ist unsere Spezialität.

DER TROTZKIST: Vor lauter Etappen habt ihr die Revolution selbst aus den Augen verloren. Ein Revolutionär soll nicht räsonieren, er soll revolutionär handeln.

DER ZEUGE JEHOVAS: Mit dem Wachtturm ring ich um die Seelen.

DER WERBE-KEILER: Wenn man euch so zuhört, muß man speiben. Die Leut wollen Brot und keinen Stein.

DER ALTNAZI: Deutsch muß man reden, dann verstehn einen die Leut', immer noch.

4

Damasus erinnert sich noch an den inbrünstigen Schrei, den ein durch Militärschikane taub gewordener Arbeiter ausstieß: »Der Seipel hat abgedankt, der Seipel hat abgedankt!«

Der ganze Haß gegen den politischen Klerikalismus drückte sich in dem Schrei aus. Gemütlicher zeigte sich die Ablehnung in der Bezeichnung »Candis-Brunzler« unter Anspielung auf die Zuckerkrankheit des Bundeskanzlers Prälaten Seipel.

Es gab noch einen Rest von bürgerlicher Demokratie, aber kaum jemand glaubte noch an sie. Der sozialdemokratische Obmann des Spar- und Kreditvereines gab bei einer Abstimmung über den künftigen Direktor der Sparkasse einem bürgerlichen Kandidaten vor dem seiner eigenen Partei den Vorzug. Der neue Direktor wurde dann der erste Bürgermeister nach dem Einmarsch der deutschen Truppen.

Aber der Obmann der Lokalorganisation war ein ehemaliger Kommissar der Roten Armee im russischen Bürgerkrieg. Radikal sind wir selber, pflegte er zu sagen, da brauchen wir die Kommunisten nicht.

Manche wurden radikal, manche gingen zur HJ und zur NSDAP über. Der eine Bruder sang:

»Am Weg, am Weg die Rosen blühn,
Wenn Sozialisten nach München ziehn«.

Aber der andere hatte zur selben Melodie einen anderen Text:

»Haut hin, haut hin, solang ihr könnt,
Er hat Deutschösterreich nach Genf verpfändt«.

Die Sozialdemokraten schufen das Symbol der drei Pfeile und ein Bruder dozierte: der eine Pfeil dem Kapitalismus, der andere dem Faschismus und der dritte der Reaktion in allen Gestalten!

Der andere Bruder höhnte: das glaubst du doch selbst nicht, daß ihr mit dem Gehrock-Renner oder dem Train-Soldaten Deutsch den Kapitalismus bekämpfen könnt. Da gehört ein nationaler Sozialismus her!

In einem Gasthaus erschoß sich ein roter Wehrturner in der Kammer seines Mädchens. Er hätte eine kleine Strafe wegen Wilderns antreten müssen. Aber er war auch sonst verzweifelt. Das »Revolverkammerl«, längst in einem Zu- und Umbau verschwunden, erinnert noch heute an den »Fall«.

Die Todesstrafe wurde wieder eingeführt und der erste, der gehenkt wurde, war ein kleiner Streuner, der angeblich aus Rache einen Heuschuppen in Brand gesteckt hatte. Ein anderer, der seine schwangere Geliebte umgebracht hatte, wurde begnadigt. Er war Mitglied der Heimwehr des Fürsten Starhemberg. Die Bevölkerung sang:

»Buama bringt's d'Menscha um,
Kriagt's a Begnadigung.

Aber zind's ma ka Staderl an,
Sist kemmts glei dran!«

In Deutschland kam Hitler an die Macht, aber es war alles merkwürdig weit weg. Die NSDAP ging zu Bombenattentaten über und auf den Besitz von Sprengstoff stand die Todesstrafe. In Bad Ischl wurden zwei Burschen gehängt. Im Mai 1933 wurde die KPÖ verboten.

Dann brannte in Bad Ischl im verbauten Gebiet ein Bauernhof ab, und die Flammen loderten hoch empor. Die Mutter erzählte unter vorgehaltener Hand einer Nachbarin, daß man an der Brandstatt einen Zettel gefunden habe, auf dem zu lesen stand:

»Wir sind unser dreißig,
legen tun wir fleißig,
aber keine Eier,
sondern Feuer!«

Der Vater wurde zwar mit vier Kindern nicht »ausgesteuert«, aber er bekam nur eine Notstandsunterstützung und die reichte nicht für das nackte Leben. Es waren Festtage, wenn bei der Arbeitslosen-Meldestelle verbilligte Gulaschkonserven des Heeres ausgegeben wurden, weil die Haltbarkeitsfrist ablief.

Damasus hat noch den talgigen Geschmack im Mund, wenn er daran denkt, wie damals Erdäpfelkrapfen in heißem Schaftalg gebacken wurden. Später erfuhr er, daß es manchmal Gemsenfleisch war, das die Mutter als Schaffleisch ausgab.

Das Jahr 1933 war ein unheimliches Jahr. Nach der Ausschaltung des Parlamentes spürte jedermann, daß etwas Unheilvolles in der Luft lag.

Als eine aufgebrachte Delegation von Arbeitern und Schutzbundfunktionären beim Vorstand der sozialdemokratischen Partei mehr Aktivitäten verlangte, ermutigte sie Dr. Karl Renner mit der Sentenz: Wenn die Regierung Dollfuß den Schutzbund verbietet, dann haben die Arbeiter immer noch die Partei. Werde auch die Partei verboten, dann bleibe doch die Gewerkschaft. Und wenn es zu Alleräußerstem kommen und auch die Gewerkschaften verboten werden sollten, dann bleibe immer noch der Konsumverein.

»Das klingt wie beim Steinklopfer Hannes von Ludwig Anzengruber: Es kann dir nix g'schehn!« hörte Damasus seinen Vater sagen.

In Österreich werde es keinen 30. Jänner 1933 geben, hieß es in den Zeitungen der Sozialdemokratie. Aber als bei einem Sonderparteitag der Betriebsratsobmann der Steyrer Werke verlangte, man müsse sich auf das Losschlagen einrichten, wurde er beschworen, doch nicht den Teufel an die Wand zu malen.

Der Fünfjahresplan in der Sowjetunion wurde eifrig kommentiert, wobei in der Sprachregelung der Sozialdemokratie stets vom »bolschewistischen Experiment« die Rede war.

Als die Mutter zu einer Nachbehandlung ins Spital nach Linz fahren sollte, konnte sie die Reise nicht antreten, weil in Linz die Februarkämpfe 1934 ausgebrochen waren.

Die Kinder hatten einige Tage schulfrei, denn es herrschte Standrecht. Sie nannten diese unvorhergesehenen Schulfeiertage »Revolutionsferien« und balgten sich auf verschneiten Waldlichtungen herum.

Der Aufstand kam bis auf 25 Kilometer an das Dorf heran, denn in Ebensee hatten die Arbeiter noch losgeschlagen. In dem Gebirgsdorf aber blieb es still, obwohl die jungen Wehrturner wie üblich »Gewehr bei Fuß« gestanden waren.

Der »rote« Bruder war einige Tage nicht nach Hause gekommen, er hatte vergeblich versucht, sich nach Ebensee durchzuschlagen. Der Zusammenbruch der Bewegung hatte ihn furchtbar getroffen.

Nach den Tagen des Standrechtes mußte die Bevölkerung sämtliche Waffen abliefern. Die Männer hatten sich schon wieder zum Eisstockschiessen zusammengefunden, wenn auch noch bedrückt und mit zwiespältigem Gewissen.

Zwei Bauern kamen mit dem Schlitten den Weg herunter. Die Eisstockschützen mußten ihnen Platz machen. Die beiden Bauern hielten an und zeigten, was sie da für merkwürdige Lasten auf den Schlitten beförderten. Es waren alte Vorderlader, die sie in Jutesäcke gepackt hatten. Beide lachten und hielten die Uraltgewehre in die Luft, damit man sie sehen konnte.

Damasus spürte, obwohl er erst zwölf Jahre alt war, das Demütigende dieses Vorganges und war entrüstet darüber, daß man zu der Waffenabgabe auch noch schmunzeln konnte wie zu einem köstlichen Streich.

Verboten war nun die kommunistische Partei, die NSDAP und die sozialdemokratische Partei. Dollfuß regierte offen autoritär und er bereitete von Februar bis Mai 1934 eine neue Verfassung vor, die er die »Ständische« nannte und die am 1. Mai 1934 »im Namen Gottes« verkündet wurde und in Kraft trat. Pate für diese Verfassung war unverkennbar der italienische Faschismus. Mit Hilfe der »Stände« sollten die Klassen überwunden werden. Weithin sichtbar war die demonstrative Unterstützung der katholischen Kirche für die neue Art des Regierens und Kardinal Innitzer segnete und segnete.

Am 24. Juli begann der Juliputsch der NSDAP, bei dem Dollfuß ermordet wurde. In Wien war das ganze Spektakel schnell zusammengebrochen, nicht aber in der »Provinz«. Da gingen die Auseinandersetzungen noch tagelang weiter, es kam zu regelrechten Kämpfen zwischen den Starhembergleuten und der NSDAP, während das Bundesheer weniger in Erscheinung trat als im Februar.

In Goisern wurde auf einer Alm ein Zimmermann erschossen, der an dem Putsch nur am Rande beteiligt war. Der eigentliche »Rädelsführer« war ein Zuckerbäcker gewesen. Aber der Zimmermann Martin Deubler war auch ein bekannter Wilderer und das wurde ihm wohl zum Verhängnis. Etwa sechzig Heimwehrleute stürmten eine Almhütte. Martin Deubler brach unter ganzen Garben von Kugeln zusammen. Ein politisch ebenso harmloser Komplize konnte in dem allgemeinen Wirrwarr verwundet entkommen und es gelang ihm, nach Deutschland zu flüchten.

Der ältere Bruder versuchte ebenfalls, sich nach Deutschland durchzuschlagen. Aber in der Nähe von Wels wurden die Burschen geschnappt und ins überfüllte Gefängnis eingeliefert. Es kam jedoch für die meisten zu keiner Verurteilung, weil alle zusammen »minderbeteiligt« gewesen waren. Aber einige Monate Haft waren es schon, die sie verbringen mußten. Als der Bruder wieder nach Hause kam, stank sein Gewand nach Moder und Mottenpulver. Auch er bekam keine Arbeit mehr.

Später gelang dem Bruder die Flucht nach Deutschland, er konnte bei Kollerschlag im Mühlviertel heimlich die Grenze überschreiten und wurde dann in der »Österreichischen Legion« militärisch ausgebildet. Später arbeitete er beim Autobahnbau und sandte spärliche Kartengrüße.

Der andere Bruder wurde ebenfalls bald verhaftet, weil ein »Treff« belauscht worden war, das einige Jugendliche mit einem fremden Studenten hatten. Es war eine Schulung, die sie auf der Ewigen Wand durchführten, bei der sie das Schmierestehen vernachlässigt hatten. Er kam mit einigen Wochen Arrest davon, die ihm wegen »Geheimbündelei« aufgebrummt wurden.

Die Regierung, die nun der ehemalige Justizminister Dr. Kurt Schuschnigg anführte (der viele Jahrzehnte später sagte, er habe als Justizminister nicht gewußt, daß im Februar 1934 ein verwundeter Arbeiterfunktionär auf der Tragbahre zum Galgen geschleppt worden war), versuchte zwar, den Eindruck zu erwecken, als verteidige sie den nunmehrigen Ständestaat sowohl gegen die Nationalsozialisten als auch gegen den Bolschewismus, tat aber in der Praxis alles, Einrichtungen des deutschen Faschismus nachzuahmen. Als eine der ersten Maßnahmen dieser Art wurde das Anhaltelager Wöllersdorf gegründet, in das politische Gegner ohne Gerichtsverhandlung eingeliefert wurden.

Der Ort hatte eine düstere Tradition, denn hier waren im ersten Weltkrieg große Munitionsfabriken entstanden. 1918 war es zu einer verheerenden Explosionskatastrophe gekommen, bei der viele Arbeiterinnen zugrundegingen. Dieser unheilvolle Hintergrund hielt aber den Volksmund nicht ab, auf das Sitzen in Österreich ein Gstanzl zu machen:

»In Garsten bin i gsessn
und in Wels a,
hiazt mecht i halt no wissn,
wias in Wöllersdorf war«.

Als Italien in Abessinien einfiel, entstand als Parodie auf den populären Schlager von Hermann Leopoldi »Hüa ho, alter Schimmel, hüa ho ...« das Liedchen:

»Hüa ho, Mussolini, hüa ho,
In Abessinien da wirst a Würstl sowieso,
sperrt dir England den Kanal,
bleibt dir nur noch der Laval,
hüa ho, Mussolini, hüa ho!«

Daß England ganz und gar nicht danach strebte, faschistische Aggressionen zu unterbinden, war damals noch nicht so deutlich erkennbar.

In dieser Zeit tauchte in der Familie von Damasus der Fachschüler auf. Es handelte sich um einen weitschichtigen Verwandten, der in der Fachschule für Holzbearbeitung in Hallstatt die Bildhauerklasse besuchte. Die Absolvierung dieser Klasse berechtigte dann zum Besuch der Akademie für angewandte Kunst in Wien. Bekannte Bildhauer waren ursprünglich »Hallstätter« gewesen.

Weil der Fachschüler von zu Hause kaum Taschengeld bekommen konnte, verlegte er sich auf das Schnitzen von kleinen Bilderrahmen, kleiner Madonnen oder winziger Figuren, die bei vornehmen Bällen als Damenspenden Verwendung fanden. Dieser Fachschüler handelte allerdings nicht nur mit Bilderrahmen, er brachte auf geheimnisvollen Wegen auch verbotene Literatur heran.

Vor allem waren es zwei Lenin-Schriften, die jetzt besonders aktuell waren, nämlich »Staat und Revolution« und »Der Radikalismus, die Kinderkrankheit des Kommunismus«. Das letzte Werk verschlangen die jungen Leute mit besonderer Leidenschaft. Erbittert über die Niederlage der Arbeiter 1934 machte sich radikal klingendes Sektierertum breit.

Auch noch bei den größten Überspitzungen beriefen sie sich auf Lenin, der bekanntlich auch mit dem »Renegaten Kautsky« abgerechnet hatte. Als Damasus schon längst ein Mann war, hörte er einmal einen Vortrag von Benedikt Kautsky, dem Sohn von Karl Kautsky, der schwere Jahre im Konzentrationslager verbracht hatte. Kautsky beschwichtigte seine Genossen, die den größten Teil der Zuhörer stellten, daß »die Russen« nicht so stark seien, wie manchmal behauptet werde. Er riet den Gesinnungsgenossen, doch einmal den Globus von oben her anzuschauen, nämlich vom Nordpol her. Da könne man leicht erkennen, wie »der Sowjetstaat« von Stützpunkten der freien Welt vor allem der Amerikaner geradezu eingekreist sei. So ein unkonventioneller Blick auf den Globus, so meinte er gut gelaunt, habe durchaus seine positiven Überraschungen. In diesem Augenblick wurde ein Zwischenruf laut: »Renegat Kautsky!« Der Vortragende ging elegant über den Einwurf hinweg und meinte, nach dieser »Stimme aus dem Grabe« könne man sich getrost weiter den Aspekten von Freiheit und Demokratie zuwenden.

Eine Gruppe junger Leute traf sich regelmäßig zu Diskussionen beim Dollfuß-Denkmal jenseits der Traun, das aus Betonteilen bestand, die wieder ein Krukenkreuz bildeten, jenes Symbol, das dem Hakenkreuz den Rang ablaufen sollte. In der Mitte dieses Betonwahrzeichens war eine Büste von Engelbert Dollfuß aufgestellt, die das Gesicht viel heldischer machte, als es in Wirklichkeit war, nämlich dadurch, daß die Stupsnase des kleingewachsenen Kanzlers verlängert war. Dabei hatte die Stupsnase weit eher den Charakter dieses, ursprünglich als Bauernpolitiker wirkenden Dollfuß, ausgedrückt als eine griechische Nase.

Da war dann auch ein Mann aus Bad Ischl aufgetaucht, der wie Damasus später erfuhr, Franz Jaritsch hieß und allgemein »Jogl« genannt wurde. Er hielt unauffällig Schulungen ab, wobei er in der Art der alten Bildungsverein-Funktionäre nicht frei von Kuriositäten war. Er trug im Sommer eine Pumphose aus hellbraunem Schnürlsamt, die er jedoch unter dem Knie nicht gebunden hatte, sondern die in einigen Beulen schlotternd über die Waden herabfiel. Jüngere »Reisende«, wie sich die bettelnden Handwerksburschen nicht ohne Koketterie nannten, trugen sich ebenfalls so als Kleinbürgerschreck. Jaritsch hatte außerdem die Gewohnheit, rohe Karotten zu essen, die er aus der Tiefe der Hosentasche holte. Es war ein Hauch von Wandervogel-Romantik um ihn, auch wenn er mit deutlichem Dialektanklang sprach (und zwar Ischler Dialekt, der nicht »Glocke« sondern »Dlocke« sagt).

Im Anklang an historische Beispiele war damals eine Losung im Schwang, die lautete: »Vom Februar zum roten Oktober«, wobei der glühende Wunsch mitschwang, daß der Niederlage im Februar ein strahlender Sieg im Oktober folgen wird. Besonders auf junge Leute wirkte die Losung durchaus aktuell und gar nicht nur »symbolisch«.

Der berühmte Satz in den »Kinderkrankheiten«: »Die Kleinproduktion aber erzeugt Kapitalismus und Bourgeoisie unausgesetzt, täglich, stündlich, elementar, im Massenumfang«, hatte es ihnen besonders angetan. Galt es da nicht, im Dorf mit all den Krämern, Schustern, Drechslern und Schneidern abzurechnen? Sie stritten darüber tage- und nächtelang, wie das Dorf »rein kommunistisch« aussehen werde.

Neben dieser schwierigen Lektüre lasen sie ganze Berge von Schundliteratur und halfen sich gegenseitig aus mit den Heften »Tom Shark«, »Jörn Farrows Abenteuer«, und die größte Leidenschaft entwickelten sie beim Sammeln der Bändchen »Frank Allan, der Rächer der Enterbten«. Daneben hatte ein Nachbar hundert Hefte vom »Wildtöter«, den sie jedoch bereits als »reaktionär« ablehnten.

Zwar war die Bibliothek des Arbeiter-Bildungsvereines »gesäubert« worden (wobei ein Lenin auch vorher nicht in den Regalen gestanden war), aber es war noch immer genug Sprengstoff vorhanden. Dazu bereite es diebisches Vergnügen, einem gefürchteten Oberlehrer, der hier in der »gereinigten« Bibliothek am Sonntag Vormittag Dienst machte, die gewagtesten Bücher zum Eintragen vorzulegen. Die Freunde von Damasus waren schon aus der Schule, sie lachten nur boshaft, wenn der Herr Oberlehrer grün anlief beim Anblick so gefährlicher »sittenloser« Literatur wie »Bestie ich in Mexiko« von Ernst von Löhnsdorff.

Sie lasen sich nach Rußland hinein, Bücher wie »Sibirische Garnison« von Rodion Markovits oder »Zwischen Weiß und Rot« von Edwin Erich Dwinger verschlangen sie ebenso wie »Vom Zarenadler zur Roten Fahne« von General Krassnow. Alle die verloren haben, bewahren einen grimmigen Zorn und im Zorn sagen sie mehr, als sie bei ruhiger Überlegung sagen würden, meinte der Fachschüler, aus ihrem Zorn heraus müsse man die Argumente picken. Die Biene sauge auch Honig noch aus der giftigen Wolfsmilch, sagte er.

Und sie saugten Honig aus politischer Wolfsmilch. Damasus mußte Jahrzehnte später darüber lachen, was er sich aus diesen Büchern gemerkt hatte. So etwa aus »Vom Zarenadler zur Roten Fahne«, vom Offizier und dem Mädchen, das er »auf dem schmalen Feldbett nahm«. Aus dem Roman »Studenten, Liebe, Tscheka und Tod« von Alja Rachmanova behielt er die Szene, da die Heldin nackt vor dem Spiegel steht und bei dem Band »Milchfrau in Ottakring« die Stelle, da eine Prostituierte der russischen Milchhändlerin erzählt, nun sei sie angesteckt worden von der »ganz schlimmen Krankheit«.

Daß er sich just diese Stellen gemerkt hatte, lag wohl daran, daß die Pubertät heftig zu bohren und zu stechen begann. So stellten sie sich auch hinter die Mädchen, die Bücher austragen ließen. War eines dabei, in dem solche »scharfen« Sachen standen, dann beobachteten sie das Mädchen genau und als es dies merkte, wurde es rot und die Röte zog sich bis in den Nacken hinüber.

Wenn in der literarischen Wolfsmilch die Rede von ausgelassenen Gastmählern der einst reichen Leute die Rede war, dann dachten sie an die Familie Vielgraf, die aus der Gegend von Petersburg stammte. Es hieß, daß sie chemische Fabriken besessen hatte und heute noch von Anteilen und Lizenzen leben konnte. Sie lebten nicht gut, diese »Flüchtlinge«, denn sonst hätten sie sicher in der großen Stadt gewohnt, aber sie lebten gut genug, um gelegentlich lärmende Feste feiern zu können. Die Vielgraf waren stets in eine heimische Tracht verkleidet, wobei sie aussahen, wie Ungarn, die plötzlich ins Gebirge verschlagen worden waren, wie die Händler beim Kirtag, mit Antilopenbärten auf den Hüten. Von den Mädchen, die nach solchen Festen die Wohnung aufräumen mußten, erfuhren die Leute, was da alles gegessen und getrunken worden sei: viel Fleisch in allen Gattungen und merkwürdige rote und grüne Suppen. Dazu wurde viel Wein und Schnaps getrunken und lange nach Mitternacht konnte man hören, wie die Gesellschaft inbrünstig und mehrstimmig das Lied vom Räuber Stenka Rasin sang, daß es durch die niederen Obstgärten hallte.

(Viele Jahre später, nach dem zweiten Weltkrieg, war der alte Vielgraf auf dem Gemeindeamt damit beschäftigt, auf die Zonen-Personalausweise in cyrillischer Schrift Namen und Berufe der Ausweisinhaber einzutragen. Dabei gab es gleich einen Zusammenstoß mit Damasus' Mutter, weil sich Vielgraf zunächst hartnäckig weigern wollte, als Beruf »Journalist« einzutragen. Nein so etwas gibt es nicht, sagte er ganz beleidigt, er kenne den Inhaber des Ausweises genau und der sei ein Holzknecht gewesen, ein Forstarbeiter. Oder nicht? Erst als die Mutter begann, Krach zu schlagen über die »dahergelaufenen Leut'«, denen zuhaus der Boden zu heiß unter den Füßen geworden sei, beugte er sich und übersetzte die Daten von Damsus.)

Auf dem Sportplatz traten alle Jahre einmal die Donkosaken auf und da sammelten sich allerlei Emigranten an und bedachten die Kosaken mit stürmischen Zurufen. Die Lieder und Chöre klangen noch exakt und die Kunststücke zu Pferde waren zirkusreif. Damasus ahnte nicht, daß er auch die letzten Tage dieser Truppe erleben werde, als alte Männer den Chören sowjetischer Jugendlicher lauschten und dabei zu schluchzen anfingen wie Kinder.

Ehemalige Kriegsgefangene, die ein paar Brocken russisch gelernt hatten, machten sich einen Spaß daraus, in Gegenwart der Vielgraf russisch zu fluchen und zwar in den wüstesten Mutterflüchen. Der Herr Vielgraf blickte jedesmal ganz erschrocken um sich, wenn er solche Flüche vernahm. Solche Szenen spielten sich meist vor Delikatessenläden ab, denn den Konsumverein mieden die Vielgraf, darin zeigten sie eisernen Charakter.

»Ich bitte sehr«, sagte der »Wanderlehrer« Jogl, »schaut euch nur diese Leut' gut an. Das sind sie, die vor der Revolution reißaus genommen haben, oder die man energisch ersuchen mußte, das Land der Reussen zu verlassen. So sind sie, die dort entmachtet worden sind, bitte sehr«.

Natürlich war Jogl auch Esperantist und wollte die jungen Leute animieren, Esperanto-Vokabeln zu büffeln. Er kannte die Bücher von Friedrich Wolf über die Volksheilkunde und über den Fluch des Abtreibungsparagraphen. Aber er verfocht auch Forderungen, mit denen er der Zeit unstatthaft weit vorauseilte, etwa die Abschaffung (er sagte »die ersatzlose Streichung«) des Homosexuellen-Paragraphen. Er betonte stark den bürgerlichen Charakter der Ehe, denn er selbst war ledig und führte mehr das Leben eines Vaganten.

1937 ging er nach Spanien, wurde über Frankreich nach Deutschland zurückgebracht und ist im Konzentrationslager Dachau an Typhus zugrundegegangen. Seine Mithäftlinge nennen ihn noch heute den Philosophen, was wohl auch damit zusammenhängt, daß er stets leise sprach und sich damit besondere Aufmerksamkeit erzwang.

Die Spanne zwischen Schulzeit und »Leben« war Damasus recht kurz bemessen.

Es war ein merkwürdiger Sommer, dieser sechsunddreißiger. Im Juli wurde eine Amnestie verkündet. Sie galt in der Hauptsache den Nationalsozialisten, die am Juli-Putsch 1934 beteiligt gewesen waren. Weil es vor der Welt eine schlechte Optik gemacht hätte, wenn alles so einseitig verlaufen wäre, wurden auch die gefangenen Februarkämpfer freigelassen.

Da hatten einige Jugendliche zunächst ein anarchistisches Gebilde, den »Bund der Revolver« gegründet, der sich durch das agitatorische Geschick des Fachschülers langsam in eine Gruppe des Kommunistischen Jugendverbandes verwandelte.

Der Sommer war ausgefüllt mit Arbeit im Wald, weil das Brennholz heuer an einem besonders ungünstigen Platz ausgezeigt worden war. Es war ein Platz, an dem vor hunderten Jahren ein Felssturz niedergegangen sein mußte und man häufig auf alte, beinah versteinerte Lärchenstrünke stieß. Fast genau an derselben Stelle gingen fünfzig Jahre später neuerlich einige große Felsstürze nieder, die zur Bildung einer großen, kilometerlangen Mure führten.

Im frühen Herbst dieses Jahres gingen ihrer zwei ins Hochgebirge. Den Weißenbach entlang, aus dem sie jahrelang Forellen gefangen hatten, stiegen sie aufwärts an dem Denkmal vorbei, das acht durch eine Lawine verschütteten Holzknechten errichtet worden war. Die Holzknechte waren verunglückt, als sie den Versuch machten, das letzte Langholz herunterzubringen, denn erst wenn das ganze Holz im Tal war, konnte abgerechnet werden. Alle acht Mann fanden den Tod unter den Schneemassen. Sie liegen auf den beiden Friedhöfen begraben, getreu dem damaligen konfessionellen Proporz: drei auf dem katholischen, fünf auf dem evangelischen.

Unter der Roten Wand lag eine Jagdhütte, die früher von den »Kinderfreunden« einer Industriegemeinde gepachtet gewesen war. 1934 wurden Mobiliar und Einrichtungsgegenstände beschlagnahmt. Nun stand die geräumige Hütte leer.

Hier heroben weidete im Sommer eine Herde Ziegen und die Geißen kletterten wie die Gemsen in die Felswände. Weil die Verpflegung, die sie von zuhause mitbekommen hatten, reichlich mager war, gingen die Knaben daran, die Ziegen zu melken. Die Milch schmeckte scharf und bitter und ganz freiwillig gaben die Geißlein sie auch nicht her. Hier auf der Gebirgswiese hatten sie bald gelernt, wie sie sich selbst aussaufen konnten. Um ihnen diese menschenfeindliche Unart im Tal wieder abzugewöhnen, wurde ihnen dann ein Sack um das Euter gebunden.

Damit die Ziegen beim Melken still hielten, fütterten sie ihnen Tabakkrümel, die die Tiere mit Wonne leckten. Da drängte sich ein starker Bock mit mächtigen Hörnern heran, um ebenfalls zu dieser Kostbarkeit vorzustoßen. Damit er das Melken nicht störe, bekam er eine Prise Tabak, und als er die genüßlich hinuntergeschluckt hatte, entriß er mit einem jähen Zuschnappen Damasus eine halbe brennende gestopfte Zigarette. Der Bock zog die Papphülle in kleinen Schüben ins Maul, und dabei zog er auch Rauch ein, den er durch die Nüstern wieder ausblies. Der Bock schien mit hohem Genuß zu rauchen.

Immer, wenn Damasus später diese Geschichte erzählte und beteuerte, daß sie die Wahrheit und nichts als die Wahrheit sei, wurde er ausgelacht, weil niemand sie glaubte.

Auf dem Weg zum Knall-Brett hinauf blieben sie bei einer Gedenktafel stehen. Sie erinnerte an ein Touristenpaar, das sich im Märzschnee sonnen wollte. Dabei kam der Schnee ins Rutschen und riß die beiden jungen Leute in die Tiefe.

Unter den Abstürzen fanden die Rettungsmannschaften nur noch Fetzen und Knochentrümmer. Wie einer der Beteiligten nachher im Wirtshaus erzählte, habe er gleich geahnt, daß man hier kein anderes Transportmittel mehr benötigen werde, als den ledernen »Boanlsack«.

Obwohl das Gamsfeld ein Zweitausender ist, bildet eine Seite des Gipfels eine Wiese und gelegentlich weiden hier heroben sogar Pferde. Die Wiese, die zum Gipfel hinaufführt, das Habernfeld, war voll von Speik und duftenden Kohlröseln.

Sie blieben auf der Angerkar-Alm über Nacht. Die Sennerin, schon ein recht betagtes Weiblein, bewirtete sie mit saurer Milch und geräuchertem Käse. Sie schliefen im Heu, das voll seltsamer Geräusche war, und in der Ferne hörten sie undeutlich noch, aber doch unverkennbar Hirsche röhren. Der Herbst war da.

Das Gamsfeld ragt wie ein spitzer Zahn über dem Becken von Abtenau auf und das ist auch der Streifen, wo gegen Salzburg zu der Blick einigermaßen schweifen kann, denn sonst reicht er nur bis zur Barriere der noch höheren Gebirge. Gegen den Wolfgangsee und Mondsee zu breiten sich große und wellige Almweiden aus, die von seltsam olivgrüner Farbe sind. Die Rinder haben waagrechte Pfade in diese Matten getreten, sodaß auf den ersten Blick die Hügel aussehen, als wären sie von Terrassen gegliedert wie Reisfelder in China.

Die alten Beerenweiber seufzten vor Begierde, wenn sie von diesen Preiselbeerfeldern sprachen wie von einem Himmelreich der Beerenpflükker.

Es war ein langer Weg, den sie nach Hause zurücklegen mußten. Am Paß Gschütt tranken sie bei der Wirtin Agatha, die schon immer uralt gewesen ist (und erst mit 90 Jahren den Wirtsberuf aufgegeben hat), ein Bier, stiegen dann ins Gosautal hinunter und trotteten hinaus zum Hallstättersee. Bei einer Brücke über den Gosaubach rasteten sie, entfachten am Bachufer ein Feuer und brieten darin einige Erdäpfel, die sie von zuhause mitgenommen hatten, aber bisher nicht hatten »zubereiten« können.

Der Hallstättersee roch nach Algen, Weiden und Schilf.

Sie mußten noch den ganzen Talkessel durchqueren, bis sie am anderen Ende ankamen. Da sie über dem Tal zuhause waren, mußten sie noch einmal steile Wege emporsteigen.

Der Bergkamerad wurde 1940 zu den Gebirgsjägern eingezogen und ist beim Rückzug seiner Truppe aus dem Kaukasus gefallen.

Am Tag nach der Wanderung kamen zwei Zivilisten ins Haus, wiesen sich als Kriminalbeamte aus und nahmen Damasus mit ins Gefängnis des Bezirksgerichtes Bad Ischl.

Jahrzehnte später hatte diese Begegnung einen merkwürdigen Epilog. Damasus hatte die Geschichte eines Mordes an der Donau niedergeschrieben und die Kriminalpolizei fand, daß er eigentlich mehr wisse als sie selbst, denn die Gewalttat hatte nicht aufgeklärt werden können.

Ein Kriminalinspektor lud Damasus in ein Café ein, damit sie über den Fall reden könnten, an einem »neutralen Ort«. Sie schauten sich genauer an und dann sagte der Beamte, daß sie sich eigentlich kennen müßten. Damasus sah in das Gesicht des Gegenübers und erinnerte sich, daß es derselbe Beamte war, der ihn vor vielen Jahren verhaftet hatte. Der Beamte sagte etwas von grausligen Zeiten, die damals geherrscht hätten, und es gehe ja auf keine Kuhhaut, wofür man bei der Kriminalpolizei überall eingesetzt werde.

Die Unterhaltung wurde frostig und Damasus schwieg hartnäckig zu den Vermutungen, die er selbst über diesen Donau-Kriminalfall schon angestellt hatte.

5

Alte Gefängnisse haben ihren unverkennbaren Geruch: eine Mischung aus Urin und Lysoform, Ammoniak und der ständige Versuch, ihn zuzudecken. Das Gefängnis in Bad Ischl war ein ganz altes und stank daher besonders penetrant. Außerdem waren die Zellen halbdunkel, weil sie dem Gerichtsgebäude gegenüberlagen und daher die Fenster mit Blechverschlägen »verblendet« waren.

Der Justizbeamte wurde hier noch Kerkermeister genannt und war ein Relikt aus der k.u.k. Zeit, ein gewesener Zwölfender der alten Armee mit einem tschechischen Namen und noch immer mit einem stark tschechischen Akzent. Dieser Umstand gab dem stinkenden Kotter einen gemütlichen Anstrich. Wenn der Kerkermeister mit den Häftlingen schimpfte »Heraus ihr, faulen Brieda!« dann klang dies wie eine gutmütige Ermahnung. Der Kerkermeister hatte auch eine tschechische Frau und so kam es, daß die magere Gefängniskost einen ausgesprochen böhmischen Einschlag hatte.

Die meisten Wilderer, Fischdiebe, Wirtshausraufer, meineidige Kindesväter, die kleinen Betrüger und Zechpreller aßen in der Pension Jiritschek, wie das Gefängnis liebevoll genannt wurde, zum erstenmal Mohnnudeln, Serviettenknödel, eine besondere Art von Grenadiermarsch und jenes eingebrannte süßsaure Kraut, das nie vergißt, der es jemals gekostet.

Einen längeren Aufenthalt in dem kleinen Gefängnis nahmen nur kleinere Sünder, schwerere Fälle kamen schon nach den ersten Einvernahmen zum Kreisgericht Wels. Auf diese Weise gab es auch kaum Fluchtfälle, sodaß in der Burg relativ viel Freiheit herrschte. Der Kerkermeister stellte einige Arbeitspartien zusammen, eine für Hof und Keller und eine für den Innendienst in Gefängnis und Gerichtsgebäude. Damasus wurde beiden zugeteilt, weil er der jüngste war. Der Kerkermeister begleitete die Arbeiten mit munteren Reden. So wies er die Gefangenen an, bei der Lagerung von Karotten und Sellerie besonders sorgfältig vorzugehen, weil das alte Gebäude von Ratten wimmelte. Diese feineren Gemüse und auch die Erdäpfel mußten in Verschläge geschlichtet werden, die von gefangenen Tischlern gebaut worden waren. Die Krautköpfe aber wurden nur in großen Haufen gelagert, denn, so belehrte Jiritschek die Häftlinge, Kraut fressen die Ratten nicht.

In den Gerichtsräumen mußte Damasus Staub wischen und Papierkörbe leeren. Dabei sah er, daß manche Richter noch die alte Gabelsberger Stenografie verwendeten. Er sah aber auch, daß manche Schmierzettel mit kleinen Männchen bedeckt waren, offenbar so geschmückt, wenn eine Verhandlung recht zähe oder ein Aktenstudium ganz besonders langweilig gewesen war. Fand er spärliche Zigarettenreste, nahm er sie in die Zelle mit, aber die meisten Richter und Beamten rauchten gestopfte Zigaretten, bei denen auch nicht der kleinste Tschik übrigblieb.

Wenn der Kerkermeister gerade keine Zeit hatte, die Arbeitspartie in die Zellen zurückzubringen, ließ er sie auf dem Korridor vor den Zellen stehen und sperrte hinter sich die Tür zu seinem Zimmer ab. Dieser Korridor war auch der Aufenthaltsraum der Häftlinge beim »Spaziergang«. Dieser konnte nämlich nicht im Hof abgehalten werden, weil dieses Geviert das Holz- und Kohlenlager des Gefängnisses und des Gerichtsgebäudes war.

Damasus wurde auch eingeteilt, die Kachelöfen der Gerichtsräume am frühen Morgen anzuheizen. Der Kerkermeister schaute ihm dabei interessiert zu und bemerkte nicht ohne verstecktes Lob, er hätte gar nicht gedacht, daß ein so junger Bursch schon so ein geübter Zündler sein könne. »Aus dir kann noch der schenste Haiseranzinder werden«, sagte er mit Grimm in der Stimme.

Beim »Spaziergang«, also beim vormittägigen Aufenthalt im Korridor vor den Zellen sprachen sie über ihre »Fälle«.

Am eindeutigsten waren die Wilderer, von denen es ständig einige in der Pension Jiritschek gab, wenn auch nur vorübergehend, weil ihre Untaten vor dem Kreisgericht verhandelt wurde. Die Aristokraten unter den Wilderern waren natürlich die Gamsjäger. Verpönt waren die Schlingenleger. Und bei diesen Gesprächen wurden auch die berühmten Gestalten vergangener Jahrzehnte beschworen, die ja alle durch den Gefängniskotter von Bad Ischl gegangen waren. So wurde auch die Erinnerung an eine tragische Figur jener Tage aufgefrischt, an einen oft bestraften Wilderer, der dann einen Jäger erschossen, zu fünfzehn Jahren Kerker verurteilt worden war und sich im Gefängnis von Wels erhängt hatte. Beim Begräbnis gab es einen Riesenwirbel, weil der evangelische Pfarrer sich geweigert hatte, die Glocken läuten zu lassen, denn bei dem Wilderer habe es sich um einen Mörder und Selbstmörder gehandelt. Ein ehemaliger Oberleutnant der Kaiserschützen hatte dann die Grabrede gehalten und seine Ansprache mußte er mehreremale unterbrechen, weil ihn ein Schluchzen ganz aus der Fassung brachte, denn der Kamerad war »der Tapfersten einer« gewesen, wie er sich ausdrückte.

Mit seinem Sinn für historische Pedanterie muß sich Damasus heute noch ständig darüber ärgern, wenn die Kaiserschützen mit den Kaiserjägern verwechselt werden, obwohl es da einen gravierenden Unterschied gibt. Diese waren eine Angriffsgruppe für Eroberungszüge. Jene waren nur eine emporstilisierte Landwehr, die eigentlich nur für Verteidigungszwecke hätte eingesetzt werden dürfen. Den Namen verlieh diesen Schützenregimentern erst der letzte Kaiser Karl. Beide Truppenteile vertrugen sich nicht gut und es gab ständige Schlägereien, wenn sie in Wirtshäusern zusammenkamen. Der Spottgesang der Kaiserschützen über die Kaiserjäger »Mir san vom Coldilana bis Brunneck obigrennt«, unter Anspielung darauf, daß die Kaiserjäger eine Bergspitze hatten aufgeben müssen, war weithin bekannt.

Am gelungensten sei es immer gewesen, hatte jener Wilderer oft erzählt, wenn er einen Katzelmacher entdeckt habe, der sich grad zum Abprotzen in die Latschen geschlagen hat. Da habe er noch zugewartet, bis er die Hosen unten hat und dann, wenn er zu scheißen begonnen hat, habe er abgedrückt. Es sei jedesmal ein Blattschuß gewesen. »Die werden sich gewundert haben, daß da einer grad beim Scheißen den Heldentod stirbt. Avanti Savoya!«

Einige lachten zu dieser Erzählung, aber oft verbreitete sich auch eine große Kühle und ein Ring des Schweigens.

Er hatte durchaus zwei Gesichter, der Held der Wilderei. Er besuchte mit Vorliebe das Wirtshaus, in dem auch Schulbrüder gelegentlich einen Kaffee oder ein Achtel Wein tranken, und redete die Ordensleute an: »Nun Pfaffeln, habt's doch immer was zu Mausen?«

Man hörte ihm gerne zu, wenn er von den Streichen berichtete, die er dem Forstpersonal schon gespielt hatte. Aber wenn er vom Krieg zu erzählen begann, ging man ihm besser aus dem Wege.

Beim Aufenthalt auf dem Korridor vor den Zellen versuchten sie, dem des Wilderns Verdächtigen mit dem bezeichnenden Namen Gamsjäger aus Gosau seine Geheimnisse zu entreißen. Nicht die des Wilderns, denn da war er zugeknöpft. Er war jedoch als junger Bursch mit einer späteren Wirtin »gegangen«. Er schwärmte von ihr und wehmütig bekannte er, es sei schade, daß sie nicht zum Heiraten gekommen seien. Die Wirtin war ein schönes Weib mit einer zarten Haut und etwas schwermütigen Augen, als träume auch sie einem verlorenen Glück nach.

Die Jungkommunisten bedrängten den Wilderer, ihnen zu sagen, wie die Wirtin unten herum ausgesehn habe. Ihr Haar habe ja einen feinen rötlichen Stich und da werde er doch geschaut haben, ob das auch unten so ist.

Der Wilderer verspottete sie als »kindliche Leninisten« und lachte zu ihren Fragen. Aber sie erfuhren nicht, welche Farbe die Haare der Wirtin »unten« gehabt haben. Sie kannten zwar »ihren« Lenin wie einen Katechismus, aber wie eine Frau beschaffen ist, wußten sie nicht.

Ins Gefängnis wurden auch gelegentlich illegale Nationalsozialisten eingeliefert. Mit ihnen gab es lange Diskussionen. Dabei gab es auch manche Berührungspunkte, denn der Haß gegen die Starhemberg- und Schuschnigg-Leute war »herinnen« allgemein. Wenn es allerdings um Zustände in Deutschland ging, prallten die Auffassungen sofort scharf aufeinander. Die Nazis redeten von der Arbeitsbeschaffung und trafen dabei einen empfindlichen Nerv in Österreich.

Die Kommunisten sprachen von Krupp und Thyssen, von Antisemitismus, dem »Sozialismus der Dummen«, von den Konzentrationslagern und mußten dabei schier hoffnungslos gegen den Strom schwimmen. Was zählt bei uns schon Krupp und Thyssen, wo wir doch den Habsburger und die Zita haben? Und wer wird den Geldjuden die Stange halten? Konzentrationslager, wer hat sie denn erfunden? Die Engländer im Burenkrieg! Und wir selber haben sie auch.

Unter den Illegalen fiel einer auf, der immer nur zwei, höchstens drei Tage da war und dann wieder nach Hause ging, die anderen Häftlinge nur mit einem mitleidigem Blick messend. Ihm wurde auch das Essen von einem nahen Gasthaus ins Gefängnis gebracht. Er trug stets hohe schwarze Stiefel, die er mit einem Lappen zum Glänzen brachte.

Dieser Häftling kam 1938 ins KZ, weil sich herausgestellt hatte, daß er ständig Aktivitäten der NSDAP den Dollfuß- und Schuschnigg-Behörden zugetragen hatte.

Die Amnestie im Juli 1936 hatte nur jene Strafen betroffen, die von einem Gericht ausgesprochen worden waren. Daneben gab es aber die berüchtigten Polizeistrafen. Sie wurden meist bald nach der Inhaftierung ausgesprochen und reichten bis zu sechs Monaten. Die Verurteilung erfolgte in einem Schnellverfahren. Damasus kam mit drei Wochen davon, weil er erst vierzehn Jahre alt war, die anderen Jungkommunisten bekamen sechs Wochen aufgebrummt. Der Sicherheitskommissar - so hieß diese Funktion im Rahmen der Bezirkshauptmannschaft - hatte sich bei der Verurteilung nicht einmal niedergesetzt.

»Ja, ich weiß schon, daß du unschuldig bist«, sagte der Beamte, »aber das alles kannst du ja später dem Richter erzählen«.

Der Beamte kam 1938 ins KZ, weil er natürlich auch Nationalsozialisten verurteilt hatte. Er kam davon und nach dem Krieg trat er in den neuen Staatsdienst ein und brachte es bis zum Bezirkshauptmann genau in jenem Bezirk, in dem er mit leichter Hand Dutzende Polizeistrafen verhängt hatte.

Der Untersuchungsrichter saß an einem grün überzogenen Tisch, den Damasus schon oft hatte bürsten müssen. Er malte in kalligraphisch genauer Kurzschrift Sätze auf gelbliches Kanzleipapier und Damasus konnte das schön verschlungene Wort »empfunden« lesen. Das Wort tauchte dann auch prompt in dem Protokoll auf, nämlich, daß Damasus es lediglich als ein Gespräch über Bücher empfunden habe, wenn die Jugendlichen zusammen »Staat und Revolution« durchgenommen hatten.

Die anderen hatten vor ihm, dem »Schulerbuben«, geheim gehalten, daß einer aus ihrer Runde nach Wien zur Schulung geschickt wurde. Aus der Not eine Tugend machend, war zu dieser Schulung nicht der in der politischen Literatur am weitesten Fortgeschrittene ausgewählt worden, sondern jener, der mit dem geringsten Fahrpreis nach Wien fahren konnte, und das war der Sohn des Bahnwärters.

Nach der Schulung im südlichen Wienerwald kam der Kursant nach Wien zurück, mit einem Pack Flugblätter beladen, den er kokett unter dem Arm trug. Dann mußte ihn sein Orientierungssinn verlassen haben, denn er blickte mitten im Stadtbezirk Favoriten unruhig und hilfeheischend um sich, um die richtige Straßenbahn zum Westbahnhof zu finden. Da Wien außer einer Kaiserstadt auch eine Touristenstadt war, kam ein Polizist gemächlich auf den Jungkommunisten zu, um ihn zu fragen, wohin er denn wolle.

Der Jugendliche war, als er den Polizisten auf sich zukommen sah, in Panik geraten und hatte die Flucht ergriffen. Er wurde sofort von Passanten umringt und festgenommen. Das Paket wurde geöffnet, es enthielt Flugblätter, die sich gegen das Juli-Abkommen mit Hitlerdeutschland wendeten und von einer Unterordnung unter das »deutsch-faschistische Regime« sprachen. So kam der Stein ins Rollen, der dann zur Verhaftung von neun Jungkommunisten führte.

Nach drei Jahrzehnten war Damasus dem Untersuchungsrichter von ehedem wieder begegnet. Der war inzwischen Vorsitzender eines Senates des Oberlandesgerichtes geworden und war der federführende Leiter der Landes-Grundverkehrskommission.

Die beiden sahen einander an und erkannten sich sofort. Aber da der Senatsrat schwieg, schwieg auch Damasus. Als die Verhandlung vorüber war, berichtete der hohe Richter behaglich davon, wie es ihm oft gelungen war, als junger Richter des Bezirksgerichtes Bad Ischl Streitigkeiten der Bauern um Wegerechte oder ähnliche Verträge zu schlichten, indem er sie ermahnte, ihren kleinen Besitz nicht zu einem Advokatenfutter verkommen zu lassen.

Hast du dich vorher nicht zu erkennen gegeben, dachte Damasus, dann brauchst du auch jetzt nicht auf leutselig spielen. Sie gingen »unerkannt« auseinander.

An einem kalten Spätherbstmorgen wurden die Jungkommunisten zum Kreisgericht nach Wels gebracht. Die Justizverwaltung hatte ein ganzes Abteil des Personenzuges reservieren lassen und zwei Beamte begleiteten sie.

Der Traunsee war in Nebel gehüllt und erst draußen, wo das Land flach wird, klärte es auf. Auf den kleinen Stationen roch es nach Braunkohle und abfahrenden Zügen.

An den Bahnhöfen lagerten große Haufen Kraut, zum Abtransport in die Städte bereit. Der Hunger quälte sie, denn sie dachten an warmen Krautsalat, der zum Schweinsbraten gegessen wird. »Und dazu ein flaumiges Erdäpfelknöderl«, spottete ein Jungkommunist seine Mutter nach und sie mußten lachen. Sogar die hölzernen Beamten konnten sich eines Schmunzelns nicht erwehren.

Im Gefängnis des Kreisgerichtes wurden sie dann, die in Bad Ischl noch jeden Tag zusammenkommen konnten, aufgeteilt und in verschiedene Trakte des Zellenhauses verlegt.

Da sie am Vormittag eingeliefert worden waren, bekamen sie auch noch Suppe und die ganze Brotration, die in Form eines kleinen dunklen Laibchens eigens für das Gefängnis gebacken worden war. Das Frühstück bestand aus einer dünnen, aber durch Kümmel und Knoblauch schmackhaft gemachten

Brennsuppe. Diese Suppe war eine Spezialität des Hauses und sie sprachen später in harten Zeiten oft voll Bewunderung von ihr.

Im Gefängnis des Kreisgerichtes waren über fünfzig politische Häftlinge untergebracht, die bei einem Schlag gegen die »Rote Hilfe« verhaftet worden waren. Ein braver sozialdemokratischer Buchhalter hatte exakte Listen zusammengestellt.

Der »Fazi«, der Hausarbeiter, der am frühen Morgen das Brot brachte, fragte Damasus, ob er rauche. Der Zellennachbar übergab ihm dann jeden Morgen die große Mistschaufel, auf die der Kehrricht geladen wurde. In einem kleinen Papierknäuel eingedreht fand Damasus einige Krümel Landtabak, genug für zwei Zigaretten. Von da an war er aufgenommen in die Fürsorglichkeit der Solidarität.

Ein anderesmal lag auf der Mistschaufel ein halber Apfel, dann wieder ein Stück Margarine, in Zeitungspapier eingewickelt. Jene, die schon länger hier waren, konnten, soweit sie noch Untersuchungshäftlinge waren, wöchentlich einmal »ausspeisen«, das heißt, für einen geringen Geldbetrag Zusatzkost und Tabak einkaufen.

In der Zelle war es still, geweckt wurde Damasus aber täglich vom Lärm des hinter den Gefängnismauern liegenden Lokal-Bahnhofes, von dem die Züge zum Fuß des Toten Gebirges fuhren. Tagsüber war Zeit zum Lesen. Der Lesestoff war allerdings mager. In dieser ersten Welser Zeit las Damasus den Jahrgang 1885 der »Bibliothek der Unterhaltung und des Wissens«. Er prägte sich unsinnige Erfindungen und »Neuheiten« ein, wie etwa Pläne für »unsinkbare Schiffe« und die wohltätige Erfindung des aufmunternden Mittels »Cocaine«. Er las die Bände gewissenhaft wie Schulbücher und eignete sich dadurch die Fähigkeit an, sich mit »unnützem« Wissen zu vergnügen.

Ein Standardwerk der Gefängnisliteratur war auch der »Erziehungsroman« mit dem Titel »Der Harringer«. Das Werk schien geradezu für Gefängnisinsassen geschrieben zu sein, es strotzte von biederen Hinweisen für das Gute und Edle im Menschen.

Wo immer er später mit ehemaligen Gefängnis- und Zuchthausinsassen aus dem ganzen deutschen Sprachraum zusammenkam, alle kannten ihren »Harringer« und lachten über ihr unverwüstliches Gedächtnis.

Die Anklageschrift, die Damasus schließlich zugestellt bekam, war kurz und bündig. Wegen der Jugend der Angeklagten, hieß es darin, würden nicht die Hochverratsbestimmungen auf den Fall angewendet, sondern nur das Staatsschutzgesetz. Der Tatbestand sei eindeutig: Aufbau einer verbotenen umstürzlerischen Organisation, nämlich des kommunistischen Jugendverbandes, und die Verbreitung von verbotener staatsfeindlicher Literatur.

Die Verhandlung in dem muffig riechenden Saal war kurz. Der Staatsanwalt warnte vor solchen »Lausbuben«, so werde sie nämlich der Herr Verteidiger sicherlich nennen, denn, was die beschlagnahmte Literatur betrifft, so seien diese Lausbuben schon ganz verbissene Feinde der neuen Ordnung in Österreich, die mit dem Jahr 1934 begonnen habe.

Der Verteidiger, offenbar lästig darüber, daß ihm der Staatsanwalt schon die »Lausbuben« weggenommen hatte, versuchte, das gefundene Material herabzusetzen, indem er es als »politische Schundliteratur« bezeichnete, welche die Knaben eben gelesen hätten »wie Abenteuerbüchln«. Vom Aufbau einer Organisation könne doch keine Rede sein, wenn sich einige Pubertätlinge in der Traunau oder unter der »Ewigen Wand« treffen.

Die Angeklagten machten entrüstete Gesichter über diese Verteidigung, die ihnen keine Spur von Gefährlichkeit beließ.

Aber der Pflichtverteidiger, der ihnen von Amts wegen zugewiesen worden war, hatte sich schon einige Routine bei solchen Prozessen erworben und kannte das Gemüt »seiner« Richter. Er hieß Dr. Eiselsberg und war der Sohn jenes berühmten Chirurgen, der dann 1939 bei einem Eisenbahnunglück in St. Valentin ums Leben kam.

Es wurden Arreststrafen ausgesprochen, für Damasus drei Wochen, und die Frage gestellt, ob sie die Strafe annähmen. Damasus wurde schwach und sagte ja, weil er fürchtete, er müsse wieder in die Zelle zurück, womöglich bis eine neue Verhandlung anberaumt war, und es war schon Ende November. Einer blieb hart und sagte nein. In der zweiten Verhandlung einige Monate später wurde er freigesprochen, weil der »Rädelsführer« erklärte, er habe ihn über bestimmte Zusammenhänge, wie den Zweck der Organisation und daß die Spenden in Wirklichkeit Mitgliedsbeiträge gewesen seien, im Unklaren gelassen. Er ging als einziger der Gruppe aus dem Verfahren ohne Strafe hervor. Später ist er als Gebirgsjäger im Zweiten Weltkrieg gefallen.

An der Verhandlung hatte der Vater eines der Angeklagten teilgenommen. Er war ein alter Sozialdemokrat und verlegte sich auf penetrante Ermahnungen. Seine Rede war auf der ganzen Heimfahrt zwei Stunden lang ein einziger Vorwurf an die Jugendlichen, wie sie denn so dumm hätten sein können, sich auf solche völlig nutzlosen Abenteuer, hinter denen ja »ganz andere Leut« stünden, überhaupt einzulassen.

Sie machten, einschließlich des Predigersohnes, verstockte Gesichter und atmeten auf, als sie aussteigen konnten, um ihre eigenen Wege zu gehen.

6

Die politische Vorstrafe wog weit schwerer, als wäre er kriminell »aufgefallen«. Der Direktor der Schule begegnete ihm auf der Straße, hielt ihn an und machte ein sorgenvolles Gesicht. Er jammerte über die Gefängnishaft des Schülers, als hätte sie ihn selbst betroffen. Da habe er ihn auf einen Lehrplatz in Ried empfohlen, bei einem Kaufmann, wo es Quartier und Verpflegung gegeben hätte. Jetzt sei er, der Schuldirektor, blamiert, weil er einen »Bolschewiken« empfohlen hatte.

Noch in diesem Winter stieg er ins »Holzgeschäft« ein. Dies bestand zunächst darin, daß er zuhause beim Schlittenzug half und dann bei Nachbarn. Als er fünfzehn Jahre alt war, konnte er mit dem Schlitten schon umgehen und konnte, wenn es der Weg halbwegs zuließ, mit Fuhre und Anhang bereits einen ganzen Kubikmeter Scheiter vom Hochwald ins Tal transportieren.

Ehe er sichs versah, war er beim Freigedinge gelandet. Dieses altväterlich klingende Wort war die Bezeichnung für eine Arbeit, die man auch vogelfrei hätte nennen können. Solche Freigedinge ohne jede Versicherung waren vor allem bei der Waldarbeit üblich, wenn ein Sägewerksbesitzer ein weitab gelegenes Stück Wald gekauft hatte, das schnell geschlägert werden mußte, wenn große Wind- und Schneebrüche rasch aufgearbeitet werden mußten, bei Borkenkäferholz für die Kalköfen oder auch, wenn Schneisen für Stromleitungen oder Straßen in den Wald geschlagen werden mußten.

Auftraggeber für ein solches Freigedinge waren auch die servitutsberechtigten Bürgerhäuser. Diese Servitute bestanden ähnlich wie Weide- und Streunutzungsrechte in Bezugsrechten für Brenn- und Bauholz, wie sie vor Jahrhunderten bei der Ablösung von Gemeindewäldern entstanden waren oder als »Privilegien« für die Niederlassung in den landwirtschaftlich nur schwach entwickelten Gegenden. Mühlen, Schmieden, Bäcker und andere Gewerbe waren besonders hoch eingeforstet, weil durch sie die Zufuhr von Lebensmitteln und Werkzeugen auf schwierigen Wegen vermindert werden konnte, und weil durch die Besiedlung von solchen »wilden« Gegenden der Arbeitskräftebedarf der Salzbergwerke und Salinen sichergestellt war.

Am meisten Holzberechtigungen sammelten sich bei Kirchen und Sparkasse an. Die Kirchen kamen zu Hausbesitz durch Vererbung, die Sparkasse dadurch, daß sie bei Versteigerungen oft selbst auf ihrem Pfand sitzen blieb und dadurch vorübergehend Eigentümerin von alten, hoch eingeforsteten Häusern wurde.

Seit mehr als hundert Jahren waren die Forstverwaltungen, die kaiserlichen und die republikanischen bemüht, solche Holzrechte einzulösen, etwa von Witwen ohne Nachwuchs oder solchen, deren Kinder in die Stadt verzogen waren. Man lockte sie mit barem Geld und das war rar. Große Waldungen, die der Habsburger Familienfonds seinerzeit aus dem Staatswald herausgelöst und angekauft hatte, waren stets völlig lastenfrei. Als viele Jahre nach dem Zweiten Weltkrieg den Habsburgern die Rückkehr nach Österreich wieder erlaubt worden war, begannen sie sofort den juristischen Kampf um die Rückgabe dieses »Familienfonds«.

Die Bauernvertreter des Flachlandes, wo es solche Servitute nicht gab, verspotteten die Gebirgsbauern und sagten, sie hätten hunderte Jahre Holz gestohlen, bis ein Recht daraus geworden sei. Aber der Anachronismus hatte eine besitzfestigende Wirkung und milderte die Landflucht. Außerdem waren die Wälder der »kaiserlichen Bundesforste«, wie der Staatswald sarkastisch genannt wurde, besser gepflegt als Bauernwälder oder die Wälder der Grafen und Fürsten, weil der Wald durch die Servitutsberechtigten stets aufgeräumt war.

Das erste Freigedinge, bei dem Damasus Unterschlupf fand, war die Schlägerung von einigen hundert Metern Brennholz für Häuser der Sparkasse und für einige Wirte, deren Betrieb mit einer Fleischerei oder Bäckerei verbunden war. Die Partie bestand aus drei Mann und hatte eine hohe Kuppe im Weißenbachtal abzuholzen.

Während die ärarischen Forstarbeiter in eigenen Blockhäusern bleiben konnten, in sogenannten Holzstuben, die oft mehreren Generationen zur Verfügung standen, mußten die Arbeiter des Freigedinges täglich den weiten Weg zur Arbeit und wieder aus dem Tal heraus zurücklegen. Die Forstverwaltung verdächtigte die Arbeitspartieen der Freigedinge von vornherein als Wilderer, die nicht auch noch in den »guten« Revieren über Nacht bleiben sollten. Die Arbeitspartie marschierte täglich an leeren Unterkünften vorbei, oft durchnäßt bis auf die Haut oder frierend bis ins Mark. Sie hatten einen Weg von anderthalb Stunden zurückzulegen, ehe sie den Arbeitsplatz erreichten, und am Abend dieselbe Strecke zurück.

Sie waren ihrer drei. Ein bewährter Holzwurm, der von seinem Stiefvater im Hallstätter Salzberg hätte untergebracht werden sollen, dies aber mit der Bemerkung, er gehe nicht »in dieses Loch« hinein, rundweg abgelehnt hatte. Der zweite war ein gelernter Hammerschmied, der mit viel Schulden ein kleines Anwesen von wenigen Joch erworben hatte und nun abzahlen mußte. Da der Bauer vorläufig nicht in den Besitz angeschrieben war, trug ihm dies in den Wirtshäusern den Spott ein, er sei der schlecht bezahlte Knecht seines Weibes.

Der Hügel war rundherum schon kahlgeschlagen, oben hatte eine Arbeitspartie von Krainern lediglich Schwellenholz für die Eisenbahn geschlägert. Dazu hatten die Slowenen nur die schönen Stücke der Buchen herausgeschnitten und grob behackt. Die Kronen ließen sie liegen und die mußten als Hindernis im Gelände zuerst aufgearbeitet werden.

Als sie die Arbeit begannen, lagen im Wald noch Schneekrusten. Als alles Holz auf der Maß war, begann es im Gebirge drüben schon wieder zu schneien.

Der Ablauf des Jahres war voll Abenteuer. Wenn drüben im Gebirge die Schneewächten niederbrachen, verstummte der Vogelgesang rundum, noch ehe das Auge das Abbrechen der Schneekante wahrnahm. Den Vögeln mußte sich der Druck der Lawine mitgeteilt haben.

Während die Winterstürme mehr den Nadelbäumen zusetzten, waren die Buchen dem Sommersturm gegenüber schwächer, weil der Wind gegen die belaubten Kronen weit mehr Druck legen konnte.

Damasus wuchs in die Gefahren der Waldarbeit hinein wie in eine Gymnastik zur Körperertüchtigung. Man darf, so lernte er, bei einem Windbruch niemals den Ehrgeiz haben, möglichst viele lange Stämme zu retten, man muß vielmehr dort abschneiden, wo es irgendwie möglich ist, ohne Rücksicht auf die dadurch zerstörten Längen.

Einmal hatte er den Stamm einer gestürzten Fichte von dem Gewirr von Ästen und niedergebogenen Stauden freilegen müssen. Dabei hatte er übersehen, daß sich unter dem Laubwerk auch das Stämmchen einer niedergebogenen armdicken Buche verborgen hatte. Ein Axthieb traf das Stämmchen mitten in der Spannung und die Buche schnellte mit ungeheurer Wucht zurück. Die scharfe Kante ritzte noch gerade sein Gesicht an der Wange, weil er den Kopf noch zurückgerissen hatte. Hätte der gespannte Stamm seinen Kopf getroffen, die Kinnlade wäre zerschmettert gewesen.

Fichten und Tannen, die vom Borkenkäfer befallen sind, muß man, wieder ohne Rücksicht darauf, ob lange Stämme oder nur Brennholzstücke anfallen, schälen und die Rinde verbrennen. Oft geht es dabei um Stunden, bevor der Käfer ausfliegt.

Die Servituteninhaber rechneten ab, wenn das Holz in Scheitern aufgeschlichtet war. Zwischendurch gab es Vorschüsse. Dabei waren die Wirte als Arbeitgeber besonders abgefeimt. Da war zunächst einmal der Mann nicht da und die Frau kannte sich natürlich nicht aus. Nur beim Einschenken, da kannte sie sich aus und war freundlich, als seien die Freigedinger ihre liebsten Gäste. Endlich kam der Wirt selbst, wurde noch einigemale weggeholt, ehe er die Brieftasche, die gefaltete »Viehhändlerin«, herausnahm und die Scheine auf den Tisch legte. Da konnte man natürlich dann auch nicht sofort weglaufen und mußte wohl oder übel noch ein Bier oder zwei trinken. Auf ländlich-gebirglerisch übersetzt, handelte es sich hier um das gleiche System wie in der kapitalistischen Frühzeit, wenn die Arbeiter auch noch im Laden des Unternehmers einkaufen mußten.

Das Buchenholz vom Frühling und Sommer war beim Abtransport mit dem Schlitten leicht, das vom Herbst schwer.

Sie kamen weit herum im weitläufigen Forstrevier. In der heißesten Zeit verließen sie den Buchenschlag und holten die Käferbäume aus den Fichtenwäldern und dazu die Tannen, die vom Wipfel her rot wurden, während sie am Stamm noch frisch waren, als wären sie kerngesund. Das Käferholz war zäh und die dürren Äste hart wie Eisen. Das Holz war für den Kalkofen am Eingang des Tales bestimmt.

Unter einer Felswand fällten sie Tannen von Riesenausmaßen. Bei diesem Holz hatten sie einen freundlichen Arbeitgeber, nämlich eine Fleischhauerin, ein kräftiges Weib, das imstande war, einen Ochsen mit einem Krickelhieb niederzustrecken. Sie schickte den Männern im Wald große Korbflaschen mit Most und jeden zweiten Tag einen großen Kranz Braunschweiger Wurst.

Im Wald selbst, so lehrte der »Meister« die Jüngeren, muß man die Scheiter stets so aufschlichten, daß sie ihre spitze Seite nach unten zeigen. In diesem Zustand wurde das Holz vom Förster gemessen. Bei der Endabnahme im Tal aber, wenn das Holz dem Besitzer übergeben wurde, mußten die Scheiter so gelegt werden, daß mehr Luft zwischen ihnen war. Auf diese Weise war es möglich, daß aus fünfzehn Meter sorgfältig geschlichteten Scheitern im Tal dann gut ein Kubikmeter für den Arbeiter übrig blieb. Das war eine zusätzliche Akkordprämie.

Die Zeit war hektisch und stürmisch und dies nicht nur, weil das alte, übrig gebliebene Österreich dem Abgrund entgegentaumelte, sondern weil über sie auch noch ein anderes Leiden hereingebrochen war: die Pubertät, die quälte, demütigte und unsicher machte.

Sie stiegen im ausgehenden Winter zu zweit auf den Kalmberg. Da sie etwa vier Stunden Anstieg in einem Zug durchmarschiert waren, hatten sie sich einen Wolf gelaufen, bis sie auf dem Gipfel ankamen. Sie behandelten ihre Entzündung mit Vaseline. Es war warm und sie waren verlegen, wie sie sich entblößten, damit die Salbe eintrocknete.

Damasus fand einmal bei einem Mädchen Unterschlupf, nachdem er bei seinem Fenster oft und manchmal stundenlang um Einlaß gebettelt hatte. Endlich ließ ihn das Mädchen wohl mehr aus Mitleid ein.

Nachdem er die Schwarzhaarige eine Weile vergeblich bedrängt hatte, klopfte jemand an das kleine Fenster und Damasus erkannte ihn sofort an der Stimme. Es war ein Nachbar, der um zehn Jahre älter war als er. Der lästerte von draußen vor dem Fenster, ob es denn wahr sei, daß sie sich immer mit diesen Grünschnäbeln, mit diesen Hosenbrunzern abgebe?

Das Mädchen flüsterte Damasus zu, nun müsse er gehen, es dürfe sich mit ihm nicht erwischen lassen, da käme man nur ins Gerede.

Über einen finsteren Gang lotste es ihn zu einem anderen Ausgang und begann dann mit dem anderen draußen vor dem Fenster zu reden.

Eine Sennerin nahm ihn gelegentlich auf, für eine ganze Woche. Sie war mütterlich zu ihm und lachte, wenn er eifersüchtig war oder Schwüre leisten wollte.

Ein junger Mann in den Zwanzigern hatte ein Gesicht wie Milch und Blut. Und doch war er auf den Tod krank. Er litt an einer »Blutkrankheit«, wie man ausweichend sagte. Diese Bezeichnung umschrieb eine Syphilis, die er sich, wie es hieß, von einer Herrschaftsköchin geholt hatte. Auch Damasus war ihr nachgestiegen und es wehte ihn kühl an, als er von den Zusammenhängen erfuhr. Der junge Mann war mit den damaligen Mitteln nicht mehr zu retten, er hatte auch mit der Behandlung viel zu lange gewartet und starb weg, mit 24 Jahren.

Damasus erinnerte sich bei diesem Tod an die »Aufklärung«, die ihm im Gefängnis des Bezirksgerichtes in Bad Ischl durch einen Hausierer zuteil geworden war. Merk dir eins, hatte der Hausierer gesagt, was immer man dir einreden will, das Wort stimmt: Tripper, Schanker, Beutelg'schwär, alles kommt vom selben her.

Und er weihte den Halbwüchsigen in das Geheimnis ein: wenn er zum Weibe gehe, müsse er stets eine Zitrone bei sich haben oder zumindestens müsse er gerade geraucht haben und zwar so bis an den Stummel, daß ihm die Glut die Fingerspitze mit Nikotin bräune. Entweder präpariere man einen Finger mit Zitronensaft oder benetze die Nikotinbräune des Zeigefingers und so ausgerüstet greife man »dort« hin, ehe man ans Werk gehe. Wenn der Zitronensaft oder das Nikotin das Mädchen schmerze, so daß es zusammenzuckt, dann sei es gefährlich. Dann ergreife man am besten Rock, Hut und die Flucht.

Dazu stürmten allerlei phantastische »Geschichten« auf sie ein. Die Mutter eines Freundes wusch bei einem Fleischhauer die Wäsche. Dort erfuhr sie von den anderen Dienstboten, daß der »Herr« einmal an ein Küchenmädchen geraten war, das »während dessen« einen Scheidenkrampf bekommen habe und er sich nur mit größter Mühe hatte »befreien« können. Sonst hätte man sie noch beide »zusammengewachsen« ins Spital bringen müssen. Und das alles geschah, während die Ehefrau im Fleischgeschäft bediente.

Arbeiter, die im Postgebäude im zweiten Stock einen Raum zu renovieren hatten, beobachteten, wie im Nebengebäude sich die Frau des Bahnhofvorstandes mit einem hohen Salinenbeamten vergnügte. Die Arbeiter sahen voll ins Fenster der gegenüberliegenden Wohnung hinein. Die Unzüchtigen hießen Krebs und Jodl und es kam der Spruch auf, daß man nun wieder einmal »krebsen und jodeln« möchte.

Die Tochter eines Bauern war mit vierzig gerade noch unter die Haube gekommen. Die Brautnacht hatte ihr fürchterlich zugesetzt, sie erzählte es einer älteren Freundin mit Entsetzen und ein aufgeweckter Knabe belauschte das Gespräch, das er weiter erzählte.

Wenn er gefragt wurde, wie es denn der armen Miaz da ergangen sei, sagte der Knabe genüßlich und stolz auf seine Mitwisserschaft: »Ins Bett hat sie g'schissen«.

Zu all diesen Wirrnissen kamen auch noch erste Erfahrungen mit Männern, Spielchen und Bindungen. Da war ein Lehrer der Holzfachschule in

Hallstatt, der ihn ständig mit Büchern versorgte, die nicht in der Bibliothek vorhanden waren. Der war ihm zugetan, in einer Weise, über die Damasus anfänglich lachen mußte. Nach und nach erkannte er jedoch, daß der Lehrer nicht etwas für die Stunde, sondern etwas für das ganze Leben wäre. Er hielt sich zurück, aber der Lehrer folgte seiner Spur über Jahrzehnte hinweg. Er war ein tapferer Mann, denn er besuchte Damasus später im Gefängnis, obwohl dieser ein Hochverräter und er ein höherer Staatsangestellter war.

Es spricht für den liberalen Geist der Dorfbewohner, daß dem Lehrer nichts geschah, obwohl jedermann von seiner Veranlagung wußte. Er nahm sich auch sonst kaum ein Blatt vor den Mund und verkündete 1940 im Wirtshaus »Zum Tirolerschützen«, daß das römische Weltreich von seinen Cäsaren zugrunde gerichtet worden sei, Großdeutschland aber von einem Gefreiten.

Er sei ja vollkommen besoffen und sie schenke ihm nichts mehr ein, fiel ihm die Wirtin ins Wort, um ihn von seinen gefährlichen Redensarten abzubringen.

In diese Zeit der Gärung fiel auch die ständige politische Zuspitzung. Der Klerikalfaschismus sprach viel von Österreich und seiner »Mission«. Er knüpfte dabei an der Vormachtstellung Österreichs in der k.u.k. Monarchie an, die ja in ihren Exponenten, »bürgerlich« gewordenen Grafen und Fürsten, in den pensionierten Offizieren und hohen Beamten durchaus lebendig war. Diese Tradition durfte ruhig ein wenig antipreußisch sein.

Bei ihren Zusammenkünften mit Jogl kamen diese Fragen mehr und mehr in den Vordergrund. »Staat und Revolution« und die »Kinderkrankheiten« konnten drauf keine Antwort geben.

»So hat's die Bourgeoisie hierzulande immer gemacht«, erklärte Jogl das Verhalten der Machthaber. »Deutschland gegenüber waren sie Österreicher, die gern auf »ihr« Böhmen und Galizien pochten. In Böhmen und Galizien, in Krain und in der Bukowina waren sie immer Deutsche mit dem großmächtigen Deutschen Reich im Rücken. Die Bourgeoisie hat immer bei dem größeren und robusteren Partner Zuflucht genommen, auch 1918, wo sie sich nicht aus lauter Begeisterung sondern aus lauter Verzweiflung über verlorene Pfründe an Deutschland anschließen wollte«.

Was die Literatur betrifft, so erregten zwei Bücher die Gemüter. Das eine hieß »Das Totenschiff« und Verfasser war ein geheimnisvoller Autor namens B. Traven, von dem niemand wußte, wer er eigentlich war. Hier waren brennende soziale Fragen ins Abenteuerliche emporgezerrt in einer aggressiven und aufreizenden Weise.

Das zweite Buch hatte den aufmunternden Titel »Stalin, der Mann aus Stahl«. Jogl warnte zwar davor und meinte, hier seien Trotzkisten am Werk, um den Ruf Stalins zu untergraben. Dies wurde auch durch die Ausdeutung des Namens Dschugaschwili bewirkt, indem unzähligemale drauf hingewiesen wurde, daß dies »Schaum des Eisens« heiße, was man im allgemeinen als »Schlacke« bezeichne.

Auf diese Weise wurden die Jungkommunisten schon früh hineingestossen in die Zerwürfnisse und Bitternisse von Richtungskämpfen.

Von den offiziellen Stellen wurden auch massenhaft Schriften in Umlauf gebracht, die von ehemaligen Schutzbündlern stammten, die nach 1934 in die Sowjetunion geflüchtet und von dort zurückgekehrt waren. Sie waren mit den sowjetischen Behörden in irgendeiner Weise in Konflikt geraten und waren nun Kronzeugen gegen das »Arbeiterparadies«.

Die Jungkommunisten verhielten sich zu diesen Schriften wie zu den Werken der Alja Rachmanova: sie versuchten Honig zu saugen aus dem bitteren Kelch. Wer in der Sowjetunion etwas anstellt und dafür bestraft wird oder in Schwierigkeiten gerät, der ist auf alle Fälle selbst daran schuld.

Natürlich hörten sie auch von Prozessen in Moskau gegen Verräter und Saboteure. Sie glaubten die Beschuldigungen aufs Wort. Hatten denn nicht die Angeklagten alles gestanden? Und war es denn so ungewöhnlich, wenn bei einer Wegbiegung der Revolution auch alte Anhänger hinausgerissen wurden aus der Bahn? Die Revolution muß leben und weiterschreiten und wer sich ihr entgegenstellt, kommt unter die Räder.

Der Fachschüler hatte einen Radioapparat gebastelt. Er war mit allerlei Gebrechen behaftet, aber man konnte die Welt hören, wenn auch meistens nur unter Krachen und Sausen. Sie hingen buchstäblich an dem Apparat, wenn sie Nachrichten von Spanien hörten. In die Bewegung um den spanischen Bürgerkrieg waren sie ja selbst hineingekommen, sie sammelten schon längere Zeit Geldbeträge für die Beschaffung von Medikamenten. Sie waren dabei recht rührig und traten unbekümmert an viele Menschen heran. Dabei lernten sie auch eine bestimmte Spezies von »Radikalen« kennen.

Ja, wenn ihr für Waffen Geld sammeln würdet, das wär natürlich eine ganz andere Sache, sagten diese Radikalen, für ein Maschinengewehr oder gar für einen Granatwerfer, das wäre ein Ziel, großer Opfer wert. Aber für ein Heftpflaster, für eine Packung hantiges Chinin oder gar nur für Aspirin, nein, das ist doch wirklich nur zum Lachen. Mit so etwas kann man doch keinen Klassenkrieg führen. Nein, da laßt's mich bitte aus, ich laß mich nicht zum Gespött machen in ernster Zeit.

Sie diskutierten die nationale Frage mit Ingrimm und Verbissenheit. Wenn Österreich bestehen bleiben wolle, dann müsse es sich auch auf sich selbst besinnen, sagte Jogl und sich von allem trennen, was großdeutsch ist. National sein heißt ab jetzt österreichisch sein. Ist das klar? Nein, es war nicht klar.

Sie gingen auseinander, ohne einen neuen Treff vereinbart zu haben. Plötzlich war Jogl verschwunden. Später erfuhren sie, daß er nach Spanien gegangen war. Zusammen mit einem anderen, der wegen Wilderns zu einer Kerkerstrafe verurteilt war, die er jetzt hätte antreten müssen.

DER SOZIALDEMOKRAT: Wenn immer haufenweis Theorie dabei ist, schmeckt alles wie trockene Sägespäne. Das ist wie eine ununterbrochene Statutendiskussion beim Spar- und Kreditverein. Das ist was für die rechthaberischen Advokaten, nicht für die Praktiker. San ma ehrlich.

DER KOMMUNIST: Die Theorie muß man anwenden können. Rosenkranzbeten kann man damit nicht und als Litanei taugt sie auch nicht. Sie ist wie die Grammatik. Man muß sie büffeln, damit man sie dann vergessen und wirklich gebrauchen kann.

DER TROTZKIST: Grundfalsch die Theorie, grundfalsch die Praxis. Mit der Konzentration auf den nationalen Kräutergarten und auf das Gemeindekind kann man nicht international wirken.

DER ZEUGE JEHOVAS: Die einzig richtige Theorie ist die Apokalypse des Johannes. Sie gilt.

DER WERBE-KEILER: Fragt die Leut', was sie wollen und bevormundet sie nicht immer.

DER ALTNAZI: Ich hab schon gewußt, warum ich damals aus diesem Saustall der Klerisei ausgebrochen bin ins Reich hinaus. Weg vom stinkenden Weihrauch in die frische Luft.

7

Der Zeitgenosse ist zwar ein Augenzeuge, aber immer ein höchst unzuverlässiger. Oft hat er nahezu alles gesehen und hat doch nichts von allem verstanden. Die Ereignisse sind über ihn hereingebrochen wie ein Gewitter. Geklärt haben sie sich erst später.

Das Jahr 1938 aber ist nicht hereingebrochen, man hat es kommen sehen und gehen gehört.

Der Winter 1937/38 war ungemein schneereich. Damasus war mit einem Arbeitskollegen dabei, das Kalkofenholz aus dem Weißenbachtal herauszuschaffen. Das Seitental hieß mit der Vorliebe des Volksmundes für Gegensätze Schwarzenbach, weil zum Unterschied vom Weißenbach die Steine in dem Gewässer bemoost waren.

Sie redeten in diesem Winter viel von Spanien.

Unsere Leute sind dort und können was tun, sagten sie und meinten damit den Instrukteur Jogl. Wir aber müssen uns hier im tiefen Schnee abplagen mit torweiten Schlitten und müssen Kalkholz befördern, damit der Kalk rechtzeitig gebrannt werden kann für die Häuser vom nächsten Jahr. Eine solche Wichtigkeit in einer solchen Zeit. Dort wäre es warm. Hier ist es kalt.

In der Zeit, da sie die letzten Scheiterfuhren von Windbruch- und Käferholz mühsam aus dem Tal herauszogen, platzte die Nachricht, daß Bundeskanzler Schuschnigg nach Berchtesgaden gefahren war, um sich dort mit dem »Führer« zu treffen.

Jetzt soll er die Zähne zeigen, der falsche Hund, der Jesuit der feinen Schule Stella Matutina. Nein, die wird und kann er nicht zeigen.

Noch bevor in den Zeitungen die Zusammenkunft von Berchtesgaden kommentiert worden war, zeigte ein anderer Hinweis auf die tatsächliche Lage.

Vor dem Gemeindeamt zwischen zwei Gasthäusern versammelte sich eine Gruppe von Nationalsozialisten, an der Spitze der Zuckerbäcker, der nach dem Juli 1934 vierzehn Jahre Kerker ausgefaßt hatte und 1936 amnestiert worden war. Der Tag war trüb und es begann eine frühe Dämmerung. Der Haufe begann zu singen. Damasus, der gerade auf dem Heimweg war, hörte dabei zum erstenmal das Lied:

»Es zittern die morschen Knochen
der Welt vor dem großen Krieg.«

Und zwischen dem dicken Gemäuer der alten Häuser klang der Gesang dumpf und drohend:

»Denn heute gehört uns Deutschland
und morgen die ganze Welt.«

Viel später wurde Damasus vorgehalten, er sei da einem Hörfehler erlegen. In Wahrheit habe das Lied mit dem Vers geendet:

»Denn heute da hört uns Deutschland
und morgen die ganze Welt.«

Aber der Ohrenzeuge sagte: »Nein, ich habe es genau gehört.«

Er könne nicht sagen, ob Schuschnigg ein wütendes oder ein unterwürfiges Gesicht gemacht habe, als er in Berchtesgaden das tödliche Abkommen unterschrieben hat. Nein, das könne er nicht sagen, er sei nicht dabeigewesen. Aber den Schlußvers des Liedes hat er im Gedächtnis bewahrt.

Und jetzt begann das junge Jahr, das faul und durch den tiefen Schnee gedämpft begonnen hatte, hektisch und chaotisch zu werden. Die Regierung wurde umgebildet. Der Rechtsanwalt Seyß-Inquart wurde Innenminister.

In Innsbruck, woher er ursprünglich gekommen war, hielt Schuschnigg eine Rede, in der er eine Volksabstimmung über die Selbständigkeit Österreichs ankündigte. Damasus hörte sie im Radio des Fachschülers. Einen Satz prägte er sich besonders ein und der lautete: »Aber dann muß wieder Ruhe sein im Land«. Dieses »Land« war halb im Dialekt gesprochen mit einem Hinüberneigen des A zu einem O und paßte gar nicht recht zu dem sonstigen Pathos des ehemaligen Justizministers.

»Sagt ja zu Österreich«, hieß die Losung und der Gruß »Treu Österreich«, bekam einen beschwörenden Ton.

Die Jungkommunisten rotteten sich zusammen, sprachen von den Konzentrationslagern in Deutschland und vom eingekerkerten Ernst Thälmann. Aber von Wöllersdorf und von Garsten redeten sie auch und von dem Sicherheitskommissar, der sie zu hohen Polizeistrafen verurteilt hatte, zwei und drei in einer einzigen Zigarettenlänge. Diese angekündigte Abstimmung hatte auch noch den ganz besonderen Schönheitsfehler, daß stimmberechtigt erst die jungen Menschen über 24 Jahre waren. »Wenn es zum Einrücken ist oder zum Hinrichten am Galgen, da brauchst du keine 24 Jahre alt sein«, höhnte der Fachschüler.

Die meisten Sozialdemokraten hielten sich abseits. Sie hatte die Auflösung ihrer Organisationen und die Beschlagnahme ihrer Heime und Finanzmittel härter getroffen als die kleine kommunistische Partei, die an politische Unbilden gewohnt war. Die Sozialdemokraten, eingeschworen auf Legalität und bürgerliche Demokratie, trotz allen radikalen Beteuerungen, hatten 1934 ihr ideologisches Himmelreich verloren und dazu die Seele ihrer Organisation. Für die illegale Arbeit war ihr großer Apparat nicht geschaffen gewesen. Viele Sozialdemokraten faßten die Niederlage von 1934 auch als persönliche Demütigung auf. Deshalb fiel es gerade ihnen am schwersten, mit Schuschnigg zusammen auch nur einen Schritt zu tun und sei es auch selbst zur vorgegebenen Rettung Österreichs.

Die Kommunisten, auf die Halbheiten der bürgerlichen Demokratie besser eingestellt und vorsichtiger gegenüber »demokratischen« Illusionen, waren wendiger. Sie arbeiteten in halbfaschistische »Gewerkschaften« hinein und hielten Kontakte zu katholischen Kreisen. Aber es war zu spät. Die

Diskussion über das Gemeinsame, auch über die nationale Frage hatte zu zögernd eingesetzt und unter den Bedingungen der strengen Illegalität konnten die Diskussionen nicht tief und breit genug geführt werden.

Der Abend vom 11. zum 12. März war verhängt. Es war warm und föhnig, aber es lag noch viel Schnee. Die Straßen und Wege glichen Hohlwegen und alles war gedämpft. Damasus hatte noch mit einem jungen Mann von der Vaterländischen Front gestritten, weil dieser nicht zugestehen wollte, daß nach der Volksabstimmung, die eine Mehrheit für die Unabhängigkeit ergeben würde, auch sofort die Pressefreiheit wieder hergestellt werden müsse. Auch von der »Koalitionsfreiheit« sprachen sie.

Dann aber sprach sich herum, daß die Volksabstimmung abgesagt worden sei. Am späten Abend erfuhr man, daß Schuschnigg zurückgetreten sei. Aus dem Radioapparat des Fachschülers hörten sie dann zum erstenmal die Stimme Seyß-Inquarts, des Innenministers. Jetzt teilte er mit, daß ihn Präsident Miklas zum Bundeskanzler ernannt habe. Dann folgte der Satz, der in kurzen Abständen ständig wiederkehrte: »Dem allfälligen Einrücken des deutschen Heeres ist kein Widerstand entgegenzusetzen«.

Sie rätselten über den Sinn dieses »allfälligen« Einrückens herum, das Wort war in der Alltagssprache nicht gebräuchlich. Aber sie wußten, daß das deutsche Heer auf dem Marsch war.

Als Damasus gegen Mitternacht nach Hause ging, brauste der Föhn in den Wipfeln des Waldes auf der Ewigen Wand. Der Ton schwoll dabei deutlich auf und ab, je nachdem, ob er Fichten- oder Tannenwipfel zauste. Es war vollkommen finster, nur der Schnee erhellte auf den freien Flächen ein wenig die Nacht. Das Haus lag still und, obwohl er noch lange wach lag, hörte er keinen Laut.

Erst am nächsten Tag wurde es lebendig. Eine deutsche Jägertruppe hatte sich mit zahlreichen Tragtieren im ehemaligen Pferdestall des Jod-Schwefelbades der Frau von Poszana einquartiert.

SA-Leute mit roten Binden um den Arm gingen von Haus zu Haus und verkündeten, daß mit der Systemregierung Schluß sei und deren früheren Anordnungen keine Folge mehr zu leisten sei. Das Dorf sei vorübergehend militärisch besetzt, aber schon bald werde ein neuer Bürgermeister bestellt. Unter den jungen Leuten sah man auch solche, die bis in die letzten Tage hinein noch forsch katholisch aufgetreten waren. Sie lachten verlegen.

Die SA-Leute verkündeten auch, daß im Gefolge der Wehrmacht der »Bayrische Hilfszug« gekommen sei, mit vollen Feldküchen. Wer Hunger habe, könne dort Essen fassen, mitsamt der Familie.

Die erste Arbeit, die der deutsche Einmarsch in das Dorf brachte, bestand in Schneeschaufeln. Der Pötschenpaß war nämlich so tief verschneit, daß die Panzer der Wehrmacht steckengeblieben waren und ihnen der Weg in die Steiermark erst freigeschaufelt werden mußte. Hier kam es zu den ersten Kontakten der Soldaten mit der Bevölkerung. Weil die Schneeschaufler durchwegs Arbeitslose waren, wurden soziale Fragen aufgeworfen und die Soldaten gefragt, was ein Arbeiter in Deutschland verdiene. Wie sich später herausstellte, warfen die Soldaten Phantasiezahlen in die Diskussion.

Am Nachmittag erschien ein deutscher Soldat und überbrachte Grüße von dem älteren Bruder, der gegenwärtig in Wien sei und erst in den nächsten Tagen kommen werde. Er selbst habe, bevor er zur Wehrmacht einberufen worden war, mit dem Bruder zusammen die Ausbildung beim Reichsarbeitsdienst gemacht. Als der Soldat, wie es sich gehört, bei jemandem, der Grüße bringt, mit einem kräftigen Rumtee gelabt worden war, erzählte er auch lachend, wie es bei dieser Ausbildung zu einem Zusammenstoß gekommen sei. Ein Ausbildner hatte den Bruder einen »österreichischen Schlappschwanz« genannt und der Bruder sei dann mit erhobener Schaufel auf den Ausbildner losgestürzt. Man habe ihn jedoch noch zurückreißen können, sonst wäre wohl ein Unglück geschehen.

Die Mitteilung wurde von der Familie mit einiger Bestürzung aufgenommen, vom Vater und den Brüdern nicht ohne Schadenfreude. Der Ältere war nämlich, seit er sich von den Arbeiter-Turnern entfernt hatte, ein ausgesprochener Deutsch-Nationaler gewesen. Wenn aber sogar schon bei ihm die Gegensätze aufeinanderprallten, wie wird es da erst werden, wenn sich die wirklichen Verschiedenheiten zeigen werden?

Es war erst ein Beginn. Das zeigte sich, als einige Jugendliche an den Pferdeställen vorbeigingen, in denen die Soldaten einquartiert waren. Als Kinder hatten sie gelegentlich eine der alten Kutschen geöffnet, die in dem Gebäude mit den geschlossenen Fenstern vor den Ställen standen, und waren hineingekrochen in den vermoderten Plüsch. In den Ställen selbst tummelten sich fette Ratten, die vom Abfall des Sanatoriums lebten.

Daß die deutschen Soldaten nun in diesen Stallungen hausten, war ein schwerer Eingriff in die Lebensrechte der Jugendlichen, denn bisher waren es »ihre« Stallungen gewesen. Was sie aber noch mehr empörte, war, daß sich die Soldaten sofort einige Mädchen »einfangen« konnten, die man jetzt aus den Stallungen kichern hörte.

Gegen Mitternacht zu schrie einer gellend zu den Soldaten hinüber: »Heil Moskau!«

Sie waren davongerannt über Stock und Stein, hatten aber beobachtet, daß die Wache vor den Stallungen das Gewehr heruntergerissen hatte, als erwarte sie einen Angriff.

Der alte Sozialdemokrat hingegen hatte bei dem Einmarsch der deutschen Truppen lediglich grimmig gebrummt: »All's von unserm Geld«.

Über den »Bayrischen Hilfszug« wurden allerlei Geschichten erzählt. Die Mutter hatte die Möglichkeit, dort Essen zu fassen, zurückgewiesen. Von denen brauche man nichts, sagte sie.

Es gab aber Familien, die so arm waren, daß sie sich den Feldküchen erwartungsvoll näherten. Aber die Kost, die da ausgegeben wurde und durchaus freigebig, entsprach nicht dem österreichischen Geschmack. Es war meist dicker Eintopf mit vielen Erbsen und wenig Fleisch und recht »neutral« gewürzt. Die Leute füllten sich ihre Schüsseln, trugen die Gabe nach Hause und wunderten sich, daß die Deutschen so scharf auf solche Kost waren. Diese Art von Eintopf hat sich auch später nie recht durchgesetzt. Wenn in den Gasthäusern Eintopftage angesetzt waren, dann wurde, solange es nur irgend ging, Reisfleisch gekocht, denn das war auch ein Eintopf, aber ein balkanisch-österreichischer.

Die deutschen Soldaten kauften große Mengen von Weißbrot, Kaffee und vor allem Butter. Nein, arm sei das untergegangene Österreich nicht gewesen, sagte der Fachschüler sarkastisch, es habe nur an der Verteilung gelegen, daß man statt Bohnenkaffee Feigenkaffee getrunken und statt Butter Margarine gegessen hatte.

Einige Tage nach der Besetzung wurden Damasus und sein Bruder zu einer »Belehrung« eingeladen. Ein SA-Mann mit roter Armbinde fungierte als »Lader«. Die Zusammenkunft fand im Turnsaal der öffentlichen Schule statt und die »Geladenen« mußten im Hof der Schule beim Eingang zum Saal einen Doppelposten mit Stahlhelm passieren. Man mußte im Halbdunkel förmlich zwischen aufgepflanzten Bajonetten hindurch, wie bei einem Spießrutenlaufen.

Im Saal hatte sich eine bunt zusammengewürfelte Gesellschaft versammelt: Würdenträger des untergegangenen Schuschnigg-Regimes, ehemalige Heimwehrleute, Monarchisten, Kommunisten und Sozialdemokraten.

Zuerst sprach der deutsche Ortskommandant, der sich vor allem an die alten Soldaten wandte. Diese machten dazu finstere Gesichter. Sie mochten wohl an die herabsetzende Bezeichnung »Kamerad Schnürschuh« gedacht haben, die ihnen die deutschen Waffenbrüder angehängt hatten.

Dann belehrte der Ortsgruppenleiter die »Zuhörer«, daß jetzt Schluß sei mit aller Quertreiberei, die im Kampf gegen das »System« durchaus gerechtfertigt war.

Die Rede des Ortsgruppenleiters klang geschraubt, weil er sich vergebens bemühte, hochdeutsch zu reden. Seine Stimme klang belfernd und man war versucht, sagte später ein Teilnehmer an dieser merkwürdigen Kundgebung, ihm zuzurufen, »He Felix, wie red'st du denn heut?«

Die Aussprache klang aus in handfesten Drohungen, daß der Führer jeden »zermalmen« werde, der sich jetzt noch gegen »Volk und Reich« stelle.

Die SA-Männer, die an den Wänden des Saales standen, gehörten zu jener Garnitur, die man vor wenigen Tagen noch nicht gekannt hatte. Offenbar war diese Versammlung ihr erster Einsatz.

Als Damasus um sich blickte, bemerkte er, daß er der Jüngste unter den Versammelten war. Was selbst in den letzten Tagen nicht möglich war, nämlich die Schaffung einer bestimmten Gemeinsamkeit, brachte nun diese »Belehrung« zuwege. Es gab Teilnehmer, die den Kopf hängen ließen, aber auch viele, die eine verschmitzte Fröhlichkeit zur Schau trugen.

In den nächsten Tagen tauchten Plakate auf, auf denen die katholischen Bischöfe dazu aufriefen, bei der Volksabstimmung im April mit Ja für den Anschluß an Deutschland zu stimmen. Kardinal Innitzer hatte noch mit Handschrift »Heil Hitler« dazugesetzt . In den Zeitungen wurde bekanntgegeben, daß der einstige Staatskanzler und führende Sozialdemokrat Renner erklärt habe, er werde am 20. April »freudig mit Ja« stimmen. Damasus, knapp sechzehn Jahre alt, stand unter der Wucht dieser historischen Keulenschläge. Er hat sich die schmachvollen Tage qualvoll im Gedächtnis bewahrt.

Innerhalb eines einzigen Tages wurde für den Fahrzeugverkehr auf den Straßen der Rechtsverkehr eingeführt. Tausende Hinweistafeln wurden aufgestellt, hunderte Menschen eingesetzt, an jeder Straßenecke und Wegbiegung.

Einige Tage nach dem Einmarsch kam der ältere Bruder nach Hause. Ein Großteil der »Österreichischen Legion« war in den Tagen der Besetzung nach Wien in Marsch gesetzt worden, offenbar hielt die politische und militärische Führung Wien für ein besonders heikles Pflaster. Die Legionäre waren immerhin »hiesige« und würden sich bei der »Aufklärung« der Wiener besser schlagen als deutsche Soldaten oder deutsche Parteibeamte.

Der Bruder erkannte sofort die kühle Zurückhaltung gegenüber dem »Neuen«. Als der Vater auf den Zwischenfall mit dem »österreichischen Schlappschwanz« zu sprechen kam, runzelte der Heimkehrer die Stirne und war offenkundig verärgert, daß der Kamerad von der Wehrmacht gerade diese Episode erzählt hatte.

Dem ewig hungrigen Bruder Damasus hatte der Ältere eine kostbare Konserve aus seiner »Marschverpflegung« abgezweigt, eine thüringische Rotwurst, wie man sie hier nicht kannte.

Der Bruder ging politischen Erörterungen aus dem Weg. Dafür erzählte er die Überraschungen, die er mit der deutschen Küche, gar mit der im Norden erlebt hatte. Seefisch werde da oben wie Schnitzel paniert und in Berlin habe er gesehen, daß sich die Leute süßen Likör ins Bier schütten.

Der heimgekehrte Bruder nahm ihn einmal zu einem Gelände-Exerzieren der Hitlerjugend mit. Die jungen Leute hatten sich auf dem Sportplatz der Schule der Schulbrüder versammelt, der dem Orden nun weggenommen worden war.

Unter Anleitung heimgekehrter Legionäre wurde die Jugend in den Grundbegriffen des Gruppenexerzierens unterrichtet, wobei die »Ausbildner« kräftig fluchten und damit zeigten, was sie »draußen« gelernt hatten. Da war von »Lahmärschen« die Rede, von »krummgefickten Ameisen« von »Heinis« und kaum waren die jungen Leute halbwegs in eine Reihe gekommen, schrie der Legionär schon wieder »Links schwenkt, Marsch marsch«.

Ein Fähnleinführer, mit dem er oft gestritten hatte und der stolz darauf war, hier herumgehetzt zu werden, sprach ihn an und lud ihn ein, doch öfter zu kommen. Wenn er sich bewähre, sagte er gönnerhaft, werde man ihm nichts nachtragen. Da hatte Damasus mit einem plötzlich aufsteigenden Brechreiz zu kämpfen.

Er hat sich später gefragt, ob diese Reaktion wirklich eine »politische« gewesen sei. So gefestigt war seine Abneigung gegen Militarismus und Militärspielerei noch nicht, daß dem Treiben nicht auch einiges abzugewinnen gewesen wäre. Aber dieser schreiende Legionär, der der Sohn eines Hotelbesitzers war, und einen »reichsdeutschen« Feldwebel spielte, war eine bösartige Karikatur seiner selbst. Und der Fähnleinführer, mit dem er als Kind noch zusammen beim »Bund der Revolver« gewesen war, woher nahm er seine Herablassung?

Es war, von den Machern unbeabsichtigt, ein nachhaltiger Unterricht für zarter besaitete Seelen. Schon durch seine täglichen Märsche ins Freigedinge, durch Schilaufen, Schwimmen und Bergsteigen hatte Damasus einen durchaus belastbaren Körper, er war zähe und stark und so leicht wäre er auch bei den Übungen »Marsch marsch« nicht außer Atem gekommen. Aber er hatte sich in all den Widerwärtigkeiten, die er schon ertragen hatte müssen, eine große innere Empfindsamkeit bewahrt, die ihn völlig untauglich machte für die genormte Dressur.

Die Volksabstimmung verlief ohne Zwischenfälle. Der Anteil der Ja-Stimmen betrug 99,4 Prozent. In der Gemeinde gab es drei Nein-Stimmen und ganz wenige ungültige. Dieses Ergebnis wurde später oft zitiert. Die es beschönigen wollten, behaupteten stets, es habe keine Möglichkeit der Gegenpropaganda gegeben und es seien schon tausende in den Konzentrationslagern gewesen und dazu sei noch eine riesige Maschinerie eingesetzt gewesen. Das alles ist richtig, aber es reicht zur Erklärung weder der hohen Wahlbeteiligung noch für den hohen Prozentsatz an Ja-Stimmen hin. Die Wahrheit ist, daß der Großteil der Bevölkerung in diesem Monat April 1938 tatsächlich für den Anschluß an Deutschland war, weil er sich davon ein besseres Leben versprochen hat.

Viele Jahre später wurde Damasus manchmal von jungen Menschen gefragt, wie er sich denn bei der Abstimmung verhalten hatte. Er erklärte dazu stets wahrheitsgemäß, daß er an der Abstimmung nicht hatte teilnehmen können, weil er um zwei Jahre zu jung gewesen war.

Die Gruppe wurde jäh auseinandergerissen. Die älteren Burschen wurden zum Eisenbahnbau in Bayern geholt, sie lebten dort in Baracken wie in einem Lager. Der Fachschüler mußte einrücken.

In der Heimat blieben die Arbeitsplätze noch längere Zeit knapp. Die wirkliche Nachfrage setzte erst ein, als der Krieg vor der Tür stand.

In Linz wurde ein großer Rüstungsbetrieb, die Hermann Göring-Werke errichtet. Bevor jedoch mit dem eigentlichen Bau begonnen werden konnte, mußte ein ganzes Dorf an der Donau beseitigt und planiert werden, nämlich die Pfarre St. Peter. Wenn die Burschen im Gebirge kein Geld hatten, dann sagte einer: »Jetzt fahr' ich nach Linz Leichen graben.«

Die Leichen lagen im Friedhof St. Peter und waren zum Teil noch frisch, weil die Bestattungen bis in das Vorjahr reichten. Über diese Leichengräberei wurde mit großem Zynismus gesprochen, von noch »lebendigen« Haarbüscheln der Frauenleichen, von stinkendem Fett der einstigen Schmerbäuche, von Wurm- und Madenknäueln und von giftigen Fliegenschwärmen. Aber die Arbeit, für die man »Freiwillige« brauchte, wurde gut bezahlt. Es gab tatsächlich »Akkordarbeiter«, die dabei eine Menge Geld verdient hatten, aber sie waren bei der Bevölkerung nicht beliebt. Ein Leichengeruch schien ihnen anzuhaften. Die Leichengräberei gehörte ähnlich wie im Mittelalter zu den »unehrlichen« Arbeiten.

Die deutschen und englischen Techniker wollten die Werke ursprünglich weiter stromabwärts errichten. Aber der Bürgermeister von Linz, ein »Blutordensträger«, setzte bei Hitler durch, daß die Rüstungsindustrie aus Steuergründen im Stadtgebiet errichtet wurde. Das hat sich später fatal ausgewirkt, weil die Luftbelastung für die Stadt und die Nachbargemeinden ungeheuer groß wurde.

Den ganzen Sommer über schleppte sich das Freigedinge noch hin, weil die Abmachungen schon im vergangenen Jahr getroffen worden waren. Statt Schilling wurden nun Mark ausbezahlt, aber die Umrechnung 100 : 67 benachteiligte den Schilling und das Geld war knapp.

Am ersten Mai wurde ein Aufmarsch veranstaltet, dem Damasus am Rande beiwohnte, denn noch war er von der Maschinerie der deutschen Arbeitsfront nicht erfaßt. Der Aufmarsch hatte seinen Höhepunkt und sein Ziel beim Kriegerdenkmal. Dort hielt der Tierarzt, der ein alter Illegaler gewesen war, eine Ansprache, die einerseits recht kriegerisch klang, andererseits aber auch schwer und dunkel.

Auf dem Heimweg sagte ein alter Sozialdemokrat, der sonst äußerst schweigsam war, zu Damasus: Es kommt ihnen eine Ahnung, was sie heraufbeschworen haben.

Sie waren tief im Weißenbachtal in einem Windbruch vergraben, als die Krise der Tschechoslowakei herankam. Die alten Jahrgänge von 1895 bis 1900 waren schon vorher zur Umschulung auf das deutsche Kommando einberufen worden. Sie wurden zu Tausenden in einem Lager in Westfalen zusammengezogen.

Das waren alle Männer um die vierzig und manche von ihnen waren schon Großväter. Daher kam der Groll, daß ausgerechnet die »Alten« zuerst drankamen, wenn es ernst zu werden schien. Der »Kamerad Schnürschuh« wurde bei der »Sudetenbefreiung« recht kräftig eingesetzt, wohl in der Überlegung, daß dieser Kamerad Schnürschuh die Mentalität der zu Befreienden besser kennen würde, weil er schon im Weltkrieg mit ihnen in Rußland, Serbien und Italien zusammen gewesen war.

Was die sudetendeutschen »Stammesbrüder« betraf, so waren sie bei den Leuten im Gebirge, die sich als »Innerösterreicher« empfanden, nicht beliebt, weil sie ihnen, den mehr Bedächtigen und Schwerfälligen, zu zielstrebig und zu tüchtig waren. Man nannte sie hartnäckig die Deutsch-Böhmen, für die man den Kopf habe hinhalten müssen.

Was jedoch die »Sudetenbefreiung« auch im Gebirgsdorf handgreiflich mitbrachte, das war der Siegeszug der Polka »Rosamunde«, obwohl deren Herkunft wirklich und wahrhaftig böhmisch, nämlich tschechisch war. Eine Arbeitspartie aus dem Sudetengebiet war bei der Verlegung eines großen Kabels eingesetzt, offenbar unsichere Leute, die nach der »Befreiung« schnell einmal außer Landes gebracht wurden.

Man nannte sie die »böhmischen Kabelgräber«, unter denen sich auch einige Zigeuner befanden, die nach der Arbeit in den Wirtshäusern zum Tanz aufspielten.

Das Freigedinge ging zu Ende, zum Schluß waren sie nur noch zwei, weil der dritte inzwischen eine Arbeit als Schmied gefunden hatte.

Im ersten halben Jahr war es »politisch« ruhig gewesen. Jedenfalls erfuhr Damasus nichts von irgendwelcher Aktivität. Aber im Zusammenhang mit den Schlägen gegen die Tschechoslowakei tauchten wieder die ersten Flugblätter auf. Sie enthielten die Warnung, daß Hitler jetzt mit Hochdruck dem Krieg entgegensteuere.

Der »linke« Bruder kam zum Arbeitseinsatz nach Wels, zum Barackenbau. Der ältere Bruder hatte aus Wien eine Braut mitgebracht und heiratete. Nach der Heirat zog er von zu Hause aus.

Beim Holzschlägern kam Damasus mit einem ehemaligen Funktionär des Bundes der Sowjetfreunde zusammen.

»Sei vorsichtig«, sagte der Ältere, »sie beobachten uns«.

Damasus nickte nur. Jetzt wußte er, daß »sie« ihn bereits ganz zu den Ihren zählten.

Am 13. Februar 1939 begann er seine Arbeit bei den Reichsforsten im Rezirk Bad Ischl.

Als ihn der DDR-Schriftsteller Harald Hauser und dessen Frau Gisela besuchten, fuhren sie auf die Rettenbachalm zwischen Bad Ischl und Altaussee und er berichtete, wie sich diese Gegend in den letzten vierzig Jahren verändert hatte. Gisela äußerte den Wunsch, eine Tanne kennenzulernen, nämlich eine »wirkliche«.

Er ging mit ihnen durch den Jungwald über den Rettenbach hinüber und erzählte, wie sie gerade hier, am Fuße des steinigen Hanges zum Knerzen hinauf riesige Tannen geschlägert hatten, die oft mehr als einen Meter über den Stock gemessen und vierzig Meter hoch gewesen waren.

Er glaubte, wieder einen kräftigen Tannenwald vorzufinden. Aber es gab nur hochaufgeschossene Fichten und der Bestand war schon einmal durchforstet, sodaß er aussah wie eine Holzplantage.

Er mußte mit den Besuchern in den Hang hinaufklettern, bis sie zu einer Lichtung kamen, auf der einige junge Tannen standen. Die Besucher waren sichtlich enttäuscht, denn so stolz wie die Tanne in den Lesebüchern steht, ist sie gar nicht in jungen Jahren, in denen die Fichte kräftiger wirkt. Nur das Grün der Tanne ist anders als das der Fichte, das bestätigten auch die Besucher und nickten lässig zu seinen Erklärungen. Na ja.

Es ist schwer, jemandem, der nicht im und beim Tannenwald aufgewachsen ist, begreiflich zu machen, worin eigentlich das Geheimnis eines solchen Waldes besteht.

Seine ganze Jugend ist förmlich eingebettet in Tannenwald. Er hat von Kindheit an gelernt, trotz vieler Bäume immer den Wald zu sehen. Wenn der föhnige Südwind einfiel, dann rauschten die Wälder, die Tannen tiefer als die Fichtenwälder, weil ihre breiten Wipfel dem Wind ein anderes Register bieten als die Spitzen der Fichten.

In seiner Jugend wurden Tannen noch für den Brückenbau geschlägert, für die sogenannten Enzbäume, die Längsbalken der Brücken. Es war Zeit, daß für die Brücken die Beton- und Stahlträgerzeit herankam, weil es die Tannen für die Enzbäume nicht mehr gibt. Sie sterben früher und früher. Sie waren gegen Nässe und Feuchtigkeit viel widerstandsfähiger als Fichten. Nur die pralle Sonne lieben sie nicht, nicht als Baum und auch nicht als Brett und Balken.

Es ist ein unheimliches und lautloses Sterben. Auch früher hat es große Waldkatastrophen gegeben, immer dann, wenn der Mensch verhindert war, sich mit dem Wald zu befassen. So fiel ein großer Teil des Fichtenwaldes des Offenseer Forstbezirkes in Ebensee im Jahre 1919 dem Borkenkäfer zum Opfer. Die alten Holzknechte, die dabei waren, die Schäden zu »sanieren«, das heißt die Baumtrümmer zu fällen, berichteten noch Jahrzehnte später mit Schrecken davon, daß sogar der nur meterhohe Fichtennachwuchs dürr war.

Beim Tannensterben ist zunächst noch keine Nadel rot oder braun und doch ist der Baum schon am Ende. Die Nadeln werden dünner und die Rin-

de des Baumes wird seltsam fahl. In kürzester Zeit fallen dann die Nadeln vom Wipfel bis herunter zu den Anflugästen.

Das Tannensterben straft viele unserer Lieder Lügen. Die Behauptung, daß etwas so stark und wurzelhart wie eine Tanne sei, klingt heute wie bitterer Hohn. Neulich hat einer gesagt, er stehle jedes Jahr aus den Revieren der kaiserlichen Bundesforste eine schöne Tanne für Weihnachten. Denn, so fügte er hinzu, der Baum werde ohnehin nicht mehr alt und er möchte seinen Kindern noch, solange es möglich ist, den Anblick einer frischen jungen Tanne gönnen, damit sie diesen Eindruck hinübernehmen könnten ins tannenlose Leben.

Da wird von philologischen Schulmeistern stets davon geschwärmt, wie genau doch Adalbert Stifter oder der Waldbauernbub Rosegger den Tannenwald geschildert haben. Keine Red' davon. Stifter hat den Wald vorwiegend als Maler gesehen und Rosegger ergeht sich in sehr allgemeinen Beschreibungen. Sowohl der Böhmerwald als auch der in Roseggers Waldheimat ist schon zu Lebzeiten der beiden »Walddichter« vorwiegend ein Fichtenwald gewesen. Man sieht in ihren Büchern den Wald flächig wie eine Farbfotographie. Man sieht ihn, bei der Schilderung eines Sturmes hört man ihn auch, aber man riecht ihn nicht.

Die Weihnachtstanne ist in den allermeisten Fällen eine Fichte und der »hohe Tann« von ehedem war schon damals vorwiegend Fichtenwald gewesen. Auch der bekannte »Tannenbaum« aus dem Lied vom »kühlen Grunde« ist gewiß ein Fichtenbaum gewesen, weil Tannenholz für den Sarg zu schwer wäre. Das Rezept gegen die Blitzangst, »Vor der Fichte flüchte«, ist falsch. In Wirklichkeit schlägt der Blitz mit Vorliebe in die Tanne ein, sogar wenn diese um Meter niedriger ist als die danebenstehende Fichte. Aber die Tanne ist ein Pfahlwurzler und reicht zu Wasserläufen hinunter und das dürfte den Blitz mehr »anziehen« als die seicht wurzelnde Fichte.

Die gefällte Fichte riecht nach Holz, die gefällte Tanne hingegen süßer nach Baum. Die alte Tanne hat eine zentimeterdicke Rinde. Solche Stämme zu schälen ist, wenn der Baum im Saft ist, keine allzuschwere Arbeit. Das Holz unter der Rinde ist naß, es geht der Mai. Aber die Qualität des Holzes ist besser, wenn der Stamm in der Saftruhe entrindet wird. Dann aber ist diese Arbeit mühsam und schwer. Die Rinde liegt wie angegossen am Holz und weil sie so dick ist, kann man sie nur in kleinen Stücken herunterstoßen. Am Ende war der Schnee mit winzigen Rindenstücken übersät, als hätten Kinder Holzknecht gespielt.

Da wurde oft die Tücke der Tanne verflucht, weil sie den Menschen zu größter Schinderei zwinge. Und die Männer, die damals die großen Tannen gelästert hatten, haben heute, wenn sie vom Sterben dieser Baumgattung hören, ein abergläubisches Schuldgefühl, als hätten sie sich mit ihren Verwünschungen an der Tanne versündigt.

Als Kind war er durch den Jungwald gekrochen, durch den »Jungmais«, um Vogelnester zu finden. Staunend hatte er die weißen Knochen in die Hand genommen, die vom Reh übrig geblieben waren, das im Winter an Erschöpfung zugrundegegangen war. Als Halbwüchsiger hatte er schon mitgeholfen, unter der Ewigen Wand große Tannen und Fichten zu fällen, die vom Steinschlag verletzt und stammfaul geworden waren. Schon früh hatte er den Unterschied kennengelernt zwischen einem selbstangeflogenen Jungwald und einem, der künstlich angepflanzt worden war.

Der Wald ist nicht nur ein Stück Natur. Er ist bekanntlich auch ein ökonomisches Wertstück.

Zwischen den Herrschaftsforsten und den Bauernwäldern ist ein zäher Kampf geführt worden. Damasus hörte in seiner Kindheit oft von einem sagenhaften Prozeß, der über hundert Jahre lang gedauert haben soll und bei dem es um den Besitz des Raschberges, ein dem Ausseer Salzberg vorgelagerter bewaldeter Kogel mit einigen tausend Hektar ging. Offenbar war das Gebiet mangelhaft eingezäunt gewesen. Den Bauern sei, so hieß es, dann der ganze Raschberg »abgestritten« worden.

Die Bundesforste haben die kaiserlichen Forste abgelöst. 1918 und 1919 wurden auch große Waldungen aus dem Privatbesitz der Habsburger, dem sogenannten Familienfonds, einem revolutionär anmutenden Zweck gewidmet, nämlich zugunsten der Kriegsopfer und deren Betreuung und Versorgung enteignet.

So ist es in den ersten Grundbüchern der Republik »Deutsch-Österreich« noch vermerkt und damit ist die Kriegsschuld der Habsburger wenigstens symbolisch amtlich festgehalten gewesen. Inzwischen werden die Bundesforste schon lange wieder spöttisch als die »kaiserlichen Bundesforste« bezeichnet und sie haben die Allüren des alten kaiserlichen Forstärars getreu übernommen. Die Grenzsteine tragen bis zum heutigen Tag eingemeißelt die bekannten Buchstaben »KK«.

Ein Forstverwalter des vergangenen Jahrhunderts hieß Ing. August Kubelka. Da seht ihr, sagen dazu gebildete Leute, der Forstmeister hieß Kubelka, der Rottmeister hingegen Franz Kieninger. Kennst di aus? In Bad Ischl ist es umgekehrt. Dort hieß der Forstarbeiter Parvaroncic, der Forstrat hingegen Handel-Mazetti. Kennst di aus?

Der Wald erzieht zum Denken in Jahrhunderten. Die Rodungszeit rückt greifbar nahe, wenn man täglich solche Bezeichnungen wie vom »Ausgebrannten« hört, oder von den Ortschaften Posern, die vom altslawischen »posarnica« kommen, was wieder soviel heißt wie: durch Brand gerodet.

Ob ein Wald groß oder klein ist, zeigt sich daran, wie weit man darin gehen kann, ohne auf Siedlungen oder Häuser zu stoßen. Der Wald reichte bis an sein Elternhaus heran, von dort hätte man tagelang gehen können, ohne Wiesen und Felder überqueren zu müssen. Die Nähe des Waldes schenkte Kühle, Schatten und Schutz. Wenn sie dem Wald seine Kostbarkeiten ent-

rissen, Beeren und Pilze, Kräuter und Wurzeln, immer gingen sie mit den Schätzen so heim, daß sie erst unmittelbar vor dem Haus den Wald verließen, auch wenn dies mit Umwegen verbunden war. Sie kannten sich so gut aus, daß sie sich nach markanten Bäumen orientieren konnten: wo die drei Fichten unter der Hütteneck-Alm stehen, zweigt der Steig über den Fuchsboden zum hinteren Sandling ab. An den drei Fichten mit dem schwarz verbrannten Harz vorbei kommt man zum Radsteig und von der Fichte, an deren Stamm die Ameisen einen großen Bau errichtet hatten, kommt man zu den Blößen, auf denen das schönste isländische Moos wächst. In einer Grube zwischen starken Tannenwurzeln hatte sich der Dachs eingerichtet. Im Umkreis der Tanne, in die der Blitz gefahren war und ihr Schiefern von fünf Meter Länge herausgerissen hatte, wuchsen im Sommer Tag für Tag kleine Steinpilze. Unter dem großen Winterahorn fanden sie im Frühling die ersten Hasen-«Bohnen«. Die alte Eibe an der Felswand hatte die schönsten Beeren. Er mußte lachen, wenn er später in Büchern las, wie giftig diese Beeren seien. Wenn es so wäre, ganze Generationen von Kindern wären dahingerafft worden, denn alle aßen die ungemein süßen Beeren. Nur den schwarzen Kern durfte man nicht schlucken.

In seiner Jugendzeit waren noch zahlreiche Hinweise darauf lebendig, daß in den Wäldern auch fremde Völker ihre Spuren eingegraben haben. Ein großer Hügel zwischen zwei Tälern im Gebiet des Weißenbaches hieß der Russenschlag, obwohl die Kuppe schon längst wieder mit Jungwald bewachsen war. Es war ein großer Buchenwald, in dem nur vereinzelt Fichten standen, der von den Kriegsgefangenen aus Rußland abgeholzt worden war. Auch einige Wege wurden von den Gefangenen angelegt und auch sie hießen Russenwege.

Am besten kannten sich im Russenschlag nicht die Forstleute und Jäger aus, sondern die Beerenweiber. Sie hatten den Schlag immer wieder von allen Seiten durchwühlt. Als erste Frucht nach dem Fällen der Bäume kam die Erdbeere. Im Russenschlag seien sie so groß wie Lärchenzapfen gewesen, sagten die gierigen Beerndlerinnen. Einige Jahre später kamen dann, besonders auf sandigen und steinigen Stellen die Heidelbeeren, die hier einen glänzenden Schimmer wie feinen Reif zeigten. Als dann die Himbeere kam, war der Schlag schon wieder kräftig im Wachsen. Als letzte, bevor der Anwuchs wieder ein Dach bildete, kamen dann die Brombeeren mit ihrem sonnigsüßen Geruch. Nur der rote Holler hielt sich dann noch einige Jahre, bis auch er von den aufstrebenden Buchen und Fichten ganz zugedeckt wurde.

Eine Ausnahme bilden die Preiselbeeren. Sie wuchsen dort, wo der Wald gegen die Höhe zu dünner wurde, oder wo der Mensch die Waldgrenze künstlich herabgedrückt hat. Die Preiselbeere wurde spät reif und auf den Höhen fiel die Ernte bereits mit der Jagdzeit zusammen. Da waren die Gebiete dann gesperrt und die Jäger wachten eifrig darüber, daß nicht ein

Beerenweib in den olivgrünen Schlägen herumkroch und so das Rotwild verscheuchte. Es war schon vorgekommen, daß die Jäger den Beerenweibern ihre ganze Ernte rücksichtslos ausschütteten, weil sie ohne Erlaubnis und gegen ausdrückliches Verbot in die Jagdgründe eingedrungen waren. Die Beerenweiber vergaßen solche Strafen nicht, sie erzählten noch Enkeln und Urenkeln davon.

Am Oberlauf der weißen Bäche, dort wo sie aus dem Gebirge in flachere Mulden kommen, gedeiht der Sauerdorn, die Berberitze. Hier war es angebracht, mit der Ernte zu warten, bis der erste Reif gefallen war, denn er macht erst die Beeren weicher und dunkler.

Jahrzehntelang begleitete das durchsichtige Gestrüpp der Berberitzen den »Grieß«, den breiten Sandstreifen, der den trockenen Bach bildete und der zu einem brodelnden Brei wurde, wenn die Wolkenbrüche im Sommer oder die Schneewässer im Frühling kamen. Es wurden einige Talsperren gebaut, um den Grieß zu bändigen und zu beruhigen. Der Wald konnte sich wieder ganz langsam entwickeln und dann überdachte er die Berberitzen. Der Busch wich zurück, denn er brauchte die pralle Sonne zu seinem Gedeihen und wurde schütter. Aber es dauert ein halbes Jahrhundert, ehe diese Verwandlung vollbracht ist.

Der Grieß bringt auch Wurzeln und ganze Wurzelstöcke ins Tal, die von Wasser und Sand abgenagt sind wie fossile Knochen. Am härtesten sind die Wurzeln der Eiben oder der Lärchen. Sie sind wie erstarrte Fabeltiere und wenn sie in einem dämmrigen Vorhaus hängen, erschrickt man vor ihnen.

Die Fichten sind an der Waldgrenze oben zottig, ihre Äste reichen bis auf den Boden und bilden förmlich ein trockenes Zelt. Man kann sich in ein solches Zelt zurückziehen, wenn ein plötzlicher Regen einfällt, oder wenn man nicht von jedem, der des Weges kommt, gesehen werden will. Diese zottigen Fichten haben einen weiblichen Namen, sie werden »Feichten-Nandl« genannt, die Wärme und Geborgenheit verheißt.

Noch über den Fichten wachsen die Lärchen. Im Winter sind sie unscheinbar, weil sie die Nadeln im Herbst ablegen, um sich durch gänzliche Saftruhe vor der Kälte zu schützen. Aber noch im Schnee stehend, zeigen sie im Frühling einen ersten bräunlichen Anflug, der dann langsam in zartes Grün übergeht. Dann legt sich über die Waldgrenze ein hellgrüner Schleier. Die Lärche ist wie ein Laubbaum: im Herbst beginnt sie sich langsam zu verfärben, zuerst fahl, dann gelb und wie vergilbend steht sie dann einige Wochen lang. Lärche und Bergahorn erst machen den Herbst aus, denn sie leuchten wie ein helles Licht über den Brauntönen. Die Leichtigkeit der Farben der Lärche steht in einem merkwürdigen Widerspruch zu ihrem Holz. Die Rinde ist noch dicker als die der Tanne und sogar im Saft kann sie nur mit großer Mühe geschält werden. Die Äste sind spröde wie Glas, sie sind jedoch biegsam und geschmeidig wie Birkenzweige, wenn es um den Widerstand gegen Wind und Sturm geht. Das Holz ist dichter und schwerer als das von Fichten, Tannen oder Kiefern. Es fault nicht. Der Dachstuhl des Stephansdoms in Wien bestand, bis er knapp vor Kriegsende 1945 von der SS noch in Brand geschossen wurde, aus 2889 Lärchenstämmen. Die Stämme lagen seit dem frühen 15. Jahrhundert, und sie wären noch hunderte Jahre gelegen, wenn die »Feindeinwirkung« nicht gewesen wäre. Das stolze Venedig ruht seit mehr als tausend Jahren auf Pfählen aus Lärchenholz. Wenn die Stadt heute (und schon seit Jahrhunderten) untergeht, dann nicht deswegen, weil die Lärchenpfähle vermorschten, sondern weil sie langsam im Meer versinken. Dachschindel aus Lärchenholz werden von Regen und Wind abgetragen, bis sie dünn wie Papier sind.

Aber Lärchenholz hält sich nicht still, es arbeitet jahrhundertelang. Bei der Renovierung eines Schlosses wurden auch die Türstöcke des Pferdestalles ausgewechselt. Der Vater schleppte die Pfosten, die sonst verbrannt worden wären, nach Hause und spaltete die besten Stücke heraus. Er ließ beim Faßbinder für die Mutter ein Wäscheschaff bauen, dessen Dauben aus Fichten- und Lärchenholz bestanden. Es war das schönste Schaff der ganzen Gegend mit gelb-rot-gelben Dauben. Aber die Dauben wurden nie dicht, man mußte das Schaff jedesmal vor Gebrauch tagelang ins Wasser legen. Das Lärchenholz dehnte sich aus und zog sich zusammen bei jeder kleinsten Änderung der Luftfeuchtigkeit.

Die Lärche ist ein Baum, der sich besonders zähe gegen seinen Tod wehrt. Beim Fällen verklebt sein Harz ständig die Zähne der Säge. Fällt dann der Baum, dann rinnt das Harz wie rötlicher Honig über den Baumstrunk. Es kommt gleichsam aus dem Wurzelstock, durch das große Gewicht des sich neigenden Stammes herausgepreßt. Dann muß man schnell eine Kerbe schlagen, damit das Harz nicht nutzlos verrinnt und man es auffangen kann. Lärchenharz gleicht nämlich, was seine Heilkraft betrifft, der Hollerstaude. Es heilt schier jede Wunde.

Manchmal betrachtet er kleine Narben an den Händen: die eine Wunde wurde durch Auflegen eines Hollerschwammes geheilt, die andere durch Lärchenharz.

Das Lärchenholz beginnt zu spritzen, wenn es ins Feuer kommt. Als die Sennerinnen noch einen offenen Herd zu betreuen hatten, war ihr Stolz der Herdwinkel im hinteren Eck der Feuerstelle, der schneeweiß getüncht sein mußte. Wenn sie aber Lärchenäste verbrannten, war der Herdwinkel im Nu von schwarzen Pechspritzern verunreinigt, die sich nur schwer beseitigen oder übertünchen ließen. Daher schleppten sie lieber von weither Zirbenholz und Zirbenäste heran. Dieses Holz, obwohl es auch harzreich ist, kracht nicht und spritzt nicht, es brennt beinah lautlos mit bläulicher Flamme wie ein ewiges Licht.

Die »umgestürzte Fichte« lag wohl hundert Jahre lang über dem Pfad, der von der Roßmoosalm zum Matthias-Stollen des Ischler Salzbergwerkes und zu den Ischler Almen hinunterführt. Der kleine Paß heißt die »Bären-

Süling«, was soviel heißt wie Bären-Jauche. Der Übergang vom Goiserer zum Strobler Weißenbach heißt Bärenpfad.

Und im Wald kann man sich verbergen. Ein Partisan, der sich lange Zeit hatte verstecken müssen, bis sich eine ganze Gruppe zusammengefunden hatte, sagt in seinem Lebenslauf: »Bleib immer im Jungmais, da sieht dich keiner, aber du siehst jeden, der kommt, weil er die Größlinge bewegen muß. Im Hochwald kann hinter jedem Baum einer stehen«.

Die Wälder in der Umgebung von Berlin bestehen aus Kiefern und Birken. Sie gewähren kaum »Deckung vor Sicht«, wie die Militärsprache sagt, und das ist zugleich ein arges Hindernis für die Liebespaare. Wo sollen sie eine Liegestatt finden, die nicht alle sehen?

Nördlich von Archangelsk in Nordrußland gibt es Stellen, an denen die Kiefern nur noch einen Meter hoch wachsen und sie markieren hier den Übergang zur Tundra. In Karelien erfuhr er, daß die berühmte karelische Birke eigentlich nur eine Birke mit wulstartigen Auswüchsen ist, die so hart sind, daß man daraus Vasen schnitzen kann und Figuren für Einlegearbeiten. Die Wülste an den Karelischen Birken erinnern an die Tannenwülste daheim, die entstehen, wenn der Baum eine Verwundung durch Schnee oder Windbruch überwinden muß. Die Wulst wird von den Holzknechten sarkastisch »Weiberzorn« genannt.

Der Wienerwald, der Wien im Süden, Westen und Nordwesten umgibt, ist vorwiegend Laubwald. Oft wird daran erinnert, wie im vergangenen Jahrhundert die Gefahr bestand, daß der Wienerwald abgeholzt worden wäre und einige Politiker haben sich durch die Verhinderung des Abholzens sogar den ehrenden Namen »Retter des Wienerwaldes« zugelegt. Dabei ist die Ge-fahr nur oberflächlich und unzulänglich überliefert worden. Das Abholzen des Wienerwaldes hätte keineswegs zum »Verschwinden« des Waldes geführt, weil jeder Laubwald sofort wieder dicht nachwächst. Verschwinden kann so ein Wald erst, wenn er gerodet und umgepflügt wird. Der Mensch muß beträchtliche Anstrengungen darauf richten, den Wald wirklich zurückzudrängen. Umso tragischer wirkt sich die sprunghaft angestiegene Arbeitsteilung und Arbeitsintensität aus, da der Wald auch ganz ohne Säge und Axt niedergeworfen wird, durch sauren Regen und Verhärtung des Bodens

Obwohl die Bedeutung des Waldes heute in aller Munde ist, hat sich auch eine merkwürdige urbane Verachtung des Waldes erhalten. In dem bekannten Horvath-Stück »G'schichten aus dem Wienerwald« gibt es eine Szene, da ein herabgekommener k.u.k. Major einen deutschnationalen Studenten aufklärt und belehrt. Wo seien denn die Hohenzollern gewesen, als Wien schon längst eine Kaiserresidenz gewesen sei, wird da gefragt, ja wo denn wohl? »Im Wald!«

Da überkommt in jeder österreichischen Stadt das österreichische Herz Wärme und Stolz, es wird zufrieden geschmunzelt und jauchzend Beifall geklatscht, wie zu einer köstlichen Eingebung. Der Wald wird zum Hinterwald.

Auch er selbst ist der »Retter« eines Stückes Wienerwald. Damasus war in einem Spätherbst in einem Schulungsheim gewesen, das sich im nordwestlichen Wienerwald befand.

Der Verwalter des Hauses wurde von der Wirtschaftsabteilung des Zentralkomitees verständigt, er möge sich bereit halten zum Besuch eines Christbaumhändlers, der den kleinen Wald vor der Schule »auslichten« würde. Er solle ihm die Stämmchen zeigen, die er ausschneiden könne. Dem Verwalter war nicht recht geheuer bei diesem Auftrag und er wandte sich an Damasus, dem, obwohl er schon seit Jahrzehnten vom Wald »weg« war, noch immer der Geruch des »Gebirgsbauern« anhing. Damasus ging mit dem Verwalter die kleine Waldung durch und riet zur stillen Rebellion. Nein, gar nichts soll man da schlägern, die paar Christbäume, die da anfallen würden, trügen so wenig ein, daß es überhaupt nicht dafür stünde. Es bestehe aber die Gefahr, daß der Christbaumkeiler auf alle Fälle auf einen halben Kahlschlag hinarbeiten würde, denn diese Art von Nutzung sei ihm am liebsten. Man solle warten, bis der Jungwald sich selber putzt und kleinere Fichten von selbst dürr werden, weil sie zu wenig Licht bekommen. Die könne man dann herausschneiden. Der Händler kam nicht, sein Interesse erlahmte, als er erfuhr, daß im besten Falle einige kleine Fichten die Ausbeute wären.

Bei kräftigem herben Niederösterreicher Wein wurde dann der Sieg über die Baummörder gefeiert und der Gebirgsbauer wurde in einer Ansprache als »Retter des Wienerwaldes« gefeiert. Sie aßen dazu geselchten und gekochten »Goder« mit saftigem Schwarzbrot und waren guter Dinge.

Einigemale besuchte er die Gedenkstätte im ehemaligen Konzentrationslager Buchenwald. Einmal war genug Zeit zu einem Spaziergang durch den Wald am Hang gegen Weimar. Es war Herbst und die Blätter begannen sich zu verfärben: die Ahorne gelb, die Buchen rot und die Eichen braungrau. Da sah er mit Erschrecken: der Wald um Buchenwald ist wie der Wienerwald; genau so unschuldig, wenn nur seine Kuppe nicht wäre.

Laub und Laub ist nicht dasselbe. Die Hütten, in denen die Bauern ihre Winterstreu aufbewahren, bilden seit jeher Schlupfwinkel für böse Buben und lüsterne Liebespaare. Dabei muß man wissen, daß Buchenlaub stark raschelt und außerdem viel Staub hinterläßt. Wer in Buchenlaub geschlafen und beigeschlafen hat, der kann es nachher kaum leugnen, weil seine Kleider und Wäsche voll feinem Buchenstaub sind. Ganz abgesehen davon, daß sich Blindschleichen am liebsten im Buchenlaub aufhalten.

Viel anschmiegsamer ist das Laub von Ahornen und hier wieder das vom Winterahorn. Dieses Laub wird kaum brüchig, es bleibt geschmeidig. Wer sich auf Ahornblätter legt, ist gut gebettet und der Geruch, der dem Laub entströmt, hat eine Verwandtschaft mit feinem Tabak. Die Ahornblätter reifen im Herbstföhn wie Früchte heran und sie fallen langsam, eines nach dem anderen, Tage und Nächte hindurch.

Einmal war er Mitglied einer Saufgesellschaft, einer Delegation in einem großen Restaurant über dem ungarischen Sopron. Gegen Morgen zu redeten die Geldprotzen aus einer kleinen österreichischen Stadt alle Ungarn nur noch mit »Zigeuner« an. Er wollte kein Zeuge dieser Art von Fröhlichkeit sein und ging hinaus in den Herbstwald. Die Blätter erinnerten an die jungen Ulmen. Als er die Kronen näher betrachtete, sah er, daß er in einen hohen Wald von Edelkastanien geraten war. Da und dort öffneten sich bereits die stacheligen Bälle und gaben die Kastanien frei, die braun und freundlich glänzten. Und er erinnerte sich an den Park des Sanatoriums der Frau von Poszana. Auch in diesem Park standen einige Edelkastanien, aber sie waren mehr Büsche als Bäume. Daneben gab es kanadische Nußbäume. Die Nüsse waren viereckig, hatten eine viel dickere Schale als Walnüsse und einen viel kleineren Kern. Man hatte sie lediglich wegen ihrer Fremdartigkeit hier angepflanzt.

In der Gegend zwischen Winterberg und Prachatitz im nördlichen Böhmerwald schimmern die Höhenrücken bläulich am goldenen Steig, der nach Passau hinunterführt. Hier hat der Maler Adalbert Stifter die Farbe genau präzisiert. Aber auf österreichischem Gebiet auf den südlichen Ausläufern des Böhmerwaldes ist der Wald streng, schwarz und scheint in die Wiesen und Felder eingeschnitten. Vom Hausberg der Moldaustadt Krumau, dem Klet, dem alten Schöninger, sieht man an föhnigen Spätherbsttagen weit hinter den bläulichen Wäldern das Alpenpanorama mit den weißen Gletschern des Dachsteins herüberleuchten, so wie man an klaren Tagen von den Alpen aus den Böhmerwald als dunklen Streifen am Horizont erkennen kann.

In der amerikanischen Gefangenschaft war er zur Holzarbeit in New Hampshire kommandiert worden. Er erschrak, als er sah, daß hier schöne Weimutkiefern für die Papiererzeugung zu fällen waren, die zuhause nur in Parkanlagen zu finden waren. Es war wie ein richtiger Waldfrevel. Hier wuchsen auch riesige Birken, von den Amerikanern Yellow Birch genannt, obwohl sie eigentlich nicht gelb waren. Aber sie hatten keinen weißen Stamm wie in Europa und Sibirien sondern einen bräunlichen und wuchsen hier wie die Eschen hoch empor und fünfzehn Meter hoch zeigte der Stamm keinen einzigen Ast. Beim Fällen und Zerkleinern quollen zentimeterlange Sägespäne aus dem Stamm und die Sägespäne rochen süßlich nach Fruchtzucker.

Viele Jahre später konnte er in Karelien eine weiße Birke anzapfen und der Saft roch genau so wie der der gelben Birke von New Hampshire auf der anderen Seite des Ozeans. Es war Ende Mai und zwischen den weißen Birken blühte der Seidelbast wie zu Hause, nur um zwei Monate später.

Wacholder und Zypressen haben immer etwas von Friedhof. Am Heuberg auf der schwäbischen Alb wurden sie um die Wacholderbüsche herumge-

jagt und dabei hätten sie so gerne über die stacheligen Büsche zu den Bergen der Alpen hinübergeschaut. In der Nähe von Nimes in Südfrankreich wurden sie wieder durch Kranewittergestrüpp gehetzt. Es war die Zeit, da die Wacholderbeeren braun wurden und süßlich schmeckten.

Und in Mississippi mußten sie im Herbst auf einem Hügel über dem Lager, den Vorschriften der Genfer Konvention entsprechend, einen Friedhof anlegen. Damit ein kleiner Platz entstünde, mußten sie zuerst Zypressen roden, die wie die Segenbäume an heimatlichen Friedhöfen aussahen. Die Luft zitterte und es wölbte sich ein riesiger Himmel über dem Friedhofplatz, so blau, wie er nur am Höhepunkt des Indianersommers sein konnte. Im Winter wurde dann ein solcher Segenbaum im Lager aufgestellt. Er sollte einen Weihnachtsbaum darstellen. Der Baum war fremd und kalt.

An den nördlichen Ausläufern des Atlasgebirges sind die Hügel mit Buchsbaummatten bedeckt. Die kleinen immergrünen Blätter glänzen hier rot, wie von der Sonne verbrannt. Auf den ersten Blick ähneln diese Buschmatten jenen der Rhododendren im Gebirge. Die Zweige stützen einander wie ein dichtes Geflecht. Wenn man sich in eine solche Buchsbaummatte fallen ließ, schlug das Gebüsch über einem zusammen wie die Wellen eines grünen Meeres und man war unsichtbar und begraben.

Er hätte sich immer eine Schwester gewünscht. Daß er sich dem weiblichen Geschlecht gegenüber nie wirklich frei bewegen konnte, hing wohl damit zusammen, daß er ohne Schwester aufgewachsen war. Dabei hat er eine Schwester gehabt, aber er hat sie nicht gekannt, weil sie lange vor ihm da war. Sie wohnte an einem großen Wald, der vor einigen Jahren abgeholzt worden war. Das Mädchen war fünf Jahre alt und kannte sich im Schlag aus, der schon wieder mit kräftigem Gestrüpp emporwuchs. Es war Brombeerzeit. Man konnte später nicht mehr sagen, wie es zu dem Unfall kam, aus Unkenntnis oder aus Neugierde. Wohl eher aus Neugierde, denn es ist nicht anzunehmen, daß das Mädchen die Ermahnungen der Mutter ganz vergessen hätte, ja nicht die große schwarze Beere an der hohen fleischigen Staude zu pflücken. Ist es denn wirklich so schlimm, wie die Mutter da immer predigt? Das Mädchen mußte wohl eine ganze Handvoll Tollkirschen gegessen haben. Als es nach Hause kam, ahnte man noch nicht den wahren Vorgang und das Mädchen bekam, weil es über Kopfschmerzen klagte, Kamillentee zu trinken. Als sich aber dann die Pupillen der Augen so außergewöhnlich weiteten, erkannte die Mutter die Gefahr und gab dem Kind Seifenwasser zu trinken, damit es die tödlichen Beeren erbrechen könne. Aber es kam nur noch schwarzer Schleim aus dem kleinen Magen empor, die Beeren hatten sich schon zersetzt. Die Blume und Beere mit dem schönen Namen atropa belladonna hatte ihre tödliche Wirkung schon ausgestreut. Das Mädchen lebte noch zwei Tage und wurde matter und matter. Aber bis zuletzt habe das Kind geträllert, zum Schluß nur noch ganz leise, hat später die Mutter des Mädchens berichtet. Mit diesem Trällern sei das Kind hinübergegangen, in einer wunderlichen und unfaßbaren Fröhlichkeit.

8

Sein erster Arbeitsplatz beim »deutschen Ärar« war der Aufsatz, der Holzlagerplatz. Hier wurden die Hölzer gelagert, die von Pferdefuhrwerken aus dem weitläufigen Forstrevier herangebracht wurden. Bis zu 18 Meter lange Stämme wurden aufgeschlichtet und die Hirnflächen mußten abschneiden wie eine Wand, dabei ganz leicht nach vorne geneigt, damit das Wasser abtropfen konnte. Die Bäume wurden auf langen Anlegestangen auf die Haufen gerollt und dann mit dem Sappel ausgerichtet. Vorarbeiter war ein Holzknecht, dem bei der Arbeit am Riesweg ein Bein zertrümmert worden war und der nur noch humpeln konnte.

Der Aufsatz lag über dem Rettenbach, bei dem hier vor seiner Mündung in die Traun, ein Rechen eingerichtet war. Dieser Rechen funktionierte so, daß der Bach in ein künstlich eingetieftes Bett abfloß, das mit einem großen Holzrost abgedeckt war. Auf diesem Rost, dem Rechen, war das Holz liegen geblieben, das im Rettenbach getriftet worden war. Der Rechen begann bereits zu verfallen und zu versanden, weil das Triften als Beförderungsart schon seit Jahrzehnten eingestellt war. Die hohe Zeit des Schwemmens war auf das Engste mit der Brennholzbeschaffung für die unersättlichen Pfannen bei der Salzerzeugung verbunden. Diese Sudpfannen waren holzfressende Moloche und die Wälder wurden für sie im großen Umkreis ausgeplündert.

Der Aufsatz war eine Stätte der Ästhetik des Holzaufschlichtens. Die aufgerollten Stämme lagen da wie runde symmetrisch gewölbte Haufen von Rohren und die Scheiterstöße standen daneben wie schlanke, schnurgerade Mauern.

Wenn die Zufuhr durch die Fuhrleute einmal stockte, dann wich die Arbeitspartie auf den Güterbahnhof aus, um hier Schleifholz und Buchenholz zu verladen. Die Schleifholzstangen wirkten zart wie Zündhölzer, während die Buchenstämme schwer über die Rampe in die Waggons polterten. Ein Teil des Buchenholzes ging in die neuerrichtete Zellulosefabrik Lenzing und wurde hier zu Schießbaumwolle verarbeitet.

Die Burschen aus der näheren Umgebung gingen am Abend nach der Arbeit nach Hause. Damasus blieb mit drei Arbeitskameraden in der Aufsatz-Holzstube, in der ein Herd mit zwölf Einsätzen daran erinnerte, daß in früheren Zeiten hier viel mehr Arbeiter übernachtet hatten. Die Schlafstellen, nebeneinander gelegte Strohsäcke, befanden sich unter dem Dach der Holzstube. An den Abenden begannen sie auszustreunen. Da gab es in der Nähe die Wirtshäuser, in die seit vielen Jahrzehnten die Holzknechte einkehrten, am Montag, ehe sie ins Gebirge aufstiegen und Freitag oder Samstag nach der Auszahlung. Wenn es etwas zu feiern gab, drangen sie wohl auch ins Zentrum des Marktes ein bis ins verruchte Café Santiago, wo ihnen einige Animiermädchen brutal das Geld abknöpften. Wenn einer am Montag ganz zerschlagen und mißmutig zur Arbeit kam, wurde ihm nur die Frage gestellt: Santiago? Da nickte er ergeben und schuldbewußt.

Es war der letzte Fasching im Frieden. Aber die »Sudetenbefreiung« hatte ein Gefühl großer Gefahr hinterlassen. Die Fröhlichkeit war daher hektisch und hatte grellrote Farben.

Die Holzknechte hatten sich am Faschingsmontag Urlaub genommen. Es war schon vorgekommen, daß für ein »Blaumachen« eine Arreststrafe verhängt wurde, die noch dazu an den Tagen des Wochenendes abgebüßt werden mußte.

Sie ließen sich trinkend durch einige Gasthäuser treiben, hatten da und dort deutsche Zuwanderer verspottet und hatten sich denen als rechte Gebirgstrottel dargestellt, aus Bosheit eine dörfliche Rückständigkeit grotesk übertreibend.

Am Ende des Faschingsmontags, des Rosenmontags, wie ihn die Deutschen nannten, waren sie dann alle im Café Santiago gelandet. Dort hatte sich ein Mädchen auf seinen Schoß gesetzt. Er vertrank mit ihm sein letztes Geld und als das Mädchen diese Situation erfaßt hatte, trennte es sich von ihm.

»Ein anderesmal, ein anderesmal, mein Burscherl«, sagte das Mädchen und er verließ grimmig fluchend und in wehmütiger Selbstbemitleidung das Lokal. Er haßte seinen Arbeitskameraden, der seine Geldnot schamlos ausgenützt hatte und sich als der Finanzkräftigere die Faschingsfee zugeeignet hatte.

Einige Wochen später stellte sich heraus, daß sich in jener Nacht vom Faschingsmontag zum Faschingsdienstag 1939 der Arbeitskamerad einen Tripper geholt hatte. Damasus erschrak, als er davon erfuhr. Obwohl er dagegen ankämpfte, konnte er doch ein Gefühl der Schadenfreude nicht unterdrücken.

Als der Frühling kam, wurde die Arbeitspartie aufgelöst, es blieben nur einige invalide Arbeiter zurück. Die jungen aber kamen »auf die Hacke«, wie man die Arbeit bei der Schlägerung nannte. Damasus kam zu einer Arbeitspartie, die hoch oben im Gebirge arbeitete, im »Gschlachten«. Der Name rührte wohl daher, daß hier heroben besonders schwere »g'schlachte« Bäume mit wenig Ästen gestanden waren. Das aber war schon lange her, denn der Weg hinauf führte bereits wieder durch hohen Jungwald. Das Quartier der Holzknechte war die Gschlachten-Stube, ein großes, aus schweren Balken gezimmertes Blockhaus aus der Mitte des vorigen Jahrhunderts. Ein großer Ziegelofen mit vierzehn Einsätzen stand in der Mitte des Raumes und mußte mit meterlangen Scheitern geheizt werden. In der Stube stand der typische Geruch einer Holzstube: nach verbranntem Fett, nach Schweiß und Mäusedreck. War aber die Partie erst einmal seßhaft geworden, dann herrschte der Harzgeruch vor.

Die Gschlachtenstube war in zweieinhalb Stunden über den alten Riesweg zu erreichen. Dieser Riesweg bestand aus runden Schwellen, die in einem Abstand von etwa einem Meter in die Erde eingelassen waren. Wehrbäume an beiden Seiten sorgten dafür, daß das hier abzulassende Holz nicht aussprang. An einigen Stellen war der Riesweg als flache Rinne in den Fels geschlagen und hoch oben mußte für den Holzabtransport sogar ein längerer Tunnel durch einen Berg gebohrt werden. Diese Rieswege wurden errichtet, weil sie es ermöglichten, lange Stämme aus unwegsamem Gelände abzuführen, während das kurze Pfannhaus-Holz für die Salinen ganz einfach über die Felswände hinuntergeworfen worden war. Ein Riesweg erforderte zahlreiche Brückenbauten aus Holz und Stein, die Kurven mußten weit ausgeführt sein und die Übergänge von steilen zu flacheren Strecken mußten auf Dämmen geführt werden, damit die Stämme sich nicht in den Boden eingraben konnten.

Die Forstingenieure von ehedem lobten die Rieswege über den grünen Klee, weil das Holz ohne große Verluste von der Waldgrenze bis ins Tal gebracht werden konnte. Die Arbeiter aber kannten den Riesweg auch mit all seinen Gefahren, die zu vielen Unfällen führten. An allen Rieswegen fanden sich Gedenktafeln für Holzknechte, die bei dieser Arbeit zu Tode gekommen waren.

Der Riesweg war von kleinen Holzhütten gesäumt, die in Rufweite voneinander errichtet waren. Es war streng untersagt, während des Betriebes in den Riesweg zu steigen. Vorschrift war vielmehr, daß bei der geringsten Störung, etwa wenn von einem Stamm ein Stück Holz abgesplittert war und sich hinter einer Schwelle verklemmt hatte, oder wenn ein Brennholz-Krümmling an einer flachen Stelle liegenblieb, der Arbeiter von seinem Beobachtungsposten aus den Arbeitsprozeß mit dem Ruf »Hob auf!« unterbrechen mußte. Der Ruf wurde von Hütte zu Hütte weitergegeben, bis er oben an der Einkehre ankam. Von oben kam dann der Ruf »Zuahi« zurück und jetzt erst konnte der »Hüter« ohne Gefahr in die Riese einsteigen, das eingeklemmte Holz entfernen oder den liegengebliebenen Wipfel über die flache Stelle hinausziehen. War diese Arbeit getan, so wurde durch einen abermaligen Ruf die Riese wieder freigegeben und der erste Stamm, der wieder auf die Reise geschickt wurde, erhielt den warnenden Begleitruf »Floih oh!«

Das alles war höchst einfach und »eigentlich« hätte dabei nichts passieren können. Aber je schneller das Holz abgeriest werden konnte, desto besser würde die Akkordprämie, der sogenannte »Rest« ausfallen. Dazu kam, daß die beste Zeit der Holzlieferung die kalte, schneereiche Zeit war und das beginnende Tauwetter die Arbeit schwer behinderte. Oft genügte ja nur ein einziger Handgriff, um eine kleine Störung zu beseitigen und deswegen sollte man den ganzen Arbeitsvorgang unterbrechen?

Ein Arbeitsinvalide, der oft bei den Holzknechten in der Rettenbachmühle saß, schilderte sein Unglück so: »Ich seh also, daß das Stammbloch steckenbleiben könnte, hau von hinten den Sappel ins Holz und schieb an, nur wenige Meter. Da aber kommt, es hat frisch geschneit, ein glattes Bloch lautlos wie eine Riesenforelle heran. Ich kann nicht mehr herausspringen und mein Fuß kommt zwischen die Hölzer, Hirn auf Hirn. Das Bein war bis zum Knie zusammengedrückt, zu einem Brei.«.

Damasus war der jüngste und mußte deshalb die Arbeit des »Geimels« verrichten. Diese Arbeit bestand darin, als erster aufzustehen, den Ofen zu heizen und, nachdem die anderen bereits die Stube zur Arbeit verlassen hatten, den Raum zu kehren und frisches Holz und Wasser herbeizuschaffen. Die Quelle lag einige Minuten von der Stube entfernt an einem steilen felsigen Abhang. Von der Wasserstelle aus konnte man den Wolfgangsee sehen. Der See schien hoch oben zu liegen. Auch das Meer scheint ja, wenn man es von einem Hügel herunter erblickt, gegen den Horizont zu bis zum Himmel anzusteigen. Genau so unwirklich lag das »Oberland« dem Gschlachten gegenüber, hoch ansteigend und darüber lag der Wolfgangsee wie in einer Gebirgsmulde. Im Sommer flimmerte er in einem sanften Dunst, im Herbst aber schien er sich klar im blauen Himmel zu spiegeln.

Aber so romantisch war es im Holzwald nicht, daß man Zeit zum Träumen gehabt hätte. Da waren einige alte Arbeitskameraden, die schon gerne in Pension gegangen wären, aber sie konnten nicht und mußten bis 65 bleiben, weil sie nicht mehr »ständig« waren, denn die letzte Pragmatisierung war 1926 erfolgt und damals waren nur noch ganz wenige in das »ständige« Arbeitsverhältnis übernommen worden. Obwohl Damasus nach einem zwölfstündigen Arbeitstag auf seinem Strohlager meist schlief wie ein Murmeltier, hörte er die Alten ächzen und stöhnen in der Nacht, wenn sie die Gicht plagte oder ein alter Bruch zu schmerzen begann.

In dieser Zeit wurde Damasus zum Eingabenschreiber befördert. Hier war eine Arbeitsbestätigung von einem einstigen fernen Arbeitsplatz einzuholen, dort eine Bestätigung über den Wehrdienst im ersten Weltkrieg, Geburtsurkunden von Verwandten mußten besorgt werden und manchmal auch Leumundszeugnisse und Gesuche in Alimentationsgeschichten. Bald genoß Damasus den Ruf, ein »Mann der Feder« zu sein. Er freute sich zusammen mit seinen »Klienten«, wenn die Eingaben gelegentlich von Erfolg begleitet waren und manchmal kämpften sie sich durch mehrere Instanzen hindurch.

Die Gegend zwischen Bad Ischl und Altaussee hatte neben dem Rettenbachtal selbst viele breite Mulden, Kogel und Hügel in den Seitentälern, mit den größten Wäldern und auch den größten Schlägen. Obwohl das Tal zusammenfiel mit dem einstigen Haupt-Jagdgebiet des Kaisers, war es arbeitsmäßig durchaus kein aristokratisches Revier, eher ein besonders gefährliches. Auf der Schattenseite stockte der Wald über den Stollen des Salzbergwerkes. Es war zumeist älterer Fichten- und Tannenwald.

Die Sonnenseite aber war bis hoch hinauf ins Gebirge von drei, vier Meter hohen Felsbändern durchzogen, durch welche die Arbeit stark behindert wurde. Wenn auf der Sonnenseite ein Forstarbeiter nur zwei Tage lang arbeiten konnte, ohne daß die Axt schartig wurde, dann mußte er ein wahrer Künstler seines Faches sein. Ein »Rettenbacher« zu sein, galt wegen der Schwierigkeit der Arbeit jedoch auch als Auszeichnung.

Der Sommer 1939 war heiß und schwül. Wenn Damasus nach seiner Geimelarbeit in den Holzschlag hinaufging, zeigten sich die Ausläufer des Toten Gebirges schon vormittags in karigen Dunst gehüllt und später heizte die Sonne die Felsen in den Bändern des Wirtsgrabens auf.

In diesem Sommer wurden zum erstenmal zwei Jahrgänge von Mädchen zum Arbeitsdienst »gemustert«. Sie kränzten sich auf wie die Burschen. Sie zogen als großes Rudel durch die Wirtshäuser und tranken kräftig Bier und Wein. Mit fröhlichem Übermut schwadronierten sie, wie schwer es gewesen sei, bei dem Gesundheitstest in ein kleines Glas zu brunzen.

Damasus verband sich mit einem solchen »Rekruten« und beide brannten lichterloh. Sie schliefen recht wenig in diesem Sommer, als hätten sie keine Zeit.

Dann wurde plötzlich bekannt, daß Deutschland und die Sowjetunion einen Nichtangriffspakt geschlossen haben. Es gab einige Verwirrung. Ein Genosse, der später einmal Bürgermeister von Goisern sein würde, zwinkerte Damasus bei einer flüchtigen Begegnung zu und flüsterte: ein Nichtangriffspakt ist kein Beistandspakt, merk dir das! Alles nur Taktik!

Auf dem Weg zur Quelle, an der er das Wasser für die Holzstube holen mußte, wuchs wilder Majoran. Seine Blüte war schon etwas verfärbt, obwohl noch kein Reif gefallen war. Er nahm sich vor, einen Buschen mitzunehmen als Köder für den Gimpelfang im Herbst. Aber der Herbst war noch weit.

Der Blick ins Oberland hinaus war heute besonders klar, man konnte deutlich das Gasthaus zur Wacht erkennen, bei dem die Landesgrenze zwischen Oberösterreich und Salzburg verlief. Während Oberösterreich schon seit einem Jahr Oberdonau hieß, hatte Salzburg seinen alten Namen behalten können.

Über dem Schafberg zogen sich einige Windfedern hin, die über den Attersee hinreichen mochten. Auf der Zimnitz konnte man den Reitweg sehen, der für Kaiser Franz Josef angelegt worden war und der in den unteren Partien langsam zu verwachsen begann.

Auf den meisten Wiesen war der zweite Schnitt schon vorbei, sie lagen da wie kahlgeschoren. So deutlich war alles zu sehen, daß er vermeinte, den Geruch des Grummets wahrzunehmen.

In der Gschlachtenstube stand heute der typische Freitagsgeruch. Die Wochenkost war zu Ende und es reichte meist nur noch für eine Einbrennsuppe. Dabei hatte jede Einbrenn ihren eigenen Geruch, weil die Fettmischungen, die verwendet wurden, verschieden waren. Das Schweineschmalz war nicht mehr wie früher, mäkelten die Frauen, es war, als ob Unschlitt dazugemischt sei. Margarine war im Vormarsch und wurde bespöttelt. Sie hatte einen fremden brenzeligen Geruch.

»Lebe wohl du teures Schweinschmalz,
Sei gegrüßt mein Kunerol«

wurde gesungen, als Parodie auf ein bekanntes Tiroler Lied.

Einer, der keinen Freitag auch nur ein Gramm Fett übrig hatte, erklärte stets sarkastisch, am Tage des Abganges (sie sagten zum Wochenende Abgang, weil sie tatsächlich vom Wald nach Hause heruntersteigen mußten) habe er immer einen Gusto auf ein besonders blondes Süpperl. Er wärmte das Mehl in der trockenen Pfanne nur etwas an und rührte es ins heiße Wasser ein.

Damasus putzte an diesem Tag den Glaszylinder der Petroleumlampe ganz besonders sorgfältig. Er hauchte hinein und preßte dann mit dem Kochlöffelstiel Knäuel von Zeitungspapier durch die Glasröhre, hob den Zylinder gegen das Licht, um zu sehen, ob nicht noch ein Fleck zurückgeblieben war. Er richtete Späne her, damit das Einheizen am Montag, da es oft eilig zuging, schnell vonstatten ginge. Er schüttete, bevor er die Stube verließ, den Kehrricht in die hohen Brennessel, die vor der Gschlachtenstube standen mit dicken Stengeln und in »schlagbarer« Höhe.

Sein Arbeitskamerad hatte schon eine große Fichte, die sie am Vortag noch gefällt hatten, ausgeastet. Sie zersägten den Stamm in mehrere Stücke und begannen zu schälen. Dabei stellten sie fest, daß förmlich über Nacht der Saft des Baumes nachgelassen hatte. Von heute an würde die Arbeit des Entrindens mühsamer werden. Allerdings hatte dies auch sein Gutes, denn dann würden sie keine Rinde mehr separat lagern müssen. Nach vielen Jahren mußten sie nämlich - die Alten sagten, dies sei seit dem Krieg nicht mehr üblich gewesen - die Fichtenrinde in Platten von den Stämmen lösen und sie zusammenrollen, weil sie zum Gerben benötigt werde. Diese Arbeit war nicht beliebt, weil sie vom Akkord zehrte und der Zuschlag für die Rindenproduktion nicht die Arbeitserschwernis beim Holz aufwog.

An der Waldgrenze oben wehte in diesem Sommer schon der erste Föhn, der sonst im Frühling oder im späten Herbst kam. Er öffnete die Fichtenzapfen und lockte Schwärme von Kreuzschnäbeln an, die man sonst um diese Jahreszeit kaum hörte. Der Himmel zeigte eine Bläue wie bei einem verfrühten Altweibersommer.

Am Freitag hielten sie keine Mittagspause mehr, nur eine kleine Rast. Damasus schaute zum Sandling, zum Ausseer Salzberg hinüber, an dessen Südhang die Schleich- und Abkürzungswege hinüber- und hinausführten ins bewohnte Land.

Die Sonne stand noch hoch, als der Vorarbeiter mit drei Axtschlägen auf den Ast eines hohl aufliegenden Stammes verkündete, daß Feierabend sei.

Sie gingen zur Gschlachtenstube hinüber, packten rasch die Rucksäcke zusammen und gingen zügig über den alten Riesweg ins Tal hinunter. Bei den ersten Häusern, froh darüber, daß sie wieder unter Menschen waren, erfuhren sie, daß der Krieg ausgebrochen sei.

In der Gschlachtenstube kam es am Montag, am vierten Tag des Krieges zu einem dramatischen Vorfall. Alle waren niedergeschlagen, keiner zeigte Begeisterung, auch wenn er über die »Pollaken« geschimpft hatte. Ein Holzknecht namens Franz Lahnsteiner nahm das Bild Hitlers von der Wand (das sogar in den Holzstuben aufgehängt war), hob es hoch empor und warf es auf den Tisch, daß die Verglasung in Trümmer ging. Er schrie durchdringend: »Ins Feuer mit diesem Hund, der uns in den Krieg hineinjagt, ins Feuer mit ihm!«

Einige Arbeitskameraden warfen sich auf den Tobenden und versuchten ihn zu beruhigen: »Franz, sei ruhig, stürz dich nicht ins Unglück!« Lahnsteiner taumelte auf seine Kosttruhe zu und begann zu schluchzen in heftigen Stößen. Um ihn bildete sich ein Kreis, der verhindern wollte, daß offenbar werde, wie hier ein Holzknecht, Jahrgang 1901, beim Ausbruch des zweiten Weltkrieges, ganz verstört durch dieses Unglück, tränenüberströmt zusammengebrochen war.

Als eine halbe Stunde später der Förster Bolanschütz in die Holzstube trat, fand er eine stille und nachdenkliche Mannschaft vor, weshalb er sie mit der Bemerkung ermuntern wollte, daß man mit diesen dreckigen Pollaken bald fertig sein werde.

Lahnsteiner ist unmittelbar nach diesem Ausbruch nichts geschehen. Möglicherweise wollte die Forstbehörde über diesen peinlichen Vorfall bei Kriegsbeginn nicht gerne nach »oben« berichten. Es stellte sich aber später heraus, daß die Gestapo doch von dem Vorfall erfahren hatte, aber nicht zugriff, offenbar, um nicht Gewährsleute preiszugeben.

9

Bald nach Kriegsausbruch wurde Damasus zu einer Besprechung eingeladen, die beim Jagdstandbild Kaiser Franz Josephs am linken Traunufer stattfinden würde. Sie kamen ihrer drei zusammen: der Forstarbeiter Damasus, ein Wagnerlehrling und ein Schuhmachermeister. Der Schuhmachermeister erklärte den jungen Leuten, es komme nun die Zeit, in der man wieder organisiert sein müsse, um vorbereitet zu sein. Beide Jugendliche übernahmen die Aufgabe, Gleichgesinnte um sich zu sammeln.

Als der Wagnerlehrling schon gegangen war, sagte der Schuhmacher zu Damasus, er müsse vorsichtig sein, denn ihn kennen sie schon von 1936 her.

Sie trafen sich in bestimmten Abständen und immer beim Kaiser-Jagdstandbild in Bad Ischl.

Nach dem Ende des Polenkrieges kamen die Südtiroler ins Land. Damasus wurde einer als Arbeitskamerad zugeteilt. Er lernte von ihm italienisch fluchen, denn der Südtiroler Kollege hatte in der italienischen Armee gedient. Er nannte die Umsiedlung unverblümt eine Vertreibung und zwar eine durch Hitler, denn der hatte Mussolini Südtirol erst endgültig abgetreten und zwar für immerwährende Zeiten.

»Und jetzt sollen wir im Warthegau angesiedelt werden«, sagte er, »aus den Dolomiten in den Warthegau, was die sich einbilden«.

Der Krieg begann allmählich seine Schrauben anzuziehen. Die Lebensmittelkarten waren sofort da, ebenso die Verdunkelung und die Tabakkarte. Die Alten zogen stets Vergleiche mit dem ersten Weltkrieg. Sie kündigten an, daß es bald nur mehr wenig Tabak geben würde, keinen Wein, keinen Schnaps und nur noch dünnes Bier. Ja sagten sie, wir kennen das schon, das Zeitalter der Siege, in dem man Buchenlaub raucht.

Die deutsche Durchdringung der Forstwirtschaft nahm zu. Expertenkommissionen durchstreiften die Reviere und den Holzknechten wurde gezeigt, wie man beim Fällen Holz sparen kann. Die Strünke waren ja skandalös hoch, da haben sich die guten Ostmärker wohl nicht recht bücken wollen, nicht wahr?

Die Holzknechte schwiegen verdrossen. Als aber dann der Förster kam, setzten sie ihm zu. Ob denn auch er solche Redensarten fresse? Er wird doch wissen, daß auf Steilhängen der beste Lawinenschutz ein hoher Baumstrunk ist. Wenn man den Baum an der Wurzel abschneidet und womöglich den Strunk noch ausgräbt, wie die draußen im »Reich« es tun, dann kann der Schnee herrlich gleiten und das Erdreich bei Regen dazu.

Der Förster war jedesmal verlegen bei solchen Attacken, aber er konnte und wollte sich nicht gegen die deutsche Obrigkeit stellen und meinte, hochaufgerichtet wie die Grafen müßten sie sich ja wirklich nicht an den Baum stellen, den sie fällen mußten.

Man sah da und dort polnische Kriegsgefangene mit sonderbaren Mützen. Aber in dem engeren Bekanntenkreis hatte es noch keine nennenswerten Verluste gegeben. Das wurde anders, als Dänemark und Norwegen eingenommen wurde. Bei den Gebirgsjägern, die in Norwegen eingesetzt wurden, befanden sich auch zahlreiche Arbeitskameraden. Und bei den Kämpfen um Narvik gab es die ersten größeren Verluste.

Von der Nachbarpartie war einer gefallen, der die älteren Kollegen, die halbwüchsige Töchter hatten, stets mit lockeren Reden ärgerte. Ob denn die Herren Väter wirklich glaubten, ihre Töchter beichteten zuhause, wenn sie einem Burschen das Hosentürl aufmachten?

Die Alten machten grimmige Gesichter und lächelten bös zu der Hänselei. Und jetzt war der frivole Spötter tot, untergegangen im nördlichen Meer.

Im Winter auf 1940 waren sie mit dem Abseilen des Holzes beschäftigt, das sie im Sommer geschlägert hatten. Die über hölzerne Stützen laufende Seilbahn war in diesem Winter zum letztenmal in Betrieb. Die Stützen waren schon angemorscht und zitterten, wenn eine schwere Last über sie hinglitt und nach Passieren der Stützen einen kleinen Satz machte. Aber solange es kalt und die Balken der Stützen beinhart gefroren waren, werde nichts passieren, hieß es.

Mit Flaschenzügen holten sie die schweren Lasten von den Gehängen herunter und lagerten das Holz auf großen Rampen, von denen es mit Pferdefuhrwerken laufend abtransportiert wurde. Das Tempo der Arbeit gaben die Pferdefuhrwerker an, denn sie wollten sich nicht der Gefahr aussetzen, daß stärkere Schneefälle den Transport unmöglich machen könnten.

Sie waren in einer alten Stube an der Rettenbachstraße einquartiert und nahezu jede Nacht spielte sich im schütteren Wald dasselbe Drama ab: Der Schnee war an der Oberfläche harschig geworden, sodaß er die Rehe nicht tragen konnte und die Tiere bis auf den Bauch einsanken. Der scharfe Schnee wetzte ihnen noch dazu die Läufe auf, sodaß sie auch dadurch behindert waren. Trug der Schnee nicht mehr das Reh, so trug er jedenfalls den Fuchs. Nacht für Nacht riß er ein, manchmal sogar zwei Rehe. Das Wild stieß, wenn der Fuchs es angesprungen hatte, grelle Schreie aus, die durch Mark und Bein gingen.

Am Morgen fanden sie dann die Überreste. Der Fuchs hatte nur den Kopf sowie Lunge, Herz und Leber davongeschleppt. Das »gewöhnliche« Fleisch ließ er liegen. Sie trugen die Fetzen in die Stube und beizten sie ein mit Kräutern und Zwiebel. Aber das Gulasch, das sie dann dünsteten, schmeckte wässerig, weil die Rehe völlig ausgehungert waren. Als sie schließlich alle auch noch Durchfall bekamen, ließen sie die Fetzen im Schnee liegen, die dann von anderen Wildtieren weggetragen wurden.

Im späteren Winter wurde der Jahrgang von Damasus zur Musterung aufgerufen, zur »Assentierung« wie die Alten diesen Vorgang nannten. Die Musterung fand im Gasthof »Bayrischer Hof« statt. Sie tranken, bevor sie den Saal betraten, in dem die Untersuchungen durchgeführt wurden, noch schnell ein Krügel Bier, damit sie leichter urinieren könnten, denn davor hatten sie Angst, daß sie es in der Aufregung nicht fertigbringen würden.

Es ging alles schnell und kein einziger des ganzen Jahrganges wurde für untauglich befunden. Nach der Musterung gab es ein kleines Gulasch ohne Marken und man munkelte, daß die Hälfte davon Pferdefleisch sei. Nun ging es darum, die Hüte zu bekränzen wie seit altersher, wenn ein junger Mensch »behalten« wurde. Flitter und Sterne standen massenhaft zur Verfügung. Dabei machte Damasus eine merkwürdige Entdeckung. Er war lediglich unschlüssig gewesen, ob er sich auch bekränzen sollte wie ein Ochs, aber von einer Hetz muß man sich nicht unbedingt ausschließen. Da bestürmten ihn aber schon die anderen, doch auch einen Buschen zu kaufen, er brauche sich ja dabei nichts zu denken und eine Zustimmung bedeute das auch nicht, er solle lediglich jetzt »nicht fad« sein. Er lachte, aber zugleich bedrückte es ihn, daß die anderen ihn durchschauten, obwohl ihm seine Abneigung wie er meinte, nicht auf die Stirne geschrieben sein konnte.

Auch er kaufte einen Buschen und dann gingen sie alle gemeinsam zum Photographen, der auf dem Schild noch immer »Hofphotograph« hieß, zur Aufnahme.

Damasus ist auf dem Bild in einer der ersten Reihen zu erkennen. Den bekränzten Hut hat er in die Stirne gezogen, etwas fallottenmäßig. Aber die Keckheit dieser Aufmachung steht in einem merkwürdigen Widerspruch zu seinem Gesichtsausdruck, der so ist, als hätte man ihn zu einer Fröhlichkeit gezwungen. Den Hut bewahrt er zur Verwunderung der Familie heute noch auf. Er ist inzwischen arg verbeult und abgewetzt. Aber er trennt sich nicht von ihm.

Die Arbeit bei den Reichsforsten galt als Tätigkeit in der Land- und Forstwirtschaft und Damasus brauchte deshalb nicht zum Arbeitsdienst einzurücken. Aber sonst wurden die Passen dünner und dünner. Nicht nur die aktiven Jahrgänge wurden eingezogen, auch die Vierzigjährigen kamen dran. Damasus mußte jede Woche einer solchen Familie die Löhnung beziehungsweise die Beihilfe überbringen. Die Frau des Soldaten, der ein Jahrgang 1898 war, pfiff ihn jedesmal an: Na Bürscherl, gefällts dir in der Freiheit und im schönen grünen Wald und bei den Sennerinnen auf der Alm? Der meine sitzt in Schlesien, wo er überhaupt nichts zu suchen hat. Die jungen Herren aber spreizen sich zuhaus, die Alten werden eingezogen, ist das eine Gerechtigkeit!

Dann ging es nach Frankreich hinein. In wenigen Wochen war alles vorbei und im Radio - die Apparate waren indessen zahlreicher geworden - hörten die katholischen Österreicher zum erstenmal das »Niederländische Dankgebet«.

In dieser Zeit bekamen Damasus und sein Vater nach langem Herumdrehen an dem kleinen Radio-Apparat zum erstenmal den Sender London zu hören.

In einem Kommentar wurde erklärt, nun schritten Hitler und Rosenberg über die Champs Elysées.

»Es ist zum Kotzen, es ist zum Kotzen«, hieß es dazu und der Sprecher hatte eine heisere Stimme.

Wer sollte damit angesprochen werden? Die gegen den Krieg und bestürzt über die Niederlage Frankreichs waren, für die war dies alles höchst unheilvoll. Zum »Kotzen« war es nicht, dazu war es viel zu tragisch.

Die anderen aber, die das Niederländische Dankgebet sangen, erreichte ein solches Wort noch weit weniger. Sollten sie es trotzdem vernehmen, dann werden sie sich denken, schau, schau, wie sich die Emigranten über unsere Siege ärgern!

Bei den Zusammenkünften vor dem Kaiser-Jagdstandbild sprachen sie von der Revolution, die kommen müsse, nachdem der Krieg nun immer mehr um sich griff. Aber sie wußten mit dem, was sie früher im politischen Unterricht hinter den Weidengebüschen der Traun gelernt hatten, nichts rechtes anzufangen. Auch die Zimmerwalder, von denen sie natürlich gehört hatten, gaben keine richtigen Anhaltspunkte. Wie lebendig aber die Vorstellung von revolutionären Entwicklungen in ihnen waren, zeigte sich darin, daß einer der Jugendlichen gerade um diese Zeit, auf dem Höhepunkt der Hitlersiege ein aufrührerisches Flugblatt verfaßte, in dem die Soldaten aufgefordert wurden, die »Gewehre zu drehen«.

Die Menschen standen im Siegestaumel. Frankreich lag am Boden, England war schwer angeschlagen.

Andere Verbindungen, die Damasus pflegte, waren nüchterner und weniger pathetisch. Dort ging es um Überlegungen, wie man Geld und Lebensmittel für eingekerkerte Genossen und deren Familien aufbringen konnte. Das war sozusagen die praktische Tätigkeit und das schuf allmählich ein Netz von Menschen, die gegen den Krieg arbeiteten und einen Kern, der den Widerstand vorwärts trieb.

Erst viel später erfuhr er, daß es etwa dreißig, vierzig Leute waren, die durch ein loses Netz, aber auf Leben und Tod miteinander verbunden waren, jedes einzelne Mitglied eine Vertrauensperson mit eigenen Verbindungen. Er diente der Bewegung als Kurier, ohne es immer zu wissen, denn wo er anlief, überbrachte er meist nur kleine nebensächliche Botschaften, wie etwa, daß die Äpfel reif seien und daß das Brennholz aufzustellen sei. Er ahnte natürlich, daß es sich bei diesen Botschaften um Verschlüsselungen handelte, aber er wußte nicht, was sich dahinter verbarg.

Sein Verbindungsmann schärfte ihm stets ein: was immer auch kommen mag, das Netz nicht abreissen lassen. Es kommt die Zeit, da wir gemeinsam auftreten müssen.

Ein Arbeitskamerad besorgte ihm eine Pistole, einen belgischen Browning »für alle Fälle«. Er war stolz auf das Vertrauen, das er sich schon errungen hatte, aber oft drückten auch Sorge und Angst ihn nieder, weil die Zeiten immer rauher wurden und der Krieg sich immer weiter ausbreitete. Manchmal schauderte er vor der gewaltigen Übermacht, die sie vor sich hatten.

Die Pistole hatte er so gut versteckt, daß sie all die Jahre bis zu seiner Heimkehr nicht gefunden wurde und unversehrt war, wie an dem Tag, an dem er sie empfangen hatte.

DER SOZIALDEMOKRAT: Abwarten, nicht mittun, abwarten. Die Großen haben alles begonnen, nur die Großen konnten es beenden. Dagegensein ja. Aber im Inneren. Was soll denn ein einzelner gegen eine siegreiche Militärmacht? San ma ehrlich!

DER KOMMUNIST: Es beginnt immer mit ein paar Leut'. In der Welt waren wir nicht allein. Wir haben nicht viel verändert, aber wir haben uns dagegengestemmt. Auf uns hat man sich später berufen können, nicht auf die Abwarter.

DER TROTZKIST: Alles wäre weit klarer, weit folgerichtiger und viel wirksamer gewesen, wenn nicht euer Herr einen Pakt mit dem Teufel geschlossen hätte.

DER ZEUGE JEHOVAS: Jehova verbietet jegliches Waffentragen, so oder so.

DER WERBE-KEILER: Bildet euch nichts ein, am besten sind die gefahren, die sich loyal verhalten haben. Nicht fanatisch, aber loyal.

DER ALTNAZI: Was für Gewäsch: Loyal sein wie ein fauler Beamter. Im Entscheidungskampf gibt es nur eines: mitstürmen!

10

Damasus und sein Arbeitskamerad schnitten von den schönsten Fichten jeweils einige Halbmeterstücke aus, dort wo der Stamm ganz astrein war. Der Förster und auch der Vorarbeiter durften das nicht sehen. Sie spalteten die Stücke in Viertel, trennten den Kern von dem Scheit ab und trugen das Holz zur Stube hinüber. An den Abenden verwandelten sie das noch frische und feuchte Holz in Späne, die dünn wie Seidenpapier waren und zehn Zentimeter breit. Auf einer Seite schnitzten sie mit einem scharfen Messer kleine zierliche Zähne. Wer weiß, wann es solche Späne noch einmal geben wird, sagten sie, denn die Fichten im Wirtsgraben waren 120 und 150 Jahre alt, vollkommen frisch und man würde sie im ganzen Revier nicht mehr in dieser Pracht finden.

Damasus trug die Späne, in Bündel gepackt auf die Mitteralm zu den Sennerinnen hinauf. Zuerst versorgte er alle mit seiner Ware, zuerst die Älteren, die nicht mehr mit einem Verehrer rechnen konnten, denn die schönen Späne waren symbolisch wie Blumen.

Dann brachte er die Paradestücke einer einzigen. Er wußte, daß sie die Späne nicht verbrennen, sondern die schönsten Bündel aufheben wird als Schmuck über der Feuerstatt. Dort werden sie liegen bleiben viele Jahre und schon vom Rauch gebräunt, werden sie noch von einem jungen Holzknecht berichten, der nach schwerer Arbeit Bündel von Spänen heraufgetragen hat auf die Alm. Die Späne werden aber auch von der Sennerin berichten, die diese Späne nicht zum Feuermachen benutzt, sondern sie wie ein kostbares Andenken aufgehoben hat.

Eines Abends, als es zu regnen anfing, sagte die Sennerin, er solle bleiben. Wer weiß, wie lange du noch da bist, sagte sie und streichelte mütterlich sein Haar.

Sie lagen in einem Truhenbett und lachten, weil das Bett recht schmal war. Als am frühen Morgen das Bett gemacht und der Deckel der Truhe auf der Schlafkiste lag, sah die Bettstatt aus wie ein riesiger Sarg.

Einmal, gegen den Herbst zu, machten sie eine Wanderung auf die Blaa-Alm hinüber. Sie benützten einen schon halb verwachsenen Pirschweg über dem Rettenbachtal. Der Bach lärmte tief unten in einer engen Schlucht und es klang hohl herauf wie aus einem Kessel.

Im Wirtshaus auf der Blaa-Alm ging es hoch her. Es waren Urlauber da, Sennerinnen von den Niederalmen, Holzknechte aus mehreren Revieren und einige Bergbauern, die gekommen waren, die Zäune um die Almhütten zu flicken.

Wegen des Krieges waren sonst überall öffentliche Tanzveranstaltungen untersagt. Aber hier, weit entfernt von den Siedlungen mit den schnüffelnden Blockwarten brauchte man sich darum nicht zu kümmern. Eine Ziehharmonika spielte auf und die Wirtin verfügte offenbar über gehortete Rumvorräte, denn sie tranken starken Tee wie in längst vergangenen Tagen.

Am fröhlichsten waren die Urlauber, die allesamt in Zivil waren und aus Frankreich, Polen, Dänemark und Norwegen kamen. Aber ihre Fröhlichkeit war hektisch und schrill

»Kauft's ma o mein schens Dirndl,
weil i eirucka muaß.«

In Friedenszeiten tausendmal gesungen, hatte jetzt das Gstanzl einen Bodensatz wie eine Leichenrede.

Lange nach Mitternacht brachen sie auf und stolperten die grobgeschotterte Straße zur Rettenbachalm zurück. Einmal führte die Straße durch einen engen Tunnel, der hier für die Sole-Leitung von Altaussee nach Ebensee in die Solvaywerke wegen der Lawinengefahr errichtet worden war.

Es war stockfinster und sie tasteten sich an den feuchten Felswänden vorwärts. »Wie in einer Kaverne«, rief ein Alter aus, denn er erinnerte sich an die Dolomitenfront im ersten Weltkrieg.

Der Winter 1940/41 war ungemein schneereich. Im Rettenbachtal lagerten große Haufen von Holz, das dringend benötigt wurde. Aber es konnte nicht geliefert werden, weil kein Gefährt herankam. Es blieb nichts anderes übrig, als die Straße freizuschaufeln, kilometerweit. Das ging nur langsam vor sich, weil in der Nacht meist ein scharfer Wind wehte, der den Graben, den sie am Tag ausgeschaufelt hatten, wieder zuwehte.

Als Damasus an einem dieser Tage in der Rettenbachstube den Schuh auszog, sah er, daß die große Zehe gefroren war, dunkel, fast schwarz glänzend. Er schmierte sich eine Salbe auf die Erfrierung, aber am nächsten Tag wurde es noch schlechter. Als er schließlich das Rettenbachtal hinaus und zum Arzt humpelte, war die Zehe bereits aufgebrochen und es dauerte einige Wochen, bis sie sich einigemale geschält hatte. Seither spürt er die Erfrierung jeden Frühling, wenn es warm wird.

Der Revierförster, dem Damasus mit einer zusammengewürfelten Partie jetzt unterstand, war ein »Illegaler«, aber er war früher selbst Holzknecht gewesen, war dann Adjunkt geworden und konnte schließlich eine abgekürzte Försterschule besuchen, wobei ihm natürlich »politisch« geholfen wurde.

Damasus wußte, daß er nun bald einrücken mußte, denn die Freistellung galt nur für die Zeit des Arbeitsdienstes.

Jetzt setzte er zum erstenmal ein Gesuch für sich selber auf.

Er bemühte sich, schön zu schreiben wie in der Schule, aber er war nervös und mußte das Gesuch mehreremale zu Papier bringen. Er kam sich vor, als wolle er plötzlich mitnaschen an den Möglichkeiten des Regimes.

»Sei nicht so dumm«, ermunterte ihn ein Arbeitskollege, von dem er gelegentlich einen Betrag für die Rote Hilfe kassierte, »es ist schade um jeden Tag«.

Damasus schrieb in seinem Gesuch an die »Hohe Forstbehörde«, er bitte um die Möglichkeit, in eine Försterschule aufgenommen zu werden. Er habe eine halbe Zimmermannslehre hinter sich und außerdem sei er seit seinem 15. Lebensjahr im Wald tätig, sodaß er bereits eine beträchtliche praktische Erfahrung aufweisen könne.

Er bekam ein Schreiben des Inhaltes zurück, daß sein Gesuch hierorts eingegangen sei. Dann hörte er nichts mehr davon.

Im Spätwinter 1941 waren sie bei einer Holzbringung am Ahornsberg tätig. Ganz oben, auf der Höhe der Kain-Alm war bei früheren Schlägerungen ein Stück Altbestand stehen geblieben, weil die Ernte dieses Restes nicht wirtschaftlich gewesen wäre. Jetzt unter den Bedingungen der Kriegswirtschaft, war auch dieser Wald wieder »interessant« geworden. Im Herbst hatte die Arbeitspartie, die das Holz geschlägert hatte, die Stämme in einen Graben hinuntergestoßen, wo sie dann eingeschneit wurden.

Der Weg von der Rettenbachalm bis zum Ahornsberg hinüber war lang und beschwerlich. Er führte vor dem Tunnel direkt an der Wand des Nagelsteins entlang, aus der ständig Schnee und Eis herunterkam. Im Frühling blühten in dieser Wand weithin sichtbar die großen Sterne der Primel, die hier Grafenblume genannt wurde. Man mußte sich jetzt ganz eng an die Felswand drücken, um den kleinen Schnee- und Eislawinen zu entkommen.

Die Arbeit war eintönig und schwer. Es blieb nichts anderes übrig, als einen Stamm nach dem anderen aus dem Graben zu reißen. Es lohnte sich nicht, eine Rinne zu bauen.

Der alte Riesweg war längst verfallen, er sollte am unteren Ende noch als Schlittenweg benützt werden. Auch hier war die Holzmenge zu klein, um die Anlage eines richtigen Weges zu rechtfertigen. Dazu kam, daß für den Schlittenzug sogenannte Hochgeher-Schlitten verwendet wurden, bei denen man in den Kufen stand. Auf diese Schlitten konnte soviel Holz geladen werden, wie sonst auf ein Ochsenfuhrwerk, wenn es lange Bäume waren, bis zu vier Festmeter. Aber auf einem flacheren Stück konnte man die Fuhre nicht mehr wegziehen, wenn sie einmal zum Stehen gekommen war. Dadurch wurde die gefährliche Übung begünstigt, auch bei der Schlittenfahrt die Kette des Geschirrs am Schlitten eingehakt zu lassen, damit man sich rechtzeitig in die »Riemen« legen konnte. Schon oft war das Unglück dann passiert, daß ein Holzknecht, wenn er ausspringen wollte, diesen Rettungssprung nicht mehr fertigbrachte, weil er angehängt war und dadurch unter den Fuhre kam.

Das herbstgeschlägerte nasse Holz war schwer wie Blei. Zum erstenmal ging Damasus in diesen Wochen nicht gerne in den Wald. Ende Februar war er so verdrossen, daß er an einem Montag nicht zur Arbeit, sondern ins Wirtshaus ging. Er nahm sich vor, am nächsten Tag zum Arzt zu gehen, weil seine Zehe wieder aufgebrochen war, obwohl der Arzt, so ein junger und scharfer war mit Schmissen im Gesicht, der die Leut' gar nicht gerne krank schrieb.

Der Arzt war bei der SS und als er einberufen wurde, beteiligte er sich an Experimenten an Gefangenen in Konzentrationslagern. Er kam daher nicht wieder ins Dorf zurück, sondern tauchte irgendwo in »Europa« unter.

Als Damasus einige Biere getrunken hatte, wurde er leichtsinnig und lud die Zecher ein, mit ihm seine gebackenen Knödel zu verzehren. Er kochte sie für die ganze Runde in der Küche des Wirtshauses und die Kumpane ließen seine Mutter hochleben, weil die Knödel so gut schmeckten.

Durch einen Boten ließ er sein Mädchen verständigen, daß er nicht zur Arbeit ausgerückt sei. Die Freundin stieß am Nachmittag zu ihm und es wurde ein ausgelassener Abend.

In der Nacht stiegen sie empor zum Quartier des Mädchens, einen Weg von eineinhalb Stunden. Sie legten sich in die eiskalte Kammer und legten schwere Ochsendecken auf die Tuchent, damit sie nicht frören. Weil er am nächsten Tag »verschlief«, nahm er sich vor, den Weg zum Arzt erst später anzutreten. Er blieb im Bett liegen, behandelte die erfrorene Zehe mit einer Arnikasalbe und freute sich auf die Nacht, die er noch in der Mädchenkammer verbringen würde.

Aber sein Quartier war nicht ganz unbekannt geblieben, denn in der Nacht kam der halbwüchsige Sohn eines Arbeitskollegen und teilte ihm mit, er möge sich rasch bei der Forstverwaltung melden, die Einberufung sei da.

Bei der Verwaltung erfuhr er am nächsten Morgen, daß die Einberufung zum Forstschutzkommando nach Polen, ins »Generalgouvernement« erfolge. Er bekam einen Reisevorschuß und den Rat, sich eine genaue Fahrtroute zusammenstellen zu lassen, denn es werde eine komplizierte Fahrt sein, nach Kielce und Litzmannstadt. Nur einen halben Tag hielt er sich noch zuhause auf.

Auf dem Heimweg vom Bahnhof, wo er sich die Umsteigebahnhöfe heraussuchen hatte lassen, hielt ein Wagen vor ihm und zwei Zivilisten fragten nach seinem Namen. Sie nahmen ihn gleich mit und auf dem Gendarmerieposten wurde er einem entfernten Verwandten gegenübergestellt, der vom selben Jahrgang war wie er, denselben Beruf hatte und auch denselben Namen trug. Als sich herausstellte, daß Damasus der »richtige« war, wurde der andere entlassen.

Sie brachten ihn nach Bad Ischl und vor dem Gefängnis des alten Bezirksgerichtes hielten sie an. Es war die Pension Jiritschek. Hier stiegen andere Leute zu. Ein Beamter der Forstverwaltung, die neben dem Gerichtsgebäude lag, erkannte ihn und sein Gesicht war haßerfüllt. Er dachte wohl an den Reisevorschuß, den er am Vortag diesem Verbrecher noch ausgefolgt hatte. Mit einem Lastwagen wurden sie nach Linz ins Polizeigefängnis eingeliefert.

Kürzlich hat er einen Ausflug zum Ahornsberg gemacht, zu seiner letzten Arbeitsstelle bei den »Reichsforsten«. Die Holzstube war abgetragen, auf dem Platz, wo sie gestanden war, wucherten hohe Brennessel.

Unterhalb des Stubenangers war eine Tafel angebracht, die schon recht schwer zu lesen war, weil die Buchstaben rostig geworden waren. Auf der Tafel war verzeichnet, daß hier ein Holzknecht beim Schlittenzug den Tod gefunden hatte. Damasus buchstabierte und las, daß sein Arbeitskamerad am selben Tag hier tödlich verunglückte, an dem er selbst verhaftet worden war.

SALZÖFEN

Franz Kain als PW / Kriegsgefangener in Amerika, 1943 - 1946

Franz Kain als Kriegsgefangener in Amerika, 1943 - 1946

Musterung: Franz Kain, links sitzend vor dem Ofen, 1940

Ausbildung am Heuberg, 1942

Franz Kain als Mitglied des Strafdivision 999, 1943

Küchenbrigade in Fort Kearney, F. Kain in der Mitte, Rhode-Island, 1945

1

Damasus kam zum erstenmal nach Linz. Aber er sah davon nichts. Der Lastwagen, der mit einer Plane wie bei einem Schwertransport abgedeckt war, fuhr im Rückwärtsgang in einen Hof, der von hohen Betonmauern begrenzt war.

Unter den Mitgefangenen im Lastwagen hatte er nur den Wagnerlehrling und den Schuhmacher gekannt.

In der Kanzlei waren noch österreichische Beamte tätig. Aber aus einem anderen Zimmer war deutlich eine Stimme mit norddeutschem Akzent zu hören, die scharf und gereizt klang.

Damasus wurde in eine Zelle gesteckt, in der sich schon fünf Häftlinge befanden: ein Pfarrer, ein Bauer, zwei »Spaniaken« und ein Ingenieur aus Schlesien.

»In deinem Lager ist Österreich«, sagte der Pfarrer, den Spruch aus dem Huldigungsgedicht Grillparzers für Feldmarschall Radetzky spöttisch zitierend. Er selbst und der Mühlviertler Bauer seien die »Heimtückler«, der Mann aus Schlesien (das ja von rechtswegen ohnehin zu Österreich gehört, nicht wahr?) ist der »Landesverräter«, die Männer aus Steyr seien die klassischen »Hochverräter«. Und er, der junge Mann aus dem Gebirge, der daherkäme in einem Anzug wie weiland Erzherzog Johann, wie sei denn er einzustufen in dieser Festung an der Mozartstraße?

»KJV«, sagte Damasus.

Sie waren also eine rein politische Zelle.

Die ersten zwei Tage war Damasus wie erschlagen und in einem Trance-Zustand. Das änderte sich sofort, nachdem er von der Gestapo zu einigen Verhören geholt wurde. Die Gestapo hatte ihr Quartier im ehemaligen Kolping-Haus aufgeschlagen, das die Einheimischen Gesellen-Vereinshaus nannten.

Das Kolpinghaus war vom Polizeigefängnis etwa 500 Meter entfernt und der Weg dorthin wurde zu Fuß zurückgelegt. Der Zivilist legte ihm eine kleine Kette um das Handgelenk, bevor er mit ihm auf die Mozartstraße hinaustrat.

»Ja, ja, anders gehts nicht, deppert genug seid ihr ja«, sagte er.

So gingen sie nebeneinander her. Die Kette war so im Mantelärmel des Beamten verborgen, daß die Straßenpassanten auf den ersten Blick nicht erkannten, daß hier ein Häftling abgeführt wurde.

Eine Frau mit einer Einkaufstasche erkannte jedoch die Situation. Sie blieb erschrocken stehen, dann verzog sich ihr Gesicht zu einer Miene, in der sich Furcht, Haß und Verachtung mischten.

Damasus hat sich diesen Blick gemerkt und später oft gesagt, die Stadt Linz habe ihn in Gestalt eines bösen Weibes begrüßt.

Im Kolpinghaus wurde er einem anderen Beamten übergeben, der den »Fall« zu bearbeiten hatte. Damasus versuchte zuerst die Legende zu benützen, die sie sich »für alle Fälle« zurechtgelegt hatten. Sie seien beim Kaiserdenkmal zusammen gekommen, um Erfahrungen über das Ski- und Radfahren auszutauschen.

Da schlug ihm der Beamte ins Gesicht, ohne jede Vorwarnung und auch ohne die geringste Gemütsbewegung zu zeigen. Diesen Scheiß solle er nur rasch vergessen, sagte er und lächelte ein wenig, als er zusätzlich mitteilte, daß der Kamerad, der ihn hergebracht hatte, ein guter Boxer sei.

Damasus blutete aus der Nase. Er konnte sich bei einer Waschmuschel oberflächlich säubern, aber sein Gesicht war verschwollen. In diesem Zustand wurden einige Fotos gemacht. Seine Mutter hat auch später noch ganz entsetzt erklärt, daß sie ihn auf den ersten Blick gar nicht erkannt habe, als man ihr die Bilder vorgelegt hat.

Aus den Fragen der verhörenden Beamten erkannte Damasus, daß die Gestapo schon einiges wußte. Er gab das eine oder andere Detail zu, nicht viel, aber immerhin, daß sie darüber gesprochen hatten, den kommunistischen Jugendverband wieder aufzubauen.

»Das genügt für die nächsten Jahre«, sagte der Gestapo-Beamte, »und dann kommst du ja wieder in unser Haus«.

Das Haus in der Mozartstraße war ein modernes Haus, aber es hatte eben deswegen auch seine besonderen Tücken. In den Zellen lagen schöne Parkettböden, die von Wachs glänzten. Das aber hatte zur Folge, daß jeder Tropfen Wasser, der verschüttet wurde, einen Fleck hinterließ, der sich nur mit größter Mühe wieder entfernen ließ. Man mußte mit einem groben Tuch solange reiben, bis sich das Bodenwachs erwärmte. Frisches Wachs stand nicht mehr zur Verfügung.

Die Zelle hatte auch eine Pritsche, eine Art Podium, auf dem man tagsüber sitzen konnte. In einer Ecke mußten die dünnen Matten aufgestapelt werden, die mit Seegras gefüllt waren. Das Liegen auf dieser Holzpritsche, die durch die dünne Matte kaum abgefedert wurde, war hart, schon nach wenigen Tagen hatte man an Hüften und Schultern blaue Flecke. Mit Wehmut sprachen sie von den guten alten »ärarischen« Strohsäcken in den Gefängnissen Alt-Österreichs.

Der Polizeidirektor war ein österreichischer »Illegaler«, den man jedoch nur selten zu Gesicht bekam. Der Kommandant des Gefängnisses aber war ein deutscher Polizeioffizier, dessen belfernde Stimme im ganzen Haus zu hören war. Er machte sich einen Spaß daraus, die Zellen zu inspizieren. Dabei ging er zum Waschbecken, wie um zu sehen, ob es auch sauber genug sei. Er drehte den Hahn auf und schüttelte sich dann die Hände über dem glänzenden Parkettboden ab, der dadurch natürlich viele Flecken bekam. Stundenlang mußten sie arbeiten, um den Boden wieder glatt und glänzend zu machen.

In der ersten Woche seiner Haft hatte Damasus von zuhause ein Paket bekommen. Warme Unterwäsche, einen Strutzen Brot, eine große Braunschweiger-Wurst und einen kleinen Kuchen. Er wurde zum Kommandanten gerufen, der auf seinem Schreibtisch die Herrlichkeit aufgebaut hatte.

»Deine Alten sind wohl wahnsinnig geworden, was?« schrie der Offizier und hatte ein rotes Gesicht, »verwechseln eine Haftanstalt mit einem Sanatorium, wie? Wäsche werd ich dir noch geben, aber nur dieses eine Mal. Brot, Wurst und Kuchen kommt in die Küche, verstanden?«

Die Beschlagnahme des Eßpakets tat noch nicht sehr weh, weil er im ersten Schock über die Verhaftung ohnehin keinen Hunger hatte, das kannte Damasus schon vom Jahre 1936 her. Im Polizeigefängnis mit seinem deutschen Kommandanten war inzwischen auch die deutsche Gefängnisküche eingeführt. Es gab Steckrüben, die man in Österreich überhaupt nicht kannte und Eintopfgerichte mit Erdäpfeln und sauren Gurken. Verschwunden waren Nudeln und Reis, ganz zu schweigen vom familienhaften Grenadiermarsch.

Die Spaziergänge wurden in einem Betonhof absolviert, in dem der Boden asphaltiert war, so daß man nicht einmal einen Kieselstein sah. Das Gefängnis war »international« geworden. Aus den Lagern für die Fremdarbeiter kam ständiger Zuzug. Linz war auch ein Durchgangsgefängnis auf dem Weg in die Konzentrationslager geworden und zu den Zentren der Volksgerichtshöfe in Wien, München und Berlin.

Beim Spaziergang traf Damasus den alten Instrukteur aus der frühen Jugendzeit, den Jogl wieder. Durch vorsichtiges Zurückbleiben beim Hinaustreten auf den Betonhof gelang es, daß sie zusammenkamen und einige Worte miteinander wechseln konnten. Jogl war ganz mager geworden und seine Stimme war rauh. Er zeigte sich befriedigt und, so schien es, auch stolz darüber, daß er Damasus hier traf. Die Aufklärung in der Jugend sei also doch nicht umsonst gewesen. Es sei besser, einen Schüler im Gefängnis wieder zu sehen als bei der Bewachung in SS-Uniform, sagte er. Jogl hatte schon den Schutzhaftbefehl, sagte aber nichts davon.

Der Pfarrer war in früheren Jahren als Gefängnis-Seelsorger in der Strafanstalt Garsten tätig gewesen. Von dort kannte er einen Häftling, der als junger Bursche in einem Erbschaftsstreit seinen Bruder erschlagen hatte und dafür lebenslänglichen Kerker bekommen hatte. Der Häftling erlernte in der Strafanstalt das Tischlerhandwerk. Die ganzen Jahre sprach er davon, daß er in seiner Heimatgemeinde eine Tischlerwerkstatt errichten werde, wenn er einmal entlassen würde. Die Dorfbewohner hätten ihm seine Tat, für die er nun schon viele Jahre büße, wohl schon verziehen.

Dann tauchte er im Polizeigefängnis Linz auf. Er war blind. Er erzählte dem Pfarrer beim Spaziergang, daß er nach fünfzehn Jahren Kerker hätte entlassen werden sollen. Da aber inzwischen die deutsche Justizordnung galt, kam er zur Gestapo und die entschied, daß er als Gewaltverbrecher in ein Konzentrationslager komme. Da habe er sich mit einem kleinen Stichwerkzeug, das er aus der Tischlerei geschmuggelt habe, beide Augen ausgestochen. Die Welt, so sagte er, die ihm das antue, wolle er nicht mehr sehen.

Er tappte schwerfällig im Hof herum, nachdem er nach einem längeren Aufenthalt im Inquisitenspital hierher gekommen war.

Sie sprachen oft von ihm.

Eines Tages fehlte er beim Betonhof-Spaziergang. Er war auf Transport gegangen und sie hörten nichts mehr von ihm.

Bei einem weiteren Verhör im Kolpinghaus sagte der Kommissar vorwurfsvoll und er legte förmlich die Stirne in Falten: »Was bist du doch für ein Trottel. Blond bist du, ein Langschädel bist du und blaue Augen hast du auch. Und doch willst ausgerechnet du ein Bolschewik sein, der sich von den Juden gängeln läßt«.

(Im Jahre 1944 wurde der Kommissar bei der Fahndung nach einem entsprungenen Häftling in Attnang-Puchheim erschossen).

Damasus verließ das Polizeigefängnis nach einigen Wochen. Der Pfarrer tröstete ihn: »Du weißt woran du bist, du bekommst dein Verfahren, aber wir?«

»Nachher, wenn alles vorbei sein wird, werden wir uns wieder treffen«, sagte der eine der Spanienkämpfer. »Halte dich an den germanischen Spruch: Holzauge sei wachsam!«

Bruchstückartig hatten sie indessen erfahren, daß Jugoslawien »gezüchtigt« worden und daß nun der ganze Balkan befreit sei. Aber Zeitung bekamen sie keine.

Der Transport zum Linzer Landesgericht ging in einem Einsatzfahrzeug der Polizeidirektion vor sich, in einer »grünen Minna«, wie die deutschen Beamten sagten. Man hatte sie inzwischen wenigstens so weit auseinandergesiebt, daß sie im »Zeiselwagen«, wie die Österreicher den Wagen nannten, nicht zusammenkamen.

Das Landesgericht hatte ein altes Gefängnis. Es war sowohl für Untersuchungs- als auch für Strafhäftlinge angelegt. Das Haus war eng und stank nach den Fäkalienkübeln.

»Heraus mit euren Scheißkübeln, ihr verstinkt einem ja das ganze schöne Haus«, schrie der Stockkommandant, der »Käs«, am frühen Morgen.

Die Spezialität dieses Hauses war eine Haferschleimsuppe, in der kleine Stückchen Karotten schwammen. Aber die Suppe war dünn und sie verglichen sie mit dem Ritscher verflossener Gefängnistage, der aus einem dicken Gemisch von Gerste und Bohnen bestanden hatte.

Die Zellen waren dunkel und das kleine Fenster war hoch oben. Es gab nichts zu lesen und das Gespräch mit den anderen kam nur zögernd in Gang, weil einer dem anderen mißtraute.

Der Aufenthalt im »Landl« dauerte nur etwa vierzehn Tage, dann wurden die Häftlinge aus dem Salzkammergut nach Wels überstellt, in »ihr« Gefängnis, zu dessen natürlichem Einzugsgebiet sie gehörten. Diese Einteilung galt seit mehr als hundert Jahren. Nur hatte früher das Gericht den bescheideneren Namen Kreisgericht geführt, nach dem Anschluß an Deutschland war es zu einem Landgericht aufgestiegen.

Hier begann das »ordentliche« Gefängnisleben.

Damasus kam in eine Einzelzelle im zweiten Stock. Hinter den Hofmauern lag der Park mit Kastanienbäumen. Die Zelle war dieselbe, in der sich seinerzeit der Wilderer Franz Lichtenegger erhängt hatte.

Äußerlich hatte sich seit dem Jahre 1936 nichts geändert. Der Eingang zum Gericht war breit und schloßartig, der zum Gefängnis unscheinbar wie ein Dienstboteneingang. Dem Gerichtsgebäude angeschlossen waren die Zellen für die Strafverbüßung. Die Strafe, die man hier absitzen konnte, durfte jedoch nicht höher als ein Jahr sein, wie bei den »Hendlstaubern«, wie die Längerdienenden diese Häftlinge herablassend nannten.

Nach zwei Wochen Haft bekam Damasus ein Schreiben der Volksanwaltschaft in Berlin ausgehändigt, in dem mitgeteilt wurde, daß ein Landesgerichtsrat in Wels zum Ermittlungsrichter in seinem Fall ernannt worden sei. Der verfaßte ein Protokoll, das sich im wesentlichen an jenes der Gestapo hielt, das er vor sich liegen hatte. Er wiegte bedenklich den Kopf.

Obwohl es schon fünf Jahre her war, daß Damasus in dem Gefängnis einige Wochen verbracht hatte, kannten ihn die meisten Wachtmeister noch.

»Sonst sind die Wilderer und Raufer immer die Heimkehrer gewesen«, sagte einer von ihnen sarkastisch, »jetzt sind es die politischen Brandstifter«.

Ein anderer, der schon 1936 als Schreier berüchtigt war, stürzte sich beim Aufschließen zum Spaziergang gleich auf ihn.

»Ah da schau her«, schrie er, »das bolschewistische Jungschwein ist auch wieder da! Na warte, diesmal werden wir dir den Arsch aufreißen!«

Damasus ging stundenlang in der Zelle auf und ab. Zuerst war er erleichtert gewesen, daß er nun allein sein konnte. Bald aber spürte er, daß die Einsamkeit um ihn herum wuchs wie eine Mauer. Da in der Nähe eine Kirche war, konstruierte er sich nach den Glockenschlägen eine Sonnenuhr, weil am frühen Nachmittag die Sonne schräg durch die Gitter fiel. Er merkte sich die einzelnen Bretter und in ihnen einzelne Äste, die von dem Lichtstrahl berührt wurden, und konnte bald fast auf die Minute sagen, wann die Glocke zu schlagen beginnen würde.

Auf der Stellage lagen einige Bände der »Bibliothek der Unterhaltung und des Wissens«, aber als er sie aufschlug sah er, daß er die alten Neuigkeiten schon von 1936 her kannte.

Von den Küchengepflogenheiten des Welser Gefängnisses war nur die Einbrennsuppe, aber nur einmal in der Woche geblieben. Zu den alten Wachtmeistern, die sich noch als Beamte fühlten, kamen nun jüngere, die ihren Dienst militärisch verstanden. Ein Einarmiger war dabei, von dem es hieß, er sei bei der Waffen-SS in Norwegen verwundet worden. Er versuchte, den alten Schreier nachzuahmen und bei jeder Gelegenheit loszubrüllen. Beim Spaziergang blickte er wie ein Feldherr auf den Haufen der Häftlinge, den Blick scheinbar starr nach vorwärts gerichtet. Aber man konnte deutlich sehen, daß er die Augen immer wieder schielend verdrehte, damit ihm nichts entgehe.

Alle vier Wochen durfte Damasus Besuch empfangen. In den meisten Fällen war es die Mutter, die jedesmal versuchte, ihm etwas zuzustecken: Zigaretten oder einige Stücke Zucker.

Wenn er zum Sprechzimmer geführt wurde, in dem der Ermittlungsrichter die Besuche abwickelte, kam er an dem Gitter vorbei, hinter dem sich manchmal zwanzig Angehörige seiner »Komplizen« versammelt hatten. Sie grüßten ihn wie eine große Familie mit scheuen Handbewegungen. Am lebhaftesten war der Roßmetzger von Bad Ischl, der allen Freunden seines inhaftierten Sohnes ermunternd zurief: »Wann's aussakemmt's, dann kemmt's zu mir auf an Leberkas!«

Sein Sohn wurde dann wegen »Wehrkraftzersetzung« erschossen.

Inzwischen kamen immer neue Häftlinge, die er kannte, entweder direkt oder vom Hörensagen. Da war der »Fischer« vom Hallstättersee, da war ein Briefträger, von dem er vage gewußt hatte, daß er zu ihnen gehörte, ein Angestellter des Konsumvereins und Arbeiter von der Elektrodenfabrik. Aus Attnang kam ein Eisenbahner, aus Desselbrunn ein Papierarbeiter und aus Gmunden ein Monteur.

In dieser Zeit bekam Damasus einen seltsamen Brief. Die Mutter schrieb, daß sein Legion-Bruder »im Osten« sei und nach Hause geschrieben habe, daß sich dort »große Dinge« vorbereiteten. Diese Nachricht drückte auf ihn wie ein schwerer Stein.

Die Sonntage dauerten im Welser Gefängnis besonders lang. Es gab keine Vorführungen und auch keine Überstellungen an diesem Tag, so daß es im Untersuchungstrakt unheimlich still war. Man hörte nur gelegentlich ein leises Klicken, wenn der Justizbeamte durch das Guckloch in die Zellen schaute. Zu Mittag wurde auch gleich das Abendessen ausgegeben, sodaß von Sonntag Mittag bis Montag früh völlige Ruhe herrschte. Damasus versuchte vergeblich, die Abendration, bestehend aus einem Stück Brot und einem kleinen Stück Käse, wirklich bis zum Abend aufzuheben.

Es war so still im Zellenhaus, daß man draußen jenseits der Mauern im Park Schritte trippeln hörte. Es waren offenbar immer dieselben Schritte und dies deutete darauf hin, daß es sich um das rituelle Stelldichein eines Liebespaares handelte.

Da gerade Sommeranfang war, kam auch die Nacht spät und warme Luft strich zum Fenster herein.

Am Montag nach so einem ganz außergewöhnlich stillen Sonntag gab es schon am frühen Morgen großes Geschrei. Der einarmige Wächter schrie: »Ihr Banditen!«

Als er zur Zelle von Damasus kam, riß er die Öffnung an der Tür auf, durch die das Essen hereingereicht wurde und schrie: »Jetzt werden wir dir's zeigen, du Bolschewistensau, jetzt gehts euch allen an den Kragen!« Er warf demonstrativ einen »Völkischen Beobachter« in die Zelle, der auf der Titelseite in riesigen Lettern verkündete, daß der Krieg mit der Sowjetunion begonnen habe.

An diesem Tage gab es nur einen kurzen Spaziergang.

In der Nacht schlief Damasus nicht eine Minute. Er rief sich alles ins Gedächtnis, was er jemals über Rußland und die Sowjetunion gehört und gelesen hatte. Er dachte an den Bürgerkrieg, von dem im Elternhaus so oft die Rede gewesen war, an den Fünfjahresplan, an enttäuschte Schutzbündler, die zurückgekehrt waren und an den großmächtigen Kosakengeneral Krassnov.

Und er wußte, daß er nun, obwohl eingemauert in eine Zelle des Untersuchungsgefängnisses, an vorderster Front stand, ausgesetzt dem ganzen Haß und dem geballten Vernichtungswillen des Regimes.

Die ersten Tage des neuen Krieges verliefen ohne Nachricht und ohne Glockenläuten. Erst nach einer Woche kamen die ersten Heeresberichte und sie waren Triumphstöße. Der einarmige Wachtmeister warf zu Damasus neuerlich eine Zeitung in die Zelle, offenbar hatte er sich auf den »Gebirgsbauern« eingeschossen. In den Siegesmeldungen über tausende erbeutete Panzer und Geschütze, über hunderttausende Gefangene, tauchten nun zum zweitenmal in diesem Krieg Namen von Städten auf, die schon aus dem ersten Weltkrieg bekannt waren: Lemberg, Brest-Litowsk, Luzk und Kolomea.

Die jüngeren Justizbeamten zeigten deutliche Schadenfreude und nützten jede Gelegenheit zur Demütigung der Gefangenen. Solidarität erfuhren die politischen Häftlinge von den Ausländern, deren Zahl ebenfalls immer größer wurde. Da gab es ein Augenzwinkern, wenn die Wachtmeister von serbischem und polnischem Gesindel, von faulen Pollaken und falschen Sau-Böhmen redeten.

Die politischen Häftlinge versuchten sich beim Spaziergang zu verständigen. Der Monteur Schwager, der in der Schuschnigg-Zeit Instrukteur bei der kommunistischen Jugend gewesen war, nahm es auf sich, die Moral der Truppe zu stärken.

»Es geht weit langsamer, als sie sich vorgestellt haben«, flüsterte er dem Nebenmann zu. »An der alten Grenze bleiben sie hängen, wirst sehen«.

Wenn aber die Keile der angreifenden Wehrmacht sich wieder einmal schnell und weit in das Land im Osten hineinbohrten, griff er zu einer besonderen List: Er habe in einem Kassiber erfahren, daß zwei Regimenter der Deutschen »gemeutert haben«, verkündete er.

Solche Versuche, die Erfolge der Hitler-Wehrmacht im Kampf gegen die Russen zu erklären, gab es überall, wo politische Gegner unter der Wucht der Ereignisse stöhnten. Eines der beliebtesten Argumente war das vom »planmäßigen Rückzug«. Damit konnte von den Rückzugstrategen in den ersten Monaten des Krieges so gut wie alles erklärt werden.

In dieser Zeit der Prüfungen und der immer härter werdenden Gefängnisbedingungen wurde die Beschäftigung mit dem Buch intensiver. Da gab es eine dünne Bücherliste und er bestellte einiges davon. Eines Tages fand er ein kleines Brieflein in einem Band der »Bibliothek der Unterhaltung und des Wissens«. Der Absender, der Bibliothekar der Gefängnisbücherei, beschwor ihn, das Schreiben schnell zu vernichten.

Schon beim zweiten Brief war der Absender gleichsam mit der Tür ins Haus gefallen und hatte »gestanden«, daß er wegen seiner Homosexualität eine dreijährige Strafe abzubüßen hat, die sich nun dem Ende zuneigt. Er müsse wohl mit Schutzhaft rechnen, denn er sei ein »Wiederholungstäter«.

Ursprünglich Mitglied des Benediktinerordens, sei er wegen seiner Veranlagung aus dem Orden ausgestoßen worden. Als Lehrer für Englisch, Französisch und Spanisch an einer weltlichen Schule sei er abermals »aufgefallen« und nocheinmal als Privatlehrer für Fremdsprachen.

Der Bibliothekar ließ ihm Bücher zukommen, die nicht auf der Entlehnliste standen, darunter zahlreiche lyrische Werke, wobei er natürlich auch »Einschlägiges« wie die Zuchthausballade von Oscar Wilde, einiges von Stefan George und August von Platen einschmuggelte. Aber das Wissensgebiet war breit gestreut. Anscheinend bildeten aus irgendeinem Grund »draußen« beschlagnahmte Bücher den Kern dieser merkwürdigen Sammlung. So fanden sich einige Jahrgänge mit Protokollen des deutschen Reichstages aus den Achtzigerjahren des vergangenen Jahrhunderts, in denen auch Reden von August Bebel und Wilhelm Liebknecht zu finden waren. Sogar das Epos von Johannes R. Becher »Der große Plan« war in der Sammlung zu finden.

Was wollt ihr denn da, ihr ewigen Ausmister, mochte sich der jeweils zuständige Beamte gedacht haben, wir lassen doch eh keinen heran von draußen. Und unsere Wilderer, Holzdiebe und Raufbolde sind ohnehin nicht recht lesefreudig.

Damasus hatte auch in der Freiheit schon viel gelesen. Aber erst jetzt begann sich die Literatur wirklich zu öffnen und neue Welten aufzureißen mit grellen Sonnen. Die Literatur nahm ihn auf und trug ihn davon, über die Gefängnismauern hinaus.

In dieser Zeit entstanden seine ersten Gedichte. Er hatte kaum Papier zur Verfügung und vieles bildete sich allein in seinem Kopf. Dabei lehnte er sich zunächst kräftig an Nikolaus Lenau an oder an Paul Verlaine, mit dem ihn sein gelehrter Verehrer in der Bibliothek ebenfalls versorgte. Aber wenn auch seine ersten Versuche holperten, die Beschäftigung damit füllte ihn aus und dadurch gewann er die Kraft, sich wegzudenken von der Misere des Hungers und der Angst. Vom Volksgericht in Berlin, das ahnte er, werde er als direkter Verbündeter und Helfershelfer des schlimmsten aller Reichsfeinde betrachtet und behandelt werden.

Die Wirksamkeit des Wortes lag nicht so sehr darin, daß sie ihn befeuerte, sie lag darin, seine Widerstandskraft zu dehnen und zu strecken, sein Ohr zu schärfen für alle möglichen Zeichen und sein Gemüt zu festigen, wenn es zu flattern begann. Der Wohlklang einiger Worte, die Rundung und Auffächerung eines Gedankens, zum erstenmal entdeckt und weitergesponnen, machten ihn unempfindlich gegen tägliche Plagen aber neugierig auf weitere Möglichkeiten.

Es geschah Beunruhigendes in seiner Umgebung. An einem Sonntag hatte einer der Wachtmeister, der ihn eher wohlwollend behandelte, ihm zu Mittag eine zweite Schale Kraut hereingereicht.

»Der neue Zugang ißt nichts«, bemerkte er dazu. Es war ein Zugang, den noch keiner gesehen hatte, weil er erst in der Nacht zum Sonntag angekommen und in der Zelle neben Damasus einquartiert worden war.

Am Abend entstand vor der Nachbarzelle Getöse.

Dann sperrte der Beamte die Zellentür auf und befahl Damasus: »Komm, hilf mit!«

Zu zweit hatten die Beamten den Häftling herausgezerrt, der blau im Gesicht war. Er hatte sich erhängt. Weil sie ihn nicht am Boden schleifen wollten, zogen sie Damasus heran, der mithelfen mußte, den Toten ins Stock-Wachzimmer zu tragen.

Der Mann mochte etwa vierzig Jahre alt gewesen sein, er war mit einem blauen Anzug bekleidet und hatte beim Selbstmord nicht einmal den Rock ausgezogen. Der Anzug war am Kragen und an den Ärmeln abgestoßen. Der Tote hatte dunkles Haar, das an den Schläfen grau meliert war und die geöffneten Lippen legten eine Reihe gelber Zähne bloß, von denen einer eine Goldhülse trug.

Gerade hartnäckig mit einem Gedicht beschäftigt, war es ihm diesmal gelungen, das Reserve-Kraut wenigstens in den späteren Nachmittag hinüberzuretten. Da hatte er es dann gegessen. Es muß wohl in der Zeit gewesen sein, in der sich sein Nachbar, dem er diese Zusatzkost verdankte, erhängt hatte.

Er hat nie erfahren, wer der Mann da neben ihm gewesen ist. Er wußte nur, wohin er gegangen war an diesem Sonntag Nachmittag.

Bisher hatte Damasus »Zivil« getragen, jetzt ließ er sich, wie die anderen Jugendgenossen »einkleiden«, weil kein Ende der Haft mehr abzusehen war. Graubraune Lodenhose und ein ebensolcher Rock, leinene Unterwäsche, ein Hemd ohne Kragen, das war die »Montur«. Die Stoffe waren grob und dick, sie stammten aus den Friedenszeiten der Monarchie.

Der »russische Winter« griff auch brutal in das Leben in den Gefängnissen ein. Bei der Sammlung von Winterkleidung für das siegreiche, aber frierende Heer wurde den Häftlingen von den zwei Decken eine weggenommen und weil natürlich beim Heizen auch gespart wurde - »Arschwärme werden wir euch machen, das genügt«, schrie der Einarmige - war es in den Zellen eisig kalt.

Der alte Schreier hatte es besonders auf die Polen abgesehen, von denen es im Gefängnis immer eine größere Anzahl gab. Er brüllte so laut, daß man ihn im ganzen Zellenhaus hören konnte.

Die dreckigen Pollaken werde man da noch durchfüttern, schrie er, dieses arbeitsscheue und diebische Gesindel. Wenn der so beschimpfte Häftling auch nur den kleinsten Einwand wagte, schrie der Beamte: »Kusch, kusch!« und dazwischen schlug er mit seinem Knüppel zu, wobei er den Häftling in die Zelle drängte, damit man den Hall der Schreie nicht hören sollte.

Aber man hörte die Gefangenen vor Schmerz laut aufschreien oder wimmern. Einige aber, und das schien die Wut des Schlägers ganz besonders zu reizen, schwiegen zu den Mißhandlungen und gaben keinen Laut von sich. Es dauerte manchmal zehn Minuten, bis er die Zellentür zuschlug und rasselnd abschloß.

Nach solchen Einschüben hörte man dann im Zellenbau plötzlich drohende polnische Rufe.

Das Wüten dieses Schreiers und Schlägers hatte sich unter den polnischen »Ostarbeitern« in deren ganzen Umgebung herumgesprochen. Als 1945 ein Teil der Bewachung die Flucht ergriff, drang ein Trupp von polnischen Zwangsarbeitern in das Gefängnis ein. Sie trieben den Wachebeamten in den Hof hinaus und erstachen ihn mit einer Mistgabel. Sie schrien dabei: Kusch, kusch, kusch!

Der Benediktiner in der Bibliothek versorgte Damasus auch mit Sprachhilfen. Da er in der Schule schon ein wenig englisch gelernt hatte, war es verhältnismäßig leicht, mit den Lehrbriefen Toussaints-Langenscheidts weiterzukommen. Er büffelte Vokabeln und lernte kleine Anekdoten auswendig, die in Form von Lesestücken zwischen die grammatischen Bausteine gestellt waren. Er lernte diese Prosa mit boshafter Lust, weil er ahnte, daß »draußen« kein Mensch so sprechen würde.

In der Literatur wälzte er gerade Jahrgänge von »Velhagen und Klasings Monatsheften« und drang ein in die Welt von Friedrich Spielhagen und Paul Heyse, mehr aber noch in die von Hans und Feodor Zobeltitz und Ernst von Wildenbruch. Es war die Welt des Wilhelmismus, nördlich, schillernd und schwülstig. Warm wurde ihm nicht dabei, aber im Verstand prägte sich manches ein. Jahrzehnte später legte er sich manchmal boshaft mit jungen Germanisten an, die von der Welt von Velhagen und Klasing so gut wie gar nichts wußten.

Bei den Besuchen hörten sie von schweren Verlusten an der Front, von dem und jenem, dem in Rußland ein Bein oder eine Hand abgefroren war.

In dieser Zeit begann ein Lebenselixier zu tröpfeln, nämlich Lebertran. Den hatte der Gefängnisarzt erlaubt. Da die Apotheken diesen Vitaminspender nicht mehr in genügendem Ausmaß besaßen und etwaige Überreste von Lebertran aus den Kindheitstagen in den Familien längst aufgebraucht waren, erschlossen sich die Mütter eine neue Quelle, nämlich durch die Urlauber aus Norwegen und Dänemark.

Lebertran, höchstens einen Viertelliter alle vier Wochen, mußte bei den Besuchstagen auf den Tisch des Ermittlungsrichters gestellt werden und zwar in einer durchsichtigen Flasche, damit nichts eingeschmuggelt werde.

Der Lebertran vom Apotheker war gelb und durchsichtig, der vom Norwegen-Nachschub bräunlich und trüb. Aber dafür schmeckte er kräftiger. Wenn man einige Tropfen auf das Brot träufelte und dazu eine Prise Salz darüberstreute, schmeckte der Bissen wie ein feines Bücklingsgericht.

Manche Soldaten wußten nicht, wohin der von Fischern besorgte Lebertran floß, manche aber wußten es und verübten trotzdem »Feindbegünstigung«.

Einer aus der Gruppe, der zwar nur noch am Rande mit den neuen Aktivitäten des kommunistischen Jugendverbandes zu tun gehabt hatte, weil er inzwischen verzogen war und andere Verbindungen zu pflegen hatte, fehlte immer noch, obwohl sein Name bei allen Verhören genannt worden war. Es war der »Häuptling« von 1936.

Eines Tages aber war auch er da. Er trug Infanterieuniform und Stiefel, deren Absätze schon schief gelaufen waren. Er war tatsächlich in Polen noch gefaßt worden, knapp vor dem Rußland-Krieg. Nach Monaten in Wehrmachtsgefängnissen in Warschau und Lodz kam er in die Behandlung durch den Volksgerichtshof und in sein »Heimatgefängnis« Wels. Nun waren sie wieder beisammen wie vor sechs Jahren.

Nach einem Jahr hatte Damasus in fortgesetzter eiserner Pedanterie den verdreckten Fußboden blank gerieben. Die Fichtenbretter zeigten ihre schönste gelbe Farbe und die Äste darin glänzten wie runde Kastanien. Er hatte für diese Arbeit mehrere Schilfbürsten zuschanden gerieben. Als dann ein Wachtmeister sah, daß der Häftling es mit seinem Sauberkeitsfanatismus ernst meinte, rückte er eine gute Reisbürste heraus, die noch aus »Friedensbeständen« stammte. Damasus untersuchte die Maserung des Holzes genau und versuchte sich vorzustellen, was denn das für ein Wald gewesen sein mußte, der diese Bretter geliefert hatte. Stundenlang ging er durch diese Wälder, die aus hohen Fichten bestanden, wohl irgendwo in den Karpaten, denn dort war das Holz am billigsten, sodaß man damit bei ärarischen Aufträgen in der Monarchie am ehesten zum Zug kommen konnte.

Da die Überfüllung des Gefängnisses mit dem Fortschreiten des Krieges weiter zunahm, und weil die Untersuchung offenbar weit genug gediehen war, wurde ein zweiter Häftling zu Damasus in die Zelle gesperrt. Es war ein Tscheche mit Namen Wenzel Rohowetz, der jedoch nicht mehr zur Person mitteilte, als daß er politisch sei. Damasus begann, mit dem Zellengenossen tschechisch zu lernen. Der Benediktiner aus der Bibliothek besorgte eine tschechische Grammatik. Sie kamen jedoch nicht weit, weil schon nach vierzehn Tagen der Tscheche wieder weggebracht wurde.

Sie hatten oft über Marx und Lenin gestritten. Rohowetz bezeichnete Marx und Engels als »Großgermanen«, denen die Tschechen nie verzeihen werden, daß die beiden Bourgeois-Söhne das tschechische Volk völlig falsch eingeschätzt hatten und geradezu für seine Auflösung im Deutschtum eingetreten seien. Lenin hingegen sei ein Slawe gewesen und habe einen ganz anderen Blick, eben einen Weltblick gehabt.

Lenin sei eben schon ein Kind des 20. Jahrhunderts gewesen, warf Damasus ein. Da wurde Rohowetz bitter und meinte, ein Volk, das Hitler, Göring und Himmler hervorgebracht habe, dürfe sich überhaupt nicht auf Lenin berufen.

Sie wurden nicht einig und gingen bestimmten Gesprächen aus dem Wege.

1946 hatte Damasus den ehemaligen Zellengenossen wiedergesehen. Er war in einem Magazin der amerikanischen Besatzungsmacht beschäftigt. Auf die Frage, warum er denn nicht heimgekehrt sei, zuckte er nur mit den Achseln, verschwand, und Damasus hat nie wieder etwas von ihm gehört.

2

Im Frühling 1942 wurde eine größere Gruppe der Jungkommunisten auf Transport geschickt. Das Verfahren war geteilt worden. Drei kamen als Angeklagte nach Berlin zum Volksgericht, die anderen als Zeugen.

Sie wurden in einen Waggon gesteckt, wie er bisher ganz unbekannt gewesen war. Es war ein langer Wagen mit winzigen Fensterchen hoch oben. Im Inneren war der Waggon in kleine Abteile gegliedert, die wieder voneinander gänzlich abgeschlossen waren. In diesen Zellen hätten vier Personen mit Mühe Platz gehabt. Als aber der Zug von Wels abfuhr, waren acht Häftlinge in dem kleinen Loch eingepfercht. Allerdings nicht weit, denn in Linz wurde eine größere Gruppe schon wieder ausgeladen, um hier in Viehwaggons umzusteigen, die über St. Valentin nach Mauthausen an der Donau gingen.

Der Zug, an dem der Gefängnis-Waggon angehängt wurde, ging nach Norden, ins »Protektorat«.

Obwohl es höchst unbequem und außerdem auch verboten war, stieg Damasus auf das kleine Tischchen und schaute hinaus, als der Zug über die Steyregger-Brücke die Donau überquerte. Breit lag der große Strom da unten, er war angeschwollen, weil im Gebirge schon die erste Schneeschmelze im Gange war.

Der Zug kletterte langsam empor in den Tälern, die das Hochland des Mühlviertels durchschneiden. Die Landschaft draußen wurde fremder und fremder. Einigemale wurde der Gefängniswaggon abgehängt und auf ein Rangiergeleise verschoben. Es mußte wohl Budweis und Tabor gewesen sein.

Erst in der Nacht kamen sie nach Prag und wurden dort in kleine Zeiselwagen umgeladen und ins Gefängnis St. Pankraz gebracht. Sie bekamen noch in der Nacht Brot. Es roch nach Kümmel und Anis.

Obwohl es schon Nacht war, herrschte im Gefängnis reger Betrieb. Es mußten von vielen Seiten Transporte hierher gebracht werden. Ununterbrochen wurden Namen aufgerufen.

Damasus kam in eine Sammelzelle, die so überfüllt war, daß man kaum auf dem Boden sitzen konnte. Es wurde nur tschechisch und polnisch gesprochen und es gab großes Gelächter, als Damasus in dieser Umgebung seine ganz wenigen Brocken Tschechisch versuchte, die er von seinem Zellengenossen Wenzel Rohowetz gelernt hatte. Der markanteste dieser Sprüche lautete »ja mam hlad«, ich habe Hunger.

Am nächsten Tag gab es in einer Blechschale eingebrannte Erdäpfel. Damasus schnupperte, schluckte langsam und erinnerte sich wehmütig an die Pension Jiritschek.

Das Gefängnisleben ebbte auf und ab. Obwohl Damasus eigentlich nur am Rande dieser gefährlichen Betriebsamkeit vorbeigedrängt wurde, erfaßte auch ihn die Sogwirkung dieser mahlenden Mühle. Er war vom Dorf des Gefängnisses in die Großstadt des Zuchthauses geraten.

Wenige Wochen nach dem Aufenthalt von Damasus im Gefängnis St. Pankraz wurde am 27. Mai 1942 das Attentat auf den stellvertretenden »Reichsprotektor« Heydrich verübt.

Im Zuge der täglichen Umschichtung der Gefangenen kam er in eine kleine Zelle, in der, nachdem einige Gefangene durch geheimnisvolle Rufe abkommandiert worden waren, nur ihrer zwei zurückgeblieben waren, Damasus und ein Tscheche, schon ein älterer Mann mit einem gnomenhaften Gesicht. Er sprach gebrochen Deutsch und an einem Abend begann er leise zu singen. Er sang in tschechischer Sprache und es war eine anschmiegsame und sanfte Melodie. Er konnte jedoch keine Auskunft geben, um welches Lied es sich da eigentlich handelte. Großmutter, Kinder, sagte er nur, wie heißt das.

Sie dachten nach, eine ganze Stunde lang. Dann wurde der tschechische Häftling abgeholt.

Erst als er abgeführt worden war, fiel Damasus das Wort ein, das sie vergeblich gesucht hatten. Es hieß »Märchen« und das Lied war offenbar eines gewesen, wie die Großmutter den Kindern ein Märchen erzählt. Der Hunger und die Unruhe waren so groß geworden, daß ihm das einfache und eigentlich selbstverständliche Wort nicht eingefallen war.

Die nächste Station war Dresden, wo sie einige Tage in der »Mathilde«, dem dortigen Polizeigefängnis, einquartiert wurden. Sie lagen in einem mittleren Saal und hatten sich in Gruppen aufgeteilt. Ein schmaler graumelierter Mann gesellte sich zu ihnen. Er habe ihnen schon reden zugehört, sagte er, und diesen Dialekt habe er schon lange vermißt. Der Mann erzählte den Jugendlichen, daß er zum Tode verurteilt sei und jetzt nach Plötzensee gebracht werde. Er komme aus einer Stadt des Sudetenlandes, berichtete er und müsse nun warten, ob ein Gnadengesuch Erfolg haben werde.

Er war ruhig und gefaßt. Wenn sich alles einmal wenden werde, sagte er, dann werde die jetzige Zeit fürchterliche Folgen haben.

Auf dem Wege nach Berlin wurde Damasus mit einem älteren Herrn zusammengesperrt.

Der ältere Herr fragte den Gebirgsbauern über dessen Schicksal aus und nickte bedächtig.

Weil der ältere Herr ein gepflegtes Deutsch sprach, fragte ihn Damasus, ob er von hier sei. Ja, sagte der Fremde, er sei Deutscher. Da erst bemerkte Damasus auf dem Mantel des älteren Herrn einen gelben Stern, den er halb versteckt hatte. Es war das erstemal, daß er einen Judenstern sah.

Als sie schon auf Berlin zu fuhren, erklärte der ältere Herr, als wolle er den jungen Mann trösten: »Sie haben gute Chancen, machen Sie ein Gnadengesuch«.

»Ein Gnadengesuch?« fragte Damasus erstaunt, »mitten im Rußlandkrieg?«

»Sie stammen aus dem Heimatgau des Führers«, sagte der ältere Herr, »und das ist die Chance«.

Damasus wußte nicht, ob diese Feststellung ironisch gemeint sei, oder ob der ältere Herr wirklich daran geglaubt hat, daß diese »Heimatgleichheit« eine Bedeutung habe.

In Berlin wurde der Gefängniswagen stundenlang von einem zum anderen Bahnhof verschoben. Dann wurde die ganze Gruppe in einer grünen Minna neuerlich zu einem großen Gefängnis transportiert.

Der ältere Herr wurde schon beim ersten Bahnhof von der Gruppe getrennt. Er war beim Aussteigen aus dem Gefängniswagen bemüht, den gelben Stern mit der Hand zu verdecken.

Sie waren in Berlin.

Da haben sie auf einem der schönsten Punkte der oberen Donau das Konzentrationslager Mauthausen errichtet. Das Lager Buchenwald liegt gegenüber dem Höhenzug, auf dem einst Johann Wolfgang Goethe sein berühmtes Gedicht »Über allen Gipfeln ist Ruh« geschrieben hat. Und in einem Villenviertel des noblen Berliner Stadtbezirkes Tiergarten, in der Bellevue-Straße haben sie den Volksgerichtshof eingerichtet. Bellevue, das heißt soviel wie »Schöne Aussicht«. Aber hier amtierten die Senate I, II und III, die von den Häftlingen des gesamten großdeutschen Reiches die »Köpflersenate« genannt wurden.

Das Gefängnis, aus dem die Häftlinge zur Verhandlung vor dem Volksgerichtshof gebracht wurden, lag in Moabit. Hinter dieser Namensgebung verbarg sich die einstige Vorliebe der Protestanten und Hugenotten für das alte Testament.

Das Gefängnis war ein riesenhafter, sternförmig angelegter Bau. Damasus war in einem Flügel mit der Bezeichnung »G IV« untergebracht. Während in den Gefängnissen der »Ostmark« sich eine Spur der österreichischen Tradition erhalten hatte und Vorführungen, Zu- und Abgänge eher diskret behandelt wurden, wohl weniger, um die Häftlinge in Ruhe als in Ungewißheit zu lassen, ging hier, in dem berühmten Gefängnis der Hauptstadt Preußens und des deutschen Reiches alles lärmend zu. Ununterbrochen wurde von der Kommandozentrale irgendetwas verlautbart und zwar mit lauter knarrender Stimme, »G IV, ein Mann zu,« hieß es da etwa und das »zu« war gedehnt und klang wie »zuuuh«.

Durch diese Rufe vom frühen Morgen bis zum Dunkelwerden entstand der Eindruck von ununterbrochen mahlenden Mühlsteinen, die ein Gefühl der Unentrinnbarkeit erzeugten.

Von der Stadt Berlin hatte er überhaupt nichts gesehen. Aber so war es auch mit Linz, Prag und Dresden gewesen. Der Transport erfolgte überall vom Bahnhof mit kleinen Gefängniswagen, die keine Fenster hatten und nur mattschimmerndes Licht. Eines war überall gleich: der Geruch, der in den Straßen lag und den die Häftlinge in den wenigen Schritten von Gefängniswaggon zum Gefängniswagen wahrnahmen: es war der Geruch des künstlichen Benzins, das aus Kohle gewonnen wurde und das wie ein Ziegenstall stank, oder wie es ein deutscher Häftling ausdrückte, wie Bockmist.

Die Reise von Linz nach Berlin glich einem Zick-Zack-Kurs, weil der jeweilige Gefängniswaggon an irgend einen Zug gekoppelt wurde, auch an solche, die nicht die Reichtshauptstadt zum Ziel hatten. Es kam auch vor, daß der Gefängniswagen an Lazarettzüge angehängt wurde. Mancher dieser Züge war voll von Verwundeten, die im Winter 1941/42 vor Moskau oder an anderen Abschnitten der Ostfront durch schwere Erfrierungen ganze Gliedmaßen eingebüßt hatten.

Für die Teilnahme an diesen Kämpfen, beziehungsweise für Verwundungen dabei, war eigens eine Auszeichnung gestiftet worden, von dcn Soldaten, makaber genug, »Gefrierfleisch-Orden« genannt.

Das Gefängnis in Moabit hatte eine Eigenart, die strafverschärfend wirkte: die Wände der Zellen waren grau gestrichen.

Ein Kalfaktor warf Damasus nach der Brotausgabe am Vormittag einen Ballen zerrissener Uniformen in die Zelle und dazu bekam er eine Schere. Mit diesem Werkzeug mußten die Knöpfe von den Uniformen getrennt und außerdem aus den Uniformen die noch brauchbaren Flecken sorgsam herausgeschnitten werden.

Als erstes untersuchte er die Taschen der Uniformen, In einigen fanden sich Tabakkrümel und im Nu hatte er ein Häufchen Tabak vor sich liegen.

Er nahm die Zahnbürste von der Stellage, in die er einen Feuerstein eingebohrt hatte und mit einem winzigen Glasscherben rieb er einige Fusseln vom künstlichen Horn des Zahnbürstengriffes, ließ einen Funken darauf springen und entzündete an der schnellen Flamme einen Streifen Papier. Er hatte sich eine kleine Zigarette gedreht und machte, in die Ecke des Abortes gedrückt, schnell einige Züge. Aber der Tabak war vollkommen ausgelaugt und hatte nicht den mindesten Geschmack. Enttäuscht begann er die Uniformfetzen genauer zu betrachten. Sie wiesen große Löcher auf, oft fehlte ein Ärmel oder ein Bein und außerdem zeigten die Blusen und Hosen dunkle Flecke. Es schien, als wären die Uniformen einmal von Blut getränkt gewesen und seien dann ins Wasser geworfen worden, um wenigstens die Krusten aufzuweichen.

Wohl weil er mit seinem Trachtenanzug exotisch wirkte, »beschenkte« ihn der preußische Käs einmal mit einem zusätzlichen Schlag Steckrüben. Er trug dem Kalfaktor auf, dem »Bayern« die Schüssel gestrichen voll zu machen. Als er noch eine Kelle nachschüttete, waren die Steckrüben über die Ufer des Steingutgeschirrs in die Waschschüssel getreten. In der Zelle löffelte Damasus zuerst seine Steingutschüssel leer. Dann machte er sich über den Inhalt der Waschschüssel her. Damit nun die Steckrübensuppe nicht zu sehr in der Blechschüssel schwabberte, weil am Seitenrand des Gefäßes der Seifengeruch am stärksten war, stellte Damasus die Schüssel vorsichtig auf den Schemel und kniete davor nieder. In dieser Stellung konnte er die Steckrübensuppe aufschlürfen, ohne daß der Seifengeschmack vordrang. Allerdings mußte er dazu den Mund wölben, bis er fast ein Rüssel wurde und er schmatzen mußte wie ein Schwein.

Als der Kalfaktor herausgefunden hatte, daß Damasus ein«Politischer« war, flüsterte er ihm zu, daß im selben Stockwerk des Gefängnisses längere Zeit auch der Vorsitzende der KPD, Ernst Thälmann, eingekerkert war.

In seiner Trachtenkleidung mußte er auch vor den zweiten Senat des Volksgerichtes treten. Drei Richter in roten Roben thronten im Präsidium. Daneben hatte sich noch ein Funktionär in SA-Uniform niedergelassen, einer in SS-Montur und einer in Wehrmachtsuniform, nach dem Rangzeichen ein General.

Der Vorsitzende verlas die Anklageschrift, aus der hervorging, daß eine Gruppe junger Menschen gleich nach 1938 begonnen hatte, die kommunistische Jugend wieder aufzubauen.

Jetzt war von einem Flugblatt die Rede, das von den Jugendlichen verfaßt worden war. Es hatte den Titel: »Genossen, Männer von Österreich!« und forderte die Soldaten auf, »ihre Gewehre zu drehn und ihren Henkern zuleibe zu gehn«.

Damasus bemerkte, wie der SS-Führer bei der Verlesung dieser Stelle zusammenzuckte.

Der Wehrmachtsgeneral, der ein zerhacktes Gesicht hatte, dem ein Monokel eine besondere Starre gab, war hingegen beim Wort »Österreich« unruhig geworden.

Er meldete sich räuspernd und umständlich zu einer Frage. »Männer von Österreich?« fragte er, »der Ausdruck Ostmark noch immer nicht geläufig?«

»In der Landschaft ist noch Österreich gebräuchlich«, gab der Zeuge unsicher zurück.

»Sieh mal an«, schnarrte der General, »in der Landschaft«. Er lachte grimmig, wobei das Lachen eher wie ein Grunzen klang.

Der Zeuge überlegte und sagte aus, der Park des Kaiserdenkmals sei ein günstiger Rastplatz für Spaziergänger und ein Treffpunkt für Liebespaare, sodaß nicht weiter auffällt, wenn sich dort auch einige junge Burschen auf eine Bank setzten.

»Wohl von 1866 gesprochen?«

»Nein«, gab Damasus zurück, »davon wurde nur in der Schule gesprochen und zu Hause«.

»Zuhause, achtzig Jahre nachher?« fragte der General.

»Weil der Großvater dabei gewesen ist«. Er sah dem General ins Gesicht und fügte hinzu: »Als Korporal«.

»Franz Joseph und sein Korporal«, erwiderte der General und jetzt lachte er meckernd. Nach dem Abschluß seiner Zeugenaussage wurde Damasus wieder in den Keller des Gebäudes in der Bellevue-Straße gebracht.

Die Wände waren mit Namen bekritzelt. Die Gerichtsverwaltung mußte ein Interesse daran haben, diese Namen stehen zu lassen. Offenbar sollten sie Schrecken einflößen, denn es waren hunderte Jahre Zuchthaus, die sich hinter diesen Namen verbargen und hinter vielen stand vermerkt: »Zum Tode«. Es waren Namen aus vielen Völkern und jeder, der hier hereinkam, suchte natürlich zuerst die seiner Landsleute.

Aber neben dem Schrecken war auch genau das Gegenteil da, eine bestimmte Geborgenheit. Man war eingeschlossen in die große Zahl derer, die den gleichen Weg gegangen waren. Alle, die schon vorher da waren, wurden hier in einer eigenartigen Weise lebendig und aus der großen Zahl wuchs auch eine Kraft zu, für die Bewältigung des eigenen »Falles«.

Die Tradition der eigenen Geschichte ist schwer genug und mit Fehlern, Halbheiten und mit schwerer Schuld beladen. Aber es ist eine eigene Tradition, die man nicht ausschalten kann nach Belieben. Im Kampf gegen Himmler ist selbst Kaiser Franz Joseph ein Bundesgenosse.

Erst zwei Tage nach der Verhandlung erfuhr Damasus von einem Kalfaktor über einen geheimnisvollen Weg, daß alle drei Angeklagten zu zehn Jahren Zuchthaus verurteilt worden waren. Die beiden Jüngeren waren zur Zeit der Tat sechzehn Jahre alt gewesen.

Etwa eine Woche nach dem Prozeß vor dem Volksgericht begann der Rücktransport in die Ostmark. In Moabit wurden gerade die ersten Merkblätter über das Verhalten bei den Luftangriffen ausgegeben. Der Häftling hätte, so hieß es darin, bei einem Bombenangriff »unter der Türe« zu stehen.

Die Fahrt ging über Leipzig nach Hof.

Einmal blieb der Zug im Freien auf einer Waldlichtung stehen. Hier wurden die Transporthäftlinge aus dem Kessel einer Lagerküche verpflegt. Zwei SS-Leute bewachten den Vorgang. Ein Häftling gab das Brot aus, der andere schöpfte mit einer Kelle Rübensuppe aus dem Kessel in eine Blechschale. Der essenausgebende Kapo schrie einen Häftling an: »Judensau!«. Die SS-Posten grinsten.

Der Häftling war beleidigt und rief verzweifelt »Nein, nicht Jude, Pole!«

Da schlug ihm der Essenausgeber mit dem leeren Schöpfer auf den Kopf und die SS-Leute lachten vergnügt dazu.

Einige Stunden war Damasus in der kleinen Zelle des Gefängniswaggons allein. Er schaute bei dem winzigen Fensterchen hinaus und sah stundenlang nur jungen Kiefernwald. Gegenüber den Fichten- und Tannenwäldern der Gebirgsgegenden machte dieser Kiefernwald einen völlig fremden Eindruck. Die Wipfel waren buschiger als bei Fichten und Tannen, das Grün war anders und die kleinen Stämme glänzten braun. Die gedrungenen Wipfel reichten in Wellen bis zum Horizont.

Er hatte noch nie einen solchen Wald gesehen. Viele Jahre lang dachte er, wenn ihm Deutschland und seine Landschaft in den Sinn kamen, an große Flächen junger Kiefernwälder auf mageren sandigen Böden.

In Hof waren sie in einem Keller untergebracht, der ein großes Gewölbe hatte. Die Decke war über und über mit pornographischen Zeichnungen bedeckt. Die grelle Phantasie vieler Häftlings-Jahrzehnte war hier zusammengeballt und die Gefängnisbehörden behandelten diese hohe Kritzelwand offenbar wie ein Museum, weil sie die Zeichnungen nicht übertünchen ließen.

Damasus sah, wie ein kleiner Häftling auf die Schultern anderer kletterte, bis er das Gewölbe erreichte. Mit dem Rest eines Tintenbleistiftes besserte er ein riesiges männliches Glied aus, dessen Konturen schon etwas verwaschen gewesen waren.

»Bravo, Michelangelo«, wurde dem Restaurator zugerufen, »der Kardinal wird dir's lohnen«.

Nach einer halben Stunde Arbeit traten die Umrisse des offenbar schon älteren Werkes wieder scharf hervor.

In Nürnberg kreuzten sich die Transporte von Berlin mit solchen aus anderen Gegenden des Deutschen Reiches. Beim täglichen Durcheinanderwürfeln kam Damasus mit einer größeren Gruppe von holländischen Juden zusammen, die auf dem Weg ins Konzentrationslager Mauthausen waren.

Die Holländer bedrängten den jungen Häftling, von dem sie an der Kleidung erkannten, daß er ein »Einheimischer« war, er möge ihnen doch sagen, wo sich denn dieses Mauthausen befinde und mit welcher Gegend sie zu rechnen haben würden.

Damasus war in großer Verlegenheit. Was sollte er über Mauthausen erzählen?

Ja, dieses Mauthausen liege an und über der Donau und vom Lager her könne man die Auen des Stromes sehen. Übrigens sei die Gegend fruchtbar und das Lager sei von einer reichen Landwirtschaft umgeben, es wachse dort viel Korn und Gerste, Zuckerrüben und Kartoffeln. Auch Obst sei überall reichlich vorhanden, das man im Herbst förmlich riechen könne. Es herrsche geradezu Überfluß. So kam er förmlich ins Schwärmen und dieses glühende Lob der Landschaft blieb auch auf die Gefangenen aus Holland nicht ohne Eindruck.

Ob denn auch eine Aussicht bestehe, daß man »dort« in der Landwirtschaft arbeiten könne, fragten sie.

Bei der Ernte immer, sagte er.

So ein wenig getröstet, fuhren die holländischen Juden Mauthausen entgegen. Die meisten von ihnen gingen in den Tod.

Immer wenn in späteren Jahrzehnten vom Leiden und vom Tod der holländischen Juden in Mauthausen die Rede war, erinnerte sich Damasus daran, daß sich mit diesen Opfern auch sein eigener Weg gekreuzt hat. Er hat die Kameraden belogen, aber er hat es aus Barmherzigkeit getan, weil er es nicht übers Herz gebracht hätte, ihnen alles zu sagen, was er über das Lager Mauthausen nach langer Haft schon gewußt hatte.

Die Reise kam immer häufiger ins Stocken. Die Eisenbahnen mußten wohl mit großen Transporten militärischer Art völlig ausgelastet gewesen sein.

In Salzburg war man schon halb »daheim«, aber die älteren Wachmannschaften waren kräftig mit jungen Leuten durchsetzt, die von der SS kamen. Eine Suppe, nur noch ganz weitschichtig mit einer Einbrennsuppe verwandt, aber eben doch verwandt, war die Begrüßung der Ostmark.

In Wels kam Damasus an einem Sonntag Nachmittag an. Er wurde allein eingeliefert und der Beamte, der ihn in Empfang nahm, war einer von den Alten. In der Effektenkammer wurde Damasus ein kleines Fläschchen Hagebuttensaft ausgefolgt, das seine Mutter einmal für ihn abgegeben hatte, das ihm aber nicht ausgefolgt worden war.

Er kam wieder in seine alte Zelle und der Beamte grinste, als wollte er sagen: Na, was bin ich für ein Wohltäter? Damasus sah, daß die Zelle arg verdreckt war, man hatte sie als Abgangszelle benützt und er ärgerte sich, daß er bei der Bodenpflege nun wieder von vorne anfangen mußte.

Wie ein kühner Hasardspieler griff er in den Schlitz des Strohsackes und fand tatsächlich die Zigarette, die er hier vor Wochen versteckt hatte. Weil es ganz ruhig im Haus war, stieg er auf den Tisch und schaute zur Kastanienallee hinüber. Er trank von dem Hagebuttensaft, der zart die Kehle ätzte, und rauchte die Hälfte der Zigarette. Da hörte er drüben hinter den Kastanien wieder jenes Trippeln, das er so oft vernommen hatte und er wußte, daß »sein« Liebespaar sich noch immer unter den Bäumen mit den großen Kronen traf.

DER SOZIALDEMOKRAT: Mir wird immer ganz übel, wenn ihr von »daheim« und von »Heimat« redet, beinah mit zitternder Stimme. Das können die anderen besser, die Miefigen und Muffigen. Da höhnt ihr über uns, weil wir nicht mehr bei jeder Zusammenkunft aufstehen und die »Internationale« singen, und selbst schlüpft ihr in den Trachtenrock und kommt daher als Wurzelseppen verkleidet, san ma ehrlich.

DER KOMMUNIST: Die anderen beackern ein Feld, weil wir es ihnen überlassen. Es ist keine Schande, irgendwo daheim zu sein, das deckt ihre Gaunereien nicht zu. Nur die sterilen Wanderprediger kennen keinen Dialekt und sie bleiben ganz ohne Farbe.

DER TROTZKIST: Solche Volkstümeleien haben nur dann Sinn, wenn sie eingebettet sind in revolutionäre Prozesse. Nur ein Che Guevara und seine Verwandten dürfen von südamerikanischen Kakteen reden. Was nicht in der Revolution Heimat findet, muß auf den Stallgeruch verzichten.

DER ZEUGE JEHOVAS: Es gibt hienieden keine Heimat, erst nach dem Jüngsten Gericht.

DER WERBE-KEILER: Wenn's was einbringt, übersetz ich jedes Rezept in Dialekt. Zum Kassieren rück ich in der Lederhose aus und fang an zu jodeln.

DER ALTNAZI: Wenn ihr von Heimat redet, ihr alle miteinander, so paßt euch das, wie der Sau ein Leibl.

3

Der Schreier und sein einarmiger SS-Ziehsohn hatten Zuwachs bekommen, diesmal ein ehemaliger SS-Mann mit einem steifen Knie, der ebenfalls darauf scharf war, hier im festen Bau bis zum Sieg bleiben zu können, denn das KZ war auch für die Bewacher ein Lager.

Der Gefängniskommandant kam in die Zelle, schrie laut, wie lang es denn noch dauern werde, bis der versaute Boden wieder in Ordnung sei. Er horchte gleichsam nach dem Widerhall seiner Beschimpfungen im Zellenhaus und teilte dann dem jungen Häftling mit, daß er ihn zu Hausarbeiten heranziehen werde.

»Du kennst dich ja schon aus hier«, sagte er und Damasus wußte nicht recht, ob dies einen Vorwurf oder eine Anerkennung bedeute.

Die Arbeit des »Fazi« im Zellenhaus bestand darin, beaufsichtigt von dem Wachebeamten, den Häftlingen das Essen durch die kleine Öffnung in der Zellentür zu schieben, Abortkübel zu entleeren, Korridore und Stiegen zu kehren und Geländer zu polieren.

Nach einigen Wochen bekam Damasus wieder einen Zweiten in die Zelle. Es war ein Häftling, der aus dem Konzentrationslager Buchenwald kam. Er hatte sich eines schweren Verbrechens bezichtigt, damit er aus dem Lager wieder in ein Gefängnis komme. Er hoffte inbrünstig, daß das Landesgericht Wien über ihn die Untersuchungshaft verhängen würde. Der Häftling hatte ein verstümmeltes Bein. Er hatte sich selbst eine Spritze mit Petroleum injiziert. Das Bein schwoll aber nicht nur an, es wurde auch eitrig und um ein Haar wäre er an der Selbstverstümmelung zugrunde gegangen. Lange Narben bedeckten das Bein und die Haut zwischen ihnen glänzte bläulich.

Der Gefangene war ein Profi. Eine einzige Gefängniswoche genügte, daß er sich genau zurechtfand. Im Keller arbeitete bei der Wartung der Heizleitungen ein Häftling, mit dem er schon früher einmal im Garsten gewesen war, und über einen Fazi in der Strafabteilung bekam er Verbindung zu ihm. Nach einer weiteren Woche kam seine Frau aus Wien und blieb einige Tage in Wels. Dann war der Häftling plötzlich mit Kautabak versorgt.

»Ich hab dir ja gesagt, auf Revanche, wie ich dir eine Drama abgenommen habe, auf mich ist Verlaß, Burschi,« meinte er gönnerhaft.

Der Häftling brachte auf geheimnisvollen Wegen Kassiber hinaus und bald wurde er nach Wien überstellt, »in die Heimat« wie er sagte. Tatsächlich war ein ordentliches Verfahren gegen ihn wieder aufgenommen worden.

Damasus erinnerte sich stets mit Respekt an den großen Kassenschränker von Wien.

Bei den Jungkommunisten war die Untersuchung so gut wie abgeschlossen. Anders war es bei den Häftlingen der illegalen Partei. Hier war noch vieles ungeklärt und manches konnte noch zugedeckt und abgeschnitten werden. Damasus wurde zu einem wichtigen Zwischenträger, denn er kam im ganzen Zellenhaus herum.

Der Wiener Kassenschränker hatte ihm gezeigt, wie man in aller Legalität manchmal auch zu einem Brot kommen konnte.

Von der Küche kam ein großer Korb Brot in den Zellenbau herüber. Der Käs kontrollierte nun, wie die Brote für das jeweilige Stockwerk aus dem größeren Korb in einen kleineren herausgezählt wurden. Der Häftling mußte dabei laut und deutlich zählen. Die Theorie des Kassenschränkers ging dahin, daß die Aufmerksamkeit des Beamten nach dem Beginn der zweiten Hälfte nachließ. Waren vierzig Häftlinge zu versorgen, dann lagen diese Zahlen etwas über zwanzig. Hier mußte man eine Zahl zweimal nennen, aber genau auf den gewöhnlichen Abstand achten, und dann ruhig weiterzählen. Das Ohr, so sagte der Schränker, könne dem Gleichklang der Zahlen auf die Dauer nicht folgen, deshalb zähle ja auch der Bankbeamte meist nur von eins bis zehn. »Dreiundzwanzig, dreiundzwanzig, vierundzwanzig, fünfundzwanzig«, so etwa hieß die Reihe. Man dürfe allerdings nicht gierig sein und etwa versuchen, bei einem Abzählen zwei Brote herauszuirren, da sei er abergläubisch. Man dürfe Gott und das Glück nicht versuchen. Man dürfe auch die Möglichkeit nicht zur Gänze ausschließen, daß ein Beamter den Trick durchschaut und trotzdem nichts sagt. Mit der Güte dürfe man allerdings nicht spekulieren, dazu sei sie zu selten.

Als Kalfaktor konnte Damasus da und dort Papier organisieren und am Abend, da die Tage jetzt lang waren, begann er zu schreiben. Manchmal schickte er einen dieser Versuche dem Benediktiner und der rügte »falsche Bilder und verschwommene Metaphern.« So penibel waren manchmal diese Auslassungen, daß Damasus darüber lachen mußte. Gleichzeitig aber spürte er mit Staunen, daß er mit dem Schreiben in eine Welt von ungeheuren Ausmaßen eindrang, in eine Welt, in der eine Frage tausend andere auslöste. Manchmal hatte er das Gefühl, sich in einem Schwebezustand zu befinden und bevorstehende Entscheidungen, wie der eigene Prozeß, schienen in weiter Ferne zu liegen.

Der Rückzugstratege hatte die Anklageschrift bekommen. Sie war ausgestellt vom zweiten Senat des Volksgerichtshofes in Berlin, also einem Köpflersenat. Mit ihm teilte der Jugendfreund von Damasus die Zelle, der als Soldat aus Polen herangebracht worden war. In einer regnerischen Julinacht gelang den beiden der Ausbruch aus dem Gefängnis. Damasus war gerade dabei, zusammen mit einem Beamten, den Kaffee auszugeben. Der Wachtmeister sperrte das Türchen in der Zelle auf und weil die beiden nicht drinnen standen, um den Kaffee in Empfang zu nehmen, rief er noch in die Zelle hinein: »Hallo, aufstehen, was ist denn!«

Dann sperrte er die Zellentür auf und sah, was passiert war: »Die sind in der Blüh«, sagte er mit großer Bestürzung und sperrte Damasus sofort in seine Zelle.

Dann begannen die Sirenen zu heulen. Damasus wußte, daß nun der Alarm nach außen ging und die ganze Polizei und Gendarmerie und natürlich auch SS, SA und HJ in Alarmbereitschaft versetzt wurde.

Der Ausbruch geschah kurz nach Mitternacht, die Entdeckung erfolgte erst nach sieben Uhr früh. Die beiden mußten also einen beträchtlichen Vorsprung gewonnen haben. Da sie »Zivil« trugen, mußten sie nicht sofort als entsprungene Häftlinge erkannt werden. Die Politischen des Zellenhauses nahmen alle Verschärfungen des Gefängnisregimes geduldig auf sich, in der Hoffnung, daß die beiden durchkommen würden. Der Schreier brüllte, daß man es im ganzen Zellenbau hören konnte: »Na wartet! Waschen werden wir sie wie die Bären!«

Am Abend, wenn man die Lokomotiven vom Lokalbahnhof hören konnte, dachten die Häftlinge an die geflohenen Kameraden und hofften, daß der Ring um Wels, den die Sicherheitskräfte gebildet hatten, von den beiden schon überwunden sei.

Beide sind durchgekommen. Sie waren noch in der Nacht aus der Bannmeile der Stadt gelangt. Sie hatten Vöcklabruck erreicht, und hatten dort bei einem Genossen von der Post erste Unterkunft gefunden.

Damasus war wieder in strenger Einzelhaft. Die einzige Hafterleichterung konnte der Benediktiner in der Bibliothek bringen. Er stellte berühmte Werke der Weltliteratur zusammen, die offenbar weniger zur Bibliothek für die Gefangenen, als vielmehr für die Beamten gedacht waren. Hier las Damasus zum erstenmal »Krieg und Frieden«, weil er als Halbwüchsiger aus Ungeduld nicht durchgekommen war. Er las auch Adalbert Stifters »Nachsommer« und drang ein in die breiten Naturschilderungen. Später verteidigte er das Stifter-Werk oft gegen linke Bilderstürmer, gab aber zu, daß der »Nachsommer« sich nur dann ganz erschließt, wenn man ihn in Einzelhaft liest. Die Gesprächspartner empfanden diese Bemerkung meist als überspannten Scherz.

Er begann, auf kleinen Zetteln Sprichwörter und Redensarten zusammenzustellen und jonglierte mit ihnen. Der Professor von der Fachschule in Hallstatt hatte ihm ein kleines Knaur-Lexikon geschickt, das er mit Eifer studierte und vieles daraus auswendig lernte. Es war ein verworrenes Wissen, das er sich auf diese Weise aneignete, ungeordnet und oft zufällig, aber viele und kurios-nebensächliche Details blieben haften.

Gegen das Ende des Sommers bekam er seine eigene Anklageschrift. Sie stammte vom fünften Senat des Volksgerichtshofes und lautete auf Vorbereitung zum Hochverrat. Die Arbeit der Gruppe des KJV habe darauf abgezielt, »die Verfassung des Reiches gewaltsam zu ändern und die Ostmark vom Reiche loszureißen«.

Die Verhandlung ging glatt über die Bühne. Von Wien war ein sogenannter »fliegender Senat« gekommen. Damasus gab die illegale Arbeit für den KJV zu. Wenn sich aber Fragen weitertasten wollten, wurde er schweigsam.

Der Vorsitzende schien etwas zu ahnen von weiteren Verbindungen und Verzahnungen.

Aber er bohrte nicht weiter, denn auch er kannte natürlich den Mechanismus: Nach der Strafe kommt er ohnehin wieder zur Gestapo zurück und dann wieder, »gegebenenfalls«, zu uns.

Der Staatsanwalt forderte fünf Jahre. Während einer Beratungspause hob der Vater, der dem Prozeß beiwohnen konnte, die Hand und zeigte drei Finger. Er hatte recht. Das Urteil lautete drei Jahre Zuchthaus und drei Jahre Ehrverlust. Allerdings konnte die Kerkerstrafe erst nach dem Krieg verbüßt werden.

Damasus bekam nun endgültig die »Hauskleidung«. Der Zeitraum für Besuche wurde »gestreckt«. Ebenso geschah es mit dem Briefeschreiben und -empfangen.

Der Briefträger Leimer erhielt Besuch von seinem Neffen, der in Rußland Soldat war. Der Neffe versuchte, den Onkel damit zu trösten, daß er sich eben auf der ganzen Linie geirrt habe. Es sei keine Schande, das zuzugeben. Er selbst, der Neffe, sei ja nun Zeuge dafür, daß der Onkel in seiner Einschätzung der Sowjetunion geirrt habe. Seine Truppe sei schon auf dem Weg nach Stalingrad.

Hier unterbrach der Ermittlungsrichter und meinte, strategische Aspekte dürften hier nicht behandelt werden. Aber der Neffe in Uniform mit den Rangabzeichen eines Obergefreiten winkte ab und meinte, das stehe ja ohnehin in allen Zeitungen. Und außerdem, er wolle ja den Onkel nur aufklären.

Da stand der geschundene Häftling auf und brach den Besuch ab. Er verabschiedete sich von dem Neffen mit den Worten, daß dieser für seine Dummheit noch schwer büßen werde. Daraufhin wurde er abgeführt.

Der Neffe ist einige Wochen nach diesem Besuch in Rußland gefallen. Der Onkel bekam zwölf Jahre Zuchthaus und hat überlebt.

Als es in diesem Jahr schon wieder recht kalt zu werden begann, sickerten Gerüchte durch, daß nun der Strafvollzugsplan fertig sei und mit baldigem »Abmarsch« ins Emsland-Moor zu rechnen sei. Unter diese Entscheidung fielen alle jüngeren wehrpflichtigen Häftlinge.

Als die Kastanien jenseits der Mauern schon kahle Kronen hatten, kam der Kommandant wieder in die Zelle. Er sperrte, wie es seine Gewohnheit war, die Zelle laut rasselnd auf und schrie etwas von »Ordnung machen«, senkte aber gleich die Stimme, als er in den Raum trat.

Jetzt werde man sich bald trennen müssen, begann er, denn »jetzt greifen die anderen nach euch«. Er selbst sei ein alter Hase, sie kennen sich ja schon seit 1936, oh ja, er erinnert sich ganz genau. »Auch wir haben es nicht leicht«, sagte er und machte ein kummervolles Gesicht, das könne er sich ja denken. »Aber wir sind immer noch ein anständiges Haus«.

Dann kam er zur Sache. Solange die jungen Leute hier in Wels seien, werde ihnen nicht viel passieren. Aber draußen im Emsland-Lager? »Wer weiß«, sagte er und senkte seine Stimme zu einem Flüstern, »wer weiß, wie sich das am Ende dann alles abspielen wird?«

(Seine eigenen Erfahrungen »am Ende« ließen dann eine Welt für ihn einstürzen. Ein politischer Häftling aus Bad Ischl, der als Sanitäter im Gefängnis arbeitete, weshalb es gelungen war, ihn fast drei Jahre hier zu halten, sperrte den Kommandanten in den Tagen der Befreiung in eine Korrektionszelle und brachte ihn so den polnischen Zwangsarbeitern aus den Augen, die auf der Suche nach dem schlagenden Schreier das Gefängnis gestürmt hatten. Ihnen wäre schwer zu erklären gewesen, daß der Kommandant »gut« gewesen sei.

»Stellt euch vor, zwei Tage hat er mich in die Korrektion gesperrt«, entrüstete er sich, »und ich bin immer gut zu ihm gewesen. Nein, das ist die größte Enttäuschung meiner ganzen Dienstzeit«.

Der Trottel, höhnten die anderen Beamten hinter seinem Rücken, jetzt ist er schon ganz senil geworden. Er hat noch immer nicht begriffen, daß ihm der Sani das Leben gerettet hat.)

Er habe jetzt, erklärte der Kommandant wieder amtlich und trocken, in höherem Auftrag mitzuteilen, daß Damasus einrücken könne, es sei, wenn er sich dazu entscheide, nur noch eine schnelle Musterung notwendig.

»Allerdings, ich muß dir auch sagen, daß es keine gewöhnliche Truppe ist, zu der du kommen kannst, sondern zu einer auf Bewährung. Du verstehst, bist ja ein g'scheiter Bursch«.

Es war fast ein väterlicher Ton in seiner Stimme, als er fortfuhr: »Wenn dir was passiert, dann sollst du nicht sagen können, der Mayerhofer ist schuld daran.«

Damit verließ er die Zelle.

In den nächsten Tagen wurde Damasus noch einmal zu Hausarbeiten eingeteilt. Er schlich zu den Zellen der älteren Genossen und flüsterte ihnen zu, was ihm der Kommandant eröffnet hatte. Der Briefträger sagte zu ihm: »Geh, dort hast du jedenfalls ein Gewehr in der Hand«.

Zur Musterung mußte er in ein großes Lazarett am Stadtrand. Der Wachebeamte verzichtete darauf, ihn an die Kette zu legen und sie marschierten auf Seitenstraßen zum Militärspital. Aber die Passanten, denen sie begegneten, wußten auch ohne Fesselung, wer da daherkam und sie schauten dem Paar, dem Justizbeamten und dem blassen Häftling, erschrocken nach.

Die Musterung dauerte nur wenige Minuten. Das Untergewicht werde bei den Preußen beseitigt werden, höhnte der Stabsarzt, bei Kommißbrot, im Wald und auf der Heide.

Die Ausstellung der Militärpapiere dauerte aber noch eine Weile und Damasus wurde in einen Raum gesetzt, in dem verwundete Soldaten warteten.

Die meisten hatten abgefrorene Hände und Füße. Sie waren neugierig, wieso der schmale Zivilist gerade zu ihnen, zu den Kameraden mit dem Gefrierfleischorden zur Musterung käme.

Sie schwiegen betreten, als Damasus erzählte, woher er kam.

Ein Wiener, der sich den juckenden Beinstummel kratzte, gab der allgemeinen Auffassung Ausdruck, als er sagte: »Guat schaun ma aus, wann's eich schon holen«.

Damasus erhielt die Erlaubnis, einen Brief nach Hause zu schreiben. Er bat die Mutter, ihn noch einmal zu besuchen, damit sie die Zivilkleider mit nach Hause nehmen könne. Der Brief wurde aber erst später befördert, sodaß kein Besuch mehr zustande kam für die nächsten vier Jahre.

Inzwischen war die Strafe des Benediktiners abgelaufen und der Bibliothekar hatte in einem Brieflein mitgeteilt, daß er in den nächsten Tagen nach Linz zur Gestapo zurückkomme.

Am Schluß der Mitteilung war der Vers gesetzt:

»Morgen wird man dich zu Grabe tragen.
Übermorgen wirst du noch beweinet sein,
doch übers Jahr gedenket dein
kaum eine Seele.«

Bei einem der letzten Spaziergänge im Hof sah Damasus zum ersten und letzten Mal den Benediktiner, der ihn so lange literarisch betreut hatte. Hinter dem Gitter des Korridors zum Strafgefangenenblock wurde das Gesicht erkennbar: eingefallen wie ein Totenkopf, mit schmalen asketischen Lippen, schlohweißem Haar, aber großen, und wie es schien, staunenden Augen. Es waren nur einige Sekunden, daß der Kopf im Gitter zu sehen war.

Es wäre beinahe ein fröhlicher Gang zum Bahnhof gewesen, an jenem Novembertag des Jahres 1942, weil diesmal der Weg mitten durch die Stadt führte. Auf dem Bahnhof mußten sie auf einen Urlauberzug warten und der Wachebeamte ging mit Damasus ins Restaurant. Er setzte sich mit ihm an einen leeren Tisch. »Spiel dich nicht, ich müßt schießen, denn jetzt wärst du schon ein Deserteur«, warnte er.

Später kamen zwei Feldgendarmen, zwei »Kettenhunde«, wie man die Militärpolizei nannte. Als sie den Häftling in den Zug schoben, stand der Wachebeamte draußen und salutierte. Es war nicht auszunehmen, ob die militärische Ehrenbezeugung den beiden Kettenhunden oder dem gewesenen Häftling galt.

Der Zug war überfüllt. Einige Abteile waren für Zivilisten reserviert und weil Posten vor den Türen standen, erkannte Damasus, daß es sich um seinesgleichen handeln mußte. Er selbst war eingezwängt zwischen zwei Luftwaffensoldaten in blauen Uniformen. Auch sie waren neugierig, wie ein so seltsamer Zivilist in diesen Urlauberzug kam. Damasus erzählte seinen »Fall« und einer der Soldaten wandte sich brüsk ab.

Der andere aber kramte in seinem Rucksack herum, der ihm zu Füßen stand, brach von einem Wecken ein Stück Weißbrot ab und füllte aus einer Thermosflasche einen Aluminiumbecher. Er reichte Damasus Brot und Becher und wunderte sich, daß der Zivilist nicht sofort trank, sondern Brot und Gefäß unschlüssig in seinen Händen hielt. Damasus wandte sich ab, weil er seine Bewegung nicht zeigen wollte. Es war Milchkakao, den er seit seiner Kindheit nicht mehr getrunken hatte.

Das Massiv des Toten Gebirges in den nördlichen Kalkalpen hat ein Ausmaß von mehr als 50.000 Hektar. Wenn es auf dem plateauartigen Gebirgsstock um die zweitausend Meter zu schneien beginnt, wird es im weiten Umkreis bis ins Alpenvorland hinaus frostig und kalt. Aber vorher kommt meist noch ein Föhn, der in die Ebene hinunterbraust, die Herz- und Kreislaufkranken bedrückt und dahinrafft. Im Winter fällt hier so viel Schnee, daß der Sommer kaum kräftig genug ist, ihn zu schmelzen. Die letzten Flecken verwandeln sich im August nicht mehr in Wasser, sondern verdampfen. Die trockene Hitze der Felsen teilt sich den darunterliegenden Wäldern mit, deren Fichten in der oberen Region zottig wie Bären sind. Ganz oben wächst noch die Zirbelkiefer mit buschigen Zweigen, obwohl ihre Wurzeln kaum noch Erdreich finden.

Ins Tote Gebirge steigt man steil hinauf, dann aber geht man in riesige und wellige Weiten hinein, viele Stunden und, wenn man will, Tage lang.

Den Eindruck der ungeheuren Weite kannte er schon als Kind, als er von den hochgelegenen Beerenschlägen auf den grauen Streifen hinübersah, der sich über den Wäldern und Tälern dahinzog in einem riesigen Halbkreis wie ein steinerner Horizont. Später arbeitete sein Vater als Steinmaurer bei der Errichtung eines großen Schutzhauses mitten im Toten Gebirge. Der Weg zur Arbeit war so weit, daß es unzumutbar gewesen wäre, jedes Wochenende den vielstündigen Marsch hin und zurück auf sich zu nehmen. Die Arbeiter kamen nur jedes zweite Wochenende heim. Damit die Männer nicht so schwer tragen mußten, brachten die Frauen in der Zwischenwoche Verpflegung hinauf ins Gebirge.

Es war ein heißer Sommertag und auf der Seewiese am hinteren Ende des Altausseer Sees wurde gerade ein Fest abgehalten. Sie gingen vorüber, als eine indische Schöne, nur mit luftigen Schleiern angetan, einen exotischen Tanz vorführte. Die Mutter zog ihn vorbei an dem offenkundigen Sündenbabel und drängte den Zögernden und Störrischen hinein in den Wald, der gleich hinter dem See steil anstieg.

Oben ging es über weite Hügel aus Stein dahin in sengender Sonne und nur spärliches Gras wuchs aus den Felsenritzen. Von den nahen Wänden äugten neugierige Gemsen auf die kleine Kolonne nieder. Sie hatten es nicht eilig, davonzuspringen, als hätten sie erkannt, daß ihnen von den Menschen, die Brot, Mehl und Schmalz ins Gebirge hinauftrugen, keine Gefahr drohe.

An die Baustelle konnte er sich später nicht recht erinnern, sie war ein Durcheinander von Steinen, Kalk, Sand und Balken. Es existiert noch ein Bild, das die Arbeitspartie vor dem halbfertigen Schutzhaus zeigt. Jeder stützt sich etwas steif auf ein Werkzeug: Auf eine Axt, eine Schaufel, einen schweren Aufschlaghammer oder eine Bohrstange. Sie sind stolz auf ihre Tätigkeit. Der Mann und sein Werkzeug.

Sie überquerten das Gebirge in einem langen Marsch und dabei machte er eine Entdeckung, die ihn später immer wieder faszinierte, daß nämlich die Berge meist nur auf einer Seite ganz schroff sind, sie aber auch ihre mildere Seite haben. Hier drückte sich dies sogar in der Bezeichnung aus. Ein Zweitausender hieß Wilder Kogel, aber nur auf der Seite vom Offenseetal aus. Auf der anderen Seite gegen das Rettenbachtal zu hieß der gleiche Berg Schönberg und stieg nur sanft und zögernd in die schwindelnde Höhe hinein.

Der Norden ist die schroffe Seite des Gebirges. Die Felsen steigen an wie Zinnen und die Gipfel ragen wie riesige Zacken in den Himmel. Jahrhundertelang glaubten die Menschen, hier und nicht im Dachsteinmassiv liege der höchste Berg der nördlichen Alpen. Sogar der große Mathematiker und Astronom Johannes Kepler, der in den Jahren von 1612 bis 1626 das Land neu vermessen hat, erlag noch dieser optischen Täuschung. Er hielt es gar nicht für notwendig, das ohnehin Augenscheinliche noch geometrisch zu überprüfen.

Wenn der tiefe Schnee alle Schlünde und Abbrüche bedeckt, ist das ganze Tote Gebirge sanfter und hat schwingende Linien. Aber die Schneewellen verstärken noch den Eindruck der unermeßlichen Weite mit ihrer Stille, die nur selten vom heiseren Schrei einer Dohle belebt wird. Aber unter dem Schnee gibt es gefährliche Dolinen, Felsspalten und Löcher, die hunderte Meter in die Tiefe reichen. Das Gebirge ist von unterirdischen Bächen durchzogen, die ihre eigenen Querungen bilden. Wird in einem der kleinen Seen inmitten von schütteren Lärchen Farbstoff eingeführt, tritt er in Bächen, die aus Höhlen kommen, zwanzig Kilometer entfernt auf der anderen Seite des Gebirges wieder ans Tageslicht.

Teile dieses weit verzweigten unterirdischen Bachsystems wurden in Jahrtausenden zu Höhlen ausgeschwemmt. Aufschlußreiche Knochenfunde in den sogenannten Salzöfen zeigen, daß hier schon in der Steinzeit Menschen gewesen waren, in der Höhle eine Art Jagdstation eingerichtet und dabei Schädel von Höhlenbären regelrecht bestattet hatten. Ein Schulmeister hat das Geheimnis entdeckt, von den Fachgelehrten lange als völlig unzünftig verspottet. Es mußten Wege über das Gebirge geführt haben, die heute längst versunken sind. Aber Felsritzungen der Steinzeitmenschen diesseits und jenseits des Toten Gebirges künden von solchen Übergängen. Das heute kahle Gebirge muß eine üppige Vegetation aufgewiesen haben und manche Sagen vom Überfluß an Milch und Butter scheinen in diese Zeiten zurückzuweisen. Einige Almen, wie saftige Oasen eingesprenkelt in die kahle Gebirgsfläche, könnten Überreste jener vergangenen Üppigkeit sein.

Das Leben am Rande des Karstgebirges ist saftig und bewegt. Der Fasching wird mit ganz besonderer Inbrunst begangen, mit übermütigen »Flinserlweibern« mit Trommeln und vielerlei Fleischeslust. Da kursiert ein halb grimmiger, halb neidischer Spruch: »Eine Goiserin zum Hausen, eine Ausseerin zum Mausen«.

Das Ausseer Land ist eine reiche Kulturlandschaft am Fuße des Toten Gebirges, eine Frucht der Salzvorkommen und der Wege zu diesen Reichtümern, die schon Illyrer, Kelten und Römer angelockt haben. Jahrhunderte später folgten ihnen die Habsburger als neue Salzherren, die das Land zu ihrem »Kammergut« machten, das heißt, zum Goldesel der Hofkammer, der Finanzverwaltung. Dabei gibt es feine Unterschiede zwischen der Habsburgeranwesenheit diesseits und jenseits des Toten Gebirges. In Bad Aussee hat Erzherzog Johann, der Aussteiger-Habsburger, die Postmeisterstochter Anna Plochl geheiratet, in Bad Ischl drüben wurde Franz Joseph mit Elisabeth von Bayern zusammengeführt. Die Sommerfrische der Habsburger wurde Bad Ischl mit seinen Salz- und Glauberquellen und um diese Sommerfrische der Mächtigen rankte sich die leichte Muse von Johann Strauß bis Franz Lehar.

In Bad Aussee hat man für diesen einstigen Sommerbetrieb in Bad Ischl noch im Rückblick (und wohl auch schon zu Zeiten seiner Praxis) einen feinen Spott bei der Hand. Ja, ja, der Franz Joseph von Habsburg-Lothringen. In Bad Aussee hingegen ist noch der wirkliche Habsburger, Kaiser Maximilian, der letzte Ritter, lebendig, der im Jahre 1511 die Salzfertigung besucht hat. Im Kammerhof wird mit Stolz der Kaisersaal gezeigt, ein kleiner Raum mit einem schönen Gewölbe, in dem sich Maximilian aufgehalten hatte und der heute für intime musikalische und literarische Veranstaltungen benützt wird.

Während sich in Bad Ischl das Sommertheater mit seinem musikalischen und literarischen Anhang tummelte, wurde das Ausseerland zum Treffpunkt der »ernsten« Literatur, der Dramatiker, Romanciers und Komponisten Anton Wildgans, Wilhelm Kienzl, Hugo von Hofmannsthal, Hermann Broch, Jakob Wassermann und Arthur Schnitzler. Auch Sigmund Freud kam manchen Sommer. Hugo Huppert berichtet von einer großen Villa am Grundlsee, die die Mäzenin Genia Schwarzwald den jungen Dichtern der Zwanzigerjahre gastfreundlich zur Verfügung stellte. Hermann Broch wurde in Bad Aussee vom »Anschluß« überrascht und vorübergehend im kleinen Arrest des Bezirksgerichtes festgehalten. Vorher schon starb in Altaussee der Romancier Jakob Wassermann. Es heißt, daß ihm ein Telefongespräch mit seinem Verleger, der in Deutschland schon gleichgeschaltet war, einen solchen Schlag versetzte, daß er buchstäblich zusammenbrach. In dem Telefongespräch sei ihm kühl mitgeteilt worden, daß die Betreuung seines Werkes durch den Verlag in Hinkunft nicht mehr möglich sei. Und es sei um einige tausend Mark gegangen. Sein Tod wurde am 1. Jänner 1934 bekannt.

Auf dem Friedhof von Altaussee, der sanft geneigt zum Ufer des Sees abfällt, steht ein schlichter Grabstein mit zwei Namen: Jakob Wassermann und Charles Wassermann, Vater und Sohn.

Weltgeschichte und Weltkultur haben kräftig hereingebrannt in die Gegend am Fuße des Toten Gebirges. Es handelt sich um eine »Provinz« mit steilen Zugängen zur Welt und die Idylle war zu allen Zeiten höchst gefährlich und zerbrechlich.

In geradezu spektakulärer Weise trat das Gebiet südlich und westlich des Toten Gebirges im Zweiten Weltkrieg in den Blickpunkt der Weltgeschichte, der scheinbare Schlaf wurde durch grelle Blitze gespenstisch erleuchtet.

Einigemale hielt sich der Propagandaminister Goebbels in Bad Aussee auf und der englische Geheimdienst organisierte einen Handstreich zu seiner Entführung. Das Fallschirmkommando kam jedoch zu dem geeigneten Zeitpunkt nicht zustande.

Das Salzkammergut war Schauplatz der Bildung einer größeren Widerstands- und Partisanenbewegung, der direkt und indirekt mehrere hundert Menschen angehörten und die rund 300 Verbindungs- und Anlaufstellen hatte. Den Kern bildeten entsprungene Häftlinge aus Gefängnissen und Konzentrationslagern mit dem Spanienkämpfer Sepp Plieseis an der Spitze. Manchmal wurden von der Gestapo bis zu 800 Häscher aufgeboten, um der »Rädelsführer« habhaft zu werden. Es gelang ihnen jedoch nicht, denn die Männer des Widerstandes kannten sich aus im Toten Gebirge und seinem Umfeld in Berg und Tal.

Gewiegte Wilderer und Jäger spielten hier zusammen in schicksalsträchtiger Weise. Der Sohn eines Jägers hätte aus dem Urlaub wieder einrücken müssen, kehrte aber schon einige Stationen später um und ging in die Wälder. Es kam ihm zugute, daß am selben Tag ein schwerer Bombenangriff auf den Eisenbahnknotenpunkt Attnang-Puchheim niederging und er daher als vermißt gemeldet wurde. Mittelsmänner der Widerstandsbewegung traten an den verstörten Vater heran und teilten ihm mit, daß sein Sohn keineswegs bei dem Bombenangriff ums Leben gekommen sei, sondern sich in der Nähe befinde. Aber der Vater müsse helfen, für die Flüchtlinge ein dauerhaftes Quartier zu finden in dem weit ausgedehnten Revier, das er zu betreuen hatte.

Auf diese Weise entstand ein fester Stützpunkt hoch über dem Tal auf dem Hang gegen den Schönberg zu, in einer Felsmulde, die zugedeckt werden konnte und die so günstig lag, daß man den Igel erst erkannte, wenn man unmittelbar davorstand. Als Merkzeichen für die Bewohner selbst galt eine uralte Lärche in der Nähe, ein sogenannter Hahnbaum, weil sich hier in den starken Ästen der Lärche im Frühling der Auerhahn niederläßt, bevor er seine Balz-Kunststücke beginnt. In diesem Igel liefen die Verbindungen aus dem Tal zusammen. Einige Mitglieder der Gruppe, erfahrene Wilderer, sorgten für die Hauptnahrung. Der Jäger, der froh war, seinen Sohn halbwegs in Sicherheit zu wissen, teilte ihnen Striche für die Jagd zu, damit sie nicht in fremde Reviere ausweichen mußten und dort auffallen könnten.

In der Zeit, da sich im Ausseerland allmählich die Trümmer des einstigen deutschen »Europas« zusammenfanden und geheimnisvolle Stäbe aus Ungarn, der Slowakei, aus Kroatien und Rumänien, wurde der Ausseer Salzberg, der dem Toten Gebirge gegenüberliegt, auch zu einer Schatzkammer gigan-

tischen Ausmaßes. Aus ganz Europa, soweit es unter deutscher Besetzung lag, wurden Kunstschätze herangebracht, Bilder, Skulpturen, Altäre und Gobelins von unschätzbarem Wert, darunter auch die Tafeln des weltberühmten Genter Altares. Diese Schätze, zusammengeraubt in allen besetzten Ländern, wurden hier in aufgelassenen Stollen des Salzbergwerkes gelagert, weil Museumsexperten herausgefunden hatten, daß Luft und Feuchtigkeitsgrad hier für eine längere Lagerung vorzüglich geeignet waren.

Durch Mitglieder der Widerstandsbewegung unter den Salzbergarbeitern war die Organisation stets auf dem Laufenden über die sich häufenden Einlagerungen. Als den Machthabern des Dritten Reiches klar wurde, daß der Krieg nun endgültig verloren ist, begannen sie, die Vernichtung der eingelagerten Weltkunstschätze vorzubereiten. Einpeitscher dieser Vernichtung war der Gauleiter von »Oberdonau«, August Eigruber. Er ließ schwere Fliegerbomben in das Bergwerk bringen, deren Zündung dazu geführt hätte, ganze Stollenhorizonte zum Einsturz zu bringen. Sogar unter Hitlers treuen »Experten« herrschte Verwirrung über diese Pläne.

Als bereits höchste Gefahr im Verzuge und Sprengtrupps der SS schon unterwegs waren, weil bei dieser Tat eines wahnsinnigen Herostratos nach der Meinung des Gauleiters den heimischen Bütteln nicht ganz zu trauen war, machte sich die Widerstandsbewegung an den Chef des Reichs-Sicherheitshauptamtes, Dr. Ernst Kaltenbrunner, heran, der sich ins Ausseerland abgesetzt hatte. Ein Mittelsmann der Bewegung machte Kaltenbrunner darauf aufmerksam, daß die Sprengung der Kunstschätze seine, Kaltenbrunners, Lage noch bedeutend verschlechtern würde, wenn in den nächsten Tagen der Krieg zu Ende sein werde. Kaltenbrunner redete sich zunächst auf Kompetenzbefugnisse hinaus. Er sei der Polizeihauptmann des Führers und weder Bildersammler noch Museumswicht. Aber er verstand den Wink auf den morgigen Tag. In einigen wütenden und drohenden Telefongesprächen mit dem Gauleiter Eigruber trat er dafür ein, daß die Fliegerbomben wieder aus dem Bergwerk entfernt werden. Der fanatische Gauleiter gab zwar nicht nach, aber die stärkere Macht konzentrierte sich in den Händen Kaltenbrunners, der immer noch von einer Spezialtruppe der SS umgeben war.

Die Bomben wurden aus dem Bergwerk entfernt und der Zugang zu den Schätzen gesprengt, um es Desperados unmöglich zu machen, noch in letzter Minute die vandalische Tat auszuführen.

Bevor die Amerikaner einzogen, trat Kaltenbrunner den Marsch ins Tote Gebirge an. Er gedachte auf einer abgelegenen Hütte am Wildensee am Rande des Plateaus die nächsten Wochen zu bleiben, bis sich das Ärgste gelegt haben würde und er zurückkehren könne ins bürgerliche Leben, um sich zu rechtfertigen als ein Mann, der nichts anderes getan hatte, als seine Pflicht zu erfüllen. Seine letztlich einsichtsvolle Haltung würde durch die Rettung der Kunstschätze hinlänglich manifestiert sein.

Mit Hilfe der Widerstandsbewegung wurde er tief ins Tote Gebirge hineingeführt, mit Hilfe der gleichen Bewegung wurde er einige Tage später von einer amerikanischen Patrouille festgenommen. Sein Eintreten für die Rettung der Kunstschätze wurde als zu leicht befunden gegenüber der Last seiner Verbrechen und er wurde zusammen mit den anderen Haupt-Kriegsverbrechern in Nürnberg gehenkt.

Im Ausseerland wurde massenhaft Falschgeld vieler Währungen gelagert, unter die Leute gebracht und in die Flüsse geworfen. Im Toplitzsee, einer schmalen Zunge ins Tote Gebirge hinein, finden sich heute noch Packen von falschen Pfundnoten und hin und wieder wird davon ein Bündel zutage gefördert.

Dieser Toplitzsee ist nicht nur Sarg vieler Geheimnisse, er verkörpert auch manche düstere Tradition. Da mußte in jahrzehntelanger Zwangsarbeit um die Mitte des 16. Jahrhunderts ein Kanal bis zum Kammersee hinauf in den Fels geschlagen werden. Die Bauleute waren Sträflinge und die Opfer dieser Arbeit sind unbekannt. Die künstliche Schlucht mit ihren glatten Wänden diente dem Holztransport aus damals noch unberührten Beständen, denn die Salz-Sudpfannen fraßen nach und nach die Wälder auf, jährlich über 20.000 Kubikmeter.

In Grundlsee wurde 1944 der Theologe Prof. Dr. Dr. Johannes Uhde verhaftet, weil er von der Kanzel herab »defaitistisch« predigte und für den Frieden beten ließ. Er war von seinen Kirchenoberen in das abgeschiedene Tal verbannt worden, weil er als glühender und aktiver Pazifist der opportunistischen Kirchenpolitik im Wege war.

Der Priester hat aus dem Gefängnis Briefe an seine Gemeinde geschrieben, in denen er versuchte, sie zu trösten mit dem Hinweis, daß auch Jesus Christus habe Schmach erdulden müssen. Seine Briefe waren von solch glühender Beredsamkeit, daß viele Gläubige, als sie verlesen wurden, in der kleinen Kirche laut aufschluchzten.

Da war der Salzbergangestellte Johann Moser, der als weicher Mensch geschildert wird. Er war immer bestrebt, allen zu helfen, davon ausgehend, daß er selbst, wenn es darauf ankomme, auch der Hilfe bedürfe. So hat er Verbindungsarbeit geleistet und hat Kriegsgefangenen geholfen. Er wurde verhaftet und nach Linz gebracht. Dort hat ihn seine alte Mutter besucht. Er hat sie um den Hals genommen und ihr zugeflüstert, »Ach, Mutter, sie schlagen uns so« und war kein Kind, sondern ein Mann von vierzig Jahren.

Er war ein weicher Mensch, aber er hat nichts gesagt und niemand verraten. Er wurde bei einem Bombenangriff auf das Gefängnis in Linz erschlagen.

Und da war Karl Feldhammer, Tischler und Holzknecht, bekannt und beliebt bei den Leuten. Auch er wurde verhaftet, konnte aber auf dem Transport zum Bahnhof entspringen. Er hielt sich längere Zeit im Igel der Widerstandsbewegung auf und er hätte überleben können.

Aber seine Frau Marianne war hoch schwanger und er dachte ununterbrochen an sie und trug wie an einer Schuld, daß er sie in den schweren Wochen allein lassen mußte. Seine Kameraden berichteten später, daß er oft tagelang ganz geistesabwesend war, nichts gesprochen und auf Fragen kaum Antwort gegeben habe. Man habe ihm angesehen, daß er die Ungewißheit über die Schutzlosigkeit seines Weibes nicht lange werde ertragen können. Sie redeten ihm zu, nur ja keine Dummheit zu machen, denn selbstverständlich würde sein Haus beobachtet werden.

Er aber verschwand hin und wieder und sie wußten, daß er nach Wegen suchte, mit seiner Frau zusammenzukommen.

Schließlich ging er zu ihr ins Haus. Es lag viel Schnee. Im Haus war ein kleiner Verschlag eingerichtet, in dem er sich schnell hätte verbergen wollen, wenn jemand nach ihm suchen sollte.

Sie kamen in der Nacht zum 26. Jänner 1945 und umstellten das Haus. Frau Marianne wollte ihn noch warnen mit dem Ruf »Jetzt sind sie da!«, während draußen schon die Gewehrkolben an die Türe krachten.

Karl Feldhammer sprang aus dem Fenster, sie schossen ihm mit Maschinenpistolen nach und trafen ihn tödlich. Es war eine mondhelle Nacht, sodaß sie gut zielen konnten. Der Mond warf scharfe Kanten auf die Schneewellen der Vorberge zum Toten Gebirge.

Im März 1945 brachte Marianne Feldhammer einen Sohn zur Welt.

4

Der Zug ratterte durch Süddeutschland, die ganze Nacht. Die Kettenhunde gingen unermüdlich in den Waggons auf und ab. Die Urlauber murrten über diese Bewachung.

In Tübingen wurden die Zivilisten aus dem Militärzug ausgeladen und in ein Soldatenheim geführt. Dort gab es Gerstensuppe und ein Stück Brot. Nach weiterer Bahnfahrt begann der Marsch auf die schwäbische Alb. Am Gepäck war zu erkennen, wer von zuhause kam oder direkt aus dem Lager oder dem Gefängnis. Die einen hatten Koffer oder anderes handliche Gepäck, die anderen kamen mit Säcken oder Pappkartons.

Bei einer Straßenkehre kam ihnen ein Trupp von Unteroffizieren und Feldwebeln entgegen, um sie in die Heuberg-Kasernen hinaufzubringen.

Der Kasernenkomplex war mit Stacheldraht eingezäunt. Auf einem Platz zwischen den langgestreckten Kasernen begann die erste »Musterung«. Sie mußten in Dreierreihen antreten und ein Feldwebel schrie mit lauter Stimme: »Wer ist vorbestraft wegen Hochverrat und Landesverrat, Paragraph 81 - 83 und Paragraph 87? Vortreten!«

Damasus bemerkte, daß rund die Hälfte einige Schritte vorwärts machte. Sie musterten einander, um sich die Gesichter der Nachbarn einzuprägen.

Aber gleich nach dieser »Nagelprobe« wurde der Haufen wieder durcheinandergemischt, als ob man es ohnehin nicht so genau wissen wollte, was der einzelne ausgefressen hat. Ehe Damasus zur Gänze eingekleidet war, mußte er dreimal das Quartier wechseln. Ununterbrochen gingen Unteroffiziere mit Listen herum, bis endlich die Züge, Kompanien und Bataillone zusammengestellt waren. Die erste Enthüllung, wer politisch und wer kriminell war, wurde von der militärischen Obrigkeit offenbar als Fehler erkannt, weshalb solange durchgerüttelt wurde, bis einer den anderen nicht mehr kennen sollte. Eine grobe Unterscheidungsmöglichkeit aber konnte nicht ganz beseitigt werden: unter den älteren Jahrgängen gab es mehr Politische als unter den Jüngeren und unter den Jüngeren war bei den Österreichern der Anteil der Politischen höher als bei den deutschen Kameraden derselben Jahrgänge. Das hatte mit den Zäsuren der Jahre 1933 und 1938 zu tun.

Bei der Einkleidung der Truppe kam es zu erheblichen Stockungen. Zuerst sah es aus, als dauere es so lange, bis die passenden Uniformen gefunden seien. In Wirklichkeit aber weigerten sich einige Zivilisten, die Uniform anzuziehen. Sie wurden zunächst abgedrängt, weil die Unteroffiziere nicht wußten, was in einem solchen Fall zu tun sei. In der Nähe von Damasus stand einer mit dem asketischen Gesicht eines Bekehrers. Damasus redete ihm zu, er solle doch hier keine unsinnige Demonstration machen, in der Truppe wäre er sicherer als draußen. Aber der blasse Mann schüttelte nur den Kopf und sagte »nein«.

Die Gruppe wurde schließlich umzingelt und abgeführt. Am nächsten Tag hörten sie vom nahen Sportplatz her eine Salve krachen. Die Bibelforscher wurden erschossen und das halbe Bataillon mußte dabei zusehen.

Diese Nähe zum standrechtlichen Tod begleitete die Brigade bis zu ihrem Ende.

Das Bataillon, dem Damasus angehörte, war bunt uniformiert. Da gab es viele Mäntel aus tschechischen Beständen. Sie hatten einen bräunlichen Ton und waren kürzer als die deutschen. Die Stiefel waren wohl von kavalleristischer Herkunft. Die Schäfte waren zum Marschieren zu hoch. Es waren Stiefel wie sie früher die Sautreiber getragen hatten, derb und schwer. Schon am ersten Tag war durchgesickert, daß der ganze Kasernenkomplex 1933 als eines der ersten Konzentrationslager für politische Häftlinge aus Baden und Württemberg gedient hatte. Nur eine größere Siedlung lag in der Nähe, sie hieß Stetten am kalten Markt. Die Soldaten tauften sie bald um in Stetten am kalten Arsch.

Die Luft war im November und Dezember hier auf dem Heuberg heroben kalt und rauh. An schönen Tagen sah man weit im Süden die Berge der Schweiz und Vorarlbergs mit ihren schneebedeckten Gipfeln, wenn es föhnig war, schier greifbar nahe und doch in unerreichbarer Ferne.

Die Jüngeren verschlangen das Kommißbrot wie Kuchen und waren stets darauf aus, zum Kartoffelschälen oder anderen Küchenarbeiten eingeteilt zu werden.

Zu den jüngsten Soldaten gehörten auch Angehörige des Reichs-Arbeitsdienstes, die zu Aufräumungsarbeiten nach Bombenangriffen eingesetzt waren und hier straffällig wurden. Da war ein ganz junger mädchenhafter Knabe aus Köln, der bei einer solchen Gelegenheit eine Füllfeder hatte mitgehen lassen und dafür fünf Jahre aufgebrummt bekam. Beim Waffenreinigen sang er stets das Lied in kölnisch-Platt »Wenn ich so an min Heimat denke«, und wenn er endete »Ich möcht zu Fuß nach Köln nein gehn«, brach er jedesmal in Tränen aus.

Die Unteroffiziere waren von einer landsknechtartigen und einer quasigeistigen Prägung: Die Landsknechte erzählten gern von Husarenstücken, etwa vom Abziehen einer Handgranate auf dem Stahlhelm, oder wie man das Rasseln beim Gewehr-Präsentieren dadurch verstärken kann, daß man am Boden des Schaftes eine Schraube lockert.

Ein »geistiger« Unteroffizier wieder bemühte sich darzustellen, daß vom Nibelungenlied für den Soldaten nicht etwa Siegfried das Vorbild sei, sondern Hagen, als der »Unbeugsame, Konsequente und Unverführbare«.

Einige Unteroffiziere machten sich einen Spaß daraus, beim Erlernen des Marschierens im Gleichschritt mit einer Trillerpfeife den Takt zu pfeifen wie bei der Hitlerjugend. Neben Achtzehn- und Neunzehnjährigen marschierten Männer mit 35 und vierzig Jahren, von denen die meisten ohnehin eine hartnäckige Abneigung gegen alles Militärische hatten. War das eine

Hetz, wenn so ein Alter, in den Knieen schon etwas steif, beim Hasenhüpfen mit dem Gewehr in der Hand, immer wieder versuchte, sich aufzurichten, weil ihn Knie und Schenkel schmerzten. Wenn das die Mutti sähe, höhnten die Ausbildner.

Die Österreicher unter den Soldaten machten sich einen Spaß daraus, die Obergefreiten hartnäckig mit »Korporal« anzureden. Während die jungen Rekruten sich bemühten, durch allerlei Tricks und Winkelzüge zu besseren Uniformstücken zu gelangen, taten die Älteren meist das Gegenteil. Ihnen war es lieber, wenn die Uniform so wenig wie möglich paßte, sie kamen daher wie Vogelscheuchen. Damasus, hierin solidarisch, hatte einen Mantel, der um seine dünnen Glieder schlotterte und in die Ärmel konnte er seine Hände zurückziehen, wie in einen Muff. Der Stoff der Bluse war fleckig und ausgewaschen.

Einer dieser Vogelscheuchen war ein Schriftsetzer aus dem Rheinland. Ihm kam es zu, die Dienstgrade säuberlich auf eine Tafel zu schreiben. Er tat es mit Genauigkeit und nach Dienstschluß, damit er, wie er sagte, eine schöne Fraktur hinwerfen könne.

Beim nächsten Unterricht gab es bei den Ausbildnern zuerst erstaunte Gesichter, dann Zorn und Wut. Der Schriftsetzer hatte das Wort Leutnant überall, wo es vorkam, bis hinauf zum Generalleutnant in der alten Form »Lieutenant« geschrieben. Der Zugkommandant, ein Leutnant, musterte den »Alten« in seiner zerbeulten Uniform giftig und fragte ihn, ob er nicht wisse, daß sich die Schreibweise für diesen Rang seit dem alten Fritz verändert habe. Der Alte nahm Haltung an und sagte mit dem treuherzigsten Gesicht: »Nein, Herr Leutnant«.

Plötzlich konnte der Haufen singen, nachdem es bisher immer recht dünn und schwach geklungen hatte, vom »Westerwald« bis zu den »blauen Dragonern«. Begeistert sangen sie nämlich das Lied von den Zigeunern »Wilde Gesellen vom Sturmwind umweht«. Das Lied stand noch in den älteren Liederbüchern und die meisten kannten es von irgendeiner Jugendbewegung. Nicht auf dem Marsch, wohl aber in den Stuben gesellte sich zu dem trotzigen Schlußrefrain »Uns geht die Sonne nicht unter« eine aggressivere Variante: »Euch geht die Sonne einst unter«.

Das Lied wurde schon in den ersten Wochen auf dem Heuberg zu einem Regimentslied.

Ein Oberleutnant versuchte dem Zigeunerlied gegenzusteuern. Eines der schönsten und würdigsten Soldatenlieder sei das alte Lied »O Deutschland hoch in Ehren, du heilig Land der Treu«, dozierte er. Er selbst begann es mit der Kompanie einzuüben. Er marschierte an der Spitze, bis das Lied klappte. Zum Unterschied von manchen »politischen« Offizieren, war der Oberleutnant einer von altpreußischem Typ. Er war es auch, der das HJ-Spiel mit der Trillerpfeife wieder abschaffte. Für »gewöhnliche« Soldaten wäre er wohl ein vorbildlicher Offizier gewesen, hier nutzte seine strenge Korrektheit nichts. Die Verhärtung war zu groß.

Bei einer Schießübung war Damasus abkommandiert, die Scheiben aufzustellen. Der Oberleutnant maß die Schritte zwischen den Scheiben und Damasus mußte die Pflöcke in den steinigen Boden bringen. Der Oberleutnant meinte wohl, der Soldat schlage zu sanft auf den Pflock und übernahm selbst diese Arbeit. Er stützte sich dabei mit einer Hand auf die Schulter von Damasus, der knieend den Pflock in der Senkrechten hielt und schlug schließlich Damasus mit dem Hammer auf die Faust. Der Oberleutnant war erschrocken und beugte sich zu Damasus nieder, der ein schmutziges Taschentuch über die blutende Stelle legte. Das Gesicht des Oberleutnants näherte sich dem seinen und da spürte er einen scharfen Alkoholdunst. Der Dunst des Oberleutnants roch nach Kümmernis. Der Offizier murmelte eine Entschuldigung und holte selbst einen Sanitäter herbei, damit er die Wunde versorge, die er dem Soldaten beigebracht hat.

Die »Heuberger« durften einzeln nicht ausgehen, auch wenn an Sonntagen dienstfrei war. Nur in Gruppen unter Führung von Unteroffizieren konnten Spaziergänge unternommen werden. Dann kehrten sie in ein Gasthaus ein auf ein »Stammgericht«. Meist war es ein Kartoffel- oder Rübengericht. Wenn in einem solchen Gasthaus schon Soldaten anwesend waren, geschah es oft, daß diese Kameraden das Lokal verließen, wenn die »999iger« kamen. Sie waren an zwei Merkmalen zu erkennen: die Jüngeren waren bis vor kurzem noch kahlgeschoren gewesen. Alle zusammen hatten einen roten Balken über die Schulterklappe. Das wies sie als Strafsoldaten aus. Sie waren verwandt mit den »lateinischen Kanonieren«, die – ehemalige Studenten – als Teilnehmer von 1848 in abgelegenen Garnisonen der Monarchie strafweise dienen mußten.

Auf dem Kasernenhof gab es gehässige Ausbrüche. Wegen einer schnippischen Antwort mußte Damasus auf dem nassen Kasernenhof robben. Er war schon sehr müde und legte sich mit dem Gesicht auf den Boden, aber so, daß der Kopf von dem Stahlhelmrand gestützt wurde. Er troff vor Nässe, weil der Boden zahlreiche Pfützen aufwies. Der Unteroffizier aber trat dem am Boden Liegenden mit dem Stiefel auf den Stahlhelm und schrie dabei: »Ich werde dich wieder hinbringen, wo du hergekommen bist!«

Bei einer Übung kam die Kompanie, der Damasus angehörte, bis an den Dorfrand von Stetten am kalten Markt heran. Damasus hatte ein leichtes Maschinengewehr zu bedienen, neben ihm lag ein Berliner, der an der rechten Hand eine ausgeprägte Narbe hatte, ein Andenken an die große Demonstration gegen die Hinrichtung von Sacco und Vanzetti in Berlin, bei der er eine große Auslagenscheibe eingeschlagen hatte.

Sie feuerten ihre Platzpatronen in kurzen Feuerstößen in Richtung auf das Dorf und mußten Stellungswechsel an eine Straße machen. Sie warfen sich in den Straßengraben. Da kamen einige Bäuerinnen daher. Als die letzte auf der Höhe des leichten Maschinengewehrs ging, warf sie Damasus ein großes Stück Brot zu. Es war selbstgebackenes Bauernbrot mit viel Weizenmehl.

Einmal machten sie einen Marsch in die Wälder hinaus, die unter dem Heuberg lagen. Die Bäume waren durchsichtig und man konnte von der Höhe über viele Hügel sehen. Dort hinten lag ein langes, gewundenes Tal. Im Angesicht dieses langgestreckten Tales wurden die Österreicher schweigsam. Es war nämlich das junge Donautal, vor dem sie standen, das wie ein unerreichbarer Hohlweg in die Heimat führte.

In dieser Zeit, etwa zu Weihnachten, wurden sie plötzlich neu eingekleidet. Die Uniformen paßten besser und sie waren auch wärmer. Es hieß, daß sie nach Rußland gehen würden. Sie waren alle bedrückt, denn sie wußten, daß eine ganze Armee in Stalingrad eingekesselt war. Das Ereignis wurde zwar auf eine der üblichen »Einigelungen« heruntergespielt, aus der man bald werde ausbrechen können. Möglicherweise, so rätselten die Soldaten, seien sie nun dazu bestimmt, Stalingrad zu entsetzen.

Es gelang, über Kassiber die Familien zu verständigen und in den nächsten Tagen versammelten sich vor den Kasernentoren Gruppen von Frauen, die gekommen waren, ihre Männer noch einmal zu sehen. Sie kamen nicht zueinander und konnten sich nur gute Wünsche zurufen. Es war eine niederdrückende Verabschiedung. Dabei hatte es auch noch zu schneien begonnen, in schweren nassen Flocken.

Aber schon nach wenigen Tagen mußten sie die neuen Winter-Monturen wieder abgeben. Im letzten Moment mußte ganz »oben« jemand entschieden haben, daß eine Verlegung der potentiellen Meuterer nach Rußland doch nicht ratsam sei.

Die Wiedereinkleidung in zufällige Beuteuniformen war noch von einem anderen Schritt begleitet: die Truppe wurde abermals durcheinander gemischt. Es wurde ein neues Regiment gebildet und für ein drittes schon der Rahmen geschaffen. Damasus wurde vom Regiment 961 zu 962 transferiert. Die Führung vermutete wohl, der vorgesehen gewesene Abmarsch nach Rußland habe die Politischen des Regiments zu Zusammenrottungen bewogen und es sei notwendig, entstandene Verbindungen neuerlich zu zerschneiden.

Das Regiment wurde nach Belgien verlegt. In den großen Kasernen am Truppenübungsplatz in Maria ter Heide bei Antwerpen standen vor dem Offizierskasino als Trophäen meterhohe deutsche Geschoßkartuschen aus dem ersten Weltkrieg.

In Belgien war die Truppe auch Besatzung. Sie hatte Bahnübergänge, Kanäle und Magazine zu bewachen. Auch vor riesigen Kohlenhalden standen sie Posten und Damasus beobachtete, wie sich alte Leute stundenlang an der Straße aufstellten, um Kohlenstücke, die beim Abtransport von den Lastwagen fielen, zu »bergen«. Er sah zu, wie die Alten bis an den Rand der großen Halde herankamen und sich vorsichtig die Einkaufstaschen füllten.

In der Umgebung der Kasernen gab es kleine Kneipen, in die sie nach der Wachablösung gemeinsam mit einem Unteroffizier gelegentlich einkehrten. Es gab dunkles Bier zu trinken, das künstlich gesüßt war.

Eine mütterliche Kellnerin beobachtete Damasus schon einigemale. Einmal machte sie ihm hinter dem Rücken des Unteroffiziers Zeichen, deutete auf seinen roten Balken auf der Schulter und lächelte.

Die Bevölkerung wußte augenscheinlich, mit welcher Besatzungstruppe sie es zu tun hatte. Aber ihr Selbstbewußtsein schien auch noch von der sich abzeichnenden Katastrophe der deutschen Wehrmacht bei Stalingrad gespeist zu sein.

An einem Sonntag im Jänner 1943 wurden sie im Turnsaal einer der großen Kasernen zusammengetrieben. Es hieß, sie müßten eine Rede des Reichsmarschalls Hermann Göring anhören.

Was die Soldaten hörten, war die Totenrede für die sechste Armee. Der Reichsmarschall sprach von dem klassischen Beispiel der Termopylen-Schlacht, bei der eine handvoll Griechen der persischen Übermacht getrotzt und dabei ihr Leben hingegeben haben. Ihr Opfer sei als leuchtendes Beispiel in die Weltgeschichte eingegangen. Was aber seien die 300 Griechen unter Leonidas gegen eine ganze Armee, die gegen den Ansturm der bolschewistischen Barbarei gekämpft hat bis zur letzten Patrone und bis zum letzten Mann?

Der Reichsmarschall hatte sonst eine kräftige Stimme. Heute aber, im feierlichen Pathos, schien sie da und dort brüchig.

Die Rede klang mit der Versicherung aus, daß das Eis des Winters wieder brechen werde und damit auch die Zeit neuer Siege käme.

Ein Satz aus Wagners Götterdämmerung beendete die Leichenrede. Die Unzulänglichkeit des technischen Apparates brachte es mit sich, daß die Töne des schweren Bleches zu dröhnen begannen.

Sie verließen schweigend den Saal.

Die Niedergeschlagenheit der Offiziere und Unteroffiziere hielt einige Tage lang an. Die Soldaten trugen den Kopf höher. Aber da war auch ein großer Zwiespalt. Sie wußten, daß ihre eigene Freiheit von der Niederlage Deutschlands abhing. Doch das war eine abstrakte Formel. Jeder von ihnen hatte Verwandte bei der sechsten Armee, Jugendfreunde und Schulkameraden. Sie alle mußten dort an der Wolga zugrunde gehen und es war ein gewaltiger Blutverlust, auch für sie alle.

Die »stolze Trauer« war eine niederträchtige Demonstration. Aber die echte Trauer nagte in ihren Herzen.

Sie wußten beim Anhören der Göring-Rede noch nicht, daß die Totenfeier zu einem Zeitpunkt stattfand, zu dem in Stalingrad noch gekämpft wurde. Sie wußten damals auch noch nicht, daß entgegen den Beteuerungen des Reichsmarschalls in Stalingrad noch 90.000 Soldaten in Gefangenschaft geraten sind.

Das hohe Kommando zeigte bald wieder demonstrative Stärke. Ein junger Mann hatte sich von der Truppe entfernt. Er sei, so verteidigte er sich, nach dem Besuch bei einem Mädchen ohnehin schon auf dem Rückweg in die Kaserne gewesen, als sie ihn festnahmen. Er trug die übliche Igelfrisur, war also direkt aus dem Lager zu 999 gekommen. Der Soldat, er war noch keine zwanzig Jahre alt, wurde in einem Schnellverfahren zum Tode verurteilt. Die Erschießung fand im Hof des alten Forts Braschach statt.

Das ganze Bataillon wurde zur Hinrichtung kommandiert. Schweigend zogen die Kolonnen in den Hof ein, der von hohen Betonmauern umgeben war. Die Mauern hatten nicht nur die graue Farbe des Betons, sie hatten auch noch dazu die zerfallende Düsterkeit des Alters, wie Ruinen. An einer Breitseite des Festungshofes war ein Pfahl in den Boden gerammt und in etwa zehn Schritten Entfernung hatte eine Gruppe von Unteroffizieren Aufstellung genommen, die das Hinrichtungskommando stellte.

Als die Verbände in einem Karree aufgestellt waren, wurde der Delinquent in den Hof geführt. Er trug den grünen Drillich, die Arbeits- und Freizeitmontur. Als er sah, daß das Bataillon angetreten war, zuckte er zusammen, hielt aber den Kopf hoch. Der »Deserteur« hatte ein jugendliches Gesicht wie ein Lehrling, das blonde Igelhaar gab den Zügen ein erstauntes Aussehen, als wüßte er gar nicht recht, wie ihm geschah.

Er ging in der Mitte einer Bewachung, die das Bajonett aufgepflanzt hatte. Der Junge wurde mit den Armen am Rücken an dem Pfahl festgebunden, neben ihm standen jetzt nur noch der Gerichtsoffizier und ein Pfarrer in Uniform. Der Gerichtsoffizier verlas mit leiernder Stimme noch einmal das Urteil. Wenige Meter entfernt, verstand man kein Wort mehr davon.

Dann wurden dem Soldaten mit einem schwarzen Tuch die Augen verbunden und es sah aus wie beim Blindekuh-Spiel. Auf dem Festungshof breitete sich nun eine lähmende Stille aus. Der Pfarrer sprach noch auf den Todeskandidaten ein, dann trat auch er zurück.

»Legt an! Feuer!« lauteten die kurzen Befehle und eine Salve krachte. Dann wurde »Kehrt« kommandiert und hinter dem Rücken hörten die Soldaten Schüsse, wie ein Peitschenknall. Ein Leutnant hatte dem Füsilierten noch zwei Fangschüsse gegeben, weil die Salve offenbar nicht genügt hatte, einen schnellen Tod herbeizuführen.

Dann trat noch ein Oberarzt an den Pfahl heran. Er stellte den Eintritt des Todes fest.

Die Kompanien marschierten stumm ab und als das Kommando »Ein Lied!« kam, blieb alles stumm, sodaß die Offiziere und Unteroffiziere an der Spitze der Truppen mit einem verbissen schweigenden Haufen in die Kasernen marschieren mußten.

Einige Tage später hieß es, wer an einem Ausflug nach Antwerpen teilnehmen möchte, könne sich melden. Der Unteroffizier, der die Führung übernehmen sollte, erklärte, es gäbe dort auch ein Wehrmachtsbordell. Als sich nur wenige meldeten, keifte sie der Unteroffizier aus: »Ihr Blödmänner, da riskiert ihr das Leben wegen einer Möse, aber wenn ihrs gefahrlos haben könnt, dann wollt ihr nicht? Was seid ihr für kuriose Grenadiere!«

Sie wußten nicht, wohin sie verlegt werden, als sie einwaggoniert wurden. Sie wußten nur, daß es nicht nach dem Osten ging, weil sie inzwischen Afrika-Uniformen erhalten hatten. Sie fuhren endlose Strecken mit Zügen, die offenbar um die großen Städte herumgeführt wurden. Erst nach zwei Tagen und Nächten kamen sie an. Von der Bahnlinie weg mußten sie noch etwa 15 Kilometer marschieren, wobei das Regiment zerstückelt wurde auf Gruppen von je zwei Kompanien. Eine kleine Tafel am Ortseingang zeigte an, daß sie sich nun in Boucoraine befanden. Das kleine Weinbauerndorf gehörte zu der Bannmeile von Nimes, das wieder nicht weit weg von Marseille und von Avignon lag.

Der Zug, zu dem Damasus gehörte, wurde in der Scheune einer Weinbaugenossenschaft einquartiert. Sie lag am Rande des Dorfes, wo die Felder und Weingärten begannen.

Während es am Tage schon warm war, wenn sie bei den Übungen herumgehetzt wurden, war es am Abend empfindlich kühl. Manchmal zündeten sie vor der Scheune ein Feuer an und verbrannten dazu alte Weinstöcke. Die Strünke glosten nur und strömten einen Geruch aus, der an Weihrauch erinnerte. Auf den Feldern, die noch nicht bestellt waren, fanden sie manchmal kleine Rüben, die bei der Ernte übersehen worden waren. Sie versuchten, die Früchte im Weinstockfeuer anzurösten, aber die Rüben waren gefroren gewesen, es war ihnen auch durch das Feuer kein Geschmack zu geben.

In der weiteren Umgebung, zu der sie bei Bataillonsübungen ausrücken mußten, gab es große Gehölze aus Wacholder. Dazwischen wuchs mannshoher Ginster und auch der Geruch von Lavendel lag ständig in der Luft. Die Wacholderbeeren waren braun. Sie fraßen die Beeren hinein wie Kirschen. Die ersten schmeckten süßlich, aber im Magen begannen dann die scharfen Säfte zu wirken und verursachten schmerzhaftes Sodbrennen.

Bei einem dieser Geländeübungen schallte aus einem wilden Haufen ein aufrührerisches Lied, ein alter Ganovengesang, wie es hieß:

»Braten und zwei Biere,
aber nur für die Herrn Offiziere.
Aber nicht für dich,
Junge, Junge, Kohldampf fürchterlich!«

Während das Zigeunerlied »Wilde Gesellen« nicht förmlich verboten wurde, dieses andere wurde strikte untersagt und dies bei einer Kompaniebelehrung ausdrücklich bekanntgegeben.

Das Dorf Boucoraine lag an einen Hügel gelehnt und schien beinah menschenleer zu sein, meist waren nur alte Frauen zu sehen, wenn die Soldaten in Gruppen durch das Dorf gingen. Am Abend mußten sie in der Scheune bleiben.

Und doch war auch in dem kleinen Dorf erbarmungsloser Krieg. Eines Tages wurde bekanntgegeben, daß zwei Soldaten erschossen wurden, nachdem ein Kriegsgericht sie zum Tode verurteilt hatte. Sie hätten, so wurde erklärt, mit »polnischen Banditen« Verbindung aufgenommen.

Bei den Hingerichteten handelte es sich um Schlesier von der ehemals polnischen Grenze, um sogenannte Peronjes, die deutsch und leidlich polnisch sprachen.

Diesmal erfolgte die Erschießung nicht öffentlich, weil sich das Kommando davon keine abschreckende Wirkung auf die Bevölkerung erhoffte.

Zweimal konnte der Zug, dem Damasus angehörte, einen Ausflug nach Nimes machen. Im Zentrum der Stadt lag ein großes Kolosseum aus der Römerzeit, das mit seinen festgefügten Steinquadern von außen noch immer einen imponierenden Eindruck machte.

Auffallend waren in der Stadt niedrige Brückenwagen, die von Soldaten aus Indochina gezogen wurden und auf denen sich riesige Fässer befanden. Sie enthielten Fäkalien aus den Kasernen und dementsprechend stanken auch die Transporte durch die Stadt. Die kleinen gelbhäutigen Soldaten trotteten stumpf dahin wie Gefangene. Sie waren hier seit dem Waffenstillstand interniert.

Die 999er wußten nicht, daß sich vor zwei Jahren im Umkreis von Nimes die große Tragödie der deutschen Emigration abgespielt hatte mit Internierung, Auslieferung, Flucht und Tod.

Die Soldaten von 999 wurden von drei Unteroffizieren in ein Soldatenheim geführt, das für Luftwaffen-Bodentruppen bestimmt war. Es war das gewohnte Bild: nach einigen sarkastischen Zurufen erkannten die »regulären« Soldaten, mit wem sie es zu tun hatten, und rückten ab von der Gruppe, die sich heißhungrig über das Stammgericht hermachte. Selbst die Unteroffiziere wurden einbezogen in die Kälte und Verachtung. Einer murmelte beim Hinausgehen, daß es eine Schande sei, mit den Banditen in einen Topf geworfen zu werden. Aber er murmelte leise, denn die Tage in der Etappe waren gezählt.

Als sie zum zweitenmal nach Nimes kamen, war Sonntag. Auf dem Platz vor dem Kolosseum herrschte Jahrmarkttreiben mit Lärm, Ringelspiel und Schießbuden.

Heute sah man wieder viele Soldaten der ehemaligen indochinesischen Kontingente. Heute trugen die kleinen Männer, von denen einer dem anderen aufs Haar zu gleichen schien, bessere Uniformen, die Hosen waren gebügelt und sie trugen die Köpfe hoch. Niemand hätte geglaubt, daß es sich um dieselben Soldaten handelte, die an den Wochentagen die großen Fäkalienfässer von den Kasernen weg durch die alte Stadt Nimes zogen, vor die Wägen gespannt wie Schlittenhunde. Heute traten sie selbstbewußt auf, sie zeigten durch eine kühle Zurückhaltung, daß ihre Welt eine andere war.

Ein Unteroffizier lud Damasus auf seine Stube ein. Er hatte eine Flasche Rotwein auf den Tisch gestellt und versuchte, mit Damasus eine Unterhaltung in Gang zu bringen.

Er erzählte, daß er morgen Hochzeit haben werde. Eine Ferntrauung, bei der statt des Bräutigams ein Stahlhelm da sein werde, wie er mit wehmütigem Sarkasmus sagte.

Es sei besser, man ordne seine Sachen, bevor man an die Front gehe.

Damasus antwortete nicht, denn er fürchtete, der Unteroffizier könne ihn aushorchen.

»Ihr schätzt uns falsch ein«, sagte der Unteroffizier, »wir haben auch unser Kreuz mit euch zu tragen«.

Sie tranken die Flasche Wein und dann noch eine, aber ein wirkliches Gespräch wollte nicht in Gang kommen. Schließlich versuchte der Unteroffizier, Damasus zu umarmen, sei es, weil er betrunken war, sei es, daß er sich nur so stellte, um homosexuelle Neigungen zu tarnen. Damasus wich zurück und der Unteroffizier blieb allein in seiner Schirrkammer zurück.

Einige Tage später wurden sie wieder einwaggoniert. Sie verließen das Dorf Boucoraine zu nachtschlafener Zeit.

5

Sie sahen die Zinnen der Päpsteburg in Avignon glänzen, sie kamen in der Nacht an Marseille vorbei und später an Nizza, das jetzt italienisch war und sahen in Genua die verheerenden Wirkungen der Beschießung der Stadt durch englische Schiffsartillerie. Dann ratterten die Transporte hinunter bis Neapel, wo sie für kurze Zeit in dem neuerbauten Kasernenviertel Casanella untergebracht wurden.

Im Hafen lagen einige Schiffe, aber es war bekannt, daß keines mehr über das Mittelmeer nach Afrika hinüber kam, höchstens noch Zerstörer.

Wenn sie durch die Straßen der Stadt marschierten, sangen sie laut und herausfordernd: »Nur einen Rückzug noch in Afrika, dann ist alles vorbei!«

Schon bei ihrem Aufenthalt in Belgien und Frankreich hatte die Truppe allmählich zu ihrer eigenen Identität gefunden. Eine besondere »Unart« hatte zu keimen und schließlich zu wuchern begonnen: der Gebrauch des Rotwelsch, der Sprache der Gauner, Gaukler und fahrenden Leute, von welcher aus der Gefängniszeit jeder einige Brocken kannte. Sie nannten das Hemd »Staude«, sagten zum Essen »achilen« und zum Arbeiten »malochen«. Wenn etwas anrüchig war, dann sprachen sie von einer »linken Vigine« und den Sold nannten sie die »Lobe«.

Die Stammannschaften waren erbost über diesen Einbruch des »Ganovenidioms«, aber sie konnten das Vordringen der boshaft blühenden Sprache nicht verhindern, die sie fortan begleitete wie ein abgerissener Mantel mit buntem Unterfutter. Es lag eine zähe Widersetzlichkeit gegen Zucht und Ordnung im Gebrauch der seltsamen Wörter und Sätze.

Sooft sie auch später durcheinandergewürfelt wurden, das Rotwelsch war ein gediegenes Erkennungszeichen. Sie hatten, wenn sie es hörten, einander gleichsam im Wind.

An einem Abend griffen englische Bomber die Hafenanlagen an und die Soldaten mitsamt der Bevölkerung der nahen Stadtteile flüchteten in einen großen Tunnel, der zwei Stadtteile miteinander verband. Hier war ein Riesengewölbe ausgesprengt, in dem gut zehntausend Menschen Platz fanden. Obwohl die Bomben krachten und die Abwehrkanonen donnerten, herrschte in dem Tunnel ein lebhaftes Treiben. Kinder bettelten die Soldaten an, grellgeschminkte Mädchen umkreisten sie, obwohl italienische Militärpolizei und deutsche Kettenhunde ständig hin und her pendelten. Zahlreiche Stände hatten sich in den Tunnel zurückgezogen mit Orangen und Rosinen. Als ob es die selbstverständlichste Sache der Welt wäre, mitten im Bombenangriff Jahrmarktgeschäfte zu betreiben, gab es gebrannte Mandeln und Anisgebäck. Die streunenden Soldaten von 999, die hier in diesem Tunnel geradezu erste Freiheit witterten, deckten sich mit Süßigkeiten ein. Diese letzten Tage in Neapel waren auch die letzten im Hinterland.

Die Ju 52 flog niedrig und sie flog über dem Land. Die Straße von Messina hatten sie gar nicht wahrgenommen. Aus der Führerkanzel piepste es ununterbrochen von aufgefangenen Meldungen und Hinweisen.

Es war später Nachmittag und der Himmel war verhängt. Sie flogen unter der Wolkendecke und das Land unter ihnen schien sich ihnen entgegenzuwölben, wenn die Maschine zu einer Schleife ansetzte.

Dann schrie ein Unteroffizier: »Achtung, wir gehen runter, anschnallen!« Sie kurvten dem Land näher und es sah aus, als ob von der braunen Erde Nebel aufstiege. Schwerfällig setzten sie schließlich auf und die Unteroffiziere trieben sie an, schnell aus der Maschine zu kommen und nichts zurückzulassen.

Schwer beladen stolperten sie aus dem Flugzeug und sollten sich formieren. Aber die Ausrüstung war durcheinandergeraten. Nicht jeder hatte seine Waffe und seinen Rucksack.

Sie schwenkten vom Flugzeug weg und das mußte einem Unteroffizier wohl zu unordentlich aussehen, denn er schrie in höchster Erregung »Aufgehen, Sauhaufen, aufgehen!«. Es war derselbe, der ihm einmal den Stiefel auf den Stahlhelm gesetzt hatte.

Damasus spürte, wie ihn der schwere Rucksack zu Boden zog und das Maschinengewehr sich ständig im Riemenzeug verhedderte. So sehr er sich auch bemühte, er blieb hinter den anderen zurück. Er hörte wilden Motorenlärm in der Luft und ein Rauschen, als käme schwerer Regen von den dunklen Wolken herab.

Er sah, wie sich die Gruppe vor ihm niederwarf und ließ sich ebenfalls fallen.

Da krachte es ringsum und einige Flugzeuge in der Nähe begannen zu brennen. Aus sogenannten »Giganten«, großen Lastflugzeugen, schossen die Flammen hoch empor in den Himmel, der plötzlich ganz dunkel geworden war. Die Hitzewelle erreichte ihn.

Er lag in einer Furche, die von schweren Lastfuhrwerken gebildet worden war. Die Ränder waren hart wie Stein und rochen nach verbranntem Öl.

Er lag mit dem Gesicht zur Erde und spürte, wie die Splitter ringsum in die Erde fuhren mit einem trockenen Klicken. Erst später, als der Bombenangriff vorbei war, sah er, daß ein langer Splitter die Decke durchschlagen hatte, die als Rolle über dem Rucksack lag. Auch der Stahlhelm, der auf die Rolle geschnallt war, hatte im Schild, das die Augen schützen sollte, ein Loch mit fransigen Rändern.

Er rannte über den Flugplatz und er rannte ganz allein, so schien es ihm, weil die Rauchschwaden dicht über der Erde lagen.

Er lief vorbei an seiner Gruppe, die noch immer am Boden lag. Der Unteroffizier, der die Soldaten noch zum Aufgehen angetrieben hatte, lag auf dem Rücken und hatte den Mund offen, aus dem Blut quoll. In einer Wagenfurche lag der Unteroffizier, der vor wenigen Tagen ferngetraut worden war.

Auch er war tot, obwohl nur ein dünnes Rinnsal von Blut aus seiner Schläfe sickerte. Das Magazin seiner Maschinenpistole war aufgerissen, die Feder war herausgesprungen wie bei einem zerbrochenen Spielzeug.

Damasus lief und keuchte. Erst am Rande des Flugplatzes traf er einen Kameraden aus seiner Gruppe, der weggelaufen war, bevor der Haufe sich formiert hatte.

Es dauerte eine ganze Stunde, bis die Versprengten gesammelt waren. Einer brachte einen ganzen Arm voll Brot. Er hatte noch für die ganze Gruppe gefaßt, von der jedoch nur zwei unverletzt geblieben waren. Auch ein halber Kanister Wein war plötzlich da. Sie lagerten sich unter einem dünnkronigen Baum in der Nähe des Flugplatzes am Fuße einer aus losen Steinen gebildeten Mauer. Der Baum war ein Mandelbaum, der schon kleine grüne Früchte trug.

Kein einziger Offizier, aber auch kein Unteroffizier ließ sich sehen, um sich zu erkundigen, wie es den Soldaten gehe und ihnen mitzuteilen, wie hoch die Verluste seien.

In dieser seltsamen Nacht unter sizilianischem Himmel kamen keine rebellischen Unterhaltungen auf. Der Schock saß tief und die Angst vor dem nächsten Morgen.

Es waren lastende, stockende und merkwürdig schwebende Gedanken, die unter dem Mandelbaum am Steinzaun bei Castelvetrano sich zu Sätzen formten, behutsam und seltsam weggerückt von den letzten Stunden.

Der älteste von ihnen berichtete dann, wie er in Neapel noch im Wehrmachtsbordell gewesen war. Das Mädchen habe ihm, wie der Hufschmied das Pferd, sein Bein hochheben lassen. Dann habe das Weib mit dem Fingernagel auf die neue Schuhsohle geklopft und erklärt, daran erkenne man, daß er an die Front gehe. Er werde von dort nicht zurückkommen. Das sei so eine Art, den braven Soldaten aufzumuntern.

Sie tranken aus dem Kochgeschirr den bitteren Rotwein, den sie aus dem Kanister geschüttet hatten. Aber der Wein berauschte nicht, er legte sich nur wie eine Last auf ihre Gedanken. Sie kauten das Brot und erkannten gar nicht recht, daß sie jeder mindestens schon die dreifache Tagesration verschlungen hatten, ohne satt zu sein.

Der Himmel war voll von Sternen, aber sie schienen nicht hell, sondern wie durch einen feinen Schleier. Da völlige Windstille herrschte, hatten sich Pulverdampf und stinkender Rauch noch Stunden nach dem Bombenangriff nicht verzogen. Sie schliefen nicht, sondern dösten nur dahin, mit einer schrecklichen Müdigkeit in den Beinen und sahen den bleichen Morgen langsam heraufkriechen.

Zu den Flugzeugen trotteten sie wie zu einer Hinrichtungsstätte und hier erst sahen sie einige bekannte Offiziere und Unteroffiziere wieder, die sich die ganze Nacht ängstlich von ihnen ferngehalten hatten.

Sie flogen, ein Pulk von etwa 20 Junker-Maschinen, ganz flach auf das Meer hinaus und Sizilien blieb rasch hinter ihnen zurück. Die Motoren dröhnten und das blaue Meer unter ihnen war so nahe, daß man die schaumgekrönten Wellen sehen konnte. Mit ihnen flog der Bataillonskommandeur und das Flugzeug hielt sich in der Mitte des Pulks. Sie lagen auf Waffen und Geräten, auf Säcken und Ballen wie in einer militärischen Rumpelkammer.

In der Belehrung vor dem Abflug in Neapel hatte man ihnen gesagt, daß jedes einzelne Flugzeug »wehrhaft« sei und sich vor englischen Angriffen schützen könne. Sollte es trotzdem dazu kommen, daß eine Maschine auf das Wasser niedergehen müßte, dann sei der Flugzeugkörper so leicht, daß er ein paar Minuten schwimmend oben bliebe, so daß genug Zeit zum Aussteigen bliebe.

Der Weg von Sizilien bis auf das afrikanische Küstenland war nicht weit. Sie torkelten mehr als sie flogen, weil sich in der geringen Höhe die Winde besonders bemerkbar machten. Immer wieder sackten sie ab in Löcher, die direkt auf das Wasser zu münden schienen.

Da hörten sie im Motorengedröhn plötzlich Maschinengewehrfeuer. Es rasselte von mehreren Seiten. Sie mußten von englischen Spitfires angegriffen worden sein und die Maschinen am Rande des Pulks schossen zurück. Man konnte den verschiedenen Ton der Maschinengewehre deutlich unterscheiden. Das deutsche LMG klang etwas dumpfer als das der Spitfires.

Damasus schaute ängstlich bei der kleinen Luke hinaus, obwohl ihn sein Nachbar zurückzerren wollte. Er sah, wie eine der Maschinen Feuer gefangen hatte und auf das Wasser niederging. Sie kam jedoch nicht mit dem Rumpf auf das Wasser sondern zuerst mit einer Tragfläche. Dadurch überschlug sich die Maschine in Sekundenschnelle und schoß in einem Wirbel in die Tiefe des Meeres. Es blieb nur ein Fleck weißen Schaumes.

Da die Maschinengewehre immer noch hämmerten, würde es nur eine Frage der Zeit sein, bis das Feuer auch an sie herankommen würde. Er schloß die Augen, konnte aber dann doch nicht anders, als hinzuschauen auf das Grauen. Das Meer schien übersät von weißen Flecken, deren Ringe ineinander liefen.

Endlich kam flaches Land in Sicht und sie gingen schnell auf den improvisierten Feldflugplatz nieder. Sie krochen aus den Rümpfen und liefen, so schnell sie konnten, von der planierten Wiese weg.

In einem schütteren Wäldchen blieben sie zunächst schnaufend liegen. Die Bäume waren wie Weiden, mit schmalen und silbrig glänzenden Blättern. Die graue Rinde war durch Maschinengewehrgarben in langen Striemen aufgerissen. Sie krochen daher von den Ölbäumen weg in ein kleines Maisfeld, das ihnen wenigstens Deckung vor Sicht bot.

Sie verzehrten ihr Überfluß-Brot aus Castelvetrano. Die Brocken waren hart geworden, es war offenbar Mais unter das Brotmehl gemischt. Als die Dämmerung hereinbrach, gingen sie bis zu den Gleisen einer Schmalspurbahn vor. Sie lagen auf der Halbinsel Kap Bon am Rande eines kleinen Rangierbahnhofes und zwischen den rostigen Gleisen wuchs roter Mohn.

Nun war es dunkel. Drüben auf einem anderen Gleis wurde langsam ein langer Zug mit offenen Waggons hereingeschoben, die dicht mit Soldaten besetzt waren. Es waren Gebirgsjäger, die abgelöst wurden. Sie lärmten und grölten vor Übermut.

Der erfahrene Soldat, der am Vortag das Brot für die ganze Gruppe organisiert hatte, machte sich auf den Weg zu den »Regulären« hinüber. Bald schon kam er zurück und schleppte einen ganzen Kanister Wein mit sich.

»Sie sind vollkommen blau und waren freigebig, weil sie den Wein nicht ins Flugzeug nehmen können«.

Sie krochen in eine Bahnunterführung und begannen aus den Kochgeschirren den Wein zu trinken. Die Gebirgsjäger drüben fingen an zu singen, zuerst wild durcheinander, bis sie einigermaßen zu der Melodie vorgedrungen waren.

»Gefangen in maurischer Wüste
Sitzt verlassen ein Fremdenlegionär.
Seine Augen sind heimwärts gerichtet,
Denn er sieht seine Heimat nicht mehr!«

Das Lied war in der Armee streng verboten wegen des defaitistischen Grundtones und weil der Dienst in der Fremdenlegion Landesverrat war.

Die Strafsoldaten kauerten im Gewölbe der Bahnunterführung und hörten, wie der wilde Gesang allmählich verebbte und versank. Die Waggons waren weitergefahren.

Damasus stolperte in die Mohnwiese hinaus. Vor dem Gewölbe legte er sich nieder und schaute in den Himmel, der jetzt, anders als drüben in Sizilien, klar und sternübersät war. Als der Zug schon lange verschwunden war, kam aus der Ferne ein krachendes Poltern heran. Auf die Bahnlinie wurde ein Bombenangriff geführt und die Erde, auf der Damasus lag, zitterte unter den fernen Einschlägen.

Über dem Himmel sausten die Leuchtspurgeschoße hin und her, hinüber und herüber so rasend schnell wie Sternschnuppen. Die Bahnen hatten eine flache Wölbung und wenn sie sich senkten, verlöschte die Glutspur. Der Mohn begann in der Nacht zu duften.

Am Morgen fuhren sie dann, zusammengedrängt auf offenen Waggons nach Tunis hinein. Auf den Wagen waren MGs zur Abwehr von Flieger-Angriffen montiert.

6

Ein Streifen wie braunes Moos trieb zu den Kaimauern heran. Es waren aufgelöste Zigaretten, weil vor wenigen Tagen ein Schiff bombardiert worden war, das Nachschubgüter gebracht hatte. Es hieß, daß Millionen »Attika« ins Wasser gefallen waren und sich dort aufgelöst hatten.

Als sie in die Straßen von Tunis gelangten, mußten sie sich wieder halbwegs um eine Marschordnung bemühen. Das Lied der Rommel-Armee, das sie anstimmen mußten, klang wie ein Hohn:

»Es rasseln die Ketten, es dröhnt der Motor,
Panzer rollen in Afrika vor!«

Es war unverkennbar vom ersten Augenblick an, daß Tunis schon eine Frontstadt geworden war, in welche die Trümmer einer ganzen Armee zurückfluteten. In den Straßen standen Panzer, die keinen Treibstoff mehr hatten, viele Soldaten machten einen abgerissenen Eindruck. An allen Straßenecken wurde eifrig geschachert.

Sie wurden in einer großen palastartigen Kaserne untergebracht, die nach dem Marschall Foch benannt war. Durch Säulengänge und hohe Bögen kam man in Höfe, die mit Palmen bewachsen waren. Aber die Pracht täuschte. Das Gemäuer begann bereits zu zerfallen. Auf die Steinböden unter hohen Gewölben war loses Stroh geschüttet, das schon ganz zermahlen war. Aber an Schlaf war ohnehin kaum zu denken, denn in der Parade-Kolonialkaserne nisteten Wanzen in ungeheurer Zahl. Sie krochen die Wände hoch und ließen sich von der gewölbten Decke auf die Soldaten fallen mit präziser Treffsicherheit. Die Wanzen waren platt und durchsichtig, braun und kugelrund wurden sie erst nach Tagen, als sie sich mit dem Blut der Soldaten vollgesoffen hatten. Es gab kein Mittel gegen die gefräßigen Schmarotzer, das schwache Licht in den Räumen und Gängen störte sie nicht im mindesten. Bald waren sie alle voll Beulen und die zerdrückten Wanzen stanken wie verfaulendes Fleisch.

Es war eine Erleichterung, in diesen Nächten Wachdienst zu machen. Damasus war mit einem Schwaben aus Stuttgart zur Wache in einem Fahrzeugpark eingeteilt. Der Schwabe war Funktionär der Sozialistischen Arbeiter-Partei gewesen und hatte an einigen Konferenzen im Ausland teilgenommen. Er hatte fünf Jahre Zuchthaus abgebüßt. Je näher sie an die Front kamen, umso lebhafter wurde er. Drüben in Belgien und Frankreich war er noch recht schweigsam gewesen und hatte die Welt immer wie erstaunt und etwas schläfrig durch dicke Brillengläser betrachtet. In Neapel war er schon munter und bester Dinge und sang alle Strophen der »Schwäbischen Eisenbahn«.

Der Fahrpark, den sie zu bewachen hatten, machte fürs Auge noch einen mobilen Eindruck. Aber die meisten Autos und Lastwagen waren invalide und die Tanks leer. Zwischen den Fahrzeugen standen mächtig ausladende

Platanen mit quadratisch gerippter Rinde. Sie lehnten sich an die Bäume und horchten. Der Schwabe meinte, der einzige Feind, der sich für diesen Haufen maroder Fahrzeuge interessieren würde, sei der wachhabende Offizier. Wäre diese Gefahr nicht, er würde sich seelenruhig niederlegen. Die Erde des Parkes sei viel sauberer als das von Wanzen wimmelnde Stroh der Foch-Kaserne.

Als es empfindlich kühl zu werden begann, meinte der Schwabe, nun müßten sie sich mit einem »Seelentröschter« wärmen. Er trank aus der Feldflasche und reichte sie auch Damasus. Sie enthielt Feigen- oder Dattelschnaps, der ungemein scharf war wie der Vorlauf beim Obstbranntwein.

Da die Kälte zunahm, tranken sie nach Mitternacht häufiger aus der Feldflasche. Sie sprachen leise miteinander, bis Damasus merkte, daß ihm der Schwabe nicht mehr antwortete. Er war wie ein Pferd im Stehen eingeschlafen.

Damasus ging einige Schritte auf und ab und spürte, wie er taumelte. Er hielt sich am Kühler eines Fahrzeuges fest und nur mit größter Anstrengung gelang es ihm, sich wachzuhalten. Er umkreiste einige Lastwagen und kam zu ihrer Platane zurück. Der Schwabe lehnte am Baum wie eine Säule und gab keinen Laut von sich.

Damasus rüttelte ihn.

»Du bist noch jung«, murmelte der Schwabe, »laß den morschen SAP-Mann noch rasten«.

Nun lehnte sich auch Damasus an den mächtigen Stamm und es kam ihm vor, als hätte die glatte Rinde die Wärme des Tages gespeichert. Er schlief nicht so fest wie der Schwabe, aber doch deutlich genug und gleichsam stoßweise. Ruckartig erwachte er immer wieder und horchte, ob sich nicht eine Kontrolle nähere. Daß sich etwa ein Feind nähern könnte, daran dachte er nicht ein einziges Mal.

Als der Morgen graute, wurden sie abgelöst. Jetzt kam ein Unteroffizier mit der Doppelwache heran. Damasus hatte gerade seine wache Phase und rüttelte mit aller Gewalt den Schwaben aus dem Schlaf. Sie kamen noch zurecht, ihr Sprüchlein aufzusagen und vor dem Unteroffizier stramm zu stehen. Sie wankten und der Schwabe rülpste ungeniert.

Sie legten sich dann ins faule Stroh der Kaserne und schliefen trotz der Wanzen sofort ein. Als sie erwachten, hatten sie verschwollene Gesichter und quälenden Durst. Sie tranken eine halbe Feldflasche Wasser und waren sofort wieder betrunken. Jetzt erinnerte sich der Schwabe, daß er von Fremdenlegionären schon von diesem Phänomen gehört hat, daß man von Dattelschnaps zweimal betrunken wird: einmal beim Trinken selbst und zum zweitenmal, wenn man versucht, den nachfolgenden Brand mit Wasser zu löschen.

Die Stadt Tunis glich einem Ameisenhaufen, aber einem, der in Unordnung geraten ist. Da zogen noch Trupps durch die Straßen, die der einstigen

Rommel-Armee angehörten. Mode waren bei ihnen ausgebleichte Uniformen, wobei jedermann wußte, daß man durch Chlortabletten, die zur Gasmaske gehörten, kräftig nachhelfen konnte. Die Truppe kannte sich in der Stadt genau aus, und wenn man den Ausgebleichten nachging, kam man meistens zu einem Bordell.

Andere Truppen gehörten zur Hermann-Göring-Division, die sich in der Hauptsache aus Fallschirmjägern zusammensetzte. Dazu kamen dann noch die Gebirgsjäger, die dunklere Uniformen trugen.

Das Sinnen und Trachten all dieser Truppenteile lief darauf hinaus, so rasch wie möglich wegzukommen von diesem Kriegsschauplatz, der immer mehr einem Kessel glich. Wenn noch Schiffe ankamen, dann waren es kleine italienische Zerstörer, die aber nicht viel Mannschaften fassen konnten. Auch die Flugverbindung wurde dünner und dünner.

Es kam zu zahlreichen Reibereien zwischen den »regulären« Truppen und den »Bewährungssoldaten«. Sie durchstreiften in kleinen Gruppen die Stadt und lernten bald, wo es das billigste Kuskus gab, und wo Feigen- und Dattelschnaps.

»Habt's Heimweh, Gebirgsjäger, weil ihr so nach hinten rennt?« frozzelten sie die Soldaten, die sehnsüchtig auf Schiffe und Flugzeuge warteten.

»Kusch, ihr Ganoven«, gaben die braven Soldaten zurück.

»Aber zum Ablösen sind die Ganoven gut genug, ihr heimschleichenden Wüstenfüchse«.

Sie marschierten übungsmäßig vor die Stadt hinaus und waren nur halb bei der Sache, weil die Überreste der Wasserleitung von Karthago ihre Aufmerksamkeit fesselte. Einige große Bögen der Aquädukte hatten die Jahrtausende überdauert. Diese Bögen, wuchtig und luftig zugleich, waren schöner als die modernen Bauten in den Straßenschluchten der Stadt.

Sie sahen, wie sich die letzten Schwärme von Schwalben sammelten zum Flug übers Meer, heuer etwas später als sonst.

Am Rand von Tunis sahen sie auch zum erstenmal die typischen Zäune aus hohen Kakteen. Die fleischigen Blätter, mit scharfen Spitzen versehen, wurden zwei Meter hoch und bildeten eine grüne Wand, hinter der auf kleinen Äckern Pferdebohnen zwischen den Olivenbäumen wuchsen. Die Erde war rot und grobkörnig wie zerbröckelnder Ton. Die Unteroffiziere warnten sie, solche Kakteen-Hecken als Deckung zu benützen. Kugel und Splitter, die durch das Fleisch der Kakteen fahren, seien giftig und die Wunden davon eiterten bis auf den Knochen hinein. Kleine Esel schauten zwischen den Kakteen-Hecken erstaunt auf die Eindringlinge.

Soldaten streunten durch die Stadt, deren Uniform reichlich verlotterte zivilistische Züge aufwies. Schals aus Fallschirmseide waren in allen möglichen Kombinationen zu sehen: dem einen verdeckte das Seidentuch das halbe Gesicht und den Nacken, ein anderer hatte seinen Schal elegant gebauscht wie ein Dandy.

Am Abend hörte man die Geschütze grollen wie ein fernes Gewitter. Vom Atlasgebirge kam ein kühler Wind bis zur Küste.

Die Straßenhändler von Tunis sind auf Wehrmachtskleidung aus: Schuhe und Unterwäsche sind die besten Tauschgegenstände. Schon für ein Unterhemd bekommt man eine große Flasche Feigenschnaps. Natürlich ist es streng verboten, Wehrmachtsgut zu verjankern. Aber die Kontrolle hat schon merklich nachgelassen. Die einen wollen fort von hier, so schnell wie möglich, und haben keine Lust mehr, ein strenges Regiment durchzusetzen. Die anderen müssen bleiben und man weiß nicht, wie sich dieser Haufe von Zuchthäuslern benehmen wird.

Ein Wiener Kamerad entsinnt sich eines Liedes: »Vakauft's mei Gwand, i fahr in' Himmel!«

Auch Damasus hat eine Garnitur Unterwäsche getauscht für eine Feldflasche starken Schnaps und schwarzen Tabak. Den Tabak hat er in die Gasmaske gestopft.

Dann ziehen sie zur Stadt hinaus, weg von der Hafenbucht und das Meer entschwindet ihren Blicken. Als die Gegend hügeliger wird, werden sie von den Lastwagen geworfen, die sie die letzte Strecke transportiert haben. Die Soldaten schlagen kleine Zelte auf und kriechen darunter, denn am Abend wird es kalt.

Sie lagen wenige Kilometer hinter der Front, die im Vorgebirge des Atlas verlief. Es war vorne relativ ruhig, aber die plötzlichen Feuerüberfälle zeigten an, daß sich die feindliche Artillerie allmählich einzuschießen begann. Für den Durchbruch in die Ebene von Tunis, das wußten die »regulären« und das wußten natürlich auch die Strafsoldaten.

Als einmal aus einer Gruppe von Gebirgsjägern heimische Laute vernehmbar waren, rief Damasus hinüber: »Vor euch die Wüste, rückwärts das Meer!«

Die Soldaten nahmen eine drohende Haltung ein und Damasus versteckte sich in seinem Haufen. Der Vers stammte nämlich aus einem Flugblatt, das von englischen Fliegern abgeworfen, in Tunis in Umlauf war »Vor euch die Wüste, hinten das Meer, eure Heimat, die seht ihr nicht mehr!«

Sie lagen hinter der Front und doch schon in einem halben Niemandsland. Die kleinen Bauern hatten Olivenbäume und Pferdebohnen verlassen.

Die Verpflegung war mager, sodaß die Soldaten begannen, die kleinen verlassenen Felder zu plündern. Sie ernteten die großen Bohnen und weil man bei Tag an halbwegs geschützten Stellen noch Feuer machen konnte, kochten sie die Bohnen in Olivenöl, von dem es bei den Feldküchen noch genug gab. Die Bohnen mit Salz und Pfeffer gewürzt, schmeckten wie reife grüne Nüsse.

Aber das reichlich geschluckte heiße Olivenöl verursachte einen Durchfall wie heimtückischer Landlbirnmost. Ganze Züge hockten hinter den schütteren Hecken und es begann alsbald fürchterlich zu stinken, sodaß zurückgehende Truppen höhnisch fragten, ob sie denn schon in die Hosen geschissen hätten, bevor sie noch am Feind seien.

Gegen Malaria, die in den Sumpfgebieten grassierte, hatten sie Chinin gefaßt. Sie kauten die bitteren Tabletten nun auch gegen den Durchfall. Die Tabletten schütteten sie auch in den Rotwein, mit dem sie gut versorgt waren, was ein Indiz dafür war, daß sie nun bald an die Front gehen würden. Der Wein war so bitter, daß er nicht nur die Kehle würgte, sondern auch Schauer über den Rücken jagte wie Fieber.

In diesen Tagen, es ging schon auf Ostern zu, kam es noch zu einem bedrückenden Ereignis. In der Nacht drang ein ganzer Trupp von Kettenhunden in ein Zelt ein und führte die Insassen, sechs Mann, ab. Es hieß, die Soldaten aus zwei Zelten seien in eines zusammengekrochen und hätten ein Gespräch über den nahen Fronteinsatz geführt. Sie hätten darüber »beraten«, bei der ersten Gelegenheit überzulaufen. Die sechs wurden dem Kriegsgericht übergeben. Wer sie gemeldet hatte, wurde nie bekannt.

Der Kompanie wurde dann bekanntgegeben, daß alle sechs zum Tode durch Erschießen verurteilt worden waren. Damasus drückte sich herum, wusch und rasierte sich nicht und sah aus wie ein heruntergekommener Marodeur. Ein Unteroffizier beschimpfte ihn als dreckiges Schwein und drohte ihm mit Arrest, wenn er ihn noch einmal so antreffe.

Erst später wurde bekannt, daß der Unteroffizier beauftragt gewesen war, Soldaten für das Erschießungskommando auszusuchen. Einige glatt rasierte und mit gepflegten Uniformen fand er dann auch. Die Gruppe wurde aus Sicherheitsgründen durch Stamm-Mannschaften verstärkt. Niemand wußte genau, wann die Erschießung stattfinden würde und niemand wußte, wo das Urteil vollstreckt werden sollte. Den Soldaten wurde befohlen, in den Zelten zu bleiben.

Gegen Mittag zu wurde es im ganzen Bataillonsbereich beängstigend still. Nur ein Esel schrie heiser. Da krachte auch schon die Salve und hinterher ballerten noch einige Fangschüsse. Die sechs Strafsoldaten waren auf einer Lichtung hinter Lorbeergebüsch erschossen worden, die Leichen wurden weggeführt.

Am Ostersonntag marschierten sie an die Front, neben und hinter Munitionskolonnen, deren Karren teils motorisiert, teils mit Mulis bespannt waren. Vorne schwoll das Geschützfeuer an.

Auf einem Munitionswagen kam ihnen eine Gruppe von Verwundeten entgegen. Einer drückte eine Mullbinde an seinen Hals, aus dem das Blut quoll.

»Ausweichen, ausweichen!« schrie er mit heiserer Stimme und der Fahrer des Munitionswagens fuhr so nahe an den Karren heran, den ein Mulus zog, daß die Kästen der MG-Munition auf den steinigen Boden polterten. Der Karren wurde von dem Motorfahrzeug ins Lorbeergebüsch gestoßen. Man hörte den Verwundeten noch heiser schreien, bis das Gefährt hinter einer Biegung verschwunden war.

Dann kam die Marschkolonne, die in mehrere Gruppen zerfallen war, zum Stehen. Die hinteren rückten auf und jetzt sahen sie, daß der Regimentskommandeur vor ihnen in einem offenen Jeep stand, zwei Unteroffiziere an seiner Seite.

»Soldaten!« rief er mit auffallend rauher Stimme, »Soldaten, ich habe heute im Radio London gehört, daß ich ein Regiment von Verbrechern kommandiere. Ich sage euch, daß ich stolz bin auf euch Verbrecher. Zeigt's ihnen!«

Die Soldaten bemerkten jetzt, daß die beiden Unteroffiziere den Oberstleutnant stützen mußten. Er war schwer betrunken und führte nur mit einiger Anstrengung seine Hand an die Mütze, um sein Regiment zu grüßen, das an die Front ging.

In einem flachen Tal, in dem einige kleine Haferfelder bläulich grün schimmerten, machten sie Halt, zogen sich als Formation auseinander und gruben sich ein. In diesem kleinen Tal merkten sie, daß zwischen die Kompanien der Strafsoldaten kleine Gruppen von arabischen Freiwilligen gezwängt worden waren. Diese Freiwilligen würden von den Franzosen, die ihnen gegenüber lagen, als Freischärler behandelt und erschossen werden, wenn sie in Gefangenschaft geraten sollten.

Diese Vermischung soll auf Erfahrungen hin angeordnet worden sein, die mit dem ersten Regiment der Brigade vor Kairouan im Süden gemacht wurden, wo größere Truppenteile zum Feind übergelaufen waren.

Pak-Geschütze, die hinter ihnen postiert waren, begannen, auf einen gegenüberliegenden Hügel zu schießen. Die Geschoße heulten auf einer flachen Bahn über sie hinweg und schlugen mit gewaltigem Krachen im Hügel ein.

Als es Abend wurde, begann die feindliche Artillerie zu arbeiten. Es stellte sich bald heraus, daß die Haferwiesen und deren Ränder ganz ausgezeichnete Ziele boten. Die Granaten detonierten auf dem harten Boden und hatten eine breitgefächerte Splitterwirkung. Schon bei dieser Beschiessung gab es die ersten Verwundeten.

Als das Feuer nachließ, kam Essen nach vorne. Es war ein Gericht aus Pferdebohnen mit Schaffleisch, und weil es nicht mehr heiß war, klebte das Fett am Gaumen.

In der Nacht hörten sie vor der Front jämmerliches Blöken. Da waren Schafe in das Minenfeld geraten. Das Blöken war so durchdringend, daß es an den Nerven zerrte.

Ihrer zwei krochen hinaus, um ein solches Schaf zu bergen. Sie bewegten sich ganz vorsichtig, denn die Minen waren mit feinen Drähten miteinander verbunden und diese Drähte konnte man, wenn man langsam und vorsichtig kroch, spüren.

Sie krochen an ein blökendes Schaf heran, dem ein Minensplitter die Lunge zerrissen hatte. Das Blut rann noch immer aus der klaffenden Wunde und das Blöken war schon in ein Röcheln übergegangen. Damasus gelang es, das Schaf bei der Wolle zu fassen und zog es zu sich heran. Ein Berliner Kamerad, der im Schlachthof gearbeitet hatte, schnitt mit dem Taschenmesser dem Tier die Kehle durch.

Jetzt, da das Schaf ruhig war, gab es plötzlich keine Orientierung mehr. Sie tappten vorsichtig herum und zerkratzten sich an dem scharfen Gestrüpp Gesicht und Hände.

Da setzte die englische Artillerie ein und belegte das Minenfeld mit schwerem Geschützfeuer. Sie drückten sich in ihrer Angst an das Schaf, als könne die Wolle des Kadavers sie schützen. Die Sprenggranaten blitzten wie ein schweres Gewitter. Wenn ein Lorbeerbusch von Splittern getroffen wurde, begannen die verwundeten Blätter einen scharfen Geruch auszuströmen. Nach langem Herumirren kamen sie in die Stellung zurück.

Sie zerlegten das Schaf in einige Teile und versuchten am nächsten Morgen, das Fleisch über einem kleinen Feuer hinter einem schützenden Busch zu rösten. Was ein Leckerbissen hätte sein sollen, begann sie nun im Hals zu würgen. Es erging ihnen wie Kindern, die zuerst den Fasan gestreichelt hatten, der dann gebraten auf den Tisch kam und von dem sie keinen Bissen aßen, weil sie ihn kannten.

Die anderen aber rissen ihnen das halbrohe Fleisch aus den Händen und lachten über die zarten Fleischhauer und sensiblen Wilddiebe.

Alle zwei Tage, zum Schluß jeden Tag wurden kurze Rückzüge durchgeführt, um »günstigere« Stellungen zu beziehen. Aber die neuen Stellungen waren keineswegs günstiger, sie lagen nur auf anderen Hügeln immer näher zur Ebene nach Tunis hinaus.

Die Hügel waren mit Ginster und Lorbeer bewachsen, vor allem aber mit kniehohem Buchsbaum, der sich wie ein Teppich über die Kuppen legte.

Der Feind kam nur ganz langsam nach. Die Artillerie trommelte eine zeitlang auf die schwachen Stellungen, die eigene Artillerie meldete sich nur selten. Es war wohl kaum noch Munition vorhanden.

»Die feigen Hunde«, murmelte ein Oberschütze, der die Laufbahn eines Reserveoffiziers einschlagen wollte, »diese feigen Hunde, sie setzen nur ihr Material ein«.

Aber die Strafsoldaten widersprachen ihm höhnisch. Die wüßten schon, wie man uns in die Ebene hinausdrückt. Ihre Feigheit spare ihnen Menschen.

Der Oberschütze machte ein verbissenes Gesicht.

Er, sonst mit forschen Sprüchen recht schnell bei der Hand, war deutlich angeschlagen.

Die Gruppe wußte, was geschehen war. Ein Soldat, schon an die Vierzig, der von Beruf Schuhmacher war, groteske O-Beine hatte und dadurch bei jeder Übung auffiel, hatte mit ihm in den letzten Tagen einen schweren Zusammenstoß gehabt. Der Soldat, der aus dem Hessischen stammte und auch die gemütliche Mundartfärbung der Hessen hatte, war dabei, Werkzeuge, Schaufeln und Krampen nach vorne zu tragen, weil mit dem kleinen Spaten kaum noch flache Gruben in den steinigen Boden zu treiben waren. Dem Oberschützen dauerte der Transport zu lange. Er fuhr den alten Soldaten scharf an, er solle beim Gehen nicht einschlafen und sich nicht wie ein Dackel durch die Büsche schleichen.

Aber statt brav »jawohl« zu sagen und sich stramm aufzubauen, faßte der Schuster aus Hessen mit der rechten Hand nach der Pistolentasche. Sein Gesicht war bleich vor Wut, offenbar hatte der Hinweis auf den »Dackel« ihn besonders erbittert.

»Einmal noch, wenn du mich so blöd anredest, Oberschütze, dann krach ich dich nieder!« sagte er halblaut, aber mit zusammengekniffenen Lippen. »Einmal noch und du bist ein toter Mann, du Schwein. Und wenn du nur ein Wort meldest, bist du auch dran«.

Der Oberschütze wollte nun besonders vorsichtig sein und versuchte manchmal ein freundliches Gesicht. Aber seine Überheblichkeit war so groß, daß seine Freundlichkeit erst recht künstlich und falsch wirkte. Die Soldaten beobachteten mißtrauisch jeden seiner Schritte.

Die fortwährenden Rückzüge brachten jede Ordnung durcheinander. Nur Wein gab es immer genug, man konnte stets die Feldflasche füllen und oft auch das Kochgeschirr dazu. Es hieß, daß der Wein direkt aus der Front kam. Da lag eine Weinfarm zwischen den Stellungen. Vor Mitternacht tankten die Unteroffiziere des Strafregimentes - Soldaten wurden bei diesen Zügen nicht mitgenommen -, nach Mitternacht die Engländer und Amerikaner. Das Haus, in dem der große Keller mit den Zisternen untergebracht war, wurde nie beschossen. Es war ein Versorgungspunkt für Freund und Feind. Der Wein, so wurde berichtet, schieße aus den mit Glas ausgeschlagenen Zementzisternen wie Wasser aus dem Hydranten.

Allerdings kam das Weinlager infolge der Rückzüge immer weiter vorne zu liegen. Man konnte sich schon ausrechnen, wie lange es noch dauern werde, bis die Linie des Feindes sich vor die Zisterne legen würde.

Ein größerer Spähtrupp wurde unternommen, um die Stellungen des Feindes auszukundschaften. Er bestand nur aus Freiwilligen, aber von den Strafsoldaten meldeten sich nur zwei. Es waren degradierte Unteroffiziere, die Benzin verschoben hatten.

Damasus lag in einer Stellung, die dem Spähtrupp im Notfall Feuerschutz geben sollte. Er war nur mit einem Karabiner bewaffnet, weil das LMG wegen einer Ladehemmung in der Waffenmeisterei war. Sie lagen auseinandergezogen in kleinen Löchern. In den späten Nachmittagsstunden schien die Sonne aus dem Westen auf die gegenüberliegenden Hügel und Damasus sah, wie sich auf dem Kamm Soldaten bewegten. Dann krachten Salven von Maschinenpistolen. Der Spähtrupp war an den Feind geraten.

Damasus lag in seinem Loch und merkte zunächst nicht, daß er beschossen wurde. Es schlug nur einigemale trocken gegen die hinter ihm aufsteigende Wand. Dann aber hörte er den singenden Ton des Infanteriegeschosses. Er drehte sich vorsichtig zur Wand und sah eine Handvoll spitzer Geschoße auf dem Boden der flachen Grube liegen. Er wollte zunächst aufspringen, um im Buchsbaumgebüsch unterzutauchen. Aber immer, wenn er gerade zum Sprung ansetzte, kam wieder der singende Ton und es klatschte hinter ihm in die Wand. Da wußte er, daß ihn jemand genau im Visier hatte und daß er bis zum Abend bleiben müsse. Er legte sich mit dem Gesicht auf die Erde, voll Reue darüber, daß er nicht mit aller Gewalt versucht hatte, tiefer in den steinigen Boden zu kommen.

Dann kam der Rückzugsbefehl. Damasus deutete dem Soldaten, der ihn informierte, er möge in Deckung gehen. Der lachte noch, denn es waren kaum noch Schüsse zu hören. Da aber summte es wieder in der Luft und die Blätter des Buchsbaumes zuckten unter den Einschlägen zusammen. Da erst sprang der Soldat in Deckung.

Als es Abend wurde, kam der Spähtrupp an seinem kleinen Loch vorbei. Sie hatten zwei Verwundete, die sie mühsam mitschleppten, und waren alle sehr mitgenommen.

Ein Unteroffizier entdeckte Damasus in seinem Loch und blickte ihn drohend an. Warum er denn nicht mit den anderen zurückgegangen sei, wie es der Befehl sei, fragte er lauernd.

Damasus gab ihm ein Zeichen, er möge in Deckung gehen, aber der Unteroffizier lachte nur höhnisch und kam näher heran, die Hand auf der Pistolentasche. Also: warum habe er den Befehl nicht befolgt? Da kam wieder das Summen von drüben und der Unteroffizier wurde in den Arm getroffen. Jetzt erst ließ er sich fluchend fallen.

Sie lagen noch bis zum Dunkelwerden und dann nahm der Spähtrupp Damasus in die Mitte und sie gingen zurück, etwa eine halbe Stunde, bis sie auf den nächsten Hügel kamen, auf dem sie sich neuerlich eingruben.

Von der neuen Stellung aus konnte man bis ans Meer sehen. Da hinten lag die Hafenstadt Bizerta und vor der Küste ragte ein schroffer Felsen aus dem tiefblauen Meer.

Nun waren sie wieder beisammen: der Gebirgsbauer Damasus und der Berliner aus dem Schlachthof hinter dem Friedrichshain.

An diesen Tagen, in den letzten Apriltagen des Jahres 1943 ereignete sich ein Wunder. Es kam so gut wie kein Schiff mehr von Italien nach Tunis und Flugzeuge auch nur noch ganz selten. Von einer Postverbindung konnte überhaupt keine Rede mehr sein. Trotzdem bekam Damasus noch ein Päckchen von daheim, das irgendwo gelegen sein mußte. Ein Melder vom Bataillonsstab brachte es Damasus in die vorderste Linie. Sie waren wieder mit dem leichten Maschinengewehr auf Posten, vor ihnen die ansteigenden Hügel im Vorland des Atlasgebirges, hinter ihnen das Meer bei Bizerta und gegen Nordosten die Ebene von Tunis.

Damasus öffnete das Päckchen. Es enthielt einen kleinen Aniskuchen und ein Viertelliterfläschchen Obstschnaps. Nach dem Krieg erfuhr er, daß der Schnaps von der Schwester des Ausbrechers aus dem Gefängnis von Wels stammte.

Den Kuchen vertilgten sie sofort und Damasus leckte noch die Krümel aus dem kleinen Karton.

Dann begannen sie in kleinen Schlucken den scharfen Schnaps zu trinken. Es roch plötzlich inmitten des warmen Buchsbaumgestrüpps nach Äpfeln. Der Obstler mußte seine sechzig Prozent haben, er war weit stärker, als es die Finanzämter erlauben würden.

Vor dem Loch draußen flimmerte der Nachmittag und weil es heiß war und der Schnaps im Hals brannte, löschten sie den Durst mit Wein, den sie heute besonders stark mit Chinin versetzt hatten, weil die Malaria-Mücke zu schwärmen begonnen hatte.

Sie redeten nichts und lauschten nur hinaus in das hügelige Land. Man hörte von einem anderen Ast der Front das Geschützfeuer. Bei ihnen aber war es ruhig.

Gegen Abend kam wieder Rückzugsbefehl. Sie aber blieben liegen, bis es dunkel wurde. Sie hörten, wie in den Tälern und Senken vor ihnen ein mahlendes Geräusch immer stärker wurde. Es waren die Panzer, die dort zusammengezogen wurden. Sie würden hervorbrechen, wenn die Rückzüge die Ebene erreicht haben würden.

Als es finster war, stiegen sie aus ihrem Loch, nahmen die Waffen mit und wateten vorsichtig durch die Wellen des Buchsbaumgestrüppes bis in eine Talsenke hinunter, dem Feind entgegen. Sie hatten kein Wort über das Unternehmen gesprochen, sie taten ganz mechanisch jeder das gleiche, wie in einem tiefen Einverständnis.

Sie irrten zwei Tage zwischen den Fronten herum, ohne daß der Feind nachgestoßen wäre. Inzwischen hatten sich drei weitere Versprengte zu ihnen gesellt, die aber noch glaubten, sie müßten noch einmal die eigenen Linien erreichen. Es war daher ratsam, die Waffen zu behalten, für alle Fälle.

Gegen Abend des zweiten Tages plagte sie der Durst. Vor ihnen lag ein zerschossenes Gehöft, an dem sie bei einer Absatzbewegung schon einmal vorübergezogen waren. Sie wußten, daß sich unterhalb dieses Gehöftes, das auf einer Terrasse im Gelände stand, eine Zisterne befinden mußte.

Sie fanden die Zisterne, aber der Eimer, den man an einem dünnen Drahtseil in die Tiefe lassen mußte, fehlte. Sie fädelten den Draht durch die Ösen der Mütze und ließen sie in den Brunnen hinab. Aber die Mütze schwamm auf dem Wasser und sie konnten nicht schöpfen. Sie legten sich auf den Bauch, um das Wasser unten zu beobachten. Sie wollten nun versuchen, die Mütze mit einem Stein zu beschweren, damit sie unterginge und Wasser schöpfe.

Damasus kroch von der Zisterne weg, um einen geeigneten Stein zu finden. Da sah er, daß oben beim zerschossenen Gehöft zwischen Lorbeerbüschen zwei Soldaten standen, die ihnen etwas zuriefen. Er sah nur einen gelben Fleck auf der Bluse der beiden und dachte entsetzt, daß sie nun den Kettenhunden von der Feldgendarmerie in die Hände gefallen seien. Da schrie einer der Soldaten einen Befehl, er klang fremd, und der andere feuerte einen Warnschuß ab. Jetzt erst bemerkten der Gebirgsbauer und der Fleischhauer aus Berlin, daß ihnen amerikanische Soldaten gegenüberstanden und sie hoben die Hände.

Die beiden Soldaten durchsuchten sie nach Waffen und Munition, wiesen mit dem schußbereiten Gewehr nach vorne und folgten langsam ihrem Fang.

Nach etwa fünfzig Metern fingen die beiden Gefangenen zu lachen an und es überkam sie eine derartige Fröhlichkeit, daß sie förmlich geschüttelt wurden von der Erkenntnis, daß mit dieser Gefangennahme nach Jahren der Haft und der Bedrohung für sie die Freiheit angebrochen war. Sie lachten so herzhaft, daß auch die Bewacher davon angesteckt wurden.

Der gelbe Fleck auf den Blusen der Amis wurde durch gerippte Eier-Handgranaten gebildet, welche die Soldaten an die Tragriemen des kleinen Tornisters gehängt hatten.

DER SOZIALDEMOKRAT: In Gefangenschaft gerät man, man geht nicht. Man soll nicht sagen dürfen: Feigheit vor dem Feind. Man läßt immer etwas im Stich und es bleibt was hängen, ein Geruch von Meineid. Die Gedanken sind frei, haben wir schon bei den Arbeitersängern gelernt. Selbstverständlich. Aber Überlaufen ist keine Heldentat, san ma ehrlich.

DER KOMMUNIST: Man muß hindurch durchs Feuer und einen Eid, zu dem man gezwungen wurde, braucht und darf man nicht halten. Man wird erst eins mit sich, wenn man klare Verhältnisse schafft. Man hat schweren Ballast abgeworfen, man war nicht feig sondern tapfer, weil man sich in die eigene Verantwortung begeben hat, ohne Befehl.

DER TROTZKIST: Sagt mir, was für merkwürdigen Skrupel ihr habt, und ich sag euch, was für schwache Revolutionäre ihr seid.

DER ZEUGE JEHOVAS: Ein Streiter für den Herrn kommt nicht so weit und gar nicht in eine solche Versuchung, weil er schon vorher aus der schnöden Welt der List und Tücke ins Reich des Lichtes gegangen ist.

DER WERBE-KEILER: Redlicher ist, zu warten, bis wirklich Schluß ist. Fein sein, beinander bleiben.

DER ALTNAZI: Fragt's bitte einmal nach, was die anderen mit ihren Überläufern getan haben. Fragt's nach.

7

Sie gingen mit den Bewachern um einen Hügel herum, dann von hinten auf die Kuppe hinauf. Da sahen sie, daß es dieselbe Stellung war, die sie vor einigen Tagen noch besetzt gehabt hatten. Die amerikanischen Löcher waren geräumiger und viel tiefer, fast mannstief. Sie mußten andere Werkzeuge zur Verfügung haben oder eine eigene Truppe, die nur zum Schanzen eingeteilt war.

Damasus wollte bei den amerikanischen Soldaten seine im Gefängnis erworbenen Englisch-Kenntnisse anwenden. Die Inhalte aber, die er vermitteln wollte, waren zu kompliziert. Er wollte sagen, daß sie freiwillig und aus Überzeugung gekommen seien. Niemand verstand ihn. Später hat er daran gedacht, daß ihn die amerikanischen Soldaten vielleicht gar nicht verstehen wollten, denn die zwei, die sie gefangengenommen hatten und die aussahen wie verkleidete Texasreiter, wollten das Ereignis sicherlich als ein kühnes und gefährliches Unternehmen hinstellen.

In der alten, nun vom Feind besetzten Stellung wurde es lebendig, als ein Trupp gefangener Italiener ankam. Es waren etwa zehn Leute, die von drei amerikanischen Soldaten eskortiert wurden. Sie setzten sich alle auf dem Platz zwischen den Löchern nieder. Einer von ihnen nannte Damasus »Bambino« und setzte ihm eine große Sanitätsflasche an den Mund. Damasus schluckte tapfer. Es war herber Rotwein, wie sie ihn selbst die letzten Wochen oft getrunken hatten. Es fehlte darin allerdings das bittere Chinin.

Der Berliner aus dem Schlachthof hinter dem Friedrichshain, der noch ein kleines Stück Legalität mitgemacht hatte, stimmte das Lied von der roten Fahne an »Avanti popolo, àla riscossa, bandiera rossa« und die Italiener fielen sofort im Chor ein, als hätten sie nie etwas anderes gesungen.

Da begann vom gegenüberliegenden Hügel ein schweres Maschinengewehr zu rattern. Man merkte es am gleichmäßigen Rhythmus. Die Amerikaner warfen sich zu Boden, krochen in ihre Löcher und zogen auch die Gefangenen in die Gräben hinein.

Sie blieben in den Löchern, bis es dunkel wurde. Dann nahmen einige Soldaten die Gefangenen zurück, den Hügel hinunter. Dort lagerte der Nachschub für die Front. Die Gefangenen wurden zum Transport von Brot und Konserven eingesetzt. Sie luden Kisten auf die Schultern und stiegen damit den Hügel hinauf. Nachdem sie nach der Gefangennahme nur Kekse bekommen hatten, überreichte ihnen nun ein Gefreiter jedem ein ganzes Weißbrot und eine Konserve dazu.

Damasus brach sofort von dem Ziegel Weißbrot ein großes Stück ab. Das Brot schmeckte nach hohen Feiertagen in der Kindheit.

Die Konserve enthielt Schweinefleisch mit Bohnen. Während man in der deutschen Armee die Konserven vielfach noch mit dem Bajonett öffnete, hatten die amerikanischen einen kleinen Schlüssel angenietet, mit dem man einen schmalen Streifen Blech unter dem Deckel herausschneiden konnte. Die Konserven waren viel schärfer gewürzt als die deutschen.

Damasus und der Berliner aßen das ganze Brot auf einen Sitz auf. Die amerikanischen Soldaten, aber auch die italienischen Gefangenen lachten dazu, denn als Weißbrot-Nationen konnten sie diesen Heißhunger nicht verstehen.

Dann wurden sie hinter die Front gebracht. Sie wurden in kleinen Gruppen auf Anhänger von Jeeps gesetzt, die sonst zum Munitionstransport verwendet wurden. Die Straße war breit und durch den Einsatz von großen Maschinen in Ordnung gehalten. An den Ausweichstellen standen überall Panzer, deren Geräusche sie in den letzten Tagen immer deutlicher gehört hatten.

Die Fahrt ging über Hügelkämme, von denen man in der Ferne das Mittelmeer liegen sah. Sie fuhren durch merkwürdig lichte Gehölze mit rauhen Stämmen. Es waren Korkeichen, deren Rinde aufgeworfen war von tiefen Rissen. Die Bäume krallten sich fest in der steinigen roten Erde.

Am Abend kamen sie in ein kleines Lager, das in einem Bauhof für Straßenarbeiten eingerichtet worden war. Hier wurden die verstreuten Trupps von Gefangenen gesammelt, die Italiener waren in der Überzahl. Aber auch Gebirgsjäger waren da und sogar noch einige von der Rommelarmee mit künstlich gebleichten Uniformen.

Sie fühlten sich über die amerikanischen Soldaten erhaben und schwadronierten, sie wären bis Casablanca auf der einen und bis Indien auf der anderen Seite durchgestoßen, wenn sie dasselbe Material gehabt hätten, wie das, das ihnen da entgegenkam.

Die Argumentation, »wenn wir das Material gehabt hätten«, war zähe und langlebig, sie vererbte sich auf Kinder und Enkel.

In diesem kleinen Lager kam es auch zu den ersten Verhören. Sie wurden einzeln in einen Raum geführt, der nur schlecht erleuchtet war. Damasus stand vor dem kleinen Tisch, hinter dem ein deutsch sprechender Offizier saß. Er war darauf gefaßt, daß er über die Truppe der 999er ausgefragt würde, denn da gäbe es ja wirklich einiges Interessante für den »Feind« zu erfahren. Aber zu diesem Thema kam nicht eine einzige Frage. Der Offizier wollte Informationen über die Rüstungsindustrie. Er solle berichten, was er darüber aus eigener Erfahrung wisse und was aus den Berichten von anderen.

Damasus wußte dazu nichts zu sagen. Die einzigen Betriebe, die er wirklich kannte, waren Sägewerke.

Aber in Linz gebe es doch die Hermann-Göring-Werke, sagte der Vernehmer. Das wisse man doch, was in der »Gauhauptstadt« vor sich gehe.

Damasus erzählte, daß beim Beginn der Bauarbeiten ein Friedhof, nämlich jener von St. Peter, mitsamt der Leichen geräumt werden mußte.

Eine hübsche Geschichte, meinte der Vernehmungsoffizier, aber weiter komme man mit ihr nicht. Dabei habe man angenommen, daß angebliche

Antifaschisten mit den Feinden Hitlers zusammenarbeiten würden. Wenn Ihr aber gar nichts wißt, so ist das schon recht merkwürdig.

Der Berliner sagte nach seiner Einvernahme, denen ginge es vor allem um Bombenziele. Er habe ihnen auch nur ganz allgemeine Informationen geben können. Im übrigen sei er der Meinung, daß Hitler an der Front besiegt und geschlagen werden müsse.

Einige Tage später wurden sie in die Stadt Bone transportiert, wo auf einem Hügel über der Stadt ein größeres Gefangenenlager eingerichtet war. Das Lager stand unter englischer Verwaltung und hier wurden die Offiziere von der Mannschaft getrennt. In einer Feldküche faßten die Soldaten heißen Tee, der dunkel und ungezuckert, aber mit einem Tropfen Kondensmilch versetzt war. Da gab es für je zwei Mann eine Büchse Corned Beef und dazu Kekse. Das Fleisch war stark salzig und voll fettem Rindstalg. Die Kekse mußte man im Mund wässern, denn im trockenen Zustand griffen sie den Gaumen an, aber Tee und Kekse gehörten nun einmal zur englischen Tradition.

Auf einem großen Sandhügel waren in Zelten jeweils zwanzig Mann untergebracht. Der Boden war mit Gummiplanen abgedeckt. Jeden Morgen, bevor sie zum Zählappell antraten, mußten die Gummiplanen vor den Zelten ausgeschüttelt werden, damit nicht zuviel Sand auf die Decken käme. Und jeden Morgen fanden sie unter den Gummiplanen ganze Nester von Skorpionen. Die gefährlichen Käfer sammelten sich dort, wo es unter den Körpern der Soldaten wärmer war.

Inzwischen war es Mai geworden und die Hitze nahm zu. Außer dem heißen Tee am Morgen gab es nur kleine Wasserrationen und der Tag war lang.

Die Offiziere waren abgesondert, aber doch nur so weit, daß die Soldaten sie genau sehen konnten. Ihre Zelte waren kleiner.

Unter den Offizieren gab es auch einige von der Strafbrigade, die man zwar an der Front kaum noch gesehen hatte, die aber wegen ihrer Schikanen, die sie vorher ausgeübt hatten, noch in schlimmer Erinnerung waren.

Eine sächsische Stimme schrie zum Offizierslager hinüber: »Leutnant Müller, auf den Hügel, marsch, marsch!« Der Leutnant verschwand in einem Zelt und ließ sich nicht mehr blicken.

Die Engländer ließen für das Offizierslager eine Brause einrichten. Es könnte sein, daß sie diese Wohltat aus Bosheit gewährten.

Es stellte sich nämlich bald heraus, daß die sich brausenden Offiziere für die Soldaten, die unter großem Durst litten, zu einer ständigen Herausforderung wurden. Wenn auch das Wasser zum Brausen kein Trinkwasser sein würde, allein der Strahl aus dem Rohr und die sich wohlig räkelnden Körper unter dem köstlichen Naß zeitigten einen Haß, der sich bald entladen mußte. Es dauerte auch nicht lange und Steine flogen ins Offizierslager hinüber. Die Soldaten rotteten sich zusammen und schickten sich an, das

Offizierslager zu stürmen. Dabei waren es nicht nur die Strafsoldaten, die hier aktiv wurden, wenn auch die Agitation von ihnen ausgegangen war, sondern unter den aufgebrachten Gefangenen sah man auch Gebirgsjäger, Fallschirmjäger und Veteranen der Rommel-Armee. Vergeblich versuchten die Wachen, die Soldaten zurückzuhalten.

Da lief ein Offizier zusammen mit einem englischen Soldaten zum Tor hinaus. Er hielt den Arm über dem Kopf, um sich vor Steinwürfen zu schützen. Der Lärm schwoll an und vor dem Zaun des Offizierslagers ballten sich ganze Knäuel von Soldaten zusammen.

Da begann vom Turm des Lagers ein Maschinengewehr zu belfern. Es waren zunächst nur Warnschüsse, aber auf der Kuppe des Hügels oberhalb des Lagers spritzte der Sand auf.

Dann wurde über den Lautsprecher verkündet, daß das Feuer auf die Aufrührer eröffnet würde, wenn sich die Soldaten nicht sofort in die Zelte begäben. Einige Salven bekräftigten den Befehl und die Soldaten zogen sich murrend zurück. Bei brütender Hitze lagen sie dann in den Zelten und die 999iger betätigten sich als »Hetzer«, indem sie die Offiziere beschuldigten, sich mit dem Feind gegen die eigenen Soldaten verbündet zu haben.

Noch in der Nacht wurde das Offizierslager evakuiert und die Soldaten sahen ihre Führer nicht wieder.

Die Meuterer, Hetzer und Steinewerfer aber blieben beisammen und dies sollte der harte Kern in den ganzen Jahren der Gefangenschaft bleiben.

In der Untätigkeit auf dem Sandhügel in Bone gab es nur ein einziges Arbeitskommando: den Transport der Fäkalien. Ähnlich wie in Nimes in Südfrankreich mußte die Notdurft in große Gefäße verrichtet werden. Hier waren es aber nicht Holzfässer, sondern Blechkübel, den heimatlichen Milchpitschen ähnlich, welche die Bauern auf Gestelle an der Straße abstellen, damit die Molkerei sie abhole.

Die Gefäße hatten Henkel, durch die man eine Stange schieben konnte. Je zwei Mann, zusammengestellt zu einer Kolonne, mußten die Kübel durch die halbe Stadt zu einem Kanal bringen, der ins Meer hinausführte.

Feldwebel und Unteroffiziere, die eine provisorische »linkslastige« Lagerleitung unbarmherzig zum Latrinenräumen eingesetzt hatte, machten finstere Gesichter, die Strafsoldaten lachten fröhlich bei dieser Arbeit, die, wie ein Sachse die Feldwebel belehrte, zwar eine stinkende, aber durchaus nützliche sei.

Manchmal lachten die Passanten auf der Straße mit, mitsamt den Soldaten vieler Waffengattungen und Nationen: Amerikaner, Engländer und Franzosen.

Manchmal aber war die Bevölkerung auch aufgebracht, wenn deutsche Bomber die Küste bombardiert hatten. Dann kam es vor, daß die Straßenpassanten Steine nach der Latrinenkolonne warfen. Vergeblich versuchten die Strafsoldaten zu erklären, daß sie keine Feinde, sondern eigentlich Bundesgenossen seien, denn sie seien keine Hitler-Soldaten.

Sie waren grade dabei, am Text eines Flugblattes zu basteln, das sie, sie wußten noch nicht wie, herstellen wollten, um die Bevölkerung aufzuklären, als das Lager geräumt wurde. Tunis war inzwischen gefallen und es kamen große Massen von Gefangenen an, deutsche und italienische.

Die Insassen des ersten Lagers wurden im Hafen auf kleine Frachter verladen. Sie waren zusammengedrängt im Bauch der Schiffe. Als Latrine diente ein Blechkübel, der mitten im halbdunklen Raum stand, in den von oben nur spärliches Licht fiel. Die Strafsoldaten hatten ähnliche sanitäre Verhältnisse schon mitten im Herzen der europäischen Zivilisation kennengelernt.

Sie duckerten an der nordafrikanischen Küste dahin. Manchmal gab es Alarm und in der Nähe von Algier auch einen deutschen Bombenangriff, von dem sie nicht wußten, ob er den Schiffen galt oder den Hafenanlagen. Die Abwehrkanonen auf Deck bellten mit trockenem Knall, der sich auf den Schiffsrumpf übertrug und dort neben einem Zittern auch einen metallischen Ton hervorrief, fast ein Singen.

In Oran wurde ausgeladen. Sie stanken nach Latrine, weil bei den Bombenangriffen die Kübel übergeschwappt und ins Gleiten gekommen waren. Ein starkes Aufgebot von französischen Soldaten schirmten die Gefangenen vor der Bevölkerung ab, die eine drohende Haltung angenommen hatte. Hier war ein Brennpunkt der französischen Niederlage gewesen und hier wurden auch französische Schiffe versenkt, um nicht dem Feind in die Hände zu fallen.

Unmittelbar am Hafen wurden die Gefangenen in Eisenbahnwaggons verladen. Es waren Viehwaggons, aber mit langen schmalen Luken, durch die man das Land sehen konnte. In der Schiebetür hatten zwei Posten mit aufgepflanztem Seitengewehr Platz genommen. Es waren lange, dreikantige Bajonette, die an Landsknechtsspieße vergangener Jahrhunderte erinnerten.

Sie wußten zunächst nicht, wohin nun die Reise gehen solle. Dann aber wurden die Posten gesprächiger und sie erfuhren, daß der Transport nach Casablanca rollen werde.

Als sie die Stadt Oran verlassen hatten, sahen sie mit Staunen, wie fruchtbar das Land war. Viele Stunden lang fuhren sie durch Getreidefelder, die dazu noch eine Merkwürdigkeit hatten: Sie stiegen die Hügel hinauf und bildeten solchermaßen den Horizont. Es waren Getreidefelder, die bis an den Rand des Himmels reichten. Landeinwärts wurden allerdings die Getreidefelder dünner und vor dem Atlasgebirge im dunstigen Hintergrund reichte steinige Steppe in das fruchtbare Land herein.

Neben der Bahnböschung und diese sogar manchmal überragend, lagen wie ein unendlicher Metallzaun leere Konservenbüchsen, hunderte Kilometer lang. Die Bahn war die wichtigste Nachschubstrecke von Casablanca an die Front in Tunesien. Die meisten Konservenbüchsen waren amerikanischer Herkunft, man sah es daran, daß sie kleiner waren als die englischen und ihr Metall brüniert war und daher nicht so schnell rostete.

Das Land wurde karger und steiniger, als sie an Sidi bel Abes vorbeifuhren. Hier begannen die ehemaligen Fremdenlegionäre zu schwadronieren. Als einer von ihnen die »Abenteuer« mit einem arabischen Knaben drastisch und in allen Einzelheiten schilderte, (»die ganze Ladung ins kleine Goscherl«) wurde er barsch aufgefordert, das Maul zu halten, sonst bekäme er eine Abreibung, wie sie einer Drecksau gebühre. Der Fremdenlegionär tat beleidigt und meinte, die Vorstellungen der Muttersöhnchen und der kleinen Missionare reichten eben nicht weiter als bis zum Essen und Trinken. Bei der Legion aber heiße es, nehmen was kommt, denn die Zeit bis zum Verrecken müsse genützt werden. Aber das verstünden eben die Bürschchen nicht, die schon glauben, sie hätten etwas mitgemacht und was durchlitten, weil sie den lächerlichen Feldzug in Afrika erlebt haben.

Nach Rabat wurde das Land grau und kahl, obwohl sie sich nicht weit von der atlantischen Küste entfernt nach Süden bewegten.

Die Bahn führte direkt zum Hafen hinunter. Ein Spalier von amerikanischen Militärpolizisten nahm sie in Empfang. Die stark mitgenommenen und teilweise schon zerlumpten Uniformen der 999er standen in einem schreienden Kontrast zu den Monturen der Amerikaner mit ihren weißen Gamaschen.

Das Gewand der Gefangenen zerfiel bald in bunte Lumpen, wie einst im dreißigjährigen Krieg.

Sie konnten nur auf dem Marsch zum Schiff einen Blick in die Straßen von Casablanca tun. Hohe helle Häuser reichten bis zum Hafen heran, Schluchten in die Stadt hinein. In diesen Schluchten brodelte ein reger Verkehr, in dem Militärfahrzeuge das Hauptkontingent stellten. Der Eindruck von Oran verstärkte sich hier noch, daß da ein ungeheures Kriegsmaterial angesammelt wurde, weit umfangreicher, als es der afrikanische Feldzug allein rechtfertigen würde.

Sie wurden auf ein Schiff gebracht, das so hoch war wie ein mehrstöckiges Haus. Das Schiff war ein beschlagnahmtes italienisches Passagierschiff, das die Amerikaner zu einem Lazarettschiff adaptiert hatten. Die Kabinen waren geräumig und hell. In einem ehemaligen Speisesaal war eine Krankenabteilung eingerichtet. Die Gefangenen wurden zu Arbeiten im Lazarett herangezogen.

Bis zum Transport im Viehwaggon quer durch Marokko war Damasus nur mit Kameraden der Strafbrigade zusammen gewesen. Alle waren mehr oder weniger fröhliche Gefangene. Die Gefangenschaft war eine Erlösung. Nun aber, auf dem Schiff, hatte eine stumpfsinnige Zähl-Bürokratie dazu geführt, daß die Angehörigen der verschiedenen Truppenteile und -gattungen durcheinandergewirbelt wurden. Damasus geriet in eine Kabine zu einem Gebirgsjäger-Unteroffizier aus dem Burgenland, einem Gebirgsjäger aus Schwaben und einem jungen Oberschützen der Göring-Fallschirmtruppe.

Der junge Oberschütze verkörperte eine Mischung von militärischem Größenwahn, Fanatismus und moralischer Auflösung. Manchmal schluchzte er und sprach von den Kameraden, die er nun nicht mehr sehen werde. Er glaubte allen Ernstes, daß in Tunis gar nicht wirklich Schluß sei, sondern meinte, daß sich große Truppenmassen, vor allem seine Kameraden, nur in die »Tiefe des Raumes« zurückgezogen hätten. Sein Schluchzen kam von dem Gefühl, mit der »angestammten« Kompanie auch Vater, Mutter und Heimat verloren zu haben. Dann wieder wurde er euphorisch. Sie würden schon sehen, das völlig unkriegsmäßig ausgerüstete Schiff werde ohnehin nicht einmal bis zu den Azoren kommen. Unsere U-Boote werden das Spielzeugschiff bald ausmachen und es in Grund bohren. Bei dem Gedanken daran begann sein blaues Auge dunkel zu glühen.

Der Schwabe, schon ein reiferer Mann mit rotem Haar und einem kleinen Schnurrbart, hatte andere Sorgen. Er berichtete, wie er seiner Frau vorsorglicherweise ein unfehlbares Rezept hinterlassen habe. Immer, so habe er ihr eingeschärft, wenn sie auf hitzige Gedanken käme, müsse sie sofort ein eiskaltes Sitzbad nehmen. Das werde ihr über die Zeit hinweghelfen, die sie von ihm getrennt sein würde.

Der Unteroffizier aus dem Burgenland berichtete mit Behagen von den ersten Angriffen der Amerikaner, dieser Salonsoldaten, als diese noch glaubten, in Afrika wie die Mustangreiter vorgehen zu können. Da habe man noch den MG-Hüftschuß praktizieren können, wie sonst nur im Manöver mit Platzpatronen. Erst später hätten die Wild-Westler gelernt, daß man deutsche Stellungen nicht auf diese Weise nehmen kann. Die würden noch ihre Wunder erleben, wenn sie einmal nach Europa kommen sollten.

Er drückte sich über eine solche Möglichkeit nur vorsichtig aus. Aber für den Oberschützen ging das schon viel zu weit. Er schaute den Unteroffizier mit weit aufgerissenen Augen an und schrie ganz außer sich: »Was, von Europa sprichst du, von Europa und vielleicht gar von Deutschland?«

Der Schwabe beruhigte ihn mit der Versicherung, daß sie dort schon auf Granit beißen würden.

Damasus hatte sich freiwillig zu Arbeiten im Lazarettbereich gemeldet. In der Hauptsache bestand die Arbeit darin, den Lazarett-Müll beiseite zu schaffen. Neben feindseligen Blicken begegnete er auch vielen neugierigen und es kam auch vor, daß ihm ein Soldat eine Tafel Schokolade zusteckte oder eine kleine Schachtel mit vier Zigaretten.

Der Oberschütze begann am Abend, als Damasus in die kleine Kabine zurückkehrte, Streit. Da wische er, vom Ganovenregiment, dem von deutschen Kugeln verwundeten Feind wohl noch den dreckigen Arsch und bekomme dafür zwei Zigaretten?

»Cornett, du kannst eine ganze Stange Zigaretten bekommen, wenn du deine Mütze verkaufst!«

Der Oberschütze wurde rot vor Wut. Später, als sich herausstellte, daß »unsere U-Boote« den für Kriegszwecke viel zu leicht gebauten Dampfer doch nicht in den Grund bohren würden, verkaufte er seine Mütze, ein kleines Schiffchen, gebleicht mit dem Chlorzeug aus der Gasmaske, um eine halbe Stange Zigaretten.

Das war nachher, nach den Azoren, die wie kleine Spielzeugberge an ihnen vorüberzogen.

Zwei Kanonenschüsse erschütterten das ganze Schiff. Der Fallschirm-Oberschütze sprang auf und riß die Kabinentür auf, »die ersten Treffer«, frohlockte er, »jetzt wird ihnen der Arsch aufgerissen«.

Er war hektisch fröhlich. Dann aber schloß ein Wachsoldat, wie sie überall herumstanden, die Kabinentür und sagte, es handle sich um eine Übung.

Der Oberschütze begann noch einmal zu weinen, weil er die Hoffnung auf »unsere U-Boote« aufgeben mußte. Der ganze Jammer des Besiegten sprang ihn an und nur langsam begann der Trost zu wirken, daß er mit dem Leben davongekommen war.

Damasus hatte sich in seiner Einzelhaft allerlei Lexikon-Wissen angeeignet, das er jetzt dienstbar machen konnte. Wieviel Neger gibt es in den Vereinigten Staaten und wieviel Indianer und wieviel amerikanische Soldaten waren im ersten Weltkrieg in Europa eingesetzt gewesen?

Aber wie hätte er ihnen nahebringen können, daß diese Gefangenschaft auf dem leise dahinschaukelnden Schiff für ihn eine geradezu berauschende Freiheit darstellte?

Freilich, die Freiheit auf den Wellen des atlantischen Ozeans hatte auch etwas zutiefst Fremdes an sich. Es war immer eine Freiheit in der Heimat gewesen, die er sich vorstellte.

Jetzt aber ging die Reise immer weiter weg von allem Bekannten und Vertrauten. Die Freiheit von Gefängnis und Strafkompanie machte mit ihm einen großen Umweg um die halbe Welt und erfüllte ihn zugleich mit Unsicherheit, wie einige seiner Vorfahren, die nach Amerika gezogen waren, um dort ihr Glück zu machen, und dabei allesamt verschollen sind.

Es waren mehrere Dampfer, die Verwundete und Gefangene geladen hatten. Die »zivilen« Schiffe wurden von Zerstörern geleitet. Es handelte sich also um einen Geleitzug, der im Zickzack fuhr.

Es gab am Tag zwei Mahlzeiten und diese boten Gelegenheit zu kleineren Zusammenkünften der Angehörigen der »Ganovenregimenter«, abgesehen von kurzen Begegnungen bei der Lazarettarbeit. Nur wenige Kabinen und Schlafsäle waren »politisch einwandfrei« belegt, wie ein Sachse spöttisch sagte, in den meisten Fällen handelte es sich um Mischungen von Deserteuren und Durchhaltern, von Überläufern und von Bütteln der Kettenhunde. Manch einer trug sogar seine Kriegsauszeichnungen stolz zur Schau. Aber diese Schmuckstücke wurden im Laufe der Ozeanüberquerung seltener, weil sie für Zigaretten eingetauscht wurden. Es stellte sich heraus, daß gerade jene, die an der Seite Hitlers die Tapfersten gewesen waren, bei der Tabak-Enthaltsamkeit die Schwächsten waren. Auch sie, die Sieggewohnten, hatten oft Mangel gelitten, aber immer hatte es für sie auch Zeiten gegeben, in denen sie wild aus dem Vollen schöpfen konnten. Die Gefangenen aber, die aus den deutschen Gefängnissen und Lagern gekommen waren, hatten darin ungleich mehr Abhärtung erfahren.

Die ersten Orden, die auf den Tabakmarkt geworfen wurden, waren die Gefrierfleischorden. Wer schon jenseits der Azoren in Richtung Amerika schwimmt, der entfernt sich von den russischen Steppen immer weiter, auch innerlich.

Damasus verschenkte sein Hoheitsabzeichen auf der Bluse.

Ein Verwundeter, der auf Deck saß, während Damasus die Planken des Parkettbodens aufwischte, winkte ihn zu sich heran. Es war ein ganz junger Soldat mit lustigen Augen. Damasus verstand zwar nicht recht, was der Soldat zu ihm sagte, weil seine Rede so schnell sprudelte. Er zeigte auf das Hoheitsabzeichen und zeigte gleichzeitig zwei Schachteln Zigaretten. Dabei machte er ein bekümmertes Gesicht, ausdrucksstark wie in einem Stummfilm. Offenbar wollte er ausdrücken, daß er leider nicht mehr geben könne. Er zeigte auf sein verwundetes Bein.

Da nahm Damasus sein kleines Messer und trennte das Hoheitsabzeichen von der verknitterten Uniformbluse und gab es dem amerikanischen Soldaten. Er nahm keine Zigaretten dafür, weil er eine heimlich-abergläubische Angst davor hatte, aus dem Ereignis ein Geschäft zu machen und sei es ein noch so winziges.

Der amerikanische Verwundete nahm das Souvenir freudig in Empfang, war aber höchst verwundert, daß der Gefangene keine Zigaretten dafür nahm.

Als er in die Kabine zurückkehrte, sahen die Kameraden sofort, daß er sich nun auch äußerlich vom Hakenkreuz getrennt hatte und warfen ihm böse Blicke zu.

Die Überfahrt fiel in die schönste und ruhigste Zeit des Jahres. Nach den Azoren wurde zwar das Meer etwas bewegter, aber nur ein sanftes Schaukeln zeigte an, daß sich das Schiff auf dem Ozean befand und nicht auf einem stillen See. Die Abfütterung, zweimal am Tag, erfolgte in einem größeren Saal, der der Länge nach von hohen, am Boden festgeschraubten Tischen durchzogen war. Das Essen war einfach aber kräftig und nach den Erfahrungen aus der deutschen Wehrmacht geradezu üppig. Die Menage war stark gesalzen und gewürzt und die »Unbesiegten« unter den Gefangenen machten höhnische Bemerkungen darüber, daß die Amis mit dieser Verpflegung in Afrika fürchterlichen Durst leiden würden.

Die langen Tische hoben und senkten sich im Rhythmus der Wellen. Es war so ruhig, daß die italienischen Offiziere, die sich tagsüber auf dem Oberdeck aufhalten konnten, eine Art Golf auf dem Parkett spielen konnten. Sie trugen schöne Uniformen, die wie neu aussahen, als wären sie eigens für die Gefangenschaft sorgsam gepflegt worden.

Der Fallschirmjäger sagte, da brauche man sich überhaupt nicht zu wundern, diese Katzelmacher kenne man ja schon aus dem ersten Weltkrieg, wo sie ebenfalls Verrat geübt hätten.

Sie fuhren langsam in den Hafen von New York ein. Die Freiheitsstatue war von Kohlenrauch umweht. Die Silhouette der Wolkenkratzer sah aus wie im Bilderbuch, nur daß alles unter einem feinen Nebel zu liegen schien, wie man ihn auf Bildern nicht sieht. Einige winzige Lotsenboote umschwärmten das große Schiff und bugsierten es mit sanften Stößen durch die Hafengewässer bis in den militärischen Verladehafen, der abseits von den zivilen Anlagen lag.

Beim Ausladen aus dem Schiff herrschte einiges Durcheinander, sodaß es hier leichter als in Casablanca war, halbwegs zusammenzubleiben. Damasus kehrte zu »seiner« Truppe zurück. Sie kannten sich seit dem Heuberg und hatten einigen 999er »Regimentsstolz« entwickelt, der aus dem Bewußtsein kam, daß die Weltgeschichte sich ganz offenkundig nach ihren Vorstellungen entwickelte.

Sie wurden in ausrangierte Pullman-Waggons verfrachtet, die aber noch immer gepolsterte Bänke hatten, wenn auch die Bespannung abgewetzt war. Die Züge wurden von schweren Kohlenlokomotiven gezogen, sodaß man kein Fenster öffnen konnte, weil sofort das ganze Abteil rußig war. Sie wußten nicht, wohin die Reise gehen sollte, aber an den Städten, die sie durchquerten, merkten sie, daß es nach dem Süden ging, zu den »Sklaventreibern«, wie ein Gefangener bösartig kommentierte. Die Züge hielten nur selten und dann auf Abstellgleisen. Sie sahen die ersten Neger und sahen, daß sie die schwersten Arbeiten verrichten mußten, sie schaufelten Kohle und trugen Schwellen.

Ihre Bewacher waren junge flaxige Burschen, denen die eng anliegende Uniform gar nicht recht zu behagen schien. Sie sahen alle wie verkleidete Sportler aus und ihr Hang, ununterbrochen Kaugummi zu nagen, verstärkte noch den unmilitärischen Eindruck. Sie schienen noch in Ausbildung zu sein, weil sie so unsicher wirkten und oft mit den kurzen Gewehren hantierten wie Cowboys in Wildwest-Filmen.

Die Gefangenen machten hier in dem Zug, der sie nach Süden brachte, zum erstenmal Bekanntschaft mit einer Einrichtung, die sie jahrelang begleiten sollte: mit eisgekühltem Wasser. Das Faß befand sich neben dem WC und ein Bewacher hatte sich davor niedergelassen.

Der Kohlenstaub drang durch die kleinsten Ritzen ein und bald waren sie allesamt verdreckt, weil es natürlich zu wenig Wasser zum Säubern gab. Aber sie waren fröhlich und guter Dinge. Die gewaltigen Industriegebiete, die sie durchquerten, gaben einen Eindruck von der Produktivkraft, die hier zusammengeballt war.

Sie waren die ersten Gefangenen in den USA, wenn man von einigen U-Boot-Besatzungen absah, die irgendwo im Atlantik aufgebracht und nach dem amerikanischen Festland gebracht wurden. Wenn sie daher längere Zeit auf Abstellgleisen standen, sammelten sich sofort viele Menschen an, um die Gefangenen zu bestaunen. Es war zunächst keine Feindseligkeit da, mehr Neugierde.

Einmal rief ihnen ein Neger zu: »Hitler kaputt!«, die Gefangenen lachten und schrien zurück, »Yes, Hitler kaputt!«

Da waren die neugierigen Zuschauer erstaunt, denn das kam ihnen sonderbar vor, daß sich deutsche Soldaten freuen konnten, wenn es hieß, daß Hitler kaputt sei.Nach dreitägiger Fahrt kamen sie im Bundesstaat Alabama an. Das Dorf hieß Aliceville und erinnerte daran, daß dieses Gebiet einst französisch gewesen war, bevor es der 15. Ludwig, der mit der Pompadour, an England verspielte.

Sie marschierten durch eine kleine Siedlung mit niedrigen Häusern, vor denen Pfirsichbäume standen. Die ganze Bevölkerung war auf den Beinen und bildete gewissermaßen ein Spalier. Die Männer, Frauen und Kinder betrachteten die Gefangenen mit kühler Zurückhaltung. Manche Männer trugen einen Tropenhelm.

Es war ein ganz anderes Marschieren, als auf dem Heuberg oder in Maria ter Heide oder in Tunis. Wenn sie auch von fremden Soldaten eskortiert wurden und wenn auch eine fremde Bevölkerung sie mit einigem Mißtrauen betrachtete, sie fühlten sich doch als Bundesgenossen dieses Landes und seiner Bevölkerung. In ihren Köpfen sah alles einfach aus: wer gegen Hitler kämpft, muß ein Freund der 999er sein.

Die schmale Straße war staubig und die Kehlen trocken. Aber sie, die nun endgültig amerikanisches Festland unter den Füßen hatten, waren frisch und munter. Da begann eine Gruppe zu singen, ohne daß eine Aufforderung dazu gekommen wäre. Und bald fielen die Überreste der Kompanien mit ein, nämlich in das inoffizielle Regimentslied »Wilde Gesellen vom Sturmwind umweht«. Die Bewacher wußten nicht recht, was da zu tun sei, angesichts des Haufens fröhlicher Gefangener. Mit dem Refrain »Uns geht die Sonne nicht unter« zogen sie in das erste Lager ein.

8

In den USA gab es kaum feste Bauten als Kasernen, sondern meist große Barackenlager, die in aller Eile zusammengenagelt wurden. Ein solches Lager war Ausbildungsplatz größerer Kontingente. Inmitten des großen Lagers war ein Compound mit Stacheldraht eingezäunt und diese Abteilung war für die Gefangenen bestimmt. Das Lager war also vollständig in den militärischen Betrieb integriert. Die Verpflegungs- und Bekleidungsanstalten standen sowohl für die Soldaten als auch für die Gefangenen zur Verfügung. Der Hintergedanke war offenbar der, daß ein Gefangener, dem es gelingen sollte, aus dem eingezäunten Geviert zu entkommen, immer noch inmitten von feindlichen Truppen wäre. Er konnte nicht einfach vom Lager »in den Wald« ausreißen.

Das Gefangenenlager war verwildert und in den ersten Tagen mußten die mannshohen Brennesseln gerodet, die Wege gesäubert und große Gräben für die Latrinen ausgehoben werden, weil die Installation der Waschbaracken noch nicht fertig war.

Im Unkraut der Lagerwildnis hielten sich zahlreiche Schlangen auf. Ein fast fertiger Tierarzt aus Linz kannte sie alle und noch ehe das Lager bewohnbar war, hatte er aus Latten und Glas ein Schlangenvolier gebaut, das bald eine Sensation der US-Armee wurde. Soldaten, die in andere Landesteile versetzt wurden, verkündeten den Ruhm des Schlangenbändigers aus Aliceville. Da die Gegend nicht nur heiß, sondern auch feucht war, fanden sich genug Frösche zur Nahrung für die Schlangen. Man konnte beobachten, wie eine relativ kleine Schlange einen großen Frosch hinunterschlang, wobei sich ihr Leib blähte wie ein Feuerwehrschlauch. Wenn man den Tierarzt fragte, ob denn die Vipern nicht giftig seien, nickte er nur, griff aber zugleich eine der Schlangen heraus, indem er das Reptil mit zwei Fingern hinter dem Kopf kräftig anpackte. Das mit dem Gift, so sagte er, sei nicht so schlimm, hier schreibe nur immer ein Plauderer von dem anderen ab.

Der amerikanische Lagerkommandant war stolz auf »sein« Terrarium und führte Delegationen von Offizieren der Ausbildungstruppen ins Gefangenenlager, damit auch sie die Kunststücke »seines« Gefangenen miterleben konnten.

Nach dem Krieg ist Damasus dem fast fertigen Tierarzt in Linz wieder begegnet, wo er in der Werbeabteilung derselben Zeitung arbeitete und später Schlangenkurse der Volkshochschule betreute. Er ist in noch jungen Jahren an TBC gestorben, zu einer Zeit, als triumphierend verkündet wurde, daß man nun die einst so gefürchtete Volkskrankheit endgültig im Griff habe.

Die Gefangenen unterstanden dem Provost Marshall in Washington. Sie wurden genau registriert und es wurden ihnen auch Fingerabdrücke abgenommen. Das seien die Al Capone-Erfahrungen, die sich da auswirkten, höhnten die Gefangenen.

Sie bekamen ausgemusterte amerikanische Uniformen und Schuhe. Mit weißer Farbe mußten sie auf den Rücken die Buchstaben PW (»Prisoner of war«) malen.

Die Verpflegung war reichhaltig und entsprach jener der Armee. Beim Fassen entwickelte sich bald ein reger Tauschhandel mit den Fourieren der Soldatenkompanien. Es gab körbeweise Auberginen und Kürbisse, die von den Amerikanern in Öl gebraten wurden. Das war im Süden eine Art Nationalgericht. Für einige Säcke Melanzani konnte ein ganzer Hammel eingetauscht werden.

Nur Tabak und Zigaretten gab es am Anfang nicht. Damasus hatte auf dem Transport für seinen Brotbeutel einige Säckchen Tabak eingehandelt. Es war Tabak, der nicht aus Fäden sondern aus Blättchen bestand und in Leinensäckchen verpackt war. Diese Art von Verpackung mochte wohl in die Pionierzeit zurückreichen, als man sich mit der Kultur des Tabakverpakkens nicht aufhalten konnte. Die Säcke hatten es der Armee überhaupt angetan. Jeder Soldat und auch jeder Gefangene bekam einen großen Seesack, in dem alles Platz hatte, was der Mensch zum Leben braucht.

Der Tabak war hell wie Türkischer, nur war er schwer zu drehen, weil die Blättchen aus dem Papier herausfielen. Sie nannten ihn »Oklahomastaub«. Aber sie hatten den Trick bald heraus, das Papier beim Drehen auf einer Seite etwas aufwärts zu halten und das untere Ende sanft zusammenzudrücken.

Das Lager sah bald wohnlich aus. Die Brennessel waren gerodet, sodaß sich zwischen den Baracken eine karge Wiese breit machen konnte. Die Stabsbaracke stand in einem richtigen englischen Rasen, der sorgfältig geschnitten und ständig besprengt werden mußte. Das Gras um die Betonpfeiler, auf denen die Baracke stand, mußte mit Handscheren geschnitten werden, weil man mit dem Rasenmäher nicht nahe genug herankonnte. Die Schere, sonst gut zum Schneiden von Zwirn und Papier, machte elegante Arbeit und gerade dort, wo sie »eingesetzt« wurde, wuchs der Rasen am dichtesten. Die Prozedur erinnerte an das schikanöse Bodenreinigen mit der Zahnbürste bei den deutschen Feldwebeln.

Für jede Kompanie war ein Sergeant zuständig. Ein Oberleutnant oder Hauptmann stand über dem ganzen Compound. Diese Offiziere waren meist altgediente Leute, die für den Fronteinsatz nicht mehr recht taugten und offenbar auch zufrieden damit waren, daß sie einen schönen Druckposten innehatten. Es war beispielsweise üblich, daß der Hauptmann jeden Morgen um zehn Uhr in die Gefangenenküche kam, wo ihm ein großes Steak gebraten werden mußte, das eigens für ihn bereitgestellt war. Das hätte er sich weder als Offizier unter normalen Umständen und schon gar nicht als Zivilist leisten können, denn Steaks waren auch zu diesen Zeiten schon recht kostspielig und ihre Beschaffung erforderte einen komplizierten Tauschhandel beim Fassen der Verpflegung.

Der Gefangenenküche war ein eigener Sergeant zugeteilt. Er versuchte zuerst, seine Vorstellungen von militärischer Kost durchzusetzen. Dadurch gab es allerlei Rosinensoßen, süße Salate aus Selleriestengeln und allerlei Puddingzeug. Er verzichtete aber bald auf sein Kommando und gab sich mit einer symbolischen Oberhoheit zufrieden. Die Küche war dann davon abhängig, von welchem »Stamm« sie geführt wurde. Die Sachsen führten die völlig unmilitärischen Blinsen ein und Streuselkuchen. Bayern versuchten es mit Knödeln, über die sie sich freilich sofort mit den Österreichern in die Haare gerieten, denn ein Semmelknödel mußte natürlich flaumig und durfte nicht patzig sein. Es kam dann zu Kompromissen, aber von Zeit zu Zeit schlug die eine oder andere Eigenart über die Stränge, wenn plötzlich Mohn- oder Topfenstrudel da war, über die alle südlich der Mainlinie entzückt waren, oder ein Lebergericht mit Rosinen, das die nördlichsten Deutschen schon lange vermißt hatten.

Nicht recht froh wurden die Gefangenen über das weiße Brot. Es wurde rasch dürr. Erst nach langen Verhandlungen war es möglich, daß in der Divisionsbäckerei dunkleres Brot gebacken wurde, über das wieder die Bewacher die Köpfe schüttelten.

Was stets aufs neue das Staunen der Gefangenen hervorrief, war der Überfluß an Kaffee. Zu Hause war Kaffee eine Kostbarkeit. Hier aber war er eine Allerweltsware. In den Küchen stand ein großer Blechbehälter, eine umfunktionierte, ganz gewöhnliche Mülltonne, die voll von gemahlenem Kaffee war. Er war körnig gemahlen und nur »blond« geröstet.

Als die gröbsten Lagerarbeiten getan waren, wurden die Gefangenen zunächst noch innerhalb des Militärcamps eingesetzt, später auch außerhalb des Barackenlagers.

Die Ebene um das Lager herum mußte früher ein Baumwollfeld gewesen sein. Das Land war verkommen und herabgekommen, die jahrhundertelange Monokultur hatte es völlig ausgezehrt, so daß es jetzt auf längere Zeit ausruhen mußte. Das Land zeigte noch die typischen Wellen der Baumwollbepflanzung, darauf wuchsen wermuthartige Gräser und Kräuter.

Die Tage waren heiß in diesem Sommer 1943, aber in den Nächten kam empfindliche Kühle, obwohl Alabama nicht weit von der Karibik entfernt liegt. Aber das kontinentale Klima vom Westen her griff herein. Das Holz der Baracken war geschwunden und zwischen den einzelnen Brettern ließen fingerbreite Spalten den Wind herein. Die Bretter stammten zum Teil aus Pappeln, wodurch sie besonders leicht sprangen und sich aufwölbten. Offenbar hatten Holzspekulanten ganze Laubwälder abgeholzt, um nur schnell mit der Heeresverwaltung ins Geschäft zu kommen.

Sie schliefen auf schmalen Feldbetten, die auf die schwingenden Bodenbretter gestellt wurden. Aber jeder Gefangene hatte bereits eine schöne, mit Watte gefüllte Steppdecke erhalten.

In der Kompanie begannen sich ehemalige Kommunisten und Sozialdemokraten organisatorisch zu regen. Ein sächsischer Kommunist erklärte, daß sie nun eine Parteiorganisation der KPD wären und sich eine Leitung wählen müßten. Die Sozialdemokraten widersetzten sich dieser rigorosen Fortsetzung vorkriegsmäßiger Gewohnheiten, denn eine Hegemonie der KP wollten sie, in aller Freundschaft, nicht anerkennen. Sie pochten darauf, daß sie unter den Emigranten in den USA mehr Stützen hätten als die Kommunisten. Von der Wahl einer Parteileitung wurde dann Abstand genommen, aber in der Praxis existierte eine illegale Leitung der KPD und auch eine der SPD.

Aber immerhin, in einigen Kompanien waren die »politischen« und 999er in der Mehrheit und entwickelten eine lebhafte Aktivität. Auf einer Versammlung im Freien wurde über den Entwurf eines Briefes an Thomas Mann diskutiert. Für das Verständnis der Kommunisten war ein bißchen zuviel von »hochverehrt« und »bewundernswert« und von »tiefem Respekt« die Rede und sie rieten zu mehr Sachlichkeit. Schließlich aber wurde der Brief doch mit allen Überschwenglichkeiten angenommen. Die Enttäuschung war groß, als auf diesen Brief nie eine Antwort kam. Sie erkannten das Dilemma noch nicht, in dem sie sich befanden und das sie noch jahrzehntelang verfolgen sollte: Sie waren überzeugte Antifaschisten und zugleich Angehörige der Hitlerarmee und nun Gefangene der Alliierten. Lag es für die Empfänger solcher beteuernden Briefe nicht auf der Hand, daß sie zunächst meinen konnten, da könnte jeder mit schönen »Bekenntnissen« kommen?

Eine solche Haltung war verständlich, trotzdem sprach auch sie von einer Verkennung der Sachlage. Im Sommer 1943 neigten »gewöhnliche« Soldaten noch keineswegs dazu, Briefe an Thomas Mann zu schreiben, diese Neigung kam erst später, unter dem Eindruck der bevorstehenden Niederlage.

In anderen Kompanien hatten, in Zusammenarbeit mit den amerikanischen Militärbehörden, die Feldwebel die Verwaltung an sich gerissen, die sich auf ein »unpolitisches Soldatentum« beriefen, was den Militärs weit mehr imponierte als das ständige Politisieren der 999er, die sich außerdem benahmen wie anarchistische Zivilisten, während die Soldaten unter der Zucht der Feldwebel so schön stramm stehen konnten.

Es dauerte lange, bis die 999er begriffen, daß die amerikanischen Militärbehörden von politischen Verbündeten unter den Gefangenen nichts wissen wollten.

In den Feldwebel-Kompanien kam es bald zu schweren Reibereien unter den Gefangenen. Solche, die sich als Antifaschisten bekannten und Verbindung zu den Kompanien der Ganovenregimenter aufnahmen, wurden unter schweren Druck gesetzt. Es kam zu Schlägereien, zu nächtlichen Überfällen und sogar zu femeartigen »Hinrichtungen«. Einem Bergmann aus dem oberösterreichischen Braunkohlenrevier wurde eine elektrische Leitung an das eiserne Bettgestell gelegt. Er entkam nur durch einen Zufall dem Tod. Drahtzieher der Aktion soll ein evangelischer Pfarrer aus Bad Aussee gewesen sein.

Die Amerikaner schritten bei solchen Vorfällen in der Weise ein, daß sie die »Troublemaker«, also die Unruhestifter, von den anderen Soldaten trennten. Die »Troublemaker« aber waren stets jene, die gegen das Regime des deutschen Militarismus aufbegehrten.

Obwohl es in den Kompanien der 999er ruhig zuging, wurden sie, zusammen mit den »Troublemakern« aus den anderen Kompanien in ein anderes Lager verlegt, das sich in Mac Cain in Mississippi befand. Hier war das ganze Lager ein solches der »Troublemaker«.

Die Aufteilung aber ging weiter. Die Kompanien wurden abermals durcheinandergemischt, wobei sich unauffällig auch Einteilungen in »Gemäßigte« und »Radikale« ergaben. Damasus schlug sich zu den »Radikalen«, die er schon vom Heuberg her kannte. Der spätere SPD-Bundestagsabgeordnete Erwin Welke aus Lüdenscheid warnte Damasus vor den Sachsen. Sie seien die geborenen Spalter, erklärte er und war traurig, daß der junge Gebirgsbauer trotzdem zu den Sachsen ging.

Eine der ersten Aktionen der Radikalen im Lager war die Aufführung eines Singspieles, das die Pionierzeit in Mississippi darstellen sollte. Sie hatten einen Chormeister aus dem Rheinland, der das Lied »Die Bauern wollten Freie sein« einstudiert hatte. Das war die Einleitung. Dann zog eine Menschengruppe über das Feld, mühsam einen Pflug schleppend. Dazu gab es schwermütige Lieder mit russischen Melodien, denen ein anderer Text unterlegt wurde. Und schließlich humpelte ein Traktor über das Feld. Er verkörperte die »befreite Arbeit«, denn »im fröhlichen Takt der Motoren zieht der Traktor befreiend übers Feld«.

Die Offiziere des Lagers sahen dem Spektakel neugierig zu und wurden nicht recht klug aus dem Theater. Eine gehässige Kritik an der Wandzeitung, verfaßt von einem Gemäßigten, denunzierte das Spiel, indem sie aufdeckte, daß es ein nur mühsam umformuliertes Stück KP-Agitprop-Theater gewesen sei, das für die Popularisierung der Kollektivierung bei den »Sowjets« geschrieben worden sei. Daraufhin wurde die Arbeit der Kulturgruppe verboten und die Zensur über kulturelle Aktivitäten verstärkt.

Das Land um das Lager war ähnlich traurig wie in Alabama. Halbverkrüppelte Bäume bildeten den Horizont. Dahinter, zwischen dünnen Siedlungen gab es viel Gebüsch von einer Zypressenart, die in Europa mit Vorliebe in und am Rande von Friedhöfen gezogen wurden, »Segenbäume« mit breiten Kronen.

Eine Gruppe von Gefangenen wurde auf einem großen Holzplatz zum Sortieren und Aufschichten von Brettern eingesetzt. Ein ziviler Vorarbeiter zeigte, wie man die schadhaften Bretter aussondert. Es mußte sich wohl wieder um eine Heereslieferung gehandelt haben, denn recht sorgsam war die Auswahl nicht. Damasus wollte mit einem rheinländischen Kameraden einen ästhetisch schönen Stoß von zweizölligen Pfosten errichten, einen der stehen bleiben konnte über den Winter, ohne Schaden zu nehmen, weil er so luftig und so sorgfältig geschichtet war. Es war ein Prachtstoß wie zuhause.

Aber der Aufseher, ein kleines vertrocknetes Männchen, hatte absolut kein Verständnis für diese Holzästhetik, weil sie ihm zu arbeitsaufwendig war. Er trieb die Gefangenen an, das Holz ungenauer, aber schneller hinzuwerfen.

Bei dieser Antreiberei entwickelte er merkwürdige Lüste. Die Gefangenen hatten sich, weil es noch sehr heiß war in diesem Altweibersommer, die Hosen abgeschnitten und arbeiteten mit nacktem Oberkörper. Das Aufsehermännchen machte sich einen Spaß daraus, die Waden der Gefangenen mit einer dünnen Gerte zu kitzeln. Halb war dieses Kitzeln lüstern, halb aber auch aggressiv, denn gelegentlich gab er seiner Gerte einen kleinen schnellen Schwung.

Die Soldaten, die sie bewachen mußten, standen in ihren Khakiuniformen in angemessener Entfernung. Sie waren böse, daß sie voll uniformiert bleiben mußten, während die Gefangenen nur mit kurzer Hose herumliefen. Die Soldaten rächten sich damit, daß sie nur jede Stunde erlaubten, von dem eisgekühlten Wasser zu trinken. Das war eine arge Verschärfung der Arbeit, denn das schwere Holz und die sengende südliche Sonne machten großen Durst. Damasus erinnerte sich an eine »Abhilfe«, die zuhause in den wasserlosen Gegenden an der Waldgrenze üblich war, an das Tabakkauen. In der Kantine gab es kleine Blechschachteln mit einigen Röllchen Kautabak. Die Röllchen waren saftig und wenn man ein halbes davon hinter die Zahnreihe legte und es vorsichtig auslaugte, spürte man den ganzen Arbeitstag keinen Durst. Damasus schien es, als trockne er ein wie eine Mumie, aber die Hitze konnte ihm nichts anhaben. Bei denen aber, die sich wild auf das Eiswasser stürzten, kam es zu Hitzschlägen, sodaß sie ins Lazarett gebracht werden mußten.

Es kam zu Reibereien mit den Wachen und das Kommando wurde abgezogen und bestraft. Die Gruppe mußte drei Tage lang das ganze Lagergelände säubern. Dazu bekamen die Gefangenen einen langen Sack um den Hals gehängt und einen Stock in die Hand gedrückt, der in eine Spitze auslief. Mit dieser Spitze mußte jedes, auch das kleinste Papier, jedes Blatt Laub und jeder Zigarettenstummel aufgespießt und in den Sack geschoben werden. Anfänglich lachten die Gefangenen zu dieser Strafarbeit, denn sie war auf den ersten Blick nicht schwer. Je drei Gefangene wurden von einem Soldaten bewacht, der darauf zu achten hatte, daß keine unerlaubten Pausen gemacht wurden. Sie kämmten das ganze Lager durch und wenn sie glaubten, fertig zu sein, hatte der Wind schon wieder allerlei Mist herangetragen und die leichte Tätigkeit wurde zu einer Sisyphusarbeit.

Einer der Bewacher war ein Indianer mit schönem kupferfarbigem Gesicht. Er gehörte zu den »Farbigen«. Er berichtete den Gefangenen, daß er Mechaniker sei, daß ihn aber die verdammte Armee justament nicht in seinem Beruf arbeiten lasse.

Da sich die kleinen Strafen wiederholten, kamen die Gefangenen mit dem Indianer immer wieder zusammen. Aber nicht immer als Bewacher sondern auch als »Mithäftling«. Er hatte im alkoholisierten Zustand gelegentlich randaliert und war dann zu einigen Tagen Arrest verurteilt worden, die er, quasi als moralische Verschärfung, zusammen mit der Laubsammlerpartie abbüßen mußte, ebenfalls mit einem langen Sack um den Hals und den Stock mit der Nagelspitze in der Hand. Auf seinem ausgewaschenen Drillich fehlte nur das »PW« der Gefangenen.

Der Indianer war bei der Strafarbeit munter und guter Dinge.

Der Altweibersommer hieß Indianersommer und wölbte sich wie eine riesige blaue Glocke über das ausgeplünderte Land. Vom Friedhofhügel des Lagers hatten sie einen weiten Ausblick über die spärlich bewaldete Ebene, deren Horizont sich im westlichen Dunst verlor. Dort drüben im Westen mußte der »Vater der Ströme« fließen. Aber es wollte sich gar keine Romantik einstellen, denn das große Militärlager hallte nur wider von Kommandorufen, Trompetensignalen und dem ununterbrochenen Knattern auf den Schießplätzen.

Unter den Gefangenen grassierte eine lästige und schmerzhafte Krankheit: Furunkel am ganzen Körper, mit Vorliebe jedoch am Rücken und an den Armen. Ausgelöst wurde die Krankheit durch das feuchtwarme Klima und durch die Umstellung in der Verpflegung. Dem jahrelangen Hunger war nun auf einmal die »Fettlebe« der amerikanischen Armeeverpflegung gefolgt, und die Hungrigen aßen unvernünftig. Die Furunkel blühten und saßen wie fette Engerlinge tief im Fleisch.

Im amerikanischen Lazarett, in dem auch deutsche Sanitäter assistierten, wurden die Furunkelkranken arg geschunden. Die Sanitäter stachen mit einer abgestumpften Schere in den Furunkel, drückten dann die Schere auseinander und konnten so meist den Großteil des Eiterpfropfens herausziehen. Aber oft gelang das nicht und die Prozedur mußte einige Tage später wiederholt werden.

Zwei alte Hausmittel schafften schneller Abhilfe als das ganze »Medical corps«. Fritz Fietkau aus Elbing in Ostpreußen verordnete den Kameraden schlicht und einfach eine Tasse Fett. Sein Rat klang wie »eine Tasse Faat«. Man konnte solches Fett in den Küchen, den eigenen und denen der Soldaten, bekommen, wobei es gar nicht darauf ankam, ob das Fett aus Öl, Rinds- oder Hammeltalg bestand. Man mußte nur das warme Zeug tapfer schlucken. Der Hamburger Werner Grothe wußte dazu noch ein altes Seemanns-Rezept. Aus den Soldatenküchen, in denen viele Gefangene arbeiteten, wurde weißer gesalzener Speck herangeschafft und dieser in dünnen

Scheiben auf die Furunkel gelegt. Die Entzündung begann zwar von dem Salz arg zu kribbeln, aber Salz und Fett sogen zugleich den Furunkel aus seiner Fleischeshülle.

Inzwischen konnten die ersten Kontakte zu Emigrationsgruppen aufgenommen werden. Der Indianer hatte manchen Kassiber hinausbefördert. Es kamen die ersten Bücher, darunter Erstausgaben von Karl Kautsky wie »Vermehrung und Entwicklung in Natur und Gesellschaft« aus dem »Verlag J.H.W. Dietz Nachf.« in Stuttgart. Die Bücher waren eine Spende der sozialdemokratischen »Neuen Volkszeitung« New York, in der der bekannte Publizist Friedrich Stampfer arbeitete. Auch die Schrift »Revolution und Contra-Revolution in Deutschland« von Karl Marx in der Übersetzung von Karl Kautsky in der Ausgabe von 1896 kam aus derselben Quelle ins Lager.

Die geschulten Sozialdemokraten bekamen eine feierliche Stimme, wenn sie den Namen des Theoretikers nannten, die Kommunisten rümpften die Nase über derlei »Material« und zitierten hartnäckig Lenin über den »Renegaten Kautsky«.

Die Kommunistische Internationale wurde 1943 aufgelöst. Die Kommunisten erklärten dazu, das sei reine Taktik. Die Sozialdemokraten meinten dazu nicht ohne Bosheit, das sage ja auch Friedrich Stampfer in der »Neuen Volkszeitung«. Da sei man sich also einmal einig?

Sie wurden zur Arbeit in einer großen Wäscherei des Militärlagers eingesetzt und arbeiteten in drei Schichten. Die Gefangenen mußten die Berge von Uniformen und Wäsche sortieren und die Stücke nach dem Waschvorgang bügeln. An den Waschmaschinen selbst waren Frauen eingesetzt, meist Negerinnen und Mulattinnen. Die Mädchen waren schön wie fremde Blumen. Aber zwischen den Arbeitsplätzen waren feine Drahtgitter gespannt.

Die Bewacher sahen mit Staunen, daß die Gefangenen tatsächlich und in aller Öffentlichkeit die schwarzen und braunen Mädchen hofierten und meinten, sie warnen zu müssen. »They stinks«, sagten sie und hielten sich die Nase zu. Aber die Gefangenen lachten nur und über die feinen Drahtmaschen hinweg entwickelten sich allerlei zarte Bande. Hinter dem Rücken der Wachmannschaften wurden in die Uniformstücke Zettel gesteckt und beim Bügelgut fanden sich die der Mädchen. Es bildeten sich regelrechte »Paare«, die da platonisch miteinander turtelten.

Die schwarzen und braunen Mädchen mußten kindlich religiös sein. Sie entwickelten missionarischen Eifer und schenkten den Gefangenen kleine Bibeln einer Sekte, die man in Europa kaum dem Namen nach kennt.

Der Indianersommer ging jäh zu Ende und über Nacht war es Winter. Es gab keinen Herbst. Die Blätter an den Bäumen wurden grau und raschelten scharf. Auch das spärliche Gras auf den einstigen Baumwollfeldern wurde plötzlich fahl und sah aus wie versengt.

Englischkurse wollten in die Welt Shakespeares einführen. Die amerikanischen Militärs sahen dieses »aristokratische« Bemühen mit einigem Mißtrauen, denn was brauchte ein gefangener »German« Shakespeare?

Die historisch-politischen Kurse bekamen eine besondere Note, da ein weiterer großer Trupp von »Troublemakern« aus Lagern in Arkansas und Oklahoma in Mississippi eintraf. Darunter befanden sich viele Kameraden des »ersten Regimentes«, des Schützenregimentes 961, zu dem auch Damasus zuerst eingezogen worden war. Das Regiment war bei Kairouan im südöstlichen Tunesien eingesetzt gewesen und dort zertrümmert worden, wobei, wie Gerüchte besagten, auch auffallend viele Offiziere ums Leben gekommen sein sollen.

Die Gruppe brachte das Brigadelied der 999er mit ins Lager. Singend zog sie ein: »Für Hitler sterben wollen wir nicht, im afrikanischen Sand!«

Die Entstehung des Liedes der »Ganovenregimenter« war von schweren Zusammenstößen begleitet gewesen. Aber die 999er waren immerhin eine so starke Gruppe, daß es den »regulären« nicht gelingen konnte, sie an die Wand zu drücken.

Zu der Gruppe der 961er gehörte der spätere Landtagsabgeordnete der KPD von Nordrhein-Westfalen Hoffmann, der Anfang der Fünfzigerjahre einem Verkehrsunfall zum Opfer fiel. Er war der Mann der praktischen Arbeit. Wenn in Schulungen lange und laut über die Abweichungen Brandlers und Thalheimers diskutiert wurde, und sich die Sachsen darin verbissen, zog er nur verächtlich die Mundwinkel herunter, ohne seine Pfeife aus dem Mund zu nehmen. Zwischen den Zähnen murmelte er dann etwas von »ollem Käse« und beteiligte sich kaum an der Diskussion. Er hatte das »Kommunistische Manifest« ins Lager gebracht und war ständig damit beschäftigt, irgend ein »Papier« zu verfassen und ein Manuskript fertigzustellen. Er entwarf Flugblätter für Neger und Indianer. Stets ging von ihm ein Hauch von Konspiration aus.

Inzwischen begann der Postverkehr mit der Heimat. Von seiner Mutter erfuhr Damasus, daß zwei nähere Verwandte ebenfalls in amerikanischer Gefangenschaft seien. Er machte eine Eingabe an den Provost Marshall, mit den Verwandten zusammengeführt zu werden. Das Gesuch wurde abgelehnt.

Da begann aufs Neue die Wanderschaft. Sei es, daß die Anzahl der im Lager zusammengedrängten »Troublemaker« schon zu groß war, sei es auch, um die mannigfaltigen Verbindungen der Gefangenen zu Zivilpersonen, die sich an den Arbeitsstätten entwickelt hatten, abzuschneiden. Diese Verbindungen waren in der Wäscherei noch relativ harmlos. »Gefährlicher« waren sie auf anderen Arbeitstellen, etwa beim Ausladen von Kohle aus der Eisenbahn in Lastkraftwagen, wo die Gefangenen mit Negern zusammen arbeiteten. Auch beim Oberbau selbst waren Gefangene eingesetzt. Nun zeigte sich, daß die weißen Gefangenen in kürzester Zeit die »freien« Neger aufgewiegelt hatten, sodaß sie »aufsässig« wurden und allerlei Forderungen stellten.

Die Reise ging tagelang nach Norden und sie durchquerten manche Stadt, die sie beim Transport nach Alabama schon berührt hatten. Sie kamen nach Massachusetts, wo sie ins Lager Fort Devens transportiert wurden.

Das Lager war solider gebaut als die Barackendörfer im Süden. Allerdings gab es auch hier keine festen Bauten, die Militärstadt bestand auch hier aus Holz. Aber die Bretter waren auf Nut und Falz zusammengefügt und weiß gestrichen. Die Baracken waren zweigeschoßig, wobei im Erdgeschoß die Heizung und Sanitärräume untergebracht waren. Die Heizung bestand aus einer Warmluftanlage, von einem großen Ofen gespeist, der mit schuppenartig zerkleinerter Anthrazitkohle geheizt wurde.

Hatten die Truppen im Süden in ihren Felduniformen und Ausbildungsmethoden mehr einen verwilderten Eindruck gemacht, so ging es in Fort Devens »vornehmer« und geschniegelter, aber auch kälter zu. Im Süden lachten die Soldaten, wenn die Gefangenen wild fluchten, um zu zeigen, daß sie schon gut amerikanisch konnten, hier rümpften schon die Sergeanten darüber die Nase wie Gardeoffiziere.

Damasus wurde als Heizer für einige Baracken eingeteilt. Er mußte zwei Stunden früher aufstehen als die Kameraden. Der Glutstock im Anthrazitofen war über Nacht niedergebrannt und mußte neu in Gang gebracht werden. Ein kleiner, elektrisch betriebener Blasebalg erleichterte die Arbeit.

Tückischer waren die Öfen, mit denen Heißwasser für die Waschräume vorbereitet wurde. Der Höhepunkt des Betriebes lag in den frühen Morgenstunden. Gerade zu dieser Zeit mußte in den Öfen Weißglut sein, weil sonst das Wasser rasch abkühlte. Hier gab es aber keine Blasbälge, nur Holz und eiförmig gepreßte Steinkohle.

Es kam vor, daß das Wasser während der Morgenwäsche kalt wurde. Dann fielen die Kameraden über ihn her. Waren es reguläre, dann rächte er sich mit der Bemerkung, in Stalingrad sei es viel kälter gewesen und da hätten sie das Maul gehalten. Waren es 999er, die ihn angriffen, sagte er sarkastisch, es sei wohl schon zu lange her, daß sie im Winter im Moor gearbeitet hätten.

Die Gefangenen hatten nur Lagergeld in Form von kleinen Kupons. Aber es kam immer wieder vor, daß einer einen halben oder einen ganzen Dollar von draußen mitbrachte. Das Silbergeld konnte in der Weißglut des Anthrazitofens geschmolzen werden, in einem Ziegel, in den eine muldenförmige Vertiefung gegraben wurde. Aus der geschmolzenen Silberlegierung stellten Spezialisten unter den Gefangenen Ringe und Anhänger her, die sie an die Soldaten verkauften.

In den Heizräumen des Lagers Fort Devens in Massachusetts begann eigentlich das zweite, das literarische Leben des Gebirgsbauern Damasus. Hier war er nämlich nach Monaten zum erstenmal wieder allein.

Es entstanden einige Gedichte, er legte sich das Pseudonym »Damasin« zu und begann seine Versuche heimlich an Zeitungen und Zeitschriften der Emigration zu senden. Er war wie vom Blitz gerührt, als er einmal ein kleines Landschafts-Gedicht, gefärbt durch die Fremde, im Feuilleton einer deutschsprachigen Zeitschrift entdeckte.

Einer der ersten, die auf ihn aufmerksam wurden, war der Berliner Schriftsteller Rudi Greulich, der sich »Erge« nannte. Er kritisierte den »zu sanften« Zug in den Gedichten und gab den Rat, es doch lieber mit Prosa zu versuchen. Aber ein angehender Lyriker, der gerade begonnen hat, Blut zu lecken, schlägt natürlich solche Ratschläge in den Wind. Was soll denn das heißen, Prosa zu schreiben, was doch bekanntlich jeder kann, der nur Lesen und Schreiben gelernt hat?

In der Bibliothek, die inzwischen eingerichtet wurde, stürzte er sich auf die »Männer«: die Brüder Thomas und Heinrich Mann, Alfred und Robert Neumann und Manfred Hausmann. Dessen »Lampion« entsprach am ehesten seiner eigenen Gemütslage.

Die Herrlichkeit in den Heizräumen nahm dann allerdings ein jähes Ende, als die geheime Schnapsbrennerei aufflog.

Mit einem anderen Heizer zusammen, der aus dem Innviertel stammte, bauten sie hinter den Öfen eine Schnapsbrennerei, bestehend aus einem kleinen Dampfkessel und einem alten Ölfaß mit Kühlschlange. Im Heizkeller von Damasus wurde die Maische zubereitet und zum Gären gebracht. Gefangene aus den Soldatenküchen stahlen Rosinen, Zucker und Brotreste und er weichte das Gemenge ein. Es dauerte nicht lange und das breiige Gemisch warf Blasen. Zuerst schaffte Damasus die Maische in der Nacht in Eimern zur Brennerei des Landsmannes, die einige Baracken entfernt lag. Aber dann wurden sie frecher und betrieben ihr Handwerk am hellichten Tag, weil es da nicht auffiel, wenn ein Heizer mit einem Eimer von einer Baracke zur anderen ging. Auch die Beseitigung der nach Fusel stinkenden Maische war tagsüber leichter als in der Nacht. Sie spülten sie in die Klosettanlagen.

Der Schnaps schmeckte zwar rauh, aber er war durch den Zucker stark, fast wie Weingeist. Der Brenner bekam vom Kosten allein manchmal glasige Augen. Er war aber einer von den disziplinierten Trinkern, die im Rausch tiefsinnig in sich gehen und nicht laut werden.

Aufgeflogen ist die Anlage schließlich durch einen Soldaten. Da sie mit der Brennerei harte Dollars verdienen wollten, weil ja das Lagergeld draußen nichts galt, für blanke Dollars aber schöne Sachen zu kaufen waren, bauten sie vorsichtig eine Verteilerorganisation auf. Über die Küchen und Reinigungsanstalten ging das Gebräu, in Feldflaschen ausgeliefert, weil die als militärische Gefäße weniger auffielen. Aber dann betrank sich ein Soldat während des Dienstes, weil er die Stärke des Edelbrandes unterschätzte. Er begann zu randalieren, wurde vom Dienst abgezogen und in eine Ausnüchterungszelle gesteckt. Dann im Katzenjammer und weil man ihm ein schnelles Vorrücken an die pazifische Front in Aussicht stellte, gab er seinen Lieferanten preis. Der amerikanische Hauptmann brüllte wie ein Westermann, aber man sah es ihm an, er war auch beeindruckt von der gut funktionierenden Alchimistenküche. Er war ein menschlicher Vorgesetzter. Sein Pfeifendeckel, der ein Gefangener war, berichtete, daß der ältere Herr innerhalb von drei Monaten zweimal einen Tripper »aufgerissen« hatte, den er mit allerlei Salben kurierte und offen mit seinem Putz über die Kalamitäten dieser Krankheit sprach.

Damasus bekam vier Tage Arrest aufgebrummt, der Brenner aus dem Innviertel sieben. Dabei wurden sie mit einer Besonderheit des amerikanischen Kotters bekannt. In den Gefängnissen »zuhause«, sogar noch unter Hitler, bedeuteten Fasttage bei Wasser und Brot stets, daß nach drei solchen Fasttagen ein »guter« kam, mit der üblichen Verpflegung. Im amerikanischen Militärgefängnis aber wurden die Fasttage aneinandergereiht, ohne einen guten Tag dazwischen.

Im Zuge der Liquidierung der Schnapsbrenn-Verbindungen wurden die Arbeitsplätze im Lager selbst und auch außerhalb rigoros umgruppiert. Auf diese Weise kam Damasus in eine Kistenfabrik nach Boston. Die Fahrt auf Armeelastwagen bis zur Fabrik dauerte etwa zwanzig Minuten. Vor einem großen, roten Ziegelgebäude war ein Rundverkehr, so daß man dieses Gebäude länger im Blick hatte. Es war das Gefängnis von Boston. Bald fanden sie heraus, daß es just das Gefängnis war, in dem die amerikanischen Sozialisten Sacco und Vanzetti jahrelang eingekerkert waren, ehe sie 1927 hingerichtet wurden.

Die Gefangenen versuchten den Soldaten radebrechend zu erzählen, was sie über Sacco und Vanzetti wußten. Aber den Soldaten waren zunächst die Namen Sacco und Vanzetti völlig unbekannt. Dann mochten sie sich wohl bei ihrem Bildungsoffizier erkundigt haben und die Auskunft, die sie erhalten haben, dürfte nicht freundlich gewesen sein, denn sie machten finstere Gesichter, wenn die Namen Sacco und Vanzetti fielen. Aber es half nichts, sie konnten sich den »Fall« nicht vom Leibe halten, denn täglich zweimal, bei der Hin- und bei der Rückfahrt sagte einer der Gefangenen: »Sacco und Vanzetti, good men!«

Im Betrieb gab es unter den Vorarbeitern Italiener, die doch ihre berühmten Landsleute wenigstens kennen müßten. Aber auch die drückten sich hartnäckig um jedes Gespräch, als wollten sie eine schlimme Erinnerung verdrängen.

Die Arbeit war leicht, aber ebenso nervtötend wie das Laubsammeln mit einem Stock, der in eine Spitze ausläuft. Auf einem Fließband rollten die halbfertigen Kisten heran und Damasus hatte dabei drei Nägel einzuschlagen. Am Anfang lachten sie über diese »Jausenpartie« und entwickelten allerlei Kunststücke. Mit geschlossenen Augen konnten sie bald drei, dann sechs und schließlich sogar neun Nägel einschlagen. Die Kisten waren, das erfuhren sie bald von den Zivilarbeitern, dazu bestimmt, Feuerlöschgeräte aufzunehmen.

Als dann die Nachricht vom Beginn der Invasion in Europa eintraf, wußten sie, daß die Feuerlöschgeräte in solchen Massen für dieses Ereignis vorbereitet worden waren.

Die Nachrichten, die sie über die Invasion hörten, waren eher zurückhaltend. Die amerikanischen Zeitungen machten den Eindruck, als trauten sie dem ganzen Erfolg noch nicht recht.

9

Eine Gruppe in der Stärke von etwa zwei Kompanien wurde aus Fort Devens herausgezogen und in ein Waldlager des Bundesstaates New Hampshire verlegt. Es waren fast durchwegs 999er und alles deutete darauf hin, daß hier wieder einmal Gefangene abgesondert wurden, die in den Augen der Militärs »Troublemaker« waren. Später erfuhr man, daß ein Offizier gesagt hatte, da »oben« könnten sie »mit den Bäumen politisieren«.

Zunächst war in dem neuen Lager alles recht erfrischend. Es war nicht so solide wie Fort Devens, es war mehr improvisiert, aber die Baracken waren fest und auch für den Winter gebaut. Dazu war die Landschaft sehr schön mit viel Wald und vielen kleinen Seen.

Sie bekamen andere Uniformen, Lumberjacks aus dickem Loden, und Schuhe, die bis zu den Knöcheln aus Gummi bestanden und einen halblangen Lederschaft hatten. Offenkundig handelte es sich um alte Bestände einstiger Arktisuniformen, vielleicht für Truppen in Alaska.

Schon in den ersten Tagen gesellte sich ein streunender Hund zu ihnen, der in der Folgezeit stets treu zu ihnen hielt. Der Hund stellte sich jeden Morgen beim Zählappell an den Flügel der Kompanie und wenn der Offizier zu zählen anfing, begann er zu knurren und manchmal biß er auch nach den weißen Gamaschen des jungen, hoch aufgeschossenen Sirs, der, seiner Vornehmheit nach zu schließen, direkt von den Pilgervätern abzustammen schien, die einstens Neu-England gegründet hatten. Der Straßenköter untergrub regelrecht die Autorität des Offiziers, denn immer, wenn er die Zähne fletschte, begannen die Gefangenen zu kichern. Es war überhaupt ein Wunderhund, der drei Sprachen mühelos verstand. Die Bewachungsmannschaften redeten mit ihm englisch, die Zivilisten französisch, sie waren von der Besiedelung der französischen Provinzen Kanadas hierher abgedrängt worden. Die Gefangenen sprachen mit dem Hund deutsch. Er spitzte stets die Ohren und kannte sich in jeder Weise aus.

Er kannte auch die Gegend genau. Sie mußten etwa fünfzehn Kilometer zur Arbeit fahren. Der Hund war stets vor ihnen da, er hatte Abschneider benützt und war zur Stelle. Einmal stöberte er einen kleinen Waschbären auf, den sie ins Lager mitnehmen durften und der dort bestaunt wurde, bis er sich ein Loch unter dem Zaun gegraben hatte und eines Nachts wieder verschwunden war.

Der Lagerkommandant war ein Hauptmann mit einem seltsam hart klingendem Englisch. Man sagte, er sei aus der polnischen Anders-Armee gekommen. Er hatte offenbar mehrere Gründe, den »Germans« nicht grün zu sein: den Deutschen überhaupt und diesen »linken« ganz besonders. Schon in den ersten Tagen charakterisierte ihn ein Witzbold unter den Gefangenen so: sage man zu ihm »we want to work«, dann unterbreche der Offizier sofort mit der Bemerkung »you are right«. Füge man aber dann hinzu »but ...«, dann unterbreche der Offizier gleich wieder mit der Feststellung »you are wrong!«

Er schoß überall im Lager herum, kontrollierte die Küche und die Klosettanlagen, war auch darauf aus, immer korrekt gegrüßt zu werden. Er verhängte gern kleine Arreststrafen, die in einem Schuppen abzubüßen waren. Die Arrestanten beschwerten sich darüber, daß sich in der Nacht just in demselben Schuppen Soldaten mit Mädchen vergnügten, die ganze Nacht hindurch und daß man diese »Brautleute« immerfort kichern, schreien und stöhnen höre. Gegen diese Entweihung des Arrestes war auch der Kommandant und in einem anderen Schuppen wurde nun ein richtiger Arrest eingerichtet mit kleinen Fenstern und schweren Gittern davor. Jetzt war die Arreststrafe allerdings weniger unterhaltsam und der Commodore schien sich darüber zu freuen, denn er lachte grimmig, wenn er höchstpersönlich die Zelle aufsperrte.

Die Wälder, die sie zu schlägern hatten, bestanden zum größten Teil aus »yellow birches«, aus gelben Birken, wie man die Abart hier nannte. Unter dem Einfluß der milden Atlantikluft gediehen die Bäume zu mächtiger Höhe und hatten nur kleine Kronen. Die Stämme stiegen glatt empor wie die von Tannen. Das Holz war, so meinte man damals noch, nicht in der Möbelindustrie zu verwenden, sondern nur für Faserholz zur Zelluloseerzeugung. Papier- und Zellstoffabriken hatten sich vom amerikanischen Heer Gefangene ausgeliehen. Zivile Vorarbeiter legten den Wachsoldaten durch kleine Geschenke nahe, die Gefangenen nur recht kräftig zur Arbeit anzuhalten. Die Bewachung war so dicht, daß die Arbeitspartien geradezu umzingelt waren. Zuerst wurden in die hügeligen Wälder Schneisen geschlagen, auf diesen Schneisen postierten sich die Wachsoldaten und die Gefangenen teilten sich dann den Wald in Streifen ein.

Damasus ging daran, die Dreierpartie, die aus ihm, einem Rheinländer und einem Schwaben bestand, zur Musterpartie des ganzen Reviers zu machen. Bei ihm gab es keinen schief geschnittenen Strunk und die Stöße, die sie aufschichteten, standen wie eine Mauer. Beim Hacken des Fallkerbes tüftelte er solange herum, bis die Richtung, in die der Baum fallen sollte, auf den Zentimeter genau feststand. Das war nicht schwer, denn die gelben Birken wuchsen kerzengerade auf sanften Hängen.

Zuerst spielten sie mit der Mütze. Einer legte das »Schiffchen« auf einen Strunk und der Baum mußte so fallen, daß er wenige Zentimeter von der Mütze entfernt niedersauste. Später machten sie das Experiment mit Zigarettenschachteln, ja sogar mit einer Armbanduhr, die einer aus den Feld- und Rückzügen gerettet hatte.

Allmählich wurden die Posten, die sich auf den Schneisen langweilten, auf diese Kunststücke aufmerksam. Die Gefangenen verleiteten sie zum Wetten und die Soldaten angelsächsischer Herkunft konnten der Versuchung nicht widerstehen. Sie nahmen, wenn sie gewannen, auch Lagergeld entgegen und natürlich mußte man sie anfänglich gelegentlich gewinnen lassen. Die Gefangenen konnten das Lagergeld in Waren umsetzen, wenn auch nicht in Whisky, denn starke Getränke gab es in der Kantine nicht, dafür aber himmelblaue Basketballdressen mit leuchtenden Polstern an den Oberschenkeln. Man nannte sie im Hinblick auf homoerotische Anfechtungen im Lager »Reizwäsche«. Mit Vorliebe trug diese Wäsche einer von den Ganovenregimentern, von dem es hieß, er sei in seinem früheren Leben ein Berliner Strichjunge gewesen. Er arbeitete im Lazarett als Sanitäter. Die Gefangenen nannten ihn »Schwester Pia« und er freute sich sichtlich über diese Bezeichnung. Er braute auch einen Likör aus Wundalkohol und Marmelade, der sich bei den Gefangenen großer Beliebtheit erfreute. Da nicht ganz sicher war, ob der Wundalkohol nicht doch blindmachendes Methyl enthielt, sagten die Gefangenen, ein halbes Auge müsse man für Schwester Pias Kräuterbitter schon riskieren.

Verloren die Soldaten, dann zahlten sie mit halb- oder ganzvollen Whisky-Flaschen, je nachdem wie hasardfreudig sie gewesen waren. Die Gefangenen feilschten mit ihnen, denn soweit kannten sie sich schon aus, daß die eine Sorte des Korn- und Maisschnapses teurer war als die andere. An guten Tagen kam es vor, daß die Damasuspartie am Abend beim Einmarsch ins Lager in den Knien wankte.

Über die wechselnden Wachmannschaften verbreitete sich der Ruhm der Millimeter-Baumfäller von New Hampshire im weiten Umkreis.

Die hohen Normen richteten sich nach den Arbeitsleistungen der Zivilarbeiter. Diese aber werkten typisch amerikanisch. War Schlägerungs- oder Lieferzeit, so rückte so ein »Holzknecht«, der eigentlich ein Wanderarbeiter zwischen Stillem und Atlantischem Ozean war, mit Kind und Kegel aus und arbeitete auch vierzehn Stunden am Tag, damit er schnell »reich« werde. Er dachte nicht an den Winter und auch nicht an sein Alter, daß er dann diese Hochleistungen nicht mehr vollbringen konnte, denn reich werden wollte er jetzt.

Damasus hatte ausgerechnet, daß ihre Norm um ein Drittel höher war als die, die er zuhause als »freier« Arbeiter hatte leisten müssen. Dazu kam, daß hier in Amerika noch das schwer handhabbare Klafter als Maßeinheit galt. Das Werkzeug war schwerer als in Europa. Sie arbeiteten mit zweischneidigen Äxten und langen Hobelzahnsägen. Es gab keinen Sappel, sondern nur ungelenke Stammwender, wie sie zuhause nur die Fuhrleute verwendeten. Außerdem wurde das Holz nicht gespalten, sondern mußte, schnell, schnell, auf klafterhohe Stöße aufgerollt werden. Da ein Klafter fast 170 Zentimeter maß, ergab sich eine mühsam zu bewältigende Höhe. Zwischen den Holzstößen mußten die Strünke knapp über dem Boden abgeschnitten werden, sodaß im Winter der Abtransport leichter vor sich gehen konnte.

Die Zellulosefabrik rechnete mit den Normen der Zivilarbeiter, sie hatte den Wald auf Kredit gekauft. Die Gefangenen gerieten immer mehr unter 'Konkurrenz'.

Da Damasus der einzige des Lagers war, in dessen Papieren der Beruf »Forstarbeiter« stand, richtete sich auch bald der Verdacht gegen ihn, er organisiere eine Arbeite-langsam-Bewegung. Es kam vor, daß der Partie gleich zwei Soldaten zur Beobachtung zugeteilt wurden. Aber die Gruppe war ameisenfleißig, nur eben nicht rationell. Ihr Arbeitsplatz sah gepflegt aus, wie der Boden einer Tenne.

Die Soldaten waren selbst verdrossen. Möglicherweise war es darauf zurückzuführen, daß es in diesen Tagen einmal zu einem Unglück kam, bei dem es um ein Haar ein Todesopfer gegeben hätte.

In dem Lastwagen, mit dem ein Trupp Gefangener in den Wald transportiert wurde, saß ein Wiener Kamerad mit dem Rücken zur Wand des Führerhauses. Im Führerhaus hielt einer der Wachsoldaten das Gewehr zwischen den Knien. Er dürfte in Gedanken am Abzug gespielt haben und das Gewehr war offenbar nicht gesichert. Es löste sich ein Schuß und das Projektil durchschlug die Blechwand des Führerhauses und traf den Gefangenen an der linken Schulter, drang durch den Körper, ganz knapp am Herzen vorbei und hinterließ beim Ausschuß an der Brust ein faustgroßes Loch. Der schwer verwundete Gefangene wurde notdürftig verbunden und ins Militärlazarett gebracht. Die Wunde verheilte allerdings schnell, weil die Kugel wie durch ein Wunder keine stärkeren Blutgefäße verletzt hatte. Der Gefangene machte dann auch später nicht viel Aufhebens von seiner Verwundung, die er weit weg von allen Kriegsschauplätzen im Bundesstaat New Hampshire in Neu-England davongetragen hat.

Allerdings, im reiferen Alter begannen sich dann die Folgen der Verwundung an seiner Schulter zu zeigen. Er konnte den Arm nur mehr schlecht bewegen. Er reichte um eine kleine Zusatzpension nach dem Kriegsopfer-Gesetz ein. Damasus war einer der wenigen Zeugen, die das Unglück noch bestätigen konnten. Er mußte eine eidesstattliche Erklärung abgeben und wurde auch einem mündlichen Verhör unterworfen. Dann erhielt der einstige Verwundete vom Holzfällerlager Camp Stark in N.H. eine kleine Zusatzpension zugesprochen.

Damasus wurde vor den Lagerkommandanten gebracht. Der machte ihn darauf aufmerksam, daß die Arbeitsleistung der Gefangenen zu niedrig sei. Damasus erklärte, er sei noch immer geschwächt vom langen Aufenthalt im Konzentrationslager und habe oft Schmerzen in der Lunge.

Da sagte der amerikanische Offizier: »Ah, in the conzentrations Camp? I will give you an other cur: water and bread!«

Damasus wurde in den Arrest gebracht, zunächst allein, aber nach und nach füllten sich die zwei Zellen.

Es wiederholte sich das, was sie schon vom Arrest in Mississippi und Massachusetts kannten: zwischen den Fasttagen gab es keine »guten« Tage, sondern in ununterbrochener Reihe nur Weißbrot und Wasser.

Etwa ab dem fünften Tag hatte sich schon Weißbrot angesammelt, aber sie konnten es nicht mehr essen. Das Brot wurde hart und jeder Bissen größer im Mund. Bald lagen sie auf ihren Pritschen und waren matt und zerschlagen.

Sie sprachen nicht viel, weil sie infolge der Trockenheit Halsschmerzen hatten.

Nach fünfzehn Tagen wurden sie aus dem Arrest zum Truppenarzt geführt. Der untersuchte sie oberflächlich und stellte fest, daß ihr Gesundheitszustand ein solcher sei, daß sie die Norm möglicherweise wirklich nicht schaffen könnten. Sie wurden noch am gleichen Tag, abermals als »Troublemaker«, ins Stammlager nach Fort Devens zurückgebracht.

Ins Holzfällerlager wurde dann eine größere Gruppe von ehemaligen SS-Leuten gebracht. Sie köderte man mit Zucker. In der Kantine tauchten so begehrte Waren wie Lederjacken und schöne Cowboy-Stiefel auf, dazu Handtaschen und Uhren. Es wurde ein »Akkordlohn« festgesetzt, der progressiv stieg, wenn über die Norm hinaus geschlägert wurde. Die Soldaten, sonst immer voll Spott gegenüber den Ami »Spielsoldaten«, fielen rasch der Versuchung zum Opfer, weit eher als die von den Ganovenregimentern. Die Norm wurde erfüllt und übererfüllt und der Commodore strahlte über diese Art von Germans. Aber dann kam der Schnee und er fiel zwei und drei Meter hoch. Es war völlig unmöglich, die verlangte Leistung zu erbringen. Jetzt wurden auch die »arbeitswilligen« Gefangenen zu Troublemakern erklärt und das Lager wurde aufgelöst, nachdem es vorher noch saftige Arreststrafen gegeben hatte.

In Fort Devens hatte sich die Lage inzwischen gründlich verändert. Größere Gruppen von ganz jungen Gefangenen aus den Kämpfen in Frankreich waren angekommen. Angehörige der sogenannten HJ-Divisionen. Die jungen Leute waren niedergeschlagen wie seinerzeit der Fallschirmjäger im Lager Bone in Afrika und auf dem Lazarettschiff: Für sie war alles zusammengebrochen, sie hatten auch nicht mehr die Kraft, an ein Wunder zu glauben.

Sie rotteten sich am Anfang ihrer Gefangenschaft zusammen, wie Gruppen von Schülern auf dem Schulhof und igelten sich ein. Später besuchten sie dann eifrig Kurse und waren Musterknaben, die die Gelegenheit nützten, das versäumte Wissen nachzuholen. Sie erröteten geradezu, wenn man ihnen gegenüber die Hoffnung ausdrückte, daß dem Hitlerspuk, dem verdammten, bald ein Ende bereitet würde. Sie hatten zwar gelernt, mit der Waffe in der Hand das Hitlerreich zu verteidigen, mit Argumenten waren sie dazu nicht mehr imstande.

10

Damasus wurde zum Ash- und Trash-Kommando eingeteilt, zum Müllabfuhr-Kommando. Es war die interessanteste Arbeit, die er in den Vereinigten Staaten von Amerika verrichtet hat. Dabei war die Maloche schwer und rauh. Sie fuhren ihrer vier auf einem offenen Lastwagen. Der Fahrer war ein Zivilist von etwa fünfzig Jahren und im Führerhaus saß ein Wachsoldat. Sie hatten Küchen zu entsorgen, ein großes Lazarett und Wohnlager von Krankenschwestern und Schwesternschülerinnen. Alles, was aus den Küchen kam, wurde auf eine große Deponie gebracht, mit der eine Schlucht am Rande der Welt ausgefüllt wurde. Alles was aus dem Lazarett und dem Schwesternlager kam, wurde zu einer Müllverbrennungsanlage gebracht.

Der Fahrer teilte sich die Transporte so ein, daß immer zuerst die Küchen entsorgt wurden. Da in allen Küchen Gefangene arbeiteten, waren im Kaffeesud und in der Asche meistens kulinarische Kostbarkeiten versteckt: kleine Flaschen mit süßem Rahm, den die Prisoners den Soldaten abgezweigt hatten, in Papier eingedrehte Pampelmusen, oder ein großer Schinkenknochen, an dem noch Fleisch dran war. Natürlich war dieser Schmuggel im Kaffeesatz verboten, weshalb auf der Fahrt im offenen Wagen die Köstlichkeiten hinter der Pyramide der Aschenhügel kauernd verschlungen und getrunken werden mußten. Der Fahrer tat so, als merke er nichts, ebenso der Posten, der froh war, daß er im warmen Führerhaus sitzen konnte, während seine Kameraden auf den Übungsplätzen in der Kälte herumgejagt wurden.

Da die Abfälle der Soldatenküche nicht immer abwechslungsreich waren, gab es Rahmtage, Pampelmusentage, Rosinentage oder Schinkenbeintage. Es war angezeigt, jede Ware gleich zu verzehren. Manchmal konnte man Zucker unter dem Hodensack ins Lager bringen, aber größere Gegenstände spießten sich zu sehr.

Die Deponie befand sich in einem Talkessel, dem Krater eines Vulkanes ähnlich. Wahrscheinlich war es das Gelände einer ehemaligen riesenhaften Schottergrube des vergangenen Jahrhunderts. Eine schmale Straße führte in Windungen in die Tiefe des Kraters. Asche, Knochen, Kaffeesud, leere Büchsen und allerlei Abfälle aus den Instandsetzungsbetrieben des Lagers wurden hier auf die Halde gekippt.

Das Kommando über den Müllplatz hatte ein uralter Stabssergeant. Es mußte sich wohl um einen Vierzigender handeln, der schon außer Dienst gewesen war, als der Krieg ausbrach, der sich aber noch einmal hatte reaktivieren lassen. Er trug noch die Felduniform von 1896, mit dem großen braunen Hut, wie man ihn in Europa in der Vorstellung den alten Trappern aufsetzt. Der Stabssergeant hatte ein verwittertes Gesicht, wie das Bildnis des lasterhaften Dorian Gray und dazu trug er eine starke Brille. Da seine Gelenke schon steif waren, stelzte er nur mühsam herum. Wenn der Fahrer-Zivilist nur um einen halben Meter zu weit gefahren war, trieb ihn der altgediente Soldat wütend zurück und deutete in die Tiefe, um dem schlampigen Zivilisten eindringlich zu zeigen, daß die Halde just hier noch nicht die richtige Wölbung hatte. Dabei stampfte er mit dem Fuß und fluchte in allerlei obszönen Ausdrücken. Der Fahrer mußte ihn wohl schon lange kennen, denn er lachte nur zu den wütenden Attacken des Altsoldaten.

Der Zivilist hatte den Gefangenen aufgetragen, Kupferdraht und Messinggegenstände aus den Abfällen beiseite zu legen. Mit dieser Ware bestach er dann den Veteranen der US-Armee, ein Nachsehen zu haben, wenn einmal die Ladung nicht millimetergenau in die Tiefe rutschte. Der Sergeant räumte dann das Buntmetall schnell weg wie eine »heiße« Ware.

Die Gefangenen machten sich einen Spaß daraus, vor dem Uralt-Sergeanten stramm zu stehen und er sonnte sich im Glanz dieser Ehrenbezeugung. Großzügig erlaubte er ihnen, sich zwischen den Fuhren auszuruhen, indem er ihnen einen Rastplatz im hohen Gras zuwies, damit sie nicht sofort gesehen würden, wenn sich ein Vorgesetzter zur Inspektion einfände.

In der Mitte der Woche war weniger Müll abzuführen als Montag und Samstag. Das Zeitloch benützten sie dazu, bei Lagerplätzen für alte Autoreifen und Ersatzteile herumzukurven, die aus dem Schrott gewonnen wurden. Es kam zu allerlei Tauschgeschäften mit den Platzmeistern und die Gefangenen erwiesen sich dabei als kühne Hehler und Zwischenträger. Sie fielen am wenigsten auf, wenn sie alte, aber noch brauchbare Autoreifen zum Wagen schleppten, denn sie waren ja das Ash- und Trash-Kommando.

Der Fahrer war ein kleines schmächtiges Männchen, war magenkrank und trank mehrmals am Tage aus einer Thermosflasche Tee, der nach Medizin roch. Zu Mittag löffelte er aus einem Thermosbehälter hastig eine schleimige Suppe. Er hatte Angst vor der Zukunft. In der Erinnerung an die Jahre der Depression war er fortwährend auf der Suche nach einem Arbeitsplatz »nachher«. Er erzählte den Gefangenen, daß er versuchen werde, bei der Verwertung überflüssig gewordenen Heeresgutes tätig zu werden.

Die Gefangenen hatten sich auf seine Bedürfnisse eingestellt und stahlen Autoreifen, Armaturen, Maschinenfett und Militärgeschirr. Da wurde er manchmal verlegen und meinte, allerdings nur schwach abwehrend, well, nun sei es schon genug.

Am interessantesten war die Arbeit der Müllabfuhr beim großen Lazarett und bei den Baracken der Schwestern und Schwesternschülerinnen. Das Lazarett war nahrhafter als die Küchen, weil hier Abfälle kamen, die abwechslungsreicher waren, als die Kommiskost der Soldaten. Da gab es Kuchenstücke aus den angelsächsischen Bundesstaaten, die allesamt von dem berühmten Plum-Pudding abzustammen schienen, denn sie waren schwer und fett. Die Familien aus Bundesstaaten mit spanisch beeinflußter Herkommenschaft versorgten ihre Verwundeten meist mit härteren Sachen. Im Abfall fanden sich Gläser mit scharf gewürzten Bohnen, die teilweise mit zerfaserten Fischen gemischt waren. Auch angebrochene Konserven mit

Muscheln fanden sich, die wie fette Engerlinge aussahen. Sie fischten Pökelschinken und viele Packungen Rosinen aus dem Müll.

Bei dem Abfall handelte es sich oft um jene Reste, die nach Aussortierung von Wertgegenständen übrigblieben, wenn ein Soldat gestorben war. Offenbar kam es darauf an, welches Pflegepersonal beim Ableben eines Verwundeten gerade Dienst machte. Es kam nämlich vor, daß sich im Müll halbvolle ja sogar volle Flaschen Bier und Whisky fanden. Sie tranken die Reste aus, wenn sie durch halbwegs unbewohnte Gegenden kamen.

Wenn tagelang keine »richtige« Flasche im Müll zu finden war, dann fragten sie sich gegenseitig, ob denn jetzt überhaupt kein Soldat mehr sterbe. Oder stürben jetzt nur solche, die wie die Blaukreuzler Abstinenzler waren, oder hatten diebische Krankenschwestern den Alkohol für ihre stoßfreudigen Liebhaber abgezweigt? Sie schämten sich über ihren Zynismus.

Noch heute bewahrt er einen Rasierapparat aus schwerem Messing auf, den er aus dem Müll des Lazarettes geborgen hat. Man rasiert sich damit weit solider als mit dem Trockenapparat oder dem modernen Wegwerfzeug. Ebenso hat er im Müll einen Brieföffner aus Bronze gefunden, dessen Aufschrift an das fünfzigjährige Jubiläum der Zeitung »Salem News« erinnert. Er taugt als Brieföffner nicht viel, weil die Bronzemasse zu weich ist. Aber wer hat schon einen Brieföffner von »Salem News« aus dem fernen Oregon?

Natürlich waren die Mülleimer auch voll von blutigem und eitrigem Verbandszeug und von beschmutzter Krankenwäsche, von leck gewordenen Gummi-Wärmeflaschen und zerbrochenen Thermometern, von denen sie die Quecksilberkügelchen herausschütteten und sie für den Fahrer sammelten, der gewiß irgendeine Verwendung dafür haben würde.

Einmal, sie hatten gerade zwei halbe Flaschen Whisky ausgetrunken, erschraken sie beim Umkippen eines Behälters. In blutigem Müll nur halb verdeckt, fand sich eine abgeschnittene Hand. Obwohl das Lazarett für solche Abfälle eine eigene Verbrennungsanlage hatte, war die amputierte Hand in den »gewöhnlichen« Müll geraten. Die Hand selbst schien unversehrt, hatte eine wächserner Farbe, die Nägel der Finger waren sauber und ein Finger zeigte den hellen Streifen eines einstigen Ringes.

Sie hatten auch die Leichenkammer des Lazaretts zu entsorgen. Mit weißem Linnen zugedeckt bis zum Hals lagen die toten Soldaten, die an Infektionen oder an Tropenfieber gestorben waren. Die Gesichter, die aus den Leichentüchern herausragten, waren meist abgemagert bis auf die Backenknochen.

Vor der Leichenkammer standen stets einige Schafe, von denen ein oder zwei schwerfällig auf schwachen Beinen wankten und taumelten. Es waren Versuchstiere, an denen die verschiedensten Impfstoffe ausprobiert wurden.

Am abenteuerlichsten war die Müllabfuhr bei den Baracken der Schwestern und Schwesternschülerinnen. Sie kamen zwar zur Arbeit meist dann, wenn die Insassinnen im Dienst waren. Aber einige Krankenständlerinnen oder Schichtwechslerinnen waren immer da. Während die weißen Schwestern meist hochmütig aus den Fenstern blickten und sich schroff abwandten, hatten die Negerschwestern ein besseres Verhältnis zu ihnen.

Aber die militärische Obrigkeit schuf bald Abhilfe, indem die Mülleimer weiter weg von den Baracken abgestellt wurden. Die schwarzen Schwestern mußten ihren Abfall dann weiter tragen, damit sie nicht mit den Gefangenen in Berührung kommen sollten.

Die Gefangenen rächten sich für die Hochnäsigkeit der weißen Schwestern. Sie ließen, wenn sie merkten, daß ihnen bei der Arbeit heimlich zugeschaut wurde, die schweren Eimer wie zufällig auf den Boden poltern, sodaß der Inhalt hervorquoll. Sie nahmen Monatsbinden und weggeworfene Büstenhalter in die Hand und schwenkten sie triumphierend. Nicht an ihren Früchten, an ihren Abfällen werdet ihr sie erkennen, sagte ein Gefangener höhnisch und hob ein verschissenes Höschen empor, das eine Schwester nicht zur Wäsche geben wollte. Oder er hob eine Salbenbüchse auf, öffnete sie und roch daran. Es war ein ähnliches Medikament wie die berühmte graue Salbe des ebenso berühmten Sanitätsgefreiten Neumann gegen Filzläuse.

Der Abfall der Krankenschwestern und des Lazaretts wurde in einem großen stockhohen Ofen verbrannt. Der obere Stock des Ofens bildete eine kleine Halle, in die der Lastwagen im Rückwärtsgang einfuhr. Die Ladung wurde auf den Betonboden gekippt und das Müllgut in eine Öffnung gekehrt, die auf einen Rost über der Koksglut führte. Qualmiger Rauch stieg aus dem Schlot neben der Verbrennungsanlage.

Die Strecke, die der Müll vom Lastwagen weg gekehrt werden mußte, betrug etwa fünf Meter. Mehrere Wachsoldaten, die hier zusammenkamen und die Fahrer bildeten dabei ein Spalier, ja sie nahmen sogar selbst die Besen in die Hand. Immer, wenn es auf dem Betonboden klirrte, wurde innegehalten und der Ursache auf den Grund gegangen. Oft waren es kleine Münzen, die da aus dem Müll purzelten, oft kleine Schächtelchen mit Tabletten, aber auch Ringe und Ohrringe waren in den Müll geraten. Anfangs dürfte dieses Kehren wohl eine zusätzliche Kontrollmaßnahme gewesen sein, damit Gifte aus dem Lazarett noch aufgefangen werden konnten. Jetzt aber war die ganze Aufmerksamkeit auf das Aufspüren von kleinen brauchbaren Utensilien gerichtet. Die Gefangenen gingen natürlich leer aus, aber sie hatten ja schon vorher eine fledderische Kontrolle ausgeübt, denn natürlich griffen sie blitzschnell in jede Tasche eines Hemdes oder einer Bluse, ehe sie sie auf den Haufen warfen.

Am Verbrennungsofen endete der Arbeitstag, wenn auch nicht die Arbeitsstunden. Wie überall beim Militär gab es auch hier keine Zeit-Extrawürste, auch nicht für das Ash- und Trash-Kommando. Das Einrücken ins Lager hatte für die Tagschicht zur gleichen Zeit zu erfolgen und nicht etwa, wenn die Arbeit verrichtet war. Auch der zivile Fahrer war an die feste Arbeitszeit gebunden. Oft bestand der ganze Tag ohnehin aus einer einzigen Stoßzeit, oft aber blieben auch einige Stunden, die man totschlagen mußte.

Sie lungerten in Sichtweite des Wachtpostens herum, der bald herausbekommen hatte, daß diese Arbeitspartie kein Interesse an waghalsigen Fluchtabenteuern hatte. Sie taten einander nicht weh, die Gefangenen und ihre Bewacher.

Vom Eichenwäldchen hinter dem Müll-Verbrennungsofen in Neu-England, Mass., hatte man einen Blick über die Hügelketten, bis zu denen die Zivilisation noch nicht gedrungen war.

Der Tag war gut gewesen. Bei den Schwesternbaracken hatte eine weiße Schwester dünn gelächelt, als einer ein beschmutztes Hemd aus dem Müllhaufen emporhielt. Bei den Quartieren mit den schwarzen Schwestern war einige Aufregung festzustellen. An den vielen Seesäcken, die vor den Baracken standen, erkannten sie, daß der Lehrgang verlegt wird. Vielleicht kommen sie jetzt in die Praxis, vielleicht aber auch zum Fronteinsatz in Europa oder der Südsee.

Sie leerten langsam die Mülleimer und waren traurig, daß nun die Trennung von den schwarzen Mädchen kam, von denen jeder schon »seine« hatte, die er hartnäckig aus der Ferne umwarb. Auch Damasus hatte eine. Es war ein schlankes Mädchen mit einem mütterlichen Blick. Meist stand sie hinter dem Fenster, aber er sah sie genau.

Heute kam sie aus der Baracke heraus und ging zweimal an den Gefangenen vorbei. Als sie merkte, daß der Wachsoldat im Führerhaus dahindöste und der Fahrerzivilist ausrangierte Küchengeräte musterte, kam sie näher heran und ließ neben Damasus ein kleines Päckchen fallen. Das Päckchen enthielt einen blauen Steckkamm mit einem silbernen Rücken und einen kleinen Zettel mit winziger Schrift, in der sie seiner Mutter wünschte, daß er gesund nach Hause kommen möge.

Sie lachten grimmig über dieses Geschenk und einer meinte, ein schöner BH wäre »nahrhafter« gewesen als ein solcher Kamm, mit dem man doch nichts anfangen konnte.

In den Mülleimern fanden sie allerlei Fläschchen mit Resten von Parfüm, wie ihn die Schwestern verwendet hatten. Hoch auf dem gelben Wagen gossen sie sich die Überreste der Duftwässer über die Köpfe, während sie in kräftigen Zügen den Whisky austranken.

Als sie heute ins Lager zurückkehrten, schnupperten die Posten am Lagertor, die sie filzten, recht angewidert. Die Ash- und Trashpartie roch nach stinkigem Rauch von der Müllverbrennung, nach Fusel von dem Fabrik-Whisky und nach ganzen Wolken von Parfüm, dessen Duft zwischen Frühling und Friedhof angesiedelt war. Es war der echte Ludergeruch der Müllabfuhr-Truppe.

Den blauen Kamm mit dem silbernen Rücken hat er durch alle Kontrollen bis nach Hause gebracht und ihn auch in sein neues Leben in der Stadt mitgenommen. Dort ist er verloren gegangen. In einer Sommernacht ging er mit einem Mädchen zur Stadt hinaus, an der großen Taubstummenanstalt vorbei, bis zum Fuß eines Hügels. Dort reifte gerade ein Haferfeld und sie legten sich in das nach frischem Stroh duftende Getreide. Sie machten sich ein Bett zurecht und blieben, bis von der Donau her die nachmitternächtliche Kühle kam. Erst später entdeckte er, daß er den blauen Kamm, den er stets in der Brusttasche trug, im Haferfeld verloren hatte. Als er ihn suchen wollte, war das Feld bereits abgeerntet.

Auf dem einstigen Haferfeld wurde eine pädagogische Akademie errichtet. Dorthin wurde er manchmal eingeladen, an Diskussionen über Kommunalprobleme teilzunehmen. Eine bestimmte Routine nützte ihm hier gar nichts, er mußte stets nach Worten und Ausdrücken ringen, wodurch seine Ausführungen so klangen, als seien sie ihm erst jetzt eingefallen. Diese schwerfällige »Originalität« rührte daher, daß er, während er sprach, stets an den verlorenen blauen Kamm denken mußte.

11

Im Lager war eine Kriegsgefangenen-Zeitung gegründet worden. Damasus veröffentlichte darin den »Brief an einen ehemaligen Hitlerjungen«, der einiges Aufsehen erregte.

Die Anregung zu diesem »Brief« ging auf den jungen Fallschirmjäger am Anfang der Gefangenschaft zurück, der, halsstarrig gegen das Leben ohne Hitler ein unglücklich Zerrissener war. Dann kamen die Angehörigen der HJ-Division aus Frankreich, die in den ersten Wochen der Gefangenschaft einen gänzlich verlorenen Eindruck machten. In quälenden Gesprächen mit ihnen wurde der große Unterschied in der politischen Bildung offenbar. Damasus war nicht gelehrt, aber beschlagen, weil er wußte, daß er von weit her kam und seine kleinen tastenden Schritte immerhin auch schon eine Spur in die Zukunft legten.

In einem allerdings war er den ehemaligen Hitlerjungen gleich. Er hatte wie sie seine Jugend nicht erleben können, jene Jugend, »deren schönsten Teil man Dir und mir geraubt hat«, wie er sich in seinem Brief ausdrückte.

Der Brief wurde von der zentralen Zeitung der Kriegsgefangenen »Der Ruf« abgedruckt. Freilich mit einer nicht zufälligen Kürzung. Damasus hatte nämlich, als er von seinen Leiden in den Gefängnissen sprach, erklärt, er habe sie leichter überstanden, weil er daran gedacht habe, daß seine Vorstellungen schon im alten Rom eine bestimmte Vor-Gestalt gehabt hätten. Er hatte damit Spartacus, die Proletarier und Plebejer gemeint.

Der Kollege vom »Ruf« hatte ihm später erklärt, er habe diesen Passus »natürlich« gestrichen, denn es sei ja wirklich nicht einzusehen, was das alte Rom mit den Leiden des Jugendlichen von 1944 zu tun haben sollte.

Zum Lagersprecher war der 999er Herbert Tulatz gewählt worden, ein Schlesier, der gegen einen bürgerlichen Kandidaten gesiegt hatte. Er kam von der sozialistischen Arbeiterpartei (SAP) und verkörperte einen trockenen Typ, der gelegentlich zu radikalen Tönen neigt, aber zugleich taktisch so beflissen ist, daß das weitgesteckte Ziel infolge der gegenwärtigen Sachzwänge immer weiter in die Ferne rückt. Herbert Tulatz spielte später im »Internationalen Bund freier Gewerkschaften« eine wichtige Rolle im Referat Entwicklungsländer.

Die politische Konstellation in der Lagerleitung brachte auch eine bestimmte Linie in den politischen Vorträgen und Diskussionen mit sich. Kurse über die Geschichte der Arbeiterbewegung etwa vermittelten immer viel Wissen »an sich« (später wurde dafür das Lügenwort »wertfrei« erfunden) mit vielen Details. Ruth Fischer hatte denselben Stellenwert wie Ernst Thälmann. Stalin wurde durch die Brille Trotzki's gesehen. Von Österreich kannten die Vortragenden nur den, na wie hieß er doch bloß, diesen Otto Bauer oder Friedrich Adler, der freilich längst über Österreich hinausgewachsen sei.

Die Kommunisten litten unter der »sozialdemokratischen Fuchtel«, wie sie diese »Objektivität« nannten. Sie versuchten hartnäckig, in der Diskussion zu den Themen Nutzanwendungen für die Gegenwart herauszufiltern und wurden vom Kameraden Vortragenden im Schlußwort mild lächelnd zurechtgewiesen.

Die inzwischen illegal arbeitende Gruppe der KPD begann dann, eigene Diskussionszirkel über historischen und dialektischen Materialismus zu veranstalten.

Inzwischen hatte in Mexiko das Komitée »Freies Deutschland« zu arbeiten begonnen und auch die Zeitschrift des Komitées kam, allerdings immer nur in einigen Exemplaren ins Lager. Lebhafte Diskussionen lösten die Bücher »Leutnant Bertram« von Bodo Uhse oder »Adel im Untergang« von Ludwig Renn aus. Zu einem »Klassiker« der Aufarbeitung neuester deutscher Geschichte wurde schließlich das zweibändige Werk von Paul Merker »Deutschland sein oder nicht sein« oder »The Thugs of Europe« von Albert Norden.

Noch bevor die Buchproduktion im Verlag »El libro libre« in Mexiko anlief, kam eine Gedenkschrift über Stefan Zweig ins Lager. Es handelte sich um ein schmales Büchlein von Paul Zech, über den Dichter, der im Februar 1942 in Rio de Janeiro den Freitod gewählt hatte. Das Bändchen war ein Sonderdruck in dreihundert Exemplaren, von Paul Zech signiert. Das Exemplar, das Damasus erwerben konnte, hatte die Nummer 121.

Dieser Aufsatz eines Freundes Stefan Zweigs machte den ungeheuren Aderlaß deutlich, den die deutschsprachige Literatur in der Zeit des Faschismus erlitten hat. Es war ein sehr trauriges Büchlein eines traurigen Verfassers.

(Das Büchlein hatte dann ein recht abenteuerliches Schicksal. Nach dem Krieg war es zunächst einmal ein gutes Jahr mit einer Rot-Kreuz-Sendung unterwegs. Dann zierte es lange den Bücherschrank. Die Tochter nahm es öfter zum Deutsch-Unterricht in die Schule mit, weil niemand die kleine Schrift kannte und man damit richtig »glänzen« konnte. Plötzlich aber war das schmale Bändchen mit insgesamt fünf Zensurstempeln verschwunden und dies jahrelang. Er verdächtigte seine Kinder, die Kostbarkeit bei einem Antiquar verscherbelt zu haben. Erst nach Jahren meldete sich ein junger Mann, dem Damasus die Schrift zu »Bildungszwecken« geborgt und dies vergessen hatte. Dabei war sie hinter eine Bücherwand gerutscht und wurde erst wieder aufgefunden, als der Säumige in eine andere Wohnung übersiedelte. Jetzt erst hütet er die kleine Schrift aus dem Quadriga Verlag in Buenos Aires sorgsam und blättert manchmal darin, die Tragödie Stefan Zweigs bedenkend und die des Autors Paul Zech, der ebenfalls keinen Weg mehr zurück gefunden hat.)

Es wurde ein dreiköpfiger Jugendbeirat gegründet. Damasus wurde von den Linken der 999er in dieses Gremium delegiert. Er war der junge »alte

Mann« in dieser Körperschaft, mit der größten Erfahrung auf dem Gebiet der Gefangenschaften. Der Rat suchte Literatur aus, die den jungen Menschen unter den Gefangenen empfohlen wurde, versuchte, die Beteiligung an Kursen und Vorträgen zu steuern und hielt regelmäßige Zeitungsdiskussionen ab.

Sie durften manchmal bei größeren Veranstaltungen probeweise den Vorsitz führen und agierten dabei bald wie altgediente Sozialdemokraten.

Inzwischen neigte sich der Krieg in Europa seinem Ende zu.

Es wundert ihn heute, daß solche Ereignisse wie der versuchte Aufstand der Offiziere gegen Hitler und das Hitler-Attentat eigentlich gar nicht so viel Diskussion hervorriefen. Das mag an einem bestimmten plebejischen Sektierertum der 999er liegen, für die ein Graf Stauffenberg trotz allem ein Kriegsbeginner war und weniger ein potentieller Kriegsbeender. Auf Dr. Gördeler waren die sächsischen Kommunisten nicht gut zu sprechen, sie kannten ihn noch aus der Zeit, als er Oberbürgermeister von Leipzig gewesen war. Es handelte sich um einen Aufstandsversuch von Männern, die Hitler vor allem vorzuwerfen hatten, daß er im Begriff war, den Krieg zu verlieren. Die 999er waren gegen Hitler, weil er den Krieg vorbereitet und begonnen hat. Nicht seine Niederlagen, sondern seine Siege waren für sie die schwerste Zeit ihres Lebens gewesen.

Jetzt wurde das Lagerregime deutlich schärfer. Obwohl in den Vereinigten Staaten, abgesehen von einigen Rindfleischsorten, Überfluß an Lebensmitteln herrschte, wurde in den Gefangenenlagern die Verpflegung knapp. Es zeigte sich deutlich, daß die ursprüngliche Gleichstellung mit der Armee darauf zurückzuführen war, daß es in Deutschland auch amerikanische Gefangene gab, die Repressalien ausgesetzt werden konnten.

Die Soldaten warfen viel Verpflegung weg, je nach dem Volksstamm, dem sie angehörten: die einen Schweinefleisch, die anderen Hammelfleisch und manche den eintönigen Kuchen. Nahm aber ein Gefangener etwas von dem, was die Soldaten weggeworfen hatten, wurde er bestraft.

Bei der täglichen Filzerei nach der Arbeit ergaben sich groteske Situationen. Da hatte einer aus einer Soldatenküche ein großes Schinkenbein herausgebracht. Er hob es hoch empor, so daß die filzenden Soldaten es schon von weitem sehen konnten und rief laut »It's for our dog, it's for our dog!« Er konnte anstandslos passieren, denn jeder Kompanie war es erlaubt, einen Hund zu halten. Wurde aber ein Gefangener ertappt, wie er Lebensmittel für den menschlichen Genuß schmuggelte, wurde er mit Arrest bestraft.

Kühlhäuser mit uralter Ware wurden geleert. Es gab Hühnerfleisch, das so trocken wie Stroh schmeckte. Die Küchensergeanten, die lange Zeit kaum in Erscheinung getreten waren, wurden jetzt in einer kuriosen Weise wieder aktiv. Da gab es lange Stücke von Schweins- oder Rinderdärmen, die wohl ursprünglich für die Wursterzeugung bestimmt waren. Man hätte aus dem Material durchaus kuttelfleckartige Speisen bereiten können, für die es unter den österreichischen Gefangenen wahre Meister gegeben hätte. Aber die Darmstücke durften nur in Salzwasser gekocht werden und kamen als lange glitschige Stücke in die Eßnäpfe. Es tauchte eine besondere Art von Brotaufstrich auf: zwischen zwei Brotscheiben wurden weiße Bohnen gestrichen.

Das erbitterte ganz besonders einen zur Untätigkeit vrurteilten Fleischhauer aus Linz, der in Alabama, Mississippi und Massachusetts die österreichische Militärküche zu Ruhm und Ansehen gebracht hatte.

(Er geriet nach seiner Heimkehr ins Unglück, machte bankrott und verfiel dem Alkohol. Wenn er in betrunkenem Zustand in Schwierigkeiten geriet und dabei auf Damasus stieß, schrie er verzweifelt: »Sag ihnen doch, was für ein Koch ich euch gewesen bin da drüben bei den Büffeltreibern und Fallenstellern! Hilf mir und sag ihnen, was ich für einer bin!« Er hat schließlich mit einem langen Fleischermesser buchstäblich Harakiri verübt).

Eine der schmerzlichsten Maßnahmen war das Suchen nach »faschistischen Emblemen«. GIs schnüffelten in den Baracken herum und beschlagnahmten Briefe aus der Heimat, weil diese »faschistische Propaganda« enthielten, nämlich das Hakenkreuz des Wehrmachts-Zensurstempels.

Woher in höheren Armeekreisen der Wind wehte, zeigte sich beim Tod des Präsidenten Roosevelt im April 1945. Gefangene, die in Küchen und Klubs der Offiziere arbeiteten, berichteten ganz bestürzt, daß dieser Tod von einer großen Anzahl von Offizieren mit Sektgelagen gefeiert wurde. Soviel Alkohol mußte bei diesen »Leichenparties« geflossen sein, daß ganze Batterien von halben Flaschen stehengeblieben waren.

Im Lager machte sich tiefe Betroffenheit Platz.

Dieser Frühling 1945 nahm sich in mancherlei Hinsicht sonderbar aus. In Massachusetts war es kühler als sonst, das Ash- und Trash-Kommando fror auf dem offenen Lastwagen. Die Wachsoldaten waren ängstlich bemüht, es ja nicht zu Vertraulichkeiten kommen zu lassen, die als »fraternisation« ausgelegt hätte werden können. Sie hatten Angst, nach dem verhaßten japanischen Kriegsschauplatz transferiert zu werden.

Die Verschärfung der Bewachung und der militärischen Maßregelung hing auch damit zusammen, daß die Alliierten nun schon die ersten Konzentrationslager befreit hatten und offenbar wurde, welche Greuel in diesen Lagern verübt worden waren. Daß die Verschärfung des Gefangenenregimes gerade und vor allem jene traf, die selbst in diesen Lagern und in den Zuchthäusern gequält worden waren, das war eine Demütigung, die weit über die tatsächliche Last der Schikanen hinausging.

Einer vom Ganovenregiment, wohl ein ehemaliger Krimineller, zeigte beim Bad wieder stolz seinen breiten Rücken und meinte, er habe schon »damals« gewußt, was noch alles auf ihn zukommen werde. Auf seinem Rücken war nämlich der Spruch tätowiert: »Lerne leiden, ohne zu klagen«. Die Tätowierung in roter und blauer Farbe nahm die ganze Fläche des Rückens ein.

Die Alliierten mußten bei ihrem Vormarsch auch deutsche Verpflegungslager erobert haben, auch solche, die für die Versorgung im Norden bestimmt gewesen waren. Ganze Berge von solchen Konserven kamen nach Boston und die militärische Müllabfuhr mußte auch diese Beute entsorgen. Das hieß, daß die Konserven, die alle einen grauen Tarnanstrich hatten, auf die Mülldeponie geführt werden mußten.

Trotz der schärferen Überwachung hatten die Gefangenen bald herausbekommen, daß die Konserven vitaminreiche Beeren und Gemüse enthielten: Spinat, Heidelbeeren, Sauerkraut und schwarze Ribisel. Sie schlitzten die eine oder andere Dose auf und stopften während der Fahrt den Inhalt in sich hinein. Manchmal enthielt eine Dose auch nur das »gewöhnliche« Konservengut, nämlich Schweinefleisch im eigenen Saft.

Auch die Österreicher, sonst stets von wachem Mißtrauen gegenüber der nordgermanischen Kost, mußten anerkennen, daß der Geschmack der Konserven »Charakter« hatte.

Die künftige Behandlung von Deutschland löste im Lager erbitterte Diskussionen aus.

Während viele KPD-Anhänger und Funktionäre eisern daran festhielten, daß Hitler alles verspielt hatte, auch die Grenzen von gestern, wollten manche radikale Prediger nur von »symbolischer Wiedergutmachung« wissen und wollten der Konsequenz der endgültigen Niederlage aus dem Wege gehen.

Die Österreicher mischten sich nicht ohne Bosheit in die Diskussion und gruben ganz alte Hunde aus: Ihr habt uns einst Schlesien weggenommen, jetzt wird es euch wieder weggenommen im Zeichen höherer Gerechtigkeit. Die Anhänger Maria Theresias begannen sich zu formieren.

Sozialdemokratische und trotzkistische »Kreise« arbeiteten eine «Plattform« aus, eine Art Vorschlag, wie das Nachkriegseuropa gestaltet sein müsse und warben für dieses Programm. Es enthielt schöne Grundsätze und die Illusion, es könne schon jetzt eine Politik der Versöhnung erfolgen, ohne die bitteren Erfahrungen der Völker zu berücksichtigen.

DER SOZIALDEMOKRAT: Was ich mir wirklich gewünscht hab, war die Wiederkehr der guten Vergangenheit. Wir haben eine gute republikanische Vergangenheit gehabt und darauf haben wir uns ausgerichtet, das genügt. San ma ehrlich.

DER KOMMUNIST: Die einst gute Gegenwart hat zu einer schlimmen Zukunft geführt. Ein Stück weiter als 1919 hätten wir schon kommen müssen. Die Freiheit, sich die Taschen füllen zu können, haben wir nicht gemeint.

DER TROTZKIST: Mehr Konsequenz und weniger Imperialismus wenn ihr gehabt hättet, dann wär auch die Revolution ein großes Stück vorangekommen.

DER ZEUGE JEHOVAS: Die Verfolgung der Schrift hat aufgehört, ihre Mißachtung aber hat zugenommen.

DER WERBE-KEILER: Es hat sich alles eingependelt. Wer etwas tut, der hat auch was. Das Risiko muß belohnt werden.

DER ALTNAZI: Der Hunger ist erst nach uns gekommen. Heute lebt man in Deutschland besser als in England und Frankreich, von Rußland red ich erst gar nicht. Wer hat denn da in Wirklichkeit gesiegt, wer denn?

Obwohl auch die USA die Moskauer Deklaration vom Oktober 1943 unterschrieben hatten, wonach es ein Kriegsziel der Alliierten sei, die Unabhängigkeit Österreichs wiederherzustellen, ließen sich die amerikanischen Militärs Zeit, Konsequenzen daraus zu ziehen. Erst spät, Anfang 1945 gingen sie vorsichtig daran, in den Kriegsgefangenenlagern die Österreicher von den Deutschen zu trennen oder eigene österreichische Kompanien zu bilden.

Da mochten wohl einigen Offizieren aus den Kreisen der österreichischen Emigration demokratische Experimente vorschweben und ein Anknüpfen an Traditionen vor 1934, andere (und mächtigere) Militärs witterten jedoch die Gelegenheit, mit Hilfe der Austrian Prisoners das konservative Element in den Lagern zu stärken.

Unter den 999ern waren die Österreicher insgesamt eine Minderheit, aber unter jenen, die als politische Gefangene direkt aus Lagern und Zuchthäusern gekommen waren, bildeten sie die Mehrheit. Das gab gelegentlich Anlaß zu Reibereien mit deutschen Kameraden, weil sich die Politischen, die direkt von der »Front« kamen, nicht gerne von jenen belehren ließen, die immerhin schon im zweiten Glied gestanden waren, von denen, die sich bei aller Meldepflicht der Gestapo gegenüber eben doch »bei ihren Weibern gesuhlt« hatten und aus den Gefängnissen nur die Friedensverpflegung, nicht aber die kriegsmäßige Hungersuppe kannten.

Aber diese Auseinandersetzungen trugen mehr den Charakter von Häkeleien. Das politische preußische Großmaul war nicht so großmäulig wie der preußische Militarist und der politische Österreicher nicht ganz so komplexlerisch wie der »gewöhnliche« Österreicher.

Die politischen Österreicher hatten schon zuhause ihre Lektion aus der Diskussion über die nationale Frage gelernt und brauchten zu der Erkenntnis, daß die Österreicher keine Deutschen waren, sondern daß seit vielen Jahren, wenn auch meist unbewußt, die Auseinanderentwicklung vor sich ging, keine Moskauer Deklaration. Ihnen hatte die Oberreichsanwaltschaft in Berlin zu zehntausenden eindringlich bestätigt, daß sie zum Ziel hatten, »die Ostmark vom Reiche loszureißen«.

Anders war es bei jenen, die zuerst den Anschluß an Deutschland jubelnd begrüßt und sich in der Wehrmacht gebärdet hatten, als seien sie ohnehin die weit besseren Soldaten als die aus dem »Reich«, und sich mit großer Tapferkeit geschlagen hatten - für Deutschland. Sie mußten sich rasch wandeln und sie taten es mit Übereifer. Sie hatten zwar bis jetzt zu jedem deutschen Unteroffizier stramm und untertänigst »jawoill« gesagt, jetzt aber beschimpften sie deutsche Kameraden als »Piefke« und zwar mit Vorliebe dann, wenn diese deutschen Kameraden »politische« Kameraden waren.

In Fort Devens wurde eine Österreicherkompanie gegründet und Damasus meldete sich in diese Kompanie.

Aber er hielt nach wie vor enge Verbindung zu seinen alten sächsischen, Berliner und Rheinländer Kameraden, mit denen zusammen er das Himmelfahrtskommando in Afrika und die jahrelange Last als »Troublemaker« getragen hatte. Zu seinen Spinnereien gehörte es, gelegentlich den Rock der Afrika-Uniform zu tragen, den mit dem roten Balken auf der Schulterklappe, der den Träger als einen Angehörigen der Brigade 999 auswies. Dieses Uniformstück war allmählich zu einem Ehrenkleid geworden. Die Neu-österreicher aber empfanden, daß es sich für einen Österreicher nicht schicke, überhaupt eine deutsche Uniform zu tragen. Daß es die Uniform eines Strafsoldaten war und nicht eine der »sieggewohnten« Gebirgsjäger und daß der rote Balken ein anderer Orden war, als das EK I oder der Gefrierfleischorden, wollten sie nicht hören. Aus ostmärkischen waren vielfach österreichische Chauvinisten geworden, ganz ohne innere Schwierigkeiten.

Bei der Wahl eines Kompaniesprechers siegte glatt ein Konservativer, der seine Sympathie für den Heimwehrfürsten Starhemberg kaum verbarg, über einen Wiener Sozialdemokraten.

Es war höchst zwiespältig, wie das Kulturleben des Lagers plötzlich durch das österreichische Element bereichert wurde. Während Damasus und den anderen Linken beinah heroisch zumute war, als sich die Alliierten Armeen den Grenzen Österreichs näherten, organisierte die andere, größere Gruppe rauschende Operettenaufführungen, so das »Weiße Rößl am Wolfgangssee« von Ralph Benatzky (spöttisch Herr Benutzky genannt). Ein Wiener Schwuler spielte die Wirtin »im Weißen Rößl« mit Hingabe. Aber gerade in Zeiten, da es gegolten hätte, den Ernst der wiedergewonnenen Freiheit zu zeigen, führte das »trotzige« Herausstellen dessen, was die Seeligkeit des österreichischen Fremdenverkehrs bedeutete, zu allerlei Mißverständnissen.

Die Linken bemühten sich, die alten Leistungen des »roten Wien« zu zeigen und meinten, daß die morgigen Tage die Fortsetzung dieser Politik bringen würde, was denn auch sonst? Wiener »fortschrittliche Kreise« versuchten, in Lesungen Karl Kraus wieder zum Leben zu erwecken. Es gelang nicht, weil die alpenländischen Jodler die Satire übertönten.

Die geographische Nachbarschaft begann für die Österreicher ungemein »interessant« zu werden. Die Linken produzierten Wandzeitungen über die Kämpfe der Partisanen in Jugoslawien, deren Rohmaterial sie sich aus amerikanischen Zeitungen und Zeitschriften zusammensuchten. Das Gebiet interessierte auch deshalb sehr, weil Slowenien und Kroatien einmal »zu uns« gehört hatten. Und Tito, war er nicht Unteroffizier in der k.u.k. Armee gewesen, und der sowjetische Marschall Sokolowsky nicht Oberleutnant?

Diese »Kontinuität« hörten auch jene ganz gern, die vorher im Haus des Großdeutschen Reiches einen guten Platz gefunden hatten und sich für die Gewährung dieses Platzes recht dankbar gezeigt hatten. Freilich, irgendwelche Gelüste auf »deutsches« Land in Südkärnten oder der Südsteiermark durften sich die »Krowoten« nicht leisten, da redeten sogar die unter Hitler höchstdekorierten Mustersoldaten von »nationalistischen Frechheiten«.

Otto von Habsburg gab in amerikanischen Zeitungen kund und zu wissen, daß er eine österreichische Legion aufzustellen geruhen werde. Obwohl der Name derselbe war, unter dem die jungen Illegalen, die aus Österreich geflüchtet waren, militärisch ausgebildet wurden und mit der deutschen Wehrmacht zusammen im Jahre 1938 in ihre einstige Heimat einmarschierten, blieb das »Kaiserhaus« bei dieser belasteten Bezeichnung, die so penetrant nach »Legionär« in fremden Diensten roch. Aber nur ganz wenige Gefangene interessierten sich für diesen Habsburg-Plan.

Damasus mißtraute solchen Losungen wie »rot-weiß-rot bis in den Tod«, weil sie ihm angesichts der jüngsten Vergangenheit um einige Nummern zu großspurig schienen.

Allerdings kam bald auch die Erfahrung dazu, daß die deutschen Kameraden über alles, was Österreich betraf, geradezu unfaßbar schlecht informiert waren. Die gemeinsame Sprache wirkte hier noch begünstigend für diese Uninformiertheit, weil sie oberflächliches Halbwissen hervorbrachte. Wien? Ja, ja, das kennt man schon, das ist Franz Joseph, Johann Strauß, der Fiaker, Operette, Gemütlichkeit überall, vor allem bei der Arbeit. Das ist Apfelstrudel und Wiener Schnitzel. Na ja, und Mozart und Schubert auch noch.

In einem Aufsatz in der Kriegsgefangenenzeitung versuchte Damasus in diesen Tagen auf die Leistungen Österreichs hinzuweisen. Soweit es dabei um »unbekannte« Themen ging, wie die Geschichte des Widerstandes, war der deutsche Korrektor den Ausführungen des jungen Österreichers widerwillig gefolgt. Bei der Kultur aber wußte er es schon besser. Er kannte nur Anton Bruckner den Tonsetzer, nicht aber den Stückeschreiber Ferdinand Bruckner und »korrigierte« auch dementsprechend.

Gerade in den amerikanischen Jahren hat er erfahren müssen, daß die Geburt eines nationalen Selbstbewußtseins bei denen, die es bisher nicht hatten, ein oft gewalttätiger und andere beleidigender Vorgang ist. Es gibt einen Beute-Nationalismus, der gerne dort aus- und durchschlägt, wo es vermeintlich etwas zu erben gilt. Das schien bei der Konkursmasse des Dritten Reiches der Fall zu sein. War man nicht etwa das erste von Hitler überfallene Land und war das nicht schon Grund genug für eine kräftige Wiedergutmachung? Daß auch die Mittäterschaft ihre harten Konsequenzen haben würde, das war damals für viele »kein Thema«.

Damasus verfolgte, wie in der Zeitschrift »Freies Deutschland« der in Mexiko lebende Wiener Schriftsteller und Journalist Bruno Frei enthusiastisch über das neuerstehende Österreich schrieb. Da war die Rede davon, daß jetzt die Hofburg, in der einst die Habsburger regiert hatten, die österreichischen Freiheitsbataillone der jugoslawischen Partisanenarmee patrouillieren. Es klang alles ungemein revolutionär, als seien gesellschaftlich schon die ganz großen Tage angebrochen.

Damasus schrieb einen langen Brief an Bruno Frei, in dem er seine Skepsis über manche Erscheinung des Neu-Österreichertums niederlegte. Er erinnerte daran, daß der überzeugte Österreicher in seinem Kampf gegen das Dritte Reich oft recht einsam gewesen sei mitten unter seinen Landsleuten. Es sei eine Einsamkeit von solcher Schärfe gewesen, wie man sie sich in der Emigration wohl kaum vorstellen könne.

Vor der Heimfahrt wurden die Österreicher in einem großen Lager in Virginia gesammelt. Hier gab es noch einige Wochen Vorbereitung auf die Zustände und Aufgaben in der Heimat. Einige Emigranten in amerikanischer Uniform bemühten sich, demokratischen und fortschrittlichen Geist zu vermitteln. Sie haben in der Zeit vor 1934 gelebt und diese Zeit war ihre geistige Heimat. Aber im November 1945 waren im neuen Österreich Wahlen durchgeführt worden und hatten gezeigt, daß das Hauptgewicht bei den Konservativen lag. Und da sollten Gefangene sich für eine etwas nebulose Demokratie begeistern?

Bei den Diskussionen wurde den Gefangenen von den Vortragenden zugesichert, sie brauchten bei einer Wortmeldung keinen Namen nennen, um sie zu ermuntern, aus sich herauszugehen.

Ein Gefangener trat auf, der Sprachfärbung nach ein Tiroler, und begann den Amerikanern ihre Fehler vorzuhalten. Aber nicht etwa, daß sie spät und zunächst nur halbherzig in den europäischen Krieg eingegriffen hätten, sondern daß sie ihn auf eine völlig unbegreifliche Art und Weise beendet hätten.

Die Amerikaner seien doch keine Kommunisten und keine Kommunistenfreunde, das habe er in seiner Gefangenschaft immerhin schon gelernt. Warum haben sie sich dann nicht zeitgerecht mit Deutschland verbündet, um gemeinsam mit Deutschland dem verhaßten eigentlichen Gegner zu Leibe zu rücken? Amerikanische Waffen und deutsche Kriegserfahrung, das wäre doch ein Stoß ins Fleisch des Russen gewesen, wie das Messer in die Butter?

Es gab großes Gelächter, allerdings vermischt mit kräftiger Zustimmung, und in einer Ecke des Saales knatterte unverblümter Beifall.

»Ihr habt doch die Atombombe!« setzte der biedere Tiroler hinzu.

Damasus meinte in der Diskussion, recht demokratisch seien ja wohl solche Gedanken nicht. Er denke, daß wir alle miteinander froh sein sollten, daß der Krieg zu Ende sei. Ein Stalingrad werde wohl genügen und die Verbündeten des Weltkrieges werden sich hüten, sich von verbissenen Nazis auseinanderdividieren zu lassen.

Der Emigrant in Uniform, ein Oberleutnant Schreckinger aus Wien, versuchte abzuwiegeln und zu besänftigen, aber er trat dem Tiroler nicht frontal entgegen. Churchill hatte zwar seine berüchtigte Foulton-Rede noch nicht gehalten, aber daß man möglicherweise in diesem Krieg das falsche Schwein geschlachtet habe, das war ein Wort, auch im Amerika nach Roosevelt durchaus im Schwange.

Der Oberleutnant sprach von der Toleranz, die man einander entgegenbringen müsse, denn ohne Toleranz gebe es keine Demokratie und schließlich müsse man mit des Geistes Waffen kämpfen und den alten Ungeist durch Überzeugungsarbeit überwinden.

Damasus riskierte einen Zwischenruf: »Toleranz gegen die Faschisten?« Oberleutnant Schreckinger winkte milde ab, als wollte er sagen: »Ich hör dich ja gehen, aber mach mir bitte keinen unnützen Wirbel bei meiner Umerziehungsarbeit.«

An diesem Abend zogen sie diskutierend über die Lagerstraßen.

Ein »Privat« ohne jedes Rangabzeichen blieb vor Damasus stehen und fragte nach seinem Namen. Damasus wich zurück und erinnerte daran, daß es ausdrücklich geheißen habe, niemand werde nach seinem Namen gefragt.

Der Privat aber winkte einen anderen Soldaten herbei und sagte zu ihm: »Ich glaube, wir haben ihn schon!« und beide lachten.

»Sie sind bekannt bis nach Mexiko hinunter«, sagte der Soldat und klopfte ihm auf die Schulter. Vor ihnen brauche er keine Zurückhaltung zu üben, sagte er. Er selbst sei Thomas Schönfeld, der Sohn des Rechtsanwaltes, der viele Schutzbündler und andere Linke in Wien verteidigt habe. Und der andere, er werde es nicht glauben, der sei der Sohn von Bruno Frei, mit dem er über die nationale Frage in Briefverkehr getreten sei.

(Thomas Schönfeld ist in Wien Universitätsprofessor geworden. Damasus hat ihn kürzlich informiert, daß er gerade dabei sei, über die Zeiten von damals zu schreiben, einigermaßen distanziert und polemisch. Schönfeld lächelte dazu und meinte, es sei ja heute Mode, polemisch gegenüber der Vergangenheit zu sein. Er bitte nur zu bedenken, daß die Polemik auch dafürstehen müsse.)

Der Sohn von Bruno Frei übergab Damasus das Manuskript einer Broschüre des Vaters über die nationale Frage in Österreich, die er als Antwort auf den skeptischen Brief verfaßt hatte. Damasus nahm das Manuskript mit über den Ozean und über Mittelsmänner wurde es dem ZK der KPÖ übergeben. Ein Abschnitt der Arbeit tauchte dann als Abdruck in der Zeitschrift der Österreichisch-Sowjetischen Gesellschaft, in der »Brücke«, auf, der Hauptteil aber blieb verschwunden. Bei der Broschüre handelte es sich um eine typische Spielart des »verlorenen Manuskripts«. Bruno Frei berichtet darüber in seiner Autobiographie »Der Papiersäbel«. Damasus las das Buch mit großem Interesse und einiger Verärgerung. Es wäre dem Autor kein Stein aus der Krone gefallen, wenn er vermerkt hätte, daß das verschollene Manuskript von einem Kriegsgefangenen über die Vereinigten Staaten und den Atlantik zunächst wohlbehalten nach Österreich gebracht worden ist.

13

In der Diskussion über Schlesien, Ostpreußen und Pommern ging ein Ereignis nahezu unter, nämlich der Abwurf der Atombombe auf Hiroshima und Nagasaki. Wohl war den Gefangenen dumpf bewußt, daß hier etwas Neues und zutiefst Erschreckendes geschehen war. Aber die schnelle Kapitulation Japans machte die amtliche Lesart plausibler, daß die »neue Bombe« eingesetzt worden war, um den Krieg schnell zu beenden.

Zum Ende des Krieges am 14. August 1945, nämlich am 15. August, fand im Lager eine große Kundgebung statt, bei der der SAP-Funktionär Paul Lohmann die Gedenkansprache hielt. Er erinnerte daran, daß »Hetzer und Dunkelmänner« am Werk seien, die das Unglück Deutschlands und seiner Bevölkerung »den Siegern zuschieben« möchten. »Jede Hetze gegen die Sieger, auch die leiseste Aufpeitschung nationaler Instinkte ist Verrat an der Zukunft des deutschen Volkes«. Die Kundgebung wurde mit dem Lied »Brüder zur Sonne zur Freiheit« abgeschlossen.

Die Österreicher nahmen an der gemeinsamen Kundgebung teil. Viele von ihnen aber meinten, daß diese faustdicken Ermahnungen sie eigentlich nichts mehr angingen.

Im Herbst 1945 wurde Damasus noch einmal in ein anderes Lager versetzt und wieder von den Österreichern getrennt. Er wurde zusammen mit Rudi Greulich nach Rhode-Island gebracht, den kleinsten Bundesstaat der USA, auf die Halbinsel im Atlantik, auf der im alten Fort Kearney die zentrale Zeitung der Kriegsgefangenen, »Der Ruf«, hergestellt wurde.

Dieses Fort Kearney bestand aus einigen Betonbunkern aus dem ersten Weltkrieg, an die sich eine kleine Barackensiedlung anschloß. Die Bunker standen direkt am Atlantik, der hier allerdings nur wie ein breiter Fluß aussah, weil dem Fort zwei längere Landzungen vorgelagert waren. Den Atlantik mit seinen Stürmen konnte man daher vom Fort aus nicht sehen. Schiffe, die in die zweite Bucht einfuhren, ragten nur zur Hälfte über die Hügelzunge empor.

Wenn auch die Stürme des Atlantik das Ufer von Fort Kearney nur sanft erreichten, Ebbe und Flut waren so stark wie direkt am Ozean. Bei Ebbe wich das grünliche Wasser stark zurück und legte das steile Ufer mit seinen Steinen und Muscheln bloß. Der Geruch von Fisch und Salz strich ständig vom Atlantik herauf. Die ehemaligen Bunker waren mit Moos bewachsen, ihre Bewaffnung war längst ausgeräumt.

Damasus war in das kleine Lager gekommen, weil sein »Brief an einen ehemaligen Hitlerjungen« beim«Ruf« aufgefallen war und wohl auch seine sonstigen Aufsätze und Gedichte. Vor allem aber der Brief, weil der einen »versöhnlichen Ton« gehabt habe, wie ihm der neue Lagerführer etwas verlegen bestätigte. Verlegen nämlich deswegen, weil er ihm zugleich eröffnete, daß er in die Redaktion des »Ruf« nicht aufgenommen werde. Damasus sei sicherlich ein begabter Schreiber, aber von Beruf sei er, so sei in seinen Papieren zu lesen, ein Forstarbeiter. Diese Berufsbezeichnung stimme doch wohl? Der Redaktion gehörten nur wirklich erprobte Fachleute an. Er nannte eine Reihe von Namen: Hans Werner Richter, Walter Kolbenhoff, Paul Kurzbach, der Komponist, der Regisseur Raimund Martinek, der Ballettmeister Irmfried Wilimzig, Rudolf Greulich und einige Germanisten.

So wurde Damasus der Küche zugeteilt und dem Besenkommando, aber er war freundlich eingeladen, hin und wieder etwas für den »Ruf« zu schreiben.

Er hat keine einzige Zeile geliefert.

Der Komponist Paul Kurzbach mit ursächsischem Akzent war gänzlich unbeholfen in allen praktischen Dingen und voll Grimm gegen die amerikanische »Saukultur«. Er geriet jedesmal in Wut, wenn im Radio eine Sendung klassischer Musik zu einem Reklamespruch unterbrochen wurde, (»give me wounderbread«) und schimpfte über diese »schwule Barbarei«, denn barbarisch und schwul gehörte für ihn zusammen. Der Ballettmeister Irmfried Wilimzig lächelte dann etwas gequält und mahnte: »Paul, aber, aber«. Paul Kurzbach schrieb damals gerade an einer Oper zu einem Stoff, den die Kameraden spöttisch »Susanna im Bade« nannten. Er las gelegentlich aus dem Libretto vor, für das er schöne Verse geschaffen hatte.

Sie begeisterten allerdings wieder nur den Regisseur Raimund Martinek aus Wien. Er schwärmte von einem Versdrama, weil gerade jetzt so etwas in sich Gekehrtes dringend notwendig sei. Daneben berichtete er ununterbrochen von seinen Erfahrungen als Schauspieler, der angeblich schon in der sagenhaften »Burg« auf den Brettern gestanden sei. Er wußte ungemein viele Anekdoten, von denen die deutschen Kameraden allerdings ganz unverblümt behaupteten, er habe sie allesamt erfunden. Er war ein Österreicher mit glühendem Preußenhaß, wie ein richtiger 1866er. »Gesox und Geseire«, sagte er, wenn er längere Zeit den Ausführungen eines deutschen Kameraden zuhören mußte, ohne sich selbst produzieren zu können.

Rudi Greulich hatte hier in Fort Kearney seinen alten Jugendfreund Walter Hoffmann getroffen, der sich das Pseudonym Walter Kolbenhoff zugelegt hatte. Wenn Damasus sich betont proletarisch zeigte, belehrte ihn Walter Kolbenhoff immer aufs neue: Was glaubst du, wie Rudi und ich uns jeden Abend verabschiedet haben? Immer mit dem Gruß: Alles für die Sowjetunion. Solche sind wir gewesen, mein Lieber. Damasus gab darauf zurück, solcherart Grüße seien in der Illegalität nicht recht tunlich gewesen, sie schienen ihm auch vorher nicht der Weisheit letzter Schluß gewesen zu sein. Da zog sich Kolbenhoff dann meist aus der Diskussion zurück, indem er den Schlager jener Tage trällerte:

»The weather outside is frightful
but in my heart it's delightful ...«

Das eigentliche Haupt der Gruppe war Hans Werner Richter. Er hatte eine leise Stimme und seine Argumentation war von einer müden Skepsis durchwoben. Seine Autorität rührte daher, daß er am meisten publiziert hatte. Zweifellos ein »bürgerlicher Humanist« wie man später sagen würde, hatte er seine starken Vorbehalte gegen die Emigranten (Damasus wußte damals nicht, daß Richter selbst kurze Zeit Emigrant gewesen war, dann aber wieder nach Deutschland zurückgekehrt war). Die Österreicher hielt er für Nationalisten, die erst jetzt, nach erfolgreicher Mittäterschaft, aus der deutschen Nation desertiert seien. Dabei war alles korrekt an ihm, wenngleich auch durchtränkt von vornehmer Herablassung. Er war der Meister, die anderen die Jünger.

Einmal veranstalteten die Gefangenen einen Literaturabend. Das Hauptkontingent sollten dabei Bert Brecht oder Ernst Wiechert bilden. Richter nahm gegen Brecht und für Wiechert Stellung, als einem, der daheimgeblieben war. Der Kulturoffizier machte jedoch von seinem Weisungsrecht Gebrauch und bestimmte, daß auch Brecht gelesen werde. Der Offizier war offenbar ein mutiger Mann, denn zu dieser Zeit, Ende 1945, war Brecht schon vielen Hexenjägern in den USA ein Dorn im Auge.

(Einige Zeit nach seiner Heimkehr, wohl Anfang 1947 bekam Damasus aus München einige Nummern des »Ruf« zugeschickt, der jetzt als Zeitschrift von Hans Werner Richter herausgegeben wurde. Die Zeitschrift versuchte die «Amerikaner» zu sammeln. Gemeinsam mit der Zeitschrift kam ein Brief von Walter Kolbenhoff, der darin mitteilte, daß er unter der Leitung von Erich Kästner im Feuilleton der Zeitung der amerikanischen Besatzungsmacht arbeite, die Hans Habe zum Chef hatte, der wieder der Sohn des berüchtigten Emmerich Bekessy war, den Karl Kraus aus Wien vertrieben hatte.

Damasus war damals in einer dogmatischen Phase, zerpflückte boshaft einige »Ruf«-Beiträge, trieb zugespitzte Österreich-Agitation und meinte, man müsse heute an Majakowski anknüpfen. Richter antwortete in einem knappen Brief. Damasus möge doch einmal darüber nachdenken, wie Majakowski geendet habe, schrieb er, lud aber im übrigen zur lyrischen Mitarbeit ein.

Dem Kameraden Walter Kolbenhoff machte Damasus zum Vorwurf, daß er nicht nach Berlin zurückgekehrt sei, wo er doch hingehöre, nachdem er in seiner Jugendzeit - »Alles für die Sowjetmacht« - ein so begeisterter Kommunist gewesen sei. Was suche er bei amerikanischen Fleischtöpfen? Mit diesen gereizten, nicht sehr überlegten Briefen brach die Verbindung ab und wurde nicht wieder aufgenommen).

Damasus arbeitete zeitweilig auch in der Küche der Wachsoldaten bei der Vorbereitung des Frühstückes. Er servierte und nahm Bestellungen auf für Eierspeisen aller Art mit Zwiebel oder Knoblauch sowie für gebratene Scheiben einer fetten Bratwurst. Die Soldaten, froh darüber, daß der Krieg vorüber war, veranstalteten oft kleine Feste. Dazu mußten ihnen die Gefangenen in großen Blech-Bottichen Bier einkühlen. Sie füllten die Behälter mit kaltem Wasser bis zum Rand, weil sie wußten, daß die unterste Lage von den Soldaten mitten im Fest nicht gut herausgeholt werden konnte. Die Gefangenen aber machten, bevor sie die Arbeit in der Küche begannen, eine Tauchübung, wie sie die Prozedur nannten, nach jedem Fest ein anderer, und holten die Flaschen aus der Tiefe.

Sie tranken zum Frühstück das kalte bittere Bier mit Behagen und stellten mit Schadenfreude fest, daß die »oben«, nämlich die Herren in der Redaktion, ein solches Frühstück nicht hatten.

Unter den Soldaten, die er beim Frühstück zu »bedienen« hatte, gab es Emigranten, die Wien und Bad Ischl gut kannten. Sie fragten wehmütig nach der Konditorei Zauner. Damasus konnte keine Auskunft geben, denn er kannte die berühmte Zuckerbäckerei im Zentrum von Bad Ischl nicht.

Wenn die Schiffe hinter dem Land der beiden Buchten friedlich ihre Bahn zogen, standen die Gefangenen, die gerade Freizeit hatten, am Wasser und schauten aufs Meer hinaus. Damasus erinnerte sich, daß es nun bald fünf Jahre her war, daß er auf einer verschneiten Straße in einem Gebirgsdorf verhaftet worden war. Ein milder Wind des nordwestlichen Atlantik strich über das alte Fort hin, die Luft war feucht wie nach einem Regen.

Das Lager Fort Kearney wirkte wie eine Quarantäne. Für Damasus war sie eine neuerliche Zäsur in seiner Entwicklung. Er war nun weltanschaulich gefestigt und hier hatte er sich bereits zu einem hartnäckigen Diskutierer ent-wickelt. Aber was die Fähigkeit, sich auszudrücken betraf, so war er weiter unbeholfen, ein Gebirgsbauer eben, der gerne länger nachdenkt als andere.

Ein Gefangener aus Ebensee hatte die Kunde gebracht, daß auch hier, nahe dem Südufer des Traunsees ein großes Konzentrationslager errichtet worden sei. Er kannte die Gegend nur vom Blick aus den Mattenn der Ausläufer der Hohen Schrott, wenn sie um Pfingsten herum Primeln pflükken waren in den brüchigen Felswänden. Wie würde sich das zusammenreimen lassen, dieser Duft, der an Nelken und Safran erinnert, und die Greuel da unten im Tal?

Er hat erfahren, daß einer der ärgsten Schinder des Dritten Reiches im Toten Gebirge gefangen worden war, der Chef des Reichssicherheits-Hauptamtes Obergruppenführer Dr. Ernst Kaltenbrunner. Wieso hat der sich gerade hierher zurückgezogen?

Kürzlich hat sich der Ballettmeister gemeldet, nachdem er jahrzehntelang nichts von ihm gehört hatte. Er übersandte nach diesem Lebenszeichen eine Bleistiftzeichnung, die er damals in Fort Kearney von Damasus angefertigt hatte. Wenn er plötzlich sterben werde, dann wüßte niemand mit dem Bild etwas anzufangen, schrieb er.

Das Bild zeigt einen leicht heroisch blickenden jungen Mann, etwas herb von langer Haft und Gefangenschaft, aber auch etwas naseweis, was von der Überlegenheit herrühren mag, die er gegenüber den ehemaligen Hitlerjungen empfunden hatte. Die Kopfhaltung deutet aber auch eine gewisse Halsstarrigkeit an. Hier hatte der Ballettmeister deutlich hinter die Falten des österreichischen »Gemüts« geschaut.

Nach der Übersendung des Bildes wechselten sie einige Briefe. Auf den letzten, den Damasus an den Ballettmeister schrieb, kam keine Antwort mehr.

In Virginia, wohin Domasus im Februar 1946 transferiert worden war, stieß er wieder zu seinen österreichischen Kameraden. Das Lager mußte nicht weit vom Meer gelegen sein, denn das Trinkwasser war entsalztes Meerwasser. Es gab häufig Fisch zu essen, der trocken war und ungemein viele Gräten hatte. Die Österreicher, der Meeresfauna unkundig, wußten nicht, um welche Sorte Fisch es sich da wohl handelte. Eines aber wußten sie, daß nämlich nach den alten Hühnern und den gestapelten Kuttelflecken nun auch die militärischen Fischlager der US-Army geräumt wurden.

Es kamen die letzten Tage auf dem großen Kontinent, den er auf langen Transporten durchmessen hat von Alabama bis New Hampshire. Es kam der Abschied von einem Land mit großen Reichtümern, aber auch von einem ohne Frühling und Herbst. Die ausgezehrten Felder im inzwischen verkommenen Königreich der einstigen Baumwollfürsten werden ebenso in seinem Gedächtnis bleiben wie die großen Städte aus Stein, die kleineren aus Holz und die zerfallenden Hütten der Farbigen. Aber die Friedhöfe waren überall freundlich mit kleinen weißen Steinen unter Buchen in einer Landschaft, die aussah, wie aneinandergereihte Golfplätze. Und überall der zerzauste Segenbaum mit seinem Bittergeruch und benützt für alle Gelegenheiten: für den Friedhof, für die Taufe und für den Weihnachtsabend. Er wird, zurückgekehrt ins alte Europa, oft an Amerika denken müssen und immer wird es mit Zwiespalt im Herzen sein. Gefangenschaften hinterlassen keine Harmonie.

Im Februar wurden sie einwaggoniert und zu einem Hafen in der Nähe von New York gebracht. Damasus sah die Freiheitsstatue nicht wieder.

Die Überfahrt erfolgte auf einem vollgestopften Liberty-Schiff der Firma Kaiser, die mit der Erfindung der geschweißten Schiffe das ganz große Geschäft gemacht hatte. Die ersten Tage war das Meer spiegelglatt. Plötzlich aber, innerhalb einer Viertelstunde, setzte ein Sturm ein, der bis zur Landung in Le Havre andauerte. Das Schiff mußte einen großen Umweg machen und die Überfahrt dauerte daher viel länger als die Fahrt übers Meer von Casablanca im Juni 1943. Gefangene und Wachmannschaften litten stark unter der Seekrankheit. Damasus kam mit einem blauen Auge davon. Er hatte instinktiv das richtige getan, indem er sich auf Erdäpfelsäcke vor der Küche bettete und so mehr sitzend als liegend den Atlantik überquerte.

Sie kamen ganz geschwächt in Europa an und die Heimkehrer hatten alle Mühe, ihre Seesäcke bis ins Lager zu tragen. Über das Lager Bolbec, in dem sie in Wellblechhütten untergebracht waren, ging die Fahrt durch Frankreich.

Im Saargebiet kamen Frauen an den Zug heran und die »Amerikaner« beschenkten sie mit Seife. Bad Aibling war das letzte deutsche Lager, in dem sie Station machten. Bei Spaziergängen entwickelte Raimund Martinek seine Pläne hinsichtlich der Reorganisierung des Burgtheaters. Er geriet dann allerdings nur in untere Ebenen und arbeitete als Regisseur in der Hörspielabteilung des amerikanischen Senders Rot-Weiß-Rot unter dem Künstlernamen Raoul Matiné. Später verschwand sein Name aus den Programmen. Er habe, so hieß es unter Eingeweihten, seine Stellung dazu benützt, Schauspielschülerinnen zu »verführen«.

Die Fahrt ging über Salzburg nach Linz, zum letzten Lager vor der Entlassung. Der Vorort Wegscheid hatte eine trübe Tradition: Im ersten Weltkrieg war hier ein großes Russenlager mit 20.000 Gefangenen angelegt gewesen. Das Entlassungslager wurde von ehemaligen Angehörigen der Waffen-SS verwaltet, die eng mit den Amerikanern zusammenarbeiteten. Sie versuchten auf verschiedene Weise, die Heimkehrer aus Amerika und insbesondere die ehemaligen 999er zu schikanieren. Sie hatten die Papiere der Gefangenen in der Hand und wußten Bescheid. Die Gruppe der 999er mußte sich noch einmal als Truppe der »Troublemaker« zusammenrotten und auftreten, um sich der Übergriffe der gefangenen SS-ler zu erwehren.

Ein Gaunertrick gelang allerdings noch. Die SS-ler schärften den Gefangenen ein, auf alle Fälle die Steppdecken da zu lassen, denn bei der Entlassung würden die Amerikaner filzen. Es sei schon vorgekommen, daß Heimkehrer, die US-«Heeresgut« bei sich hatten, festgehalten und in ein anderes Lager gebracht worden seien.

Schweren Herzens trennte sich Damasus von einer neuen Steppdecke, die er von Massachusetts über Rhode Island und Virginia, über das Meer und durch Frankreich und Deutschland bis nach Linz gebracht hatte. Niemand kontrollierte, der Posten sah ihm nur schläfrig nach, als er, die Papiere vorzeigend, durch das Lagertor ging.

Er stellte sich mit dem Seesack vor dem Lager mitten auf die Straße und wartete, bis ein klappriger Autobus des öffentlichen Verkehrs kam. In der Stadt führte ihn ein Eisenbahner zum Bahnhof, an Bergen von Schutt vorüber. In der Rot-Kreuz-Station faßte er eine Schale Malzkaffee und ein Stück Brot. Dann stieg er in den Zug, der keine Fenster mehr hatte. Der Zug war voll von sogenannten »displaced persons«, deren Sprache er nicht verstand.

Während der Zug müde dahinratterte, schimpften Passanten auf »Juden und Pollaken.«

MONT KLAMOTT

Franz Kain auf der Parteischule in Gaaden, 1946

Parteischule in Gaaden: F. Kain, 1. stehende Reihe, 2. v. rechts

Franz Kain mit Koll. Kurt Benedikt in der »Kleinen Weinstube« in der Kirchengasse, Linz-Urfahr, 1950

Redaktionsbesprechung bei der Tageszeitung »Neue Zeit«, v. l.: Chefredakteur Richard Schüller, Fritz Grabowski, Hans Golob, Kurt Benedikt, Franz Kain, Fritz Wallner, Peter Aschner, Rudolf Lehr. Linz-Urfahr, 1953

Mit Phyllis Rosner, Korrespondentin des Daily Worker, Berlin, 1954

Franz Kain und Arnolt Bronnen in Berlin, 1955 (Foto: privat)

Berlin, 1955

Am Schwielowsee, 1956

1

Sein Heranwachsen und Wachsen fiel in eine Zeit großer Umwälzungen. Aber das Zeitmaß war durcheinandergeraten. Alles sprach für einen zwar steilen, aber kurzen Weg bis zur Umwälzung aller Werte. Nach dem Krieg oder dem Zeitpunkt, da er sich dem Ende nähert, kommt die Revolution, das war das Amen im Gebet der Revolutionäre. So war es bei der Pariser Kommune, bei der Oktoberrevolution 1917 und bei der Revolution 1918 und 1919. Nach dem Februar kommt der Oktober, wirklich und symbolisch, mögen die wenigen Monate auch einige Jährchen sein, aber eben nur wenige, das weiß doch jedes Kind.

Und daß ein System, das den Krieg in sich trägt, wie die Wolke das Gewitter, wie es der alte Jean Jaurès ausgedrückt hatte, und dies auch in grauenvoller Weise in einem Menschenalter gleich zweimal manifestiert und erlitten wurde; daß du Krieg für immerwährende Zeiten kompromittiert sein würde, war ebenfalls völlig klar. Wenigstens bei allen Menschen, die guten Willens sind. (Bei solchen Wunschgedanken stiegen stets biblische Sprachbilder aus dem Geistesstoff seiner Jugend auf.)

Das meiste von allem Ungemach, das er erleiden mußte, kommt aus dem Widerspruch zwischen großem Sprung und beharrender Realität. In dieses Mißverhältnis läßt sich beinah alles einordnen an Fehlmeinungen, Fehlverhalten und Fehltaten. Dieses Übel kannten sie aus der Geschichte und sie waren nicht müde geworden, es anzuprangern und davor zu warnen; zu wenig und zu spät. Dadurch erkannten sie zu langsam, daß das Rezept, das sie selbst verschrieben, auch von Übel war: zu viel und zu früh. Es knirschte und knirschte. Dabei war es zunächst gar nicht leicht auszumachen, ob es ein Knirschen der Widersprüche war, oder ein Krachen der Knochen, wie es schnelles Wachstum mit sich bringt.

Sie dachten in Strukturen, die sich als richtig erwiesen hatten in schwierigen und entscheidungsschwangeren Zeiten. Sie vergaßen jedoch dabei, daß die Richtigkeit solcher Strukturen meist nur für die Zeit gilt, die sie hervorgebracht haben. Das Sein bestimmt auch heute das Bewußtsein. Wenn das Sein unausgewogen ist und karg, dann kann das Bewußtsein zwar vorübergehend euphorisch, aber nicht wirklich tragfähig sein für die Realisierung der großen Visionen.

Jugendzeit, so bitter sie im Einzelnen auch gewesen sein mag, ist immer überglänzt, die »Sachen« treten zurück, auch wenn sie sichtbar bleiben. In den Mannesjahren aber kommen die Fakten stärker hervor, der Schmelz wird sperriger. In der Vergangenheit kennen die Leut' sich aus, nicht aber in der Gegenwart, sie ist in jeder Hinsicht verwirrend. Damit aber auch die Gegenwart einst »überglänzt« sein wird, ist Fixierung des Gerippes der Zeit notwendig, der Zustände und ihrer Personen. Die mittleren Konturen gehen meist unter und doch sind sie es vorwiegend, die den Bau tragen. Was unterhalb der Haupt- und Staatsaktionen geschieht, ist das wirkliche Leben. Dessen Ingredienzien erscheinen manchmal dürr und trocken, weil sie, ganz anders als die Vergangenheit, nicht anschmiegsam sind. Davon mag man weniger angerührt sein, aber eine Heimstatt schaffen, heißt zunächst Bauarbeit zu leisten. Bald beginnt sich hinter den Ereignissen der Horizont zu verfärben. Dort wird das Eckige abgerundet und das Gewöhnliche wieder emporgehoben in ein wärmeres Licht.

Er hätte sich gerne einige Wochen versteckt, wurde aber vor der Partei sofort nach Linz »einberufen«.

Sein Einzug war zwiespältig. Bei der Landesleitung ging es recht zivil zu und eine Sekretärin klagte, wie schwer es sei, die diversen Ausschüsse immer mit den geeigneten Leuten zu besetzen, denn »wir haben keine Amtsräte, die man auch während der Dienstzeit abstellen kann.«

Der Landesobmann war von hoher sportlicher Gestalt. An den Händen fehlten ihm einige Finger, die er bei einem Bergunfall eingebüßt hatte. Er war zu zwölf Jahren Zuchthaus verurteilt gewesen und war auch in der Strafanstalt Garsten ein Kernpunkt der illegalen Bewegung. Damasus legte einige Gedichte auf den Tisch.

Der Funktionär nahm die Papiere und legte sie auf zwei hohe Papierstöße. Er sagte nebenbei, darüber werde man noch reden müssen. Dann eröffnete er Damasus, daß er für die Arbeit in der Zeitung vorgeschlagen sei, denn man habe erfahren, daß er auch in der Gefangenschaft schon schreibend tätig gewesen war. Er bemerkte die unschlüssige Haltung des Besuchers und meinte lachend: Zum Ausruhen und Erholen wird erst später Zeit sein. Wenn's wahr ist, fügte er sarkastisch hinzu.

Ein anderer Funktionär trat in das Zimmer, warf einen Blick auf die Gedichtmanuskripte und sagte spöttisch, da komme ja schon wieder so ein Verserlschreiber. Als ihn der Landesobmann aufklärte, daß es sich bei dem jungen Mann um einen »alten Genossen« handelte, sah der Funktionär den Gebirgsbauern zweifelnd an.

Damasus fand in der schwer mitgenommenen Stadt Unterkunft bei einem Verwandten, der Mitglied der NSDAP gewesen war und sich von der Anwesenheit eines »KZlers« in der Wohnung einigen Nutzen versprach. Er wurde mit Arnolt Bronnen bekannt, der ihn durch dicke Brillengläser musterte und mit heiserer Stimme empfing, die von einer Verletzung im ersten Weltkrieg herrührte.

Der Schriftsteller, der einige Wochen Bürgermeister von Goisern gewesen war, war nun Kulturredakteur bei der KP-Zeitung.

Damasus war gekränkt, als ihn Bronnen zur ersten Arbeit einteilte: Auf der Bühne eines Gasthaussaales in »Hertha Kumpfmüllers Volksbühne« wurde von einer Truppe, deren Mitglieder gegenwärtig ohne Engagement waren, Ludwig Anzengrubers »Der G'wissenswurm« gespielt. Diese Premiere sollte er rezensieren.

Die Aufführung war voll derber Komik. Damasus hatte zwar viel Lenin, auch die »Männer« (Thomas und Heinrich Menn) und sonst noch allerlei gelesen, Ludwig Anzengruber aber war ihm nur wenig bekannt.

In der Wohnung des Verwandten wurde er dann in einem Lexikon aus den Neunzigerjahren fündig, dort gab es einen längeren Aufsatz über Anzengruber. Er schrieb die ganze Nacht an seiner Rezension, dabei die Quelle aus dem Lexikon vorsichtig benützend. Er schrieb die Rezension mehrere male, bis sie sich »leicht und locker« las, brachte das Manuskript, das er mühsam auf der alten Schreibmaschine heruntergestottert hatte, am frühen Morgen in die Redaktion und legte es Bronnen auf den Schreibtisch. Dann verließ er fluchtartig wieder die Stadt, denn er wollte einer Diskussion über den »Schmarrn« aus dem Wege gehen.

Er war daher nicht wenig erstaunt, als die Rezension zwei Tage später in der Zeitung erschien, ohne Änderung und mit seinem vollen Namen, zu dem der Geburtsort hinzugefügt war, so daß sich die Bezeichnung las wie der Familienname eines Adeligen, nachdem das »von« ja 1918 abgeschafft worden war: Brunner-Waldenfels oder Woinovich-Sprinzenstein.

Bronnen hatte ihm später gesagt, er habe es wohl gerochen, daß Damasus bei der Rezension des Anzengruberstückes abgeschrieben habe, aber es sei in gefälliger Form und in »progressiver Weise« geschehen.

Nach diesem »Gesellenstück« wurde Damasus mit 1. Mai 1946 in die Redaktion aufgenommen mit einem Bruttogehalt von 234 Schilling im Monat.

Die Stadt eroberte sich Damasus nur langsam. Die mächtige Donau war die Demarkationslinie zwischen amerikanischer und sowjetischer Besatzungszone, sie wurde ein Gebirgsersatz und er überquerte sie täglich mehrmals.

Politisch hatte er noch keine »tätige« Bleibe gefunden. Er war in der Wohnorganisation der Gehilfe des Vertrauensmannes und in der Bezirksleitung der Gehilfe des Volksbildungsreferenten. Sein vermeintlicher »Informationsüberhang« aus der Gefängnis- und Gefangenschaftszeit war nicht recht gefragt. Sie gaben damals Mitgliedsbücher aus, mit denen sie, so wurde erklärt, bis in die Volksdemokratie marschieren würden.

In Goisern hatte ihm der Gemeindearzt, der schon den Häftlingen in Garsten geholfen hatte, (weswegen ihn der Bürgermeister, ebenfalls ein »Garstener«, in die Gemeinde holte,) Lebensmittelkarten für TBC-Kranke verschrieben. Von der Wirtschaftsstelle bekam er einen neuen Luftwaffenrock, den ihm eine befreundete Schneiderin mit Hornknöpfen und grünem Kragen ausstattete, sodaß ein »Trachtenrock« entstand. Eine schwarz gefärbte Uniformhose, in der er heimgekehrt war, wendete ihm die Mutter. Das Ölfarben-«PW« schimmerte zwar noch durch, aber die Hose war aus altem guten Tuch der amerikanischen Friedenszeit vor dem ersten Weltkrieg.

Er wollte da und dort an alten Sehnsüchten anknüpfen, aber es gelang ihm nicht, weil ihm die Jahre fehlten, in welchen sich so vieles »von selbst« ergibt und abschleift. Wie schwer ihn die Vergangenheit belastete, zeigte sich bei einer kuriosen Begegnung in Linz.

Auf der Donaubrücke, mitten im »Niemandsland«, sprach ihn ein Mädchen mit der kuriosen Feststellung an, er mache einen »vertrauenswürdigen Eindruck«.

Das Mädchen hatte seinen Ausweis vergessen und konnte nicht vor und zurück, denn die Russen kontrollierten Aus- und Eingang, die Amerikaner nur den Eingang in ihre Zone. Die Frau gab ihm den Schlüssel zu ihrem Zimmer, dort sei eine Freundin und von der werde er den Ausweis bekommen.

Das Haus, in das er kam, war das Gefängnis des Landesgerichtes und das Zimmer war eine ehemalige Zelle. Die Freundin hatte gerade Mannsbesuch, sie war nicht freundlich über den Interruptus, aber er bekam den Ausweis und brachte ihn der Jungfrau über der Donau, die hochangeschwollen Schmelzwasser der Nordalpen abführte. Und sie, der er so vertrauenswürdig vorgekommen war, entpuppte sich als eine junge Aufseherin im Gefängnis. Sie kamen sich näher in Wiesen und Auen, bei saurem Most und faulig schmeckendem Rübenschnaps. Er dachte frohlockend, daß es ganz besonders »geil« zugehen werde in der ehemaligen Gefängniszelle mit der ausgezogenen jungen Aufseherin im Arm. Es würde eine Leidenschaft voll von Widersprüchen sein. Aber da war noch immer der Geruch von Steckrüben im Mauerwerk und ständig klirrten die Schlüssel drüben im Zellentrakt. Er war wie gelähmt und unfähig, ihre und seine Erwartungen zu erfüllen. Das Trauma der Vergangenheit hatte ihn eingeholt.

In der Partei dominierten die »Vierunddreißiger«, die im Februar 1934 mit der Waffe in der Hand versucht hatten, den Faschismus abzuwehren. Diese Funktionäre brachten große Erfahrungen mit, weil sie lange in der sozialdemokratischen Bewegung organisiert gewesen und durch mächtige Jugendorganisationen gegangen waren. 1934 hatten sie sich von der Sozialdemokratie abgewandt aus Enttäuschung über deren Politik. Sie hatten allerdings auch Eigenschaften von Konvertiten angenommen und ließen an der Bewegung, der sie selbst so lange angehört hatten, kein gutes Haar. Ihr Verhältnis zur Sozialdemokratie war ständig von größter Bitterkeit geprägt.

Diese Verbitterung wurde allerdings genährt durch das sichtbare Einschwenken der »neuen« Sozialdemokratie auf die Linie der Wiedererrichtung der alten »Ordnung« und auf eine primitive Feindseligkeit gegen »die Russen«. Sozialdemokraten hatten die einheitliche Jugendbewegung gesprengt, den einheitlichen Verband der Widerstandskämpfer und Opfer des Faschismus aufgelöst und ein sozialdemokratischer Innenminister begann schon 1946 den Sicherheitsapparat von Kommunisten zu »säubern«.

Da gab es im Linzer Rathaus ein Mitglied der Stadtregierung, das für den Stadtteil Urfahr, also den sowjetischen Sektor der Stadt verantwortlich war.

Bei den Sitzungen des Gemeinderates hatte der Funktionär jahrelang nur ein und denselben Zwischenruf parat, wenn kommunistische Mandatare das Wort ergriffen. Der Zwischenruf lautete »USIA«. Dieses Wort war die Abkürzung für die russische Bezeichnung der Verwaltung des sowjetischen Eigentums in Österreich, das ihr als ehemals deutsches Eigentum auf Grund der Potsdamer Beschlüsse zugefallen war. Es entstanden sogenannte USIA-Läden, in denen Waren billig feilgeboten wurden, die aus solchen Betrieben oder deren Handelsverkehr stammten. Der Haß der Kaufleute auf diese Einrichtung war durchaus verständlich. Der Hauptagitator gegen die USIA aber war der sozialdemokratische Stadtrat, ein Friseur, dem seine Feinde vorwarfen, er habe früher »die Huren frisiert«.

Oder da war ein akademischer Schulmeister Bürgermeister. Warf ein Kommunist einem ehemaligen Sozialdemokraten vor, daß er zu den Nazi übergelaufen sei, versäumte der akademische Bürgermeister nicht zu »ergänzen«, daß auch der Redner »übergelaufen« sei, nämlich zu den Kommunisten.

Die Arbeit in der Redaktion war zunächst »rein« kulturell. Bronnen teilte Damasus zum Besuch von Veranstaltungen der »Volksbühnen« ein, die wie Pilze aus dem Boden schossen. Die Aufführungen fanden meist Samstag oder Sonntag statt und in Gemeinden, die nur mühselig zu erreichen waren.

Zu verschiedenen Gedenktagen gab es »zentrales Material«. Aufsätze von Hugo Huppert und Georg Knepler. Öfter aber wurde Damasus auch beauftragt, »Hunderter-Aufsätze« zu schreiben, also Aufsätze zu hundertsten Geburts- oder Todestagen.

Um Lebensläufe und Werkanalysen nachzulesen, ging er in die Stadtbücherei, die im Keller jener Realschule untergebracht war, die Adolf Hitler besucht und in der er entscheidende deutschnationalistische und antisemitische Eindrücke empfangen hatte. Im breiten Vestibül der Schule war an der Stirnwand zwischen den Stiegenaufgängen noch ein großer weißer Fleck zu sehen. Hier war 1938 eine Tafel angebracht worden, auf welcher der Schulbesuch des »Führers« für »ewige Zeiten« festgehalten war. 1945, fast genau sieben Jahre später wurde die Tafel wieder entfernt, aber so, daß ihr Fehlen schmutzig grau noch lange zu bemerken war. Die träge Schulbürokratie zeigte »Gesinnung«, denn natürlich wäre genug Kalk zum Übertünchen des »Führer«-Fleckes da gewesen.

Kaum hundert Meter entfernt von der »Führerschule« war der Platz, an dem bis zur »Kristallnacht« im November 1938 das jüdische Bethaus gestanden war. Die Ruine wurde nach der Einäscherung der Synagoge abgetragen. Der jüdische Friedhof wurde an Schrebergärtner vergeben.

Vor dem Krieg war das Bethaus für die rund 600 Juden von Linz zu klein. Auch beim Wiederaufbau der Synagoge nach dem Krieg, der erst in den Sechzigerjahren erfolgte, wäre sie eigentlich zu klein gewesen, denn zu den wenigen Rückkehrern kamen doch nach und noch Zuwanderer aus Ungarn,

Böhmen und Jugoslawien, die sich stolz als »Altösterreicher« bezeichneten.

Der Präsident der Kultusgemeinde, der Konfekthersteller Schwager, anheimelnd »Zuckerl-Schwager« genannt, zitierte nach der Wiedereröffnung beim Mittagessen den alten Wortwitz: Wenn alle hineingehen, dann gehen nicht alle hinein, weil aber eh nicht alle hineingehen, gehen alle hinein.

»Zuckerl-Schwager« ersuchte Damasus, er möge bei »seinem Genossen« Sigmund Margulies vorfühlen, ob er nicht bereit wäre, die Funktion des Vorbeters in der Synagoge zu übernehmen, denn die Gemeinde habe keinen.

Margulies, dessen Frau Camilla 70 Verwandte in Konzentrationslagern verloren hatte, lehnte ab. Er wolle und könne für Israel nicht beten, sagte er.

Damasus studierte die Lebensläufe und Werksbeschreibungen, wie sie in den robusten Ausgaben des Max Hesse-Verlages Leipzig als Einleitung standen. Er ackerte die Aufsätze von gelehrten Professoren durch und begann dann, die Belehrungen marxistisch »aufzufrischen«. Manchmal, wenn er später solche Aufsätze mit Neueinschätzungen großer Männer wieder las, mußte er lachen über vulgärmaterialistische Vergröberungen, die er da kühn hineingearbeitet hatte, um eine neue Sicht der Dinge zu bewirken.

»Gesellschaftlich« war er in zwei Beiräten der Stadtverwaltung und in einem des Landes Oberösterreich tätig. Im Brennstoffausschuß ging es darum, die staatliche Forstverwaltung zu drängen, bestimmte Waldstücke zur Eigenschlägerung freizugeben, damit sich die Leute »legal« Brennmaterial für den Winter beschaffen könnten.

Die Forsträte wehrten sich hartnäckig. Diese Bestände seien von altersher für Katastrophen reserviert, argumentierten sie, damit im Fall eines Brandes oder eines sonstigen Elementarereignisses sofort Holz für den Wiederaufbau zur Verfügung stünde.

Damasus widersprach den Forstexperten, die er als konsequente Streiter der »kaiserlichen Bundesforste« wieder erkannte. Die frierende Bevölkerung brauche ohnehin kein Bauholz, sondern Brennholz. Die Buchen werde man also wohl freigeben können, nachdem man ja jetzt keine Schießbaumwolle mehr brauche.

Der akademische Bürgermeister, der den Vorsitz führte und fleißig Sittennoten verteilte - »der Herr meint schlägern, wenn er hauen und schlagen sagt« -, konnte in diesem Fall nicht umhin, dem »Herrn Vorredner« recht zu geben, der da, so dürfe er wohl sagen, den Nagel auf den Kopf getroffen, respektive das Kind beim Namen genannt und, volkstümlich ausgedrückt, gezeigt habe, wo der Bartl den Most hole.

Ein Waldstück am Attersee wurde schließlich den frierenden Linzern zur Schlägerung zugewiesen. Wenn auch das Holz bis zum Herbst nicht trocken war, es brannte doch, wenn man es nur klein genug spaltete. In diesem kalten Winter 1947 roch es in den Straßen der Stadt kräftig nach Rauch von Buchenholz, wie in einem Bauerndorf.

In der ersten Zeit seiner Linzer Jahre gab die sowjetische Besatzungsmacht ein größeres Barackenlager zum Abbruch frei. Es war ein riesiges Lager für »Fremdarbeiter« gewesen. Neben dem Lager stand ein einziges steinernes Haus, das als Bordell gedient hatte und nun das einzige Spital für den sowjetisch besetzten Teil der Stadt war.

Zusammen mit einer Freundin machte sich auch Damasus mit einem kleinen Leiterwagen auf den Weg zu den Baracken. Schrebergärtner hatten schon die stärkeren Balken requiriert, zum Verbrennen blieben die schönen gehobelten Bretter.

Beim Umgang mit der Handelskammer entdeckte Damasus einen Beamten mit dem Namen Dr. Kaltenbrunner, der in der Sektion Industrie der Kammer tätig war. Es war der Bruder von Ernst Kaltenbrunner, der gerade vor dem internationalen Gerichtshof in Nürnberg stand. Die Familie war offenbar »geteilt«: die eine Hälfte katholisch-konservativ und daher handelskammerwürdig, die andere faschistisch bis zur direkten Verantwortung für den Massenmord. Es war nicht bekannt, daß der Kammer-Kaltenbrunner sich irgendwann in irgendeiner Weise von den Untaten seines Bruders distanziert hätte. In der Stadt gab es auch eine Elektrofirma und ein Rechtsanwaltsbüro, die den Namen Eichmann trugen. Der Rechtsanwalt war der Bruder des Judenschlächters Eichmann, der um diese Zeit wohl gerade auf dem Weg ins südamerikanische Versteck war.

Die Namen Eichmann und Kaltenbrunner waren also in der Stadt auf eine makabre Weise lebendig. Und die Sippe des berüchtigten Gauleiters Eigruber, der wegen seiner Greueltaten bald hingerichtet werden sollte, war auch da. Selbstverständlich. Sie begann sich kräftig wirtschaftlich zu regen.

Sein Verwandter war inzwischen »entnazifiziert« worden und drängte Damasus, sich ein anderes Quartier zu suchen. Als politisch Verfolgter wurde er schließlich in ein Untermietzimmer eingewiesen, in die Wohnung einer alten Dame, die ihn mit »Herr Kollege« anredete, weil sie früher einmal in der Inseratenabteilung einer Zeitung gearbeitet hatte. Das Haus war schwer bombengeschädigt und das Schilfrohr des Plafonds hing ins Zimmer herab. Die alte Dame mußte Beziehungen zum Land haben, denn in der Küche bewahrte sie immer ein großes Stück Speck auf. Sie legte es, wenn sie einkaufen ging, so hin, daß er es sehen mußte, ihn so indirekt verführend, gelegentlich ein dünnes Scheibchen diebisch abzuschneiden.

Im Haus gegenüber wohnten einige Ami-Mädchen mit großem Zulauf. Damasus kam sich vor wie an einer Straße, die zu einem Truppenübungsplatz führte. Er spürte, daß er hier sehr leicht noch einmal zum »Troublemaker« gestempelt werden könnte.

Später fand er auf der nördlichen Donauseite, im »demokratischen Sektor«, wie er spöttisch sagte, eine Unterkunft.

Er war vierundzwanzig Jahre alt, als er zum erstenmal nach Wien kam. Anlaß war der Besuch einer halbjährigen Parteischule, in die er »kommandiert« wurde.

Die Enns bildete die Demarkationslinie zwischen amerikanischer und sowjetischer Besatzungszone. Soldaten beider Armeen bemühten sich schwerfällig, das Gewirr von Koffern, Rucksäcken, Schachteln und Binkeln grob zu kontrollieren. Sie konnten nur die viersprachigen Ausweise oberflächlich prüfen und schon das hielt stundenlang auf. Die Bahnbürokratie, die vorwiegend eine sozialdemokratische war, nahm den Aufenthalt an der Zonengrenze zum Anlaß, jede Verspätung mit den »Russen« zu begründen. Es gehörte zur Agitation der Kommunisten, etwa auf dem Bahnhof von Linz, wenn Verspätungen bei Zügen aus der Schweiz oder aus Bayern angekündigt wurden, laut zu schimpfen: »Schon wieder die Russen«. Einige Leute lachten dazu, andere machten finstere Gesichter zu dieser »Aufklärung«.

In Wien war das Viertel um den Westbahnhof schwer zerstört, die Straßen waren nur notdürftig von Schutt geräumt.

Er blieb unschlüssig auf dem Platz vor dem Ruinenbahnhof stehen. Da stürzte sich ein Dienstmann auf ihn, wie in alten Zeiten, nur daß der Dienstmann einem verwahrlosten Wegelagerer glich. Damasus nannte nur die Gasse, aber sein Helfer wußte Bescheid. Das Zentralkomitee der KPÖ war in einem ehemaligen Gymnasium im 9. Wiener Gemeindebezirk, im Alsergrund untergebracht, nicht weit entfernt von der historischen Hörlgasse, in der im Juni 1919 von der Polizei ein Blutbad angerichtet wurde, als eine Demonstration der Kommunisten »aufgelöst« wurde.

Sie fuhren mit einer überfüllten Straßenbahn durch zerbombte Viertel, in denen die verwundeten Bäume und Sträucher merkwürdig grün und aufdringlich frisch aussahen.

Vor dem Schulgebäude setzte der Dienstmann den Koffer ab. Er verlangte für den Transport eine große Summe.

Ein Abgesandter der Organisationsabteilung stellte eine Liste zusammen und nahm den Einrückenden die Lebensmittelkarten ab. Dann wurde die Gruppe auf einen Lastwagen verfrachtet und langsam trudelten sie über Favoriten die Stadt hinaus in den Wienerwald ins südliche Weinbaugebiet hinein bis nach Gaaden. Von dort marschierten sie zu einem Jagdschloß, das bis vor kurzem der Gauleiter von Wien, Baldur von Schirach, besetzt gehabt hatte. Die Nazis hatten das Jagdhaus »arisiert«.

Der Leiter der Schule erklärte kühl, es sei nicht notwendig, genauere Angaben über die Schule nach Hause zu melden. Eigentlich sei es ohnehin überflüssig, einen Briefverkehr zu beginnen, meinte er, es dauere ja nur einige Monate.

Diese Konspiration stand im Widerspruch zur Rolle der Partei als staatsgründende Kraft und zum Stolz auf die Unterschrift des Parteivorsitzenden Koplenig auf dem Dokument der Unabhängigkeitserklärung vom April 1945.

Aber die lange Illegalität von Mai 1933 bis Mai 1945 warf noch ihre Schatten. Besonders Spanienkämpfern war nicht wohl in ihrer Haut, wenn es nicht konspirativ zuging.

Konspirativ und streng war das Regiment in der Schule des Jagdschlosses des Baldur von Schirach vom ersten Tag an. Einer der Kursanten, er war der jüngste Kämpfer der internationalen Brigaden in Spanien gewesen, hatte das Pech, daß er aus irgendeinem Grund um drei Minuten zu spät zum Unterricht kam. Für den Abend wurde eine Sitzung der Parteiorganisation angesetzt und der »Fall« wurde aufgerollt. Da der Delinquent zunächst nur recht oberflächlich Selbstkritik üben wollte, wurde ihm hart zugesetzt und es gab Schüler, die darin einige Übung hatten. Drei Minuten können entscheidend sein, Genosse!

Die Diskussion dauerte stundenlang, bis der Sünder den ganzen Umfang seines Versagens erkannte und dementsprechende Zerknirschung zeigte.

Jetzt erst klärte sich das Gesicht des Schulleiters auf. Er hatte das Kollektiv dahin gebracht, für absolute Sauberkeit zu sorgen. Er sah es jedoch sichtlich ungern, als nach Schluß der Diskussion ein Kursant auf den Disziplinlosen zutrat und ihm leicht auf die Schulter klopfte. Es war der »Rekrut«, der knapp vor der Hinrichtung aus der Todeszelle des Zuchthauses Stadelheim bei München ausgebrochen war und in einem Gewaltmarsch ohnegleichen durch waffenstarrendes Feindesland das rettende heimatliche Gebirge erreicht hatte.

Die Härte des Schulleiters war manchmal absurd, sie hatte sicherlich auch damit zu tun, daß er in Auschwitz Fürchterliches erlebt hatte.

Die Themen wurden zunächst in einem Zweistundenvortrag behandelt, daraufhin war eineinhalb Stunden Lesezeit, dann wurde der Stoff in einer Arbeitsgemeinschaft von vier Kursanten durchgenommen und schließlich traf sich die ganze Schule wieder zu einem Seminar. Ein ganzer Tag war dann einmal in der Woche Referaten gewidmet, in denen die Schüler zeigen konnten, wie sie den Stoff bewältigt hatten.

Es gab »erfahrene« Kursanten, die sich genau an den Buchstaben hielten und denen daher auch in der Diskussion zu den Referaten nicht beizukommen war. Andere wieder waren unbeholfen, rangen nach Ausdruck und brachten auch die Argumente durcheinander. Sie erfuhren jedoch »Gnade«, denn schönes und »gedrechseltes« Reden galt als bürgerlich-sozialdemokratisch und war daher verpönt.

Damasus mußte über den österreichischen Nationalcharakter sprechen. Die Arbeitsgemeinschaft bereitete das Referat vor. Er wollte sich besonders tief hineinknieen und hielt sich in der Arbeitsgemeinschaft zurück, weil die Diskussion sonst ins Uferlose geführt hätte. Er vergrub sich in das Werk von Rainer Maria Rilke, der ihm ganz besonders österreichisch vorkam.

Als Damasus sein Referat hielt, blickte der Schulleiter mißmutig auf. Wo war denn bei der Behandlung des Stoffes die Klage Rilkes vorgekommen, daß seine Mutter ihn »in die Welt hinausgeboren« habe? Unangenehm berührt waren auch die Mitglieder der Arbeitsgemeinschaft, weil er sie über sein »Material« nicht wirklich informiert hatte.

Die Arbeitsgemeinschaft fiel in der Diskussion über ihn her. Dieser Zeuge, den er da anführe, rede gespreizt daher wie ein Muttersöhnchen oder wie ein »Angeheizter«. »Und habe mein Glück und habe mein Weh und habe jedes allein«, höhnte einer. Wo bleibe hier der soziale Inhalt der nationalen Frage?

Die Hinrichtung war vollzogen. Der Schulleiter ließ sich lediglich über die Schlußfolgerung aus: Ein Kollektiv sei kein Deckmantel für individualistische Spinnereien, es sei vielmehr ein Organ der Forschung, der Ausführung und der Leitungstätigkeit.

Damasus log in seinen Schlußbemerkungen, er sei auf verschiedene Gedanken erst in der unmittelbaren Vorbereitung des Referates gestoßen.

Als sie den Saal verließen, flüsterte ihm eine Wiener Genossin zu: »Ich hör Dir gern zu, du hast eine so schöne Tollpatschigkeit«.

Sie nahm ihn mit in die Wohnung ihrer Mutter in Hernals, in eine der Gemeindebauten aus dem »roten Wien«. Die Mutter empfing sie freundlich, aber doch auch zurechtweisend. Der Mann der Genossin war nämlich noch in Kriegsgefangenschaft. Die Freundin selbst war in Ravensbrück gewesen, hatte aber das grauenvolle Geschehen überstanden und eine robuste Weiblichkeit bewahrt. Sie schrieb eine schöne kleine Handschrift. Beim Seminar saßen sie sich gegenüber und vorsichtig malte er mit dem Bleistift Striche auf ihre Fingernägel. So begann es.

Die Mutter hatte gebacken. Zum Malzkaffee aßen sie einen Strudel, der einem Nußstrudel ähnlich war. Aber die »Nüsse« waren geschrottete Erbsen und Bucheckern, die dann leicht geröstet wurden wie einstens Kaffee. Diese Strudelfülle war bitter, aber sie gab dem Kuchen einen herben Geschmack. Die Mutter erzählte von der Kindheit der Tochter und mäkelte liebevoll an ihr herum. Ob sie denn auf der Schule noch nie »gebiezlt« habe?

»Ach Mutter, hör auf mit den ranzigen Sprüchen. Schließlich sind wir doch beide politisch Verfolgte und Erwachsene!«

Am Sonntag war es im Schirach-Schloß meistens recht still. Die Genossen aus Wien waren nach Hause gefahren, die aus den Bundesländern streunten in die Wälder aus, hinüber in die Weingegend von Pfaffstätten.

Sie zeigte ihm den Wienerwald und führte ihn zu Stellen, an denen sie sich in der Illegalität getroffen hatten. Sie legten sich in die Wiesen, die hier merkwürdig geometrisch in die Wälder eingeschnitten waren, ganz magere Wiesen, auf denen nur eine dünne Erdkruste die Steine bedeckte. Hinter einem langen Hügel drüben lag Mayerling mit all seinen Legenden um den Habsburger Kronprinzen Rudolf, wobei man nicht recht wußte, ob man über all diese Geschichten lustig oder traurig sein sollte.

Aus den Kiefernwäldern kamen die Bussarde und kreisten über ihnen. Obwohl sie gar nicht weit weg waren von der Hauptstadt, hatte sie ständig Heimweh nach Wien. Das sei ihr von Ravensbrück geblieben.

Dieses Jahr 1946 war ein Weinjahr von geradezu katastrophalen Ausmassen. Die Weinbauern hatten zu wenig Gebinde und es mußten große Mengen Sturm ausgeschenkt werden, kaum daß der Traubensaft zu gären begonnen hatte.

Er hatte einen Kollegen nach Grinzing begleitet, der dort mit einem Mädchen hauste, deren ganze Verwandtschaft in den Gaskammern zugrundegegangen war. Die Landschaft war mit großen Trichtern übersät, die noch nicht zugeschüttet werden konnten.

An kleinen budenartigen Ständen wurde Sturm ausgeschenkt, für den es Marken gab. Damasus beobachtete, wie ein zerknitterter Alter mit einem schäbigen Hut langsam und wehmütig sein Viertel trank. Sein Gesicht hatte geradezu raimundsche Traurigkeit, als das Glas leer war. Ausg'soffen.

Da nestelte seine kleine schmächtige Frau in ihrer Tasche und machte ein verschmitztes Gesicht dabei. Sie überreichte wie in einem feierlichen Akt dem Alten eine zerknitterte Papier-Marke und sagte dazu: »Die hab ich für Dich aufgehoben«.

Das Gesicht des Alten wurde fröhlich und als ihm das Glas aufs neue gefüllt wurde, hielt er es vorsichtig in der Hand, ohne zu trinken. Er hob es gegen die Frau zu, machte eine kleine Verbeugung und Damasus bemerkte, daß die beiden Alten nasse Augen hatten.

Neben den Bombentrichtern schien eine kleine Friedenszeit eingezogen zu sein.

In Gaaden selbst war der Überfluß so groß, daß erst gar keine Rationierung notwendig war. Sie schlichen nach dem »Zapfenstreich« heimlich ins Dorf hinunter. Das Zeug da, so sagten die »Gebirgsbauern«, schmecke wie süßer Birnensaft und damit könne man doch keinen erwachsenen Menschen schrecken. Sie tranken viele Gläser Sturm, den von Rotwein, der trübe wie Tinte aussah, und den Weißen, der milchig in den Gläsern schwabberte. Sie sangen Volkslieder und schließlich feurige Kampflieder. Die Einheimischen lachten schadenfroh dazu.

Damasus wußte später nicht mehr, wieviel er getrunken hatte. Ein Kärntner Kamerad, der bei Franco in Gefangenschaft, später in Algerien interniert war und schließlich mit den englischen Truppen in die Heimat zurückgekehrt war, trug ihn wie einen Sack auf der Schulter hinauf ins Schloß. Er wurde wach mit einem ungeheuer heißen Kopf wie in einem schweren Fieber, mit rebellierendem Magen und überreizten Gedärmen. Aber er meldete sich nicht krank, denn von seiner Holzknechtzeit her wußte er, daß man solche Tage durchstehen muß. Wer sich krank meldet, der wird ausgefragt und da wäre dann eine eigene Parteiversammlung fällig gewesen mit angemessener Selbstkritik.

Die Vorträge fanden im sogenannten Wintergarten des Jagdschlosses statt, der mit einer Kuppel aus Glas überdacht war, so daß es schon vormittags schwül wurde.

Ein trockener Gewerkschafter sprach zu der Marxschen Schrift »Lohn, Preis, Profit« und er sprach eintönig und leise wie in einem Beichtstuhl. Damasus kämpfte schwer mit dem Schlaf und dem übersäuerten Magen.

Der Schulleiter beobachtete die Szene. Er mußte die Ausdünstungen des Sturms wohl wahrnehmen. Damasus spürte, wie der Blick des konspirativen Funktionärs immer wieder prüfend auf ihm ruhte, gerade dann, wenn ihm die Augen zufallen wollten.

Erst in der Arbeitsgemeinschaft sagte die Genossin aus Hernals, er hätte ruhig sagen können, daß er »leischen« ginge, sie wäre gerne mitgekommen. Sie versetzte ihm unter dem Tisch einen Tritt gegen das Schienbein.

Später hatte er von geübten Weintrinkern gehört, einmal im Jahr ein Sturmrausch reinige Leib und Seele. Ihm blieb nur in Erinnerung, daß ein solcher Rausch Leib und Seele peinigt, bevor von Reinigung die Rede sein konnte.

Gerstengraupen wurden zum Frühstück als Suppe aufgetischt, leicht gesüßt und mit Magermilch zubereitet. Zu Mittag gab es Krautrouladen mit einer Fülle aus gekochten Graupen und am Abend Graupen mit Zwiebeln wie Reis gedünstet. Das Brot war knapp und der Tabak auch. Der Kursant, der aus der Todeszelle von Stadelheim ausgebrochen war, hatte jedoch ein größeres Paket bulgarischen Tabaks mitgebracht, der aus einem »organisierten« Waggon von Wehrmachtsbeständen stammte. Es war Tabak mit kleinen hellbraunen Blättern. Sie schliffen ein Messer ganz scharf, benetzten die Tabakblätter, rollten sie zusammen und schnitten sie dann in feine Streifen. Dies ergab Zigaretten bester Friedensqualität.

In diesen Herbsttagen 1946 kam auch ein kleiner schmächtiger Mann aus Ungarn in die Parteischule. Er wurde vom Schulleiter vorgestellt als einer »der größten Marxisten unserer Zeit« und hieß Georg Lukacs. Er trug starke Brillen, hinter denen er noch kurzsichtig blinzelte. Er sprach über die Rolle der Literatur im Klassenkampf und zeigte an Beispielen, daß wirkliche Dichtung »nicht lügen kann«: Balzac sei ein bewundernder Anhänger der Aristokratie gewesen, aber seine kraftvollsten Gestalten seien die Bürger. Edwin Erich Dwinger sei gewiß ein Faschist, aber der Opfermut der Revolutionäre in dem Buch »Zwischen Weiß und Rot« wurde widerwillig zu einem Denkmal für die Helden der Revolution.

In der Diskussion war es dann allerdings mit literarischen Erörterungen bald vorbei, denn Lukacs war ja immerhin in der Räterepublik Kulturminister gewesen und die 1919er Kommunisten schwärmten noch von ihm und seiner Wirkung als Emigrant in Wien.

Lukacs, der ein sehr gepflegtes Deutsch mit leichtem ungarischen Akzent sprach, lächelte verschmitzt, als er den dialektisch doppelsinnigen Satz sprach: »Ungarn hat den Vorzug, ein von der siegreichen Roten Armee befreites und besetztes Land zu sein und Ungarn hat auch den Nachteil, ein von der siegreichen Roten Armee befreites und besetztes Land zu sein.«

(Einen ähnlichen Satz sprach er 1956, nämlich, daß der Sozialismus sich mehr auf eigene Leistungen stützen müsse als auf die Rote Armee. Der Satz wurde ihm sehr übel genommen obwohl er »an sich« völlig richtig gewesen wäre, nämlich, daß der tatsächliche Umbau der Gesellschaft von niemandem abgenommen werden könne, auch nicht von der Sowjetarmee.)

1953 hatte Damasus den hohen ungarischen Gast einige Tage lang zu betreuen, als er im nördlichen Stadtteil von Linz, also in der sowjetisch besetzten Zone, einige Vorträge hielt. Lukacs war hier von ausgesuchter und beinah anachronistisch anmutender Höflichkeit. Er redete Diskussionsteilnehmerinnen, auch wenn ihre Äußerungen reichlich gehässig waren, stets mit »gnädige Frau« an.

Er sprach über Andre Gide, über David Lawrence und Thomas Mann und verhehlte nicht seine Vorliebe für den bürgerlichen Realismus.

Einige alte Kommunisten sprachen mit ihm über frühe Werke und erinnerten daran, daß sein Werk »Geschichte und Klassenbewußtsein« auf sie wie eine Offenbarung gewirkt habe.

Lukacs lächelte zu diesen Schmeicheleien und meinte lässig, es habe sich dabei um »schöne Jugendsünden« gehandelt.

Bei diesem Aufenthalt war Lukacs von seiner Frau begleitet, einer kleinen schmächtigen Person, die für den geliebten und gelehrten Mann von rührender Fürsorglichkeit war. Sie erzählte Damasus freimütig, daß Lukacs zuhause mancher Kritik ausgesetzt sei. Sie rede ihm ständig zu, er möge sich nicht auf alle Anwürfe einlassen, sondern sich mehr auf »seine« Ästhetik konzentrieren, was er leider gar nicht tue, sondern sich immer wieder verzettele.

So plauderten sie, während sie zu dritt im »Cafe Münchnerhof« frühstückten. Lukacs aß Spiegeleier, die etwas zu weich geraten waren, sodaß er das Eiklar regelrecht schlürfen mußte, was er mit Unbeholfenheit tat. Seine Frau lächelte dazu vorwurfsvoll.

Damasus fragte den Gelehrten, was es mit einer abfälligen Bemerkung über Adalbert Stifter für Bewandtnis habe, die sich in seinem Buch »Zerstörung der Vernunft« findet. Lukacs meinte, er habe lediglich Hebbel zitiert. Es sei jedoch auffallend, daß er in Österreich nun schon zum dritten Mal mit dieser Frage konfrontiert werde. Da werde er wohl noch einmal genauer »hinlesen« müssen.

Lukacs sprach das Wort »Feudalismus« stets als »Feodalismus« aus. Über den Weggang von Theodor Plivier aus der Sowjetzone Deutschlands äußerte er sich abfällig. Dessen Roman »Stalingrad« nannte er eine »Reportage«. Er berichtete dann in kleinerem Kreis über ein Erlebnis, das er mit Plivier gehabt habe. Bei der Evakuierung der meisten deutschen Schriftsteller und Künstler aus Moskau nach Mittelasien im Herbst 1941 habe sich Plivier bei ihm bitter beschwert, daß auf einigen Bahnhöfen, wie es doch sonst in Rußland eiserne Sitte ist, kein warmes Wasser für Tee bereitstand. Er, Lukacs, habe sich geschämt, den Autor des berühmten Buches »Der Kaiser ging, die Generäle blieben« darauf hinweisen zu müssen, daß die Russen jetzt, da die Deutschen vor Moskau standen, andere Sorgen haben dürften, als die über das warme Wasser für Plivier und Genossen.

Damasus steckte der Frau von Lukacs einen Sonettenkranz zu, den er kürzlich geschrieben hatte und der die Donau behandelte. Die alte Dame lächelte verständnisvoll, sie war solche »Hintertürln« offenbar gewohnt und sagte zu, die Gedichte dem Meister »bei passender Gelegenheit« zu überreichen.

Später traf Damasus Georg Lukacs in Berlin wieder. Er wohnte im Hotel »Newa«. Als Damasus ihn begrüßte und an die schönen Zeiten »an der Donau« erinnerte, sagte Lukacs wie schuldbewußt: »Ja, die Gedichte. Ich weiß. Aber es ist immer wieder die Ästhetik, die mich abhält«.

Als er mit der Diagnose Krebs sein Todesurteil in Händen hielt, diktierte er seine Memoiren und arbeitete, soweit ihm noch Zeit blieb, an seiner Ästhetik.

Damasus bewahrt eine Widmung von Georg Lukacs in einem der berühmt gewordenen Bücher des Philosophen auf. Manchmal kramt er die Widmung nicht ohne Bosheit hervor, wenn er mit Leuten zusammenkommt, die zwar sehr häufig den Namen des Wissenschafters Lukacs im Munde führen, aber nie eine Zeile von ihm gelesen haben.

Wenn Lukacs sprach, dann merkte man sich, was er gesagt hatte. Ganz anders war es bei Ernst Fischer: bei ihm merkte man sich vor allem, wie er etwas gesagt hatte. Ernst Fischer gehörte ebenso zu den Vortragenden der Schule wie Parteivorsitzender Johann Koplenig, Sekretär Friedl Fürnberg und der »Ideologe« Franz Marek.

Ernst Fischer behandelte die nationale Frage und die Geschichte der ersten Republik. Dabei gebrauchte er interessante Wortschöpfungen wie »Fallottenbourgeoisie«, um damit anzudeuten, daß die österreichische herrschende Klasse sich immer bei einer stärkeren angelehnt und sich bei unpopulären Anlässen auch hinter der deutschen versteckt hatte. Bestimmte Aktionen der Sozialdemokratie wie die Blitzsitzung des Nationalrates im März 1933, als Dollfuß schon das Parlament aufgelöst hatte, bezeichnete er als eine »Operette«, die Habsburger als »Lemuren«.

Ernst Fischer enthüllte auch, daß die Politik 1945 nicht frei von abenteuerlichen Zügen war. Unmittelbar nach Kriegsende geisterte die Vorstellung von einem Staatengebilde herum, das Bayern, Österreich und Ungarn umfassen sollte und Churchill war solchen Plänen nicht abhold. Da startete Fischer, damals Staatssekretär für Unterricht, Kunst und Kultus in Salzburg eine Provokation. Er verlangte in einer großen Rede, daß Österreich als das erste von Hitler überfallene Land von Deutschland eine handfeste Entschädigung verlangen müsse. Die Eingliederung des Berchtesgadener Landes sei dazu durchaus angemessen.

Das Ergebnis dieser Forderung war eine Abkühlung des Verhältnisses zu Bayern auf den Gefrierpunkt. Ein gemeinsames Schielen nach einem katholischen Bayrisch-Österreichisch-Ungarischen Staat gab es danach nicht mehr.

Ernst Fischer wirkte vor allem als Redner. Er sprach stets frei, höchstens mit einigen Stichwörtern, aber, so sagte er einmal zu Ratschlägen für den Aufbau eines Referates, er habe seine Disposition stets im Kopf. Andererseits merkte man bei ihm nie, wenn er, etwa bei einem Festvortrag, lesen mußte. Auch hier sprach er gleichsam »frei«.

Er war von hoher, schlanker Gestalt, seine Stimme konnte donnern und schwelgen, aber auch lyrisch weich sein. Der Tonfall seiner Rede fand sich auch bei seinen Brüdern Otto und Walter. Otto gehörte damals dem Landtag der Steiermark an und ging auf einen Stock gestützt, weil er bei den Februarkämpfen 1934 ein Bein verloren hatte. Walter war Arzt von Beruf und war in der ersten Republik als Armenarzt im Wiener Bezirk Favoriten und in der Emigration bei den Wolgadeutschen und im spanischen Krieg tätig gewesen.

Die »Fischer-Brüder« waren gefürchtete Antrags- und Resolutionsdiskutierer. Es gab kein Papier, zu dem sie nicht gleich ein Dutzend »Präzisierungen« vorzuschlagen hatten.

Parteivorsitzender Koplenig wirkte auf den ersten Blick hart und verbissen. Wenn er aber zu sprechen anfing, erwärmte er durch ein inneres Feuer. Seine Redeweise formte nicht hohe Bögen wie bei Ernst Fischer, er rang vielmehr oft um den richtigen Ausdruck. Dabei kam er mit den Händen ins Rudern und die Haare fielen ihm ins Gesicht. Er war noch ganz der Arbeiterfunktionär der alten Schule, angereichert durch die internationalen Erfahrungen aus der Revolutionszeit in Rußland und in der Leitung der Komintern. Wenn er lachte, legte sich sein Gesicht in tausend Fältchen und seine Augen zwinkerten lustig dabei. In der Partei wurde er »der Kop« genannt.

Der Sekretär des ZK, damals hieß die Funktion Zentralsekretär, Friedl Fürnberg neigte zum Sarkasmus. Er glaubte, durch einen manchmal vordergründigen Optimismus die Bewegung in Schwung zu halten.

Franz Marek war der lehrermäßigste von allen Funktionären. Er sprach druckreife Sätze, aber seiner Rede haftete etwas Starr-Fremdes an. Er hatte sich in der französischen Resistance große Verdienste erworben, hatte aber einen Hang zur Unduldsamkeit entwickelt, der ihm die Zusammenarbeit mit anderen erschwerte.

Ein »gemütliches Haus« war der niederösterreichische Landesrat Laurenz Genner, der für Landwirtschaftsfragen zuständig war. Noch von der sozialdemokratischen Partei her kannte er die Probleme der Kleinbauern und Pächter genau. Franz Honner, der Innenminister der provisorischen Regierung, Spanienkämpfer und Organisator der österreichischen Freiheitsbataillone in Jugoslawien stammte aus dem Böhmerwald und war ein feuriger Redner, bitter und scharf zuweilen. Er sei, so sagte einmal einer aus seiner Umgebung, der »geborene Innenminister«.

Am Rande des Schulbetriebes tauchten interessante Persönlichkeiten mit Vorträgen auf. Gottlieb Fiala, der spätere Bundesrat und Präsidentschaftskanditat der KPÖ schwelgte meist in Erinnerungen an gewerkschaftliche Ereignisse der ersten Republik. Walter Hollitscher, Arzt und Psychologe, war der Religionsexperte und sprach mit hoher, etwas näselnder Stimme. Der Musikwissenschaftler Georg Knepler war der Sohn eines einstigen librettisten von Franz Lehar und war in seiner Jugend Klavierbegleiter von Karl Kraus gewesen. Er veröffentlichte später in der DDR einige bedeutsame Werke. Hugo Huppert, Lyriker und Übersetzer war gegenwärtig Feuilletonredakteur der Zeitung der sowjetischen Besatzungsmacht. Er brachte beinah jedes Gespräch und jeden Vortrag auf den »Punkt», nämlich auf seine Übertragung des Werkes von Majakowski. Auch der Sohn von Anton Wildgans, der Komponist Friedrich Wildgans, kam einigemale in die Schule.

Gelegentlich tauchte auch der Historiker Leo Stern auf, der bald darauf in eine tragische Geschichte verwickelt wurde. Nach einer Maikundgebung in Pöchlarn, dem Bechelaren des Nibelungenliedes, bei der er gesprochen hatte, schossen Sowjetsoldaten auf vermeintlichen »Angreifer», wobei vier Menschen getötet wurden. Obwohl er selbst nichts mit der Schießerei zu tun hatte, wurde er stets mit der Verantwortung belastet. Später fungierte Stern als Rektor der Matin Luther-Universität Halle-Wittenberg.

So waren die Tage bis in die Nacht hinein ausgefüllt, bis sich der Wienerwald zu verfärben begann.

Als dann der Herbst in den Winter überging, übersiedelte die Schule in ein Haus in der Laufbergergasse im Bereich des Wiener Praters.

In Wien wartete eine besondere Aktivität auf sie. Die Schüler nahmen an einer großen Demonstration vor der Universität teil, weil sich hier – nur eineinhalb Jahre nach dem Ende des Hitlerkrieges – schon wieder nazistischer und antisemitischer Ungeist breitmachte. Dr. Karl Altmann, der Energieminister der Bundesregierung, rief von der Rampe der Universität die arbeitenden Menschen Wiens zur Solidarität mit den Studenten und Professoren auf, die sich zum neuen Österreich bekannten. »Wehret den Anfängen!« rief er aus und die Floridsdorfer Arbeiter, die über die Donau herüber gekommen waren, bedachten seine Ansprache mit großem Beifall. Aber die »gewöhnlichen« Straßenpassanten wollten offenkundig nur »ihre Ruh« haben.

Die Schule wurde dünner, weil unaufschiebbare Aufgaben manchen Kursanten heimriefen. Franz Leitner, der im Konzentrationslager Buchenwald durch seine Fürsorge vielen Kindern das Leben gerettet hatte, mußte plötzlich das Amt eines Vizebürgermeisters im schwer zerstörten Wiener Neustadt antreten.

Der Praterstern mit dem Tegetthoff-Denkmal war damals viel übersichtlicher als heute. In den Kneipen an seinem Rand gab es im Schleich ungarische Zigaretten zu kaufen und besonders feste amerikanische Präservative. Robuste Prostituierte strichen um den Platz.

Im Theater in der Josefstadt sahen sie einige Nestroy-Stücke. Die kommunistischen Parteischüler auf der Galerie waren die eifrigsten Klatscher und die fröhlichsten Zuhörer. Der Theaterdirektor bedankte sich beim Schulleiter für die Freundlichkeit seiner Truppe.

In dem stillen Haus, in dem es weniger Hirschgeweihe und keine ausgestopften Vögel gab wie im Jagdschloß zu Gaaden, begann die Kultur aufzublühen. Ein Kursant kannte sämtliche Nestroy-Stücke und selbstverständlich die von Raimund mit allen ihren Couplets und Gesängen, dazu alle Operetten und die Kabaretts der Vorkriegszeit. Er holte aus den übermütigsten Wiener Liedern die heimliche Traurigkeit heraus, hatte eine angenehme Stimme und sanfte Augen, die lustig funkeln konnten, wenn im Lied von Friedhof, Sterben und Vergessen die Rede war.

Für den Schulabschluß bereiteten der tiefsinnige Sänger und Damasus ein »Festspiel« vor, in den kühlen Nächten vor Weihnachten arbeiteten sie gemeinsam am Text.

Es wurde eine Verspottung des mittelalterlichen Klosterlebens mit »beispielmäßigen« Hinweisen gestaltet. Dazu hatten sie Zitate aus dem Schulleben gesammelt und manch einer erkannte sich wieder in Sprüchen, Tollpatschigkeiten und Übertreibungen einschließlich der Kloster-Parteiversammlung.

Es wurde viel gelacht bei diesem Abschlußabend, bei dem auch das obligate Bekenntnis, was einem die Schule gegeben, parodiert wurde. »Den Rest hat sie mir gegeben«, sagte einer der Mönche, »und dabei hätt' ich soviel zu tun gehabt mit Reiserpfropfen und Gemüsezucht. Ich war gerade dabei, den Kohlrabi zu erfinden«.

In diesem Winter herrschte große Kälte und drückender Energiemangel, sodaß der Zugsverkehr von Wien nach Westen vorübergehend eingestellt wurde. Alle Kursanten, die in der Nähe von Wien wohnten, versuchten auf abenteuerlichen Wegen nach Hause zu kommen, Tiroler, Salzburger und Vorarlberger waren vorsorglicherweise schon vorher abgereist.

So kam es, daß Damasus praktisch allein in der immer kälter werdenden Schule zurückblieb. Es wurde nur soviel geheizt, daß die Wasserleitungen nicht einfrieren konnten. Er ernährte sich von Brot und Käse und in der Küche stand noch ein Rest von Gerstengraupen. Seine Wiener Freundin hielt noch zwei Tage bei ihm aus wie auf einem verlorenen Posten.

Der Kader einer kleinen Partei lernt sich in diesen Schulen und Lehrgängen weit besser und sozusagen familiärer kennen als in einer großen Partei.

Allerdings hat diese familiäre Enge auch ihre Nachteile: es ist wie in einem Dorf, wo jeder von jedem alles weiß. Jede Meinungsverschiedenheit wird schmerzlicher als sie sein müßte und eine abweichende Meinung wird aufgenommen wie eine persönliche Beleidigung.

DER SOZIALDEMOKRAT: Da hat euch der alte Renner ganz schön niedergesetzt auf den Arsch, als er immer gesagt hat: ja die Kommunisten sind die besten Chirurgen, aber was der Mensch wirklich braucht, ist ein guter Hausarzt, zu dem er Vertrauen hat, zu dem er gehen kann, wenn er Gicht hat und der auch für ein Plauscherl Zeit hat. Der hat's euch gegeben, san ma ehrlich.

DER KOMMUNIST: Beim Krebsgeschwür müssen allerdings Hausarzt und Gesundbeter passen. Da hilft keine Einreibung, kein Huflattichtee und auch kein Zureden. Und die Gesellschaft war 1945 todkrank, sie ist auch heute nicht gesund. Da wären stärkere Eingriffe nötig gewesen als politische Bittgänge.

DER TROTZKIST: Zu Radikalkuren gehört ein radikales Rezept. Eine radikale Idee muß man haben.

DER ZEUGE JEHOVAS: Meine Gemeinde wächst, weil euer Tun nur Quacksalberei ist.

DER WERBE-KEILER: Ihr redet immer zuviel vom Ausmerzen, ich bin fürs Lindern und Besänftigen, das braucht der Mensch. Ein Vierterl und ein Papperl.

DER ALTNAZI: Arbeit und Ordnung tun not, nicht die Wassereien alter Hosenscheißer. Warum sagen denn die Leut' schon wieder, ein kleiner Hitler muß her, warum denn?

2

In der Zeitung wurde er mehr und mehr in der Politik eingesetzt. Er besuchte die Sitzungen des Linzer Gemeinderates und des oberösterreichischen Landtages, in dem es Redner gab, die ihre Texte wie Vorbeter ablasen, mit dem typischen Tonfall der Litanei.

Er war Berichterstatter bei einem Prozeß vor dem amerikanischen Militärgericht gegen Teilnehmer einer Demonstration, bei der sich Frauen gegen die Kürzung der Milchzuteilung für die Kinder in Bewegung setzten. Die amerikanische Besatzungsmacht sah darin einen »Aufruhr«.

Ein Freund und Jugendgenosse aus den Hitler-Zuchthäusern war der »Rädelsführer«, obwohl er sich erst im Laufe der Demonstration zu den aufgebrachten Frauen gesellt hatte. Er wurde zu fünfzehn Jahren Kerker verurteilt und erklärte in einer Schlußbemerkung, er habe das Tausendjährige Reich überstanden und er werde auch das amerikanische Jahrhundert überleben.

Damasus machte sich nach der Verurteilung des Jugendfreundes auf den Weg in den Landtag. Dort saß ein Abgeordneter, der mit ihnen zusammen eingesperrt gewesen, nach dem Krieg aber wieder in die Sozialdemokratie zurückgekehrt war. Damasus bedrängte ihn, im Landtag die Verurteilung aufzugreifen und einen Protest dagegen zu organisieren. Aber der Abgeordnete lehnte mit dem Hinweis auf die Tagesordnung ab. Es gäbe keine Möglichkeit, das Problem aufzurollen.

Die Bundesregierung wandte sich schließlich an den amerikanischen Hochkommissar, die Landesregierung an das oberösterreichische Militärkommando. Aber das Ersuchen ging lediglich dahin, Gnade walten zu lassen. Die Proteste schwollen weltweit an. Nach etwa einem Jahr wurde der Verurteilte freigelassen. Die letzten Monate seiner Haft hatte er in der Kirchenzelle des Linzer Landesgerichtes verbracht, mit just jenen Nazibonzen zusammen, die in der Zeit seiner ersten Verurteilung hohe Ämter und Würden bekleidet hatten.

Auf dem Pfenningberg bei Linz, gegenüber den im Krieg errichteten Hütten und chemischen Werken, war eine Borkenkäferkatastrophe ausgebrochen. Arbeitspartien aus Salzburg versuchten, das Übel in den Griff zu bekommen. Es gelang ihnen aber nicht, weil dem adeligen Großgrundbesitzer vor allem darum zu tun war, möglichst viel von dem Käferholz als Nutzholz retten zu können, in möglichst großen Längen, die jedoch nur schwer und langsam abtransportiert werden konnten. Das Ergebnis dieser »Ökonomie« war, daß sich der Borkenkäfer immer weiter in den Wald hineinfraß, auch in junge Bestände.

Der Wald blieb ein Sorgenkind auch die weiteren Jahrzehnte. Dann entdeckten »Grüne« den schlechten Zustand und prangerten ihn an. Damasus sagte dazu, er schäme sich fast darüber, daß er schon vor einem halben Menschenalter die Gefahr erkannt und vor ihr gewarnt habe. Es sei geradezu niederdrückend, schon vor so langer Zeit recht gehabt zu haben.

Noch im Jahre 1946 tauchte zum erstenmal der Berliner Grafiker und Schriftsteller Peter Edel in der Redaktion auf. Er hielt sich in Bad Ischl auf, das in den letzten Jahren des Krieges eine leise dahinrottende Lazarettstadt gewesen war. Edel zeichnete und entwarf für kleine Theater Bühnenbilder und schrieb Aufsätze über Kunst im KZ. Die Zeitung nahm einige Kurzgeschichten von ihm auf und er wurde Mitarbeiter des Blattes. Er hat in seinen Memoiren über diese Zeit ausführlich berichtet. Bronnen war der Lektor des kleinen Verlages, der der Zeitung angeschlossen war, und Damasus konnte bei der Drucklegung des Peter Edel-Werkes »Schwester der Nacht« mitarbeiten.

Eine Einzelheit verschwieg Peter Edel in seinen Memoiren. Er wollte in der Zeitung auch eine Geschichte unterbringen, welche die besondere Grausamkeit der kriminellen Kapos in den Lagern zum Thema hatte. Damasus, dem Bronnen die Entscheidung überließ, war gegen die Aufnahme der Geschichte, weil er, wie er grimmig feststellte, seine Landsleute besser kenne als der »Fremde« Edel. Zu dieser Zeit recht laut von den Verbrechen der Kriminellen zu reden, hätte als indirekte Entlastung der SS wirken müssen. Da seht ihr, wer die wirklichen Gauner gewesen sind, würde es heißen, da sagt es euch nun einer, der es wirklich wissen muß.

35 Jahre später kam Edel im Zusammenhang mit einer Befreiungsfeier im ehemaligen Konzentrationslager Mauthausen noch einmal auf Besuch. Damasus brachte ihn nach Gmunden, Ebensee und Bad Ischl. Vom KZ Ebensee war Edel 1945 in die Freiheit gekommen.

Sie sprachen auch wieder über das damalige Manuskript vom »Bruder Kain, der den Abel erschlug«. Damasus verteidigte nach wie vor seine damalige Weigerung, das Manuskript in der Zeitung abzudrucken. Aber auch Peter Edel hatte seine Meinung nicht geändert. Jeder hatte seine eigenen schockierenden Erfahrungen.

Damasus arbeitete auch an der Fertigstellung des Manuskriptes »Vom Ebro zum Dachstein« von Sepp Plieseis. An dem Bericht hatte ursprünglich der Lehrer Rudolf Daumann aus Potsdam mitgearbeitet, den es während der letzten Kriegsmonate in die Gegend von Bad Aussee verschlagen hatte. Durch die Mitarbeit des Lehrers - der Autor hatte ihm wohl einige Kapitel seines Lebens erzählt - waren allerlei » Prußizismen« in das Manuskript gekommen. Diese fremd klingenden Ausdrücke mußten durch »bodenständige« ersetzt werden. Trotzdem gelang die Ausmerzung dieses Beiwerkes nicht ganz. Dies führte zu herber Kritik aus den eigenen Reihen, insbesondere von einigen Puristen in Wien, die von einer »österreichischen Sprache« redeten, gegen die in dem Buch gesündigt worden sei.

Das Buch ist Jahrzehnte später in der DDR unter einem anderen Titel neu verlegt worden. Der Herausgeber hat dabei historisch völlig überflüssig nivelliert. Diese Retuschen wurden von »linken« Gruppen freudig zum Anlaß genommen, wilde Polemiken gegen die »revisionistische Verfälschung« durch den DDR-Militär-Verlag zu führen.

In diese Zeit fiel auch die Ablösung des bisherigen Chefs der Zeitung. Er war in Leningrad Rundfunkjournalist gewesen und hatte die ganze Belagerung der Stadt mitgemacht. Bei den Kämpfen war er schwer verwundet worden und konnte nur auf einen Stock gestützt gehen. In Linz, wo er zunächst allein hauste, hat ihn dann eine wilde Leidenschaft überfallen und zwar zu einer Frau, die im »Reichs-Kolonialbund« gearbeitet hatte. Es kam zum Bruch mit seiner Familie, auch zu Schwierigkeiten mit der Kaderabteilung. Er wurde vor die Wahl gestellt, entweder von der »kompromittierten« Frau zu lassen, oder seinen Posten aufzugeben, beziehungsweise in den westlichsten Winkel Österreichs, nämlich nach Vorarlberg, zu gehen.

Der Chef wählte die »Verbannung« und zog mit der »verdächtigen« Frau nach Vorarlberg. Als er viele Jahre später in Bregenz starb, wurde Damasus zusammen mit dem Parteisekretär beauftragt, an der Verabschiedung teilzunehmen. Da der Leichnam eingeäschert wurde, mußte er ins benachbarte Lindau in der Bundesrepublik Deutschland gebracht werden, weil in Vorarlberg kein Krematorium war. Als sie der »verdächtigen« Witwe kondolierten, machte diese ein abweisendes Gesicht. Sie hatte das Ultimatum von 1947 nicht vergessen.

In die Redaktion zog Richard Schüller ein, der ehemalige Chefredakteur der alten »Roten Fahne«, der Lenin noch persönlich gekannt hatte. Er hatte früher in der Jugendinternationale gearbeitet. Hier hatte er in Moskau die Berlinerin Helene kennengelernt, die damals noch mit Anton Saefkov verheiratet war (Saefkov wurde 1944 in Berlin hingerichtet). Sie verließ ihren Mann und ging mit Schüller nach Wien und von dort ins Exil, zunächst nach Prag und später in die Sowjetunion, wo zwei ihrer Töchter geboren wurden.

Richard Schüller leitete die Redaktion lockerer als sein Vorgänger und ließ den Kollegen mehr Freiheit.

Der Einfluß, den Bronnen auf Damasus ausübte, wurde zufälliger, weil die Gelegenheiten, im Kulturteil mitzuarbeiten, für Damasus seltener wurden, je mehr er in die Politik einsteigen mußte. Die Bronnen-Anleitung war sprachlich-technisch sehr wertvoll, politisch fühlte sich Damasus gefestigter und zugleich elastischer als der »Chef«, nachdem er eine eindeutige Vergangenheit hatte, während Bronnen seine nationalistische Phase vor 1933 bei allen Diskussionen zu schaffen machte. Aber er war höchst aktiv in der Kultur- und Friedensbewegung.

Sie ertappten Bronnen, den grammatikalischen Tüftler bei Fehlern und hielten sie ihm schadenfroh vor. So sagte er bei einer Konferenz, die Friedensarbeit sei »ein Sektor, der alles umfaßt«. Er war ein geheimer Bewunderer der alten Amtssprache und parodierte sie gelegentlich.

Dann schnaubte er belustigt und ließ ein Grunzen hören, das sein lädierter Kehlkopf hervorbrachte.

Was die wachsame Eifersucht seiner Frau betraf, so gab es bald handfeste Indizien. Er litt gelegentlich an einem Hexenschuß und konnte sich nur mühsam bewegen. Wenn aber eine bestimmte Dame, die gegenwärtig Konzertberichte verfaßte, in der Redaktion erschien, beugte er sich formvollendet tief auf ihre Hand nieder und das Gebrechen war wie weggeblasen. Sie nannten ihn einen Simulanten, wenn er wieder einmal krächzend stöhnte.

In seinem Zimmer stand eine uralte zerschlissene Couch. Begünstigt durch dieses Utensil wurde das Zimmer gelegentlich als Absteige benützt. Wenn Bronnen dann am Vormittag zur Arbeit erschien, riß er das Fenster weit auf, weil es, wie er grimmig bemerkte, schon wieder nach »Weiberschweiß« rieche. Als das Linzer Theater begann, seine Stücke aufzuführen, wurde der scharfe Ton seiner Kritiken merklich freundlicher. Wenn man ihn boshaft darauf aufmerksam machte, meinte er, das Theater sei in der letzten Zeit in der Tat bemerkenswert besser geworden.

Bald verließ er Linz und kam als ungeliebter stellvertretender Direktor unter Wolfgang Heinz an das Theater in der Scala in Wien.

Damasus wurde zur journalistischen Weiterbildung nach Wien beordert. Der Lehrgang war in einer Villa eingerichtet, die ebenfalls im Pratergelände lag.

Die Leiterin der Schule war eine liebenswürdige alte Dame, Malke Schorr, als junges Mädchen Modistin, Gewerkschaftspionierin, Kommunistin seit 1919, die die ganze alte Garde der SPÖ und die halbe Führung der Komintern kannte. Sie leitete pro forma noch den Pressedienst der Partei, in der Hauptsache aber schwelgte sie in Erinnerungen an heroische Zeiten. Sie hatte Rosa Luxemburg, Clara Zetkin und die Krupskaja noch persönlich gekannt, war bis nach Korea gekommen und war dankbar, wenn man das Gespräch darauf brachte, damit sie aus dem Vollen schöpfen konnte.

Sie war sehr kurzsichtig, trug aber nur ungern eine Brille, »aus Eitelkeit« wie sie lachend eingestand. Sie hatte ein vorzügliches Gehör für Stimmen und daran erkannte sie auch die Teilnehmer und redete sie beim Vornamen an.

Die Bäume im Prater hatten zwar schon geblüht, aber in den Alleen roch es noch nach Frühling.

Auf dieser Schule lernte er Bruno Frei kennen. Er war erst vor einigen Monaten aus der Emigration in Mexiko heimgekehrt und hatte den alten »Abend« wieder gegründet, der in der ersten Republik als linkes Boulevard-Blatt sehr bekannt gewesen war. Das Blatt brachte viele Leserbriefe und die »Lehrlinge« machten sich einen Spaß daraus, unter falschem Namen »zündende« Leserzuschriften zu schreiben, solche, die enthusiastisch zustimmten oder gehässig ablehnten. Sie freuten sich, wenn sie mit ihren Zuschriften »erläuternde« Kommentare der Redaktion provozierten.

Nach den Beiträgen im »Freien Deutschland« in Mexiko hatte sich Damasus diesen Bruno Frei ganz anders vorgestellt. Der Verfasser solcher streitbarer Aufsätze mußte wohl, so meinte er, ein hoher hagerer Mann sein, womöglich mit einem grimmigen Husaren-Schnurrbart und einem Gebiß wie ein mittlerer Tiger. Aber Bruno Frei war ein kleines schmächtiges, fast gnomenhaftes Männchen, das noch dazu mit leiser und hoher, stets etwas belegter Stimme sprach. Eine Zeitung kennzeichnete ihn einmal so, daß er die größten politischen Schmähungen so vorbringe, als handle es sich dabei um eine karitative Angelegenheit.

Bruno Frei hielt auf der Schule Vorträge über die Kunst der Reportage, denn er war selber ein Reporter von großem Format. In die Zeit dieser Schule fiel 1948 auch der Tod von Egon Erwin Kisch. In einem kleinen Saal in der Innenstadt fand eine intime Trauerfeier statt. Bruno Frei sprach über seinen Freund, Kampf- und Weggefährten, andere Redner gedachten des »rasenden Reporters«. Da Bruno Frei berichtete, daß hinter dem Sarg des großen Journalisten auch die »restlichen leichten Damen« von Prag einherschritten und ähnliche Töne bei anderen Rednern anklangen, entstand der Eindruck, daß da im fernen und kalt gewordenen Prag ein Mann mit ausgeprägten Schrullen und Eigenarten gestorben sei, über dessen »politische Schwächen» man hier in Wien milde und nachsichtig lächelte.

Die Schüler schwärmten aus, um Reportagen zu schreiben. Damasus bekam den Auftrag, über den Naschmarkt, den wohl bekanntesten Markt von Wien zu schreiben.

Die meisten Teilnehmer versuchten, das Rad noch einmal zu erfinden und das kleine Einmaleins noch einmal zu überprüfen. Damasus ging zunächst ins Archiv des Verlages, um nachzulesen, was schon andere über den Naschmarkt geschrieben hatten. Dabei fiel ihm auf, daß ohnehin der Nachfolger vom Vorgänger meist nur abgeschrieben hatte. Man merkte es an Zahlen, die längst nicht mehr stimmen konnten.

Er interviewte einige Marktfrauen, holte bei der Marktverwaltung Auskünfte ein und hatte seine Reportage bald fertig. Er trieb sich in Wien herum, fuhr mit den öffentlichen Verkehrsmitteln kreuz und quer durch die Stadt, bis er sich einigermaßen auskannte.

Er nahm wieder Fühlung mit der Freundin aus der Parteischule auf und besuchte sie in der Gemeindewohnung ihrer Mutter, die inzwischen gestorben war. Ihr Mann war aus der Gefangenschaft heimgekehrt und sie tranken zusammen sittsam Tee. Der Ehemann, so schien es Damasus, beobachtete ihn forschend.

Um sich zu tarnen, zog Damasus manchmal seine Trachtenkleidung an. In Lederhosen ging er über den Ring und fiel allgemein auf, als ein Landbewohner, ein »Gscherter«, wie er im Buch stand. Er amüsierte sich über die seltsamen Blicke, die ihn trafen. Wenn ihn trotz seines Aufzuges jemand nach einem Weg fragte, war es ein Ausländer.

Bei seinen »Recherchen« wie er das Herumflanieren nannte, lernte er ein schlankes Mädchen kennen. Er erfuhr zwar zunächst nicht, wo das Mädchen wohnte, aber sie trafen sich einigemale in einem halbzerbombten Café.

Die Wiener Kollegen gingen zweimal in der Woche in den Abendstunden nach Hause, sodaß ein oder zwei Zimmer »frei« wurden. Auf diese Weise konnte manchmal »Besuch« empfangen werden.

Das schlanke Mädchen trat keusch auf und wenn er ein gewagtes Wort sagte, antwortete es stets mit dem entrüsteten Satz: »Jö, du bist gemein!« Sie blieb manchmal die ganze Nacht, manchmal aber nur die halbe und ließ sich nie nach Hause begleiten. Aber einmal entdeckte er, während sie schlief, in ihrer geöffneten Handtasche einen Brief mit ihrer Adresse.

Das Mädchen schwärmte davon, daß es mit ihm »aufs Land« fahren möchte und er müßte mit ihr »auf die Alm« gehen.

Dann wollte er sie zuhause überraschen und suchte die Straße im zweiten Bezirk und die Hausnummer. Er klopfte an eine Tür und ein verwahrloster Mann machte ihm widerwillig auf. Er drückte herum, sagte, er sei der Vater und er glaube, die Tochter sei nicht daheim. Auf einem Tisch standen Flaschen und es roch nach verschüttetem Rumtee.

Da bemerkte Damasus, daß das schmale Zimmer durch eine Art Vorhang abgetrennt war. Er schob den Fetzen beiseite und sah, daß das Mädchen mit einem Mann auf einem schmalen Bett lag. Das Mädchen, das ihn wohl schon gehört hatte, sah ihn und bedeutete ihm erschrocken, er möge schweigen und gehen.

Er hat dann einen Wiener Freund auf das Mädchen »angesetzt« und der brachte die Nachricht, daß es sich zweifellos um eine »Frankistin«, also um eine Geheimprostituierte handle, zu einem »mittleren Tarif«, wie er sich sachkundig ausdrückte. Dann fragte er überrascht: »Sag einmal, hat sie denn von dir nie Geld verlangt?« Er blickte ihn mißtrauisch an.

Nein, das Mädchen hatte nie Geld verlangt.

Hugo Huppert sprach über das Feuilleton und natürlich bald auch über Majakowski. Er war auf dem Höhepunkt seiner Macht als Kulturredakteur der »Österreichischen Zeitung«, der Zeitung der sowjetischen Besatzungsmacht und hatte inzwischen den Rang eines Majors erreicht. An dieser Majorsecke sollte er dann allerdings scheitern.

In der Zeit der Schule fiel auch die Resolution des Kominformbüros über die jugoslawische Partei. Besonders die Kärntner unter den Kursanten waren von der Entwicklung tief betroffen. Sie nahmen an einer Informationskonferenz teil, bei der der ehemalige Staatssekretär für Inneres, Franz Honner, sprach. Er sagte nichts, was nicht ohnehin in der Resolution gestanden wäre. Aber er schmückte es mit Einzelheiten aus, die zeigen sollten, daß die jugoslawische Partei schon immer zu nationalistischen Überspitzungen geneigt habe.

Die Konferenz nahm die Ausführungen Honners mit Zwiespalt auf und ein Diskussionsredner kommentierte sie mit der Bemerkung, er sei schon neugierig, wann der Ausdruck Titofaschist auftauchen werde.

Er mußte nicht lange warten.

Während der Parteischule in Gaaden hatte Damasus auf einem Hügel im Wienerwald einige Gedichte geschrieben, die noch das Elegische der Gefangenschaft atmeten. Inzwischen hatte er sich auf das Sonett geworfen, stark beeinflußt von der mehr liedhaften Ausprägung dieser Gattung durch Johannes R. Becher. Die »klassische« Form, wie etwa die des August von Platen, war ihm zu kalt und zu gläsern. Das Liedhafte schien ihm besser geeignet, Bekenntnis und Überschwang zusammen in eine Form zu gießen.

Er begann in Sonetten zu denken und die Periode dauerte einige Jahre. Er brachte es auch auf vier Kränze. Als ein späterer Theaterintendant bei einem literarischen Nachmittag einmal einen solchen Kranz als Beispiel eines höchst komplizierten Gebildes vortrug, meinte ein schmeichelnder Diskussionsplauderer, diese Strenge gemahne an den alten Petrarca. Der spätere Burgschauspieler Romuald Pekny las einmal den Sonettenkranz, der der Donau gewidmet war. Ein Kritiker meinte dazu, man könne daraus ersehen, was dem »jungen Kommunisten«, der sich da melde, »der Osten« bedeute, weil in den Gedichten die Metapher vorgekommen war, der Strom münde »horizontwärts ins Licht«.

Der Unterschied zwischen seiner Tagesarbeit, nämlich Reportagen, Berichte und Glossen zu schreiben, und dem, was er sonst mit der Sprache versuchte, war denkbar groß: Er hat immer eine Zeitlang gebraucht, »abzuschalten« von der Routine.

Georg Lukacs hatte bei seinem Aufenthalt in Linz gesprächsweise auch mitgeteilt, daß er gegenwärtig an einem größeren Aufsatz über Gogol arbeite.

Er meinte dazu, wenn man wolle, daß über eine Arbeit ein halbes Jahr lang gesprochen werde, dann müsse man auch ein halbes Jahr Arbeit dran wenden. Ähnlich verhielt es sich mit der «unjournalitischen» Sprache.

Die Schule hatte auch ihre weniger lyrischen Seiten.

Daß es oft recht unkonspirativ zuging, blieb natürlich »oben« nicht verborgen. Eines Tages erschien der Leiter der Kaderabteilung in der Villa am Rande des Praters und berief eine Parteiversammlung ein. Er hielt den Schülern eine geharnischte Strafpredigt.

Ganz und gar unstatthaft sei es, fremde Personen ins Haus zu bringen. In dem Haus sei »ein Archiv« untergebracht und er brauche wohl nicht zu erklären, daß daran auch »andere« ein Interesse hätten. Nicht nur Gottes Wege seien verschlungen, sondern auch die fremder Geheimdienste. Also Schluß mit der Leichtfertigkeit und zwar sofort.

Es war draußen schon Sommer und die Nächte im Prater seien lau, murmelte der Kärntner Kollege. denn im Haus sei man jetzt ja wohl seiner Haut und seines sündigen Beischlafs nicht mehr sicher.

Bruno Frei wollte Damasus »abwerben«, nämlich zum »Abend«. »Komm zu mir«, sagte er, »wir sind das interessanteste Blatt von Wien«.

Damasus aber lehnte ab. Er kam aus einem Kollektiv, das schon zusammengewachsen war und außerdem schien ihm der scharfzüngige Bruno Frei nicht gerade das Ideal eines Chefs zu sein. Soviel war nämlich aus der »Abend«-Redaktion schon durchgesickert, daß Bruno Frei eine rechte »Sau« sein konnte.

Frei war enttäuscht über die Haltung Damasus', es kam offenbar selten vor, daß solche Angebote zurückgewiesen wurden. Aber als er entdeckte, daß Damasus »sonettiere«, gab er ihm einen Empfehlungsbrief an den Schriftsteller Hermann Hakel mit auf den Weg, der ein Freund von Franz Theodor Csokor war, der wiederum die Funktion des Sekretärs des PEN-Clubs bekleidete.

Hermann Hakel wohnte in der Josefstadt in einem winzigen Zimmer, das er noch dazu mit Papier vollgestopft hatte. Er hatte einen kürzeren Fuß, sodaß er in seiner Behausung herumhumpelte. Er berichtete Damasus, daß er als Jude in Italien den Krieg überlebt hatte, nahm die Sonette, die ihm Damasus überreichte, skeptisch entgegen und meinte, »schon wieder ein Sonettierer, hast wohl von deinem Fischer abgeschrieben, was?«

Ernst Fischer hatte gerade Gedichte von Charles Baudelaire und Paul Verlaine übersetzt, die in einem kleinen Bändchen erschienen waren. Hakel bemängelte daran, daß Fischer nicht nach - sondern umgedichtet habe.

Sie trennten sich frostig.

Dann aber erschien doch eines der Gedichte in der kleinen Zeitschrift »Lynkeus«, die Hakel unter tausend Schwierigkeiten herausgab und für die er Talente sammelte. Allerdings trachtete er danach, aus diesen Talenten Jünger zu machen. Er grenzte sich am laufenden Band ab: von den Linken, weil sie zu flatterhaft seien und außerdem: Stalin bleibt Stalin, von den Christen, weil sie zu inkonsequent seien, von den Sozialdemokraten, weil sie den Nazis gegenüber zu nachgiebig seien.

»Lynkeus« war ein zäher Einzelgänger, schmalbrüstig, aber auf seine Art vornehm. Die Zeitschrift ist dann eingegangen für Jahrzehnte. Dann meldete sich Hakel wieder und schickte zwei Exemplare des neuen »Lynkeus«.

Einmal verbrachte Hakel einen Urlaub im oberösterreichischen Kohlenrevier in Ampflwang. Damasus besuchte ihn. Der gläubige Jude Hakel hatte gerade sein Gebet verrichtet.

Da erschien Franz Theodor Csokor, der aus Salzburg angereist kam. Er war ganz und gar Altösterreicher geworden und lobte Metternich als großen europäischen Staatsmann. Da hatte Damasus immer geglaubt, der Dichter mit den auffallend buschigen Augenbrauen, der »Zivilist im Balkankrieg« sei ein Revolutionär und wunderte sich, daß dieser PEN-Sekretär nun fast monarchistische Töne anschlug.

Bei dieser Begegnung in Ampflwang machte Franz Th. Csokor eine geheimnisvolle Mitteilung: Er berichtete, daß der Kulturredakteur der »Österreichischen Zeitung« Hugo Huppert von seiner Funktion abberufen worden sei. Von einer Stunde auf die andere. Man habe ihn nach Moskau gebracht, wo er als Major der Sowjetarmee ja wohl auch hingehöre, meinte er boshaft.

Die Bemerkung war nicht gerade kameradschaftlich - schließlich hatte er mit Hugo Huppert gemeinsam den PEN-Club wieder ins Leben gerufen -, aber sie rührte an einen wunden Punkt. Hätte nämlich Hugo Huppert 1945 sofort wieder die österreichische Staatsbürgerschaft angestrebt - niemand hätte sie ihm verweigern können -, dann wäre er weder den Normen der Sowjetarmee noch jenen der KPdSU unterstanden. Allerdings hätte er dann auch nicht allmächtiger Kulturchef der Zeitung der Sowjetarmee sein können.

Es waren nur einige Monate, die Damasus 1948 in Wien hospitierte, aber sie waren entscheidend für seine Zukunft. Wien war groß und dazu angetan, sich darin zu verlieren. Die alte, wenn auch jetzt bröckelige Pracht schien sich schon wieder aufzurappeln. Es gab viele Ruinen, aber es waren Residenz-Ruinen.

Und da war noch eine Erscheinung, die sich im Verhältnis zu Linz sogar verschärfte: die Großstadteinsamkeit. Sie ging von den hohen schmalen und in der Nacht völlig leeren Straßenschluchten aus, sie war zu fürchten und zog zugleich mächtig in ihren Bann. Sie erweckte den Wunsch, unterzukriechen in einem Raum des spärlichen Lichtes, das durch die hohen Fenster fiel. Die Kälte der Straße und die Wärme der Höhlen dahinter wirkten wie ein Hohlweg, durch den man hindurch mußte, weil am Ende wieder mehr Licht war. Aber der Gang durch den Hohlweg war voll von Gefahren. Aus dem Dorf kommend, war er gewohnt, die Menschen in der Finsternis noch am Schritt zu erkennen. Hier war die Anonymität sogar am hellichten Tag alles beherrschend und erst recht in der Nacht. Oft genug hat man gehört, daß in solchen Straßenschluchten und den alten Wohnungen dahinter Menschen sterben, ohne daß es bemerkt wird. Nur die Kinder kennen einander noch, aber ihre Anzahl wird von Jahr zu Jahr kleiner.

Wenn er später oft vom Ausgesetztsein des Menschen hörte in Heide, Steppe oder Wüste, dann widersprach er heftig. Nein, das Ausgesetztsein ist in der Großstadt am schmerzhaftesten, denn dort wird es von Mauern, die in den Himmel ragen, zusammengepreßt, dort wird die Fremdheit zur materiellen Gewalt.

Den stärksten Eindruck hatte jedoch Wien gerade in den Trümmerjahren auf ihn gemacht. 1946 wurden am Kai große Ziegelmühlen eingerichtet, die den Mauerschutt zermahlen sollten, damit etwas Neues gebaut werden könne. Dieser Aufbruch war in der rußigen und zerbombten Stadt da und dort zu spüren, auch im grantigen Humor seiner Bewohner. Und da gab es manches Dorf in der Stadt mit schönen alten Namen, Kastanienbäumen und Akazien und dieses Dorf in der Stadt stand in einem merkwürdigen Gegensatz zu den alten und grau gewordenen Denkmal-Gebäuden. In der Morgenfrühe mündeten lange menschenleere Straßen plötzlich in einen hellen Park.

1948 war zwar der Wiederaufbau öffentlicher Bauten und Einrichtungen schon im Gange, aber augenfällig zurückgeblieben waren die Bemühungen des Bürgertums, sich wieder zu zeigen in Schaufenstern und Portalen. Die Bourgeoisie war auch hierin eine »Fallotten-Bourgeoisie«, daß ihr die Zeiten unsicher vorkamen und sie sich lieber arm gab, als etwas zu riskieren. Für sie kam die Zeit erst, als es die begründete Hoffnung gab, daß bei der Erneuerung alles beim Alten bleiben werde.

Das schwer angeschlagene Wien war gleichsam aufgerauht und dadurch »griffig«. Sein alter Hochmut schien wohltätig gebrochen zu sein, das Moos auf den Steinen war vielfach heruntergerissen und zum Spreizen war nichts da als die eigene Blöße.

Das wurde alles langsam anders, als das Neue wieder zum Alten wurde und zwar zum vorherigen Alten. Als Wien bettelarm schien, war es herzlich und zurückhaltend. Als es wieder prächtig wurde, schlug es wie der Pfau leuchtende Räder, aber seine Stimme war für ihn, den »alpinen« Gast, eine Pfauenstimme.

Er hatte oft und oft in Wien zu tun, selten »freudigen Herzens«. Er brauchte sich nie gegen eine Integration zu sträuben, die Versuchung dazu kam nicht auf.

Im Herbst nach dem Wiener Lehrgang und ein Jahr darauf noch einmal, wurde er zu einer Urlaubsvertretung nach Innsbruck geschickt. Beim Umbruch der Zeitung arbeitete er in der altehrwürdigen Wagner'schen Universitätsdruckerei, in der es Setzer gab, die nicht nur altgriechisch sondern auch armenisch und hebräisch lesen konnten. Bei einem komplizierten Umbruch tat man gut daran, dem Metteur eine Flasche Rotwein zu spendieren.

Diese »Kommandierungen« zeigten ihm, daß er zu einem »Kader« geworden war.

1947 hatte er eine Erzählung über ein Unglück am Riesweg aus seiner Holzknechtvergangenheit zu Papier gebracht, mit der er dann in Linz literarisch vorgestellt wurde, zusammen mit einem Salzbergarbeiter, der auf losen zerteilten Zementsäcken einen Roman geschrieben hatte. Ein Schauspieler las die Texte und Damasus hörte daraus manches, das er nicht gewußt hatte, aber vieles blieb auch stumm, das in seinem Innern laut war beim Schreiben.

Die kleine Gesellschaft, die nach der Lesung im Festsaal des Rathauses übrig geblieben war, besuchte eine Weinstube in der Nähe. Der Veranstalter war ein Abteilungsleiter des Museums gewesen, stammte aus Bad Ischl und hatte daher den Ehrgeiz, Literatur aus seiner Heimat in Linz bekannt zu machen.

Die Weinstube, die den Namen einer bekannten Südtiroler Stadt trug, hatte Speis und Trank. Man munkelte, daß dies dem Verhältnis der Wirtin zu einem Großfleischhauer zu danken war, der zwar schon recht zittrig, aber destomehr von den Reizen der molligen Wirtin entzückt war. Neben ihren barocken Formen war es vor allem der treuherzige Augenaufschlag, der die Männer begeisterte.

»Nein, wie mich das freut, Herr Doktor«, flötete sie, »daß Sie bei Ihrem Auftritt im Festsaal auch an mich gedacht haben. Am liebsten tät ich ja nichts anderes, als den Zeiten nachsinnen, in denen wir im Gebirge drinnen noch jung und glücklich waren«.

So sprach die Wirtin und es war eine Wirtin von Format. Sie selbst servierte den Wein und dabei gab sie sich züchtig, wenn sie merkte, daß die Frau des Museumsdirektors sie beobachtete. War aber dessen Ehehälfte gerade in ein Gespräch vertieft, so schwenkte sie kokett ihre Rundungen und beugte sich auch tiefer nieder, sodaß man ihren Brustansatz sehen mußte.

Damasus ist dieser Wirtin (und ihrem Typ) noch oft begegnet. Er wußte allerdings noch nicht, daß er sie später einmal nicht ohne Bosheit abkonterfeien wird als die große Verführerin am Rande des Friedhofs.

Nachdem in der Weinstube Sperrstunde gemacht werden mußte - »s'ist wegen diesen Negern von der Besatzung« sagte die Frau Wirtin betrübt - zogen sie weiter ins Atelier eines Malers, der ebenfalls über Wein- und Schnaps-Vorräte verfügte. Das Atelier sah aus wie die Funduskammer eines kleinen Theaters. Alles war vollgestopft mit Skizzen, alten Gebrauchsgegenständen, phantastischen Kleidern und alten Waffen, auf der Staffelage eine große Donau-Landschaft.

Sie tranken und Damasus bemerkte, wie der Schauspieler, der die Texte gelesen hatte, der Frau des Veranstalters der Lesung den Hof machte. Er war schon betrunken und tastete nach den Knien der Frau, die eine Lehrerin war.

Erst nachdem sie sich ein dutzendmal verabschiedet hatten, verließen sie die enge Gasse und traten hinaus in die Finsternis.

Der Schauspieler und Damasus mußten die Donau überqueren. Der Sprechfanatiker deklamierte ganze Szenen aus den »Räubern«, daß es in den Straßenschluchten widerhallte wie in einer Kirche.

Auf der Donaubrücke im Niemandsland zwischen Amerika und Rußland wurde der Schauspieler zudringlich. Als Damasus ihn hänselte, daß er doch ganz scharf auf die Knie der Frau des Museumsmenschen gewesen sei, antwortete der Mime, das alles sei nur eine Tarnung gewesen, gewissermassen eine nordische List, denn natürlich habe er immer nur ihn, das frische Talent aus den Bergen, im Auge und im Wind gehabt.

Als Damasus ihn sanft wegdrängte, erklärte der Schauspieler, er werde, wenn er nicht erhört werde, ins Wasser gehen. Damasus redete ihm zu und zog ihn vom Geländer weg auf den Gehsteig zurück. Als sie zu den russischen Posten kamen, breitete der Schauspieler die Arme aus und rief: »Ah, die Mannen unserer Befreier!« Er stellte sich in Positur und begann Lermontov zu rezitieren.

»Es ist ein Glück, ein Nichts zu sein auf Erden.
Was frommt uns tiefes Wissen, heiße Ruhmsucht
Talent und liebesstarkes Freiheitsstreben,
Wenn diese Gaben nicht verwertbar sind?«

Die russischen Posten lachten, denn sie kannten den Schauspieler, der auch bei russischen Kulturveranstaltungen schon öfter mitgewirkt hatte.

Damasus sah den Schauspieler noch öfter. Immer, wenn sie sich begegneten, gab der »Klassiker«, wie er sich gerne nennen ließ, seinem Gesicht pathetisch-traurige Züge.

In diesen ersten Nachkriegsjahren tauchte auch Hans Weigel in Linz auf, nachdem sein Schauspiel »Barrabas« im Linzer Landestheater gespielt wurde. Er hielt im selben Saal, in dem Damasus literarisch »entjungfert« worden war, einen Vortrag über die Schwierigkeiten des heutigen Stückeschreibers. Man könne, so meinte Weigel, eigentlich nur bei Nestroy anknüpfen.

Damasus griff Weigel an, weil er die Möglichkeit Brecht nicht einmal eingeräumt habe. Sei das etwa keine Machart, die Gegenwart zu fassen?

Weigel meinte dazu, auch er halte Brecht für einen großen Dichter, aber nur in der Lyrik. Als Dramatiker sei er viel zu »ideologisch«. Das alles habe, so könne man getrost sagen, »keine Zukunft«.

Weigel wurde dann zum Anführer jener Gruppe, die es viele Jahre lang als ihr oberstes Ziel betrachtete, Brecht von den österreichischen Bühnen fernzuhalten. Sie beschimpften alle jene, die bei der Einbürgerung Brechts geholfen hatten und setzten die Theater unter Druck, mit stiller und freudiger Duldung der Obrigkeiten natürlich, ja keinen Brecht zu spielen. Die einzige »Scala« in Wien, jenes Theater, das unter dem Einfluß der KPÖ stand, spielte Brecht. Als dieses Theater nach vielen Schikanen geschlossen wurde, gab es in Österreich keine Bühne, die Brecht zu Wort kommen ließ, bis zum Jahre 1962, wo in Linz und Wien »Mutter Courage« aufgeführt wurde. In Linz hatte Damasus jahrelang bei jeder Pressekonferenz des Theaters die Frage gestellt, wann endlich ein Brecht aufgeführt und warum er nicht aufgeführt werde. Die jeweiligen Intendanten und Spielleiter lächelten gequält zu diesen aggressiven Fragen und meinten Jahre hindurch, für die Brecht-Stücke habe man »leider« nicht das »geeignete Ensemble«. Sie verleumdeten die eigenen Kollegen. Brecht war als literarisches »trojanisches Pferd« zu einem ausgesprochenen Politikum geworden.

Die Zeit nach dem Krieg war eine Zeit der Lyrik. Man las von Ingeborg Bachmann, Paul Frisch, H.C. Artmann, Jeannie Ebner, Reinhard Federmann und Paul Celan, der in diesen Jahren durch Wien gegangen war. Im Gegensatz zu der Härte der Zeit klang vieles in dieser Lyrik esoterisch und weltenfern. Alle diese Dichter beklagten später bitter das Weiterwuchern des faschistischen Ungeistes und einige gingen daran zugrunde. Aber in der Zeit ihrer Ankunft schien ihnen politische Lyrik ein »garstig Lied« zu sein.

In Linz hatte sich eine Runde zusammengefunden, die sich erfolgreich als Bürgerschreck betätigte. Der Jungdramatiker Karl Wiesinger, der in der Haft schwer lungenleidend geworden war, gründete einen »Klub der Todnahen«, bei dem es lustig und anarchisch maßlos zuging.

Der Lyriker und spätere Dramatiker Kurt Klinger war bei der Bundesgebäudeverwaltung tätig, die das »ärarische« Gut, soweit es einstens militärisch war, betreute. Er hatte einen unbändigen Haß auf die Umstände seines Dienstes und nannte die Beamten »rauchende Ruinen«. Ein Stück von ihm wurde von einer Studiobühne der Volkshochschule uraufgeführt. Darin kam ein Gedicht vor, das die Greuel und Grausamkeiten immer krasser übereinandertürmte. In der vorletzten Strophe war davon die Rede, daß es so schön sei, »ein kleines Kind zu schänden.« Den Gipfelpunkt bildete dann eine Strophe, die so begann: »Es ist so schön, die Städte zu verbrennen.«

Die Zuschauer empfanden aber nicht das Ungeheuerliche des Städteverbrennens als Gipfelpunkt des Verbrechens sondern das Schänden des Kindes. Die Quantität des Verbrechens führt dazu, das Ereignis wie ein Unglück erscheinen zu lassen, das man noch dazu mehr oder weniger selbst miterlebt hat und bei dessen Erwähnung man gewissermaßen auch noch Zeuge war und daher »mitreden« konnte.

Sie zogen durch die Gaststätten, fingen mit der Polizei Streit an, wenn diese gegen das Lärmen auf Straßen und Plätzen einschritt und die Ruhestörer abmahnte: »Sind wir schon in Franco-Spanien?«, riefen sie der Staatsgewalt zu.

Die Gaststätten des Bahnhofes sperrten spät zu und früh wieder auf. Dort war meist der Schlußpunkt solcher nächtlichen Streifzüge. Hier strömten Spätheimkehrer von anderen Gaststätten zusammen, um als Abschluß des alten und Beginn des neuen Tages eine Gulaschsuppe zu essen und dazu ein Bier zu trinken oder einen Kaffee mit Rum, dem Damasus den Namen »Bosniak« gegeben hatte, weil die alten Weltkriegsoldaten erzählten, sie hätten vor jedem Sturmangriff Kaffee mit Rum bekommen, den stärksten dabei die Bosniaken.

Hier lasen sie im »Jagdstüberl«, in welchem auch schon Fahrgäste auf die nächsten Züge warteten, zum zehntenmal in dieser Nacht ihre Gedichte vor, Kurt Klinger sanft flötend sein »Es ist so schön«, wobei die ersten Strophen ja noch harmlos waren: »Es ist so schön, den Zehenschwamm zu züchten«, oder: »Es ist so schön, ins Bett zu urinieren, man schläft so wohlig danach ein«. Manch einer der Fahrgäste knurrte dann wohl, daß diese »Tachinierer« lieber arbeiten gehen sollten, als hier die Leut' zum Narren zu halten. (Später, als das Demonstrieren wieder etwas in Mode kam, riefen dieselben Bürger - auch solche, die klassenmäßig durchaus keine Bürger waren - den Demonstranten entrüstet zu »Geht's arbeiten!«)

Damasus las bei solchen Reisen gerne den Sonettenkranz »An Eros« vor, den später eine Dame (wer weiß für welchen Preis) von einem Schrift-Graphiker für ihn in einer stilisierten gotischen Schrift zeichnen ließ. Die Jungliteraten freuten sich, wenn einige müde Prostituierte, die ebenfalls am Bahnhof die Nacht beschlossen, nicht ohne Anerkennung feststellten: »Hörst, des san wirkliche Dichta.«

Es waren gespenstische Lesungen, die an absurdes Theater erinnerten. Mitten in den poetischen Schwung und mitten in die kühne Metapher hinein schallte rauh und kräftig die Stimme des Bahnhof-Ansagers, der die Ankunft, die Abfahrt oder die Verspätung eines Zuges ankündigte. »Du reißt uns krachend nieder zu Ruinen«, hieß es im Gedicht und die Stimme aus dem Lautsprecher fügte hinzu: »Zug aus Wels über Oftering, Hörsching, Pasching, Leonding, zehn Minuten Verspätung.«

Am Rande der lyrischen Runde bewegte sich ein Polizeioffizier, der aus Südtirol stammte und der Gedichte schrieb. Er schwor auf die gereimten und gebundenen Verse und schimpfte über jeden, der mit freien Rhythmen »Unzucht trieb«, wie er sich ausdrückte. Seine Gedichte waren originell und er fand auch immer wieder Komponisten, die solche Gedichte vertonten.

Er hatte eine ungemein tyrannische Art, den Leuten zuzusetzen. Wenn er in einer engen Straße einen literarischen Bekannten sah, oder einen, der mit Kulturpolitik zu tun hatte, dann packte er ihn am Revers des Rockes und zog ihn in einen Torbogen hinein. Dort in der kühlen Nische las er ihm ein Gedicht vor und fragte ihn auch gleich inquisitorisch, ob ihm das Werk auch gefalle und ob er es nicht weitaus besser fände als das Geschreibsel der heutigen Scharlatane, die jedoch zum Unterschied von den ernsten poetischen Arbeitern, emporgelobt und auch noch gedruckt würden. So hingebungsvoll war er in seinem Eifer, daß er und sein zufälliges Opfer die Türe des Hauses verstellten, so daß niemand heraus konnte, auch nicht der Besitzer, bevor der Polizei-Dichter mit seiner Philippika nicht zu Ende war.

Er wurde dann nach einem Skandal außer Dienst gestellt. Bei einem großen und vornehmen Ball hatte er Dienst und einiges über den Durst getrunken, vielleicht hatte ihn gar jemand wegen seiner Poesie gehänselt. Jedenfalls glaubte er bei einem übermütigen Maskenrummel in der Garderobe gegen einen »Dieb« einschreiten zu müssen und versetzte einem maskierten Herrn eine schallende Ohrfeige. Der Herr war ein angesehener Bürger der Stadt und ließ die Schmach der »tätlichen Beleidigung« nicht auf sich sitzen. Der trink- und zur Unzeit schlagfreudige Polizeioffizier wurde pensioniert und zog grollend von Linz fort, weil man hier ohnehin nur Undank zu ernten hätte.

Bronnen war inzwischen geschieden worden. Seine Frau Hilde blieb mit den Töchtern in Linz zurück und versuchte, als Filmmitarbeiterin und gelegentliche Theaterkritikerin sich etwas Geld zu den kargen Alimenten zu verdienen. Dadurch gehörte sie sozusagen »zum Bau«. Sie war eine hochgewachsene, etwas schlaksig wirkende Frau mit einem scharfen Mundwerk. Sie kam aus dem gestrengen Geschlecht derer von Lossow, welchen Namen ein kleines Dorf in der Nähe von Frankfurt an der Oder trägt. Sie war fleißig, pünktlich und strebsam und, wenn sie helfen konnte, von einer geradezu erdrückenden Fürsorglichkeit. Sie gab sich burschikos, weshalb sie auch immer dem Tratsch kleinbürgerlicher Damen ausgesetzt war. Allerdings nicht nur diesem. Sie nannte sich Hildegard Bronnen v. Lossow, HB-L.

In dieser Zeit wurde einmal, man wußte nicht recht, wieso und warum, der demokratische Zentralismus hat in solchen Fragen immer eine vorwiegend zentralistische Schlagseite gehabt, eine Woche der »moralischen Reinheit« durchgeführt.

Chefredakteur Schüller ließ aus diesem Anlaß Damasus zu sich kommen und druckste zunächst herum. Er denke ja in solchen Fragen nicht so eng, begann er, aber immerhin, er sei beauftragt worden, mit ihm über eine bestimmte Einzelheit zu sprechen. Immer wenn Frau HB-L. ein Manuskript bei ihm abgebe, setze sie sich auf den Rand des Schreibtisches und schlage dabei die Beine übereinander. In dieser Haltung verharre sie solange, bis das Gespräch zu Ende sei und das dauere oft recht lang. Im Interesse der Sauberkeit und der moralischen Reinheit in der Partei müsse er ihn ersuchen, Frau HB-L. beizubringen, daß man sich so nicht auf einen Tisch vor einen Redakteur einer kommunistischen Zeitung setze. Die Leut' reden davon und den Leuten solle man keinen Anlaß zum Tratsch geben.

Damasus sagte Frau HB-L. natürlich kein Wort von dieser merkwürdigen Unterredung. Sie hatte in ihm gleichsam einen »Ersatz« in der begleitenden Arbeit an der Literatur gefunden. In dieser Beziehung war sie kühl und geradezu gouvernantenhaft. Ihre »Lieblinge« waren Ernst und Friedrich Georg Jünger, die aus der Gegend der »schwarzen Front« kamen, wie Bronnen selbst. Sie nahm sich die Mühe, Damasus' Prosaversuche mit ihm durchzuarbeiten wie eine ausgewachsene Lektorin, fruchtbar und lästig.

Die Runde um Kurt Klinger suchte Frau Bronnen manchmal in der Nacht heim, wenn die Gasthäuser schlossen und sie sich zu weit vom Bahnhof entfernt befanden. Sie hatte stets einen Vorrat an bulgarischem Slibowitz, den sie in den russischen Läden einkaufte. Sie besaß auch einige interessante Platten, so den berühmten englischen Song »We are hanging our Wash on the Siegfried-Line« und die Aufnahmen der alten Dreigroschen-Oper mit Lotte Lenya.

Wenn die Gesellschaft übermütig war, und das war sie um die nachtschlafene Zeit meistens, dann wollten die »Literaten« die schlafenden Töchter der Frau Hildegard »besichtigen« und sie zeigte sie ihnen: die schon durchaus »mannbare« Barbara und die noch (abgefeimt) kindliche Franziska. Die Mädchen stellten sich tief schlafend, waren aber natürlich wach, um das Treiben der Mutter zu verfolgen.

Franziska ist Schauspielerin geworden, Barbara Schriftstellerin und hat vom Vater den Vaterhaß geerbt. Sie hat dessen »Vatermord« wiederholt, indem sie in einem »Roman« alle negativen Eigenschaften des Vaters auf einen ansehnlichen Haufen zusammentrug.

Frau Hildegard nahm Verbindung mit dem Kritiker Herbert Ihering auf, den »Entdecker« von Bert Brecht und Arnolt Bronnen, den sie von Berlin her kannte, um ihm ihren »Schützling« Damasus ans Herz zu legen. Bald darauf bekam Damasus ein Schreiben aus dem fernen Berlin, worin Ihering mitteilte, er habe die Gedichte, die Frau Bronnen ihm übermittelt habe, an den befreundeten Lektor des Aufbau Verlages Max Schroeder weitergegeben. Den Hörspiel-Entwurf nach dem Heinrich Mann-Roman »Der Kopf« habe er an Peter Huchel, den Chef von »Sinn und Form«, abgegeben. Hier sei er allerdings skeptisch, schrieb der Kritiker Ihering, denn gerade der »Kopf« sei ihm immer zu »literärisch« gewesen.

So begannen sich erste Fäden zu Berlin zu spinnen.

3

Sein Bruder war vor 1938 bei der »Österreichischen Legion« gewesen, und gehörte daher als »Illegaler« nach 1945 zu den Belasteten. Nach einer Internierung im amerikanischen Lager Glasenbach bei Salzburg wurde er zum »Pflichtschmalz« von 18 Monaten verurteilt. Seine Strafe konnte er, die Zeit der Internierung abgerechnet, im Arbeitseinsatz auf der Schlackenhalde der Linzer Hochöfen abbüßen.

Sie trafen sich zu Weihnachten im Elternhaus. Draußen war es kalt und drinnen frostig, denn es gab kaum ein Thema, das frei von Sprengstoff war und nicht zu allerlei Reibungen verführte.

Nach einigen guten Obsternten war auch schon wieder Schnaps vorhanden, legal und illegal gebrannter, und nachdem sie ihm kräftig zugesprochen hatten, kamen sie auf handfeste Probleme zu sprechen.

Der »NS-Bruder« berichtete, daß ihm die Mutter während der Haft des Bruders ständig in den Ohren gelegen habe (na, vielleicht nicht, warf sie ein) und als das Urteil da war, habe er eine Möglichkeit gesehen. Er sei zum »alten Langoth« gegangen, dem ehemaligen SS-General (ehrenhalber, bitte sehr) und letzten »OB« von Linz, weil der in Goisern bekannt sei und hier auch eine Villa habe. Der habe ihn an Dr. Ernst Kaltenbrunner verwiesen, der könne als oberster Chef der Polizei und als rechte Hand Himmlers eingreifen.

Er habe sich, erzählte der Bruder, nachdem er aus dem Lazarett entlassen worden war, bei Kaltenbrunner gemeldet.

Zuerst habe sich Kaltenbrunner zugeknöpft gezeigt. Erst als der Bruder erzählte, daß der Delinquent Holzknecht gewesen war und die Reviere am Rande des Toten Gebirges erwähnte, in denen er gearbeitet hat, sei der SS-Führer aufmerksamer geworden. Es sei dem Fürsprecher vorgekommen, als denke Kaltenbrunner selbst ans Gebirge.

Schließlich habe Kaltenbrunner erklärt »na, dann lassen wir ihn einrücken«. So sei die Sache in Bewegung geraten. Was für Truppe das sei, das habe er nicht gewußt und auch niemals erfahren.

Hier wandte der andere Bruder ein, das wundere ihn sehr, das müsse er schon sagen, denn er, der kein Nazibonze gewesen sei, hätte da ganz andere Erfahrungen gemacht. Er habe von Augsburg aus, wo er stationiert gewesen sei, als er davon erfahren habe, daß der Bruder auf dem Heuberg sei, versucht, ihn zum Wochenende besuchen zu dürfen. Da sei er schön angekommen! Der Spieß habe ihn zusammengeschissen und gefragt, ob er denn, gottverdammich, nicht wisse, welche Vögel da auf dem Heuberg beisammen seien, nämlich allerlei Verbrecher aus dem ganzen großdeutschen Reich? Und dort habe er einen Bruder unter diesen Ganoven? Er solle ja nicht mehr mit solchen Wünschen kommen, sonst müsse er ihn zum Rapport melden.

Dann sagte Damasus zu seinem Bruder: »Da hast du also deinen eigenen Bruder in die Strafkompanie und ans Messer geliefert? Das hast du dir doch denken können, daß das ein ganz besonderer Haufen sein muß, zu dem man auf Veranlassung des Kaltenbrunner kommt?«

Er machte Anstalten, sich auf den Bruder zu stürzen, weil die Erinnerung an die Erschießungen, an die Demütigungen und Schikanen und an das ganze Himmelfahrtskommando derart bitter in ihm hochkam, daß er nicht ruhig überlegen konnte.

Die Mutter trat zwischen die Söhne und stöhnte, was denn das für eine Zeit sei, in der der Streit, der nun schon länger als zehn Jahre dauere, noch immer geführt wird, sogar zu Weihnachten.

Sie gingen auseinander, ohne sich wirklich ausgesprochen zu haben. Der Chef des Reichssicherheitshauptamtes, SS-Obergruppenführer Dr. Ernst Kaltenbrunner, kürzlich als Kriegsverbrecher hingerichtet, stand zwischen ihnen, eigentlich das ganze weitere Leben.

Die Währungsreform 1947 hatte zwar die armen Leute geschröpft, aber sie hatte auch die »Wirtschaft« angekurbelt, die wieder begann, die alte zu werden.

Der Präsident des Gewerkschaftsbundes erklärte im Parlament, daß wir alle »auf einem Ast« säßen. Schüchterne Versuche wurden zwar noch gemacht, die Entwicklung wenigstens optisch »klassenmäßig« zu steuern. So sollten zweierlei Fleischpreise eingeführt werden, wobei für das Recht, das billigere zu beziehen, eine bürokratische und diskriminierende Prozedur vorgesehen war.

Die KPÖ nannte mit einem guten Gespür für den Ehrbegriff des kleinen Mannes die Scheine, die zum Bezug des billigeren Fleisches ermächtigen sollten, »Bettelscheine«. Jeder kommunistische Gewerkschafter hatte eine kleine Resolution in der Tasche, die sich scharf gegen diese »Bettelscheine« aussprach, um sie bei Konferenzen, Tagungen und Zusammenkünften zur Abstimmung zu bringen. »Oben«, etwa in Bundes- und Landesleitungen machten diese kleinen Resolutionen weniger Eindruck, man ging über sie zur Tagesordnung über. Anders war es auf der Ebene der Bezirkskonferenzen und »gewöhnlichen« gewerkschaftlichen Zusammenkünften. Die Resolutionen erhielten zwar meistens keine Mehrheit, weil die Sozialdemokraten schon vom Vorsitz her massiv dagegen auftraten, aber die kleinen Entschließungsanträge fanden doch viel Zustimmung und gaben das ganze Vorhaben der Lächerlichkeit preis.

Der Versuch blieb unrealisiert, der Widerstand dagegen war zu groß geworden. Schwerer zu durchschauen waren die Bemühungen der Regierung und des Gewerkschaftsbundes, in besonderen Abkommen Löhne und Preise in ein »vernünftiges« Verhältnis zu bringen. Da wurden die Löhne prozentuell erhöht und gleichzeitig die Preise einiger Warengruppen. Erst Wochen danach wurde bei diesem Verfahren offenbar, daß die Löhne und Gehälter beträchtlich hinter der amtlich verordneten Teuerung zurückgeblieben waren.

Wie vieles in Österreich entwickelte sich die »Stabilisierung« in einem Streifen zwischen nicht ganz verboten und nicht ganz erlaubt. Der Mangel an bestimmten Waren und Lebensmitteln begünstigte »graue« Preise, von denen jedermann wußte, daß sie bald, nur um eine Spur niedriger, die »richtigen« sein würden.

In dieser Zeit der sich zuspitzenden Wirtschaftskämpfe kam es bei einer Bezirkskonferenz zu einem ungewöhnlichen Vorfall. Da war ein Eisenbahner, der, wie er stolz berichtete, schon in früher Lehrlings-Jugend als ein »Aufrührer« in der Zeitung stand, nämlich bei jener großen Demonstration Anfang der Zwanziger Jahre, als von der Volkswehr in die Menge geschossen wurde und neun Tote, darunter zwei Frauen, auf dem Hauptplatz von Linz blieben.

Der Eisenbahner las viel, er war ein weitgereister Streuner, der seine Ermäßigungen als Eisenbahner zielstrebig ausnützte. Er war ein eifriger Esperantist, in dieser Eigenschaft nicht frei von Fanatismus. Er legte sich mit jedem an, der Esperanto nicht voll nahm.

Dieser Eisenbahner hielt auf der Linzer Bezirkskonferenz der KPÖ eine Rede, in der er sich gegen das Wort »hehr« wandte. Dazu muß man wissen, daß eine Bezirkskonferenz immer um eine Spur heftiger und impulsiver ist als eine «gewöhnliche» Konferenz.

Er müsse auf ein Problem aufmerksam machen, sagte der Eisenbahner, das in letzter Zeit immer häufiger zutage trete. Da werde viel von Stalin geredet und das sei in einer Bewegung wie der unsrigen ja auch verständlich, denn Stalin sei ein großer Mann. Was er aber dabei nicht notwendig finde, sei dies: Da werde immer von Stalin und seinen »hehren« Leistungen gesprochen und manchmal werde das Wort »hehr« sogar auf Stalin selbst angewendet, etwa in der Art »der hehre Stalin«. Er müsse aufrichtig sagen, daß ihm das Wort »hehr« schon in der Schule bei Gedichten von Schiller oder Uhland sauer aufgestoßen habe. Die deutschen Turner, nämlich die Deutsch-Völkischen, die alten Nazi, hätten in ihrem Vokabular auch das Wort »hehr« strapaziert und seien von den Arbeiterturnern deswegen verspottet worden. Daran werden sie sich doch noch erinnern. »Hoch und hehr, Köpfe schwer«, habe man ihnen zugerufen und sie seien immer ganz böse gewesen, wenn man ihnen das Wort »hehr« madig gemacht habe.

Umso unpassender finde er das Wort, wenn es im Zusammenhang mit Stalin gebraucht werde. Sei denn Stalin einer von »die alten Rittersleut« und nicht ein Volksführer des 20. Jahrhunderts? Also bitte, man sollte »ihnen« doch gelegentlich sagen, daß sie das Wort »hehr« in der Schublade liegen lassen sollen. Und wenn »sie« es schon gebrauchen, dann müßten es doch wenigstens wir nicht übernehmen. Nein, er sei gegen das Wort »hehr«, das man in Esperanto nicht einmal ausdrücken könne, und das möchte er ausdrücklich auf der Bezirkskonferenz vorbringen. Er danke für die Aufmerksamkeit.

Der Diskussionsbeitrag rief einige Ratlosigkeit hervor, denn man wußte nicht recht, ob es der Eisenbahner ganz ernst gemeint habe oder ob er »zufleiß« eine Art Selbstgespräch laut geführt habe, in der Absicht, die Konferenz zu reizen.

Der Referent, der das Schlußwort zu halten hatte, ging vorsichtig auf die Wortmeldung des Eisenbahners ein und meinte, da könne man »ihnen« keine Vorschriften machen, wie sie einen großen Mann klassifizieren wollen.

Er bekam Beifall für dieses Schlußwort, aber doch keinen recht lauten, denn der nachdenkliche Eisenbahner genoß stille Autorität. Dies nicht zuletzt auch dadurch, daß er in eine kommunistische »Dynastie« eingeheiratet hatte und sozusagen zur alten und eisernen Garde gehörte.

Damasus ist ihm noch oft begegnet. Der Eisenbahner kannte die kompliziertesten Fahrpläne auswendig und nannte die Züge nur bei ihren Nummern. Er diente der Verbreitung von Esperanto zäh und verbissen, sein ganzes Leben lang.

Er hat dann ein höchst seltsames Ende genommen, der Art der alten Freidenker entsprechend, die nicht nur Geburt und Heirat, sondern erst recht das Sterben als reine Privatsache betrachten, die keinerlei öffentliches Aufsehen erfordert.

Der Eisenbahner machte, als seine Frau schon gestorben war, weiterhin ausgedehnte Reisen. Aber man erzählte bereits, daß er in böhmisch-Budweis auf der Straße Leute angesprochen habe, um sie zu fragen, wo er wohne. Dabei habe er nicht den kleinsten Zettel vorweisen können, auf dem sein Quartier vermerkt gewesen wäre.

Dann fuhr er im Alter von 82 Jahren nach Sizilien. Die Verwandten wunderten sich, daß er nicht einmal eine Ansichtskarte schickte, wie es sonst seine Art war, mit einem kleinen in Esperanto hingekritzelten Satz. Dann wurden sie besorgt und meldeten seine Abgängigkeit bei der Polizei. Aber alle Bemühungen, seine Spur zu finden, blieben erfolglos. Er war auf geheimnisvolle Weise aus dem Leben getreten, still und unauffällig. Es blieb nicht der kleinste Hinweis auf seine letzten Tage und Wochen.

An einem ersten Mai, nach Demonstration und Kundgebung, da die älteren Teilnehmer noch auf dem Platz stehen bleiben, um die letzten Neuigkeiten auszutauschen und in Erinnerungen zu schwelgen, sprach es sich herum, daß der Eisenbahner, den jeder gekannt hatte und den heute viele vermißten, einem Unglück oder einem Verbrechen zum Opfer gefallen sein müsse, weil man keine Silbe mehr von ihm gehört habe. Da breitete sich in der Fröhlichkeit des ersten Mai auf dem schönen alten Platz eine unsichtbare aber deutlich spürbare Wolke von Traurigkeit aus.

Im Alter von 27 Jahren wurde Damasus zu einem der Landesobmänner der Österreichisch-Sowjetischen Gesellschaft gewählt, als Ergebnis einer

»Kaderpolitik«, die er zunächst gar nicht recht verstand, denn er war weder in sowjetischer Emigration gewesen, noch sprach er russisch und er war auch ein »Westgefangener« und nicht ein Gefangener in der Sowjetunion gewesen und dort politisch »gefestigt« worden. (Vielleicht war dies für diese Wahl ein Vorzug?). Er war im einzelnen ein Naiver, aber im Großen mit festen Vorstellungen über Revolution, Macht und Rolle der Sowjetunion. Er hat seine Funktion nie als eine Parteisache angesehen oder doch nur als eine Parteisache im nationalen Interesse und im Interesse des Friedens und der Völkerverständigung, und er fand in der eigenen Partei nicht immer Gegenliebe für diese weiter ausgelegte Politik.

Natürlich kannte er seine »Russen« im nördlichen Teil der Stadt und auch den Bildungsoffizier, einen jüdischen Leutnant, der gelegentlich in den Redaktionen auftauchte und einen »Pflichtartikel« vorlegte.

Aber sonst war es ruhig und kam es zu Übergriffen, intervenierte der Polizeidirektor, der als russischer Fallschirmspringer große Autorität besaß.

Die neue Funktion brachte es mit sich, daß Damasus damit in engere Fühlung mit der Besatzungsmacht kam. Die Beziehungen waren im allgemeinen korrekt und höflich, an hohen Feiertagen auch herzlich, aber die Gesellschaft war keinesfalls ein Anhängsel der Besatzung, auch wenn es manchmal so scheinen mochte. Da sollte in einer kleinen Mühlviertler Gemeinde eine Zweigstelle der Österreichisch-Sowjetischen Gesellschaft gegründet werden. Der Bürgermeister, einige Lehrer, der Apotheker und der Besitzer einer Weberei waren zu einer Besprechung zusammengekommen, um ein Proponentenkomitee zu bestellen. Der Bürgermeister war sichtlich erleichtert, denn offenbar hatte er gefürchtet, er müsse in einer Ruck-Zuck-Aktion ein ungeliebtes »Soll« erfüllen.

Gegen Ende der Besprechung kam jedoch der Bezirkskommandant der Besatzungsmacht mit einer Dolmetscherin und wollte wissen, wie weit es nun mit der Gründung einer Zweigstelle der Österreich-Sowjetischen Gesellschaft sei. Auf die Mitteilung, daß die Gründung vorbereitet werde, schüttelte er mißbilligend den Kopf und sagte, die Gründung müsse sofort geschehen. Damasus versuchte zu argumentieren, daß gut Ding Weile brauche und daß man nichts zu überstürzen brauche, es laufe ja nichts davon. Der Kommandant aber entschied, nein, jetzt müsse die Zweigstelle gegründet werden.

Sie schlugen das Proponentenkomitee als Leitung vor, setzten ein kleines Protokoll auf und der Kommandant verließ als »Sieger« das Lokal, ein kleines Wirtshaus mit dicken Mauern und holzgetäfelter Stube.

Damasus versuchte den neuen »Funktionären« klarzumachen, daß der Bezirkskommandant offenbar für eine Meldung nach »oben« gleichsam zur statistischen »Planerfüllung« die Gründung der Zweigstelle betrieben habe. Er stieß auf eisiges Schweigen der Versammelten, die glaubten, er habe im

Auftrag der Kommandantur gehandelt. Selbstverständlich ist die Zweigstelle nach dem Abzug der Besatzungsmacht sofort wieder zerfallen.

Aber der »Fall« blieb eine Ausnahme. Schon in den ersten Nachkriegsjahren lernte Damasus die Sowjetunion kennen. Die erste Reise ging nach Moskau und Leningrad. Sie verlief nicht ohne bedrückende Einzelheiten. Im zerstörten Leningrad rotteten sich die Menschen zusammen, wenn sie auf der Straße deutsch sprechen hörten. Die Dolmetscher konnten nur mühsam erklären, daß es sich hier um »Freunde« handelt. Im Theater traf Damasus mit deutschen Spezialisten zusammen, die hier in einer Art Internierung lebten.

Wenn bei einem Essen ein Toast auf Stalin ausgebracht wurde, spürte man dessen große Autorität, aber auch ein Frösteln über dessen Machtfülle.

Als Stalin starb, ging Damasus zusammen mit Mitgliedern der Landesregierung in die Kommandantur und trug sich in das Kondolenzbuch ein.

Später kam Damasus nach Kiew und Odessa, auf die Krim, nach Karelien und in das Gebiet von Archangelsk am Weißen Meer, weitab von allen Touristenströmen.

Er ist in all diesen Jahren einer herzlichen Gastfreundschaft begegnet und einem großen Wissensdurst, wie er ihn zuhause kaum angetroffen hat. Er hat Lesungen an der Taras Schewtschenko-Universität in Kiew gehalten, auch an der Hochschule für Fremdsprachen sowie vor Studenten in Moskau und war jedesmal erfreut über die frische und neugierige Diskussion. Einer der Übersetzer seiner Erzählungen war der Ukrainer J. Sissman, der ihm erzählte, wie er als Kind in Odessa bei den deutschen Matrosen »von selbst« deutsch gelernt habe. Im Krieg war er zeitweise Übersetzer Walter Ulbrichts gewesen. Ein Kuriosum an Sissman war, daß er manchmal archaische Formulierungen gebrauchte. So erzählte er, er habe sich gelegentlich an die Kanzlei Ulbrichts gewandt, um eine bestimmte »Arzenei« zu bekommen. Als ihn Damasus darauf aufmerksam machte, daß dieser Ausdruck etwa noch in der Zeit Friedrich Schillers gebräuchlich gewesen sei, war Sissman betroffen, fast beleidigt, denn er hatte den Ausdruck lieb gewonnen, den er als Kind tatsächlich in einem alten deutschen Buch gefunden habe.

Damasus wurde überall gut und brüderlich aufgenommen, weil er berichten konnte, daß sein Vater an der Revolution beziehungsweise als Freiwilliger am Bürgerkrieg teilgenommen hatte. Es machte überall Eindruck, wenn er berichtete, wie ihn der Überfall auf die Sowjetunion im Kerker überrascht hatte. Er traf auch einigemal mit dem Komponisten Dimitri Schostakowitsch zusammen, der stets vorsichtig reserviert schien wie ein gebranntes Kind.

Oft wurde Damasus über die Herzlichkeit, die ihm entgegengebracht wurde, verlegen, wenn er daran dachte, wie billig viele seiner Landsleute es sich machten, allen Schmutz des kalten Krieges auf das schwergeprüfte Sowjetland abzuladen.

Verlegen machte ihn die Gastfreundschaft aber auch deswegen, weil ihm natürlich nicht verborgen blieb, daß die Leute unter vielen Schwierigkeiten litten und große Lasten zu tragen hatten: die des Krieges und seiner Folgen, der Bösartigkeit des Kalten Krieges, die der Rüstung und dazu noch die einer bürokratischen Schwerfälligkeit und lähmender Engstirnigkeit. Er hat Männer und Frauen getroffen, die ihrer Zeit weit voraus waren und solche, die eisern und frostig stehengeblieben waren.

Das Jahr 1950 war ein merkwürdig bewegtes Jahr.

Dreimal schon hatten sogenannte Lohn- und Preisübereinkommen die Wirtschaft gestärkt. Seine Zeitung hatte diesen Vereinbarungen den Namen »Pakt« gegeben und der setzte sich durch, weil er verwandt mit Packeln und Packelei war.

Und nun ging es dem vierten Pakt entgegen, das war an vielen Einzelheiten zu spüren. In den Betrieben begannen die Arbeiter, innerbetriebliche Lohnforderungen zu stellen und in vielen Fällen konnten sie auch Erfolge erzielen. In Entschließungen aus Betrieben und Betriebsabteilungen kam immer häufiger die Forderung nach Anpassung der Löhne an die gestiegenen Preise zum Ausdruck. In der Zeitungsarbeit führte das zunächst zu einer förmlichen Monotonie, denn die kommunistische Presse hatte den Ehrgeiz, über alle diese Forderungen zu berichten. Schließlich, mit dem Wachsen der Bewegung, konnten nur noch die Betriebe genannt werden, in denen die markantesten Forderungen erhoben wurden. Die Arbeiter litten unter der Last des Wiederaufbaus der zerstörten Betriebe, die von ihrer monströsen Kriegsgestalt befreit und umorganisiert werden mußten.

Das Parlament hatte Ferien, aber es brodelte außerhalb des »Hohen Hauses«.

Damasus wohnte einer Konferenz bei, auf welcher beschlossen wurde, eine Delegation aus Linz nach Steyr zu entsenden, um erste Schritte der Protestbewegung zu koordinieren.

Der große Streik begann dann auch im September in Steyr und Linz.Die Steyr-Werke hatten eine große Tradition. Sie waren die einstige Waffenschmiede der Monarchie gewesen, von hier aus war die Umrüstung der Armee auf Zündnadelgewehre nach der Niederlage von 1866 vor sich gegangen. In den Hungerjahren des ersten Weltkrieges hatten hier wuchtige Streikaktionen an den Grundfesten des Habsburger-Regimes gerüttelt.

Der Streik begann, als bekannt wurde, daß die Spitze des Gewerkschaftsbundes und die Bundeswirtschaftskammer ein viertes Lohn- und Preisübereinkommen abgeschlossen hatten, das durch das Parlament sanktioniert werden soll. Der »Lohn- und Preispakt«, sah eine große Erhöhung der Preise vor, darunter solcher »politischen« Preise wie die von Milch und Brot.

In Linz gingen zehntausende Arbeiter auf die Straße, voran die Belegschaft der verstaatlichten Vereinigten Eisen- und Stahlwerke VÖEST, die aus dem Kriegskonzern der Hermann-Göring-Werke hervorgegangen waren.

Da sah Damasus Betriebsräte und hochrangige Gewerkschafter an der Spitze des Zuges einmarschieren, auf den Platz, auf dem Hitler bei seinem Zug nach Österreich seine erste Rede gehalten hatte, Funktionäre, die später mit dem Brustton der Überzeugung erklärten, die Kommunisten hätten bei diesen Streiks eigentlich einen »Putsch« vollbringen wollen.

Die Bewegung war in den ersten Tagen völlig einseitig vom »Westen« getragen, und darin war auch der Keim ihrer Niederlage enthalten. Um nämlich das östliche Österreich mit den Betrieben unter sowjetischer Verwaltung besser in die Streikbewegung einbeziehen zu können, wurde der Streik quasi unterbrochen, um ihm auf einer Betriebsrätekonferenz in Floridsdorf mehr Breite zu verschaffen. Der Hauptteil der Betriebe in Niederösterreich und Wien begann den Streik tatsächlich erst, als er im »Westen« schon eine Woche lang gedauert hat. Aber der Streik war durch das Vorpreschen und Nachhinken geteilt und erreichte nicht mehr die Wucht der ersten Tage.

In Linz rückten Gendarmen und Gendarmerieschüler ein. Sie bezogen Quartier im Linzer Schloß, in dem einst Friedrich III. residiert hatte. Das Kommando der Gendarmerie sandte mit Gewehr und aufgepflanztem Bajonett ausgerüstete Patrouillen aus, die den Hauptplatz von diskutierenden Gruppen »säuberten«. Bürgermeister und Landeshauptmann – der in jüngeren Jahren strammer Einpeitscher des Austrofaschismus gewesen war – sprachen beschwörende Worte an »ihr Volk« und redeten düster von einer »tödlichen Gefahr«.

Damasus wurde von den Bewaffneten an den Rand des Platzes gedrückt. Die jungen Gendarmen trugen Stahlhelme und erinnerten an die Kettenhunde, wie die älteren Jahrgänge sagten.

Der französische Hochkommissar Bethouart, der von Tirol aus auf dem Wege nach Wien war, konnte in Linz nicht weiter, weil auch die Eisenbahner streikten und einige Schienen durch aufgelegte Schwellen blockiert waren.

Der Streik wurde gebrochen, aber er blieb in Erinnerung.

Nur von einem einzigen Menschen hörte Damasus später, daß er tatsächlich an einen »Putsch« der Kommunisten geglaubt hätte: von einem katholischen Lehrer. Der fand sich an einem Abend dieser turbulenten Woche in der Wohnung von Damasus ein. Ein Kollege der Zeitung war dazugekommen und sie lasen die halbe Nacht »feurige« Gedichte. Der katholische Lehrer erzählte dann freimütig, er habe sich deshalb an diesem Abend demonstrativ zum Besuch eingefunden, um ausdrücklich zu zeigen, »daß ich eh nichts gegen euch hab«.

Der Lohn- und Preispakt wurde zwar nicht zurückgenommen aber längere Zeit kam es nicht mehr zu solchen Teuerungsattacken wie vorher.

Kleinliche Rachsucht von Fabriksdirektoren und hohen Gewerkschaftsfunktionären vereinte sich nach dem großen Streik gegen die »Rädelsführer«.

Tausende Arbeiter wurden entlassen. Es kamen die berüchtigten »schwarzen Listen« aus den Anfängen der Arbeiterbewegung wieder in Mode.

Die Außenpolitik war gleichsam versteinert, «die einen sagen no, die anderen njet», hieß es vergröbernd und Österreich war wieder einmal das arme Hascherl, das nichts dafür kann, für nichts, und trotzdem leiden müsse wie immer.

Langsam und unter großen Krämpfen begann die Erkenntnis zu dämmern, daß Staatsvertrag und Ende der Besetzung nur zu erreichen waren, wenn sich alle auf einen Nenner einigen konnten. Strikt gegen die eine oder die andere Seite war eine Lösung nicht denkbar.

Die KPÖ hat zu Beginn der Fünfzigerjahre vorsichtig ein Thema anzuschlagen begonnen, das sich als Leitmotiv für Jahrzehnte erweisen sollte, nämlich die Frage, ob es für das Land nicht das beste wäre, zu erklären, daß es eine Politik anstrebe, die außerhalb der Blöcke ihren Standort habe.

Aber die Fragestellung war zunächst verpönt. Als der Abgeordnete Ernst Fischer im Parlament zum erstenmal das Wort »Neutralität« aussprach, schallte es ihm von allen Seiten voller Entrüstung entgegen: »Hochverräter!«

Aber auch die Partei war nicht einig. Der 15. Parteitag steckte sogar ein Loch zurück und sagte in einem Beschluß, daß die Neutralität und der Kampf um sie nicht »den ersten Rang« einnehmen könne.

Aber die ursprünglich kühne Losung setzte sich trotzdem durch. Eine ganze Reihe von großen Konferenzen und Veranstaltungen standen im Zeichen eines neuartigen Kampfes. Dabei lernte Damasus den Pfarrer Dr. Dr. Johannes Ude kennen und den Universitätsprofessor Dr. Dobretsberger, einen Konservativen, der beim »Anschluß« aus Österreich emigrierte und in Ägypten und der Türkei wirkte. Auch er war fest in der Neutralitätsbewegung verankert.

In diesen Jahren geriet Damasus zunehmend in Bedrängnis. Lust und Qual, schreiben zu müssen, wurden größer, die Möglichkeiten dazu durch die zähe politische Tagesarbeit aber geringer. Es schien vieles erstarrt zu sein und der Druck des kalten Krieges nahm zu. Er verursachte Atembeschwerden, weil auch der simpelste Gedankenaustausch belastet war. Aber die Strukturen in der Bewegung waren dieselben wie 1945, nur der Schwung der damaligen Hoffnungen war verbraucht. Es ging nicht vorwärts und die Mauern wurden höher.

Dazu kamen private Schwierigkeiten: Eine Ehe, die schon kriselte, als sie geschlossen wurde, wofür er sich schämte. Er zappelte unglücklich dahin und brachte doch nicht die Kraft auf, in eine größere Freiheit aus- und durchzubrechen. Er litt zum erstenmal seit der Heimkehr aus der Gefangenschaft an einem schweren geistigen Katzenjammer.

Als ihm daher das Angebot gemacht wurde, für einige Monate als Berichterstatter in die DDR zu gehen, nahm er sofort an. Er verließ Österreich ohne Bedauern, denn dort im Norden, so meinte er, werde alles viel klarer, fester und verläßlicher sein.

4

Anlaß für seine neuerliche »Kommandierung« waren die Ereignisse um den 17. Juni 1953 in Berlin gewesen. Da war nachrichtenmäßig ein völliges Durcheinander entstanden. Die offiziellen Dienste der DDR waren in ihrer Kargheit ungenießbar und informierten nicht. Was aus westlichen Diensten kam, überschlug sich in tausend Einzelheiten und die wollte eine KP-Zeitung nicht verwursten.

Man spreche zwar halbwegs dieselbe Sprache, erklärte Richard Schüller, aber man müsse sie trotzdem übersetzen. Er war aus der Jugendarbeit mit Berliner Verhältnissen vertraut und aus der Emigration mit Wilhelm Pieck, Walter Ulbricht und Johannes R. Becher bekannt. Den »Wienern« meinte er, müsse man alles ein wenig anders erklären, als es die Preußen für die Preußen tun. Er müsse ein Späher sein, ein solidarischer aber immerhin ein Späher, eben »unser Mann in Berlin«. Höflich, freundlich, aber eigenständig.

An einem trüben Augusttag 1953 rückte er in Berlin ein. Die Fahrt durch die Tschechoslowakei war, weil die Nord-Südroute keine Transitstrecke war, ein riesiger Umweg über das ehemalige Lundenburg, über Brno und Pardubice nach Prag und die Elbe hinauf nach Dresden. Die Strecke an der Elbe war ihm völlig fremd, obwohl er sie schon einmal als Häftling zurückgelegt hatte.

Sie waren zu dritt in einem Abteil: Damasus und zwei Monteure, die in Ungarn arbeiteten und nun auf Urlaub nach Hause fuhren. Einer von ihnen kam aus der Gegend von Tokay und hatte eine große Korbflasche Wein bei sich. Damasus und der andere Monteur setzten dem Glückspilz zu, er möge sie wenigstens kosten lassen von dem berühmten Wein, nur die Zunge benetzen, Kollege. Der Besitzer aber blieb hart und zugeknöpft.

Dabei klang sein Argument durchaus plausibel, denn würde er die Flasche öffnen, dann könnte der Wein brechen.

In Dresden mußte der Weinkönig in einen Zug mit ganz alten Waggons umsteigen, die für jedes Abteil eine eigene Türe hatten. Die Stufen zu dem Abteil hinauf waren hoch und steil. Der Monteur hievte die große Korbflasche mit einer Hand die Stufen hinauf, da er auch noch einen schweren Koffer zu bändigen hatte. Dabei schlug die Flasche unsanft an die eisernen Stufen, sie splitterte und der Wein ergoß sich wie ein Sturzbach aus dem zerbrochenen Gebinde in die Tiefe. Der Monteur machte ein verzweifeltes Gesicht und ließ wütend den ganzen Korb fallen, so daß es auf dem Boden in der Weinpfütze klirrte.

Jetzt sei dem Geizhals der Wein wirklich gebrochen, sagte der andere Monteur. Sie lachten schadenfroh und winkten.

Sie fuhren durch das zerstörte Dresden, aber sie sprachen kaum davon. Damasus dachte an das Polizeigefängnis »Mathilde« und an den sudetendeutschen Genossen von 1942, der auf dem Weg nach Plötzensee war.

In der Mitte zwischen Dresden und Berlin war sie dann plötzlich wieder da, die deutsche Landschaft mit Sand und Kiefern, wie er sie in Erinnerung hatte von seinen Kreuzfahrten im Gefängniswagen.

Sein Aufenthalt sollte etwa drei Monate dauern. Er war ausgerüstet mit je einem Brief der Chefredaktion und des Zentralkomitees und trudelte Berlin entgegen, in einem gemächlich dahinfahrenden Schnellzug wie ein halber Diplomat, wie er belustigt dachte. Am Ostbahnhof, den die Reisenden den »Schlesischen« nannten, stieg er aus und wandte sich an die Volkspolizei. Er trat ihr freier und ungezwungener entgegen als zuhause Polizei und Gendarmerie. Aber politisch so wohlerzogen war er nicht, daß nicht trotzdem aus »alter Zeit« auch eine Abneigung gegen die Uniformierten übrig geblieben wäre.

Er fragte um den Weg zum Zentralkomitee der SED. Der Volkspolizist musterte ihn und ging mit ihm zu einem Autobus, sprach mit dem Fahrer und sagte dem Ankömmling aus Wien, er könne einsteigen. Die Fahrt ging durch schwer zerstörte Stadtgebiete.

Das Haus des Zentralkomitees war bewacht von Volkspolizei mit umgehängten Maschinenpistolen, was dem Hauptquartier der SED etwas Drohendes verlieh. Damasus wollte seine Briefe vorzeigen, aber einer der Bewaffneten deutete kühl auf die andere Straßenseite hinüber. Dort müsse er sich melden. Anlaufen, dachte Damasus, anlaufen hätte man in der Illegalität gesagt.

Vor dem kleinen Haus, das früher wohl als eine Art Pförtnerhaus zu einem größeren gehört haben mußte, stand wieder ein Posten, der Damasus fragte, zu wem er wolle. Er wußte es nicht, zeigte seine Briefe und wurde nun zum »Empfangschef« eingelassen. Natürlich war das keine offizielle Bezeichnung, aber der Umständlichkeit der Prozedur durchaus angepaßt.

Der »Empfangschef«, ein älterer Herr mit Brille, überflog die Briefe, reichte Damasus die Hand und meinte, man habe ihn ohnehin schon einige Tage erwartet.

Dann fragte er kollegial: »Möch'st einen Schnaps?«

Während sie einen Korn tranken, erzählte der Empfangschef, daß er im Dritten Reich viele Jahre lang in Haft gewesen war, auch zusammen mit österreichischen Genossen. Trotz der waffenklirrenden Begleitumstände war Wärme in diesem ersten Gespräch. Der Kamerad ersuchte Damasus, zu verstehen, daß strenge Sicherheitsmaßnahmen notwendig seien, denn gerade das Zentralkomitee der SED sei den wütendsten Angriffen ausgesetzt und man habe den 17. Juni noch in guter Erinnerung. Die Fabrik für Konditoreiwaren war der Nachbar des ZK-Eckhauses. Als sich am 17. Juni eine größere Menschenmenge hier zusammenrottete, um das ZK zu bedrängen, geriet auch die Schaumrollen- und Kuchenfabrik in den Strudel wütender Auseinandersetzungen. Da schaltete jemand im Kultursaal den Lautsprecher ein und in voller Stärke erscholl das Lied des Thälmann-Bataillons und die

Demonstranten zerstreuten sich. Seit diesem Tag grüßte die Losung »Dem Faschisten werden wir nicht weichen« auf die Prenzlauer Allee hinunter.

Jetzt erst bekam Damasus einen Passierschein ausgefolgt, ging damit wieder über die Straße zurück und die Bewaffneten vor dem Haus des ZK ließen ihn passieren. Allerdings kam dann noch ein Zivilist, der Damasus in den Aufzug und über einige halbdunkle Korridore geleitete, bis er endlich im Zimmer stand, in dem die internationalen Verbindungen zusammenliefen. Eine Frau, die von sich selbst sagte, »ich bin die Grete«, empfing ihn freundlich, erzählte ihm, daß sie aus der Emigration viele Österreicher kenne. Sie ließ durchblicken, daß sie auch über die Schwächen der Genossen gut Bescheid wußte. Wie es dem einen mit den Frauen erginge, dem anderen mit dem Wein und ob Ernst Fischer noch immer verlange, die Partei auf Maria Theresia einzuschwören? Sie lächelte boshaft.

Er werde zunächst seinen Vorstellungsreigen absolvieren, ein »Läufer« werde ihn begleiten. Es wäre ihr recht, erklärte die internationale Grete, wenn er gelegentlich zwanglos vorbeikäme, über seine Arbeit berichte und offen sagte, woran es ihm fehle. »Solltest du besondere Bauchschmerzen haben, kannst du jederzeit zur Grete kommen«, sagte sie nicht ohne Koketterie.

Mit einem alten BMW fuhren er und ein »Läufer« zum Außenministerium in der Luisenstraße. Dort wurde er von einem liebenswürdigen Abteilungsleiter empfangen, der ihm in Aussicht stellte, er werde stets genug Material zur Verfügung haben, um interessant berichten zu können. Als Damasus vorsichtig andeutete, daß das offizielle Material oft zu steif und zu unergiebig sei, lächelte der Beamte höflich und meinte abwiegelnd, ja da gäbe es wohl da und dort noch die eine oder andere Schwerfälligkeit.

Im Presseklub war ein Zimmer eigens für die Auslandskorrespondenten eingerichtet, das von einer Kollegin geleitet wurde, die aus der Tschechoslowakei aus der Gegend von Liberec stammte. Sie war hocherfreut, in Damasus gleichsam einen »Landsmann« begrüßen zu können, denn sudetendeutsche Schule und Lebensart hatte noch viel vom alten Österreich gehabt. Sie kannte noch die verhutzelten Feinheiten der österreichischen Amtssprache, über die sie sich in der Folge oft lustig machten.

Dann fuhren sie zu dem neuerbauten Hotel »Johannishof« und da verließ der »Läufer« Damasus mit dem Bemerken, daß er hier vorerst wohnen würde.

Das Hotel war modern eingerichtet und daher kalt und nüchtern. Die Lokalitäten waren von den Schlafzellen streng getrennt und wo eine kleine Stiege in die Gegend des Tanzsaales hinübergeführt hätte, war dieser Übergang stets von einem Zivilisten mit flinken Augen bewacht.

Die ersten Tage seines Aufenthaltes benützte Damasus zu kleinen Ausflügen. Wie eine Spinne, die ihr Netz baut: immer im Kreis und immer den Kreis etwas erweiternd. Auf der Seite gegen die Friedrichstraße war die Gegend öd und leer, nur der Zirkus Busch war noch erhalten geblieben. Erst weiter oben am Oranienburger Tor begann ein kräftigeres Leben, das sich in die Oranienburgerstraße hineinzog, dünner bis zum Hackeschen Markt hinüber oder die Chauseestraße hinauf und hinüber zum Nordbahnhof, den die Einheimischen den »Stettiner« nannten. In dieser Bannmeile gab es kleine Kneipen, kleine Konditoreien und auch die Ruine der einstigen Synagoge stand in dieser Gegend.

Damasus fuhr mit der S-Bahn nach Westberlin hinüber, um dort die Stätten seiner einstigen Gefängnisse zu suchen. Das Gebäude des Volksgerichtshofes in der Bellevue Straße war in einem eingeebneten Bombentrichter versunken. Er ging darauf herum und dachte daran, daß dort unten in der Tiefe des Schuttes der Keller liegen mußte, an dessen Wänden die vielen Namen zu lesen waren. Nur das Gefängnis in Moabit stand noch, es war ein Gefängnis wie eh und je mit vielen kleinen vergitterten Fenstern. Kriegsschäden waren bereits behoben. Er ging davor auf und ab und dachte an die tiefe Stimme: »G vier, ein Mann zu« und an den ausgelaugten Tabak in den blutbefleckten Drillichblusen und die große Schüssel mit Steckrüben.

Die Straßenpassanten musterten ihn mißtrauisch, wie er so vor dem Gefängnis stand.

Durch allerlei Erinnerungen beschwert, kehrte er zurück in sein Quartier im Stadtbezirk Berlin Mitte, wie in eine sichere Heimat.

Die Nachrichtenübermittlung nach Wien ging so vor sich, daß er, wenn etwas sehr aktuell war, telefonierte. Sonst aber brachte er die Manuskripte zum ADN, zum »Allgemeinen Deutschen Nachrichtendienst«, der am Rande eines Ruinenfeldes hinter der Clara Zetkinstraße sein Quartier in einem uralten Gebäude hatte. Von dort gab es eine Fernschreibverbindung nach Wien, auf der täglich Beiträge ausgetauscht wurden.

Das meiste von dem, was hier als aktuell galt, wurde in Wien nicht als aktuell empfunden und von seinen Telefonaten wurde nur selten etwas gebracht. Seine Kunst bestand von Anfang an darin, mitten im offiziellen Ablauf zu stehen, aber immer was eigenes daraus zu machen.

Er wußte, daß aus der DDR zwar viele Nachrichten über kulturelle Einzelheiten kamen, kaum aber Zusammenfassungen über eine Entwicklung. Einem DDR-Menschen mußte man nicht immer aufs neue das ABC des neuen Aufbaues erklären, für Wien aber ging es gleichsam um den »Motivenbericht«.

Über den Presseverband ersuchte er um ein Interview mit dem Aufbau Verlag und wurde an Frau Pietsch verwiesen, die im zweiten Stockwerk des einstigen Bankgebäudes in der Französischen Straße amtierte, im Vorzimmer des Cheflektors Max Schroeder.

Damasus hatte sich für sein Interview verschiedene Fragen zurechtgelegt. Mit welchem Vorbild wolle sich der Aufbau Verlag am ehesten identifizieren: mit dem legendären Malik Verlag oder mit Cotta, dem ebenso legendären Verlag der Altvorderen? Schroeder, zu dem Damasus ohne Formalitäten vorgelassen wurde, lächelte und Damasus hatte den Eindruck, daß besonders der Vergleich mit Cotta dem Aufbau-Boß geschmeichelt hatte, denn daß der Malik Verlag ins Gespräch kommen würde, hatte er natürlich erwartet.

Damasus war beeindruckt von diesem merkwürdigen Gesicht, dem Kopf mit schütterem Haar. Das Gesicht war lang und knochig und das Lächeln legte auffallend lange Zähne bloß, wie bei einem Pferdegebiß. Schroeder sah ihn durch eine Brille und über die Brille hinweg an, die Augen schienen sich manchmal in einem Zwinkern kumpelhaft zusammenzuziehen. Solange Damasus Max Schroeder kannte, schien der Lektor immer Schnupfen zu haben und oft zog er wie schlecht erzogene Knaben die Luft schnaubend durch die Nase ein, als müsse er nicht ohne Anstrengung Rotz hochziehen. Dabei kniff er den außerordentlich schmalen Mund ein, so daß seine lange knochige Nase noch länger wirkte. Als er einmal aufstand, um ein Buch von einem Regal zu nehmen, bemerkte Damasus, daß die Kleider um die dürren Glieder schlotterten.

Frau Pietsch brachte Kaffee und stellte ihn mütterlich behutsam hin, nahm aber dabei burschikos die brennende Zigarette nicht aus dem Mund.

Es wurde ein langes Gespräch. Sie entdeckten, daß sie gemeinsame Bekannte hatten und eigentlich auch in Amerika indirekt und lose über die Zeitungen »German American« und »Austrian Tribune« verbunden gewesen waren. Sie gerieten schnell in einen »amerikanischen« Disput.

Damasus konnte einen großen Artikel über das Verlagswesen der DDR publizieren unter besonderer Berücksichtigung des Aufbau-Programms für die nächsten Jahre. Er hatte das Manuskript, bevor er es nach Wien beförderte, noch einmal zu Frau Pietsch gebracht mit der Bitte, Schroeder möge es prüfen, damit sich keine Mißverständnisse einschleichen könnten. Zwei Tage später holte er das Manuskript wieder ab. Schroeder hatte keinen Beistrich geändert. Es war nur eine winzige »Ausbesserung« erfolgt: einmal war dem Berufstitel »Lektor« mit feinem Bleistiftstrich das Wort »Chef« vorangestellt worden. Die Einfügung stammte von Frau Pietsch.

Im Hotel Johannishof ging es steif und unpersönlich zu. Da lernte Damasus im Treffpunkt der Auslandspresse den englischen Journalisten Walter Holmes kennen, der ebenfalls hier wohnte, aber von Damasus noch nicht wahrgenommen worden war, weil der Engländer völlig andere Zeiten für Essen, Arbeit und Freizeit hatte.

»Sir Holmes«, wie die vornehmen Kellner des Hauses den englischen Gast respektvoll nannten, war eigentlich Historiker, arbeitete jedoch auch als prominenter Mitarbeiter am »Daily Worker« der englischen KP mit, jetzt als Urlaubsvertretung in Berlin.

Wenn ihm beim Essen ein Gericht nicht zusagte, meinte Walter Holmes grimmig »Gott strafe England«. Er erzählte dazu, daß er im ersten Weltkrieg an der Westfront gelernt hatte, diesen Spruch als englischer Soldat zu zitieren, immer wenn die deutsche Artillerie zu feuern begann. Er klärte den Gebirgsbauern Damasus auch darüber auf, daß man in vornehmen Lokalen die Gräte des Fisches diskret an den Tellerrand legt, während man sie in einem gemütlichen Beisel durchaus auf den Boden spucken könne.

Walter Holmes war der Pressevertreter einer Siegermacht. Er war schon in den ersten Nachkriegsjahren als Korrespondent in Berlin tätig gewesen und kannte die Feinheiten des Besatzungsregimes genau. Er war schon dabei, als die »Spinne« gebaut wurde, jene Eisenbahnlinie, die um Westberlin herumführt und gegen welche die westlichen Besatzungsmächte lange Zeit wütend zu Felde gezogen waren.

Der Engländer nahm Damasus unter seine Fittiche und fuhr mit ihm kreuz und quer durch Berlin.

Sie gingen auch regelmäßig in die kleinen Kneipen der Umgebung, in die sich der etwas steife Engländer allein nicht hineinwagte. Ein witziger Kneipenwirt, der von einem Ober aus dem Johannishof den Namen des englischen Gastes erfahren hatte, nannte die beiden »Sherlock Holmes und sein Wiener«. Im Esterhazy Keller am Oranienburger Tor, in den man in späterer Nacht nur mit einer Legitimation Einlaß bekam, wobei ihr Korrespondentenausweis hoch geschätzt wurde, kam man dem ungleichen Paar mit großer Aufmerksamkeit entgegen. Die Löwenbändiger und Elefantendompteusen vom Zirkus Busch lebten zu großen Gebärden zwischen Wien und London auf. Sherlock Holmes und sein Wiener waren für das Kellerloch der internationale Aufputz.

Sie waren nur einige Wochen zusammen. Aber Sir Holmes mußte einen lebhaften Eindruck von Damasus bekommen haben, denn die ständige Korrespondentin der englischen Zeitung, die bald wieder in Berlin auftauchte, sagte zu Damasus, Walter Holmes habe über ihn »Gutes berichtet«. Den steifen Ausdruck hatte sie, wie sie später lachend berichtete, in einem Wörterbuch gefunden.

Damasus hatte auch zuhause in einer geteilten Stadt gewohnt: in Linz bildete die Donau die Demarkationslinie zwischen der amerikanischen und der sowjetischen Besatzungszone. An den Brückenköpfen standen amerikanische und sowjetische Posten.

Eine solche von fremden Soldaten bewachte Demarkationslinie gab es in Berlin nicht. Dafür aber verlief das Leben hüben und drüben völlig anders. Zuhause war die Demarkationslinie erkennbar, aber sonst war das Leben gleich, in Döbling oder Favoriten, in Linz oder Urfahr, es waren dieselben Geschäfte vorhanden, das alte soziale Gefälle, dieselbe Währung, es gab dieselben Gesetze und dieselbe Polizei.

Berlin aber war anders.

Das Berlin des Ostens war auch schon früher das arme Berlin gewesen mit Ausnahme von Pankow, das Max Schroeder, der Damasus Berliner Aufklärungsunterricht erteilte, das Wohn- und Geschäftsgebiet der zweiten Garnitur der Berliner Bourgeoisie nannte. Damasus erinnerte sich dabei an die Fallottenbourgeoisie Ernst Fischers. Das Zentrum aber war das amtliche

Berlin gewesen mit der Wilhelmstraße, dem Schloß und der Allee Unter den Linden, wilhelminisch und preußisch.

Gespenstisch waren die großen leeren Plätze, die nicht das Ergebnis städtebaulicher Überlegungen waren, sondern von Bombenangriffen und Artilleriefeuer herrührten. Vom Zipfel des demokratischen Sektors aus konnte man noch die gesprengten Kuppeln der Bunker der ehemaligen Reichskanzlei sehen. Die Ruine des Reichstages stand auf einem abgeräumten Trümmerfeld und es war schwer, sich vorzustellen, daß ausgerechnet hier August Bebel, Wilhelm und Karl Liebknecht, Matthias Erzberger, Walter Rathenau und Ernst Thälmann aus- und ein gegangen sein sollen.

Zonen der Zerstörungen gab es im Ausmaß von ganzen Stadtvierteln. Der Wiederaufbau begann erst zögernd, anfänglich noch darauf bedacht, daß die ganze Stadt Berlin ja »eigentlich« eine Einheit bilde, zumindestens städtebaulich und daß man nicht so bauen dürfe, als sei die Spaltung ein Zustand für die Ewigkeit.

Es gab riesige Flächen, die einst breit gefächerte Eisenbahnanlagen gewesen waren, wie der Humboldthain und das Gebiet um den einstigen Anhalter Bahnhof. Die Gegend gegen Kreuzberg zu war eine leere Wüste, ebenso der Spittelmarkt und der Platz um die einstige Stadtvogtei. Die Berliner schienen sich an die neuen unnatürlichen Plätze bereits gewöhnt zu haben.

Der Büschingplatz nördlich des Alexanderplatzes war ein künstlich erweiterter Platz. Das Riesengeviert, gegen die neue Königsstraße zu, von den fensterlosen Hinterwänden von Wohnhäusern gesäumt, war zwar eingeebnet worden, aber da und dort hatten sich, weil das Material in die Keller nachgerutscht war, flache Mulden gebildet, in denen sich bei Regenwetter Pfützen bildeten.

Das Auffallendste an dem Platz aber waren die schmalen verfliesten Straßen, die ihn durchzogen. Sie bildeten oft rechtwinkelige Kurven, manche waren auch Sackgassen in die Leere hinein. Es waren die Korridore im Erdgeschoß ehemaliger Häuser, die hier zunächst als Wege belassen worden waren. Diese kachelgepflasterten Pfade waren ein Dorado rollschuhlaufender Kinder, die ein virtuoses Geschick entwickelten, die scharfen Kurven elegant zu »nehmen«, ohne dabei zu stürzen. Unermüdlich zogen sie ihre eckigen »Kreise«, von den Müttern locker beobachtet und sie bewegten sich mit einer Leichtigkeit, als kämen sie allesamt aus einer gediegenen Ballettschule.

Es war schwer, sich das bewegte Fallada-Leben vorzustellen, das hier etwa in der Georgenkirchstraße anno »Wolf unter Wölfen« geherrscht hatte, mit seinen kleinen Gaunern, den traurigen leichten Mädchen und den philosophisch räsonierenden Hausfrauen. Die rollschuhlaufenden Kinder wußten nichts von alledem, sie freuten sich über den großen und weitläufigen Spielplatz mitten in der Stadt.

Gelegentlich konnte jedoch der leere Büschingplatz auch sehr lebendig sein, wenn nämlich hier große Feste abgehalten wurden. So ein Fest gab es jeweils am ersten Mai und noch einmal im Herbst. Da wurde aus dem Ruinenplatz eine Art Prater mit vielen Buden, Zeltkneipen, Schaukeln und Schießständen. Hier stand er oft am Rande des Trubels, dachte an Volksfest und Kirtag und beobachtete die jungen Paare, wie sie einander scheu bei den Händen hielten, ganz wie in einem Dorf auf dem Land. Er stand am Rande und wollte doch so gerne unterkriechen unter die Glocke des Lärmes, der von altberliner Melodien erfüllt und geschwängert war. Plötzlich kam er sich ganz und gar fremd vor, aber er konnte die Mauer, die ihn umgab, nicht durchstoßen. Wenn der Abend kam, ging er langsam weg von dem fröhlichen Trubel hinauf und hinüber in den Friedrichshain.

Nach einem solchen Fest am Büschingplatz bemerkte er, daß die Lattenumzäunung des großen Hügels im Friedrichshain entfernt worden war. Die Erhebung war für die Spaziergänger freigegeben worden. Der kleinere Hügel war schon jetzt ein beliebtes Erholungsgebiet und im Winter tummelte sich Alt und Jung auf den in den Hügel eingeschnittenen Rodelbahnen.

Aber das freundliche Erholungsgebiet hatte eine düstere Geschichte. Die Berliner nannten den Berg »Mont Klamott«, zur Erinnerung daran, daß hier die Trümmer von tausenden Häusern aufeinandergetürmt waren. Vom Alexanderplatz bis in die Gegend zwischen Frankfurter Allee und Leninallee, die von den älteren Menschen hartnäckig Landsberger genannt wurde, über den einstigen schlesischen Bahnhof bis jenseits der Spree zog sich eine breite Zone der Vernichtung hin, mit öden und leeren Gevierten. Die Trümmer dieser einstigen dichten Häuserzeilen waren hier jahrelang aufgeschüttet worden, bis ein Berg von ansehnlichen Ausmaßen entstand. Er ist höher als jede natürliche Erhebung im Stadtgebiet und geradezu ein Aussichtsberg geworden. Die Ziegelhaufen und Mauertrümmer wurden mit schnellwachsenden Büschen bepflanzt, bis sich das lockere Material setzen würde. Es waren Gewächse dabei, wie er sie von den Dämmen der Donau her kannte, mit zentimeterlangen Stacheln bis zum Boden, vorzüglich geeignet, Hunde und Liebespaare abzuhalten.

Er ging die schmale provisorisch angelegte Straße um den größeren Hügel herum und setzte sich auf einen Randstein. »Ich sitze hier auf einem riesigen Leichenstein«, dachte er, »auf dem Grabstein einer ganzen Stadt, der sich allmählich mit Gestrüpp überzieht«.

Da es schon Nacht war, glänzten unten und verschwimmend in der Weite die Lichter der Stadt. Flugzeuge zogen ihre Kreise. Die einen landeten in Schönefeld, die anderen auf dem Tempelhofer Feld, man sah vom Mont Klamott auf beide Gegenden der geteilten Stadt. Rote zuckende Lichter markierten Türme und Schlote, weit hinten am Horizont am Funkturm in Charlottenburg, näher an der Zionskirche und ein rotes Licht hinter Lichtenberg schien unbeweglich am Himmel zu stehen. Die Fassaden an den neuerrichteten Häusern auf dem Strausberger Platz und der Stalin-Allee glänzten im bleichen Licht und die großen schwarzen Flecke zeigten die zerstörten Stadtteile an. Das größte Loch bildete der Bezirk Tiergarten.

Fast zu Füßen des neuen Berges lag das alte Frauengefängnis in der Barnimstraße, in dem Rosa Luxemburg einigemale eingekerkert gewesen war. Er erinnerte sich an eine Familie, in der in seinen Knabenjahren von der Revolutionärin immer wie von einer Heiligen gesprochen wurde. Für die Knaben aber stand das Weib im Vordergrund, das Weib, das die Peitsche über die trägen Männer schwingt. Sie mußten immer lachen, wenn sie ein Bild von Rosa Luxemburg betrachteten, mit ihrem langen Rock und ihrem kuriosen Hut mit den Blumen darauf. Da sah sie wieder aus wie die einst jungen Großmütter auf vergilbenden Familienfotos. Es hatte alles einen seltsamen Anstrich. Deshalb war der Schock noch größer bei dem Gedanken, daß die zierliche, altmodisch gekleidete Frau mit Gewehrkolben erschlagen und als Leiche in den Landwehrkanal geworfen wurde. Sie sangen inbrünstig »Der Rosa Luxemburg halten wir die Treu« und da war sie dann wieder eine unerreichbare Geliebte. Ihre Knabengefühle waren verwandt mit den Hymnen der Expressionisten auf den Tod der Revolutionärin.

Während er so seinen Gedanken nachhing, hörte er über sich, wohl von einer Bank unter den Fliederbüschen am Gipfel des Berges eine Mädchen-

stimme. Die Stimme berichtete, daß dort unten in der Dunkelheit die Kirche gestanden war, in der die Schwester eingesegnet wurde. Sie habe ein Kleid angehabt wie zu einem Ball und habe ausgesehen wie siebzehn, so daß der Pastor richtige Kulleraugen gemacht habe.

Der Unsichtbare lachte leise.

Dann berichtete das Mädchen weiter, daß es sieben Jahre alt gewesen sei als die Bomben kamen.

»Ich weiß es noch als ob es gestern gewesen wäre«, berichtete die Stimme. »Bei einem Nachbarn schrie aus der halbeingestürzten Stube ununterbrochen ein Papagei »Guten Tag, guten Tag«, und er konnte sich in dem Lärm und Staub gar nicht beruhigen. Die Menschen rannten wild durcheinander, weg von den Trümmern und doch wieder zu ihnen hin, um etwas von der zerstörten Habe zu retten. Auch die Kirche war getroffen.

Da war auf einmal ein hohes Singen in der Luft und wir schauten zum Turm hinauf, in dem das Gebälk schon brannte. Dann begannen die kleinen Glocken zitternd zu bimmeln, bim bim bim. Als die Flammen immer höher züngelten, schlug auch die große Glocke an, zwei oder dreimal, bim bam, wie an einem hohen Feiertag. Wir konnten uns vor Entsetzen nicht vom Fleck bewegen. Als dann die Glocken in die Tiefe stürzten, stiegen die Funken wie ein Feuerregen empor, hoch in den schwarzen Himmel hinauf«.

Man hörte auf der Schlackenstraße Füße scharren. Das Paar mußte auf seiner Bank näher zusammengerückt sein unter der Wucht der Erinnerung.

Er kam sich vor wie ein Voyeur, der sich seines Belauschens schämt und erhob sich von seinem Stein. Auf dem Weg hinunter bemerkte er, daß der dunkle Mont Klamott von vielen Liebespaaren bevölkert war, die sich hier niedergelassen hatten wie in einem lauschigen Park von verhaltener Lebendigkeit. Sie hatten den Trümmerberg schon fest in ihr junges Leben aufgenommen.

5

Sie fanden sich meist im Presseklub am Bahnhof Friedrichstraße zusammen, wenn sie im Büro der Auslandspresse zu tun hatten. Damasus war der einzige unter ihnen, mit Deutsch als Muttersprache und wurde daher oft um »Interpretation« gefragt, wenn es um komplizierte Ausdrücke und Redewendungen ging. Solche Kompliziertheiten gab es viele in der neuen Amtssprache des ersten deutschen Arbeiter- und Bauernstaates. Für einen Fremdsprachigen bestand daher immer die Gefahr, daß er bei Unklarheiten in der Übersetzung vergröberte.

Für die »Humanité« und für den »Daily Worker« arbeiteten zwei Frauen von ganz verschiedenem Zuschnitt. Die Französin nannte sich Rose Michel und boshafte Zungen sagten ihr nach, daß sie mit Vorliebe lange Betrachtungen und belehrende Artikel schrieb im Stil der »Für für für-Zeitung« (wie sie die Zeitung des Kominform »für Frieden und für Volksdemokratie« boshaft nannten), die dann ihre Zeitung ohnehin nicht brachte. Es war durchgesickert, daß Rose in den letzten Jahren der Weimarer Republik enge Beziehungen zu Walter Ulbricht gehabt habe. Sie schien auch jetzt noch einen »direkten Draht« zu ihm zu haben, denn manchmal brüstete sie sich bei der Nachrichtenbörse mit intimen Kenntnissen, etwa wer sich gegenwärtig halb legal oder illegal in Berlin und der DDR aufhielt. Sie verriet ihr Wissen natürlich nie direkt, sondern erklärte im Nachhinein, wenn dann von so einer Persönlichkeit oder einem diplomatischen Schritt der DDR offen gesprochen wurde, daß sie das alles schon längst gewußt habe. Die kleingewachsene Dame war dann bei solchen Statements um einen Kopf größer.

Die Korrespondenten von »Unita« und »Avanti«, Sergio Segre und Luigi Bonetti, wollten stets Genaueres über ihr Verhältnis zu Walter Ulbricht wissen. Einer von ihnen fragte sie einmal hinterhältig, wie denn Waltern so als Mann gewesen sei, zärtlich oder brutal? Rose Michel war erzürnt über solche »albernen Fragen«. Für den »Boulevard« sei sie nicht zu haben, verkündete sie und ihr Auge blitzte.

Wie um sich für solche unstatthafte Fragen zu rächen, holte Rose Michel dann hin und wieder ein kleines Gläschen aus ihrer Handtasche. Das Gefäß enthielt ein Häuflein von Steinen, die man ihr kürzlich aus der Galle entfernt hatte. »Wie spitz sie sind, die kleinen Steinchen, und wie sie mich gepeinigt haben«, sagte sie dann und der bösartig funkelnde Inhalt des Gläschens verbot wie von selbst weiteres Vordringen auf den Pfaden der lüsternen Neugier. Rose Michel liebte diese Steine und streichelte sie gleichsam, wenn sie sie wieder im Handtäschchen verstaute.

Die Kolleginnen und Kollegen hörten lieber Reden von Grotewohl als von Ulbricht. Grotewohl sprach langsam und mit spitzem »S«, Ulbricht nuschelte sächsisch in penetrant Leipziger Ausprägung. Rose Michel schwieg zu diesen Vergleichen, aber sie schwieg mißbilligend.

Die englische Kollegin hatte den klangvollen Namen Phyllis und war das genaue Gegenteil von Rose. Sie lachte gerne, wußte immer einen kleinen Tratsch und war auch stets auf der Suche danach. Sie konnte sich dabei auf ein weitverzweigtes englisches Netz stützen. Zu den Emigranten gesellten sich der Weltbund Demokratischer Frauen, der spöttisch »Monastery« genannt wurde. Dazu kamen Engländer oder Engländerinnen, die als Journalisten in verschiedenen Nachrichtendiensten und Verlagen arbeiteten. Die Verbindungsleute nach »oben« bildeten Albert Norden und Wilhelm Koenen.

Phyllis Rosner trug mit Vorliebe einen Schottenrock und bewegte ihre Hüften, wenn sie über die Friedrichstraße ging. Sie verstand gut deutsch, beim Sprechen geriet sie manchmal ins Stocken und war dann verlegen wie ein schüchternes Mädchen. Damasus wurde ihr Berater und Freund.

Er begleitete sie öfter nach Hause. Sie hatte eine kleine Wohnung in der Wilhelm Pieck-Straße schräg gegenüber dem Haus des Zentralkomitees der SED. Der internationalen Grete ging sie jedoch, so gut es ging, aus dem Wege. Sie lache so drohend, sagte sie und machte dabei ein bekümmertes Gesicht.

Einigemale schickte sie ihn nach Hause, wenn er sie bedrängte, doch noch einen zeremoniellen englischen Tee bei ihr trinken zu dürfen. Dann stieg er eines Abends mit ihr hinauf in die kleine Wohnung, von deren Fenster man den Turm der Volksbühne auf dem Luxemburgplatz sehen konnte. Sie umarmten sich und sie sagte, nun müsse er aber gehen. Er aber ging nicht und blieb bei ihr zur Nacht und sie wurden ein beinah klassisches Liebespaar, London und Wien.

Sie entstammte einer assimilierten jüdischen Londoner Familie und ihr Schwager war ein bekannter Photograph. Sie hatte runde braune Augen und sprudelnde Wärme, ganz »unenglisch«. Sie hatte sich, so wie er, gerade aus einer unglücklichen Ehe gelöst und war nach Berlin geflüchtet. Ursprünglich hätte sie nach Paris gehen sollen, sie sprach besser französisch als deutsch, aber Berlin war weiter von London weg.

In der Zeit, da sie in Berlin war, hatte sie schon eine Reihe von Verbindungen um sich geschaffen, (auch solche, die er mit Eifersucht zur Kenntnis nahm). Sie statteten diesen in regelmäßigen Abständen Besuche ab. So lernte er die Familie Knepler kennen, die in Grünau ein kleines Haus bewohnte. Knepler selbst kannte er schon von Wien her.

Auch Ruth und Rudolf Hirsch, Elisabeth Hauptmann, die Mitarbeiterin von Bert Brecht, und Frau des Komponisten Paul Dessau, John Heartfield und seine englische Frau, John Peet, den ehemaligen Reutter-Korrespondenten und die Damen vom »Monastery«, darunter die feurige Betty aus Australien, gehörten zu ihrem Kreis. Es gab so etwas wie eine englische Diaspora in Berlin, die heimatliche Gewohnheiten zum Ritual erhoben hatte: ständig Tee zu trinken und Tee untereinander zu tauschen (da gab es regelrechte Tee-Pipelines nach London), hin und wieder eine kleine Party zu veranstalten, mit kleinen Bissen von Käse oder Schinken auf Krautköpfe gespießt. Sie verständigten einander auch, wenn sie irgendwo Hammelrippchen entdeckten. Phyllis hatte gerne »Leute« um sich.

Sie mochten die Amerikaner nicht und auch nicht recht die Deutschen. Ihr Leben unter den Deutschen betrachteten sie durchaus als eine Art von Vernunftehe, ungemein hellhörig gegenüber allen vermeintlichen und wirklichen Unarten der Deutschen in West und Ost.

Damit er besser englisch spreche und jeden »Ami Slang« ablege, den er sich in der Gefangenschaft angeeignet hatte, hielt sie ihn eisern an, den ganzen Dorian Gray laut vorzulesen. Sie lachte herzlich über die Bosheiten Oskar Wildes, wenn er sie holprig herausbrachte. Wenn sie später gemeinsam nach Westdeutschland fuhren und sie im Zug eine Amerikanerin reden hörte, sagte sie scharfzüngig »bloody silly cow« und stampfte mit dem Fuß auf, wenn Damasus sie strafend anblickte über das ungehörige Fluchen. Sie lehrte ihn auch viele »gewagte« Ausdrücke, die nicht im Lexikon standen, und wurde stürmisch lebendig, wenn er sie manchmal zur Unzeit gebrauchte.

Er dämpfte die streitbare Londonerin, wenn sie die Deutschen verspottete (»Sehr richtig«, sagte sie voll Hohn auf das Versammlungsvokabular und zog den Mund nach unten, was sie dann einen »german mouth« nannte).

Sie hatte die Bombennächte in London nicht vergessen und schätzte das Alter jedes deutschen Mannes zunächst danach ein, ob er damals schon dabeigewesen sein könnte. Er mußte viel Mühe aufwenden, um sie davon zu überzeugen, daß es zweierlei Deutsche gebe und wirklich überzeugt hat er sie wohl nicht. Sie liebten sich heftig und öffentlich.

Seine Beziehung zu ihr hatte in einer verwickelten Weise begonnen. Als sie ihn noch nicht bei sich eingelassen hatte, war er mit der sudetendeutschen Sekretärin des Verbandes heimlich nach Neustrelitz gefahren, wo eine größere Anzahl von einstigen Bewohnern von Reichenberg eine neue Heimat gefunden hatte. Als Österreicher wurde er rasch und gut in dem Kreis aufgenommen.

Just zu diesem Wochenende aber wurde der ehemalige Feldmarschall Schörner aus sowjetischer Gefangenschaft entlassen und hatte sich bereit erklärt, bei seiner Ankunft in einem Lager nahe bei Berlin Fragen der Presse zu beantworten. Es war Sonntag und die Sekretärin, die eigentlich die ausländischen Vertreter hätte »mobilisieren« sollen, fehlte und war unauffindbar. Es fehlte aber auch der Vertreter der Wiener »Volksstimme« und jedermann machte sich seinen (richtigen) Reim auf dieses Zusammentreffen. Die Sekretärin war auch nicht in ihrer Wohnung zu erreichen, weil sich die beiden Ausreißer in den Buchenwäldern um Neustrelitz herumtrieben, nachdem sie österreichisch gekocht hatten: flaumige Semmelknödel zu Schweinsbraten mit Krautsalat.

Für ihn hatte die Abwesenheit von diesem Pressegespräch keine weiteren Folgen, denn in Wien war man ohnehin der Meinung, daß von einem Feldmarschall Schörner auch artige Worte über die Sowjetunion nicht gebracht würden. Einen wie diesen brauche man nicht als Zeugen.

Die Sekretärin aber hatte Schwierigkeiten, weil sie sich mit einem »westlichen Ausländer« eingelassen und dadurch in mehrerlei Hinsicht ihre Pflicht verletzt habe. Sie wurde von dem Posten entfernt und weit weg, nämlich zur DDR-Botschaft nach Warschau versetzt. Dabei war sie eine untadelige Genossin und trug - sie lachten in der Nacht dazu - ihr Parteimitgliedsbuch in einem Lederbeutel zwischen den Brüsten. Was Männlicheres als ein Parteibuch hätten so schöne Brüste eigentlich schon verdient, spottete er. Als sie den Beutel ablegte, war sie ein wenig schuldbewußt.

Es herrschten strenge Sitten, die in fast allen Fällen überspitzte Sitten waren. Aus der Not und der Notwendigkeit des Kampfes war allmählich eine Tugend des Mißtrauens und des ständigen Verdachtes geworden. Seine Bindung mit Phyllis wurde fester. Sie brauchte ihn.

Er war mit der Hoffnung in die DDR gekommen, daß er in den alten Kameraden von 999 eine große Hilfe bei der Arbeit haben werde, denn selbstverständlich würden die erfahrenen «Troublemaker» in hohen Stellungen sitzen, sodaß er jederzeit mit Information und «Hintergrund» rechen könne. Dann traf er sie nach und nach.

Bruno Bibach, der scharfe Formulierer in Gefangenenzeitung und Diskussion, der als echter Berliner ständig »dann« und »denn« und »mir« und »mich« verwechselte, war ein kleiner Redakteur einer kleinen Bauernzeitung. Walter Schulze, der einst in der Jugend-Internationale gearbeitet hatte, war in der Handelsorganisation «HO» beschäftigt und erklärte grimmig, er verkaufe Unterhosen. Fritz Müller, der Organisator aus Leipzig mit seinen fünf Jahren Zuchthaus Waldheim war von seinem Posten in einem Betrieb gefeuert worden und war in ein Partei-Ausschlußverfahren verwickelt. Gerhard Körner aus Plauen, der erste »Festspielleiter« von Mississippi hatte seinen Posten als Sekretär der Gesellschaft der deutsch-sowjetischen Freundschaft verlassen müssen und ging ins Bergwerk Zwickau. Erwin Schulz, der einstige Funktionär der Sport- und Kulturbewegung war ein kleiner Angestellter eines Reisebüros. Otto Linke, den bedächtigen SAP-Funktionär trat Damasus als Angestelten eines Außenhandelsunternehmens (natürlich nur Innendienst) wieder und Horst Heitzenröther, den versieren Kulturorganisator als gelegentlichen Mitarbeiter einer Kulturzeitschrift. Otto Maiwald, mit dem er in Gefangenschaft gegangen war, arbeitete als kleines Schräubchen in einem einstigen AEG-Betrieb.

Kein einziger war »oben«, kein einziger von ihnen hatte es »zu etwas gebracht«.

Die Auskunft war überall dieselbe: Befehl Nummer zwei. Mit diesem sagenhaften Befehl der sowjetischen Militärverwaltung hatte es folgende Bewandtnis: Die Besetzung bestimmter Funktionen im Staatsapparat bedurfte der Zustimmung der Besatzungsmacht. Das besagte der Befehl. Die

Sowjets waren mitten in der Phase des Mißtrauens, der Verkrampfung und der groben Vereinfachung, was alles durch den kalten Krieg noch begünstigt wurde. Die berüchtigten Prozesse in Prag und Budapest waren schon vorbei, aber man hielt eigentlich noch bei ihnen und ihren Folgen auch nach dem Tode Stalins. In der DDR waren die »Westemigranten« Paul Merker, Franz Dahlem und Gerhart Eisler entweder in Haft oder gleichsam unter Quarantäne.

Es ist durchaus möglich, daß die sowjetischen Stellen die eine oder andere Entscheidung mit ihrem Befehl Nummer zwei direkt verlangt haben. Es ist aber auch anzunehmen, daß hier viel vorauseilender Gehorsam im Spiele war, nämlich manche Funktionsbesetzungen erst gar nicht vorzunehmen, oder die Absetzung vorsorglich selbst durchzuführen.

Der Schaden, den die DDR durch die praktische Ausschaltung jener Kräfte erlitten hat, die von der ganzen Tradition her ihre besten Töchter und Söhne hätten sein müssen, war groß. Die unter dem Faschismus verfolgten Anhänger von KPD und SPD, von Arbeitersport- und Kulturvereinigungen, die nach 1933 in die Gefängnisse kamen oder ins westliche Ausland entkommen konnten und solche, die über die Strafbrigade 999 in westliche Gefangenschaft geraten waren, hatten die größte demokratische Erfahrung. Sie hatten sich zwar zeitweise arg sektiererisch verhalten, aber immerhin, sie wußten, daß es bestimmte Spielregeln gibt und daß man mit »Andersgesinnten« zusammenleben und auch zusammenarbeiten können muß. Auch sie kannten ihren marxistisch-leninistischen Katechismus, aber der war durch Praxis angereichert und alles hat sich bewähren müssen im täglichen Ringen, ganz anders als bei den in Kursen in der Sowjetunion »umgeschulten« aktiven und passiven Anhänger Hitlers in Speziallagern. Die »Weimarer« hatten gewiß ihre Tücken und Mängel gehabt, aber sie waren trotz alledem beweglicher. Von der Allmacht der Bürokratie hatten sie kaum kosten können, denn die war immer in den Händen der anderen gewesen.

Das geteilte Berlin war klein geworden. Auf dem Alexanderplatz traf er seinen alten Freund Rudi Greulich, der, weil er sehr kurzsichtig war, mit hocherhobenem Haupt durch das Menschengewühl ging.

Dabei hatte Damasus ein schlechtes Gewissen, denn er hatte ein Buch, das Erge, so sein »Kürzel«, über 999 geschrieben hatte, kleinlich kritisiert, daß dieses und jenes fehle, die Demütigung der Rekruten, das Elend der jungen Menschen, die aus den Gefängnissen und Lagern gekommen waren, das Seufzen und Stöhnen in den Nächten, die heimlichen Tränen und die Angst vor dem standrechtlichen Tod. Greulich hatte darauf kühl geantwortet, wenn all das wirklich gestaltet wäre, dann wäre ihm ja ein großes Meisterwerk gelungen. Er aber habe einen schlichten Bericht geliefert. Dabei war Erge doch der klügste von allen gewesen, denn er hatte die Erinnerung niedergeschrieben als sie noch frisch war und nicht durch spätere Erfahrungen gefiltert und gebrochen, sodaß nicht einmal mehr die Namen der »Helden« sicher waren.

Sie vereinbarten eine Zusammenkunft in Greulichs Wohnung in der Immanuelkirchstraße im Bezirk Prenzlauerberg. Mit von der Partie war ein Buchdrucker, der gerade aus der SED ausgeschlossen worden war, weil er die »Abtretung« von Schlesien an Polen kritisiert hatte. Greulich meinte, recht akademisch werde wohl die Kritik nicht gewesen sein, wie er den alten Kumpel kenne, werde bei seiner Kritik wohl das Wort »Arschlöcher« recht häufig vorgekommen sein. Der Delinquent nickte bekümmert.

Der halbe Abend, bei dem sie Wodka aus Adlershof tranken, dem Damasus später den Namen Adlershofer Benzin gab, verging damit, daß die Gastgeber über die Schwierigkeiten jammerten, mit denen sie zu kämpfen hatten, wobei es gar nicht so sehr materiell zuging bei diesen Klagen, denn als »Freiberufler« hatten sie einen sozialen Status, der weit über dem in anderen Ländern lag. Es ging vielmehr um den »Stil«. Man lebe doch nicht in Mittelasien, sagte Greulich erbittert, daß man über bestimmte Vorkommnisse überhaupt nicht informiere, obwohl Aufklärung dringend nottäte.

Damasus, der mit der Überzeugung gekommen war, hier alles besser zu finden, schöner und gerechter, wollte aufklären aus seiner Sicht. Wer die Macht ausübt, habe auch Sorgen. Aber die Sorgen jener, die keine Macht ausüben konnten, seien auf alle Fälle schmerzlicher und grausamer. Was sei ein Murren über Unzulänglichkeiten im eigenen Land gegen die Kümmernisse dessen, der in einem fremden Haus als Fremder wohnen müsse und dabei ständig dem Druck »gewöhnlicher« Art ausgesetzt sei?

Und was Schlesien betraf, so hatte er ein ganz anderes Aufstoßen dabei, nämlich ein österreichisches. Dieses Schlesien, das »eigentlich zu uns gehört«, wie er voll Bosheit dachte, es macht den anderen auch immer Sorgen, den Preußen und in Zukunft wohl auch den Polen, das habt ihr davon. Natürlich wußte er, daß solche Gedanken höchst skurril und gar nicht ausgewogen waren, aber eine Tradition bleibt auch dann eine Tradition, wenn sie höchst skurrile Züge annimmt. Der «Brocken» war noch immer für jede Provokation gut.

Wie sehr nämlich dieses Schlesien und die Haltung dazu heikel und ein Stein des Anstoßes geblieben war, zeigte sich an einer Rede, die der Vorsitzende der CDU der DDR und stellvertretende Ministerpräsident, Otto Nuschke, bei einem Besuch in Österreich gehalten hatte. Er hatte von den fürchterlichen Folgen des Hitlerkrieges gesprochen, die auch darin bestünden, daß Ostpreußen und Schlesien verspielt wurden. In einer Pressekonferenz versuchten provozierende Journalisten den CDU-Politiker in die Enge zu treiben, indem sie ihm solche »unschuldigen« Fragen stellten, ob ihm lieber wäre, daß Schlesien zur DDR gehöre als zu Polen? Nuschke ließ sich jedoch nicht aufs Glatteis führen, sondern wiederholte, daß da kein Jammern helfe und keine Heimattümelei, es sei Hitler, der Schlesien verspielt habe.

In den Zeitungen erschienen reißerische Berichte nach dem Motto: Otto Nuschke weint um Schlesien.

Damasus, der die Rede Nuschkes gehört und die darauffolgende Pressekonferenz miterlebt hatte, wurde dann von seinem Chef noch genau ausgefragt, was nun Nuschke »wirklich gesagt« habe. War die KPÖ von einer »anderen Stelle« um eine »authentische Auskunft« ersucht worden?

Als Damasus den CDU-Politiker einmal im Restaurant des Hotels »Adria« traf, erinnerte er ihn an seine Schlesienrede in Linz. Nuschke drückte ein wenig herum, gleichsam zwischen zwei Bissen und meinte, ja über diese Schlesienpassage in seiner Rede habe es auch hier »allerlei Fragerei« gegeben. Aber er bleibe dabei, nicht er, Nuschke, sondern Adolf Hitler habe den Krieg und damit auch Schlesien verspielt. Das müßten endlich auch die »Landsmannschaften« einsehen.

Einige Tage später fand auf dem Thälmannplatz an der Sektorengrenze eine große Demonstration statt, bei der Ministerpräsident Otto Grotewohl sprach. Hier sah Damasus den Buchdrucker, der aus der SED ausgeschlossen worden war, wieder in der Reihe marschieren. Der Gemaßregelte erkannte Damasus im Spalier und winkte ihm zu, freundlich und gelöst. Er lächelte dabei als wolle er andeuten, daß es keinen Widerspruch ausmache, aus der SED ausgeschlossen und doch ein braver antifaschistischer Deutscher zu sein.

In einem waren sich die kritischen Gesprächspartner in der Immanuelkirchstraße einig gewesen: in der Abneigung gegen die Aneignung von Turnvater Jahn, den schon Marx als einen schlimmen Reaktionär gegeißelt hatte, und gegen die Glorifizierung von Scharnhorst und Gneisenau, was übrigens in einem auffallenden Widerspruch stand zu der völligen Ausklammerung des alten Fritz aus dem öffentlichen Bewußtsein. Sein Standbild war von »seinem« Platz unter den Linden hinter ein Gebüsch im Park von Sanssouci umgesiedelt worden. Hier hatten sich offenbar die Sachsen gegen die Preußen durchgesetzt.

Wie Geschichte unter grotesker Maske weiterwirkt, zeigte sich an einem Stammtisch im Presseklub. Dort hatte der Korrespondent von »Rude Pravo« erklärt: wir sind alle geborene Österreicher und zeigte dabei auf den ungarischen, den polnischen, den jugoslawischen und die italienischen Kollegen. Wer als Mitteleuropäer vor 1918 geboren sei, müsse eigentlich ein geborener Österreicher sein. Der Jugoslawe, der seit der »Resolution« des Kominform einen schweren Stand hatte, nickte, schränkte allerdings ein: gilt nur für Slowenien, Kroatien war ungarisch. Der Pole sagte, ja eigentlich schon, aber er stamme aus Warschau und nicht aus Krakau. Der Ungar, der eigentlich ein Slowake war, nickte nur, ließ sich aber nicht ausdrücklich festlegen. Die Italiener lachten und meinten, sie selber stammten zwar aus Gegenden, die niemals österreichisch waren, aber ihr Ministerpräsident, Degasperi, auf den träfe es wohl zu, er sei nicht nur ein geborener Österreicher, sondern auch ein höchst aktiver gewesen, denn er habe sogar dem Reichsrat der Monarchie angehört.

Einige Jahre später erfuhr Damasus eine Begebenheit, die ebenso kurios war, wie der merkwürdige Stammtisch im Berliner Presseklub.

Der Arbeiterfunktionär und kommunistische Politiker Gustl Moser aus Steyr erzählte, daß er als Delegierter Österreichs an dem berühmten 7. Weltkongreß der Komintern teilgenommen habe. Nach dem Abschluß der Konferenz, nachdem schon gut gegessen und auch einiges getrunken worden war, hätten sich auf dem Pissoir des ehemaligen Adelspalastes Klement Gottwald, Bela Kun, Jan Kopecki, Ernst Fischer und er selbst zufällig getroffen. Gottwald habe gesagt, na, nach so einem Ereignis müßten sie ja eigentlich was Schönes singen, etwas, das sie alle könnten. Wie wär's mit dem Kaiserlied, das sie ja alle in der Schule gelernt hätten? Und sie sangen im Pissoir des Moskauer Adelspalastes die alte Haydn-Hymne »Gott erhalte, Gott beschütze« und es habe tadellos geklappt. Bela Kun habe zwar mitgesungen, dann aber »erläutert«: Er müsse daran erinnern, daß Ungarn kein Teil Österreichs gewesen sei, sondern mit ihm nur vereint und es heiße ja nicht umsonst »kaiserlich und königlich, kuk«. Sie hätten, so erzählte Moser, alle sehr gelacht über dieses historische Gaudium.

Damasus hatte bald den«Trichter« hinter dem Berliner Ensemble entdeckt, zum Unwillen seiner englischen Freundin, denn sie wußte, daß hier die »Trunkenbolde« verkehrten, vor allem der Komponist Hanns Eisler und der Sänger und Schauspieler Ernst Busch. Es war überhaupt interessant, was sie auf dem Weg über das englische Netzwerk alles erfuhr, nicht nur über verschiedene Verdächtigungen bestimmter Personen, sondern auch Einzelheiten aus dem Privatleben der »herrschenden Klasse«, wie sie boshaft sagte.

Hanns Eisler machte es Spaß, zusammen mit Damasus im Trichter (zu fortgeschrittener Stunde) Scheingefechte über die Frage zu führen, welcher Tradition der Kommunismus in Deutschland verpflichtet sei, der Maria Theresianischen oder der vom alten Fritz. Man wußte nicht recht, ob er es ernst meinte, oder ob er nur zum Lachen reizen wollte. Auf dem Grund seines schwachen Herzens war er wohl Österreicher geblieben, zum Unterschied von seinem Bruder Gerhart, bekannter Publizist, der kaum jemals über seine Jugend in Österreich sprach, obwohl er 1918/19 in Graz und Wien Soldatenrat und in der ersten Leitung der KPÖ Bildungsreferent gewesen war. Er wäre wohl wichtiger Zeuge für manche Begebenheit und manches Ereignis gewesen und hat viele Geheimnisse in sein frühes Grab mitgenommen.

Bei Phyllis liefen fast alle englischen Besucher an, die sich gerade in Berlin aufhielten. Einmal, als Gast des 4. Parteitages der SED, kam auch der Sekretär der englischen Partei, Harry Pollitt, in die kleine Wohnung in der Wilhelm Pieck-Straße. Phyllis kredenzte Tee und zu essen gab es Hammelrippchen, die sie wer weiß wo aufgetrieben hatte. Sie sprachen darüber, daß Grotewohl »bei den Massen« besser ankomme als Walter Ulbricht. Pollitt, der ein wenig aussah wie der berühmte Regisseur Hitchcok, nickte dazu, setzte aber hinzu, ob Grotewohl nicht doch am Ende ein Sozialdemokrat geblieben sei? Er sagte es englisch, im vorsichtigsten Konjunktiv, und sein Blick war beinah schuldbewußt bei der ungehörigen und doch halt immer wieder notwendigen Frage, nicht wahr? (Damals war noch nicht bekannt, wie sehr Pollitt nach dem Nichtangriffspakt Deutschland-Sowjetunion 1939 von der Komintern unter Druck gesetzt worden war, bis er »auf Linie« gebracht wurde).

Dieser 4. Parteitag der SED in der Werner Seelenbinder Halle stand ganz im Zeichen des »neuen Kurses« der nach dem 17. Juni verkündet worden war und der nach offizieller Lesart eigentlich schon früher auf der Tagesordnung stand, wenn nicht der 17. Juni 1953 dazwischengekommen wäre. Wilhelm Pieck eröffnete den Parteitag. Er war schon recht zittrig und seine Stimme klang so als ob sie ihm jeden Augenblick entgleiten könnte. Es war deutlich zu sehen, daß er seine Funktionen wohl nur noch dem Namen nach ausüben konnte.

Das Jahr 1954 war zum »Jahr der großen Initiative« erklärt worden und es klang grotesk-komisch, wenn viele Diskussionsredner, insbesondere die maulfaulen Sachsen das schwierige Wort auf »Iniative« verkürzten.

Der Parteitag hatte eine straffe Regie. Wenn die Diskussion dahinzuplätschern begann, stürmte eine Gruppe von Kindern in den Saal, es kamen Abordnungen aus Betrieben, aus der Frauenbewegung, Theaterleute und eine Delegation der Hochschulen. Hier war der Rektor der Martin Luther-Universität Halle-Wittenberg, der Österreicher Leo Stern, der Sprecher. Er riskierte eine Lippe und erklärte, es sei nicht notwendig, die Hochschullehrer auf ein Parteiprogramm hin einzuengen. Walter Ulbricht schien über diesen Einwurf verärgert zu sein, denn er meinte später in einem »zusammenfassenden« Beitrag, es gehe da nicht um ein Parteiprogramm, sondern um den Fortschritt und für den würden doch wohl auch die Hochschulen und Universitäten eintreten können, nicht wahr?

Aber die Tagung zeigte viel Optimismus in der Konzentration auf den Aufbau. Jetzt werden wir zeigen, was wir können. Fort mit den Trümmern und was Neues hingebaut. In der DDR spürte man die Spaltung Deutschlands deutlich als Mangel, im Westen eher als Erleichterung, die ärmere Verwandtschaft war nicht beliebt, noch dazu, weil sie eigensinnig und undankbar war. Dresden war von München viel weiter entfernt als München von Dresden.

Als österreichischer Gast nahm Parteivorsitzender Johann Koplenig an dem Parteitag teil. Er kannte die wichtigsten Funktionäre noch von der Komintern her.

Der DDR-Rundfunk bereitete mit Koplenig ein Interview vor. »Kop« besprach mit Damasus eine Fassung, die das österreichische Interesse an der DDR in den Vordergrund stellte, weil der aufkommende neue deutsche Militarismus eine große Gefahr darstelle. Die DDR mache Österreich sicherer, das war die Quintessenz der vorbereiteten Erklärung. Aber dem Reporter war dies alles viel zu wenig und er wollte aus Koplenig unbedingt Erklärungen zum »sozialistischen Aufbau« der DDR herausholen, der Komplex Österreich war ihm zu leichtgewichtig für ein Parteitags-Interview. Koplenig drückte sich jedoch nur sehr vorsichtig und sehr allgemein aus, weil er auf jeden Fall den Eindruck vermeiden wollte, daß hier ein österreichischer Kommunist im Ausland großmäulig auftritt, als müsse er allerlei Ratschläge geben.

»Dein Kollege vom Radio war mit dem, was wir vorbereitet haben, nicht zufrieden. Er wollte mehr und hat dadurch weniger bekommen«, sagte »Kop« zu dem Übereifer des Reporters.

Damasus gewann in dieser Zeit vor dem Staatsvertrag überhaupt oft den Eindruck, daß nicht nur der »Mann auf der Straße«, sondern auch die Funktionäre bis in einige Höhen hinauf nicht wirklich zur Kenntnis genommen hatten, daß Österreich, obwohl es vierfach besetzt war, doch ein völlig anderes Gebilde darstellte als die DDR oder die Bundesrepublik, daß es dort um ein unabhängiges Land ging, auch wenn das politische Leben durch die Besetzung da und dort eingeengt war.

Dies zeigte sich auch im Reiseverkehr mit Österreich. Die Österreicher, die nach Berlin kamen, brauchten natürlich ein DDR-Visum. DDR-Funktionäre aber, die nach Wien reisten, wickelten die Formalitäten in fast allen Fällen über die sowjetische Militärverwaltung ab und übergingen die österreichischen Behörden. Es bestanden ja keine offiziellen diplomatischen Beziehungen. Allerdings gab es in Westberlin in Dahlem einen österreichischen Delegierten, der auch für Reiseangelegenheiten zuständig gewesen wäre. Aber warum den Weg über Westberlin wählen, wenn es »einfacher« über die sowjetischen Stellen ging? Diese Haltung mußten später viele DDR-Bürger büßen, denn dann waren die österreichischen Stellen demonstrativ langsam bei der Bearbeitung von Visa und bei konsularischen Agenden. Es war die Rache für die vorher von der DDR geübte Negierung der österreichischen Instanzen.

Der österreichische Delegierte in Dahlem war übrigens ein Herr von charmanter Bosheit. Einmal mußte ihn Damasus aufsuchen, um seinen Paß verlängern zu lassen. Dabei war eine Gebühr von einigen Mark zu entrichten. Damasus, schon auf das Devisenfeilschen eingerichtet, meinte, er könne diese Gebühr nicht in Westmark zahlen, es sei doch bekannt, daß er als »Einwohner« des Stadtbezirkes Prenzlauerberg kein Westgeld haben dürfe. Der Delegierte lachte verschmitzt und meinte, leicht näselnd, wie es sich für einen österreichischen Diplomaten gehört: »Aber ich bitt' sie, ich will doch von ihnen keine schlechten Westmark, sondern natürlich gute Ostmark!«

6

Die Korrespondentenarbeit tropfte zähe dahin. Die Kollegen aus der Sowjetunion und aus den Volksdemokratien konnten ihre Zeitungen und Rundfunkanstalten mit dem herkömmlichen täglichen Futter bedienen: Noten der Regierung, Beschlüsse von Parteien, Resolutionen von Betrieben und Vereinigungen, Erfolge in der Produktion und viele und lange Reden.

Viel Geschrei und wenig Wolle, sagte Phyllis sarkastisch und bemühte sich um kleine Schnitzel aus der britischen Zone, um wenigstens irgendwie am Ball zu sein. Rose Michel runzelte zu solchen burschikosen Bemerkungen die Stirne.

Im Zuge des »Neuen Kurses« wurde manche Lockerung eingeführt. So wurden auch die Sitzungen des Zentralrates der Freien Deutschen Jugend zugänglich.

Sergio Segre, der Korrespondent der »Unita«, riet den Kollegen davon ab, hinzugehen, er habe sich einigemale geopfert, sagte er. Aber dort sei immer zuviel von Rentenfragen die Rede.

Die boshafte Übertreibung hatte einen harten Kern. Manchem, was jung hätte sein sollen, fehlte der jugendliche Übermut, es war zuviel Strebsamkeit und zuviel eisernes Wohlverhalten gefragt.

Segre, der später außenpolitischer Sekretär der KPI wurde, war der Methusalem unter den Korrespondenten, obwohl er noch jung war. Aber er war in Berlin seit der Gründung der DDR tätig und kannte sich aus.

Er war immer voll Witz und kannte hunderte Anekdoten über alte Reserveoffiziere, über Stalin und Molotow und über neurömische Sitten. Wenn er zusammen mit dem Kollegen Bonetti vom »Avanti« über die Friedrichstraße ging, immer nach der neuesten italienischen Mode gekleidet und doch von leichtem anarchistischen Ruch umweht, wirkte er wie ein verkleideter Luigi Luccheni, der Mörder der Kaiserin Elisabeth.

Er war ein liebenswürdiger Kollege und ein chronischer Nägelbeißer, dessen Fingerkuppen nackt waren, wie bei einer verstümmelten Hand. Er war auch ein ausgezeichneter Koch und in seiner kleinen Wohnung im Bezirk Lichtenberg führte er eine original italienische Küche mit viel Käse und Gemüse. Wenn der »Ostmarkt« zu spärlich bestückt war, wich er nach Westberlin aus, um stets die notwendigen Ingredienzien bei der Hand zu haben.

Was das »römische Schlemmerleben« betrifft, so hatte die internationale Grete Damasus vor einem Mißbrauch gewarnt. Segre und Bonetti waren am Anfang ihrer Tätigkeit auch im Johannishof einquartiert gewesen. Da war es zunächst so eingerichtet, daß sie kein Gehalt, nur ein Taschengeld bezogen, die Rechnungen vom Hotel jedoch von »oben« bezahlt wurden. Die Italiener hielten sich an die gediegene (und teure) internationale Küche, tranken fleißig Sekt und armenischen Kognak, ganz wie die Diplomaten und Geschäftsleute.

»Ich mußte ihnen dann schonend beibringen, daß sie einfacher leben müßten und ausgesprochener Luxus nicht auf der Rechnung aufscheinen soll«, sagte Grete zu Damasus und lachte dabei säuerlich. Er lachte lauter und sie schaute ihn mißtrauisch an. Aber er lachte nur »philologisch«, denn in Österreich hätte man bei einer so heiklen Mission unweigerlich das Wörtchen »tunlich« eingefügt, nämlich gesagt, daß bestimmte Speisen und Getränke »tunlich« nicht bestellt werden sollten. Aber er erkannte den Wink mit dem Zaunpfahl. Seine Gebirgsbauernkargheit hielt ihn jedoch von vornherein ab, eine Küche zu beanspruchen, die er ohnehin nicht recht mochte und mit Mißtrauen betrachtete. Was war schließlich ein abenteuerlich klingendes Steak-Gericht gegen ein Altwiener Rostbratl?

In der Zeit seiner Berliner Jahre gab es einige Sensationen. Da platzte plötzlich der Chef des westdeutschen Verfassungsschutzes Otto John in die DDR herein. Er sei, so sagte er bei seinen öffentlichen Auftritten, aus Gewissensgründen übergetreten.

Das war natürlich ein »Knüller«, aber dieser Überläufer war in seinen Bemerkungen um eine Spur zu präzise zu den jeweiligen Positionen des Fragers. So meinte er auf eine Anfrage von Damasus hinsichtlich der Selbständigkeit Österreichs, daß Feldmarschall Kesselring noch immer großdeutsch spreche. Das war zwar richtig, regte aber in Österreich weniger auf. Na net wird ein deutscher Feldmarschall großdeutsch sein. Aber da war ja auch noch ein oberstes Verwaltungsgericht mit Sitz in Westberlin, das kürzlich erklärt hatte, der »Anschluß« sei »eigentlich« noch immer »rechtens«. Dazu schwieg John.

John machte stets einen etwas verblasenen Eindruck, wie ein Prinz von Homburg. Seine Aussagen waren verklausuliert und Damasus mußte mit Phyllis büffeln, um die nötige Distanz zu den Erzählungen Johns herzustellen. Er riet zum Konjunktiv, denn so einer wie John war und blieb verdächtig.

Als John mit Hilfe des englischen Journalisten Sefton Delmer wieder zurück in den Westen ging, waren sie froh darüber, daß sie immer nur von den »angeblichen« Gewissensgründen des obersten Verfassungsschützers gesprochen hatten.

Feldmarschall Friedrich Paulus kam aus der sowjetischen Gefangenschaft in die DDR und ließ sich hier nieder. Auf die Frage, ob ihm denn nicht leid sei um die gute Pension, die er in Westdeutschland erwarten könnte, meinte er lächelnd, er gedenke sich als Schriftsteller schon »irgendwie durchschlagen« zu können. Er lächelte, aber das Lächeln wirkte starr, weil seine Wange dabei nervös zuckte. Während Phyllis die größte Abneigung hatte, diesen Feldmarschall überhaupt zur Kenntnis zu nehmen, dachte Damasus an die Leichenrede Görings auf die sechste Armee und daran, daß wohl Zehntausende noch leben könnten, darunter viele viele Landsleute, wenn dieser kühle Marschall kapituliert hätte, anstatt den Kampf bis zum sinnlosen und grauenvollen Ende fortsetzen zu lassen - von den Untergebenen.

Der Mann des Krieges sprach oft in Veranstaltungen der Friedensbewegung und da hatte er einiges Gewicht. Über die Frage des Gehorsams, wann er zum Kadavergehorsam und blind wird zum Schaden Hunderttausender, das immer wieder umstrittene Problem von Treue und Disziplin sprach er nur recht allgemein. Der Kronzeuge der Anklage entschlug sich zwar nicht der Aussage, aber er sagte bei weitem nicht alles, was er hätte sagen können.

Er ist auf dem Hügel über Dresden, am »Weißen Hirschen« gestorben.

Eine Außenministerkonferenz in Ost- und Westberlin im Jänner und Feber 1954 wirbelte alles durcheinander. Es ging um so große Dinge wie einen Friedensvertrag für und mit Deutschland und einen Staatsvertrag für Österreich. Es war die große Zeit für die Korrespondenten in Berlin, aber die noch größere für deren Ressortchefs, die ebenfalls angereist kamen, für die Chefkolumnisten, die Chefkommentatoren und die Chefinterpreten. Die Oberjournalisten stolzierten lässig durch die Wandelgänge des einstigen Kammergerichtes in der Potsdamerstraße in Westberlin und über die Korridore des einstigen Goebbels-Ministeriums auf dem Thälmannplatz. Die Außenminister tagten abwechselnd im Gebäude des einstigen Alliierten Kontrollrates in Westberlin und in der sowjetischen Botschaft »Unter den Linden». Die Pressekonferenzen fanden in der Regel im Gebäude der Nationalen Front, eben im Goebbels-Ministerium statt.

Phyllis und Rose Michel waren unglücklich, weil ihnen die Redaktion Unterstützung geschickt hatte, in Wahrheit ratgebende Aufpasser und Anleiter, die meist von deutschen oder gar von Berliner Feinheiten wenig wußten. Aber die Pressekonferenzen waren gleichzeitig auch gesellschaftliche Ereignisse. Der ehemalige Reutter-Korrespondent John Peet legte seine geblümte Weste an, die wer weiß wie lange schon eingemottet gewesen sein mochte, weil in der DDR dieses »Staatskleid« recht merkwürdig gewirkt hätte.

Damasus, dem von Wien aus ebenfalls eine Hilfe solcher Art angeboten worden war, konnte dies gerade noch verhindern. Die Kollegin, die als Sukkurs vorgesehen war, kannte sich natürlich aus in allen Weltdingen, nur fürs genaue Recherchieren war sie nicht, mehr für das Große und die große Geste. Ihre Beiträge glichen mehr Essays als Berichten. Er werde selbst laut um Hilfe schreien, wenn er nicht zurecht komme, drahtete er nach Wien, man solle aber der verehrten Kollegin nicht unnötig allerlei lästige Strapazen zumuten.

Eine österreichische Delegation unter Führung von Außenminister Ing. Figl kam nach Berlin und der Pressechef der Delegation residierte im Hotel Kempinsky am Kurfürstendamm. Er gab sich burschikos, aber vornehm leutselig wie ein Nachkomme von Kaunitz in kalter nördlicher Gegend. Im saloppen Gespräch machte er kein Hehl daraus, daß Österreich den Staatsvertrag durchaus und sofort haben könnte, wenn es nicht auf Deutschland Rücksicht nehmen müsse und wenn es mit einer kleinen sozusagen nur symbolischen Besetzung auch nach dem Abschluß eines Vertrages einverstanden wäre.

Das war für Wien eine hochinteressante Meldung und der Bericht von Damasus über sein Gespräch mit dem Pressesprecher stand an der Spitze des Blattes. Das allerdings brachte den Kollegen vom Bundespressedienst wieder in Verlegenheit und er sagte vorwurfsvoll zu Damasus: Euch kann man ja wirklich nichts sagen. Als Damasus beteuerte, er habe nur das wiedergegeben, was der andere offen erklärt habe, meinte der Pressesprecher, das sei es ja eben. Natürlich habe er offen gesprochen, aber das muß man doch nicht wörtlich wiedergeben, das sei ja geradezu unanständig. Da sagt man was und schon steht es in der Zeitung.

Das Tauziehen ging einige Wochen hin und her. Die Außenminister gingen wieder auseinander, ohne zu einer Einigung gekommen zu sein.

Es war wohl der letzte Versuch, vor einer Wiederaufrüstung Deutschlands noch zu einer Lösung zu kommen, aber das große Potential neigte sich schon auf eine ganz andere Seite.

Ein Jahr später, just am Ende der Faschingszeit, wurde im Bonner Parlament die Annahme der sogenannten Pariser Verträge beschlossen, was der Ausgangspunkt zur Wiederbewaffnung war. Damasus wohnte zusammen mit Phyllis und Rose Michel dem Ereignis im Bonner Bundestag bei. Zwei Tage vorher war noch Rosenmontag gewesen und in Köln und Düsseldorf ging es hoch her. Mit Kollegen vom »Freien Volk« der KPD feierten sie und tranken in einem Gasthaus, das »Zur schmutzigen Else« hieß und das beinahe heimatlich anrührte. Aber der Faschingsdienstag war tot und stumm. Tausende Menschen fuhren nach Bonn, mit dem Auto, mit der Bahn oder sickerten sonstwie in die Bannmeile der abgeriegelten Stadt ein. Am Rhein standen überall spanische Reiter wie vor einer Straßenschlacht.

Während sie im Gebäude des Bundestages auf der Pressetribüne saßen und Zeuge wurden, wie der greise, aber noch recht muntere Konrad Adenauer Abgeordnete und auch Minister abkanzelte, wenn sie eine andere Meinung als die der CDU/CSU zu forsch vertraten, wurden in den Straßen der Stadt massiv Wasserwerfer eingesetzt, um die Demonstranten abzudrängen. Dabei gingen auch die Glasscheiben der Beethovenhalle in Trümmer.

Rose Michel geriet über die Zurechtweisungen Adenauers in patriotische Wallung und sprach so laut davon, daß sich so etwas die Pariser Abgeordneten nicht gefallen lassen würden, daß das Plenum förmlich auf die »Ruhestörerin« aufmerksam wurde.

In einer Verhandlungspause kamen die ausländischen Korrespondenten im großen Buffet zusammen. Adenauer fand keinen rechten Platz, zu den SPD-Leuten wollte er sich offensichtlich nicht stellen und besetzte mit einigen seiner Leute den Stehtisch neben den Ausländern. Er trank ein kleines

Glas helles Bier und zog die Augen zu einem Spalt zusammen, als müsse er die Korrespondenten genauer mustern. Er erkannte den »Prawda«-Vertreter Naumov und grüßte ihn freundlich wie einen alten Bekannten. Er lächelte ein wenig, aber sein Gesicht blieb trotzdem starr und wie versteinert.

Am Rande der folgenschweren Ereignisse kam es für Damasus und Phyllis zu einem grotesken Erlebnis. Sie wurden von einem Pressebüro des Bundestages in ein Hotel eingewiesen, in dem es äußerst unruhig war. Zunächst störte sie das nicht, sie hatten sich zwei Wochen nicht gesehen und sie war ihm »herzlich zugetan«, wie sie lachend meinte, auch um zu zeigen, daß sie im Wörterbuch wieder eine zum Spott herausfordernde Formulierung für lieben und liebhaben gefunden habe.

Phyllis wurde allerdings aufmerksam, als man auf den Stiegen und durch Wände häufig amerikanisch fluchen hörte, während sich Damasus mehr an die Schreie von Frauen hielt, von denen man nicht recht wußte, ob es Schreie der Lust oder des Schmerzes waren.

Am nächsten Tag berichteten sie Heinz Renner, dem ehemaligen KPD-Abgeordneten im ersten Bundestag, der jetzt einen Pressedienst herausgab, von ihren Beobachtungen. Renner, ein gemütlicher Pfälzer, schlug die Hände über dem Kopf zusammen, denn man hatte »Wien und London« in ein Stundenhotel einquartiert, das heftig frequentiert wurde, vor allem von amerikanischen Soldaten und deren »Bräuten«.

Die Sekretärin im Bundestag-Apparat ließ sich über Renner bei Phyllis und Damasus entschuldigen, die Einweisung sei in dem ungewöhnlichen Trubel der letzten Tage erfolgt. Damasus meinte allerdings, daß hier auch Bosheit im Spiel gewesen sein könnte, wenigstens bei ihm. Was »London« betrifft, so war es wohl wirklich ein Versehen gewesen, denn an »London« wollte man damals gewiß nicht anecken.

Sie wurden in ein anderes Hotel umquartiert, wo es ruhig, aber bei weitem nicht so lustig war.

In Karlsruhe wohnten sie später einer Reihe von Prozessen bei, die sich gegen Bestrebungen für die Einheit Deutschlands richteten und die vor dem Bundesgericht verhandelt wurden. Es ging um die Organisierung einer gemeinsamen Unterschriftenaktion in West und Ost gegen die Wiederbewaffnung und um andere gesamtdeutsche Aktivitäten und Vorhaben. Diese Prozesse waren die Vorbereitungen für den KPD-Verbotsprozeß, der dann ebenfalls in Karlsruhe ablief. Wochenlang wurde Karl Marx zitiert, um die Gefährlichkeit der KPD zu beweisen. Der Privatgelehrte aus Trier, frischen und forschen Formulierungen nicht abgeneigt, wurde vom Gericht gleichsam als Kronzeuge eingeführt.

Die roten Roben der Hoherichter wirkten gespenstisch wie die leibhaftige Inquisition und wie einstens die Talare der Richter in der Berliner Bellevuestraße. Die Straße, in der die Prozesse liefen, hieß Kriegsstraße, der Vorsitzende, ein dürres Männchen, hieß Geyer.

Eine Woche lang wohnte auch der DDR-Schriftsteller Kurt Bartel, der sich Kuba nannte, dem Prozeß bei. Er war nach jedem Verhandlungstag hell empört über die »Lumperei des Kapitals« und dessen »Büttel«. Der Zorn war verständlich, fruchtbar war er nicht, denn er kündete gleichzeitig vom völligen Unvermögen, sich unter schweren und bedrängten Umständen einen Kampf auch nur vorstellen zu können.

Am Abend trafen sie sich oft mit dem KPD-Vorsitzenden Max Reimann und dem Münchner Vorstandsmitglied Oskar Neumann. Reimann war weit in der Welt herumgekommen, kannte viele Gefängnisse und Lager und war trotzdem ein Mann, der seinen Spaß am Spaß hatte. Manchmal lächelte er verschmitzt, bevor er vor dem Gericht einen Auftritt landete, bei dem dem Vorsitzenden »die Zähne wackeln« sollten, wie er sich wünschte. Der hochgewachsene Mann war geschmeidig und elastisch, aber er hatte die hohe Stimme eines Schülers, der gerade etwas deklamiert, und die Stimme klang gerade dann immer hoch und dünn, wenn sie etwas ganz besonderes ausdrücken und unterstreichen wollte.

Sie kamen in die Pfalz, ins amerikanische Zentrum Baumholder, in den Schwarzwald und fuhren mit dem Schiff auf dem Rhein an der Loreley vorüber. Die deutschen Lande lagen im Sonnenschein. Aber sie waren schon so sehr Berliner geworden, daß sie jedesmal wieder froh waren, wenn sie sich durch schüttere Kiefernwälder auf sandigem Grund wieder der alten »Reichshauptstadt« näherten.

Von einem dieser Prozesse in Karlsruhe kam er mit einer zusätzlichen bitteren Erfahrung zurück. Die Staatsvertragsverhandlungen mit Österreich waren in Gang gekommen und damit tauchte auch wieder die Frage des deutschen Eigentums auf. Es war klar, daß es dabei nicht um das kleine Häuschen ging, sondern um die großen Brocken, Industrie und Großgrundbesitz. Aber die Menschen am Würstelstand, im Tabakladen und in der Gaststätte in der Stadt der Höchstgerichte nahmen eine drohende Haltung ein, wenn sie österreichische Laute hörten. Sie wurden aggressiv und verteidigten den Raub.

Ministerpräsident Grotewohl hatte das Selbstbewußtsein der DDR-Bürger gelegentlich mit dem Ausspruch aufgemöbelt, daß die DDR immerhin von Berlin aus Politik mache und nicht »von einem kleinen Städtchen am Rhein«.

Das ehemalige Luftfahrtministerium des Reichsmarschalls Göring hieß nun »Haus der Ministerien«. Das Gebäude war ein unfreundlicher Betonklotz und hatte daher den Krieg halbwegs überstanden. Aber bei großen Staatsempfängen war dem Klotz immerhin einige Zweckmäßigkeit abzugewinnen. Die moralische Wirkung, als Angehöriger der Ganovenregimenter und notorischer Troublemaker just dort den Fuß hinzusetzen, wo ihn auch der «feiste Hermann» hingesetzt hatte, bestach kribbelig und machte das Haus schadenfroh freundlich.

In jenen Jahren wurde dem chinesischen Ministerpräsidenten Tschou En Lai von der Humboldt-Universität das Ehrendoktorat verliehen.

Bei der Zeremonie in der Aula der Universität ging es hoch her, es wimmelte von Talaren und seltsamen Baretten. Tschou En Lai in seinem blauen Anzug, einem Schlosseranzug nicht unähnlich, wirkte gegen diese mittelalterliche Pracht beinah schäbig, aber er schien sich in seiner Schlichtheit zu sonnen.

In seiner Dankansprache sagte er noch einmal in betonter Bescheidenheit, er selbst sei wohl gar nicht würdig, eine solche Ehre zu empfangen. Er könne dies nur im Hinblick darauf tun, daß mit ihm hier das große chinesische Volk geehrt werde und das verdiene mit seiner alten Kulturtradition jede Auszeichnung. Er sprach leise und englisch in kurzen klaren Sätzen.

Die Auszeichnung des chinesischen Politikers war nicht nur ein Ehrentag der Humboldt-Universität, sondern auch der DDR. Und so wurde am Abend im Haus der Ministerien ein großer Empfang zu Ehren des hohen Gastes gegeben. Dabei demonstrierte Tschou eindrucksvoll chinesische Höflichkeit. Zu dem Empfang waren etwa dreihundert Personen geladen. Tschou überbrachte die Grüße und Wünsche des Vorsitzenden Mao und dann begab er sich, begleitet von einigen Mitgliedern der Botschaft auf Wanderschaft. Er ging auf jeden einzelnen Gast zu und trank ihm zu, sich beim Erheben des Glases höflich verbeugend. Er trank bei jeder dieser Zeremonien auch tatsächlich aus seinem Glas, das eine goldgelbe Flüssigkeit enthielt, wahrscheinlich leichten Tee. Wenn das Glas leer war, wurde Tschou ein neues gereicht. Als er auf die Gruppe der Auslandskorrespondenten zusteuerte, schien ein feines Lächeln über sein Gesicht zu huschen. Ein tschechischer Kollege murmelte: Er hat uns durchschaut.

Er meinte damit, daß der hohe Gast bemerkt haben könnte, wie viele Flaschen hinter dem verdächtig gebauschten Vorhang, auf den er zuging, verborgen waren.

Die ausländischen Journalisten waren nämlich bei solchen Empfängen gegenüber den gewöhnlichen Würdenträgern entschieden im Vorteil. Die Bedienung bei diesen Festivitäten hatten die besten Kräfte der »vornehmen« Hotels vom »Johannishof« bis zum »Newa« inne und die Korrespondenten kannten diese Spitzenkräfte, weil fast jeder kürzer oder länger in diesen Hotels gewohnt hatte. Ein diskretes Trinkgeld bewirkte dann das Wunder, daß der Gastgeber selbst schon auf dem Trockenen saß, die Berichterstatter aber noch immer aus dem Vollen schöpfen konnten.

Nach der Indochina-Konferenz in Genf im Sommer 1954 kam der sowjetische Ministerpräsident Chruschtschow nach Berlin und hielt sich hier einige Tage auf. Wieder gab es ein großes Fest im ehemaligen Göring-Ministerium. Dabei war die Zusammenkunft zweigeteilt. Vor dem eigentlichen Empfang wurde eine engere Informationskonferenz abgehalten. Zu ihr hatten von den Journalisten nur die Korrespondenten der »befreundeten« Länder Zutritt, es herrschte wieder einmal das Prinzip der »geteilten Information«. Ein CSSR-Kollege informierte dann Damasus, daß Chruschtschow bei dieser Konferenz auch davon gesprochen habe, das Verhältnis zu Jugoslawien wieder zu normalisieren. Dabei habe er ausdrücklich betont, dies solle nicht nur auf staatlicher, sondern auch auf Parteiebene geschehen. Für Prag, so meinte der Kollege, sei dies etwas heikel, denn einige »Prager« hielten sich seit 1948 in Belgrad auf und einige »Belgrader« seit derselben Zeit in Prag. Die Verhärtung sei relativ einfach zu bewältigen, sagte der Kollege, aber die Normalisierung schaffe allemal Probleme.

Chruschtschow war sichtlich aufgeräumt und blieb länger als es sonst bei solchen Staatsempfängen üblich war. Es wurden immer aufs Neue Trinksprüche ausgebracht und beinah auf jeden anwesenden Minister wurde getrunken.

Jetzt sei er neugierig, wann endlich der Toast auf den Innenminister erfolge, sagte Damasus zum Kollegen Smirnow vom Moskauer Rundfunk, es sei ja wirklich an der Zeit und Gerechtigkeit müsse sein. Aber, aber, rügte Smirnow, auf einen Innenminister stößt man doch nicht an, das gehöre sich nicht und er lachte scharf.

Wieder gab es gut angelegte Vorräte hinter dem Vorhang in der Ecke des »Ballsaales«, wie Phyllis den weitläufigen Raum nannte. Heute wurde sogar getanzt, was in dieser Burg selten vorkam. Damasus war nie ein guter Tänzer gewesen, er müsse vorher sieben Biere trinken wie er sagte, weil er sonst zu leicht stolpere. Die Zeit, in der sonst junge Leute Tanzstunden und Kränzchen besuchen, war er im Gefängnis und Strafsoldat gewesen, das konnte er später nicht mehr aufholen. Er war jedesmal verlegen, wenn er dem Tanzen nicht mehr ausweichen konnte.

Heute hatte er zwar keine sieben Biere, wohl aber einiges andere getrunken und steuerte auf die internationale Grete zu, die in der Nähe von Walter Ulbricht stand. Sie zierte sich zwar ein wenig, ließ sich dann aber doch auf den improvisierten Tanzboden geleiten und er stolperte einen Walzer lang mit ihr im Kreis herum. Dann beugte er sich über ihre Hand, um sie zu küssen, wie es sich im k.u.k. Österreich gehörte. Die Grete wurde rot bis über die Ohren und flüsterte ihm zu, daß das »hier nicht üblich« sei, aber sie konnte ihm ja nicht gut die Hand gewaltsam entziehen und ließ den Handkuß über sich ergehen wie einen fremden Brauch.

Damasus sah, wie Ulbricht zu ihnen herüberschaute. Er grinste ein wenig in seinen kleinen Bart und es sah aus wie verhüllter Hohn über den Anachronismus des Handkusses, dessen Zeuge er eben gewesen war. Die internationale Grete stand da wie ein erschrockenes Mädchen, als hätte sich etwas ganz und gar Unstatthaftes ereignet.

Sie tranken ihre Vorräte aus, nachdem Ulbricht und Chruschtschow schon den Saal verlassen hatten. Draußen, gegen die einstige Wilhelmstraße zu, sangen sie in mehreren Sprachen inbrünstig »Avanti Popolo» und die Volkspolizisten, die die Bannmeile des Festes eingekreist hatten, beobachteten sie mißbilligend aber schweigend.

Einige Jahre später, als Chruschtschow Österreich besuchte, traf Damasus wieder mit einigen Kollegen von damals zusammen: einem Tschechen, einem Polen, einem Ungarn und einem Kollegen von der »Süddeutschen Zeitung«, die alle damals bei der großen Fête gewesen waren. Sie sprachen mit Wehmut von den vollen Tischen und Flaschen damals in Berlin, denn im gastlichen Österreich ging es bei dem Besuch knapp und trocken zu.

Bei einer großen Konferenz in Weimar trat der ehemalige Reichskanzler Joseph Wirth zum letzten Mal öffentlich auf. Wirth hatte 1922 mit der Sowjetunion den Vertrag von Rapallo geschlossen. Obwohl er aus dem konservativen Lager kam, war er ein erbitterter Gegner Adenauers. Er hatte nach der Ermordung Walter Rathenaus 1922 den berühmt gewordenen Ausspruch getan »Der Feind steht rechts!«

Wirth sah aus wie ein Wirt, rotgesichtig und untersetzt. Nach seiner Heimkehr aus der schweizerischen Emigration setzte er sich für die Einheit Deutschlands ein und für den Abschluß eines demokratischen Friedensvertrages. Diese Politik verfocht er auch in Weimar und hinterließ starken Eindruck.

Es fiel besonders auf, daß hier nicht jemand mit einem Berliner oder sächsischen Akzent für die Einheit Deutschlands eintrat, sondern einer mit unverkennbar badischer Sprachfärbung.

Mit Phyllis zusammen nahm Damasus auch an der traditionellen Demonstration nach Friedrichsfelde zu den Denkmälern der alten Sozialisten und Kommunisten teil. An der Spitze des Zuges schritt die zierliche Sonja Liebknecht, die Witwe Karl Liebknechts, die trotz ihres hohen Alters lebendig und »wie zuhause« wirkte. Sie, die einst die Briefpartnerin der Rosa Luxemburg gewesen war, führte die Demonstration an. Die Schalmeienkapellen spielten das alte Kampflied »Auf, auf zum Kampf, zum Kampf sind wir geboren«. Es wehte ein kalter Wind an diesem 15. Jänner, wohl so kalt wie vor 35 Jahren, als Karl Liebknecht und Rosa Luxemburg ermordet wurden.

Manchmal war die Arbeit von grotesker Schwerfälligkeit. In Wien wurden die Tarife des öffentlichen Nahverkehrs erhöht und man wollte den Preis eines Straßenbahn-Fahrscheins mit dem Stundenlohn eines Bauarbeiters vergleichen: in Moskau, Budapest, Prag und Berlin.

Damasus kannte natürlich vom Gespräch in Gaststätten her ungefähr den Lohn eines Maurers. Aber er wollte genau sein und ging auf eine Baustelle »recherchieren«. Er wurde zunächst in das kleine Büro der Gewerkschaft zitiert, wo er sein Anliegen umständlich darlegen mußte. Dann wurde sein Ausweis, ausgestellt vom Außenministerium, überprüft, wobei die Überprüfer telefonisch bis zur internationalen Grete vorstießen. Dann mußte der wißbegierige Schnüffler noch einen zweistündigen Vortrag über das Wesen der Lohnpolitik über sich ergehen lassen.

Er brauchte fast einen ganzen Tag, um eine exakte Zahl nach Wien durchgeben zu können. Dort lachte man über sein Unglück. Er sei der letzte. Das schlampige Moskau und das verlotterte Prag waren viel schneller da gewesen, als die Musterstadt DDR-Berlin.

Die internationale Grete lachte anerkennend über die »Wachsamkeit« der Baugewerkschafter. Sie lächelte sauer, als Damasus einwarf, hier handle es sich um eine andere Variante des Hauptmanns von Köpenick.

Einmal wurde Damasus auch Mittelpunkt einer großen diplomatischen Aktion.

Weil ein westdeutsches Gericht festgestellt hatte, der »Anschluß« sei eigentlich immer noch »rechtens«, hatte sich seine Zeitung mit der Bitte an Ministerpräsident Grotewohl gewandt, eine Erklärung zur Unabhängigkeit Österreichs abzugeben. Andere und stärkere Parteien als die KPÖ hatten solche und ähnliche Fragen über ihre Korrespondenten in Berlin lanciert, weil dadurch deren Stellung gestärkt wurde. In Wien huldigte man mehr einem spontanen, anarchischen und autoritären Arbeitsstil und »unser Mann in Berlin« wußte von nichts.

Die DDR-Regierung verfaßte auf die Anfrage der Wiener Zeitung eine lange und gründliche Erklärung, in der festgehalten wurde, daß die DDR die Unabhängigkeit Österreichs bedingungslos anerkenne. Damasus wurde ins Außenministerium gerufen, wo ihm die Note übergeben wurde mit dem Ersuchen, sie so rasch wie möglich nach Wien weiterzuleiten. Erst wenn der Text in Wien sei, werde ihn die DDR-Regierung auch in Berlin veröffentlichen.

Einige Monate später kam der Chef aus Wien zu einem Besuch nach Berlin.

Damasus nahm sich vor, »Rache« zu üben wegen vorausgegangener »Diffamierung«. Aber der Chef war krank und hilfsbedürftig. Er ersuchte »seinen« Korrespondenten, eine Zusammenkunft mit Gerhart Eisler einzufädeln.

»Wär' das nicht von Wien aus besser zu regeln gewesen?« fragte Damasus boshaft.

Der Chef machte ein ärgerliches Gesicht und meinte, es käme auf das Ergebnis an und weniger auf die Umstände, unter denen es zustandegekommen ist.

Sie kamen mit Eisler im Presseklub zusammen und die beiden »Internationalen« unterhielten sich angelegentlich über die Anzeichen einer Wende im Verhältnis zu Jugoslawien. Sie dachten, das zeigten ihre Argumente deutlich, in Kategorien der alten Komintern.

Damasus führte seinen Chef-»Gast« auch nach Westberlin. Sie gingen in eine Bar, aber der Chef trank nur ungezuckerten Tee. Er war Diabetiker und wenn man ihm in Wien auch viele Sünden nachsagte, hier in Berlin war er trocken wie Zunder.

Die Landwirtschaftsabteilung des ZK hatte für den Gast aus Österreich eine besondere Information vorbereitet, nämlich den Besuch einiger Traktorenstationen bei Genossenschaften. Der Instruktor des Zentralkomitees dozierte vom vorderen Sitz aus und erklärte das kleine Einmaleins des Zusammenschlusses landwirtschaftlicher Produktion noch einmal. Gelegentliche Zwischenfragen mußte Damasus stellen, denn sein Chef schlief. Er hatte jedoch dabei einen Gesichtsausdruck, als horche er gespannt und interessiert den Belehrungen zu. Mag sein, daß die Schwäche mit seiner Krankheit zusammenhing, Damasus konnte jedoch den Verdacht nicht loswerden, der Chef habe sich ganz bewußt in den Schlaf geflüchtet, um nicht eine Lektion, die er schon oft und oft gehört hatte, noch einmal anhören zu müssen.

Bald darauf wurde der Chef nicht mehr ins Zentralkomitee der KPÖ gewählt. Die Wiener Organisation hatte gegen ihn rebelliert: wegen seines Lebenswandels (der gestrenge Georg Knepler meinte manchmal, da müsse man genauer hinschauen, wenn man schon wo hinschauen wolle), und weil er oft über Auffassungen der Sekretäre hinwegging. Listigerweise hieß es auch, er sei ein »Altdogmatiker«. Mit ihm zusammen mußte Viktor Matejka das ZK verlassen, der Wiener Kulturstadtrat von 1945 bis 1949, der sich vergeblich bemüht hatte, die große Emigration wieder heimzuholen, aber bei der Regierung damit nicht durchdrang. Matejka kam aus dem katholischen Lager, gehörte zu den ersten Dachauern und hatte stets Lust, »bösartige« Fragen zu stellen.

Nun waren sie beide draußen: der Altdogmatiker und der Stänkerer. Damit Ruh' ist, natürlich, und in ausgleichender Gerechtigkeit.

Matejka ist ein streitbarer Zeitzeuge geblieben mit einer unbändigen Lust, überall anzuecken. Der Chef hat später historisch gearbeitet und hat viel zur Aufklärung »peinlicher« Probleme beigetragen. Zuletzt waren ihm beide Beine abgenommen worden, aber er kam noch im Rollstuhl zu Konferenzen und Tagungen.

7

Die Beziehungen zu Phyllis führten immer irgendwie ins Offizielle, gewissermaßen in die politische und kulturelle Hochkultur. Das andere und eigentliche Berlin kam darin zu kurz. Seine Stadtneugier war aber noch keineswegs befriedigt worden, weder in Wien noch in Linz. Und er wollte doch in der fremden Stadt Berlin den Menschen zuhören, wie sie sprachen und was für Redensarten sie gebrauchten. Das aber konnte er weder im Presseklub, noch in den guten, recht bürgerlichen Restaurants und auch nicht im Cafe Warschau an der Stalinallee. Er kam sich immer vor, als säße er mit der »Bourgeoisie« zu Tisch und wenn er dieses Unbehagen ausdrückte, sagte Phyllis nur »ich bin auch Bourgeoisie« und lachte dazu. Aber ein Körnchen Wahrheit lag in dem burschikosen Spruch, denn natürlich war sie ein wenig die »Lady aus London«.

Blut geleckt hat er bei den Gewohnheiten von Max Schroeder, der sich oft an der Sektorengrenze an der Bernauerstraße aufhielt, weil das der politische »Patenbezirk« des Aufbau-Verlages war.

Direkt an der Sektorengrenze stand ein kleines Café mit den typischen zwei Etagen: unten für die Laufkundschaft, oben auf einer Art Podest für die Seßhaften. Dort »oben« saß er dann mit Max Schroeder bei Bier und Weinbrand und der Cheflektor schilderte ihm die typischen Fallada-Gegenden rund um den Alex, die im »Wolf unter Wölfen« und in seinem letzten Werk »Jeder stirbt für sich allein« Denkmal geworden waren. Und die Typen des Lokals hörten ihnen zu und manchmal korrigierten sie auch den Erzähler, wenn ihm eine Flüchtigkeit unterlief.

Sie sprachen von der Gegend zwischen Alex und Strausberger Platz, in der Horst Wessel »gewirkt« hatte und nannten die Straßen, in denen sich die Tragödien des Romans »Berlin-Alexanderplatz« von Alfred Döblin abgespielt haben. Schließlich sei auch der große Generalstab in der Nähe situiert gewesen. Die Erinnerung an all diese Plätze wucherte umso greller, als von ihnen so gut wie nichts übrig geblieben war, kaum mehr als leere Flächen oder zerbröckelnde Ruinen.

Wenn es dann Nacht wurde da oben an der Bernauer, klagte Schroeder schuldbewußt, daß nun wieder einige Leute recht böse auf ihn sein würden, weil er seine Zeit in der Kneipe vertrödle, anstatt produktive Arbeit zu leisten.

Berlin war arm und zerstört, aber es hatte sein kleines, zähes und recht inniges Leben.

Ein junges Mädchen vom Presseverband war die Botin, die den Auslandskorrespondenten die »Westpresse« zustellen mußte. Wenn der Empfang auch nicht gerade quittiert werden mußte, so war es doch üblich, daß der Empfänger sie direkt übernahm, wenigstens in den Hotels, denn diese Presse wurde wie gefährlicher Sprengstoff behandelt, den man nicht beim Hotelportier deponieren konnte.

Diese Boten machten abwechselnd ihre Vormittagsrunde und jeden dritten oder vierten Tag war »sie« an der Reihe. Wenn er sie in einen Plausch verwickeln wollte, wehrte sie ab und erklärte lachend, ihr »Boß« (der eigentlich eine strenge und spartanische Genossin aus dem einstigen Komintern-Apparat war) verdächtige sie ohnehin immer, sich im »Adria« zu einer Schokolade verführen zu lassen. Dabei sah sie aber trotz ihrer Korrektheit mit ihrer Pferdeschwanzfrisur und ihrer ländlich molligen Figur recht unternehmungslustig aus.

Er ging mit ihr auf den Weihnachtsmarkt auf dem Marx-Engels-Platz. Sie streunten durch die Zeltgassen und ergötzten sich an den Sprüchen der Harfen-Jule und aßen Bratwürste. Es war wie auf einem Weihnachtsmarkt in anderen Weltgegenden auch. Hinter dem Lustgarten waren im Spreearm einige Kähne verankert, die zu kleinen Kneipen adaptiert waren und weil es kalt war, wurde Punsch und Grog ausgeschenkt. Sie tranken einiges und als er sie zum Bahnhof Friedrichstraße brachte, hängte sie sich zutraulich in seinen Arm und sagte, es sei ein netter Abend gewesen.

Im »Adria« war sie inzwischen schon so bekannt geworden, daß man sie ohne weiteres »hinauf« ließ zu ihm, um die heiße Ware abzuliefern, während die Vorschrift eigentlich gewesen wäre, den Empfänger in einen Aufenthaltsraum zu bitten.

Es war ein nebliger Wintertag und weil die Fenster in den Hof des Hotels hinausgingen, war es im Zimmer noch nicht hell. Er war noch im Halbschlaf und beobachtete wie durch eine Nebelwand, wie das Mädchen die Zeitungen aus seiner Tasche nahm und einen Moment überlegte, ob es genügen würde, sie auf den kleinen Tisch zu legen. Dann aber besann sich das Berliner Kind, entkleidete sich schnell bis auf das Hemd und schlüpfte zu ihm ins Bett. Sie drängte sich an ihn und er konnte ihr noch zuflüstern, wenigstens die Türe abzusperren.

»Jetzt bin ich ihr Abenteuer geworden,« dachte er halb erschrocken und hatte ein schlechtes Gewissen. Als sie ihn verließ, erinnerte er sie an den Verdacht der Chefin bezüglich der Schokolade.

Die Olle werde schon an das Richtige gedacht haben, erwiderte sie und lachte wie ein Knabe, der soeben einen köstlichen Streich verübt hatte.

Manchmal gerieten sie in zwiespältige Situationen. Da kämmte sie sich vor dem Spiegel in dem kleinen Hotelzimmer gerade das zerzauste Haar, als plötzlich Phyllis hereinkam, die ja im Hotel ebenfalls gut bekannt war und daher aus- und eingehen konnte ohne besondere Formalitäten. Die hurtige Botin machte beinah einen Knicks und flötete züchtig »guten Morgen, Frau Rosner«. Sie sei gerade auf dem Weg zu ihr gewesen und wenn sie erlaube, dann werde sie die Zeitungen hier übergeben. Da könne sie sich einen Gang ersparen und komme schneller ins Büro zurück, wo ein Haufen Arbeit auf sie warte, denn es gäbe jede Menge Papierkram. So plätscherte sie dahin und verabschiedete sich in munterer Höflichkeit.

Phyllis sah ihn zwar mißtrauisch an, fragte aber nichts, als wollte sie das alles nicht so genau wissen, obwohl ihr dieses kuriose Zusammentreffen offenkundig nicht geheuer war.

»Sie traut es mir nicht zu,« dachte er beschämt und hatte es eilig, mit seiner Freundin in den Presseklub hinüberzugehen, wobei er eifrig berichtete, daß er mit seiner Redaktion wieder Ärger behabt habe, weil die in Wien immer alles besser wüßten.

Als er die kleine Lore wieder traf, sagte sie nur »Künstlerpech«.

Sie roch immer nach frischer Wäsche. Damasus erinnerte sich an den Trick der Bauernmädchen in seiner Jugend, die das frisch gewaschene Hemd nass in die Kälte legten, damit das Stück steif durchfrieren mußte. Das ergebe, so sagten sie, den »jungfräulichen« Geruch.

Sie war sechzehn Jahre alt, wohnte in Zossen außerhalb von Berlin und mußte täglich die lange Strecke mit der S-Bahn zurücklegen, die auf dieser Linie in Westberlin nicht anhielt. Damit sie sich unkontrollierte Freizeit herausschlagen konnte, verleumdete sie ein wenig die Stadt- und Staatsgewalt. Nach der Berufsschule hatte sie nämlich öfter einen Arbeitseinsatz, eine Aufbauschicht in Weißensee. Die dehnte sie jedesmal bis in die Nacht hinein aus, obwohl sie um höchstens 17 Uhr zu Ende war. Die seien so scharf drauf, bis zum Finsterwerden zu arbeiten, erzählte sie zu Hause. Sie könne auch, so schlug sie ihm vor, manchmal einen Theaterbesuch organisieren, mit der Schule nämlich und da käme sie dann mit der S-Bahn nicht mehr nach Hause, sondern müsse bei Schulkolleginnen über Nacht bleiben.

Diese Zielstrebigkeit war ihm verdächtig, denn er hatte Angst vor den Folgen und Verwicklungen und versuchte ihr diese Pläne auszureden. Da fiel sie ihm um den Hals und schluchzte herzzerreißend, womit sie ihn in große Verlegenheit brachte.

Sie begleitete ihn durch die Berliner Kneipen, trank helles Bier mit einem Korn oder eine Weiße mit einem Schuß Kirschlikör, ganz wie eine erwachsene Streunerin. Aus Vorsicht nahmen sie sich vor, seltener zusammenzutreffen, aber der Vorsatz hielt meist nicht lange an.

Bei aller Lüsternheit, die sie völlig unbeschwert und »naturwüchsig« zeigte, hatte sie auch eine seltsame Kühle. Sie schmolz, aber beinah schien es ihm, mit Bedacht.

Wie es denn mit einem zweiten Orgasmus sei, fragte er zynisch-sachlich, sie sei doch schon ein volles Weib?

»Det schaffste nicht«, antwortete sie und er war verdattert über eine so schnoddrige Präzision.

So begann er allmählich ein Doppelleben zu führen. Das mit der englischen Freundin gehörte der »gehobenen« Sphäre an, mit gegenseitigen Einladungen, gediegener Küche mit Rinder- oder Entenbraten und Rosenkohl, mit Tee und Wermuthwein. Die Küche bei Phyllis war international, aber im Sinne der Weltstadt London. Sie aß nicht gerne Sauerkraut oder gekochtes

Schweinefleisch und Reis mußte einer mit Curry sein. Sie verspottete die Deutschen mit ihrem Hang zu großen Haufen von Kartoffeln und dicken Suppen, die sie barbarisch nannte.

Das Berliner Leben lebte er im Umkreis der Schneidemühler-Straße an der Dimitroffstraße im nördlichen Friedrichshain, hinter dem Mont Klamott und durch ihn von der Innenstadt getrennt. Hier hatte ihm das Außenministerium eine kleine Wohnung zugewiesen. Phyllis besuchte ihn gelegentlich, aber sie respektierte, daß er einen bestimmten »Freiraum« brauchte zum Schreiben und Nachdenken, obwohl sie diesen Freiraum auch mit gehörigem Mißtrauen sah. Diesen Freiraum mit seinen »Junggesellengewohnheiten«, wie sie sich präzise wenn auch stockend ausdrückte.

Da gab es neben einer kleinen Kirche aus Klinkerziegeln ein Lokal, das sich »Trümmer-Paule« nannte. Es war das stehengebliebene Erdgeschoß eines großen Hauses, das zunächst nur notdürftig eingedeckt war. Darin waltete Paule, ein dicker glatzköpfiger Mann. Sein warmer Ostpreußen-Akzent hatte eine Breite, die noch der hitzigsten Diskussion ihre Schärfe nahm.

Das Publikum bei Trümmer Paule war recht gemischt aber voll Berliner Mutterwitz. Die Maurer von der nahen Kniprode-Straße kamen nach Feierabend und tranken ihr »Gedeck«, wie Paule Bier und Korn nannte. Zu ihnen gesellten sich Arbeiter und Arbeiterinnen des Schlachthofes, am Abend kamen die Laubenpieper von jenseits der S-Bahn-Geleise, Volkspolizisten, die in der Nähe wohnten und hier hingebungsvoll Skat spielten. Bedienstete des Krankenhauses am Friedrichshain und Laufkundschaft rundeten die Gesellschaft ab.

Die hartnäckigsten Gäste schwärmten am Abend nach »Trümmer-Paule« noch in einige Ballhäuser aus. In der Leninallee gab es ein altdeutsches Ballhaus in einem Keller, hinter der »Täglichen Rundschau«, der Zeitung der sowjetischen Verwaltung, lag das alte Ballhaus Schweizergarten. Über Wege durch Schutthaufen senkte sich wilder Jasmin wie über Hohlwege. Dieses Ballhaus erinnerte an eine große Scheune und als Gäste waren die Bediensteten der Verkehrsbetriebe auffallend stark vertreten. Ein Café an der Greifswalder Straße wurde »Kindercafé« genannt, weil hier Mütter auf ihre tanzlustigen halbwüchsigen Töchter aufpaßten, wobei sich Töchter und Mütter gegenseitig überlisteten.

Die Bezeichnung »Ballhaus« hatte für einen Österreicher zunächst immer einen recht eigenartigen Klang. Sie erinnerte an den Wiener »Ballhausplatz«, der seit jeher der Sitz der Regierung ist und der im Bewußtsein der Leute eher etwas Feudal-Abgehobenes darstellte. Aber die Berliner Ballhäuser waren Stätten des fröhlichen Rummels. Als Fremden fiel Damasus auf, daß sehr oft Mädchen miteinander tanzten wie Lesben.

Es war der Frauenüberschuß, der sich hier zeigte. Allerdings nicht so sehr bei den Jungen und Jüngsten, aber deutlich bei den reiferen Jahrgängen. Hier traten nicht nur die Folgen der großen Kriegsverluste in Erscheinung, sondern auch die Absetzbewegung in den Westen. Da nutzten oft Männer die Gelegenheit, sich materieller und moralischer Verantwortung zu entziehen. Frauen, die Kinder und Wohnung zu versorgen hatten, waren weit weniger »mobil«. Dieser Frauenüberschuß führte in den Ballhäusern zu einem gemütlichen Matriarchat, die Männer wurden souverän und spöttisch behandelt.

In der Linienstraße gab es das Drei-Etagen-Ballhaus, in Behrens Casino an der Chausséestraße ging es halb vornehm zu und in Clärchens Ballhaus locker, während das Ballhaus »Zentrum« am Hackeschen Markt »Puff des Zentrums« genannt wurde. Es war von Trümmerbergen umgeben, auf denen hohe Brennesseln wucherten.

Am lebhaftesten aber ging es in Speers Tanzpalast an der Brunnenstraße zu, ganz nahe an der Bernauer. Hier lag auch die Teilung der Stadt am deutlichsten zu Tage. In den Tanzsälen tummelte sich Ost und West, aber es war unverkennbar, daß der reichere Westen den ärmeren Osten ausbeutete und übervorteilte. Eine Flasche Sekt war nicht teuer, trotzdem konnte man in neunzig von hundert Fällen annehmen, daß der Kavalier, der eine solche Flasche spendierte, ein Westberliner war, der hier mit schwarz umgetauschtem Geld leicht Krösus spielen konnte.

Die Situation erinnerte an die Zeit der Inflation, wie sie in der Literatur oft geschildert wurde: hier der beutegierige Devisenausländer, dort das junge Mädchen, das dem goldenen Kalb geopfert wird.

Er hat den Zustand der Spaltung immer als unnatürlich empfunden und als eine der schwierigsten Folgen des Krieges und des kalten Krieges, langwirkend und chronisch wie eine schier unheilbare Seuche. Weil die Teilung ununterbrochen die »gewöhnlichen«, nämlich die niedrigen Instinkte anstachelte, die des leichten Geldverdienens auf Kosten anderer. Zweierlei Geld schafft zweierlei Moral, aber alle Versuche, dem Mauscheln und Täuscheln, dem Schieben und vermeintlich leichten Glück entgegenzuwirken, müssen von vornherein höchst unpopulär sein.

Er hatte auch als Zeitungsmann diesem Phänomen mit seinen balkanischen Folgen gründlich nachgespürt. Aber er ahnte schon, daß hier etwas anderes entstehen müsse, als Zeitungsberichte und Reportagen, eher Geschichten, die das ganze Problem besser erfassen. Zuerst sprach er mit Max Schroeder darüber, bei einer »Sitzung« in dem kleinen Café unmittelbar an der Bernauer Straße. Schroeder wiegte bedächtig das Haupt und meinte, das sei in der Tat ein Stoff, der sich lohne, allerdings auch einer, der nur sehr schwer zu bewältigen sein werde.

Er streunte herum in ganz Berlin und besonders an den Sektorenübergängen, horchte zu, was die Menschen sagten und wie sie sich mit all diesen Unnatürlichkeiten abfanden oder dagegen aufbegehrten. Besonders trächtig war die Gegend am Gesundbrunnen oben, wo alles beinah ländlich war, aber wie ein Felsengebirge ein Riesen-Flakturm stand, an dem sich ein hoher Mont Klamott erhob mit einer weiten Sicht über das nördliche Berlin.

Jetzt, da er am Friedrichshain eine kleine aber »eigene« Wohnung hatte, mußte er sich auch lebensmäßig anders einrichten. Wenn es früher passiert war, daß er gegen das Monatsende völlig abgebrannt war, dann war der Bahnhof Friedrichstraße und die dortige Mitropa-Gaststätte ein wichtiger Stützpunkt. Dort gab es für ganz wenig Geld einige Semmeln und dazu eine »klare Brühe« und die Gäste, bei den Obern zwar nicht recht beliebt, verband eine innige Kumpanei. Da waren immer Volkspolizisten, die mit ihrem Gehalt nicht auskamen, Studenten, die nicht in Heimen wohnen konnten und daher oft auf's Trockene kamen, Komparsen von Film und Theater und allerlei neugierige »Zugereiste«.

Mit Phyllis kam er in die »Hayo-Bar«, ins Intellektuellen-Treff, in der Albrechtstraße; mit Lore ins »Albrechts-Eck«, wo die Homosexuellen verkehrten. Manchmal kamen sie auch in das evangelische »Hospiz«, wo es eine Suppe gab, die der »katholischen« Klostersuppe täuschend ähnlich war.

Lore, die natürlich auch oft »stier« war, zeigte ihm die »Hamburger Fischbratküche« hinter dem Alexanderplatz, in der es auch Brühnudeln und einen Gemüseeintopf mit Hammelfleisch gab. Das beste Eisbein gab es nicht etwa in den schönen Lokalen, sondern am Johanniseck in einer Barackengaststätte, in der es richtig dampfte vor Enge und Freßlust. Eine besondere Spezialität gab es in der Mitropa des Ostbahnhofes, nämlich gebackenes Schweinekotelett mit Rotkraut und Salzkartoffel. Die Zusammensetzung kam ihm zwar merkwürdig genug vor, und daß sie zu Blaukraut fälschlicherweise Rotkraut sagten, ärgerte ihn jedesmal aufs Neue. Aber diese gelben mehligen Erdäpfel aus dem märkischen Sand waren schlechterdings unübertrefflich. Für dieses Essen konnte man schon in Kauf nehmen, daß es manchmal etwas schmuddelig zuging in dem Bahnhofspeisesaal.

Schon früh hatte er sich in den Markthallen am Alexanderplatz herumgetrieben. Er beobachtete das ganze Gewühl genau. Als er noch im Hotel Johannishof wohnte, verübte er beim Frühstück eine Provokation. Er kaufte auf dem Markt Knoblauch und schnitt ihn auf das geröstete Brot, wodurch das Frühstück gleich weit würziger wurde. Das Bedienungspersonal war entsetzt über diesen Einbruch der Barbarei. Helle Freude aber empfanden und zeigten Mitglieder einer bulgarischen Handelsdelegation, die am Nebentisch saßen, sie kamen sich vor wie zuhause und er versorgte auch sie mit dem köstlichen Lauchgewächs.

Jetzt, da er eine kleine Wohnung hatte, kochte er selbst manchmal aus Heimweh österreichische Gerichte. Wenn eine Gesellschaft vom Trümmer-Paule nach der Sperrstunde noch bei ihm einfiel, versuchte er den Berlinern Gries- oder Semmelknödel schmackhaft zu machen, aber sie spotteten nur boshaft über diese »Bälle«. Wenn er eine würzige Suppe auftischte, nannten sie die Speise »Brühe« und wußten gar nicht, welche Beleidigung dies für die österreichische Küche bedeutete.

Wenn sie ihn hänselten wegen seiner anderen Ausdrücke für bekannte Dinge, dann schlug er zurück und beschimpfte sie als »sprachliche Volksverräter«, denn sie haben aus dem schönen Erdapfel die Kartoffel gemacht und aus dem noch schöneren Paradeiser die fremde Tomate. Er sagte auch auf dem Alex-Markt niemals Wirsing, wenn er Kohl meinte und niemals Kohl, wenn er Kraut einkaufen wollte. Er »verweigerte« die landesübliche Bezeichnung und zeigte lieber mit dem Finger auf das jeweilige Gemüse wie ein Ausländer, wie ein »Krowot«, der nicht deutsch versteht.

Wenn sie von Sülze mit Bratkartoffel schwärmten, schüttelte er sich geradezu vor Abneigung und er erklärte ihnen das Himmelreich des Milchrahm-Strudels. Aber es kam ihm vor, als spräche er zu Blinden über die Faszination von Farben.

DER SOZIALDEMOKRAT: Da wollt ihr immer die Welt einreißen, habt für alles ein narrensicheres Rezept und dann treibt ihr euch in Kneipen, Ballhäusern und bei Empfängen herum, ihr Proletarier. Ich hab noch gelernt: der denkende Arbeiter trinkt nicht und der trinkende Arbeiter denkt nicht. Das ist auch heute nicht falsch. San ma ehrlich.

DER KOMMUNIST: Die ganz Trockenen sind nicht immer die Tapfersten. Ein Tänzchen kann, wie man weiß, ganz schön aufrührerisch sein. Es muß nicht immer das Papier von Protokollen rascheln, damit man in Stimmung kommt. Auch Wein und Bier sind Produkte der Natur. August Bebel berichtet, daß die Reichstagsfraktion von ehedem nach getaner Arbeit in einer Gaststätte zusammenkam und übermütige, ja sogar recht »unvernünftige« Lieder gesungen hat.

DER TROTZKIST: Trotzki hat in Petrograd mit Vorliebe in einem großen Zirkus gesprochen, ohne jedoch den Gauklern Zugeständnisse zu machen.

DER ZEUGE JEHOVAS: Nur die Heilsarmee umkreist auch noch diesen Sumpf. Wir kämpfen mit der hell leuchtenden Schrift in der Hand.

DER WERBE-KEILER: Ein bißchen primitiv dieses Massenvergnügen, da lob ich mir schon unsere Etablissements mit Speisekarten in den vornehmen Sprachen. Aber das ist nichts für den Mob.

DER ALTNAZI: Die Lieder der Kameraden haben mir's angetan, es sind immer noch dieselben Melodien, wenn auch mit geändertem Text, aber nur vorübergehend. Heil dir, mein Brandenburger Land!

8

Die Zeitungsarbeit führte ihn in der ganzen DDR herum, von Mecklenburg bis nach Thüringen, und er war immer bemüht, seinen Berichten einen literarischen »Pfiff« zu geben. Dabei hatte ihn Bruno Frei ausdrücklich gewarnt: Sag nicht, du machst ein »Porträt« von Dresden, sag, du schreibst eine Reportage, das Porträt ist ihnen verdächtig, den Pragmatikern, die immer in der Mehrheit sind.

Die »Olympier« der deutschen Literatur, er hat sie fast alle gekannt: Bert Brecht, Johannes R. Becher, Anna Seghers, Arnold Zweig und Thomas Mann. Er hat der Totenfeier für den Dramatiker Friedrich Wolf im Deutschen Theater beigewohnt und er hat auch an der Verabschiedung des im hohen Alter verstorbenen Martin Andersen-Nexö in Dresden teilgenommen, des legendären Schöpfers von »Ditte Menschenkind«. Bei der Leichenfeier wurde betont, daß der »nordische Gorki« von der Insel Bornholm stammte, der mit dem besonders harten Granit. Man hatte den Alten hin und wieder bei Veranstaltungen, meist im Präsidium, gesehen, mit seinem großen weißen Haarschopf.

Freilich, zu einem richtigen Austausch kam es mit den »Göttern« nicht, sie waren viel zu sehr in die eigene Arbeit verstrickt. Jede und jeder von ihnen hatte sich noch viel vorgenommen.

Inniger war der Umgang mit der »Mitte«. Max Schroeder hatte die Gedichte von Damasus an Peter Huchel weitergegeben, den Chef der Zeitschrift »Sinn und Form«. Als er Greulich etwas großspurig von dieser Verbindung erzählte, meinte dieser, er werde doch nicht mit einem Sprung ein »Klassiker« werden wollen.

Aber Peter Huchel machte es einem »Unbescholtenen« ohnehin nicht leicht, in die heiligen Spalten von »Sinn und Form« einzudringen.

Den Lyriker traf Damasus zuerst im Presseklub, den Publizisten in der Redaktion von »Sinn und Form«, die sich damals auf dem Robert-Koch-Platz befand. Später hat er ihn auch einigemale in seinem kleinen Haus in Wilhelmshorst bei Potsdam besucht. In »seiner« Zeitschrift ging damals gerade die Diskussion über das Faust-Stück von Hanns Eisler zu Ende, wobei Bert Brecht mit einigen Feststellungen kräftig in die Bresche sprang, indem er das Stück als ein Werk kennzeichnete, dessen sich die deutsche Literatur »nicht zu schämen« brauche. Aber die Mäkler und Beckmesser waren in der Mehrzahl, obwohl die gehässigsten Formalistenjäger gerade ein wenig von der Oberfläche verschwunden waren.

Huchel hatte ein Gesicht mit besonders buschigen Augenbrauen, halblanger dunkler Mähne und lachte mit einem eigenartig grimmigen Ton. Er erzählte gerne von seinen Erlebnissen während der letzten Tage von Berlin, am Ende der großen Schlacht. Er habe sich eingeprägt, daß den Gruppen der SS stets ein Troß von Mädchen gefolgt sei, nicht nur, weil es sich dabei um junge Männer gehandelt hat, gegenüber den alten Scheißern vom Volkssturm, sondern auch um die besser bewaffneten Liebhaber. Brecht, so sagte Huchel, habe ihn oft aufgefordert, einmal diese Erlebnisse wenigstens trocken niederzuschreiben, weil sie sonst in dieser Präzision verloren gehen würden. Huchel ist dazu nicht gekommen.

Einmal traf er ihn im Haus auf dem Robert Koch-Platz in Gegenwart eines jüngeren Mannes. Damasus überbrachte Grüße von dem Lyriker Herbert Lange, der aus Dresden stammte und den es nach Linz verschlagen hatte. Huchel dachte nach und sagte betont forsch: »Solche Verbindungen sind immer gut, wenn ich einmal abhauen sollte«.

Der jüngere Mann lächelte dünn zu dieser Bemerkung. Wie Huchel Damasus später erzählte, sei der andere ein Parteisekretär der Akademie gewesen.

Mit seinen Sonetten, die Huchel zu glatt fand, stieß Damasus bis zu Johannes R. Becher vor, als dieser schon Kulturminister war.

Er schrieb Becher einen Brief, ersuchte ihn als Korrespondent der »Volksstimme« um ein Gespräch und erbat zugleich einen »literarischen Rat«. Von Österreich her war er gewohnt, daß solche Wünsche höchstens bis in die Kanzlei des Ministers, aber kaum jemals in dessen Amtszimmer führten.

Dann aber kam im »Adria« ein Anruf aus der Kanzlei des Ministers Becher mit der Aufforderung für den »Wiener Korrespondenten«, er möge sich am nächsten Tag um acht Uhr früh zu einem Gespräch im Kulturministerium einfinden.

Diese Aufforderung erhöhte seinen Status im »Adria« beträchtlich. Die Stubenmädchen schlugen fürderhin kokett die Augen nieder und eine Empfangsdame lud ihn zu einem Kaffee ein und ersuchte ihn, ihr zu helfen, eine bessere Stelle zu finden, in der sie ihre Sprachkenntnisse nützen könne.

Damasus war nicht wohl zumute bei seinem Gang auf den Molkenmarkt, wo sich das Kulturministerium befand. Eigentlich wußte er nicht recht, was für Fragen, die Zeitung betreffend, er mit Becher eigentlich besprechen sollte und er fand es reichlich unverfroren, dem Vielbeschäftigten ganz einfach ein Bündel Gedichte auf den Tisch zu legen.

Damasus war fünf Minuten vor acht zur Stelle, Becher kam fünf nach acht und entschuldigte sich sogleich liebenswürdig für die »Verspätung«. Er ging mit ihm in sein Dienstzimmer und fragte, wie es ihm in Berlin gefalle. Damasus sagte, er habe Becher schon in Wien gesehen, kenne seine Gedichte seit vielen Jahren und habe auch oft mit Hugo Huppert, Richard Schüller und Ernst Fischer über ihn gesprochen. Becher lächelte, wie es Damasus schien, ein wenig belustigt.

Damasus regte eine Zusammenarbeit mit österreichischen Bühnen und Orchestern an.

Becher hörte höflich zu und meinte dann, solche Fragen solle er mit Frau Rentmeister besprechen, die für dieses Ressort zuständig sei. Nun mußte

Damasus mit der Farbe heraus und begann zu stottern, daß er schon im Gefängnis Werke des Dichters gelesen habe und nun gerne ein Urteil über seine eigenen, sicherlich recht unzulänglichen Versuche, hören würde.

Becher war verdutzt und sagte, der Besucher werde verstehen, daß er, Becher, jetzt vieles andere zu tun habe, als die Beurteilung von Gedichten, aber er möge die Mappe da lassen. Sein Blick sagte »halt in Gottesnamen«. Die Sprache des Ministers war, offenbar angesteckt von den österreichischen Anklängen des Besuchers leicht bayrisch gefärbt. Damasus verließ Becher mit der Bitte, daß er sich wieder an ihn wenden dürfe, wenn seine Redaktion besondere Fragen hätte. Becher nickte und damit war Damasus entlassen.

Die Vorzimmerdame verabschiedete ihn mit Blicken und Gesten, die vorwurfsvoll waren, denn offenbar hatte Becher zugunsten des Besuchers den Rhythmus des Dienstablaufes in Unordnung gebracht.

Damasus hatte ein schlechtes Gewissen. Er hatte 1947, als der Gedichtband »Volk im Dunkeln wandelnd« erschienen war, an Becher einen naseweisen Brief geschrieben. Er hatte darin, gerade dogmatisch durchtränkt, Becher zum Vorwurf gemacht, daß so viele Töne der Verzweiflung in diesen Gedichten seien, die er nicht gerechtfertigt finde angesichts der Sachlage, daß in der Sowjetischen Besatzungszone »die Arbeiterklasse das Heft in der Hand« habe, die Einheit der Bewegung hergestellt und die Welt darauf blicke, wie dort energisch mit dem Aufbau eines neuen Lebens begonnen werde. Gedichte Bechers hätten seinen Mut gestärkt, als er im Gefängnis gewesen sei. Seine Gedichte und der Roman »Abschied« hätten in der Kriegsgefangenschaft geholfen, das politische Bild zu klären, aber die jetzigen Tränen und Verzweiflungsschreie, was soll man damit anfangen in einer Zeit, die Optimismus und Konzentration brauche?

Er hat nie eine Antwort auf diesen Brief bekommen. Aber hat Becher sich an ihn erinnert, als er seinen Namen als Besucher im Ministerium gehört hat?

Dann fiel ihm ein, daß Ernst Fischer des öfteren gesagt habe, er halte Becher für einen großen Dichter, »wenn er nur nicht so fürchterlich geschwätzig wäre«. Richard Schüller wieder sagte manchmal, er sei als Mitarbeiter von Radio Moskau mit Becher immer gut ausgekommen, nur wenn er an die Art und Weise denke, in der Becher das Wort deutsch und Deutschland gebrauche, dann sei ihm immer zum Schiffen zumute.

Hugo Huppert schließlich, der mit Becher eng zusammengearbeitet hatte und quasi sein Sekretär gewesen war, erzählte oft, er habe Becher stets als »Herr« empfunden. Ein bißchen von diesem Unbehagen hat er auch seinen Memoiren anvertraut.

Rührte das dünne Lächeln Bechers bei der Bestellung der Grüße der drei etwa aus der Kenntnis der boshaften Bemerkungen her, die sie über ihn verbreitet her?

Und da war noch etwas. In der Druckerei der Zeitung zuhause stand eine alte Rotationsmaschine, die in Plauen gebaut worden war. Es war ein veraltetes System, aber die Maschine lief. Sie stammte aus einer Demontage in der Sowjetzone Deutschlands. Ein Geschäftsmann der KPÖ hatte die Maschine von einem Geschäftsmann der sowjetischen Verwaltung gekauft, wahrscheinlich ist es dabei um ein Devisengeschäft gegangen. Jedenfalls erfuhr Becher, der damals Präsident des Kulturbundes für die Erneuerung Deutschlands war, von dem Handel, daß da eine demontierte Rotationsmaschine nach Österreich gegangen war. Er hatte grimmig gefragt: »Müssen wir jetzt Reparationen auch an Österreich leisten?«

Dies alles bedenkend, erschien Damasus seine Vorsprache bei Becher noch im Nachhinein als reichlich unüberlegt und er war auf einen »Verriß« gefaßt.

Schon etwa vierzehn Tage später erhielt er einen langen Brief des Ministers. Er gebrauche, so schrieb Becher, das Wort Formalismus nicht gerne, aber bei der Beurteilung dieser Sonette müsse er es verwenden. Es glitzere zuviel und glänze zu wenig, einem Sonett merke man jede Eselsbrücke sofort an. Deshalb rate er dem Autor, etwas Abstand von der Sonettkunst zu gewinnen, damit sich seine eigene, gewiß interessante Handschrift festige.

Peter Huchel, dem Damasus den Brief Bechers zeigte, lachte laut, denn er kannte die Sonette. »Er wird gemerkt haben, natürlich, daß du ihm darin über die Schulter geschaut und abgeschrieben hast. Ich könnte dir Stellen zeigen, bei denen Becher unverkennbar Pate gestanden hat. Er hat ein »trunkenes Sonett«, du hast ein »spiegelndes Sonett«. Er hat einen Kranz »An Deutschlands Tote im zweiten Weltkrieg«, du hast einen »Vor dem Gericht der Zeit«. Er merkt natürlich, daß du da abgeschrieben hast. Ich finde es belustigend, daß er ausgerechnet da von Formalismus spricht«.

Wenn Huchel lächelnd so sprach, redete er nasal, aber in betont berlinerisch märkischer Sprache.

Er brachte Huchel einige Prosaarbeiten, die zuhause in einem Almanach erschienen waren. Eine davon handelte von einem Mädchen, das jahrelang Erdbeeren pflückt, aber ganz überrascht ist, wie es zum erstenmal Erdbeeren mit Schlagobers kostet.

Huchel erzählte von seinen Wanderungen im Vorkriegs-Rumänien. Dort habe er bei Hirten in den Karpaten eine ähnliche Erfahrung gemacht. Die hatten nämlich, obwohl sie in Milch schwammen, nicht gewußt, daß man aus süßem Rahm Schnee schlagen kann.

Daß sich Damasus selbst spöttisch manchmal einen Gebirgsbauern nannte, imponierte Huchel. Das sei aber auch eine große Verpflichtung, sagte er, er müsse daher auch anders schreiben als »die Wiener«.

Damasus rückte dann auch noch das Manuskript eines Ausschnittes aus einer größeren Erzählung heraus, bei der ein eingekerkerter, des Wilderns verdächtiger junger Mann sich an den Wald erinnert und dem Richter von den Schönheiten und Geheimnissen des Waldes erzählen will, in einer Art Rede gegen die Kerkerwand.

Huchel meinte, man müsse diese Geschichte etwas fahriger machen. Dann könne man darüber reden. Aber dazu konnte sich wieder Damasus nicht entschließen, denn der Abschnitt war der Mittelteil einer Erzählung, die er im Kopf, aber noch nicht ausgeführt hatte. Wer den Kuchen nicht nimmt, der soll auch die Rosine nicht haben, sagte er.

So wurde er also kein »Klassiker«, der in »Sinn und Form« gedruckt wurde. Er blieb mit Peter Huchel in Verbindung und der erfahrene Lyriker lenkte behutsam noch manchen seiner Schritte. Auf der Fahrt nach Wilhelmshorst war Damasus wie erschlagen. Er fuhr wieder eine weite Strecke durch »deutschen« Wald, nämlich durch große junge Kieferbestände.

Sein erstes literarisches »Geschäft« machte er dann mit F.C. Weiskopf und das Geschäft kam auf eine sonderbare Weise zustande.

Der Publizist Bruno Frei aus Wien, den Damasus schon aus Mexiko her »kannte«, war in Westberlin unterwegs, um eine Reportage über Symptome der westdeutschen Aufrüstung zu schreiben. Sie trafen sich im Osten und im Westen, Damasus und Phyllis begleiteten den Wiener Kollegen auf einem langen Spaziergang im Hansa-Viertel, wo gerade große Neubauten entstanden waren. Frei erzählte Wiener Geschichten und berichtete über seine Interviews, die er zur westdeutschen Aufrüstung schon machen konnte. Er kündigte grimmig lachend an, er werde die Aufrüster und ihre Befürworter regelrecht »denunzieren«.

Bruno Frei sagte dann, er fröstle etwas und werde in sein Quartier fahren, das er im «Hotel am Zoo »aufgeschlagen hatte. Am frühen Morgen wurde Damasus geweckt und eine Frauenstimme teilte am Telefon mit, daß sein »Onkel« schwer erkrankt sei. Er möge sofort zu ihm kommen.

Damasus fuhr mit der S-Bahn zum zoologischen Garten und erfuhr vom Hotelportier, daß sein »Onkel« eine schwere Nieren- oder Blasenkolik erlitten habe. Er müsse sofort in ein Spital. Bruno Frei konnte nur stoßweise hervorbringen, daß Damasus die Flugkarte stornieren müsse, die er bereits für den Rückflug gebucht hatte, als die Schmerzen eingesetzt hatten. Dann sollte er ihn »hinüber« bringen, weil er hier im Westen nicht in ein Spital gehen wolle.

Damasus lief zum Reisebüro auf dem Kurfürstendamm und konnte mit Mühe und Not das Ticket stornieren.

Inzwischen hatten Bruno Frei neue Krämpfe gepackt und er wurde von Schmerzen geschüttelt. Damasus beglich schnell die Hotelrechnung und sie fuhren mit einem Taxi zum Potsdamer Platz. Dort bestand zwischen »Ost« und »West« eine Fläche Niemandsland, über die Taxis von hüben und drüben nicht fuhren.

Damasus mußte Bruno Frei regelrecht über den leeren Platz schleppen, argwöhnisch beäugt von West- und Volkspolizei. Die Szene sah aus wie ein »klassischer Menschenraub«. Sie erreichten mit Mühe und Not den »demokratischen Sektor« und Damasus erklärte den mißtrauischen Volkspolizisten die Sachlage. Dann fuhren sie mit einer »Ost Taxe« zum Hotel Adria, wo Damasus den Kollegen zunächst in sein Zimmer brachte. Er rief Hanns Eisler an und berichtete ihm von der Katastrophe. Der Komponist riet ihm, sofort im Hedwigskrankenhaus den berühmten Urologen Prof. Dr. Hüdepol anzurufen, der erst vor kurzem Bertolt Brecht behandelt hatte. Nachdem Frei auch mit Brecht bekannt sei, würde er wohl Aufnahme finden.

Die Sekretärin des Professors wand sich zwar und wollte offenkundig Zeit gewinnen, aber der Hinweis auf Bert Brecht erweichte sie dann doch. Als Damasus den Patienten schließlich dem Krankenhaus übergeben konnte, war Frei schon so geschwächt, daß er ihn förmlich tragen mußte. Er wurde sofort auf eine Intensiv-Station gebracht.

Hanns Eisler hatte Damasus noch aufgetragen, den Vorfall so rasch als möglich »unseren Stellen« zu melden, damit es »keinen Ärger« gebe.

Damasus berichtete der internationalen Grete und sie war ärgerlich darüber, daß Bruno Frei ohne Aviso gekommen sei, schließlich hätte er sich doch gleich melden können. Widerwillig nahm sie zur Kenntnis, daß der Dienstauftrag für Bruno Frei ja für Westberlin gegolten habe und er »an sich« keine Veranlassung gehabt habe, die Hauptstadt der DDR zu besuchen.

»Aber jetzt dürfen wir helfen, nicht wahr?« fragte sie spitz.

Die Mitteilung, daß Bruno Frei schon im Hedwigskrankenhaus untergebracht sei, nahm sie mit kühlem Staunen entgegen.

Bei ruhiger Überlegung mußte sie dann doch anderen Sinnes geworden sein, denn sie übte tätige Reue. Der erste Besuch, den der schmerzgeplagte und ohne Anmeldung hereingestolperte Schriftsteller erhielt, war ein Mitarbeiter von Grete und er kam mit einem Blumenstrauß. Es war der gleiche, der auch Damasus nach seiner Ankunft in Berlin im Pförtnerhaus des ZK empfangen hatte.

Bruno Frei brauchte nicht operiert zu werden, ein größerer Stein konnte ihm durch die Harnröhre entfernt werden. Er hatte ihn in einem kleinen Gläschen auf dem Nachtkästchen liegen und zeigte ihn stolz seinen Besuchern.

An seinem Bett saß F.C. Weiskopf, der Bruno Frei noch aus der Zeit kannte, da dieser im Berlin der Weimarer Republik als Journalist tätig gewesen war. Weiskopf war vor einigen Monaten von Prag nach Berlin übersiedelt, nachdem er längere Zeit im diplomatischen Dienst der CSSR tätig gewesen war. Er leitete jetzt die »Neue Deutsche Literatur«, die vom Schriftstellerverband der DDR herausgegeben wurde.

Weiskopf gehörte zu jenen jüdisch-deutschen Prager Schriftstellern, die eindeutig nach Norden, nach Berlin tendierten. Als Damasus bei diesen Gesprächen an Bruno Freis Krankenbett dieses Thema einmal anrührte und meinte, Prag habe ja immerhin lange Zeit zu Österreich gehört und Böhmen zu den »im Reichsrat vertretenen Königreichen und Ländern«, lächelte Weiskopf und sagte, er habe sich wie andere auch, für Berlin entschieden, »weil wir beide 'Residenzen' kennen«.

Allerdings wurzeln einige seiner Romane unverkennbar im k.u.k. Humus, wenn auch mit rebellischen Trieben. Dabei trachtete Weiskopf verbissen nach Detailtreue. So ersuchte er Damasus, bei seinem nächsten Besuch in Wien den genauen Titel eines k.u.k. militärischen Periodikums festzustellen, damit er es in seinem Buch, das dem Roman »Kinder ihrer Zeit« folgen sollte, korrekt zitieren könne.

Weiskopf griff sofort zu, als ihm Damasus die Erzählung »Das Beerenmädchen« anbot, nachdem er ihm kurz den Inhalt erzählt hatte. Er werde das Manuskript sorgfältig prüfen, sagte er. Bruno Frei, der jetzt schon ziemlich schmerzfrei war, ergänzte »und geziemend wohlwollend, bitte sehr«.

So hätte wohl Kafka in seinen Bittgesuchen gesagt, meinte Weiskopf und fügte hinzu: »Ihr Hofräte«. Schon zwei Tage später rief er an und teilte mit, daß die Erzählung angenommen sei. Allerdings werde sie erst später erscheinen. Der Schriftsteller und Redaktionsleiter zeigte sich als Kavalier der alten Schule: er ließ sofort das Honorar überweisen.

Als die Erzählung dann erschien, sagte Berta Waterstradt bei einem Plausch im Presseklub, sie bewundere daran die »feine Arbeit«, zu der sich »unsereins leider nicht mehr die Zeit nimmt«.

Berta Waterstradt, die vorwiegend Hörspiele schrieb, gehörte zum »Stamm« des Presseklubs, wußte stets Neuigkeiten, die sie mit liebenswürdiger Bosheit, hintergründig lächelnd, preisgab.

Im Presseklub roch es trotz Zigaretten- und Zigarrenrauch stets nahrhaft und ein wenig bayrisch, denn hier gab es das köstliche Spitzbein und Leberknödel, die zwar nicht so flaumig wie zuhause aber immerhin »knödelig« waren.

Die Waterstradt machte aufmerksam auf Frau Alma Uhse, die an einem Tisch am anderen Ende des saalartigen Lokals Hof hielt. Sie gestikulierte fahrig und aufgeregt und Phyllis meinte, daß sie heute wieder aussehe wie eine Spanierin. Nein, korrigierte Berta Waterstradt spitz, wie eine Zigeunerin und lächelte mit funkelnden Augen.

Und warum sei sie so fahrig? Weil ihr Bodo den großen Nationalpreis wieder nicht bekommen hatte. Aber wofür hätte er ihn denn bekommen sollen, wenn er mit seinen »Patrioten« ewig nicht fertig werde? Wenn Bodo Uhse dann kam, blickte er sich nervös um, gar nicht erfreut, sich bei der Runde seiner Frau länger niederzulassen.

Herein schritt Stephan Hermlin, von den Damen des englisch-jüdischen Tisches »Stefanie« genannt, weil sein Gesicht etwas Weiches hatte und sein Auftreten leicht damenhaft war. Er traf sich hier mit Arnold Zweig, der mit seinen dicken Brillengläsern kurzsichtig und fast blind dahintappte. Ruth Hirsch kannte ihn noch von Palästina und berichtete von seinen ausgeprägten Schrullen.

Manchmal gesellte sich auch Jan Petersen zu den streitbaren Damen. Er war derjenige Berliner Schriftsteller, der an dem berühmten Pariser Schriftstellerkongress von 1935 teilgenommen hatte und dort in einer Maske aufgetreten war, weil er direkt aus Deutschland kam und nicht erkannt werden durfte.

Petersen war später nach England emigriert und fühlte sich immer hingezogen zu englischem Humor und englischen Schwächen, obwohl auch er von den britischen Behörden recht unsanft behandelt worden war.

Manchmal betrat auch Anna Seghers den Presseklub, wenn sie gerade im Aufbau-Verlag in der Französischen Straße zu tun hatte. Ansonsten hockte sie hartnäckig in Adlershof, weit draußen in der Vorstadt.

Sie blinzelte stets über die Leute hin, mehr geistesabwesend als kurzsichtig und ihr Lächeln war immer etwas entfernt. Von Berta Waterstradt erfuhr Damasus, daß Anna Seghers von dem »Beerenmädchen« in der Zeitschrift des Schriftstellerverbandes »gut gesprochen« habe.

9

Mit Phyllis ging er im Treptower Park spazieren und besuchte Freunde in Grünau. Mit Lore hielt er sich mehr im Unterholz der Wuhlheide und der Müggelberge auf und in Speers Tanzpalast. Mit »London« arbeitete er als Korrespondent, mit »Berlin« mehr literarisch, indem er auf den Jargon hörte und der Sprachmelodie nachsann, die bei aller Schnoddrigkeit etwas ländliches hatte.

Im Kopf hatte er die Geschichte von Romeo und Julia an der Bernauerstraße schon einigermaßen abgetastet und auch einige Varianten durchgespielt. Gelegentlich hatte er auch über seine Pläne zu Kollegen gesprochen. Außer Schroeder rieten ihm alle ab, einen solchen »Stoff« anzufassen. Greulich meinte, das müsse als Frechheit aufgefaßt werden, wenn da einer, kaum hereingeschneit, sich da schon patzig mache mit urberliner Geschichten.

Jan Petersen runzelte die Stirne und fragte Damasus, ob er denn wahnsinnig geworden sei. Wisse er denn nicht, wieviel Fettnäpfchen da bereit stünden, denn er könne ja wohl keiner der verfeindeten Familien wirklich recht geben und in so zugespitzten Zeiten müsse man die Leute nicht reizen.

Mit Herbert Ihering, den Damasus oft im Presseklub traf, sprach er ebenfalls über das Projekt. Er meinte, Shakespeare und Gottfried Keller seien ja immerhin gute Autoren gewesen, könne man sich an sie anhängen ohne abzustürzen?

Ihering lächelte. Da solle er sich keine Sorgen machen, da könne man ja auch sagen, daß Thomas Müntzer ein guter Autor sei. Er spielte damit auf das Stück von Friedrich Wolf an und auf den Film, der zu diesem Schauspiel gedreht wurde.

Ihering, der damals für den »Sonntag« Theater- und Filmkritiken schrieb und die Herausgabe seiner gesammelten Besprechungen seit den Zwanzigerjahren vorbereitete, litt sehr unter den Nachwehen der Prager und Budapester Prozesse. Nicht daß sie ihn direkt betroffen hätten, aber er war bedrückt darüber, wie sein alter Freund, der Meisterregisseur Erwin Piscator, in die Schußlinie geraten war, weil er im Zusammenhang mit dem sagenhaften amerikanischen »Oberagenten« Noel Field genannt worden war. Dabei wäre gerade Piscator so notwendig, meinte Jhering, der zu den neuen Regisseuren kein gutes Verhältnis hatte.

Ihering war ein leiser Streiter, zur Trockenheit neigend. Dem alten, etwas betulichen Herrn hätte man es nicht angesehen, daß er einst Brecht den begehrten Kleist-Preis zuerkannt hatte zu einer Zeit, als der junge Augsburger Dichter noch höchst umstritten war. Der gefürchtete Kritiker Alfred Kerr erkundigte sich in einem Brief am Anfang der Emigration sarkastisch: »Sprüht Ihering immer noch Leder«? Die Bosheit war gewiß überspitzt, aber Ihering war in seinen Schriften immer mehr Wissenschaftler als Künstler.

Sein Sohn war in mancherlei Hinsicht das Gegenteil. Damasus besuchte ihn in Zehlendorf zusammen mit Arnolt Bronnen, der in diesen Jahren seine Rückkehr nach Berlin vorbereitete. Der junge Regisseur raufte sich die Haare über die Schwierigkeit, in deutschen Landen Regisseur zu sein. Er bereitete gerade eine Inszenierung der «Lysistrata» von Aristophanes vor und stöhnte, was er da für Möglichkeiten vergeben müsse. Im Original beträten Frauen die Bühne und onanierten. Das solle man in einem preußischen Theater - hüben oder drüben - auch nur anzudeuten wagen, da würde man ja genußvoll gesteinigt.

An einigen trüben Herbsttagen igelte sich Damasus in der Schneidemühler-Straße ein und schrieb in einem Zug die Erzählung »Romeo und Julia an der Bernauerstraße« nieder. »Sein« Bürolehrling Lore schrieb die Geschichte ab und er legte sie Max Schroeder vor. Sie sprachen noch über einige Passagen und dann nahm das Manuskript schon den Weg zu einem Vorabdruck im »Sonntag«. Vorher wurde Damasus noch mit der rechten Hand Schroeders bekannt, sozusagen mit dessen »jungem Mann«, Günter Caspar. Ihm hatte Schroeder das Manuskript übergeben, weil er selbst alle Hände voll zu tun hatte, um die zwölfbändige Thomas Mann-Ausgabe vorzubereiten. Er hustete bereits sehr auffallend, seine Todeskrankheit kündigte sich an und er wußte es wohl auch.

Als sie das Manuskript noch einmal durchgingen, bemerkte Damasus, daß Caspar einen kleinen Strich gemacht hatte, ohne mit ihm darüber zu reden. Es war die Stelle, an der Romeo von diesseits der Bernauer Straße seine Julia auf dem Mont Klamott in Gesundbrunnen, also jenseits der Bernauer, verführt und dabei entdeckt, daß das freche und aufgekratzte Mädchen noch eine Jungfrau ist. Diese Jungfrau war Caspar »zu dick«. Damasus mußte ihm innerlich zwar recht geben, aber ganz verziehen hat er dem später berühmten Lektor, Kritiker und Herausgeber sein Ausmerzen der Berliner Jungfrau nicht.

Caspar war ein besessener Diener am Werk anderer, so besessen, daß er manchmal tyrannisch wirkte. Seine Freunde nannten ihn einen »preußischen Bohemien« und als solcher hat er den »Oberen« häufig Verdruß bereitet. Er hat sich viel zu wenig Zeit für die »eigene« Arbeit genommen, denn er wäre, wie seine Betreuung des Uhse-Nachlasses zeigt, ein ungemein gründlicher, allen Nuancen nachspürender Biograph gewesen.

Als die ersten Fortsetzungen der Erzählungen im »Sonntag» erschienen, illustriert von Paul Rosier, meldete sich Elisabeth Hauptmann bei Phyllis. Bei einem zeremoniellen englischen Tee berichtete sie, Brecht interessiere sich für die Erzählung. Er rate zu einer Auflösung in Dialoge. Sie nahm einen Durchschlag des Manuskripts mit und brachte es zum »Stab« Brechts.

Auf diese Weise kam Damasus mit Brecht in nähere Berührung, nachdem er ihm schon öfter begegnet war. Symbolisch bereits in der amerikanischen Gefangenschaft, leibhaftig sah er ihn zum erstenmal bei der Totenfeier für

Friedrich Wolf im Oktober 1953. Dann immer wieder bei verschiedenen Kongressen, bei der Maidemonstration auf dem Marx-Engels-Platz und natürlich im Theater am Schiffbauerdamm, das nun zum »Berliner Ensemble« geworden war. Damasus sah die deutsche Uraufführung des »Kaukasischen Kreidekreises«, bei der Brecht selbst die Inszenierung besorgt hatte. Er sah ihn auch bei der »Winterschlacht« von Johannes R. Becher, bei der ebenfalls Brecht Regie geführt hatte (wie Lästerzungen behaupteten, aus purer opportunistischer List). Der boshafte Kommentar nannte das Werk nach der Uraufführung »Mord unter dem Weihnachtsbaum«. Beide, Brecht und Becher, verneigten sich gemeinsam und artig vor dem applaudierenden Publikum, obwohl, wie allgemein bekannt war, Becher seinem großen Kollegen Brecht nie verziehen hatte, daß dieser um die österreichische Staatsbürgerschaft angesucht und diese auch angenommen hatte.

Brecht war auch gelegentlicher Gast bei literarischen Ost-West-Streitgesprächen. Bei einem solchen war Brecht für ein Verbot von kriegshetzerischer und kriegsverherrlichender Literatur eingetreten.

Ein Fragesteller erinnerte ihn daran, daß in der Weimarer Republik auch er, Brecht, gelegentlich ein »verbotener« Schriftsteller gewesen sei, liege er da richtig? Brecht nickte nur dazu, nachdem er kräftig an seiner kurzen Zigarre gesogen hatte. Und, stieß der Frager nach, hätte Brecht sich denn auch damals für ein Verbot von Literatur stark gemacht?

»Aber selbstverständlich«, erklärte Brecht. »'Mein Kampf' hätte beispielsweise sofort verboten gehört«. Er lächelte verschmitzt.

Aber man erfuhr auch manches andere über den großen Dichter, das ihn wieder ziemlich klein machte, nämlich über seine Liebschaften. Berta Waterstradt nannte sie ungeniert »Weibergeschichten«. Da rutschte der gute Brecht gerne aus, wenn er sich auch materiell um seine Beischläferinnen stets kümmerte, dabei unverschämt mit der Großmut Helene Weigels spekulierend. Frühe Feministinen kratzten beharrlich an seinem Ruhm.

Natürlich kursierten in Berlin auch viele politische, meist satirische Äußerungen des Dichters. Die Akademie der Künste hatte sich nach den Stürmen vom 17. Juni 1953 damit gebrüstet, daß sie da nicht mitgemacht habe, und »treu geblieben« sei. Brecht hatte dem hinzugefügt: »Aus Mangel an Initiative«.

Er war also durchaus kein Marmorstandbild, sondern ein Mensch mit kräftigen Ecken und Kanten.

In seinem Wohnhaus an der Chausséestraße gab es manchmal zwanglose Zusammenkünfte, sozusagen Kaffeekränzchen oder wie die Boshaften sagten, er gab an manchen Sonntagnachmittagen »Audienzen«.

Diese «Audienzen» dienten weniger dem Arbeitsgespräch, es herrschte der lockere Plauderton vor.

Das Arbeitszimmer Brechts war lang und schmal. Der Schreibtisch stand schräg in einer Ecke und wenn Brecht dahinter saß, mußte er gleichsam einen

Gang hinunterblicken. An den langen Seitenwänden waren Stellagen aufgebaut, alles ein wenig provisorisch, und darauf lagen Bündel von Zeitungen, Zeitschriften und anderen Papieren, aber nur wenige Bücher.

An diesem Tag waren auch Hilde und Gerhart Eisler zu Gast, dazu ein Regisseur aus Westdeutschland und dessen Assistent aus Westberlin.

Bronnen stellte Damasus als den «schreibenden Holzknecht« vor und Brecht schaute ihn forschend an. Er nickte zerstreut und fragte gleich nach den Dialogen von der Romeo und Julia-Geschichte. Als Damasus ein unschlüssiges Gesicht machte und gestand, daß er damit noch nicht zu Rande gekommen sei, ermunterte ihn Brecht: »Das müssen Sie machen, unbedingt«.

Gerhart Eisler berichtete über die immer größer werdende Spezialisierung im Nachrichtenwesen, die auch immer mehr Spezialisierung in der Ausbildung verlange.

Brecht erinnerte an seine Erfahrungen aus dem Exil in Kalifornien, als dort die großen Flugzeugwerke aus dem Boden gestampft wurden. Nur eine Handvoll von Fachleuten sei da anfänglich am Werk gewesen, den Hauptanteil stellten jedoch Tagelöhner, Baumwollpflücker und Eisenbahn-Oberbauarbeiter, also mehr oder weniger »Zigeuner«, die alle rasch eingeschult wurden. Die hochkomplizierte Produktion habe funktioniert mit Haufen von Hilfsarbeitern.

Wenn jedoch ein Produkt selbst zu kompliziert werde, dann sei dies eher ein Nachteil.

Er griff nach einem Zeitungsblatt, das er nach einigem Suchen aus einem Stoß von Papier fischte. Da lese er etwas recht Interessantes.

Im Koreakrieg sei es vorgekommen, daß amerikanische Panzer, der letzte Schrei der Kriegstechnik, von ihren Fahrern verlassen wurden, weil sie nicht mehr imstande waren, im Falle eines Defektes das Fahrzeug wieder in Gang zu bringen. Die Apparatur war zu spezialisiert, ohne gut eingerichtete Werkstatt und ohne einem ganzen Team von Mechanikern sei da nichts mehr zu machen gewesen. Aber chinesische Freiwillige, die sonst von komplizierter Technik nicht viel wußten, aber Meister der Improvisation waren, hätten die technischen Wunderwerke wieder in Gang gebracht, oft nur mit einem Stück Draht. Es schlage also ins Gegenteil um, wenn der Mensch solche Maschinen entwickle, die er dann selbst nicht mehr wirklich beherrsche.

Brecht unterbrach den Fluß seiner Rede gerne mit Einschüben wie: »so lese ich» und »so sagt man mir», wodurch ein Eindruck von trockener Diktion entstand, die auch in manchen seiner späten Gedichte nicht zu überhören ist.

Damasus fiel auf, daß Helene Weigel ihren Mann nicht mit dem Vornamen anredete, sondern mit »Brecht«, während sie zu Bronnen »Arnolt« sagte, mit einem kleinen Anklang zu »Arnoilt«. »Brecht«, sagte Helene Weigel,

»du müßtest einmal was zum KPD-Verbot sagen«. Brecht wirkte bekümmert.

Er berichtete an diesem Nachmittag, daß er mit einer russischen Übersetzerin Schwierigkeiten habe. Bei dem Stück »Puntila« ist von der »weißen Brust« eines Mädchens die Rede. Die Übersetzerin sei prüde und versuche immer wieder, aus der weißen Brust eine »schöne Brust« zu machen. Es koste ihn jedesmal einige Mühe, ihr zu erklären, daß eine »schöne Brust« eine Allerweltsredensart sei, die »weiße Brust« aber plastisch und erotisch.

Gerhart Eisler bemerkte dazu, daß junge Revolutionen immer keusch und streng seien. Auch die DDR habe da einiges zu bieten. Die Figuren an der Sporthalle in der Stalinallee seien auch sittsam sportlich angezogen. Das Knie jedoch sei nackt.

»Wir machen es da wie die alten Päpste, die ebenfalls die prallen Figuren mit züchtigen Hemden bemalen ließen«, fügte er hinzu.

Schließlich kam das Gespräch auch auf das Essen, dem Brecht stets saftige Aufmerksamkeit geschenkt hat. Damasus berichtete, wie er gelegentlich Käsespätzle zubereite »wie es sich gehört«, mit rohen Erdäpfeln, Zwiebel und Apfel und natürlich mit scharfem Bierkäse oder Quargel. Nicht nur gemischt dürfe das Gericht sein, sondern richtig angeröstet, sodaß es braune Krusten bekomme, schwärmte er und Brecht, der halbe Schwabe, hörte aufmerksam zu.

Nicht einmal eine anständige Weißwurst könne man in Berlin machen, klagte er, und das sei eine arge Entbehrung für Esser, die etwas verstehen.

Der westdeutsche Regisseur erklärte, dem könne abgeholfen werden, da müsse man eben eine Luftbrücke errichten, eine Weißwurst-Luftbrücke. Das könne er natürlich organisieren und sein Westberliner Assistent werde die frische Ware Brecht direkt ins Haus liefern. Alle zwei Tage eine frische Münchener.

»Ja, aber aus Augsburg«, sagte Brecht.

»Also eine Augsburger?«, fragte der beim Essen offenbar nicht begabte Theatermann.

»Nein«, erwiderte Brecht geduldig, »eine Münchener Weiße, aber eine, die in Augsburg erzeugt wird«.

Obwohl die Unterhaltung nur leicht dahingeplätschert hatte, war Brecht müde. Hinter seinen Brillen schienen die kleinen Augen nach innen zu blicken. Er war blaß in einer fahlen Weise und sein Lachen klang eher gequält als gelöst.

Damasus hat ihn bei diesem Besuch in der Chausseestraße zum letztenmal gesehen.

Zu einer Dramatisierung der Erzählung »Romeo und Julia an der Bernauerstraße« ist es nicht mehr gekommen. Damasus zögerte, denn zuerst wollte er die Buchform abwarten. Das Manuskript ging dann an die DEFA und dort muß es irgendwo versickert sein. Daß aber die Geschichte für Berlin von hoher Aktualität war, zeigte sich darin, daß im Westen bald nach Erscheinen des Werkes im »Osten«, ein Film gedreht wurde mit dem Titel »Romeo und Julia in Berlin«. Das war geradezu ein Plagiat, aber Damasus fühlte sich machtlos dagegen. Wie hätte er als einzelner und noch immer reichlich unbeholfener Gebirgsbauer hier gar noch prozessieren können mit einer Filmgesellschaft, die zwar auch schon in den letzten Zügen lag, aber noch immer einen gewissen Namen hatte? Selbstverständlich hatte der Film die Pointe der Erzählung umgedreht. Das Mädchen ging natürlich nicht in den »Osten«.

Daß in seiner Erzählung das Mädchen zu ihrem Liebsten in den »Osten« ging, fand allerdings auch die Abschreiberin Lore höchst »dusselig«, denn wer gehe schon freiwillig »herüber«, fragte sie spöttisch.

Die Kritik hatte sicherlich recht, daß er bei der schnell niedergeschriebenen Erzählung den Jargon nicht präzise genug getroffen habe. Trotzdem hatte das Bändchen großen Symbolwert. In einer kleinen Buchhandlung an der Brunnenstraße, keine hundert Meter von der Bernauer entfernt, war eine ganze Auslage mit dem Büchlein geschmückt. Hier war ein Problem angepackt worden, das zwar auf der Straße lag, das aber gerade ein »Fremder« von Anfang an als ungeheuerlich und bedrückend empfunden hatte, nämlich die Grenze zweier Welten mitten durch die Stadt. Der »Fremde« hat da allerlei Unheil und Erstarrung vorausgeahnt. Nur einige Jahre nach dem Erscheinen der Erzählung wurde just hier an der Bernauerstraße die Mauer gebaut und hier begann auch ihr Abbruch.

Der Verlagsvertrag für »Romeo und Julia an der Bernauerstraße« trug die Unterschrift von Walter Janka, der damals der Leiter des Aufbau Verlages war. Damasus kannte ihn von einer Pressekonferenz her, bei der er über Aufbau-Pläne sprach und mitteilte, daß sich die Herausgabe von Ludwig Renns Buch über den spanischen Bürgerkrieg (es erschien dann unter dem Titel »Im spanischen Krieg«) etwas verzögern werde, weil sich bei der Aufbereitung des großen Materials einige Schwierigkeiten ergeben hätten. Er war nicht bereit, über das Wesen dieser Schwierigkeiten mehr zu sagen und lächelte nur zu den vergeblichen Vorstößen der Journalisten.

Janka wurde 1957 zu fünf Jahren Haft verurteilt, weil er vom Aufbau Verlag aus eine »Konterrevolution« vorbereitet habe.

10

Obwohl er mitten im Trubel stand, nahte unverkennbar eine Zeit des Abschieds. Der Herbst in Berlin und seiner Umgebung war ganz anders als zuhause, er war klarer und durchsichtiger. Der Wind wehte aus den Wunden der Stadt noch immer den feinen märkischen Sand. In den Wäldern konnte man, wenn die Birken sich verfärbten, weit von einem Ende zum anderen sehen, über mehrere spärliche Wiesen und schüttere Felder hin. Der Himmel war rein aber bleich. Der Lyriker Peter Huchel lächelte jedesmal anerkennend, wenn der »Fremde« Damasus von der märkischen Landschaft schwärmte.

Gerade weil Herbst war, sprach er mit Phyllis oft darüber, wie es denn jetzt in den »Highlands« aussehen müsse und wann sie ihm denn all dies einmal zeigen werde. Er sagte es leicht und unbekümmert wie ein neugieriger Tourist. Sie schwieg zu seinen Fragen oder sagte nur: »Warte noch«. Er tat so, als könne er ihre Zurückhaltung gar nicht begreifen und insgeheim spürte er doch, daß sie eine Entscheidung von ihm verlangte. Nur als London-Bummler und Highland-Fahrer sollte er wohl nicht mit ihr in die Heimat kommen.

Große Unrast ergriff ihn, die in merkwürdigem Gegensatz dazu stand, daß er sich inzwischen in Berlin eingelebt hatte. Spaßhalber nannte er sich manchmal einen »illegalen Abgeordneten«. Aus dem Umkreis des Trümmer-Paule, der weit größer war, als man zunächst annehmen konnte, kamen viele Anforderungen an ihn heran.

Viele hatten sein Büchlein gelesen, das vom »Neuen Deutschland« besprochen worden war. Auch wenn sie mit der »Tendenz« nicht einverstanden waren, was ihnen zusagte, war wohl, daß dieser fremde bunte Vogel hier wirklich unter den Leuten wohnte. »Der Österreicher« nannten sie ihn und es klang beinah wie eine diplomatische Würde.

Er wandte sich an die Hausverwaltung von Genossenschaften und unterbreitete Wünsche und Beschwerden der Mieter. Manchmal konnte er damit sogar helfen, denn für die Genossenschaftsverwaltungen war der Korrespondent einer ausländischen Zeitung ja wirklich eine Respektsperson und so einer könnte imstande sein, Unzulänglichkeiten gar noch an die große Glocke zu hängen. Aber auch wenn seine Eingaben nichts fruchteten, die Betroffenen waren erleichtert, daß sie sich ausreden konnten und daß ihnen da einer wirklich zuhörte, was bei den »Regierenden« eher selten der Fall war.

Die Frau, die bei ihm die Wohnung aufräumte, hatte eine Tochter, die mit vierzehn Jahren dem Lernen keine Lust mehr abgewinnen konnte. Die Mutter meinte, wenn es schlechte Noten setzte, da seien die Lehrer dran schuld. Sie sagte ihm einigemale ergrimmt, sie werde »zu Eberten« gehen, um sich zu beschweren. Er war gerührt über die Anhänglichkeit, die die Mutter des pubertierenden Mädchens dem Bürgermeister, dem Sohn des einstigen Reichspräsidenten, entgegenbrachte, aber er konnte sich denken, daß »Eberten« wohl andere Sorgen habe als bessere Noten für ein kratzbürstiges Kind.

Er redete ihr den Gang »zu Eberten« aus und setzte sich mit dem Direktor der Volkshochschule in Verbindung, den er von der »Sportklause« in der Cotheniusstraße kannte. Der besorgte dem Mädchen Nachhilfestunden und die Zeugnisse wurden besser. Die Mutter führte die Besserung direkt auf den »Österreicher« zurück.

Seine kleinkommunale Tätigkeit blieb »oben« nicht unbemerkt, wie Damasus aus gewissen spöttischen Äußerungen der internationalen Grete über seine »Verbindungen« erkannte. Die Äußerungen waren spitz.

In seinem »gewöhnlichen« Leben im Norden Berlins lernte er, an der Sprache zu erkennen, ob jemand aus Pommern, Mecklenburg oder aus Schlesien zugezogen war oder von dort abstammte. Ein Viertel in der Nähe war fast zur Gänze von sächsischen Familien bewohnt. Die heranwachsenden Kinder aber, kaum daß sie laufen konnten, sprachen schon ausgeprägt berlinerisch. Die Stadt hatte noch eine große Assimilierungskraft.

Die Redaktion in Wien war mit ihm zufrieden, er hatte sich genug Routine angeeignet, um sie rasch bedienen zu können. Allerdings merkte er, daß er viele Erscheinungen bereits mit DDR-Augen zu betrachten begann. Um dem gegenzusteuern, wurde er öfter nach Wien berufen, gleichsam zum »Rapport« und zur Teilnahme an Konferenzen.

Er spürte, daß er sich nun bald entscheiden müsse, ob er »heimkehren« oder »draußen bleiben« wolle.

Fürs Draußenbleiben sprach sein Leben mit Phyllis. »Draußen« hieß aber nicht nur Berlin sondern die »Welt«. Mit Phyllis zusammen würde er wohl noch in ein anderes Land gehen oder auch mit ihr nach London zurückkehren. Das war verlockend. Aber es war auch zwiespältig, denn er ahnte, daß er schließlich dann doch einmal, recht spät, wieder zurückkehren und sich dann nicht mehr zurechtfinden könnte. Er kannte einige, die zu lange draußen geblieben waren und dann, nach politischen Wetterstürzen, heimkehren mußten. Sie redeten eine fremd anmutende zerfledderte Sprache mit fremdem Tonfall, sie gaben Ratschläge, die in anderen Erfahrungen wurzelten, sie waren immer mit untauglichen Vergleichen bei der Hand und blieben fremd mit allen Kuriositäten bis ans Ende.

Er fuhr mit Phyllis einigemale nach Österreich, »nach Hause«, wie er sagte, wobei sie ein Gesicht machte, das neugierig schien, aber doch auch ratlos. Im Gebirge wirkte sie wie eine fremde Orchidee. Am Gosausee am Fuße des Dachsteins kuschelte sie sich schutzsuchend an ihn, die hohen Berge drohten sie zu erdrücken.

Seine Eltern nahmen sie herzlich auf, aber von ihrem Dialekt verstand sie kein Wort und die Verhältnisse, in denen sie lebten, mußten ihr ganz besonders eng vorkommen. Sie wurzelte in einem anderen Erdreich als er.

Und da war wohl noch etwas, über das sie zwar nie sprachen, weil es »ungehörig« gewesen wäre, das aber doch latent vorhanden war. Er kam aus dem ländlichen Proletariat, sie aus dem Bürgertum der Weltstadt. Was konnte sie den Stätten seiner Jugend abgewinnen, was den Landschaften seiner frühen Arbeitsplätze und seinem immer stärker werdenden Hang, gerade diese Stätten literarisch zu umkreisen, mit einem Vorgefühl, daß gerade er hier vieles aufheben müsse, was schon halb verschollen war, und daß die Kunde von manchem völlig abbräche, wenn er sie nicht festhielt?

Wenn er daran dachte, wie sie sich hier einleben sollte, war ihm beklommen zumute. Aber hätte er sich nicht bemühen sollen, mit ihr gemeinsam in Wien Fuß zu fassen? Aber er war schon »draußen«, nämlich in der sogenannten »Provinz«, viel zu stark geprägt worden und nun auch in Berlin. Die »Wienerstadt« war ihm nicht geheuer mit all ihren Untiefen und Verfilzungen. Wenn er an die Politik dachte, die auch in der Haupt- und Residenzstadt sich etabliert hatte und wie gerade das Fragwürdige von gestern und vorgestern neu zu wuchern begann, dann bekam er Atembeschwerden. Ein halbwegs freier und kritischer Geist konnte man hier wohl nur sein, wenn man ein »Dasiger« war, wie in einem Dorf, wohlvertraut mit allen Nücken und Tücken, Fallstricken, Intrigen und Gemeinheiten. Dann würde man sogar die Geißel schwingen können in grimmiger Lust, voll Hohn auf das »Große«, das in Wirklichkeit ganz klein war.

Wie erst hätte sich da eine Frau aus London mit dem Stigma einer ausgeprägt linken Gesinnung zurechtfinden sollen und wie tief hätte sie sich wohl beugen müssen, um nicht zu zerbrechen in dieser Ansammlung von allerlei blühendem Plunder, geborgt aus dem Fundus vergangener Jahrhunderte mit seinem Mief von Beschränktheit und Größenwahn?

Als er schon zurückgekehrt war, telefonierten sie dreimal in der Woche miteinander, er fuhr öfter nach Berlin, um ihr nahe zu sein zwischen den immer schärferen Trennungen. Dann sprachen sie sich aus und entschieden, daß ihre Wege nun auseinander gehen müßten. Sie fuhren noch einmal an den Teupitzsee südöstlich von Berlin, wo es in der Dorfstraße bereits heimelig nach Zwetschkenkuchen roch, den die Hausfrauen bei einem Meister backen ließen. Der weite Himmel über dem Wasser war da und am Horizont bewegte sich in langen Wellen der deutsche Wald aus kleinen Kiefern, die aus dem braunen Sand wuchsen. Der Herbst kündigte sich an mit seinen ersten Fäden am hellen Himmel und sich sammelnden Vogelschwärmen.

Als er schon im Zug nach Wien saß und wußte, daß er nun lange nicht mehr kommen werde, erfuhr er, daß der Dichter Bert Brecht, erst 58 Jahre alt, gestorben war, einen Tag vor Mariä Himmelfahrt.

Es war ein großer Verlust für die Literatur und auch für Damasus persönlich, denn Brecht hatte zu seinen Förderern gehört. Wenn er früher versucht hätte, seine Berliner Geschichte in Dialoge zu fassen, vielleicht wäre es zu einer fruchtbaren Zusammenarbeit gekommen und vielleicht wäre er in Brechts »Schule« aufgenommen worden?

Am größten war der Verlust für die DDR. Mit seiner wachsenden Weltgeltung war Brecht zu einer Autorität ersten Ranges geworden. Ohne sich vorzudrängen, regierte er gleichsam mit, durch seine Ratschläge, durch seine künstlerische und moralische Potenz. Hätte er um zehn, zwanzig Jahre länger gelebt, es wäre vieles vielleicht nicht geschehen und vieles wäre anders geschehen. Die Mächtigen schliefen ruhiger ohne ihn.

Auch anders hatte der Abschied schon seine melancholischen Töne und Zwischentöne ausgesendet. Im Presseklub kam Damasus mit Peter Huchel und Stephan Hermlin zusammen. Damasus hatte sich an einem literarischen Wettbewerb der Gesellschaft für deutsch-sowjetische Freundschaft beteiligt. Er hatte eine kleine Geschichte eingereicht, in der ein hungernder russischer Kriegsgefangener von einem habgierigen Weib um ein halbes Brot betrogen wird. Er wußte, daß Hermlin in der Jury des Wettbewerbes vertreten war und fragte vorsichtig, was für einen Eindruck er von der Geschichte gehabt habe.

Hermlin wollte zunächst abwehren, denn aus einer Jury plaudert man bekanntlich nicht aus.

»Aber ich bitte Dich, tu nicht so, er will ja nicht wissen, was der und jener dazu gesagt hat, er möchte ja nur deine verehrte Meinung hören. Ich sag's ihm ja auch, wenn er mir einen Scheiß andrehen will für mein Klassiker-Magazin«.

Er möge also die Güte haben, gefälligst Auskunft zu geben.

Stephan Hermlin meinte, er habe einen guten Eindruck von der Geschichte gehabt, aber der Schreiber kenne ja die Auffassung der Sowjets, ihre Stellung und Meinung zur Kriegsgefangenschaft.

»Es gibt keine Kriegsgefangenen, es gibt nur Verräter und Überläufer, nicht wahr?« sagte Peter Huchel und lachte böse. Hermlin nickte und sog an seiner Pfeife. Er sprach offenbar nicht gerne über dieses Problem.

Was ihm an der Geschichte besonders gefallen habe, das sei der Hieb gegen die österreichische Lebenslüge gewesen, betonte Hermlin, gegen die faustdicke Lüge nämlich, daß Österreich immer nur arm und überfallen gewesen sei, die Bösewichter aber immer nur die Deutschen waren.

Damasus fühlte sich unangenehm berührt von dieser Attacke, er murmelte nur, er sei hier wirklich unschuldig, bitte sehr. Aber er anerkenne, daß es eine solche Lesart gebe im offiziellen Österreich, aber sie sei nicht die seine.

»Und auch nicht die unsrige« wollte Peter Huchel einlenken, aber Stephan Hermlin schwieg. Er hatte sich selbst gegen allerlei Vorwürfe und Verdächtigungen zu wehren. Er hatte nämlich gerade eine »negative Heldin« geschaffen. In seiner Erzählung hatte er als Hauptgestalt eine um den 17. Juni 1953 aus dem Gefängnis befreite SS-Kommandeuse abkonterfeit und deren Psychologie sorgfältig aufbereitet.

Er habe zu wenig den Widerstand gegen die Provokation gezeigt, hieß es »offiziös«. Hermlin erwiderte auf solche Sticheleien boshaft, er habe von diesem Widerstand an dem Schauplatz dieser Geschichte nicht eben viel bemerkt.

Nun kam Arnold Zweig auf den Tisch zu und Peter Huchel ging ihm entgegen, um den kurzsichtigen Romancier zu stützen.

Huchel provozierte gern und so fragte er Arnold Zweig, ob er schon wisse, daß demnächst Arnolt Bronnen nach Berlin zurückkehren werde. Da - er zeigte auf Damasus - sei ein Freund von Bronnen, der mit ihm in Österreich gearbeitet habe.

Arnold Zweig murmelte, er habe schon von dieser »Heimkehr« gehört. Damasus wollte das Gespräch abdrehen und machte eine Verbeugung vor Zweigs kürzlich veröffentlichte Äußerung über die Aufführung der »Zauberflöte« in der Komischen Oper, in der er eine Huldigung für »unseren Genius Mozart« ausgesprochen hatte.

Was er allerdings nicht sagte: Seine Zeitung hatte die Äußerungen Arnold Zweigs über die »Zauberflöte« und Mozart aus dem Bericht gestrichen mit der Bemerkung, man wisse auch ohne dieses Zeugnis aus Schlesien, daß Mozart ein großer Komponist und die Zauberflöte ein berühmtes Werk sei. Da war es wieder, das vertrackte Schlesien. (Später, zu einem runden Geburtstag Zweigs stellte sich auch der Lyriker Hugo Huppert als Gratulant ein und schrieb von »schlesischer Nachbarschaft« in Bielitz-Biala, obwohl diese Doppelstadt, in der Huppert geboren war, mehr zu Galizien gehörte als zu Österreichisch-Schlesien).

Es habe ja nachgerade genug Wandlungen gegeben, meinte Zweig, man denke nur an berühmte Generäle. Aber auf die Wandlung Bronnens sei er ja wirklich gespannt.

Gerade mit Arnold Zweig hatte Bronnen in der Weimarer Zeit arg gestänkert und dabei nationalistische und antisemitische Untertöne kaum verborgen.

Als Damasus berichtete, daß Bronnen »zuhause« eine positive Rolle gespielt hat und spielt, schaute Zweig teilnahmslos durch seine dicken Brillengläser und schwieg hartnäckig.

»Aber seine Rückkehr ist doch abgesegnet von Becher und Brecht«, meinte Stephan Hermlin, »da wird man ihm doch vergangene Sünden verzeihen?«

»Du weißt doch, wie großzügig man bei uns ist im Verzeihen«, erwiderte Huchel und Hermlin machte ein verbissenes Gesicht.

Bronnen kam 1955 nach Berlin. Damasus war mit ihm zusammen bei der Feier zum 150. Todestag Schillers in Weimar, bei der Thomas Mann seine berühmte Rede hielt. Es war Mitte Mai und Weimar war gerade im Abblühen. Thomas Mann sprach mit merkwürdig belegter Stimme und räusperte sich häufig. Damasus dachte an den Roman eines Romanes über die Entstehung des Doktor Faustus, in welchem der Dichter von der schweren Operation berichtet, bei der ihm ein »Lungenabszeß« entfernt worden war.

Thomas Mann starb, noch im Jahre seines Weimarer Auftrittes, nur einige Monate später am 12. August 1955.

Es war Frühling, aber der Tod kündigte sich an. Max Schroeder, der »Entdecker« von Damasus, war bei der Schillerfeier noch recht munter, hustete aber noch stärker als üblich und bald darauf warf ihn eine schwere Lungenkrankheit nieder. Er schleppte sich noch eine zeitlang hin, im Jänner 1958 starb er.

Johannes R. Becher hatte in Weimar Thomas Mann noch mit einem Sonett gefeiert, auch er schon mit dem Todeskeim schwanger. Er starb am 11. Oktober 1958.

Und Bronnen selbst, der bei den Feiern in Weimar noch erbittert mit Max Schroeder über das Wesen des Realismus gestritten hatte - Schroeder: Gottfried Keller! Bronnen: Ernest Hemingway! - kam auch in Berlin nicht wieder auf die Bühne, wie er es erwartet hatte. Die »Oberen« nahmen seine Wandlung ernst, nicht aber die »Mittleren« und auf die kommt es in Wirklichkeit an. Von einem Verzeihen dunkler Punkte in der Vergangenheit konnte keine Rede sein. Er starb am 12. Oktober 1959 und wurde auf dem alten Hugenotten-Friedhof begraben. Dort ruhen nun die drei berühmten »B« aus den Zwanziger Jahren: Becher, Bronnen, Brecht.

Peter Huchel widersetzte sich zähe und störrisch der Einengung seines Klassiker-Magazins »Sinn und Form«. Dann erfolgte seine Absetzung unter einigem Getöse. Ein Partei-Kulturpapst erklärte in einer erlauchten Versammlung, mit »Sinn und Form« habe es eine eigene Bewandtnis: an der Linie der Zeitschrift habe sich nichts geändert. Das einzige, was sich bei »Sinn und Form« in den letzten Jahren geändert habe, sei das Gehalt des Chefredakteurs gewesen.

Damasus kannte das Wesen zugespitzter Diskussion bereits zur Genüge und zu gut, um über solche Töne erstaunt zu sein. Das Bedenkliche daran war, daß diese Töne mit allem Anzeichen der Zustimmung auch gedruckt wurden.

Das letztemal war Damasus mit Huchel bei einer Kundgebung vor dem alten Rundfunkgebäude in der Masurenallee in Westberlin zusammen. Es war eine Demonstration für Frieden und Abrüstung und gegen die Wiederbewaffnung Deutschlands.

Peter Huchel trug einen blauen Schnürlsamtanzug, salopp und wie für das Demonstrieren und seine Unbilden geschaffen. Sie standen am Rande gegen einen kleinen Park zu. Es dauerte nicht lange und die Polizei griff ein. Sie räumte unter Verwendung von Schlagstöcken den Platz unter Geschrei und empörten Pfuirufen.

Huchel zog Damasus auf die Seite und sie stiegen über eine kniehohe Eiseneinfassung in den Park.

»Dic Schlagstöcke sind hart, mein Lieber,« brummte Huchel, »man muß ihnen nicht entgegengehen«.

Huchel zog sich nach seiner »Pensionierung« grollend nach Wilhelmshorst zurück. Schließlich ist er nach Westdeutschland ausgewandert. Einige Jahre später wurde er mit dem österreichischen Staatspreis für Literatur ausgezeichnet. Das war sicher eine Demonstration gegen die Kulturpolitik der DDR (freundlich zur DDR war man immer nur in Worten), aber auch eine soziale Maßnahme. Der Langsamschreiber Peter Huchel, ein Lyriker von hohen Graden, gar nicht fleißig und schon gar nicht geschäftstüchtig, lebte in Not.

Damasus fuhr nach Wien, um Peter Huchel anläßlich der Preisverleihung zu sehen. Er kam zu spät, der Dichter war sofort nach der Verleihungsfeier wieder abgereist. Damasus erfuhr erst wieder von ihm, als sein Tod gemeldet wurde.

11

Zu dieser Zeit war Damasus schon ein Autor der DDR, nein, ein österreichischer Autor in der DDR, genauer, er war ein österreichischer Autor des Aufbau Verlages. Das hatte seine Vorzüge, das hatte auch seine Nachteile. Der Vorzug war, daß man in Österreich mit dem Aufbau Verlag im Rücken unabhängig war von den Rankünen und Intrigen des heimischen Verlagsgeschäftes. Man war auf gewisse »Kreise«, denen politischer Leumund und Lebenswandel eines Autors stets wichtiger war als der künstlerische Gehalt seines Werkes, weniger angewiesen. Allerdings: der »Westen« hat »seine« Österreicher besser behandelt, er hat besser gewußt, was er an ihnen hat, an geschäftlichen Möglichkeiten.

Der Nachteil, ein österreichischer Autor in der DDR zu sein, bestand darin, daß alle Vorbehalte, alle Reminiszenzen und aller Haß gegen die DDR sich, gar nicht sehr abgeschwächt, auch gegen den Autor richten. Da werden manche Österreicher zu reißenden »Antigermanen«, was sie bei dem Kassenklingeln des westdeutschen Fremdenverkehrs durchaus nicht sind. In der DDR litt der österreichische Autor wieder darunter, daß die Probleme seines Landes in Berlin nicht oder zu wenig verstanden werden. Daß diese »Wiener« immer wieder das Gespenst der Habsburger sichten, hervorholen und darüber lamentieren, ist ja mehr als kurios, wo doch in Berlin kein Mensch mehr von Wilhelm I und Wilhelm II spricht. Ja, wenn's noch so schön exotisch wäre, wie die neue Literatur aus Portugal! Aber daß diese Österreicher immer anders schreiben müssen, als es die Welt von ihnen erwartet. Warum sind sie nicht leichtsinnig, leckermäulisch und gemütlich, wie es sich gehört? Was schwätzen sie denn daher, wo man doch dieselbe Sprache spricht. Das heißt, die Wissenschaft ganz hoch oben weiß es natürlich, daß sich das österreichische Deutsch von der Hochsprache langsam wegentwickelt. Aber die Lektoren in der Mitte, die ja die Bücher »machen«, denken da oft anders und nerven ununterbrochen mit falschen Vorstellungen. Diese Regionalismen! Als ob es sie bei Thomas Mann oder gar bei Fritz Reutter nicht auch massenhaft gäbe. Aber nein, bei denen geben sie zusätzliche Farbe, bei den Österreichern sind sie ein Zeichen von »Provinz«.

Aber das werden in den nächsten hundert Jahren noch die »gängigen« Streitereien zwischen »Nord« und »Süd« sein. Im Falle der DDR kam noch etwas anderes dazu. Der österreichische Autor in der DDR war immer auch in die Händel der DDR verstrickt und wurde von den Kurven der jeweiligen Kulturpolitik berührt und bedrängt. Dadurch war die sagenhafte Gründlichkeit der Lektorate oft kaum zu unterscheiden von bürokratischer Gängelung und vorauseilender Vorsicht, mit dem Resultat großer Schwerfälligkeit.

Der Literat hat in der DDR immer einen weit höheren Status gehabt als etwa in Österreich. Aber er mußte dafür einen hohen Preis bezahlen, nämlich, daß sein Werk im weiteren, oft aber auch im engeren Sinne integrierbar sein mußte. Und nichts spielt sich im luftleeren Raum ab, alles hat sein Umfeld und das ist und war nicht immer geistiger Natur.

Jeder Staat hat seine Sicherheitsvorstellungen und da soll sich jeder hüten, auf den anderen mit dem Finger zu zeigen. Im Falle der DDR hat sich jedoch vielfach eine preußische Tradition mit tatsächlichen Erfahrungen verbunden, aber auch mit einer durchaus nicht gesicherten Sozialismus-Auffassung.

Der durchtriebene Bürolehrling, inzwischen ausgelernt und bei einer »Blockpartei« beschäftigt, hatte für ihn das Manuskript der Erzählung »Romeo und Julia an der Bernauerstraße« ins Reine geschrieben. Für den Abdruck im »Sonntag« bekam er ein anständiges Honorar. Er holte das Berliner Kind am Arbeitsplatz ab und übergab ihm einen höheren Betrag, der lachend und freudig entgegengenommen wurde, denn welches Berliner Mädchen hat schon genug Kohle? Aber das Mädchen wurde dann einem regelrechten Verhör unterzogen, von wem das Geld stammte und wofür es »verdient« wurde, denn der Pförtner habe die ganze Vorgangsweise beobachtet. (Weil die Spione und Spionenanwerber meist in Gegenwart von Pförtnern höhere Geldbeträge überreichen?)

Solche Dummheiten hinterlassen Narben.

Das Mädchen hat ihn später zusammen mit einer Berliner Freundin in Österreich besucht. Die »kleine« Lore war erwachsen geworden und verließ ihn in Richtung Bundesrepublik Deutschland.

Für die Berliner Erzählung erhielt Damasus einen Preis des DDR-Kulturministeriums. Er verbrauchte die Summe bei einem Urlaub am Schwielowsee, wo in einer einstigen Villa der Schauspielerin Marikka Röck ein Schriftsteller-Urlaubsheim eingerichtet worden war. Das Heim am See lag am Rande der großen werderschen Kirschenwälder, die ursprünglich von den Hugenotten angepflanzt worden waren, die hier in Preußen Zuflucht gefunden hatten.

Nun war er also nicht nur ein Autor, sondern auch schon ein preisgekrönter Literat. Aber das Kulturministerium denkt und der Feldwebel (oder der im Rang eines solchen stehende Beamte im Innenministerium) lenkt.

Damasus befand sich ein anderesmal mit einer Delegation in Berlin, die Reise erfolgte auf einem Sammelvisum. Nun hätte er mit seinem Verlag dringende Gespräche führen sollen, die ihn einige Tage über den Aufenthalt der Delegation hinaus in Berlin festhalten würden. Dazu mußte er ein eigenes Visum haben und der Aufbau-Verlag versprach, es zu beschaffen. Damit die Sache ganz sicher ging, wurde der ehemalige Staatssekretär und mehrmalige Leiter des Verlages, Erich Wendt, befürwortend eingeschaltet. Aber ein kleiner Beamter des Innenministeriums lehnte die Visumübertragung ab. Er hatte das Haar in der Suppe gefunden, daß besagter Visumwerber sich vor Jahren einmal als Redakteur ausgegeben, diesmal sich aber als

Schriftsteller bezeichnet hatte. Was also ist richtig? Und im Zweifelsfalle sagt man nein. Daß dieses Neinsagen einen Schriftsteller betraf, der von einem DDR-Ministerium mit einem Preis ausgezeichnet worden war, einen »Unbekannten«, der im ganzen Außenministerium bekannt war und noch immer sein mußte, scherte den kleinen »wachsamen« Beamten nicht.

Wenn sie mit mir so verfahren, dachte Damasus empört und erbittert, dann kann man sich vorstellen, wie sie erst mit den eigenen Leuten umgehen werden. Nein, er hat sich nicht gewundert über die späteren Schwierigkeiten der DDR. Eine der Wurzeln lag in der Reglementierfreude, gepaart mit stumpfsinniger preußischer Gamaschenweisheit, die einerseits großmäulig ist und andererseits vor Kleinlichkeit erstickt. Als er einmal einen Bezirkssekretär der SED spöttisch fragte, ob es ihnen, wenn Brecht nicht so früh gestorben wäre, nicht doch noch gelungen wäre, diesen Dichter hinauszuekeln, antwortete der brave Parteisoldat: Es ist jeder zu ersetzen. Er machte ein höchst selbstbewußtes Gesicht dabei.

Diese zunehmende Enge müssen auch andere Personen seines »Romans« gespürt haben. Die internationale Grete hat den Apparat des ZK der SED verlassen und hat den Atom-Spion Fuchs, der nach Verbüßung seiner Strafe aus England heimgekehrt war, geheiratet. Damasus hat ihr über hohe Würdenträger boshaft immer wieder Grüße bestellen lassen und sie, diese Würdenträger, damit jedesmal in arge Verlegenheit gebracht.

Und da wäre auch noch die schwache theoretische Fundierung mancher Erscheinungen zu erwähnen, etwa in der nationalen Frage. Ein Volk in zwei Staaten, das war gewiß ein Dilemma, den Österreichern aus der Vorkriegszeit bekannt. Soll man da nicht auch so schlau sein wie die pfiffigen Österreicher, die als Ausweg aus diesem Dilemma die eigene Nation erfunden haben?

Ein durchaus nicht unbekannter Schriftsteller fragte Damasus mit einem Augurenlächeln, wie lange es wohl dauere, bis ein Volk zu einer eigenen Nation werde. Als Damasus antwortete, so etwa zweihundert bis dreihundert Jahre, fühlte sich der Kollege gefrozzelt. Er hätte sich da wohl lieber auf das Dekretieren verlassen.

Und trotzdem, er hat diesem Land, in dem er entscheidende Jahre verbracht hat und wo sein öffentlicher literarischer Weg begonnen hat, viel zu verdanken. Er hat viele prachtvolle Menschen kennengelernt, die tapfer und bewußt das schwere Kreuz getragen haben, das ihnen von der Geschichte auferlegt wurde, denn die DDR vor allem mußte die Last der Sühne tragen, die mit größten wirtschaftlichen Schwierigkeiten verbunden war. Es war ein schweres Leben, aber eines voll Hoffnung, daß es ein Aufbruch zu etwas Neuem sein werde in einer Entwicklung, die es auf deutschem Boden noch nie gegeben hatte. Er war eng verbunden mit dem erstem Schwung antifaschistischer Demonstrationen und er stand mitten in der Bildungsexplosion jener Jahre mit viel Fleiß, Genügsamkeit und Solidarität. Er konnte das Aufblühen einer neuen Theaterkultur miterleben, die vorbildliche Pflege kulturellen Erbes. Da wurde um Probleme gerungen, ernst und ernsthaft, und es waren Probleme des Friedens und einer friedlichen Welt. Und man durfte endlich die Verderber von Geschichte und Nation öffentlich und gewissermaßen von staatswegen beim Namen nennen und sie nach Herzenslust anprangern von der Zeitung bis zum Lesebuch. Der geifernde Haß der anderen, rührte er nicht gerade daher?

Der Aufbruch »Und heraus gegen uns, wer sich traut« waren freilich auch manchem Erbübel verpflichtet. Gerhart Eisler hatte sich den »fremden« Blick des Österreichers bewahrt und gelegentlich sarkastisch bemerkt, eines der hartnäckigsten Sprichwörter sei der Spruch »viel Feind, viel Ehr«. Mangle es gelegentlich ein wenig an Feinden, dann werde man sich auf alle Fälle mit der Kirche anlegen. Er erinnerte an die Waggonaufschriften ins Feld ziehender deutscher Truppen von 1914: «Hier werden Kriegserklärungen entgegengenommen.» Das komme nicht von ungefähr und das verschwinde auch nicht ins Unsichtbare.

Als dann die Zäsuren der Entwicklung stärker hervortraten, war Damasus schon weit weg und die Vorgänge waren nicht mehr vom eigenen Erleben gespeist.

Die Arbeit von Phyllis hat er ebenfalls aus der Ferne verfolgt. Immer wenn er den »Daily Worker« in die Hand bekam, forschte er nach ihren Beiträgen.

Später ist sie schwer krank geworden und ihre vorletzten Tage hat sie in der Geschwulstklinik in Buch verbracht, im selben Spital, in dem auch Max Schroeder peinvolle Monate verbracht hatte. Dann wurde sie nach London zurückgebracht, um dort zu sterben.

Er denkt oft an sie. Er ist erst durch sie reif fürs Leben geworden. Sie hat ihm einmal den kleinen Band der Shakespeare-Sonette, in altenglischer Sprache und in Leder gebunden, geschenkt. Er nimmt das Bändchen öfter zur Hand und denkt dabei an sie, an den guten Menschen, der mit ihm eine entscheidende Strecke eines schwierigen Weges zurückgelegt hat, hingebungsvoll und in erwachsener Liebe.

1965 wurde er zum internationalen Schriftstellertreffen nach Berlin und Weimar eingeladen. Die Einladung erfolgte durch Anna Seghers und Arnold Zweig. Die Vorgespräche führte Eduard Zak, der geborene Linzer, auch so ein Parade-Österreicher in Berlin. Zak, noch als Csak geboren (so steht der Name seines Vaters im Amtsbuch des Kronlandes ob der Enns von 1902) war schon als Schüler Initiator und Mitbegründer eines literarischen Kabaretts gewesen. Er war, wie seine Schulfreunde erzählten, der beste Tänzer der Stadt und unsterblich verliebt in die Frau eines »stinkenden Lederfabrikanten«. Er wurde wegen politischer Betätigung von der Universität Graz relegiert und ließ sich als freier Journalist und Schriftsteller in Deutschland nieder. Er kam ins KZ und hielt sich seit 1945 in Berlin auf. In der Hauptsache war er als Übersetzer aus dem Italienischen und Französischen tätig und hat dabei das eigene Talent vernachlässigt. Ein hinterlassenes Fragment zeigt dies. Da wäre ein Roman entstanden, über eine Zeit und eine Region, die in der österreichischen Literatur nur schwach vertreten ist, nämlich die ersten Jahre der ersten Republik in der österreichischen »Provinz«.

Zak war von schlanker Gestalt mit weißem Haar, immer ein wenig salopp, aber auch von verblichener Eleganz. So trug er mit Vorliebe eine weiße Blume im Rockaufschlag, eine Nelke oder auch eine Chrysantheme. Zak war mit der Literaturwissenschaftlerin Annemarie Auer verheiratet und die Gestrenge war sein guter Engel in seiner »Flatterhaftigkeit«.

Als Damasus die beiden einmal in Baumschulenweg besuchte, überreichte er Blumen in einem recht friedhofsmäßigen Strauß. Kein Wunder, da ja im Umkreis des Krematoriums Baumschulenweg viele Blumenstände ihre Ware feilboten. Zak und Annemarie Auer lachten herzlich über diese merkwürdige Blumengabe.

In den folgenden Jahren besuchte Zak einigemale seine alte Heimat und sprach sofort und einwandfrei wieder den alten Dialekt. Er war froh unter aufrührerische Leute zu kommen, die in verrufenen Kneipen Spottlieder auf den letzten Kaiser sangen, denn seine Verwandtschaft war streng bürgerlich. Mit ihr könne er, so sagte Zak lachend, nur Gespräche über Kirchenbaukunst führen.

Sie hatten noch viele Pläne für die Zukunft, aber auch hier schlug der Tod zu. Annemarie Auer schrieb, daß bei Zak Lungenkrebs konstatiert worden sei und daß er bald sterben müsse. Er ließ die »Schneider« nicht mehr an sich heran und ging im vollen Bewußtsein dem Tod entgegen. Zeit seines Lebens hat er als »leichtlebig« gegolten und war doch ein ungemein tapferer Mensch in seinem Sterben.

Aber in Weimar war er noch frisch und munter und wenn die Manifestationen im Nationaltheater schon zu lange dahinplätscherten, wichen sie auf ein »Gedeck« in ein nahes Gasthaus aus. An dem Treffen nahmen berühmte Leute teil, darunter Pablo Neruda, Konstantin Fedin, Tibor Dery und William Saroyan.

Auf der Wartburg in Eisenach fand ein großer Empfang statt, bei dem Anna Seghers die Gastgeberin war. In dem berühmten Saal des »Sängerkrieges« war Rauchen streng verboten. Nur Anna Seghers rauchte, von Feuerwehrmännern umgeben. Sie verbeugte sich kokett und knapp und meinte, mit dem Glas in einer und der Zigarette in der anderen Hand könne man keine Umarmungen zelebrieren. Als Zak Damasus vorstellte, stutzte Anna Seghers, blinzelte und sagte: »Du bist der mit den Erdbeeren«. Sie hatte sich die Geschichte von den Beerenmädchen gemerkt, Anna Seghers wirkte sehr grazil, war aber von geballter Energie und gar nicht so zerstreut, wie sie Damasus in Erinnerung hatte.

Er streifte allein durch Weimar, das er gut kannte. Einmal war er zusammen mit den italienischen Kollegen in den Mansarden des Schlosses einquartiert worden, in den Zimmern von Schülerinnen eines Kindergartenlehrganges. Die Mädchen hatten kleine neugierige Brieflein hinterlassen, in denen sie in betont kindlicher Schrift kleine Anzüglichkeiten zum Besten gaben wie den Wunsch, daß man in ihren Betten »gut ruhen« möge. Sie erwiderten die Grüße und Wünsche mit kräftigeren Beteuerungen, die aber doch so »sittsam« gehalten sein mußten, daß sie auch die strengen »Aufseherinnen« lesen konnten, denn natürlich war zu erwarten, daß die Erzieherinnen der angehenden Erzieherinnen zuerst da sein würden um die Ordnung der Quartiere zu »prüfen«. Im Nationaltheater wurde damals die »Jungfrau von Orleans« gespielt, mit einer wuchtigen Johanna, die eher in eine Wagner-Oper gepaßt hätte und gar nicht wie ein zartes Mädchen sondern wie ein weiblicher Landsknecht für Frankreich stritt.

Vor dem Rathaus blieb er stehen und erinnerte sich mit gemischten Gefühlen an ein Gespräch, das er anläßlich der Feiern zum 400. Todestag von Lucas Cranach zusammen mit Phyllis mit dem damaligen CDU-Bürgermeister von Weimar geführt hatte. Bürgermeister Wiedemann, ein würdiger Herr - seine Gattin war dabei mit streng gescheiteltem weißem Haar und einem Lorgnon - schien hoch erfreut über den Besuch, denn immerhin war es »London« und »Wien«, die ihm die Ehre gaben. Er machte Phyllis artige Komplimente und nachdem er das obligate Lob über die Schönheit seiner Stadt gnädig entgegengenommen hatte, sprach er über seine Sorgen und Wünsche. Phyllis und Damasus waren von einem Mädchen aus irgend einem Kulturapparat begleitet, das offenbar recht unzufrieden war,daß die beiden Korrespondenten ganz ohne seine Hilfe auskamen bei dem Gespräch mit dem Würdenträger. Die junge Dame begann sich in jeden zweiten Satz des Oberbürgermeisters einzumengen mit Bemerkungen wie: »Dazu hat Genosse Stellvertretender Ministerpräsident Ulbricht dieser Tage erklärt ...« Mindestens fünfmal hintereinander wurde Ulbricht zitiert, damit der potentielle Reaktionär da wisse, wo es lang geht. Zornig über die dauernde Belehrung ergriff schließlich der Bürgermeister das Wort zu einer Bemerkung: »Meine Liebe«, sagte er, »auch ich habe die Ehre gehabt, die Ausführungen des Stellvertreters des Vorsitzenden des Ministerrates und ersten Sekretärs der Sozialistischen Einheitspartei Deutschlands, Herrn Walter Ulbricht, zu hören und über seine Vorschläge zu lesen«.

Das Mädchen machte ein zorniges Gesicht: man wird in dieser Bude wohl noch Ulbricht zitieren dürfen?

Die Aussprache hatte ein groteskes Anhängsel. Phyllis, in solchen Fällen des Deutschen zu wenig mächtig, beauftragte Damasus, nachdem sie der Bürgermeister auf die Straße heruntergeleitet hatte, in der Apotheke ein bestimmtes Medikament zu besorgen. In der Nähe des Café Residenz, des sagenhaften »Cafe Resi« gab es eine Apotheke, die von einer alten Dame geleitet wurde. Damasus druckste herum, denn er brachte es nicht übers Herz, der würdigen Dame zu gestehen, daß es sich um ein Abführmittel handle und suchte nach Worten, denn daß das Wort »scheißen« hier nicht gebraucht werden konnte, war ja klar. »Verstopfung« brachte er mühsam hervor, als sei er selbst ein fremdsprachiger Ausländer. Das Antlitz der alten Dame hellte sich auf und sie korrigierte diskret: also gegen Hartleibigkeit! und er nickte zustimmend. Das nächstemal möge sie ihn in die Apotheke um ein Präservativ schicken oder um eine Salbe gegen Filzläuse knurrte er, als er »London« die Pillen übergab.

Eine kleine Gruppe von Schriftstellern unternahm bei den Weimarer Tagen einen Ausflug zur Goethe-Gedenkstätte Tiefurt. Zur Gruppe gehörten Hugo Huppert, Damasus, Brigitte Reimann und deren Lebensgefährte, ein ausgestiegener Student. Brigitte Reimann, äußerst schlank, behandelte ihren jugendlichen Begleiter ein wenig von oben herab mit gnädigem Wohlwollen. Hugo Huppert sah die Zeit gekommen, sich in Positur zu setzen und weil es an dem Schlößchen nicht viel zu erklären gab, machte er sich selbst zum Mittelpunkt. Er sprach abwechselnd russisch, französisch und deutsch und berichtete über die Situation in Österreich, wobei er heftig gegen Ernst Fischer polemisierte, von dem zwar niemand gesprochen hatte, er aber annahm, daß eine harte Sprache gegen Fischer hier auf jeden Fall gerne gehört werde. Er war erstaunt, als dieses Interesse ausblieb und begann wie ein Birkhahn um Brigitte Reimann zu tänzeln, dabei ausmalend, was wohl Majakowski in einem solchen Schlößchen und bei einer solchen Gelegenheit gesagt hätte. Er müsse da nachdenken, denn die Aussprüche Majaks seien ihm - es sei ja bekannt, daß er der Nachdichter des großen Russen sei - im allgemeinen gewärtig und sicher würde sich etwas finden über »altes Schloß und junge Frau«. So balzte er dahin und wunderte sich, daß er wenig Aufmerksamkeit fand.

Bei der Manifestation im Nationaltheater richtete es Damasus es so ein, daß er neben Brigitte Reimann zu sitzen kam, was ihm dadurch erleichtert wurde, daß sie unschlüssig im Foyer herumgestanden war.

Er flüsterte ihr zu, daß er nicht in allem mit seinem Landsmann Hugo Huppert einer Meinung sei, aber er habe ihm »vor den Leuten« nicht widersprechen wollen.

Die Schriftstellerin lächelte und meinte, das habe man ohnehin gemerkt, er sei offenkundig einer, dessen Gesicht nicht lügen könne. Ihre Stimme war dunkel und stand im Widerspruch zu ihrer ganzen Erscheinung. Sie verkörperte wie keine andere die Literatur der »Ankunft« im Leben, eine neue Generation, die »normal« in die neue Zeit hineingewachsen war.

Am Abend gab es im »Elephanten« einen Empfang, bei dem der stellvertretende Ministerpräsident Alexander Abusch die Begrüßung der Gäste übernommen hatte.

Hier sah er Brigitte Reimann wieder. Sie trug nur ein ganz leichtes Kleid, ein anderer junger Mann, nicht der ihrige, schlich ständig hinter ihr her, ihr den Mantel zu reichen, wenn sie frieren sollte.

Nachdem das Buffet nicht mehr so anziehend und auch schon einiges getrunken worden war, nahm Alfred Kurella eine Gitarre von der Wand. Er und Eduard von Schnitzler, der Rundfunkkommentator, der später »Sudel Ede« genannt wurde, begannen zu singen.

»Spaniens Himmel breitet seine Sterne ...«

Brigitte Reimann zog ihn weg von der Gruppe der Sänger.

Sie könne es nicht ausstehen, wenn da einige ältere Herren bei Sekt und Kaviar revolutionäre Wandervögel spielten. Im Durcheinander der Bewegung gelang es ihnen, das Freie zu erreichen, ohne daß der Mantelträger ihr folgen konnte.

Nur Alexander Abusch hatte durch seine dicken Brillengläser verwundert beobachtet, wie sie sich fortstahlen aus der Gesellschaft der Erlauchten.

Es war eine kühle Mainacht und sie gingen in den Park hinüber am Haus der Charlotte von Stein vorbei in Richtung zu Goethes Gartenhaus. Auf einer Bank am Gegenhang des kleinen Tales ließen sie sich nieder.

Sie lehnte sich an ihn und er spürte, wie sie zitterte. Da zog er seine Schnürlsamtjacke aus - er hatte zu dem Empfang »zu Fleiß« nichts anderes angezogen - und legte sie um ihre schmalen Schultern. Er berichtete über seine Weimarer Abenteuer, die er nun schon erlebt hatte und sie lauschte neugierig, denn für sie hatte das Städtchen immer nur einen drückenden Schulgeruch gehabt.

Sie küßten sich und sie drängte sich an ihn. Scheu und keusch liebkosten sie sich, unbeholfen wie von einer drängenden Pubertät eingeholt. Sie zuckte zusammen, wenn er sie berührte.

Als sie zurückgingen in das schlafende Weimar hinein, sagte sie versonnen, sie habe immer geglaubt, »derlei« gäbe es nur in Romanen. Er war beglückt und beunruhigt zugleich über dieses Geständnis einer erfahrenen Frau.

Sie waren im selben Hotel einquartiert. Sie verließ ihre Berliner Kollegin und kam in sein Zimmer. Sie setzten sich auf das schmale Bett und es war alles so selbstverständlich, als würden sie sich schon lange kennen. Doch als er ihre Bluse aufzuknöpfen begann, sagte sie auf einmal: »Du, wir können doch hier nicht einen Ehebruch begehen«.

Das seltsam biblisch und juristisch anmutende Wort wirkte auf ihn wie ein Strahl kalten Wassers und er fragte sie beleidigt, warum sie denn in sein Zimmer gekommen sei.

»Um mit Dir zu reden«, sagte sie und lächelte hilflos.

Sie umarmten sich, aber sie blieben einander fern in dieser unruhigen Weimarer Nacht. Sie erzählte von ihrer Arbeit, ihrem brennenden Ehrgeiz, von den lästigen Verpflichtungen und von ihrem Unvermögen, eine wirkliche Partnerschaft einzugehen, weil sie immer viel zu viel mit sich selber zu tun habe. All dies deutete auf große Einsamkeit hin inmitten des Trubels, der um die »Jungliteratin« herrschte. So drang er ein in ihre Welt der Geschäftigkeit und sie zeigte ihm die Kälte, die sie umgab.

Am nächsten Morgen mußte Damasus mit dem Bus nach Berlin zurück. Sie selbst hatte noch mit Kollegen in Weimar zu tun. Auf der Straße verabschiedete sie sich so stürmisch von ihm, daß kein Mensch geglaubt hätte, hier wäre kein Ehebruch geschehen.

»Sie provoziert fürs Leben gern«, bemerkte eine Kollegin so laut, daß es Damasus hören mußte.

Sie schrieben sich eine zeitlang heftige Briefe und einmal sah er sie in Berlin wieder. Sie kamen im Café Praha zusammen und sie war auf dem Weg zu ihrem Verlag, um über ihr »großes Buch« zu sprechen, nämlich über »Franziska Linkerhand«. Sie war noch schmäler geworden und ihre Hand zitterte, als sie sein Knie berührte. Es sei so kalt, klagte sie, und sie fühle sich gar nicht gesund. Und dabei müsse sie mit ihrem großen Buch fertig werden und werde immerzu aufgehalten von Verpflichtungen, von Krankheit und von Ratlosigkeit. Einmal telefonierte er von Dresden aus mit ihr, aber sie verstanden sich kaum, weil am Himmel die Düsenjäger donnerten.

Er hörte noch von ihrem Umzug aus dem Kohlenrevier von Hoyerswerda hinauf in das hellere Neubrandenburg. Ihr Briefwechsel verebbte und dann erfuhr er, daß sie an Krebs gestorben war. Jetzt fiel ihm ein, daß sie bei der Berliner Zusammenkunft stärker als früher gehinkt hatte. Die Todeskrankheit war von der Hüfte ausgegangen.

Nach ihrem Tod wurden seine Briefe in ihrem Nachlaß gefunden. Der Bitte, einige Zeilen von ihr für eine Ausstellung in Neubrandenburg zur Verfügung zu stellen, kam er widerwillig nach. Er suchte einige Stellen aus und war dann sehr verwundert, daß die Ausschnitte in einem Buch über Brigitte Reimann auftauchten. Dazu hatte er sie nicht zur Verfügung gestellt, denn ihrer Natur nach waren diese Zeugnisse Liebesbriefe einer unglücklichen Freundin, die im Alltag der Literatur strahlend angekommen, aber nicht durchgekommen war durch das große Abenteuer des Lebens und Schreibens. Es sind Briefe einer jungen Frau, der es Zeit ihres Lebens nie an Bewunderung, aber immer an menschlicher Wärme gefehlt hat.

Und so denkt er an »seine« DDR: Er ist dort erwachsen geworden als Mensch und in der Literatur. Er hat viele Freunde gewonnen und die Kameraden wieder gefunden, mit denen er die Kerker geteilt und die Strafbrigaden einer ungeheuerlichen Zeit durchlitten hat. Er denkt oft an diese Zeit und an dieses Land, auch weil dort viele seiner guten Freunde begraben sind.

DONAU

Margit und Franz Kain, 1962

Tatjana Wipplinger, Juri Gagarin, Franz Kain, als Obmann der Österreichisch-Sowjetischen Gesellschaft, beim Besuch des ersten Menschen im Weltraum in Linz, 1962 (Foto: Harrer)

Am Urfahranermarkt mit Tochter Eugenie, 1965

Franz Kain als Obmann der Österreichisch-Sowjetischen Gesellschaft im Gespräch mit dem Kosmonauten Roman Popowitsch und der damaligen Ministerpräsidentin der Ukrainischen CCR, anlässlich der »Ukrainischen Woche« in Linz, 1971 (Foto: Erich Riedl)

Die Eltern Margit und Franz mit den Kindern Eugenie und Franz jun., Linz, 1972 (Foto: Holzbauer)

Bergwanderung mit der Familie (Eugenie und Franz jun.), 1975
(Foto: Margit Kain)

Franz Kain mit seinem Jugendfreund und Kampfgefährten Raimund Zimpernik, Bad Goisern, 1975

Im Wahlkampf auf dem Taubenmarkt. Alois Wipplinger, (KPÖ-Landesobmann), Franz Muhri (KPÖ-Vorsitzender), Franz Kain, Hubert Fließer (Bezirksobmann von Linz), 1979 (Foto: Holzbauer)

Lesung im Gasthaus »Goldenes Schiff« (Rauscher),
v.l.: Dr. Jungwirth, Franz Kain, Christian Schiff, stehend Hugo Schanovsky,
Linz-Urfahr, 1983

Eine Zillenfahrt auf der Donau mit Eugenie und Margit Kain, 1986
(Foto: Otto Dessl)

Lesung im Atelier Hermann Haider, Pulgarn 12.10.1986 (Foto: R. Wall)

Franz Kain beim Schindelmachen, Bad Goisern, 1988

Begegnung mit dem Schriftsteller Alois Brandstetter in der Galerie Stifterhaus, Linz, 1992 (Foto: Linschinger, Landespresse)

Franz Kain im Gespräch mit Franz Muhri am »Volksstimme«-Fest in Wien, 1994

Franz und Margit Kain. Sein letztes Mitwirken beim »Linken Wort« am »Volksstimme«-Fest, Wien, September 1997

Lesung in Mitterberg-Gröbming,
schon schwer von der Krankheit gezeichnet, am 18. 4.1997

1

Als er am Vormittag dem Taubenmarkt näher kam, hatte er einen schweren Kopf und eine rauhe Kehle. Die Leute schienen boshaft zu grinsen, als erkannten sie seine Gebrechen: Durst und Erinnerungslücken.

Der Vortag war ein Tag merkwürdiger Unruhe gewesen. Er war jenseits der Donau aufgebrochen, eigentlich nur, um in einigen Antiquariaten zu stöbern. Er kannte diese Art von Unruhe schon und ahnte, daß der Tag ein »Ziaga« sein werde. Den Ausdruck hatte er von einer Kellnerin im »Lilliput«-Buffet gehört, die ihre Gäste in »Ziaga« und »Bleiba« eingeteilt hatte. Sie erkenne schon bei der Ankunft des Gastes, zu welcher Kategorie er gehöre. Der Ziaga nimmt kaum den Hut ab, zieht nur selten den Mantel aus, denn er hat's eilig und trinkt auch Alkohol nur in kleinen Gläsern, damit er gleich wieder gehen kann, wenn ihn der Drang überfällt, weiter zu ziehen. Den Ziaga erkenne man an seinem unsteten Blick, sagte sie. Der Bleiba hingegen sehe sich sofort nach einem Platz um, an dem er sich niederlassen könne für einige Stunden. Bei Stehtischen sucht er sich meist eine Ecke, in der er das Lokal übersieht wie ein Feldherr. Vom Geschäft her seien die Ziaga die besseren, weil sie schnell trinken, während die Bleiba dazu neigen, das Glas lange in Händen zu halten, bis Wein und Bier warm werden. Aber dafür ist Verlaß auf sie, denn sie bleiben viele Stunden, sie sind ein Schutz und es ist warm mit ihnen. Zwei von solchen Exemplaren kenne sie aus einem anderen Geschäft. Dort sind die zwei manchmal zwölf Stunden lang gestanden, von acht Uhr früh bis acht Uhr abends. Sie haben sich nicht niedergesetzt, weil einer von ihnen vom Krieg her Invalide war und sich nach dem Sitzen nur schwer habe erheben können. Bis tief in den Nachmittag hinein seien die beiden recht ruhig gewesen. Sie hatten immer über das selbe diskutiert, nämlich über Politik, aber nur zur Selbstverständigung und weniger zur Belehrung. Dann aber habe sie allmählich der Eifer ergriffen. Da haben sie dann richtige Schaukämpfe aufgeführt wie zwei verhinderte Gladiatoren. Rund um sie hätten sich zwei Lager gebildet, die »ihren« Mann angefeuert hätten. Bis zur Sperrstunde hat es dann oft ausgesehen, als würden die beiden Streitenden aufeinander unheilbar böse sein. Aber am nächsten Tag trafen sie einander wieder und bestätigten sich anerkennend, daß sie gestern gründliche Gespräche geführt hätten. Da müsse sie nur lachen, sagte die Kellnerin, denn dic letzte Stunde seien nur Sätze wiederholt worden, wie bei einer Litanei.

Er hatte tatsächlich ein Antiquariat aufgesucht und dort eine Weile gestöbert. Die Abteilung »Militaria« ist auch nicht mehr das, was sie einmal war, das k.u.k. Sortiment wird dünner und der erste Weltkrieg beginnt zu verblassen. Statt dessen drängt sich der zweite vor, aber die Memoirenliteratur ist weit flacher als die über den ersten. Damals war die Erinnerung treuherziger und unverblümter gewesen. Man hatte sich der »gesunden« Aggression noch keineswegs geschämt.

Er ärgerte sich, daß er kürzlich nicht zugegriffen hatte, als das legendäre Kriegsbuch »Etappe Gent« in einigen broschierten Exemplaren aufgetaucht war. Das Buch hatte einst in der Weimarer Republik großcs Aufsehen hervorgerufen, ja Skandale erregt und dem Verfasser Heinrich Wandt war vom Reichsgericht übel mitgespielt worden.

Aber das Werk war ihm zu teuer gewesen und er hoffte, durch Hinhalten den Preis drücken zu können. Am nächsten Tag ging er wieder in die Buchhandlung. Alle Exemplare der »Etappe Gent« waren fort, weggekauft mit einem Schlag und es war müßig, darüber nachzusinnen, ob hier ein Militarist oder ein Antimilitarist zugeschlagen hatte: der eine, um die üblen Nachreden des Buches nicht unter die Leute kommen zu lassen, der andere, um die Bordellbesuche der Fürsten unter recht viele Leute zu bringen.

Er sah die vorhandenen Exemplare der »Sammlung Göschen« durch, ob etwas Neues dazugekommen sei, etwas über die altfranzösischen Könige, die Geschichte der Redekunst oder sonst was Absonderliches. Er liebte die kleinen Bändchen in Ganzleinen, einst heftig umworben bei der studierenden Jugend, weil in den kleinen Bändchen das Wissen der Welt kurz dargestellt war. Die Verfasser waren meist Pauker-Professoren, die genau wußten, worauf es ankam. Manchmal, wenn er sich durch einen ganzen Wust von Thesen, Hintergründen und Zusammenhängen durchgebissen hatte, griff er gerne zu einem Göschen-Bändchen, um die dürren Fakten nachzuschlagen. Man möchte manchmal auch einen Geburtstag wissen. Und erst die Vor-Leser: Da war die Rede davon, daß bestimmte Päpste ein unsittliches Leben geführt hätten und das Wort »unsittlich« hat der Wüstling-Leser unterstrichen.

Wenn die Verkäuferin in diesem Antiquariat auch seinen geheimen Wünschen oft nicht entsprechen konnte, sie legte jedenfalls bestimmte Kuriositäten für ihn auf die Seite: Eine Ansprache Leo Trotzkis bei einer Kundgebung am Schluß des zweiten Kongresses der kommunistischen Internationale, ein zerfleddertes Exemplar einer Illustrierten vom November 1918, eine antisemitische Schmähschrift von General Ludendorff oder einen geharnischten Aufsatz von Karl Kautsky gegen den Kommunismus. Die Verkäuferin kannte ihre Spinner.

Am Rande des Taubenmarktes kaufte er sich bei einem Würstelstand eine Weiße und ein Bier, das ihm angenehm in die Nase stieg. Die Verkäuferin sagte ihm, daß gestern der Kapitän eines Donauschleppers nach ihm gefragt habe, der ihn immer mit Donau-Legenden versorgte. Er ging ein Stück über die Promenade und vor der Stelle, an der 1626 der Bauernführer Stefan Fadinger seine tödliche Verwundung erlitten hatte, drehte er ab und ging durch das Landhaus, in dem einst Johannes Kepler Mathematik unterrichtet hatte.

In einem Wirtshaus hat er kürzlich einen Mann getroffen, der im April 1945 als Hitlerjunge zur Bewachung des Landhauses eingesetzt war. Das

Haus war der Sitz des blutigen Gauleiters Eigruber, der noch täglich Durchhalteparolen auf die geängstigte Bevölkerung losgelassen hat. Während er aber im Radio noch brüllte: »In Linz wird stehengeblieben!«, sah der Hitlerjunge, wie sich auf der Straße unter dem berühmten »Steinernen Saal« eine lange Kolonne von Lastwagen bildete. Die Lastwagen wurden mit Akten, aber vor allem mit Lebensmitteln und Flaschen beladen, es sei eine richtige Marketenderei gewesen. Und dann sei die Kolonne abgefahren und der Gauleiter ergriff mit ihr die Flucht ins Gebirge hinein, von wo er noch einigemale zum Durchhalten aufrief. Der Hitlerjunge stand an einem Fenster des alten Landhauses und sah die Flucht der Obrigkeit.

An einem Haus war eine Tafel angebracht, daß hier Wolfgang Amadeus Mozart gewohnt hatte. In einem Stiftshaus, das heute eine Gaststätte ist, war Friedrich III, dem Erfinder des rätselhaften »A E I O U«, 1493 das Bein abgenommen worden, wobei der jüdische Leibarzt Jakob ben Zechiel Loans an dem Konzilium mitgewirkt hat.

Nachdem die Stadt das Haus erworben hatte, sollte es ein Zentrum für orthopädische Ärzte werden. Aus dem Plan wurde jedoch nichts, das Beispiel der knochensägenden Ärzte von ehedem schien keine geeignete Reklame für heutige medizinische Kunst zu sein. Das Haus war sozusagen orthopädisch belastet.

In der Gasse am Hofberg standen die Gebäude, in denen der zarte Rainer Maria Rilke zwei Semester zur Schule gegangen war und Anton Bruckner seine Lehre als Schulgehilfe absolviert hatte. An einem anderen Gebäude war vermerkt, daß hier Josef II auf dem Weg ins Innviertel, das den Bayern abgenommen worden war, übernachtet hatte. Von hier sah man schon zur Donau hinunter, die sich leise ziehend dem nächsten Kraftwerk entgegenwälzte. In der Hofgasse schauderte er zusammen, denn aus einer der Gaststätten traten gerade zwei Mädchen. Es waren dieselben, die kürzlich der dreifache Mörder, bevor er verhaftet wurde, für eine Nacht einbraten wollte. Aber sie waren über den Tarif nicht handelseins geworden. Sie hatten von ihrer Begegnung einer Kellnerin erzählt.

Er trat in ein Haus ein, in dessen Gaststube die Gewölbe auf mächtigen Granitsäulen ruhten wie eine Kirche. Hier waren die Theaterleute zuhause, nämlich die hinter den Kulissen wirkten, die Maler, Tischler und Schlosser und die Fundusbetreuer. Hier gab es gutes Schlägler Bier, das dem Budweiser am nächsten verwandt war.

Er hatte den Hauptplatz gleichsam von hinten umgangen und war dem Rathaus aus der Renaissance ausgewichen. Aber auch dem Haus, in dem ein Rechtsanwalt Kaltenbrunner seine Kanzlei hatte.

In einer Gasse, damit die Klassiker auch voll sind, hat der Bruder von Ludwig van Beethoven die sogenannte »Wasserapotheke« betrieben. Der berühmte Bruder ist oft bei ihm aufgetaucht, finanzielle Unterstützung heischend und zugleich kritisierend und mäkelnd über das Verhältnis des Bruders zu einer »lüderlichen« Frau, die er dann trotz der massiven Einmengung des erlauchten Tonsetzers auch geheiratet hat.

In einem übel beleumundeten Lokal stand ein beschämender Bettelbrief des Komponisten Anton Bruckner, vergrößert an die Wand geworfen, damit der Nachwelt überliefert bleibe, wie tief er, der Meister der himmlischen Tongebirge sich im Leben hat bücken müssen.

In einer Straße drüber dem Platz war Marianne Jung, die berühmte Suleika Goethes zur Welt gekommen.

Mitten drin in diesem historischen Kern wucherten die Lokale, in denen die Gentlemen eingeseift werden und die kleinen Absteigen, in denen nichts ist als eine Couch und ein Waschbecken. Die Vertrauensperson aller dieser Existenzen ist ein Schuhmachermeister, zu dem die Damen ihre Schuhe tragen, wenn die Haken schief gelaufen sind. Er schätzt sie als treue Kundschaft und schaut ihnen zu, von der Arbeit aufblickend, wie sie draußen vor dem Fenster vorbeistelzen, wie seltene Vögel.

In einem kleinen Lokal mit schönen Gewölben läßt er sich ein Stündchen nieder. Hier ist er untergekrochen, als er in die Stadt hereingekommen ist. Die Damen von einst sind längst ergraut und es ist rührend, wenn die Töchter und Enkelkinder zu den Seßhaften hereinkommen auf ein schnelles Coca Cola oder ein Eis oder zu kleinen Botengängen bereit. Während die Mütter und Großmütter schwammig geworden sind, kommen die Töchter und Enkelinnen daher wie duftige Blümlein mit Unschuldsblick und doch höchst erfahren.

Bei einer Gemeinderatswahl hat sich hier ein »Klub» gebildet, in dem sich die Gäste per Handschlag verpflichteten, für ihn, Damasus, zu stimmen, denn er war bekannt und war einer der Ihren. Sie mochten ihn, weil er nie im Leben ein »Boß« war und auch nicht einer, der hier hereinkam, weil es angeblich »verrucht« war und man sich gelegentlich zu diesem »Milieu« herablassen mußte, sondern weil er wirklich hier zuhause war und gleichsam Familienanschluß hatte.

Er setzte sich in »seine« Ecke und die Kellnerin berichtete ihm, daß kürzlich ein Maler nach ihm gefragt hatte und ein Lehrer, der etwas von Adalbert Stifter für Kinder einrichten wollte. Eine runde Dame mit züchtigem Augenaufschlag setzte sich zu ihm und er fragte sie über Kochkünste aus. Früher war sie hier im Gewölbe tätig gewesen, dann war sie »solid« geworden und führte nun einem Geschäftsmann die Küche. Von ihr erfuhr er, was die Familie des Kaufmannes ißt, wenn ein gewöhnlicher Tag ist und was, wenn sie Gäste empfängt. Sie kenne sich aus beim Einkaufen und die Fleischhauer, diese Gauner, könnten sie nicht übers Ohr hauen wie die jungen Hausfrauen, diese Trutscherln, denen zähes Fleisch angedreht wird als Rostbraten und die sich noch freuen, weil das Fleisch so mager ist. Was müssen das für Simpel von Männern sein, die sich mit solchem Fleisch abfüttern lassen.

Die ganz alte Wirtin mit über 80 ist mit einer Runde von Pensionisten im Kartenspiel vertieft. Sie grüßt ihn mit einer knappen Bewegung, denn sie kann ja die Karten nicht aus der Hand geben. Dabei hat sie die Zigarette im Mundwinkel ganz wie ein Profi und ist wachsam und munter. Die jüngere Wirtin, also die Tochter, die die Stammgäste immer noch liebevoll Mitzi nennen, wie in ihren Mädchenjahren, jammert, daß sie es im Kreuz habe und daß ihr eigentlich das Geschäft schon zu stark werde. Aber, so flötet sie, ich bin doch mit euch allen groß geworden.

Man erfuhr in dem Lokal, wer es in der Stadt mit wem treibe, wer kurz vor dem Bankrott stehe, wieviel Schulden jemand hat und welche Ehe bald geschieden werde. Aber niemand, weder die Wirtin noch die Kellnerin oder die Wirtin-Mutter oder -Schwägerin sagte: ich weiß das und das. Es hieß nur immer, die Leut' reden davon. Aber es stimmte in der Regel, was die Leut' redeten, denn hier liefen viele Fäden zusammen. Am späten Abend kamen gelegentlich auch Zivilisten herein, die man schon lange als Kieberer kannte, nur sie selbst wußten es nicht. Sie fragten nach diesem oder jenem, aber Wirtin und Kellnerin übten immer vornehme Zurückhaltung bei solchen Fragereien.

Dabei waren sie durchaus willig zur Zusammenarbeit und gewissermaßen auch der Polizei gegenüber kommunikativ. Aber jede Kleinigkeit mußten die auch nicht wissen. Nein, das gibt es in einem anständigen Beisel nicht, daß da einer kommt und fragt, wo ist denn der und der hingegangen und woher ist er eigentlich gekommen und darauf eine klare Antwort bekommt. Nicht um zehn ist jemand dagewesen, sondern so zwischen neun und zwölf, denn sie selber haben es auch nicht gern, wenn sie so auf die Minute festgenagelt sind.

Er trank ein Bier und einen Bosniaken, darauf noch einen G'spritzten, ehe er über die Brücke in den nördlichen Stadtteil hinüberging, über die Donau, die man in Zecherkreisen spöttisch den Jordan nannte.

Ja, damals. In einem der Brückenkopfgebäude, einem klobigen Hitlerbau, war früher ein großes Café , das Terrassenkaffee, untergebracht gewesen. Das Lokal war nach dem Krieg Treffpunkt der Amerikaner gewesen, aber auch sportliche Feiern fanden hier statt. Einmal war er damals zu einer Siegesfeier des jüdischen Klubs Hakoah eingeladen. Hier traf er mit Simon Wiesenthal zusammen, den man später den Nazijäger nannte und der den blutbefleckten Adolf Eichmann aus Linz in Südamerika aufgestöbert hatte. Wiesenthal gab sich leutselig und klagte darüber, daß die Palästinapolitik immer so von einem bestimmten Geruch überdeckt sei, nämlich von dem nach Petroleum.

Da hatte Wiesenthal an einer Feier zu Ehren der jüdischen Opfer im Wald bei Gunskirchen teilgenommen, die auf dem Marsch vom Lager Mauthausen nach Ebensee hier zugrundegegangen und verscharrt worden waren.

Jetzt beim Siegesmahl von Hakoah jammerte er darüber, daß die Zeitungen über die Gedenkkundgebung im Wald von Gunskirchen so wenig geschrieben hatten. Umfangreicher hätten leider nur die kommunistische und eine liberale Zeitung berichtet.

»Und beide Artikel sind von mir verfaßt worden«, entgegnete Damasus boshaft, »was sagen Sie dazu?«

Damasus hatte nämlich als einziger Reporter an der Kundgebung teilgenommen, alle anderen redeten sich auf Zeitnot hinaus, denn die Fahrt nach Gunskirchen, die Kundgebung und eine Feier im Theresiensaal dauerte einen ganzen Tag und den konnte und wollte man für einen Einspalter nicht verplempern. Ein Kollege von der bürgerlichen Zeitung rief Damasus an und bat ihn, er möge doch »ein paar Zeilen« über die Begebenheit mitteilen. Damasus baute einen kleinen Artikel und er baute ihn so dicht, daß er durch gewöhnliche Striche nur schwer zu kürzen war. Und eigens umschreiben würden die nichts, nicht bei einer so nebensächlichen Angelegenheit wie einer jüdischen Feier für jüdische «Kazettler». Was hatten auch wir damit zu schaffen?

Wiesenthal machte ein leidendes Gesicht zu der Aufklärung des »Falles«.

Vor dem Terrassenkaffee parkten in der Besatzungszeit die großen amerikanischen Schlitten. Sie kamen nach Mitternacht an den Parkplätzen vorbei. Ein Kollege sah, daß bei einem Chrysler die Scheiben offen waren, griff schnell hinein und drehte den Startschlüssel ab, den der Fahrer hatte stecken lassen. Diesen Texasreitern werde man schon helfen und sie bestrafen für ihre Schlamperei. Sie gingen langsam über die Nibelungenbrücke und versenkten den Startschlüssel wie ein kostbares Kleinod in der Mitte der Donau.

Das Gebäude einer großen Versicherung hinter dem einstigen Terrassencafé war 1938 in der Stadt das erste Hotel gewesen. Hier nahm Hitler bei seinem Einzug in Österreich das Essen ein. Ein Kellnerlehrling von damals berichtete, wie die Leitung des Hauses, Küche und Keller, Hotel samt Stubenmädchen in größter Kopflosigkeit waren an diesem Tag. Auffällige Fremde hatten sich vorher umgesehen und sich in allen möglichen Ecken postiert.

Na, was wird er denn essen der Führer? Natürlich Wiener Schnitzel, denn die kriegt er doch da draußen im Reich nicht, wo sie zu den Schnitzeln immer Soße dazu geben, die sie »Tunke« nennen. Aber nein, Wiener Schnitzel wird er nicht wollen, denn seine Erinnerung an Wien ist nicht die freundlichste.

Alle waren dann erstaunt, als er kam und Nudeln mit geriebener Muskatnuß drauf verlangte.

Da seht ihr, wie einfach er ist! Nein, wie er die Legende von der Einfachheit spinnt!

Damasus ging langsam über die Brücke. Das heutige Bankhaus war früher ebenfalls ein Hotel gewesen. Der Inhaber war ein Zeitzeuge von besonderem Rang. Er war nämlich zu dem Zeitpunkt Piccolo in dem berühmten Hotel

Meißl und Schadn in Wien gewesen, als Friedrich Adler, der Sohn des berühmten Victor Adler, 1916 das Attentat auf Ministerpräsidenten Grafen Stürgkh verübt hatte. Eine Minute vor den tödlichen Schüssen habe er dem gräflichen Gast noch mit einem Fidibus Feuer für seine Zigarre gegeben, die der hohe Herr zum Kaffee rauchte, nachdem er vorher einen Tafelspitz gegessen, übrigens den besten von Wien, denn dafür waren Meißl und Schadn bekannt und berühmt.

Friedrich Adler selbst sei an einem kleinen Tischchen in der Nähe gesessen und habe einen nervösen Eindruck gemacht.

Das Hotel jenseits der Donau hatte sieben Besitzer und alle Pläne, es auszubauen und zu modernisieren, scheiterten daran. Daher verpachtete der Inhaber das Hotel einige Jahre nach dem Krieg an die sowjetische Besatzungsmacht, die hier ein Informationszentrum einrichtete, analog dem »Amerikahaus« im südlichen Teil der Stadt. Das weitläufige Haus wurde zu einem Treffpunkt nicht nur politischer, sondern auch geselliger Art. Jener einstige Jungkellner, der gesehen hatte, wie Hitler seine Nudeln mit Muskatnuß aß, führte die Gastwirtschaft des Hauses mit Sachkenntnis und Umsicht. Ein Kinosaal stand zur Verfügung, ein erfahrener Komponist war Musikreferent und sorgte für Uraufführungen auch »sperriger« Werke.

Das ehemalige Hotel hatte einen schönen Garten mit hochausgeschnittenen Kastanienbäumen. Die hohen Kastanien waren noch einmal ein Erinnerungsstück im Leben seiner Familie. Seine Tochter ging in die Volksschule, in der als einziger von ganz Linz die Räume noch durch Öfen geheizt wurden und in der der Schöpfer des Liedes »O hast du noch ein Mütterlein« Lehrer gewesen war. Das Mädchen war auf dem Heimweg und weil schon Oktober war, suchte es im Garten des inzwischen stillgelegten Hotels nach Kastanien. Da krachten auf der anderen Seite der Donau Sprengschüsse und die Kastanien begannen wie brauner Hagel aus den hohen Baumkronen zu prasseln. Auf dem Boden lagen die schönsten und größten Kastanien, die in der Stadt jemals gesehen wurden und das Mädchen brachte viele davon heim, die Taschen vollstopfend, sodaß die Ladung die gestrickte Jacke förmlich zu Boden zog.

Der Kastanienregen war die Folge der Sprengung der alten Wollzeugfabrik aus dem 17. und 18. Jahrhundert, in dem noch das Tuch für die Uniformen der Regimenter erzeugt worden war, die in den letzten großen Kriegen gegen die Türken kämpften. Ein hoher städtischer Beamter bekannte sich stolz als »Demolierer«. Schon wenige Jahre später wurde der Abbruch des weitläufigen Gebäudes, dessen Bausubstanz noch in gutem Zustand war, als ein Akt historischer und baukünstlerischer Barbarei empfunden. Das wuchtige Gebälk der barocken Fabrik und zeitweiligen Kaserne war kerngesund und diente dann dem Inhaber eines Stadtheurigen, sein Lokal mit den historischen Balken wie eine Ritterburg zu schmücken.

In den Blütejahren dieser barocken Fabrik waren bis zu fünfzigtausend Menschen arbeitsmäßig direkt und indirekt mit dem Werk verbunden, bei der Herstellung und beim Transport der Ware.

Gleich unterhalb der Brücke fanden auf dem stromabwärts gelegenen Gelände jährlich zweimal die Jahrmärkte statt. Das Gelände, das einst als »Unterfelbern« eine Au gewesen war, stand mit dem jüdischen Kaufmann Leopold Mostny, einem Schnaps- und Hefefabrikanten in enger Verbindung, der der Stadt große Grundstücke geschenkt hatte, worauf er zum kaiserlichen Rat ernannt wurde. Er war bei allen Industrie- und Verkehrsplanungen dabei. 1938 wähnte er sich zunächst sicher, da er auch im »nationalen Lager« viele Geschäftsfreunde hatte. Aber schon bald nach der »Reichskristallnacht« wurde es still um ihn, die jüdischen Mitbürger waren abgewandert unter Zurücklassung eines großen Teiles ihres Vermögens. Aber was konnte ihm, dem kaiserlichen Rat schon geschehen? Und man ließ ihn noch einige Zeit in Ruhe. Im März 1942 wurde er hundert Jahre alt. Dann wurde er nach Theresienstadt deportiert und dort starb er im Oktober 1942. Erst Jahrzehnte später wurde ein kleiner Weg nach ihm benannt.

Die alte Ottensheimerstraße brodelte förmlich von Erinnerungen. Wo heute das neue Rathaus steht, gab es früher drei Gasthäuser und Magazine mit schönen Kellergewölben. In einem dieser Kellergewölbe hatte Damasus einmal eine Lesung abgehalten und einige Malerfreunde hatten vor den Tisch als »Blumenschmuck« einen großen Strauß Brennesseln gestellt.

Die ganze Ottensheimerstraße hatte bei seiner Ankunft in Linz eine große Rolle gespielt. Jedes der Gasthäuser hatte seine Eigenarten. Bei der »Madame Rosa« gab es nur Kaffee und Schnaps und man erreichte das kleine Lokal über einige steile Stufen. In einem Gasthaus sammelten sich die Zuzügler vom oberen Mühlviertel, immer ein wenig verspottet von den »Heimischen«, sozusagen die Ostfriesen von Oberösterreich. Er fühlte sich zu ihnen hingezogen, auch er war fremd und wenn sie miteinander sprachen, redeten sie viel vom Wald.

Sie waren an den Rand gedrängt. Ihre typischen Namen tauchten bei Gericht auf, vorwiegend nach Raufhändeln. Aber auch nach Arbeitsunfällen am Hochofen und im Walzwerk.

Die Dienstboten in Küche und Gaststube kamen ebenfalls meist aus dem Mühlviertel.

Damasus traf in den Wirtshäusern alte Bekannte und sie redeten von der vergangenen Zeit.

Hinter einem Gasthaus an der Donau war vor vielen Jahren ein kleiner Strawanzer mit einer Zaunlatte erschlagen worden. Damasus hatte ihn noch einige Stunden vorher in einem Bierzelt am Frühlingsmarkt getroffen. Der Bursche, ein kleiner Stoffhändler, ein »Stoffkeiler«, wie man ihn nannte, hatte eine Liebschaft mit einer Küchengehilfin in einem Mostwirtshaus, aber eben nur eine schlampige, denn »eigentlich« ging das Mädchen mit einem Burschen aus der Heimatgemeinde. Die Gewalttat ist nie aufgeklärt worden.

»Und dann ist sie nach Kanada ausgewandert, die Zauk«, sagte ein alter Mann in Erinnerung an die Mordtat. »Mit dem Erschlagenen ist sie herumgezogen, aber dann ist sie nicht reumütig zu ihrem Ferdinand zurückgekehrt, sondern hat Reißaus genommen nach all dem Unglück«.

Sie schwiegen und dachten an das Mädchen, das damals jung und schön gewesen war mit einem listigen Blick, wenn es lachte und mit vor Schreck weit aufgerissenen Augen, wenn ein stadtbekannter Exhibitionist das Lokal betrat.

Die Gegend war mit Tragödien gepflastert. Ein einstiger »Schweizerdegen«, ein hochqualifizierter graphischer Facharbeiter, war aus dem Gleichgewicht gekommen, hatte zu trinken begonnen und konnte sich nicht mehr fangen. An einem bitterkalten Wintertag hatte er eine Flasche Slibowitz gekauft, hatte nach Marktschluß eine kleine Bretterbude aufgebrochen und sich niedergelegt. Am Morgen war er von den entsetzten Marktleuten tot und steifgefroren aufgefunden worden.

In dem Gasthaus, hinter dem der Stoffkeiler erschlagen wurde, hatte Damasus einst den Flügelhornisten einer bekannten Werkskapelle getroffen, der »wegen einer Frau«, wie es hieß, zu trinken begonnen hatte und sein Haus verloren hatte. Er hatte soeben eine Entwöhnungskur mitgemacht und war gerade von der »Alm« heimgekehrt, wie die Anstalt im Jargon der »Szene« hieß. Er sei so froh, wie schon lange nicht mehr, erzählte er, weil er jetzt endlich vom Saufteufel befreit sei. Schon morgen werde er wieder auf dem Flügelhorn zu üben beginnen. Er trank Limonade und war munterer Dinge.

Als Damasus einige Stunden später ein kleines Café an der Donau aufsuchte, sah er den Flügelhornisten wieder. Er mußte auf der Straße gestürzt sein, hatte ein zerschundenes Gesicht und war sinnlos betrunken. Er wurde ins Spital, dann wieder auf die Alm gebracht und kehrte nicht mehr ins Leben zurück.

Und im Wirtshaus werden die Sorgen ausgebreitet, die mit den Kindern und die mit den alten Eltern. Es wird Geld für einen Kranz gesammelt, weil ein Stammgast, der Franz, der im betrunkenen Zustand immer traurige tschechische Lieder gesungen habe, gestorben ist wegen der Leber. Herr, gib ihm die Ewige Ruh.

Jedes Wirtshaus hatte einen anderen Most: hier einen Kremstaler, dort einen Strengberger und dort einen Alkovener Mischling, jeder eine Qualität für sich, dessen Feinheit allerdings den nur Wein und Bier trinkenden Nationen völlig unverständlich bleibt. Nur die Wirkung, die bekommen auch sie zu spüren, wenn sie leichtfertig glauben, man könne den Most aufschütten wie der Ochs das Wasser. Da werden sie dann krakeelerisch und gewalttätig und am nächsten Tag überfällt sie der Katzenjammer mit einer abgrundtiefen Melancholie.

Der gelernte Mosttrinker erkennt das Getränk schon an seinem Geruch. Und nicht nur an dem Geruch im Glas sondern auch sonst. Wer bei den Pissoirs vorbeigeht, der merkt noch am Dunst, welcher Most hier ausgeschenkt wird: Birnen, Apfel oder Mischling.

In Linz gab es ein altes Café, das vorwiegend von Eisenbahnern frequentiert wurde. Die hatten eine eigene Pipeline ins Kremstal hinein. Da wurden Fässer mit Most transportiert und im Frachtenbahnhof in Flaschen umgefüllt. Die Fässer gingen als Leergebinde mit einem Güterzug wieder zurück. An solchen Tagen herrschte im »Café Westbahn« ein durchdringender Geruch. Die vom Frachtenbahnhof von der »Mostkost« kommenden Eisenbahner und Pensionisten mußten sich rasch erleichtern, weil der Most eine purgierende Wirkung hat. Dabei wurde das ganze Haus bis in den zweiten Stock hinauf auf Tage hinaus regelrecht verstunken.

Der Most reinigt den ganzen Leib, heißt es, aber vorwiegend reinigt er die Darmflora.

Die Wirtshäuser schwirren von Anekdoten, was alles passieren kann, wenn einem diese Reinigung plötzlich in der Straßenbahn, auf dem Jagdstand, auf der Straße oder in der Kirche überfällt.

Aber Most ist nicht nur ein Getränk, er ist auch ein landschaftsbildendes Element. Die Birnbäume werden fünfzehn und zwanzig Meter hoch und zweihundert Jahre alt. Sie sind genügsam und entfalten trotzdem eine verschwenderische Blütenpracht.

Damasus selbst hat, zum Schmunzeln der Kenner, einmal im Rathaus vorgeschlagen, vor dem Bruckner-Konzerthaus, wo die alten Ulmen infolge einer schleichenden Krankheit eingegangen waren, einige Mostbirnbäume zu pflanzen. Die bekämen Kronen wie Eichen und seien hier und gerade hier ein richtiges Wahrzeichen des Landes. Ein Mostbirnbaum vor dem Konzerthaus, der würde sich »stilecht« ausnehmen wie ein Weinstock vor dem Wiener Stephansdom. Der Geschmack der Mostbirne ist »zusammenziehend«, wie der Wissenschaftler sagt, wie der einer unreifen Schlehe. Im Vogtland hat Damasus in Altensalz so einen Baum gesehen, den die Leute »wilde Birne« genannt haben. Aber siehe da, der Saft, der aus diesen Birnen rinnt, ist süß wie Honig. Nur diese »wilde Birne« bringt ihn hervor und nur sie hat Säure genug, um das nachfolgende vergorene Getränk auch spritzig und klar zu machen. Edelobst ergibt nur eine trübe Brühe.

Nach dem Krieg zahlte die Landwirtschaftskammer den Bauern eine Prämie für das Abholzen der alten Mostbirnbäume. An ihre Stelle sollte Edelobst gepflanzt werden. Folgte wirklich ein Bauer dieser »Empfehlung«, dann stand sein Gehöft nackt in der Gegend wie ein Fabriksgebäude.

Den Birnbaumvernichtern wurde schließlich Einhalt geboten, nicht zuletzt durch den Widerstand der Bauern selbst, denn wer fällt schon gerne Bäume, auf denen die Räusche wachsen, sei es in Form von Most oder Schnaps, der ja auch aus der gleichen Frucht rinnt? Immerhin aber wurde der Bestand an Mostobstbäumen dezimiert, so daß heute in Oberösterreich auf etwa 1,1 Millionen Einwohner nur noch rund 1,4 Millionen Mostobstbäume kommen. Früher war das Verhältnis bei 1 : 3 gelegen. Der Most hat auch wieder in die Kochbücher Eingang gefunden. In der Literatur war er ohnehin immer zuhause. Eine der ergreifendsten Szenen aus dem berühmten Roman von Anna Seghers »Das siebte Kreuz« ist jene, da der entflohene und gehetzte Häftling Georg Heisler in einem schattigen Gastgarten einen Most trinkt und die Kellnerin, die sein Schicksal ahnt, ihn vorsorglich fragt, ob er nicht ein zweites Glas trinken möchte. In dieser Szene steigt der würzige Duft des hellen Getränks auf, man spürt den herben Geschmack auf Zunge und Gaumen und das Wetter wird für den Gepeinigten freundlich.

Bei seinem »Ziaga« trifft er Leute, die er lange nicht gesehen hat. Sie richten die Leut aus und er erfährt, was sich schon wieder für Korruption anbahnt.

Schließlich taucht noch eine junge hübsche Frau auf, die ihm bekannt vorkommt. Es ist eine junge Frau, die sich einmal hilfesuchend an ihn gewandt hatte, weil ihr Mann im Häfen sei als Ersatzstrafe für ein Polizeimandat, wie sie sagte, (in Wirklichkeit war es freilich ein anderes Delikt), und sie nicht wisse, wie sie die Kinder ernähren solle. Er gab den »Fall« an die Wohlfahrtsverwaltung weiter und intervenierte mehreremale, eben wie ein »Lobbyist« der armen Leute.

Dann, einige Wochen später, sagte ihm die zuständige Stadträtin mit saurem Gesicht, daß sein »Schützling« schon wieder aufgefallen sei. Sie habe es ohnehin geahnt, denn sie kenne ihre Sandler und Sandlerinnen.

Der jungen Frau sei eine Arbeit verschafft worden, eine Putzarbeit bei einer Ärztin. Aber nicht einmal einen Tag habe sie es ausgehalten bei dieser Arbeit, dann sei sie schon wieder auf den Strich gegangen. So eine könne eben nur die Männer einwickeln, sagte die Frau Stadträtin mit Nachdruck und in Zukunft möge er ihr vom Leibe bleiben mit solchen »Notstandsfällen«.

Damasus mußte lachen zu dieser Philippika und meinte, daß es ja auch seltsam wäre, würden gerade die Ärmsten immer die Bravsten sein.

Nun näherte sich die Frau der Runde und pirschte sich an ihn heran.

Das bei der Ärztin, flüsterte sie ihm zu, sei ja weniger als der Schnittlauch auf die Suppe gewesen. Und dazu noch die Schikaniererei von einer alten Funzen, nein, das halte ja kein Mensch aus, der für Kinder zu sorgen habe. Aber auf ihn halte sie was, sagte sie und schlug die Augen zu ihm auf. Er sei der einzige gewesen, der sich für sie eingesetzt habe, ohne lange herumzufragen nach Leumund und Sittenzeugnis. Das werde sie ihm nie vergessen und immer habe sie sich schon gewünscht, ihn einmal wiederzusehen. Daß die Stadträtin sie bei ihm vernadert habe, könne sie sich denken.

Und dann, als der Abend schon fortgeschritten war, fragte sie ihn direkt: »Wollen Sie nicht mitkommen mit mir?« Als sie sein Zaudern merkte, fügte sie hinzu: »Ich sag's aus ehrlicher Dankbarkeit«.

Ob sie denn nicht wisse, daß er völlig unbestechlich sei, auch bei so lockenden Angeboten?

Sie lächelte verschmitzt, wohl die Lage so einschätzend, daß er nur so daherredete, weil sie unter allen Leuten vertraulich zu ihm war.

Eigentlich konnte er durchaus verstehen, daß eine junge Frau lieber die Männer ausnimmt, als einer recht sauren Arbeit nachzugehen. Er kämpfte mit der Versuchung, sich mit ihr ein Rendezvous auszumachen. Daß er schließlich der Versuchung doch tapfer widerstand, machte ihn gar nicht recht froh.

Er war dann in das Stadium gekommen, das sich dadurch auszeichnete, daß er immer dasselbe sagte. Die anderen nannten ihn dann einen Beton-Diskutierer, aber da sie selbst nicht anders verfuhren, hoben sich die gegenseitigen Untugenden auf. Da hatte jeder seinen besonderen Spruch, den er abspulte, ohne auf den anderen zu hören. Damasus erinnerte sich am nächsten Tag erst nach und nach, daß er am Ende seines »Ziaga's« die Gehälter der hohen Politiker erläutert hatte, dabei den Bürgermeister besonders liebevoll behandelnd, daß er die Pensionsversicherungs-Anstalt beschimpft und das Kulturbudget der Stadt grimmig zerpflückt hatte: für die Großen die ganz großen Brocken, für die Kleinen Brosamen und magere Bettelsuppen, aber immer mit großer Goschen! Dann wurde es allmählich finster in den Lokalen und hinter den Fenstern. Auf den Plätzen der Stadt kamen sie zusammen, die Ziaga und die Bleiba, jetzt wurden sie vom gleichen Schicksal ereilt. Sie beklagten die Zeit, in der immer weniger Zeit sei, miteinander zu reden und eine Frage auszudiskutieren. Nur langsam verliefen sie sich in die dunklen Straßen hinein.

An einem Sommertag ist beim Stromkilometer 2135 die Aushilfs-Kellnerin in einem Nachtlokal, zeitweilige Animierdame und gelegentliche Geheimprostituierte Franziska in der Donau ertrunken. Sie hatte mit einer Runde von Bekannten Geburtstag gefeiert und am frühen Morgen war die ganze Bande in einem Lokal direkt am Wasser gelandet. Übermütig hatte sie erklärt, jetzt werde sie noch schnell über die Donau schwimmen und zeigen, wie wenig betrunken sie sei und was für gute Schwimmerin sie nach wie vor ist. Und die anderen spornten sie an: »Das möchten wir sehn, du Goschenreißerin!«

Die Geburtstagsrunde versammelte sich lärmend am Ufer und feuerte die Frau an wie bei einem Wettkampf. »Hipp hipp Franzi, zarr an!«

Franziska schwamm hinaus in den Strom und wurde zunächst gar nicht weit abgetrieben, weil die Donau durch den Bau eines großen Laufkraftwerkes hier gestaut ist und wenigstens an der Oberfläche nur ein sanftes Rinnen hat. Nachdem die Schwimmerin schon die Hälfte der Strombreite erreicht hatte, begann sie plötzlich um sich zu schlagen. »He Franzi, mach kein Theater!« riefen ihr die Zaungäste vom Ufer zu, »zarr an!«

Die Schläge des Mädchens wurden heftiger und da erst erkannten die Zuschauer, daß es sich in höchster Not befand. Die Bewegungen der Frau begannen zu erlahmen und der gedrungene Körper ging unter. Man sah noch einigemale den Badeanzug aus dem Wasser auftauchen, dann war die Schwimmerin zur Gänze abgesackt. Die Wasserrettung konnte sie erst zwei Kilometer stromabwärts und nur noch als Leiche aus dem Strom bergen.

Die Geburtstags-Gesellschaft am Ufer war tief betroffen darüber, daß sie die leichtsinnige Frau noch getrieben hatten, ins Wasser zu gehen. Über der Wasserfläche, die wie ein langgestreckter See aussah, stiegen kleine zarte Morgennebel auf, als einer aus der Gruppe sagte: »Wir hätten sie daran hindern sollen, ins Wasser zu gehen«.

Die Donau gluckste leise über die Ufersteine, war ruhig und still, bis dann die ersten Schiffe kamen.

Am Tag vorher hatte Franziska in einem kleinen Lokal mit schönen Gewölben nahe der Donau noch ein loses Maul geführt. Sie hatte die Ausdrucksweise der Soziologie-Studenten nachgeahmt. Die hatten, wenn sie zur Aufbesserung der schmalen elterlichen Zuweisungen und der ebenso spärlichen Stipendien zu einer Aushilfsarbeit antraten, gern großspurig erklärt, jetzt müßten sie ihre Arbeitskraft auf den Markt werfen. Und ich, fragte Franziska bei solchen Gesprächen, was tu ich, wenn ich wieder einmal ganz abgebrannt bin und ganz down? Ich geh und werf meine Fut auf den Markt. Dabei hatte sie gelacht, aber das Lachen klang nicht übermütig.

Die Donau ist nach der Wolga der längste Strom Europas. Während jedoch der Vergleich mit der Wolga als leicht ungeziemend nicht immer gleich zur Hand ist, der mit dem Rhein ist es auf jeden Fall. Die Älteren haben noch die brünstigen Gesänge von der »Mutter Donau« und dem »Vater Rhein« im Ohr. Aber was für große Mutter und was für kleiner Vater wäre dies: Die Donau hat eine Länge von 2860 Kilometer, der Rhein eine solche von 1360 Kilometern. Das Einzugsgebiet der Donau ist viermal so groß wie das des Rheins. Da darf man schon ein wenig geringschätzig tun, wenn der Rhein zu Lasten der Donau hochgejubelt wird. Auf 2632 Kilometer ist die Donau schiffbar, wer gibt mehr?

Nach dem Lied ist die Donau blau. Diese Farbe ist zwar nur selten auszunehmen, aber ganz abwegig ist die behauptete Tönung auch nicht. In Passau ist die Donau entschieden dunkler als der Inn, der sich in sie ergießt. Der Inn führt den größeren Teil des Jahres mehr Wasser als die Donau und sein helles Grün ist kilometerweit zu sehen am österreichischen Ufer und nur allmählich und widerwillig vermischt es sich, um schließlich in der Donau aufzugehen. Danach hat die Donau eine grünbraune Färbung. Bei der Schneeschmelze wird sie heller, im Sommer dunkelt sie wieder nach. Im Herbst bei Niederwasser, wenn sich die Ufer verfärben und sich ein hoher Altweibersommer über sie wölbt, ist sie dunkel und gegen Abend zu wird sie tatsächlich blau. Jetzt ist ihre Zeit gekommen.

Wo die Donau aus den Hügeln in die Ebene hinaustritt, bilden Himmel und Wasser den Horizont. Die Donau schlängelt sich in sanften Windungen in die Ebene hinaus, fast so, als flösse sie aufwärts, und sie blinkt wie ein Band aus glitzernden Tropfen. Und wo sie dann mit dem hellen Himmel zusammenstößt, da mündet der Strom ins Licht.

Die Donauanrainer nehmen dieses Naturspiel kaum noch wahr. Aber wer vom Gebirge hereinkommt, für den ist die Donau Meridian und Breitengrad einer völlig anderen Welt und dadurch schaut er schärfer hin. Die Donau ist so gut eine Dominante wie ein Dreitausender. Beide beherrschen das Land ringsum.

Im Herbst steigen von der Donau dicke Nebel auf. Der Strom hat auch einen strengen Geruch nach Weiden und vermodertem Holz bis zum heutigen Tag. Dieser Geruch ist nur dort überdeckt, wo die Donau durch die Industrie und den Unrat der Städte verschmutzt ist. Aber im allgemeinen ist der Strom noch besser als sein Ruf. Auf der Wassergütekarte hat er, wenigstens zwischen den großen Städten, eine grüne Farbe und das bedeutet die Sittennote »mäßig verunreinigt«. Die Donau fließt infolge der Stauräume langsamer als früher, aber sie fließt immer noch vorbei an Städten und Menschen.

Früher konnte die Donau im Oberlauf eigentlich nie zufrieren, weil das Gefälle so stark war. Trotzdem war sie in kalten Wintern manchmal von Eisbarrieren blockiert und zugedeckt, aber nur, weil unten in Ungarn der träge fließende Strom zugefroren war. Die Eistrümmer stauten sich von dort an weit herauf. Die »Bayrischen Krapfen« wuchsen mit den anstehenden Schollen zu einer Eisdecke zusammen. So geschah es etwa im legendären Winter von 1929.

Jetzt aber, wo die Donau in Stauräume zerfällt, wird die Eisbildung erleichtert. Im Winter 1984 war sie in Linz wochenlang zugefroren. Nur mit großer Mühe konnte an einem Ufer nahe dem nördlichen Brückenkopf eine Fläche für die Wasservögel freigehalten werden. Ein Riesenschwarm von Schwänen und hunderte Enten waren hier zusammengedrängt und fraßen den Menschen das Brot aus der Hand.

Die zugefrorene Donau übte eine gefährliche Anziehungskraft aus. In der Nacht prüften junge Menschen die Tragfähigkeit der Eisdecke. Sie gingen in Zick-Zacklinien über das Eis hinüber, auf der Höhe des Stromkilometers 2135. In der Mitte, so erzählten sie dann, gebe es starke Schwingungen, hier sei das Eis wohl dünner und die Strömung stärker. Da der Frost lange anhielt, wurden die Menschen kecker. Es kam sogar vor, daß Eltern mit kleinen Kindern sich auf den Weg über die Donau machten, als wäre es ein erbaulicher Sonntagsspaziergang. Die Polizei ließ täglich mehrmals Warnungen im Radio verkünden, es war vergeblich: Die Verlockung der Donau war stärker. Erst als sich die ersten Sprünge auftaten und grünes Wasser aus ihnen hervorquoll, hörten die Überquerungen auf.

Die obere Donau ist in den letzten Jahrzehnten zu einem Schwanensee geworden. Zuerst kamen sie in großen Schwärmen vom Moldaustausee in Südböhmen herunter. Sie überflogen im Böhmerwald die Wasserscheide und ließen sich die Bäche und Flüsse in die Donau heruntertragen. Wo sonst nur wenige Schwäne mißmutig am Ufer entlangstrichen, waren jetzt ganze Rudel da und weil manche Exemplare beringt waren, wußte man auch, woher sie kamen.

Jetzt ziehen sie in langer Reihe von der einen Futterstelle unterhalb der Donaubrücke zur anderen hinauf, meist eine ausgerichtete Zweierreihe bildend. Unterhalb der Brücke sind es ältere Menschen, die den weißen Vögeln Futter bringen, oberhalb der Brücke ist das Futter für die Vögel weniger geregelt, dafür aber abwechslungsreicher. Dafür sorgen die Kinder, die die Reste ihres Mittagessens mitsamt dem Teller zum Strom hinuntertragen und damit die Schwäne füttern: Da gibt es Salat für die majestätischen Schwimmer, einen Grießbrei oder Haferflocken oder auch einen ungeliebten Knödel. Die Tierschützer weisen entsetzt aber vergebens darauf hin, daß dies alles kein Futter für die Schwäne sei, sie können sich jedoch gegen die Güte der alten Weiber und der Kinder nicht durchsetzen.

Auch die Möven sind in den letzten Jahrzehnten an der Donau heimisch geworden. Die langsameren Krähen werden von ihnen hartnäckig stromabwärts gedrängt. Aber die Krähen sind trotzdem nicht wehrlos gegen die viel wendigeren Möven. Wenn sie auch schwerfälliger sind, so kennen sie doch die Macht der Zahl. Wenn ihnen ein kleiner Schwarm Möven oder gar ein einzelner der weißen Vögel in den Lüften begegnet, bilden sie einen großen Pulk und nehmen die Möven in ihre Mitte. Sie setzen dem Konkurrenten derart zu, daß der Nordlandfahrer froh sein muß, wenn er den wütenden Hieben gerade noch entkommt.

Die Donauwelt war stets voller Abenteuer. Da gibt es ein großes grafisches Werk über die Donau vom Ursprung bis zur Mündung. Geschaffen hat es der bekannte Maler und Grafiker Jakob Alt in den Dreißigerjahren des vergangenen Jahrhunderts. Er hat allerdings die markanten Punkte nur bis Belgrad aufgenommen. Weiter hinunter kam er nicht. Das war ihm, wie er freimütig bekannte, zu unsicher. Dort hat er seine Schüler hingeschickt oder sich auf Zeichner in den wilden türkischen und walachischen Gegenden gestützt. Jakob Alt hatte wohl nicht ganz unrecht: da unten wird alles immer unbestimmter, ungewisser und unübersichtlicher. Da unten und da hinten liegt nun einmal die Türkei vergangener Jahrhunderte und Rätselhaftes aus Trajans und der Draker Zeiten, jenseits der alten Militärgrenzen.

Man kennt aus dem Volkslied über Prinz Eugen, daß dieser bei Belgrad eine Brücke über die Donau schlagen ließ. Das war damals sicherlich ein militärisches Kunststück. In Linz wurde das Privileg, eine Brücke zu bauen, schon von Friedrich III verliehen, der hier bis zu seinem Tod im Jahre 1493 residierte. Erstmals wurde die Brücke 1497 erbaut. Durch Eisgang und losgerissene Schleppkähne wurde sie oft unbrauchbar gemacht, ebenso durch gewaltige Hochwässer. Die Marke vom 16. 8. 1501 wird in Linz am nördlichen Ufer der Donau noch gezeigt, sie wurde nie wieder erreicht. Das an Verheerungen dem damaligen Hochwasser am nächsten kommende Ereignis war das Hochwasser von 1954. Es kam ebenfalls im Sommer, nämlich im Juli, als nach einem plötzlichen starken Schneefall im Hochgebirge schwerer und langer Regen einsetzte.

Der Donauschlamm war ein Segen, jedenfalls für die Gärtner im Überschwemmungsgebiet. Karotten, Rettich oder Kohl, direkt in den angeschwemmten feinen schlammigen Sand gesät oder gepflanzt, erreichten eine Frucht von ungeheurer Größe. Der Donauschlamm ist nicht weniger fruchtbar als der Nilschlamm.

Auch die uralten Mostobstbäume danken die kräftige Nahrung bei einem Hochwasser mit Fruchtbarkeit im nächsten Jahr. Da werden die Birnen besonders groß und süß. Der Most bekommt hohe Alkoholgrade und die machen aggressiv, weil sie gleichsam aus dem schäumenden Hochwasser aufgestiegen sind.

Am Ende des zweiten Weltkrieges wurden Waffen und Munition tonnenweise in die schon Schmelzwasser führende Donau geworfen, ganze Lastwagen voll. Als dann das Wasser im Sommer 1945 zurückging, holten die Kinder Gewehre, Maschinengewehre, ja sogar Panzerfäuste aus dem seichten Wasser. Da und dort am Ufer sah man hohe Stichflammen emporschießen, wenn das Pulver, aus den Infanteriepatronen genommen, auf ein Häufchen gelegt und angezündet wurde. Das ging bis ins Jahr 1946 hinein. Einmal gab es auch ein Unglück, als ein Halbwüchsiger versuchte, eine Panzergranate aufzuschlagen. Sie explodierte in seinen Händen und zerriß den Knaben.

In Linz gibt es einen Stadtteil, der zwar durch langes Bauverbot arg vernachlässigt ist, weil die Planer im Interesse der Banken und Versicherungen auch hier den Platz voll »nutzen« und hohe Gebäude errichten wollten. Inzwischen hat sich herausgestellt, daß das Dörfliche in der Stadt kein Nachteil sondern ein Vorteil ist. Hier gibt es noch Gasthäuser mit großen Kastaniengärten direkt über der Donau. Jedes einzelne davon ist von eigenen Gerüchen und Geschichten umwoben, von lustigen und traurigen. Mit den großen Schiffen, die vom Schwarzen Meer heraufkommen, atmet man mit der Donau den Duft der Welt ein. Die große Gilde der Donaufischer gibt ihre Geschichten zum besten. Die Fische können noch ohne besondere Bedenken gegessen werden und Fischbratereien »produzieren« geräucherte Nöslinge oder Barben über einem schwelenden Feuer, das von trockener Most-Treber genährt wird.

Die Fischer sagen, daß die Fische nicht beißen, wenn der Holler blüht. Die Hollerblüte an der Donau ist nämlich ein weithin sichtbares Ereignis. Sie kommt meist auf dem Höhepunkt des Schneewassers. Der kräftige Wasserstoß wirbelt viel feinen Sand auf und der kratzt die zarten Kiemen der Fische, weshalb sie sich nur wenig bewegen und auch nicht nach Wurm, Fliege oder Käserinde schnappen.

Ein alter Donauschiffer erklärt wehmütig, daß diese Kästen, wie sie heute auf der Donau schwimmen, ja keine richtigen Schiffe mehr seien und daß die ganze Schiffahrt nur noch ein Dahindümpeln sei, seit das Eiserne Tor eingestaut sei, als fahre man über einen Karpfenteich.

Der ausgediente Matrose verfügt noch immer über ein Lager von Rosenöl, das er an junge Frauen und Mädchen verkauft. Er hat den Vorrat in vielen Jahren auf der Donau aus Bulgarien heraufgeschmuggelt. Auf die Frage, wie er das angestellt habe, bei all den Kontrollen, sagt er nur: Im Arsch, meine Dame, im Arsch.

In einem anderen Gasthaus herrschte die messerwerfende Wirtin, die früher »zur See« gefahren ist, nämlich als Kantinenwirtin auf einem Donauschlepper. Dort hatte sie einmal ein Matrose überrascht, wie sie sich gerade in einem großen Schaff wusch und dabei nackend war. Als der Matrose, statt sich diskret wegzudrehen, laut gelacht hatte, warf sie ein langes Küchenmesser nach ihm, das in den Planken stecken blieb. Mit dieser Kunst, so sagten die Stammgäste dann, hätte sie ohne Anstand im Zirkus auftreten können.

Einer von der Strompolizei berichtet, wie drüben im Donaupark die Hunde ständig die Schiffahrtzeichen »niederbrunzen«, weil sie ständig an den Wahr-

zeichen das Bein heben, wodurch das Rohreisen brüchig werde. Er habe einen Akt über diese »Ereignisse« anlegen müssen und nun seien diese Warnzeichen und Fahrtanzeiger einen Meter hoch einbetoniert und der Beton dazu noch mit dickem Teer bestrichen worden, so daß ihnen die Hunde nicht mehr ankönnten.

Der letzte Bürgermeister von Urfahr, bevor es mit Linz zusammengeschlossen wurde, inzwischen Witwer geworden, war mit der Inhaberin eines Gasthauses eng und »sündhaft« verbunden, denn jedermann in der Stadt wußte von seiner Liaison. Der Rechtsanwalt und Altbürgermeister hatte eine besondere Sorge. Seine Schuhe, beste Ware und natürlich maßgearbeitet, brachen immer auf der Innenseite zwischen Sohle und Oberleder. Er beschwerte sich bei dem Schuhmachermeister über das schlechte Material, das er verwende, obwohl er einen Haufen Geld dafür verlange.

Der Meister schüttelte den Kopf und schwieg höflich. Er beauftragte jedoch den Lehrling, dem einst ersten Bürger der Stadt reinen Wein einzuschenken. Der Lehrling kannte sich natürlich aus, weil er eine gute Nase hatte und sich jedesmal über den Uringestank der bürgermeisterlichen Fußbekleidung ärgern mußte.

Der Lehrling klärte mit aller Vorsicht den hohen Kunden auf. Er erzählte ihm, daß in England in den Gaststätten eine interessante Einrichtung praktiziert werde, neben dem ja schon bekannten WC auch eine Muschel für die Herren. Da gäbe es dann kein ärgerliches Bespritzen des Schuhwerkes mehr, wie es heute leider noch vielfach vorkomme und das dann die Brüchigkeit des Leders hervorrufe, denn der menschliche Urin habe eine dem Leder abträgliche Schärfe.

Er habe zwar etwas herumgeredet, erzählte der einstige Schusterlehrling als alter Mann im Wirtshaus, aber diesen Tatbestand habe er dem Herrn Bürgermeister vorsichtig erläutert. Dann habe er, auf die Damenfreundschaft des Herrn Bürgermeisters anspielend, gefragt, ob er nicht dafür eintreten könne, daß auch im »Goldenen Ochsen« diese englischen Muscheln eingeführt würden?

Der Bürgermeister habe zu der Rede des naseweisen Lehrlings nachdenklich genickt. Bald aber sei dann in dem Gasthof auch im Pissoir die englische Zivilisation eingezogen und von der Zeit an hätten sich die Schuhe des Würdenträgers erholt, seien nicht mehr brüchig geworden und hätten auch nicht mehr penetrant nach Brunzerling gestunken.

Die Donauschiffahrt sei eigentlich eine Bauernschiffahrt, sagen die Seematrosen herablassend. Alle anderen Ströme wurden von der Mündung her erschlossen und dadurch ist auch die seemännische Sprache die Flüsse hinaufgewandert. Die Donau aber hatte im Eisernen Tor jahrtausendelang ein unüberwindliches Hindernis und die Schiffahrt entstand zwischen den einzelnen Gebirgen. Erst langsam konnten die Barrieren bis zum Schwarzen Meer überwunden werden. Das ist der Grund dafür, daß man auf dem Donau-

schiff nicht backbord und steuerbord sagt, sondern links und rechts oder hiebei und hiedan, »Stair« heißt hinten und »Gransel« vorne. Aber weil die Donau nicht von der See her erschlossen wurde, blieb sie viel inniger mit dem Land verbunden. Von den großen Brücken fällt in der Nacht das Licht in Bündeln ins Wasser, Lichtpfeile greifen weit hinauf und hinab. Sie huschen über die Parkanlagen und über die Weidengebüsche, die sich hartnäckig noch gehalten haben. Hier verstecken sich die Liebespaare wie vor hundert Jahren, unbekümmert um die Gelsenstiche im Sommer oder um das gespenstische Rieseln im Herbst, wenn die dürren Blätter durch die Büsche rascheln. Früher, als es noch keine Stauräume der Kraftwerke gab und das Wasser noch schneller dahinfloß, konnte man in der Nacht noch die Steine gleiten hören mit einem feinen, aber melodischen Knirschen.

Die großen Schotterhaufen an den Ufern, die von den Baggerungen herrühren, zeigen die lange Wanderung der Donau durch die geologischen Formationen. Da gibt es den rötlichen Sandstein, wie er im Schwarzwald vorkommt, Kalk in vielen Formen, Granit in hellen und dunklen Sprenkelungen und Feldspat in geometrisch klaren Formen.

Die ungeheure Mühle des fließenden Wassers hat die Steine glattgeschliffen und sie weitergewälzt, immer aufs neue dem Meer zu. Härtester Granit und sprödester Quarz werden poliert von dem ewigen Fließen und die Kugeln schleifen sich ab zu flachen Gebilden, bis sie sich auflösen in Sand. Kinder und Narren scheinen dieses Stein gewordene Rinnen deutlich zu spüren und von diesem Geheimnis besonders angetan: sie schleppen schwere Ladungen von Donausteinen in die Häuser und stecken sie in Schubladen und Truhen, in denen sie oft versunken kramen.

Die nördliche Dwina bei Archangelsk ist breiter als die Donau und ebenfalls von grünlicher Farbe. Aber der Himmel darüber ist heller und weiter, so daß der Strom auseinandergezogen wird zu einem riesigen Wasserarm in einer nur sanft gewellten Ebene. Der Mississippi wälzt sich viele Kilometer träge dahin und seine Farbe ist grau. Die Donau aber ist Strom und Fluß zugleich, mächtig in der Wasserführung, aber bachartig rauschend an den Ufern. Mitten im Strom steigen im Spiegel die begleitenden Hügel noch einmal empor.

Wenn man, von Passau kommend, im Herbst die Nibelungenstraße stromabwärts fährt oder wandert, dann kommt man in ein Land von grell leuchtenden Farben. Der kühle Wind, der über die Donau hinstreicht, bewegt die gelben Ahornblätter, daß sie zu leuchten beginnen. Die große Schlinge bei Schlögen, welche die Donau zwingt, vor den Ausläufern des granitenen böhmischen Massivs zurückzuweichen und in einem Bogen nordwärts zurückzufließen, ist heute eingestaut, so daß das gewaltige Naturschauspiel überdeckt erscheint. Aber wenn es Abend wird, sieht man das langsame Fließen und ein leise ziehender See wandert in die groteske Schlinge hinein.

Das Eferdinger Becken, das alte Efferdingen des Nibelungenliedes ist eine riesige Obst- und Gemüsekammer. Ganz entgegen der finsteren Grundmelodie des Nibelungenliedes ist die Gegend freundlich und zeigt stolz ihren Überfluß. Vor den Bauernhäusern sind Haufen Sellerie, Kraut und Kohl, Möhren und Petersilie und armdicke Stangen Kren aufgetürmt.

Wie emporgewölbtes Unheil erhebt sich jedoch aus der Ebene gleich hinter Erdbeerfeldern das ehemalige Schloß Hartheim, eine der Vernichtungsanstalten der Faschistenzeit, die mit dem wissenschaftlich tuenden Namen Euthanasie umschrieben wurde. Die Asche der Verbrannten wurde weggeführt in die Donau-Auen und von den Haufen auf den Lastwagen fiel Gebein auf die Straße. Die Einwohner sahen mit Entsetzen, daß es Kinderknöchlein waren. Die Erinnerung daran weht wie ein eisiger Hauch über die satten und fruchtbaren Fluren. Dieser eisige Hauch wird bleiben wie die Erinnerung an den finsteren Hagen.

Die großen Wirbel der Donau sind eingestaut, aber sie wirken immer noch nach. Treibgut rinnt hier im Kreis herum und nur langsam kommt es hinaus in die Strömung. Jedes Jahr sind hier Menschen ertrunken, als die Donau noch stärker floß, weil sie nicht die Geduld hatten, sich dem Strömen anzuvertrauen und auf einem Umweg zu dem Platz zurückzukehren, an dem sie ins Wasser gegangen waren. Der kürzere Weg aber war der schwerste, weil hier die Wirbelströmung nicht zu überwinden war. Von den Hunden, die hier ins Wasser gingen, waren die reinrassigen immer die dümmsten. Sie versuchten verzweifelt, gegen den Strom schwimmend, das Ufer zu erreichen und kamen doch nicht näher. Die Streuner und Straßenköter aber waren weniger heldisch veranlagt und hatten bald heraus, daß man sich gelegentlich treiben lassen muß, um mit weniger Mühe das Ziel zu erreichen.

Unterhalb von Wien gibt es einen Friedhof der Ungenannten, der in der Donau Ertrunkenen, die nicht identifiziert werden konnten. Der Friedhof liegt in einem Auwald, der über den Grabhügeln zusammenwächst, während die Toten langsam versinken im feinen Sand des Stromlandes.

In den Wirtshäusern an der Donau gehen auch die Geschichten um von Erschlagenen, von Mordtaten, die als Unglücksfälle ausgegeben wurden, aber auch von völlig rätselhaften Selbstmorden.

Als er nach dem Krieg in die Stadt gekommen war, machte er sich schüchtern an die Stadtmädchen heran. Er werde sich in die Donau stürzen, wenn sie ihn nicht erhörten, schwadronierte er. Den Mädchen gefiel diese Drohung wie ein lustiger Scherz, sie lachten über seine ländliche Beteuerung.

Der Wirt, bei dem sich seit eh und je auch die Donauschiffer und andere »Fahrende« versammeln, erzählte, wie ein junger Mann plötzlich vom Tisch aufgesprungen sei und verkündet habe, er werde jetzt in die Donau gehen. Seine Zechkumpane lachten zunächst über die düstere Ankündigung und nahmen sie nicht ernst. Der junge Mann aber, der Urlaub vom Bundesheer hatte und in Uniform war, stand auf, ging zum Donauufer hinaus und sprang mit den Kleidern ins Wasser. Der Wirt lief neben dem Schwimmenden am Ufer entlang und beschwor den jungen Mann in keuchenden Zurufen, doch keine Dummheit zu machen und heraufzukommen auf den Steindamm. Aber es half nichts, der Soldat kam hinaus in die stärker werdende Strömung und ging unter. Man mußte den Eindruck gewinnen, sagte der Wirt, daß der Bursche sich absichtlich habe untergehen lassen. Man erfuhr zu dem Fall noch, daß der junge Mann schon längere Zeit einen Liebeskummer mit sich herumtrug. Als Kind hatte er die Gewohnheit gehabt, sich immer dann, wenn er »ausgeschimpft« wurde, steif auf den Boden zu legen und kein Wort zu sagen.

Nein, sagte der Wirt, es habe keinen Sinn, einen, der in die Donau will, davon abzubringen. Er werde es nicht mehr tun.

DER SOZIALDEMOKRAT: Es ist überflüssig, sich zu merken, wann der Kaiser seinen letzten Rehbock geschossen hat. Den jungen Friedrich Adler braucht man nicht nennen, wenn man den alten, den richtigen kennt. Das Vernünftige ist richtig und nicht das Extrem. Man muß sich wirklich nicht merken, wann ein Hurenweib in der Donau dersoffen ist, san ma ehrlich.

DER KOMMUNIST: Ihr begrabt die eigene Tradition vor lauter Bravsein. Nichts bleibt von selbst erhalten, wenn es nicht mehr im Lesebuch oder wenigstens in der Zeitung steht und wenn es keinen Gedenkstein mehr gibt. Die Menschen am Rande geben besser Auskunft über die Beschaffenheit einer Gesellschaft, als die faule »goldene« Mitte. Laß' der Zeit ihre Verzweiflung.

DER TROTZKIST: Die Prozesse müssen lebendig bleiben, soweit es wirkliche Prozesse sind. Die ersoffene Hur, die Genossin vom Strich, befördert sie den revolutionären Prozeß oder nicht?

DER ZEUGE JEHOVAS: Sie hat das Wort nicht gekannt, die Schwester im Leid.

DER WERBE-KEILER: Lebendig wird bleiben, was den Leuten Freude gemacht hat und macht. Man darf nicht so tun, als wär das Leben ein einziger Haufen von Peinlichkeiten. Die Wasserleichen soll man untergehen lassen.

DER ALTNAZI: Was bleibt? Die großen kommenden Tage, der Aufbruch, ihr degenerierten Polit-Pompfineberer.

2

Als er aus der DDR wieder nach Österreich zurückkam, hatte er einen anderen Blick. Die deutsche analytische Gründlichkeit hatte ihn stark gestreift.

Eine zeitlang versuchte er, in der Zeitung Geschichten zu schreiben, um nicht gleich wieder von der Nachrichtenarbeit aufgefressen zu werden. Einige Wochen genoß er Narrenfreiheit wie ein heimgekehrter verlorener Sohn. Aber der Zustand dauerte nicht lange, denn jetzt begannen die Zentralisierer sich schnell durchzusetzen. Die Zeitung wurde ein Kopfblatt des Zentralorgans. Und wie schon früher bei ähnlichen Gelegenheiten wurde der offenkundige Nachteil als Vorteil ausgegeben. Zentral sein, hieße doch vor allem allgegenwärtig zu sein, überall wo die Zeitung erscheint, nicht wahr? Und ein früher Redaktionsschluß, zwingt er nicht zu genauer Arbeit, denn es gelte ja, weniger das Detail, mehr die Probleme zu zeigen. Weniger Platz? Aber dafür eine genaue Auswahl der Nachrichten und Kommentare.

Erst viele Jahre später erinnerte man sich des Zauberwortes von der Dezentralisierung, allerdings auch in größeren und mächtigeren Vereinen.

Damasus begann Geschichten zu schreiben über den Februar 1934, der in Österreich selbst ein beschämend geringes literarisches Echo gefunden hatte. Es war eine typische Form der Verdrängung, wie sie schon früher, etwa über die Zeit von 1918 bis 1925, stattgehabt hatte. Die Entstehung der Republik ist zwar in vielen Zeitungsartikeln, in der überwiegenden Mehrzahl polemischen, abgehandelt worden, in die Schulbücher fand das Ereignis nur höchst knapp Eingang, in die Literatur so gut wie gar nicht.

Er sprach mit einer Frau, deren Mann am 13. Februar 1934 im oberösterreichischen Kohlenrevier ums Leben gekommen war. Nach einem Jahr wurde sie von einem jungen Mann besucht, der ihr, nachdem er sich einige Tage um das Haus herumgeschlichen hatte, gestand, daß er es gewesen sei, der als Soldat des Bundesheeres ihren Mann erschossen hatte. Er wolle nun, da er das Bundesheer verlassen und geheiratet hatte, seinen Frieden mit ihr machen.

Die Geschichte hatte ihn derart gepackt, daß er sogar vergessen hatte, die Frau nach dem Namen des Soldaten zu fragen, der infolgedessen völlig untergegangen ist, obwohl er ein historischer Name gewesen wäre.

Der ganze Zwiespalt und das ganze Wagnis, historische Stoffe erzählend zu behandeln, zeigte sich jedoch gerade an diesem Beispiel. Viele Jahre später wurde Damasus eingeladen, bei einer Gedenkveranstaltung im Kohlenrevier zu lesen. Dabei war die Tochter des erschossenen Schutzbündlers anwesend. Sie beschwerte sich nach der Lesung in bitteren Worten, daß so die Begebenheit nicht verlaufen sei. Vergeblich der Hinweis von Damasus, daß sie ja bei dem Gespräch mit ihrer Mutter, das er einen ganzen Nachmittag lang geführt hatte, nicht zugegen gewesen sei, sie also nicht wissen könne, was er von der Mutter erfahren habe und was nicht. Nein, sie bestand darauf, daß die Gestaltung des Gespräches »berichtigt« werden müsse. Damasus konnte sich des Eindrucks nicht erwehren, daß die Mutter ihm mehr erzählt hat, beziehungsweise über Wahrnehmungen und Empfindungen ihn besser informiert hatte, als die eigene Tochter, die ja damals noch ein Kind gewesen war.

Die Schule der DDR begünstigte die intensivere Beschäftigung mit der Geschichte des »Anschlusses«.

Es gab eine Menge Literatur über das Jahr 1938 und die Judenverfolgung. Aber sie beschränkte sich meist auf Wien und außerdem war die Brille der Betrachtung stets eine bürgerliche und großbürgerliche. Daß die Emigration zu wenig gewußt hat, was sich »unten« abgespielt hatte, zeigte sich auch bei der literarischen Aufarbeitung der Geschichte. Diese Familien, die da geschildert wurden, waren gleichsam Bilderbuchfamilien und reizten in mancher Hinsicht zum Widerspruch. Damasus gehörte zu denen, die es besser wußten, weil sich in ihren eigenen Familien mit aller Härte und mit allen Bitternissen das alles abgespielt hatte, was später »Geschichte« wurde.

So entstand der Roman »Der Föhn bricht ein«, von vornherein darauf angelegt, zu zeigen, wie die Jahre vor und nach 1938 auf der unteren Ebene beschaffen gewesen waren.

Da mag manches Theoretische zu direkt vorgetragen sein und streckenweise dogmatisch Enge herrschen. Aber dafür wird zum erstenmal schonungslos gezeigt, daß der Anschluß weder »nur« ein Überfall, noch auch »nur« begeisterte Zustimmung gewesen ist.

Das Exemplarische dieser Darstellung ist weder in Österreich (aus Gründen der Verdrängung) noch in der DDR (aus traditionellem deutschem Unverständnis österreichischer Problematik) erkannt worden. Der Roman blieb als ein Achtungserfolg »hängen«, lustlos angeboten, beckmesserisch rezensiert und als »Provinz« abgetan.

Jahrzehnte später, als dann, gefördert vom Ausland und von der eigenen bockbeinigen Jugend, die das Vertuschen und Verdrehen satt hatte, eine große und bittere Diskussion über Schuld und Mitschuld Österreichs an 1938 und am Hitlerkrieg losbrach, wurde die verborgene Güte des Romans deutlich. Da war doch vor Zeiten so ein Wurzelsepp, der es schon damals unternommen hatte, nicht nur Österreichs Halbheit, sondern auch Österreichs Schuld anzugehen und der dabei auch seine eigene Familie an den Pranger gestellt hat?

Das Buch war ein Vorläufer späterer Selbstkritik und es war darin konsequenter als viele seiner Nachfolger.

In dieser Zeit sammelten sich bereits die Steinchen für den späteren Roman von der »Ewigen Ruh«. Das Land lag in einem Zustand, der in mancher Hinsicht dem des Vormärz glich. Es herrschte Ruhe. Es rührte sich nichts, das mit Erscheinungen anderer Länder etwas gemeinsames gehabt hätte, so daß es oft schien, als könnte diese faule Ruhe ewig dauern.

Zwei Wirtshäuser waren es, die für diese Zeit symbolkräftig waren: das Gasthaus »Zum Urnenhain« und das Gasthaus »Zur Ewigen Ruh«. In beiden war Damasus daheim, kannte die Menschen und durch sie sah er hinter die Erscheinungen.

Im Haus »Zum Urnenhain« verkehrte der amtliche Verwalter des Urnenfriedhofes, von den Gästen spöttisch der »Leichenfladerer« genannt, der um die sozialen Seiten des Sterbens genau Bescheid wußte. Er wohnte mitten im Friedhof und seine Kinder betrachteten die Verabschiedungen als ganz gewöhnliche aber stets aufs neue interessante Ereignisse. Der Urnenhain atmete damals noch einen Hauch von »Freigeistigkeit«.

Das Gasthaus »Zur Ewigen Ruh« befand sich neben dem traditionellen christlichen Friedhof. Im Lokal waren mehrere Vereine angesiedelt, die mit ihren verschiedenen Aktivitäten das ganze Jahr ausfüllten. Es war ein lustiges Leben neben dem Friedhof mit Sautanz und Faschingskränzchen und die Verabschiedungen waren große Zechereien in barocker Fülle. Diese Zusammenkünfte im Wirtshaus funktionierten als Erleichterung des unumgänglichen Abschiednehmens. Die Verstorbenen erwachten hier in der Erinnerung gleichsam zu neuem Leben.

Und da waren die Leute, die im bürgerlichen Leben Schiffbruch erlitten haben, aber doch noch nicht ganz unten sind, sondern in der Schwebe zwischen Tag und Nacht, zwischen angeschlagener Gesundheit und unheilbarer Krankheit. Und alle, die Graszupfer und Restltrinker hatten eines gemeinsam: sie suchten vor sich selbst und erst recht vor den anderen ihren wahren Zustand zu verbergen, denn sie waren lediglich ins Unglück geraten, keineswegs aber in Schuld. Solche Gestalten bevölkern die Weltliteratur von Dostojewski bis Fallada, aber hier in den Wirtshäusern, die ihren auf den Friedhof zielenden Namen auch stolz zur Schau tragen, hatten sie eine ganz besondere, eine österreichische Ausprägung. Ihr Lustigsein hatte stets etwas von weinen an sich und ihr Traurigsein zeigte groteske Züge.

In einem soliden Weinlokal traf er die Wirtin wieder, der er später den bodenständigen Namen Anna Wakolbinger gab, die seinerzeit, als er die erste Lesung in Linz abhielt, die Weinstube mit dem südlichen Namen führte. Die Wirtin erinnerte sich an ihn und sie kamen sich näher.

Langsam begann er seine Beobachtungen und die Schicksale, die anzureichern waren, zusammenzurühren zu einem Brei, der aber schon die Gewürze eines Romans in sich hatte. Er wußte von Anfang an, daß der Titel »Das Ende der Ewigen Ruh« heißen müsse, noch bevor er wußte, welche Gestalten ihn bevölkern würden.

Gerade mit diesem Titel hatte er seine Not bis zum Erscheinen des Romans. Etwas »ewiges« könne nach landläufiger Auffassung kein Ende haben, dafür sei es eben ewig, wurde er belehrt. Ein gestrenger Lektor, der das

Manuskript immerhin schon angekostet hatte, meinte, dieses Verklären von Wirtshäusern sei ja nicht gerade das Allernotwendigste, was man gegenwärtig brauche. Den politischen Sprengstoff, den das Manuskript enthielt, erkannte er nicht.

Sogar Eduard Zak meinte zunächst, so ein Titel sei nicht »werbewirksam«. Allerdings, als er den Entwurf gelesen hatte, erkannte er die Schauplätze seiner eigenen Jugend und die Symbolkraft der Vorgänge. Der Titel sei, so meinte er jetzt, »zukunftweisend«, indem er suggeriere, daß auch die ewige Ruhe dereinst ihr Ende findet. Aber bis zum Druck des Werkes verging noch lange Zeit. Die DDR-Verlagspolitik war, wieder einmal, in einem Zustand der quälenden Enge. Bei den ersten Gesprächen tauchte bereits die gefährliche Frage auf, wem denn eine solche Geschichte eigentlich nutzen solle. Und als zweite Drohung kam das Argument vom »Regionalismus«.

Gereizt durch solche Auseinandersetzungen mußte er bei einem Seminar von Lehrern einen Vortrag über Regionalismus in der Literatur halten. Er berief sich auf die Memoiren von Pablo Neruda, die von »Regionalismen« förmlich strotzten. Da wird etwa von dem berühmten spanischen Lyriker Hernandez berichtet, der den Bauch von Ziegen belauschte, um darin die Milch strömen zu hören. Als ihm die Republik eine geeignete Arbeit verschaffen wollte, meinte er, das beste für ihn wäre, eine Ziegenherde hegen zu dürfen. Wehe, wenn solche Bemerkungen etwa auf die Steiermark bezogen wären. Da hieße es gleich: hinaus mit den Ziegen aus der Literatur. Der »Ziegen-Dichter« Hernandez ist im Franco-Kerker gestorben.

Der Regionalismus ist nicht eine Verarmung sondern eine Bereicherung der Literatur. Allerdings darf er nur eine Rampe sein, über die Literatur nun einmal kommen muß. Der Regionalismus muß eine Brücke zur Welt sein und nicht ein bloßer Biotop, in der sich Frösche und Kröten tummeln. (Obwohl auch diese »Biotope« inzwischen zu den Weltanliegen gehören).

Da ging er dem Aufbau Verlag fremd und brachte über einen Münchener Agenten, der ihn aufgestöbert hatte, in einem kleinen Verlag in Wilhelmshaven einen Novellenband heraus, der auch die Erzählung über den unaufgeklärten Totschlag an der Linzer Donau enthielt.

Das durch Graphiken illustrierte Werk war ein vollständiger »Versager«, denn schon bald nach dem Erscheinen teilte der Verlag mit, (Gerichtsstand Wilhelmshaven), er werde den Band verramschen müssen. Offenbar war Damasus nur ein »Lockvogel« für andere Produktionen gewesen.

Er stellte an das Unterrichtsministerium das Ersuchen, doch einige Exemplare der Novellen für öffentliche Bibliotheken anzukaufen, immerhin handle es sich um »österreichische Literatur«. Ein Sektionschef teilte ihm dazu treuherzig mit, »aus Gründen der Staatsfinanzen« sei es leider nicht möglich, einen solchen Ankauf zu tätigen. Die »Staatsfinanzen« wären bei einem solchen Ankauf vielleicht mit 5000 Schilling belastet worden.

Er zeigte diesen schnöden Brief bei vielen Kulturveranstaltungen her und auch bei Versammlungen und in Wirtshäusern, bis er voller Fettflecken war.

Schließlich entstand der Erzählungsband »Der Weg zum Ödensee«. Die Titelerzählung nannte er für sich und für jene, die sich auskannten, die Kaltenbrunner Novelle. Das zynische Rezept für eine Novelle, »das Weib und die Leiche« war in diesem Fall nicht anwendbar und auch nicht angezeigt. Den Massenmörder Kaltenbrunner, den Heydrich-Nachfolger und Chef des Reichs-Sicherheitshauptamtes konnte man nicht mit einer Liebesgeschichte ausstatten (obwohl auch eine solche vorhanden gewesen wäre). Die Spannung mußte anders bewerkstelligt werden. An Leichen würde es wahrhaftig nicht fehlen. Er stellte der Absicht des »bodenständigen« Kriegsverbrechers, nach einem kurzen In-Deckung-Gehen ins bürgerliche Leben zurückzukehren, die Geschichte des Konzentrationslagers Mauthausen gegenüber. Diese Geschichte des Unheils holt Kaltenbrunner ein.

Des Problem war, dem Bösewicht genug Innenleben zu geben, damit sein Handeln von innen heraus »verständlich« bleibt. Ihre Untaten protokollarisch aufzulisten, ist zu wenig und läßt die finsteren Gestalten aus dem Gedächtnis des Volkes entschwinden.

Nach einer Lesung vor der evangelischen helvetischen Gemeinde Wien hat sich ein junger Zuhörer auf den Weg zum Ödensee im steirischen Salzkammergut gemacht und war enttäuscht, denn da ist von kahlem Land im Toten Gebirge keine Rede, eher handelt es sich um einen idyllischen Waldsee. Die Geschichte hat sich nämlich in Wirklichkeit am »Wildensee« abgespielt und der liegt tief im Toten Gebirge. Aber der »Wildensee« war dem Autor wirklich zu »regional« erschienen, der Ausdruck ist zu sehr der Fremdenverkehrswerbung und der Heimattümelei verpflichtet »auf wilden Felsen und steilen Bergeshöhn«. Dieser »Wildensee« ist vielfach besetzt von allen möglichen Vorstellungen. Der Name »Ödensee« ist hingegen symbolträchtiger, dunkler und verhängnisvoller.

Erst nachdem der Band zusammengestellt war, erkannte Damasus, daß ihm mit diesen Erzählungen die Wölbung eines großen Bogens von 1914 bis 1945 gelungen war, ohne daß er es zunächst gewußt hätte, denn die Erzählungen sind zu verschiedenen Zeiten entstanden. Es war ihm geglückt, mit Hilfe von Geschichten Geschichte zu schreiben.

Inzwischen hatte das Manuskript zu dem Roman »Das Ende der Ewigen Ruh« keineswegs geruht. Der Entwurf war etwa 600 Seiten stark.

Er ging nun dazu über, die Erzählungen von der »Ewigen Ruh« in Gestalten aufzulösen. Auf diese Weise schälten sich acht Gestalten aus der Masse des Stoffes heraus. Sie erzählen in Ichform ihre Geschichte mit Zuspitzung auf ihre Beziehungen zur »Ewigen Ruh«. Diese Form erlaubt, fast alles »stifterische«, nämlich alle Landschaftsschilderung wegzulassen. Allerdings erfordert diese Methode auch, daß jede einzelne Gestalt ihre eigene unverwechselbare Sprache spricht, weil sonst ein Brei von Monologen entstünde. Der Reiz dabei ist, daß jede Gestalt über sich natürlich nur Gutes berichtet, sie aber dann von den anderen aufgedeckt wird. Dem »Tratsch« und der »Verleumdung« wird literarisch Tür und Tor geöffnet. Das Werk behandelt Linz in seiner nachmauthausenschen Zeit und folgt den Spuren von Kaltenbrunner und Eichmann.

Das Echo war zwiespältig. Eine größere Rezension erlebte das Werk eigentlich nur durch eine junge Germanistin, die später eine Doktorarbeit über Damasus schrieb und damit an der Wiener Universität promovierte.

Die Linzer »Offiziellen« fühlten sich unbehaglich wie einstens die Lübecker Senatoren bei den »Buddenbrooks«. Nein, so geht es nicht zu in unserem aufstrebenden Gemeinwesen, meinten sie, die nie unter die Leute gehen, denn in Wirklichkeit hatte er kaum etwas »erfunden«, sondern nur gruppiert und komponiert. Auch hier waren die grellsten Erfindungen Zitate.

Im eigenen Lager stieß das Buch auch auf Widerspruch, besonders bei »Linken«. Der Klassenkampf komme zu kurz, meinten sie und die Gestalten trügen fast alle kleinbürgerliche Züge.

Die Gestalten tragen wirklich kleinbürgerliche Züge, die »klassenbewußten« des Betriebsrates sind spöttisch überhöht. Aber Literatur soll nicht etwas vortäuschen, was nicht oder nur in Ansätzen vorhanden ist. Diese Ansätze soll sie liebevoll pflegen und hegen, aber auch zeigen, wie schwer sie es haben, sich zu behaupten und sich gegen eine gewaltige Übermacht an geistiger Trägheit und kleinlicher Bösartigkeit durchzusetzen.

In jenen Sechziger und Siebziger Jahren hätte er mehr tun müssen bei der Weiterführung seiner literarischen Arbeit, aber je stärker dieser Drang wurde, desto stärker wurden auch die Verpflichtungen, die ihm auferlegt wurden. Chefredakteur Richard Schüller starb plötzlich wie vom Blitz gefällt und Damasus mußte seine Funktion übernehmen.

Insgesamt sind es keine zwei Monate, die er (natürlich unbezahlt) freigestellt war von der Berufsarbeit zum Behufe literarischer Arbeit (natürlich bei Bezahlung der Unternehmerbeiträge für die Sozialversicherung durch ihn selbst). Und immer, wenn er davon sprach, daß er mehr Zeit für die Literatur benötige, wurde er vertröstet auf spätere Zeiten. Er war der Geheimschreiber vieler kleiner Zaren, nur sein eigener Schreiber konnte er meist nicht sein. Das Problem scheint allgemeiner Natur zu sein. Kürzlich schrieb ihm ein alter Kollege aus Berlin: Wir hätten mehr schreiben und weniger funktionieren sollen.

Nachdem er sich nach und nach zu einer Anstandsperson gemausert hatte, trat wieder die Versuchung an ihn heran, zu heiraten. Die Frauenorganisation hatte schon öfter versucht, ihn zu verkuppeln, damit das Element der Unruhe, das er darstelle, endlich beseitigt sei. Er solle seßhaft werden und Ruh geben.

Sie arbeitete in der Redaktion, aber er kannte sie schon länger von Aktivitäten der Jugend her und von regelmäßigen Flugblattaktionen. Da stand sie zusammen mit einem anderen jungen Mädchen schon um halb sechs Uhr früh vor der Schiffswerft oder der Zigarettenfabrik, bei jedem Wetter, gleichsam bei Sturm und Wind, ausgesetzt oft gar nicht feinen Männerflegeleien.

Er bändelte mit ihr an und sie war spröde wie eben eine erfahrene Jungkommunistin, die weiß, was gespielt wird. Er lockte sie in seine Wohnung, die noch immer recht unwohnlich war, um ihr, wie er sagte, seine Bibliothek zu zeigen. Sie lachte ihn (später) aus über seine auffällige Schlinge, die er da ausgelegt hatte.

Als sie sich schwanger fühlte, sprachen sie sich aus und beschlossen, zu heiraten. Bei der Hochzeit konnte die Tochter Eugenia Maria Theresia schon laufen und trippelte brav auf den gedeckten Tisch zu.

Der merkwürdig anmutende Name des Mädchens hatte eine eigene Geschichte. Als die schwere Stunde der Kindesmutter herankam und sie in die Klinik eingeliefert wurde, traf im Gasthaus »Zur Stadt Budweis« eine Runde von Männern zusammen, gemeinsam mit dem Kindesvater, um hier die Geburt abzuwarten.

Telefonische Anfragen kamen meist nicht durch, weil viele Väter und Mütter Auskunft wollten. Aber in der Runde befand sich der Gatte einer Krankenschwester aus der Klinik, der einen speziellen Draht wußte. Er kam mit der Nachricht aus der Telefonzelle, daß die Frau Braut ein Mädchen geboren habe. Da der Tag ein erster April war, glaubte Damasus zunächst die Nachricht nicht. Seine Eltern hatten bereits acht Enkelkinder, allesamt männlichen Geschlechts. Aber die Nachricht wurde noch einmal bestätigt und die Ankunft der neuen Erdenbürgerin wurde gebührend und ausgiebig gefeiert.

Die Wirtshausrunde suchte nach einem Namen für das neugeborene Mädchen und es wurde der »Beschluß« gefaßt, es Maria Theresia zu nennen. Einerseits »zu Fleiß« und andererseits, weil Maria Theresia, nehmt alles nur in allem, trotz alledem, Protestantenhatz inbegriffen, die einzige »Genossin« unter den Habsburgern gewesen sei, wie man Überspitzungen aus der Parteischule auslegen konnte.

Bei seinem ersten Besuch im Spital, als die Rede auf den künftigen Namen des Kindes kam, erzählte er der jungen Mutter von dem »Wunsch« der Männerrunde. Sie nahm die Mitteilung ohne große Begeisterung zur Kenntnis. Dann mischte sich die Verwandtschaft ein, gegen die er, weil er ja noch nicht verheiratet war, nicht aufkam. Da erinnerte sich die Mutter an einen »Schwur«, den sie und eine Freundin in Moskau anläßlich eines Jugendtreffens getan hatten: sollte eine von ihnen, so hieß das Versprechen, ein Kind bekommen, so solle es den Namen der Freundin erhalten. Da die Freundin in Moskau Jewgenija hieß, wurde nun dieser Name der Maria Theresia vorangestellt. So steht er wie bei einer Erzherzogin im Paß und in amtlichen Dokumenten und hat schon manches Kopfschütteln hervorgerufen.

Später kam noch ein Knabe, der natürlich ganz ohne Probleme den Namen des Vaters verpaßt bekam. Beide Kinder haben sich kräftig entwickelt. Manchmal bei querulantischen und krakeelerischen Zügen vermeint er einen grünen Trieb des Korporal-Urgroßvaters zu erkennen.

Er hatte in eine »Zelle« hineingeheiratet. Schwiegervater und Schwiegermutter waren politisch verfolgt gewesen. Ein Onkel seiner Frau war in Spanien gefallen, ein anderer noch am 29. April 1945 im Konzentrationslager Mauthausen ermordet worden.

Er hat seine Kinder schon im zarten Alter zu den Feiern nach Mauthausen mitgenommen. Da war es geschehen, daß das kleine Mädchen, beim Gang durch das ehemalige Krematorium vor den Öfen, ganz aufgeregt gerufen hatte: »Mama, bei welchem Loch hat man den Onkel Karl hineingeschoben?« Es herrschte eine entsetzensvolle Stille nach diesem Ausruf.

Seine Kinder haben schon früh gelernt, wie nahe uns das alles noch ist.

Er wurde in der Dynastie gut aufgenommen. Der Großvater seiner Frau war 1914 in Przemysl gefallen, nachdem er schon bewährter Vertrauensmann der Arbeiterbewegung gewesen war und 1911 nach einem großen Streik in der Schiffswerft gemaßregelt, entlassen und als Vater von sechs Kindern aus der Stadt Linz ausgewiesen worden war.

Seine Frau war von Anfang an eine Partnerin im gemeinsamen Kampf. Sie war von Anfang an eine, die in alten und gar nicht so alten Zeiten mit ihrem Gefährten nach Sibirien gegangen wäre.

Wenn sie manchmal einander als Reibebaum benützten, dann deshalb, weil sie sich auch in den Hintergründen ihres Handelns gut kannten. Sterngläubige führten gelegentliche Reibereien auch darauf zurück, daß da beide, Mann und Frau, Steinböcke sind.

3

Seit seiner Jugend ist er ein politischer Mensch gewesen, aber er hat den Begriff der »Partei« immer weiter aufgefaßt, als es der Tag vorzuzeichnen schien. Die Zeitungsarbeit aber war vorwiegend Tagespolitik, sie mußte immer mit kurzlebigen Werten handeln.

Eine kommunistische Zeitung hat es dabei viel schwerer als irgendeine andere, weil sie sich auf keine amtliche oder halbamtliche Nachricht wirklich stützen konnte.

Nach Sitzungen der Gewerkschaft hänselten sie einander: die sozialdemokratische Zeitung könne ruhig den ganzen Rathaus-Pressedienst ungelesen zum Satz geben, die Zeitung der Volkspartei die Landeskorrespondenz und die sogenannten »Unabhängigen« beide.

Und die KP-Zeitung brauche nur die »Prawda« oder das »Neue Deutschland« abzuschreiben, gaben die anderen zurück. Sie irrten und wußten es wohl auch. Nichts konnte man »abschreiben«, weil die Feststellungen und Formulierungen der »Pravda« und des »Neuen Deutschland« aus anderen Beweggründen entstanden und für ein anderes Publikum bestimmt und daher als tägliche Kost völlig unbrauchbar waren.

Kommunisten und ihre Zeitung konnten keinen Polizeipräsidenten stellen, aber sie konnten manch einen verhindern. Sie konnten, seit die »Scala« in Wien amtlich zugrundegerichtet worden ist, kein Theater mehr führen, aber sie konnten die bestehenden beeinflussen durch gediegene und hartnäckige Vorschläge, sie konnten jungen Talenten helfen, sich bemerkbar zu machen. Und vor allem: sie konnten jenen Stimme verleihen, die sonst keine Stimme gehabt hätten.

Die Arbeit in der kommunistischen Presse war eine ausgezeichnete Schule. Aber die Zeitung konnte ihre Mitarbeiter nicht halten und viele von ihnen mußten abwandern. Einige mit Erleichterung im Herzen, andere aber auch schweren Herzens und mit politischem Heimweh nach der Möglichkeit, kräftig nein sagen zu können zu den schlimmen Auswüchsen dieser Welt.

Er hat prächtige Typen kennengelernt und geholfen, sie zu entwickeln. Solche mit grimmiger Lust zur Übertreibung, Zauderer, die jedes Wort dreimal überlegten und Agitatoren mit ausgesprochenem Predigertalent und »Husser« von Format. Wenn er manchmal die heimische kommunistische Presse längere Zeit nicht lesen kann, fehlt ihm etwas zur Erbauung. Er wittert gleichsam Zirkusluft, wenn er, daheim angekommen, bissige Glossen auf den Wiener Bürgermeister und boshafte Bemerkungen über sozialdemokratische Halbheiten liest, ganz zu schweigen von den heimeligen kräftigen Tönen gegen Geldsäcke, Ausbeuter und Zinsgeier, gegen Pharisäer und Sumper aller Schattierungen.

Vernimmt er solche vertrauten Töne, dann weiß er, daß er wieder daheim ist.

Die Enge ist oft quälend, aber sie ist familiär. Wie in einer richtigen Familie, ist nicht alles Freude und Zuneigung, was sie zusammenhält. Oft muß man sich ärgern über versteinerten Unsinn, über politisches Rosenkranzbeten, über Mißtrauen und überspitzte Disziplin, die sich als Vorsicht tarnen.

Sie wußten längst, daß Berichterstattung und Information differenzierter sein müsse. Aber das Wissen ist zu wenig, man muß es auch anwenden und da zeigt sich dann, wie schwer es ist, sich von sicher scheinenden und liebgewordenen »Grundsätzen« zu trennen.

Auf dem 20. Parteitag der KPÖ im Jänner 1969 wurde er in das Zentralkomitee gewählt und zwar gleich zweimal. Die erste (geheime) Wahl, bei der einige Mitglieder des bisherigen politischen Büros durch massive Streichungen ausschieden, wurde wiederholt und alle beim ersten Wahlgang vorgeschlagenen Kandidaten schließlich per Akklamation gewählt. Er hatte keine Gegenstimmen.

Im Vordergrund der Auseinandersetzungen standen die Ereignisse in der CSSR. Das Zentralkomitee hatte das Eingreifen der Militärmacht des Warschauer Paktes mit großer Mehrheit verurteilt. In den Organisationen wurde dieser Beschluß kritisiert und es wurde auch kräftig Stimmung dafür gemacht, ihn rückgängig zu machen.

1956 haben die Gegensätze Revolution und Konterrevolution noch überzeugt, 1968 nicht mehr.

Die Krise in der Partei hatte jedoch tiefere Ursachen und der August 1968 war nur der äußere Anlaß zum Ausbruch der Meinungsverschiedenheiten. In Wahrheit ging das Ringen darum, ein »sicheres« Rezept zu finden, um aus der Stagnation herauszukommen, die eingetreten war, als die KPÖ nicht mehr im Parlament vertreten war. Die Partei hatte eine große und opferreiche Tradition, aber die Standhaftigkeit, die glorifiziert wurde, war in der Praxis oft ein ehernes Stehenbleiben.

Im neuen Zentralkomitee nach dem 20. Parteitag verstand sich eine Gruppe mehr oder weniger als Opposition. Damasus schien manches Argument der Gruppe überlegenswert und zeitweise stimmte er mit der Gruppe auch gegen Mehrheitsbeschlüsse. Aber er war immer gegen eine Obstruktion, die seiner Meinung nach eine Kampfmethode in einem bürgerlichen Parlament sein kann, aber nicht in einer Gesinnungsgemeinschaft.

Er hat in den Jahren seiner Zugehörigkeit zur Parteiführung viele aufrechte Kämpfer näher kennengelernt, die in ihrem Leben schon oft die schwersten Opfer für die Bewegung auf sich nehmen mußten und die darunter litten, daß ihnen der Erfolg versagt blieb, wegen Erscheinungen in der Welt, für die sie nichts konnten, über die man aber nicht sprach, weil die Erscheinungen »unsere« Welt betrafen. Die Solidarität hat viele Gesichter, auch verzerrte. Er hat aber auch Funktionäre gekannt, mit denen er ungerne zu tun gehabt hätte, wenn sie mehr oder gar »die« Macht hätten ausüben können.

Während seiner Zugehörigkeit zum Zentralkomitee wurde Ernst Fischer vom Schiedsgericht aus der Partei ausgeschlossen. Damasus nahm einigemale gegen diese Maßnahme Stellung.

Man könne, so argumentierte er, Ernst Fischer manches vorwerfen, in der Hauptsache, daß er es nicht verstanden und zu wenig konsequent versucht habe, die linken Kulturkräfte zu sammeln. Daß er ein notorischer Übertreiber war, habe man nicht erst jetzt erfahren, als er das Eingreifen der Warschauer-Pakt-Staaten in der CSSR mit größter Schärfe verurteilte, sondern schon weit früher. So habe er beispielsweise beim Tod Stalins den Ausspruch getan, Stalins Sprache sei »so klar wie klassisches Latein«. Da habe es keinerlei Aufschrei gegeben gegen eine solche Liebedienerei. Als er ein sehr schwaches Anti-Tito-Stück geschrieben hatte, wurde er mit Beifall bedacht und keineswegs mit kritischen Vorbehalten.

Man werde lernen müssen, künftig mit manchem Unbequemen leben zu müssen. Ernst Fischer auszuschließen bedeute, sich von einem Stück wertvoller Tradition zu trennen. Schließlich sei er der erste Unterrichtsminister im neuen Österreich gewesen und zwar ein guter und kühner Unterrichtsminister. Von so einem Genossen trenne man sich nicht, das schade in der Öffentlichkeit mehr als ein gelegentliches stinkendes Ei, das Fischer legt und weiter legen wird. Man dürfe nicht den Eindruck verstärken, daß in der KPÖ nur eine einzige Meinung vertreten werden könne, als wären wir ein Verein von fanatischen Bibelforschern.

Die neun Jahre im Linzer Gemeinderat waren lehrreich und er wird noch lange von ihnen zehren können. Wenn er sich auch oft vorkam wie »der heilige Sebastian», nämlich immer von den Pfeilen der Gegner durchbohrt, wie er einmal spöttisch sagte, er hat auch oft Zustimmung erfahren, wenn auch heimlich und hinterher, das ist nun einmal der Stil der »geistigen» Auseinandersetzung. Sie haben ihm oft widersprochen und seine Vorschläge mit eisigem Schweigen bedacht. Erst bei seinem Ausscheiden wurde attestiert, daß er manche »Anregung» gegeben habe.

Aber die kräftigste Publizität für ihn haben sie selber besorgt, als die Wahlkommission bei einer Gemeinderatswahl eine täuschend ähnliche Liste zugelassen und der Verfassungsgerichtshof dann die gesetzwidrige Wahl aufgehoben hat und sie wiederholt werden mußte. Das war gewissermaßen ein »historischer» Einschnitt in der Geschichte des Stadtparlamentes der Landeshauptstadt.

Natürlich war er immer bemüht, das seiner Meinung nach Richtige zu sagen. Aber seinen wirklichen Ehrgeiz setzte er ein, es auch halbwegs interessant zu sagen. Er dachte dabei oft an die deftige Brecht-Anekdote: Was ist Kunst? Wenn man mitten in die Stube scheißt? Brecht: nein, wenn man unter Beifall in die Stube scheißt.

Er hat gewiß seine Gegner nicht überzeugt, aber doch manche nachdenklichen Freunde gewonnen.

Er hat immer empfunden, daß die Stadt als Hitler-, Kaltenbrunner- und Eichmann-Stadt in der Bannmeile von Mauthausen ein besonders schweres Erbe zu tragen hat. Er hat sich bemüht, diesen Berg von schlimmer Tradition abzutragen. So etwa auch durch seinen zähen und schließlich erfolgreichen Kampf gegen die Namensgebung einer Straße nach dem letzten NS-Oberbürgermeister Langoth, von dem sich herausgestellt hat, daß er als Mitglied des berüchtigten Volksgerichtshofes an der Verhängung von 17 Todesurteilen mitgewirkt hatte.

Er hat keine Bäume ausreißen können, wohl aber hat er die Wurzeln mancher Bäume bloßgelegt und in den Windbrüchen seiner Zeit ist er, wenn auch mit einiger Mühe und nicht ohne Abschürfungen aufrecht stehen geblieben.

Er wurde und wird oft gefragt, warum er denn so »dumm« sein konnte, einer Idee anzuhängen und sie zu verteidigen, die offenkundig nicht in der Lage sei, die Probleme der Menschen zu lösen und die in Phasen der Verwirklichung nicht nur schwere Mängel zeigte, sondern ihr auch allerlei Untaten vorzuwerfen sind.

Wenn er es sich einfach macht, dann sagt er dazu, eine solche Frage sollte doch einmal den Christen gestellt werden, denn was ist nicht alles im Namen des Christentums und der Kirche geschehen: barbarische Kulturzertrümmerung, Gedankenknebelung, Inquisition und Segnung der mörderischen Waffen. Trotzdem hat das Christentum einen wichtigen humanistischen Kern. Oder nicht?

Wenn er aber nachdenklicher auf die Frage eingehen will, dann sagt er, er sei nicht geworden was er ist, weil er vor allem in andere Länder geschaut hat, sondern weil er immer von einer Welt umgeben war, die von Ungerechtigkeit gestrotzt hat und weiter strotzt. Das Aufbegehren gegen dieses Unrecht harmoniere mit dem Urmenschheitstraum von einer gerechten, friedlichen und freundlichen Welt. Mit dieser Vision ist er aufgewachsen, sie hat er nie aus dem Auge verloren, auch nicht in den finstersten Zeiten. Für diesen Traum und seine Realisierung lohnt es sich auch heute, zu leben und zu wirken, mit Zähigkeit und Hingabe.

Die Möglichkeiten dafür werden zunehmen, denn die Welt bleibt nicht so, wie sie ist. Die großen Fragen sind älter als wir und sie werden Antworten fordern, auch nach uns.

4

Auf dem Taubenmarkt herrscht buntes Treiben. Morgen wird die Stadt einen »Tag der offenen Tür« begehen. Da wird das beste vom Besten gezeigt, eine lichte Zukunft wird beschworen, auch wenn sie noch weit hinter den Rauchschwaden liegt. Und sie werden wieder da sein, die sonst nicht auf dem Taubenmarkt stehen, die Bürgermeister, Amtsvorstände und Präsidenten. Da ist es gut, dem morgigen süßen Seim mit einigem Bittergewürz vorzubeugen. Man muß das Wohlleben der »Oberen« zeigen, ihre Kaltschnäuzigkeit, es muß von den Sorgen der Menschen gesprochen werden, der Arbeitslosen, der Wohnungssuchenden und den Stiefkindern der sozialen Wohlfahrt. Aber auch sonstige scharfe Gerüche der Stadtluft, wie der Antisemitismus, das Banausentum und der Chorgesang der Sumper müssen deutlich gemacht und erläutert werden, auch der Ausverkauf, der vor sich geht wie bei einem abgehausten Bauern. Mit einem Wort, der morgige Tag braucht eine Präambel.

Manchmal tritt er mit der ganzen Familie auf und da sind sie dann, verstärkt durch weibliche Wehrhaftigkeit, schon eine ganz schöne Taubenmarkt-Macht.

Der Zeuge Jehovas ist heute von ganz besonderem Fanatismus, missionarisch angetrieben wie selten zuvor. Mit grimmigem Gesicht sagt er zu Damasus, in zwanzig Jahren werde er, der seine Sache auf Menschenwerk gestellt habe, nicht mehr da sein auf dem Platz, Jehova aber noch immer.

Aber sein »Wachtturm«-Verteiler wohl auch nicht mehr, denn auch er komme allmählich in die Jahre, antwortet Damasus vorsichtig. Er hat sich vorgenommen, seine Aufklärungsarbeit heute mit Fröhlichkeit zu tun und nicht mit Verbissenheit. Der Taubenmarkt ist eine Versammlungsstätte unter freiem Himmel, ein Predigtstuhl ist er nicht mit seinen Würstel- und Blumenständen und dem alten Brunnen in der Mitte.

Der Sozialdemokrat hat schon gestänkert, er möge nicht immer den historischen Musterknaben spielen, weil ja dann doch alles nicht stimmt an seinem Gebäude, von dem nur riesige Haufen von Scherben bleiben. San ma ehrlich.

An den Rändern des Platzes ziehen viele Menschen vorbei, Bekannte, Unbekannte und Altbekannte, aus der Zeit, da er vor Jahrzehnten in die Stadt gekommen ist. Er schäkert mit Frauen, die damals noch ganz jung gewesen sind und sie reden über ihre Kinder und was für Sorgen sie machen, die Gfraster. Ein ehemaliger Polizist, der schon in Pension ist, bleibt bei ihm stehen und lacht, als er merkt, daß Damasus ihn nicht sofort erkennt.

»Da schimpft man immer auf die Amtskappeln«, ruft er Damasus zu, »aber ohne Amtskappel erkennt ihr die Leut' nicht mehr«.

Es ist der Polizist, der jahrelang in den Wirtshäusern die Sperrstunde ausgerufen und »vollzogen« hat und natürlich die unendlichen Diskutierer alle kennt, die um Mitternacht noch immer nicht nach Hause gehen wollen, weil beileibe nicht alle Fragen wirklich geklärt sind.

»Eine kleine Unterwanderung gefällig, Herr Kommerzialrat?« fragt Damasus einen Funktionär der Handelskammer.

»Dank für das Angebot«, erwidert der Handelsmann, »gegenwärtig unterwandern wir freilich euch, mein ich«. Einen Gewerkschaftsfunktionär redet er an, er möge die kleine Schrift aufmerksam lesen, damit der Kampf um mehr Gerechtigkeit mit mehr Elan geführt werde.

»Da haben wir gerade auf euch gewartet, ihr Klugscheißer!« Der Funktionär macht ein saures Gesicht, denn der Kampf um mehr Gerechtigkeit, das ist natürlich seine Domäne, bitte sehr.

Sein junger Mann von einer trotzkistischen Organisation will ihn in eine Diskussion verwickeln und Damasus antwortet ihm mit dem Brecht-Zitat: es rede ein jeglicher von seiner Schande, ich rede von der meinigen. »Wenn du was gegen die Bürokraten hast, dann geh vor das Landhaus, vor das Rathaus und andere Tintenburgen. Bleib im Lande und nähre dich redlich«.

Er kennt seine »Kunden« auf dem Taubenmarkt. Solche, die schon von weitem ein hochmütiges und abweisendes Gesicht machen, bestraft er damit, daß er ihnen kein Flugblatt aushändigt. Einem alten Mutterl hilft er über die Straße und steckt listig ein Blättchen in die Einkaufstasche.

Auch heute wird er in längere Gespräche verwickelt von Menschen, die sich ganz einfach ausreden wollen. Er hört ihnen zu und sagt, da müsse ja wirklich was geschehen und wenn ihm etwas ganz und gar verwickelt vorkommt, dann empfiehlt er, die Rechtsberatung der Zeitung aufzusuchen. Und er grinst insgeheim, denn der Anwalt wird wieder darüber klagen, daß die Zahl der Spinner, der Kohlhaase und der Konfusen immer größer werde.

Er wird schadenfroh lachen und sich denken, daß andere auch mit der Konkretheit der Erniedrigten und Beleidigten konfrontiert werden sollen und nicht nur er. Diese Erniedrigten und Gekränkten, denen geholfen werden müsse, führen sie ja alle im Munde, nur der Mühe, mit den Beleidigten und Gedemütigten auch zu reden, wollen sie sich nicht unterziehen. Wer aber etwas sagen will, der soll gefälligst zuerst zuhören, mit Geduld und ohne-Voreingenommenheit.

Es ist wie ein bunter Strom, der da vorüberzieht. Er hat aus den Gezeiten dieses Stromes erfahren, wann einige Ämter und Betriebe schließen. Er kennt es an den Gesichtern, ob einer ein Heimischer oder ein Fremder, oder gar ein Ausländer ist. Er sagt immer, daß die Angestellten der Krankenkasse ein sozialdemokratisches Gesicht haben und die von der Handelskammer ein bürgerliches. Am Schritt erkennt er den »deutschen« Mann, wie er sich in gewissen Turnvereinen tummelt und dort »in den Knochen kracht«. Und er erkennt auch alle jene, die hier auf dem Taubenmarkt herablassend freundlich zu ihm sind, in Wirklichkeit aber denken, bleib mir vom Leib mit deinen Schmähschriften. Konservative Burschenschaftler mit Trachtenhut und bebrilltem verkniffenem Gesicht sehen ihn an, als möchten sie gegen ihn einen unsichtbaren Degen ziehen. Linke und zerzauste Studenten wieder mustern ihn spöttisch, denn er trägt Schuhe statt Sandalen und einen beinah unzerknitterten Rock wie ein Etablierter. Die Reklamezettel-Verteiler lächeln über sein »unnützes« Tun.

Sie ziehen vorbei, manche mit schweren Ketten behangen und manches Parfüm, geschaffen für den Wohlgeruch, verwandelt sich hier auf dem Taubenmarkt zu einem beißenden Gestank. Und am Abend, das weiß er, werden die Ratten aus den Kellern der stolzen Bürgerhäuser kommen und den Taubenmarkt abweiden von den Resten der Körner, die alte Damen gesetzeswidrig und unbelehrbar gütig den parasitischen Tauben sackweise gefüttert haben.

In den letzten Jahren ist in längeren Abständen, aber immer wieder, ein Mann mit Schlapphut und bauschiger Krawatte am Taubenmarkt vorbeigekommen. Gelegentlich hat er ihn, der stets einen recht ausgefransten Eindruck macht, auch schon in Wirtshäusern gesehen. Es muß einer von den gelehrten Sandlern sein, die er schon oft beschrieben hat.

»Sie sind eigentlich kein Prediger«, sagt der zerknitterte Mann, »dazu fehlt ihnen Brustton und Starre der gleichförmigen Sätze. Aber sie sind ein Geschichtenerzähler, einer der die Leut' unterhält. Erzählen Sie aber bitte ohne Sieb und nicht in der Art: die guten ins Kröpfchen und die schlechten ins Töpfchen der Vergessenheit.«

So spricht er wie ein verständiger Mann und Damasus erkennt ihn jetzt als einen von der Graszupferpartie, der gelegentlich die Gäste in einem Wirtshaus mit minutiösen Kenntnissen sämtlicher Dynastien des alten Ägypten verblüfft. Heute hat er wohl seinen »feinen« Tag.

Oder doch nicht ganz, denn jetzt wird er gröber. Oder sei er, der da auf dem Taubenmarkt die Leute ansingt wie ein politischer Hausierer, auch so ein feiger Hund, der mit der eigentlichen Wahrheit nicht herausrücken will und immer nur plaudert und schwätzt? Sei er auch so ein Wasserprediger und Weintrinker, wie die anderen, die er immer so angeht, als sei er selbst der einzige Gerechte auf der Welt?

Damasus hört ihm zu, aber er geht nicht auf ihn ein. Er mischt sich unter die Leute, damit die Szene im Rahmen bleibe. Aber innerlich ist er unruhig über die bösen Vorwürfe. Ja, man muß alles sagen, damit die Geschichte voll erscheint wie das wirkliche, saftige und doch so zerrissene Leben. Sag die Wahrheit, heißt es immer. Er hat es versucht.

Er hat erzählt und erzählt, er hat gewissenhaft berichtet all die Jahre. Aber er hat, es wird ihm schmerzlich bewußt, doch das meiste verschwiegen.

INHALT

NAMEN

Das Buch »Auf dem Taubenmarkt« ist kein historisches sondern vor allem ein erzählendes Werk. Aus der großen Fülle werden daher nur solche Namen von Gestalten angeführt, die, so weit dies nicht ohnehin im Fluß der Chronik deutlich wird, Bildung und Entwicklung, Erlebnisse und Eindrücke des Erzählers besonders geprägt haben.

Alexander Abusch, DDR-Politiker, 1902 - 1982
Konrad Adenauer, BRD-Kanzler, 1876 - 1967
Friedrich Adler, soz. demokr. Politiker, 1879 - 1960
Martin Andersen Nexö, dänischer Schriftsteller, 1869 - 1954
Ludwig Anzengruber, österr. Schrifststeller, 1839 - 1889
Leopold Arthofer, Seelsorger in der Strafanstalt Garsten, 1899-1977
Annemarie Auer, DDR-Literaturwissenschaftlerin, 1913 - 2002
Otto Bauer, österr. soz. dem. Politiker, 1881-1938
Johannes R. Becher, dt. Lyriker und DDR Politiker, 1891 - 1958
Bertolt Brecht, dt. Schriftsteller, 1898 -1956
Heinrich Brandler, KPD-Funktionär, 1881-1967
Franz Brandstätter, Interbrigadist, 1903 - 1945
Arnolt Bronnen, österr. Schriftsteller, 1895 - 1959
Hildegard Bronnen v. Lossow, Theatersekretärin, 1910
Günter Caspar, Lektor und Herausgeber, 1924 - 1999
Franz Theodor Csokor, österr. Schriftsteller, 1885-1969
Franz Dahlem, DDR-Politiker, 1892 - 1981
Tibor Dery, ung. Schriftsteller, 1894 - 1977
Julius Deutsch, österr. soz. dem. Politiker, 1884 - 1968
Engelbert Dollfuß, österr. Politiker, 1892 - 1934
Edwin Erich Dwinger, dt. Schriftsteller, 1898 - 1981
Peter Edel, dt. Graphiker und Schriftsteller, 1921 - 1983
Adolf Eichmann, SS-Obersturmbannführer, 1906 - 1962
Prof. Eiselsberg, Chirurg, 1860 - 1939
Gerhart Eisler, dt. Publizist, 1897 - 1968
Hanns Eisler, österr. Komponist, 1898 - 1962
Hans Fallada, dt. Schriftsteller, 1893 - 1947
Karl Feldhammer, Widerstandskämpfer, 1909 - 1945
Marianne Feldhammer, Witwe von K. F., 1909 - 1996
Ludwig Feuerbach, dt. Philosoph, 1804 - 1872
Ernst Fischer, österr. Schriftsteller und KPÖ-Politiker, 1899 - 1972
Ruth Fischer, kommunist. Publizistin, 1895-1961
Bruno Frei, österr. kommunist. Publizist, 1897 - 1988
Friedl Fürnberg, Sekretär der KPÖ, 1902-1978
Klaus Fuchs, Atomphysiker, 1911 - 1988
Laurenz Genner, KPÖ-Bauernpolitiker, 1894 - 1962
André Gide, franz. Schriftsteller, 1869 - 1951
Rudolf Greulich, dt. Schriftsteller, 1909
Otto Grotewohl, DDR-Politiker, 1894 - 1964
Hermann Hakel, österr. Schriftsteller, 1911 - 1987
Elisabeth Hauptmann, Mitarbeiterin B. Brechts, 1897 - 1973
Harald Hauser, dt. Schriftsteller, 1912 - 1994
Manfred Hausmann, dt. Schriftsteller, 1898 - 1986

John Heartfield, Graphiker, 1891 - 1968
Stephan Hermlin, dt. Schriftsteller, 1915 - 1997
Gilabert Miguel Hernandez, span. Lyriker, 1910 - 1942
Rudolf Hirsch, dt. Schriftsteller, 1907 - 1998
Franz Honner, KPÖ-Politiker, 1893 - 1964
Ödön v. Horvath, österr. Schriftsteller, 1901 -1938
Peter Huchel, dt. Lyriker, 1903 - 1981
Hugo Huppert, österr. Schriftsteller, 1902 - 1982
Theodor Innitzer, Erzbischof von Wien, 1875 - 1955
Walter Janka, Verleger, Publizist, 1914 - 1994
Franz Jaritsch, Widerstandskämpfer, 1903 - 1942
Herbert Jhering, dt. Kritiker, 1888 - 1977
Jean Jaures, franz. Sozialist, 1859 - 1914
Ernst Kaltenbrunner, SS-Obergruppenführer, 1903 - 1946
Benedikt Kautsky, soz. dem. Politiker, 1894 - 1960
Karl Kautsky, soz. dem. Theoretiker, 1854 - 1938
Egon Erwin Kisch, dt.tschech. Schriftsteller, 1885 - 1948
Kurt Klinger, österr. Schriftsteller, 1928
Georg Knepler, österr. Musikwissenschafter, 1906 - 2003
Wilhelm Koenen, DDR-Politiker, 1886 - 1963
Gerhard Körner, dt . Schriftsteller, 1915
Walter Kolbenhoff, dt. Schriftsteller, 1908 - 1993
Johann Koplenig, Vorsitzender der KPÖ, Vizekanzler 1945, 1891-1968
General Krasnow, russ. Schriftsteller, 1894 - 1945
Franz Kreil, Bauer, 1895 - 1990
Gustav Krupp, dt. Industrieller, 1870 - 1950
Alfred Kurella, dt. Schriftsteller, 1895 - 1975
Paul Kurzbach, dt. Komponist, 1902 - 1997
David Lawrence, engl. Schriftsteller, 1885 - 1930
Hans Leimer, Widerstandskämpfer, 1907 - 1984
Karl Liebknecht, dt. Revolutionär, 1871 - 1919
Sophia (Sonja) Liebknecht, Witwe von K.L., 1884 - 1964
Georg Lukacs, ung. Literaturwissenschaftler, 1885 - 1971
Rosa Luxemburg, dt. Revolutionärin, 1871 - 1919
Heinrich Mann, dt. Schriftsteller, 1871 - 1950
Thomas Mann, dt. Schriftsteller, 1875 - 1955
Franz Marek, KPÖ-»Ideologe« und Eurokommunist, 1913 - 1979
Rodion Markovits, ung. Schriftsteller, 1888 - 1948
Viktor Matejka, Wiener Kulturstadtrat 1945-1949, 1901 - 1993
Paul Merker, leitend in dt. Emigration in Mexiko, 1894 - 1969
Alfred Neumann, dt. Schriftsteller, 1895 - 1952
Robert Neumann, österr. Schriftsteller, 1897 - 1975
Pablo Neruda, chilen. Dichter, Nobelpreisträger, 1904 - 1973

Albert Norden, DDR Politiker, 1904 - 1982
Friedrich Paulus, Generalfeldmarschall, 1890 - 1957
John Peet, engl. Publizist, 1915
Jan Petersen, dt. Schriftsteller, 1906 - 1969
Erwin Piscator, Regisseur, 1983 - 1966
Sepp Plieseis, Widerstandskämpfer, 1913 - 1966
Theodor Plivier, dt. Schriftsteller, 1892 - 1955
Harry Pollitt, Sekretär der engl. KP, 1890 - 1960
Wilhelm Raabe, dt. Schriftsteller, 1831 - 1910
Alja Rachmanova, russ. Schriftstellerin, 1898 - 1991
Brigitte Reimann, dt. Schriftstellerin, 1933 - 1973
Max Reimann, Vorsitzender der KPD, 1898 - 1973
Ludwig Renn, dt. Schriftsteller, 1889 - 1979
Karl Renner, österr. soz. dem. Poltiker, 1870 - 1950
Hans Werner Richter, dt. Schriftsteller, 1908 - 1993
Peter Rosegger, österr. Schriftsteller, 1843 - 1918
Joseph Roth, österr. Schriftsteller, 1894 - 1939
Sacco und Vanzetti, italoamerk. Sozialisten, 1891-1927, 1888 - 1927
Ferdinand Schörner, Generalfeldmarschall, 1892 - 1973
Malke Schorr, KPÖ-Publizistin, 1885 - 1961
Dimitri Schostakowitsch, russ. Komponist, 1906 - 1975
Max Schroeder, Lektor u. dt. Kulturpublizist, 1900 - 1958
Richard Schüller, österr.kommunist. Publizist, 1901 - 1957
Kurt v. Schuschnigg, 1934 bis 1938 österr. Bundeskanzler, 1897 - 1977
Anna Seghers, dt. Schriftstellerin, 1900 - 1983
Ignaz Seipel, österr. kathol. Politiker, 1876 - 1932
Arthur Seyß-Inquart, österr. NS-Kanzler, 1938, 1892 - 1946
Friedrich Simony, Alpengeograph, 1813 - 1896
G. Sokolowski, Sowjetmarschall, 1897 - 1968
Friedrich Stampfer, soz. dem. dt. Publizist, 1874 - 1957
Adalbert Stifter, österr. Schriftsteller, 1805 - 1868
Alois Straubinger, Widerstandskämpfer, 1920 - 2000
Ernst Thälmann, Vorsitzender der KPD, 1886 - 1944
August Thalheimer, KPD-Theoretiker, 1884 - 1948
Fritz Thyssen, dt. Industrieller, 1873 - 1951
Ernst Toller, dt. Schriftsteller, 1893 - 1939
Georg Trakl, österr. Lyriker, 1887 - 1914
Tschu En Lai, chin. Ministerpräsident 1898 - 1976
Bodo Uhse, dt. Schrifsteller, 1904 - 1963
Walter Ulbricht, DDR-Politiker, 1893 - 1973
Ferdinand Waldmüller, österr. Maler, 1793 - 1965
Heinrich Wandt, dt. Schriftsteller, 1990 - Todesjahr unbekannt.
Jakob Wassermann, dt. Schriftsteller, 1873 - 1934

Berta Waterstradt, dt. Hörspielautorin, 1907 - 1990
Helene Weigel, Schauspielerin, 1900 - 1971
Franz Carl Weiskopf, dt.tschech. Schriftsteller, 1900 - 1955
Friedrich Wolf, dt. Schriftsteller, 1888 - 1953
Eduard Zak, der »Linzer in Berlin«, Schriftsteller, 1905 - 1979
Paul Zech, dt. Schriftsteller, 1881 - 1946
Erwin Zucker-Schilling (»der Chef«), kommunist. Publizist, 1903-1985
Arnold Zweig, dt. Schriftsteller, 1887 - 1968
Stefan Zweig, österr. Schriftsteller, 1881 - 1942

Franz Kain

Geboren am 10. Jänner 1922 in Bad Goisern, gestorben am 27.10.1997 in Linz, lebte in Linz und Bad Goisern, war verheiratet und hatte einen Sohn und eine Tochter.

Pflichtschule in der katholischen Privatanstalt »Stephaneum«. 1936, mit 14 Jahren wegen Verteilens von Flugblättern des illegalen KJV (Kommunistischer Jugendverband) verhaftet und zu drei Wochen Arrest verurteilt. Zimmermannslehre, Arbeit als Holzknecht in den Forstrevieren Bad Goisern und Bad Ischl.

1. März 1941 abermalige Verhaftung Am 29. 09. 1942 Verurteilung von einem Senat des Volksgerichtshofes zu drei Jahren Zuchthaus und Ehrverlust, wegen Vorbereitung zum Hochverrat durch das Bestreben, »die Ostmark vom Reiche loszureißen. Während dieser Zeit Aufenthalte in den Gefängnissen von Linz, Wels, St. Pankraz, Berlin/Moabit, Nürnberg, München, Salzburg.

15. 11. 1942 Überstellung zur Strafdivision 999. Einsatz in Afrika.

2. 5. 1943 Gefangennahme in Tunesien. US-amerikanische Gefangenschaft bis 26. 3. 1946. Interniert in Lagern in Alabama, Mississippi, Massachusetts, New Hampshire und Virginia.

Während der 20 Monate Einzelhaft und in der Gefangenschaft erste literarische Versuche. Mitarbeit an Zeitungen der Emigration in den USA und an der Gefangenenzeitung »PW« in Fort Devens.

Von 1946 bis 1982 bei der KPÖ-Tageszeitung »Neue Zeit« beschäftigt. Von 1953 bis 1956 Korrespondent der »Österreichischen Volksstimme« (Wien) in Berlin /für Ost und West/. Dort literarische Beziehungen zu Bertolt Brecht, Anna Seghers, Arnold Zweig, Peter Huchel und Johannes R. Becher.

Seit 1936 Mitglied der KPÖ. 1977-1979 und 1980-1986 Gemeinderat der KPÖ in Linz, von 1969-1983 Mitglied des ZK der KPÖ. Seit 1988 Obmann des Verbandes Österr. Widerstandskämpfer und Opfer des Faschismus in Oberösterreich und Mitglied des Bundespräsidiums.

1979 Berufstitel »Professor«. Träger des »Ehrenzeichens für Verdienste um die Befreiung Österreichs«.(Er hatte noch viele Orden, z.B.: das Silberne Ehrenzeichen. der Republik Österreich; vom Präsidium des Obersten Sowjets der UdSSR eine »Lenin-Medaille«, die Medaille für Völkerfreundschaft…

Neben der journalistischen Tagesarbeit auch ständig literarisch tätig. Nach einer »Lyrischen Periode«, die bis Anfang der Fünfzigerjahre reichte, Hinwendung zur erzählenden Prosa.

1954 Abdruck der Erzählung »Die Lawine« im Sammelband »Der Kreis hat einen Anfang«, Globus-Verlag Wien. In der Zeitschrift »Die Buchgemeinde« vom Februar 1953 wurde das Gedicht »Bekenntnis«, das er seinen Holzknecht-Kameraden gewidmet hat, abgedruckt. Dort steht in einer Fußnote: »Der Dichter errang den zweiten Preis im Novellenpreisausschreiben 1952 der Buchgemeinde«

Bis 1989 nicht mehr in österreichischen Verlagen vertreten, mit Ausnahme von regionalen Publikationen und in Sammelbänden und Anthologien.

1955 – 1986 Publikationen im Aufbau-Verlag (Berlin).

1969 ein Erzählband im Heinrichshofen's Verlag (Wilhelmshaven)

1973 eine Lizenzausgabe im Wiener Globus-Verlag.

Seit 1989 beim österreichischen Verlag Bibliothek der Provinz.

Übersetzungen ins Tschechische, Russische, Ukrainische. Hörspiele und dramatisierte Funkerzählungen im ORF.

Mitglied der Künstlervereinigungen GAV, MAERZ, Mühlviertler Künstlergilde, von 1949 bis 83 im Landesvorstand der Sektion Journalisten in der Gewerkschaft Kunst und freie Berufe, ÖSG Landesobmann von 1949-97 usw.

Preise:

1957 Preis des Kulturministeriums der DDR (für »Romeo und Julia…«)
1963 Förderungspreis der Stadt Linz
1966 Theodor-Körner-Förderungspreis
1988 Linzer Würdigungspreis
1989 Landeskulturpreis
1994 Adalbert-Stifter-Preis.

Im *Verlag* **Bibliothek der Provinz**:

»Romeo und Julia an der Bernauerstraße«
»Die Lawine«
»Der Föhn bricht ein«
»Der Weg zum Ödensee«
»Das Ende der Ewigen Ruh«
»Im Brennesseldickicht«
»Der Schnee war warm und sanft«
»Am Taubenmarkt«
»Die Donau fließt vorbei«
»In Grodek kam der Abendstern«

Über das Leben des Autors ist ausführlich in dessen autobiographischen Romanen »Der Föhn bricht ein« und »Am Taubenmarkt« nachzulesen.

publication PN°1
Bibliothek der Provinz

Verlag für Literatur, Kunst und Musikalien